KB267148

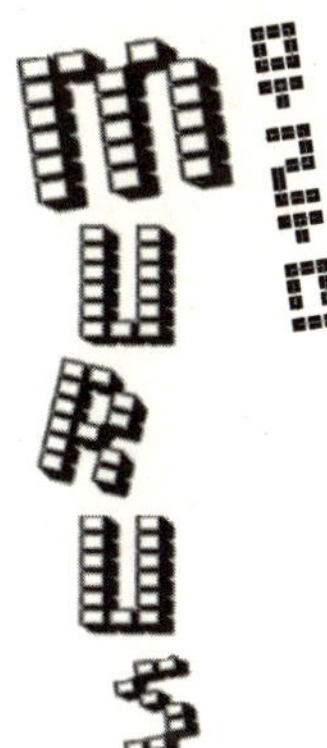

POST

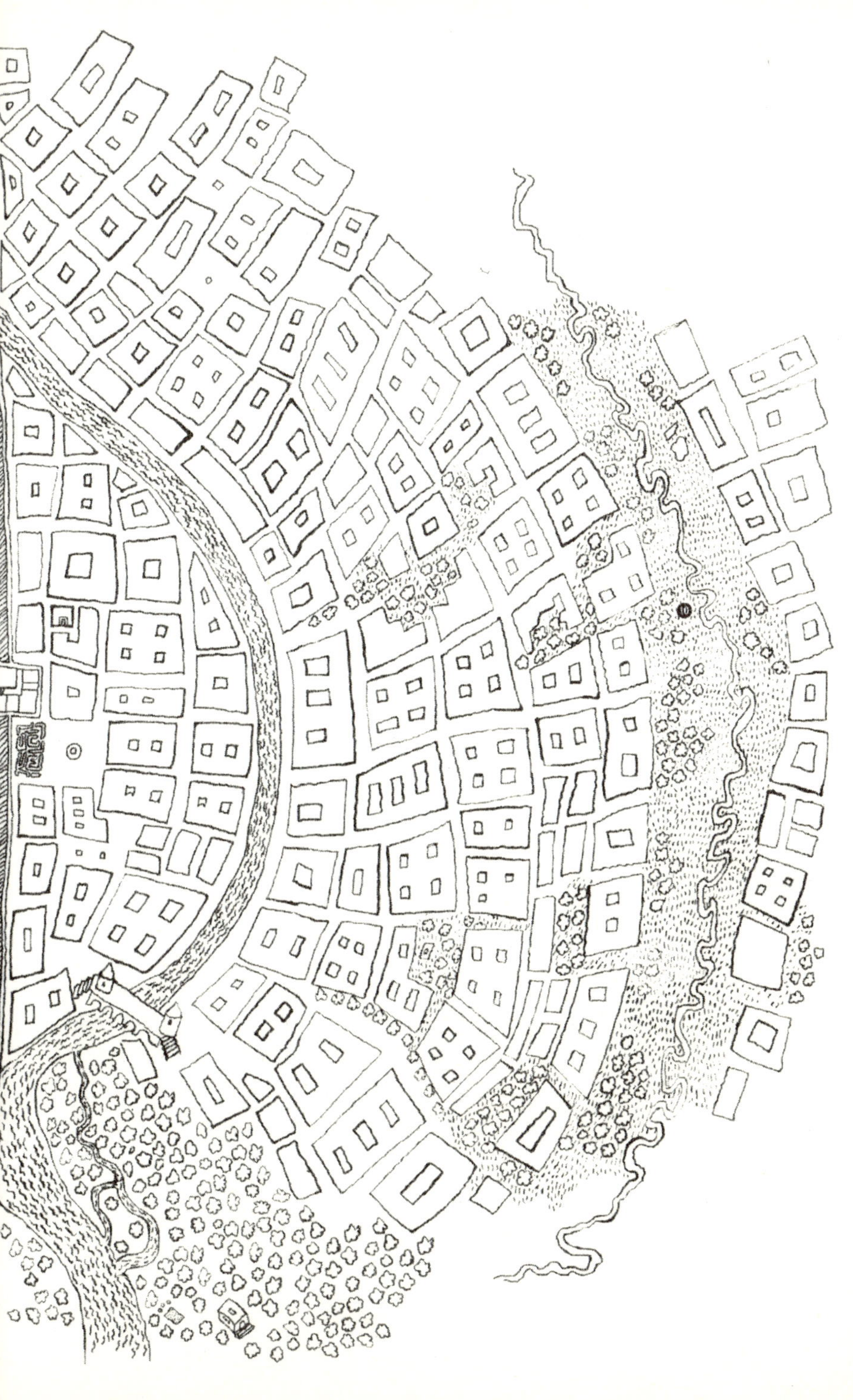

김희상 옮김
마르티나 빌드너

☆ 렌드

14 13

24 207

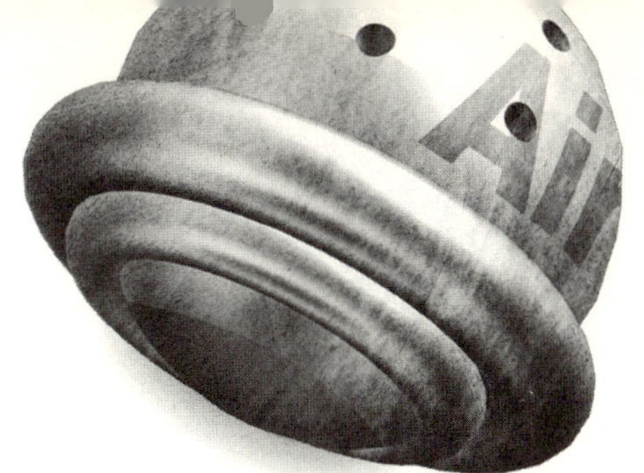

3부 353

옮긴이의 말
집요한 농담에 대한 단상

클라우디아와 코리나,
외르크, 요나스, 케르스틴,
슈비틀라나에게 고마움을 표한다.
특히 만프레트 리게르에게
깊은 감사를 전한다.

✤MURUS는 라틴어로 벽이라는 뜻이다.

19

‘대체 저 뒤에는 뭐가 있을까? 한 번이라도 볼 수 있다면!’

요요는 발코니에 서서 건너편을 바라보며 생각에 잠겼다. 하지만 풀 방법이 없는 호기심이다. 떡하니 우뚝 선 장벽은 도저히 넘을 수 없을 것처럼 보였다. 북쪽에서 남쪽으로 똑바르게 뻗은 벽은 시작도 끝도 없었다.

사람들이 장벽을 두고 확실하게 말할 수 있는 것은 그게 다였다. 벽의 높이를 두고도 저마다 다른 소리를 했다. 많은 사람들은 높이가 족히 300미터는 될 것이라며, 쳐다보느라 목이 꺾일 지경이라고 너스레를 떨었다. 그러면 다른 사람들은 허튼소리 말라며 웃었다. 어떤 이들은 담의 높이가 기껏해야 사람 키 정도라고 어금니에 힘을 주었다. 이 소리를 들은 사람들은 배를 잡고 웃었다. 도시의 몇몇 시민들은 담 높이가 어림잡아 평균 22미터는 될 거라고 눈을 부라렸다. 이제 사람들은 아예 대굴대굴 구르며 웃었다.

분명한 사실은 정확히 353년 전에 알레프 부스타니가 담을 세우기 시작했다는 점이다. 이후 22미터보다 높은 건물을 짓는 것은 금지되어 있었다. 그리고 이 법은 도시가 가진 유일한 법이다.

1 요요는 뭔가 이상한 소리에 퍼뜩 잠에서 깼다. 먹물같이 짙은 어둠이 요요를 둘러싸고 있었다. 요요는 자기가 누워 있는 쪽의 벽조차 볼 수 없었다. 그저 손을 더듬어 만져 볼 뿐이었다. 벽은 차가웠다. 요요는 벌떡 자리에서 일어났다. 다시 소음이 들려왔다. 마치 무거운 물건이라도 드는 것처럼 삐거덕거리는 소리였다.

요요는 몇 번 눈을 끔벅였으나, 어둠은 여전했다. '달도 뜨지 않은 모양이야.' 요요는 머리를 긁적였다. 다시 같은 소리가 들렸다.

조심스레 발코니로 향한 문을 더듬어 밖으로 나간 요요는 아래쪽을 내려다보았다. 하지만 아무것도 알아볼 수 없었다. 그저 누군가 나직하게 욕설을 내뱉으며 투덜거리는 소리가 들렸다. 갑자기 모터에 시동을 거는 소리가 났다. 쿨럭거리며 시동이 걸린 엔진이 털털털 소리를 내며 천천히 멀어져 갔다. 요요는 엔진 소리가 더 이상 들리지 않을 때까지 귀를 기울이고 서 있었다. 다시 조용해졌다.

문득 요요는 목이 말랐다. 물을 마시려면 주방으로 내려가야 했다. 소리를 죽여 가며 살금살금 요요는 4개 층을 걸어 내려왔다. 요요는 눈을 감고도 계단을 외울 정도였다. 어디가 삐걱거리는지, 심지어 어느 계단이 꺼져 있는지도 환히 알고 있었다. 빠진 계단은 위험한 탓에 더욱 신경을 써서 외워 두었던 것이다.

1층에 거의 다다랐을 무렵 요요의 발이 양동이에 걸렸다. 우당

탕탕 넘어지려는 찰나, 요요는 간신히 자세를 바로잡았다. 이때 주방에서 목소리가 들려왔다.

"요요? 너니?"

요요는 주방 문에 걸린 발을 헤치고 들어섰다. 묵은 음식 냄새가 코를 찔렀다.

"요요, 왜 내려왔니? 잠이 안 와?"

아가테는 촛불을 밝히고 주방 한쪽에 놓인 소파에 앉아 바느질을 하고 있었다.

"무슨 소리 못 들었어요?"

요요가 물었다.

"소리? 아니. 너 또 꿈을 꾼 게로구나."

"아니에요, 꿈이 아니라고요. 무슨 자동차가 달리는 소리도 들었는걸요."

"자동차라니? 여기에 무슨 차가 있다고 그래. 너 분명히 꿈꾼 모양이다."

요요는 한숨을 푹 쉬었다.

"지금 몇 시예요?"

"자정을 훨씬 넘겼지. 어서 다시 올라가 자려무나."

"분명히 소리를 들었어요."

"아, 그야 밤에는 온갖 소리가 들리는 법이니까."

"아무래도 나가서 살펴봐야겠어요."

"뭐라고? 위험해, 요요야. 밖이 얼마나 어두운데. 대체 뭘 살펴보겠다는 거냐?"

"사람들이 뭔가 버리는 것 같았거든요."

"사람들? 아까는 자동차라고 했잖아?"

"뭔가 무거운 것을 옮기는 소리였어요. 그러고 나서 시동 거는 소리가 들렸고, 그걸 타고 사람들이 사라졌어요."

"지금 이 시간에 사람들이 여기다 뭘 버려? 아무것도 가져가지 않으면 다행이겠구먼. 여러 명이라는 건 어떻게 알았는데?"

"한 명이든 여러 명이든, 그런 건 아무래도 좋아요. 어쨌든 밖을 한번 내다봐야겠어요."

"안 된다, 거기 꼼짝 말고 있어."

"난 꼬맹이가 아니라고요."

요요는 커다란 열쇠 꾸러미를 챙겨 들고 주방을 나가 현관을 열었다. 요요는 차례로 여섯 개나 되는 자물쇠를 열어야 했다. 안전이 제일이라며 오토가 추가로 달아 놓은 자물쇠들이다.

"문은 항상 꼭꼭 잠가 둬야 해."

오토가 늘 입에 달고 사는 말이다.

문은 삐걱 소리를 내며 열렸다. 집 앞에는 쓰레기가 산처럼 쌓여 있었다. 도로는 곳곳에 구멍이 움푹 파여 있었으며, 갈라진 아스팔트 틈새로 풀들이 자랐다. 요요는 인도를 따라 내려가면서 거리를 살펴보았다. 어두워서 잘 알아볼 수가 없었다. 들고 나온 석유램프 불빛은 희미하기만 했다. 요요는 쓰레기 더미 주위를 빙 돌아보았다.

"아우우- 아우우-."

요요는 멀리서 들려오는 늑대 울음소리에 흠칫 몸을 떨었다. 그때였다. 뭔가 물컹한 게 밟혔다. 화들짝 놀라 하마터면 비명을 지를 뻔했다. 소리가 터져 나오려는 것을 간신히 참고, 발을 치우며 아래를 내려다보았다. 그것은 하얀 손이었다. 워낙 하얘서 마치 어둠 속에 둥실 떠 있는 것만 같았다. 무릎을 꿇고 앉은 요요는 조심스럽게 손을 만져 보았다. 차가운 손은 몸을 뒤덮은 덮개 아래로 비죽이 삐져나와 있었다. 요요는 잔뜩 숨을 참고 거친 천 조각을 벗겨 냈다. 납덩이처럼 창백한 얼굴이 눈에 들어왔다. 다시 아우우 하며 늑대들이 길게 우는 소리가 들려왔다.

요요는 누운 사람의 코끝에 손을 대 보았다. 가느다란 숨결이 느껴졌다. 벌떡 일어난 요요는 아가테를 부르러 한달음에 집으로 뛰어갔다.

아가테는 허리를 숙이고 앉아, 쓰러져 있는 사람의 얼굴을 살펴보았다.

"여자애예요, 그렇죠?"

요요가 물었다.

"그래 보이는구나."

아가테가 덮개를 완전히 젖혔다. 소녀는 낡고 헐렁한 운동복을 입고 있었고, 머리에는 털모자가 씌어 있었다. 신발과 양말은 어디로 갔는지 보이지 않았다. 아가테는 조심스레 털모자를 벗겨 냈다.

“이런! 머리카락을 다 잘라 냈구나. 아예 박박 밀었어!”

요요는 꼼짝도 않고 있는 소녀의 얼굴을 요모조모 뜯어보았다. 운동복의 오른쪽 소매는 위로 걷혀 있었다. 팔 아래쪽에 감겨 있는 붕대로 피가 배어 나온 게 보였다. 아가테는 붕대를 벗겨 내고 상처를 살폈다.

“상처가 상당히 깊어. 요오드로 소독을 해 줘야겠다.”

“왜 깨어나질 않는 거죠?”

아가테는 어깨를 으쓱하며 소녀의 눈꺼풀을 올려 보았다.

“의식을 잃은 모양이야.”

“이제 어떻게 하죠?”

요요가 바짝 긴장한 얼굴로 물었다.

“뭘 어떻게 해? 넌 가서 자.”

아가테는 심드렁한 표정으로 요요를 돌려세우려 했다.

“이 아이를 이렇게 추운 데 내버려 두자고요?”

아가테는 고개를 절레절레 흔들며 요요를 노려보았다.

“무슨 소리를 하는 거야? 당연히 그럴 수 없지. 내가 오토냐? 자, 이리 와서 같이 들자. 애를 집 안으로 들여야겠어.”

요요와 아가테는 각각 다리와 팔을 잡고 소녀를 들어 주방으로 데리고 가서 소파에 눕혔다. 아가테는 상처 부위를 깨끗한 물수건으로 조심스럽게 닦아 낸 다음 그 위에 요오드를 발랐다. 그리고 하얀 새 붕대를 감아 줬다.

깊은 잠에 빠진 소녀는 내내 꼼짝도 하지 않았다.

2 다음 날 아침 요요는 아주 일찍 일어났다. 어제 일을 떠올리자, 꿈을 꾼 게 아닐까 하는 생각이 들었다. 하지만 간밤의 기억은 또렷하게 되살아났다. 현관 앞에서 정신을 잃은 소녀를 발견했던 장면이 그림처럼 떠올랐다. 그 아이는 어디서 온 것일까? 아직도 자고 있을까? 왜 머리카락은 한 올도 남기지 않고 박박 깎은 것일까? 누가 소녀를 집 앞에 버렸을까?

아침 햇살이 방 안을 비추자, 요요는 한껏 기지개를 켰다. 답을 알 수 있는 것은 하나도 없었다. 잠자리를 박차고 일어선 요요는 날씨가 어떤지 보려고 발코니로 나갔다.

밝은 아침 햇살이 너무나 좋았다. 요요는 5층 전체를 혼자 쓰고 있었다. 아가테와 오토는 1층의 주방 옆방을 침실로 썼다. 이 도시에서 요요만큼 높은 데 사는 사람도 드물었다. 대부분 집들은 너무 낡아 지붕이 부실한 데다가 위로 올라가는 계단의 상태도 좋지 않았다. 아예 계단이 없는 집도 많았다. 나무를 빼다가 땔감으로 쓴 탓이다.

요요가 5층을 선택한 이유는 햇볕이 가장 잘 들고, 전망이 좋았기 때문이다. 요요는 특히 발코니를 사랑했다. 시간이 날 때마다 발코니로 나가 끝없이 이어지는 지붕을 바라보며 이러저런 생각에 잠기곤 했다. 저 높은 장벽은 왜 있는 것일까? 아가테의 말마따나 정말 인간의 타락을 막아 주기 위해 저렇게 떡하니 버티고 서 있는 것일까? 아가테는 장벽이 사람들을 허망함에로 굴러떨어지지 않게 하는 것이라고 중얼대곤 했다. 허망함? 그게 무슨 뜻일까? 아무리 생각해도 그게 뭔지 알 수 없었다. 아무것도 없어서 텅 빈 상태? 아무것도 없는 상태를 어떻게 그려 볼 수 있을까? 없는 것은 없는 것일 뿐인데! 그런 데로 굴러떨어진다? 그럼 위에서 아래로만 떨어지는 게 아니라, 왼쪽에서 오른쪽 혹은 그 반대로 떨어질 수도 있지 않을까? '없음'이란 차가울까, 뜨거울까? 아니면 차가운 동시에 뜨거운 것일까? 혹시 저 뒤에도 똑같은 도시가 있는 것은 아닐까? 거울에 맺힌 상처럼 좌우가 뒤바뀐? 그래도 요요는 요요네? 엎어치나 메치나 똑같네, 큭큭! 오토는 그럼 토오라 불러야겠네? 아가테는 테가아? 야, 그거 재미있겠는데! 요요는 발코니에 서서 이런 생각들을 즐겼다.

오토는 의식을 잃은 소녀를 보면 뭐라고 할까? 당장 내쫓으려 들 거야. 군입이 하나만 늘어도 흥분과 욕설을 감추지 못하는 오토가 아닌가. 게다가 마침 기분 안 좋기라도 하다면 이거 큰일인데! 요요는 갑자기 다급해졌다.

오토는 정말 성격이 괴팍했다. 날씨인들 그만큼 변덕스러울까? 가장 좋은 방법은 그저 입 꾹 다물고 오토가 말하는 대로 맞춰 주는 거였다.

요요는 주방에 들어서며 주변을 훑어보았다. "안녕히 주무셨어요!" 하고 인사를 한 요요는 오토가 없는 것을 보고 휴우— 하며 가슴을 쓸어내렸다. 소녀는 여전히 소파에 누운 채였다.

"그래, 너도 잘 잤니?"

아가테가 환한 미소로 요요를 반겼다. 그녀는 소파 옆에 의자를 가져다 놓고 앉아 소녀를 돌보고 있었다.

"요요야, 애 좀 보렴. 깨어났어!"

요요는 소파로 다가갔다. 등에 방석을 받친 소녀에게 아가테가 죽을 떠먹이고 있었다. 소녀는 요요가 옆에 다가온 것을 전혀 모르는 듯 숟가락의 움직임만 따랐다. 소녀의 눈빛이 독특했다. '저런 노란 눈은 처음 봐!' 요요는 속으로 중얼거렸다.

"로테는 아직 말을 못해."

아가테가 말했다.

"로테? 말도 못한다면서 이름은 어떻게 아셨어요?"

"내가 붙여 준 이름이야."

"아, 난 또."

로테는 아가테의 옷을 입고, 머리에는 울긋불긋한 천을 동여매고 있었다. 로테는 눈을 들어 천천히 요요를 바라보았다. 요요는 미소를 지었지만, 소녀가 정말 자기를 보고 있는지 알 수 없었다.

"어머나, 벌써 지쳤나 봐? 많이 힘든 모양이야."

소녀는 어느덧 눈을 감고 있었다. 아가테는 죽을 떠먹이던 숟가락을 내려놓았다. 아가테는 아무래도 이상하다는 듯 고개를 가로저으며 희멀건 죽만 뚫어져라 바라보았다.

"참 이상하단 말이야, 알 수가 없어."

아가테가 중얼거렸다.

"뭐가 이상해요? 쟤 말이에요?"

요요가 물었다.

아가테는 고개를 끄덕였다.

"전혀 딴 나라 사람 같아. 어디서 왔는지 정말 궁금하구나. 아무래도 이 세상 사람이 아닌 것처럼 보여."

요요는 자기도 모르게 눈을 치켜떴다. 아가테 입에서 저런 소리를 듣는 것은 처음이었기 때문이다. 항상 모든 것을 간단하고, 명쾌하게 설명하는 아가테였다.

"게다가 피부가 얼마나 깨끗한지 몰라. 내 평생 저런 피부는 처음 봐. 흉터 하나 찾아볼 수 없어. 물론 저 상처는 빼고 말이야."

아가테는 소녀의 오른팔에 나 있는 상처를 가리켰다.

"발은 또 어떻고? 어찌나 부드러운지 갓난아이의 발을 만지는 느낌이야. 굳은살이 조금도 없어. 아마 태어나서 몇 킬로미터도 걸어 보지 않았나 봐."

요요는 굳은살이 박인 자기 발을 내려다보았다. 낡은 고무 타이어로 만든 슬리퍼를 신은 꾀죄죄한 발을 보는 순간, 요요는 얼굴이 화끈거렸다.

"몇 살이나 됐을까요?"

아가테가 새삼스럽게 로테의 얼굴을 찬찬히 살폈다.

"열여섯 살 정도? 머리카락이 없으니 알아보기 힘들구나."

"키가 정말 크네요."

"맞아, 키가 정말 크구나. 180센티미터는 족히 되어 보이지? 내 옷이 작더라니까."

두 사람은 더 아무 말도 않고 로테를 바라보았다.

"어쨌든 좀 기다려 보자. 기운을 차리고 나면 더 많은 걸 알 수 있겠지."

요요는 로테의 얼굴을 훔쳐본 뒤 식탁 의자에 앉았다. 식탁에는 주전자에 담긴 뜨거운 보리차와 함께 빵과 마가린 그리고 치즈가 나란히 놓여 있었다. 빵은 너무 말라 딱딱해 보였다. 요요는 칼을 집어 들고 통에 남아 있는 하얀 마가린을 싹싹 긁었다. 치즈는 평소에 못 보던 것이었다.

"이건 뭐예요?"

"묻지도 마라. 아저씨가 가져온 건데, 무슨 치즈라는 게 기름 덩어리 같아. 느끼해서 보기도 싫더라. 그런데 저게 한 상자나 더 있어, 이를 어쩌면 좋니?"

아가테는 고개를 설레설레 저으며 나무 상자를 가리켰다. 그 안에는 치즈가 담긴 흰 플라스틱 포장이 가득했다.

빵을 한 입 베어 문 요요는 자기도 모르게 소리를 질렀다.

"우웩!"

"어때, 먹을 만하지? 지방이 70퍼센트란다, 70퍼센트!"

아가테는 배를 잡고 웃었다.

"윽, 아이고 느끼해라!"

요요는 서둘러 마가린을 더욱 듬뿍 빵에 발랐다. 치즈 맛을 가리려고 꾀를 낸 것이다. 치즈에 마가린을 가득 얹은 검은 빵은 보기만 해도 입맛이 떨어질 정도로 끔찍했다. 그때 주방을 향해 걸어오는 묵직한 발소리가 들렸다. 헛기침 소리를 크게 내며 오토가 모습을 드러냈다.

"잘 잤냐?"

오토는 퉁명스러운 말투로 아침 인사를 건네고, 요요 맞은편에 자리를 잡고 앉았다. 아가테는 오토의 잔에 보리차를 가득 따랐다.

"또 그놈의 멀건 보리차야?"

오토는 툴툴거리면서도 따라 놓은 차를 꿀꺽꿀꺽 마셨다.

"보리차라도 있는 걸 다행으로 알아."

아가테가 아침 인사 대신 핀잔부터 줬다. 오토는 희끗희끗한 머리를 어깨까지 길게 길렀으며, 턱에는 수염이 덥수룩했다. 햇볕에 그을린 얼굴은 시커멨으며, 오른쪽 눈 위로는 기다란 흉터가 있었다. 세 사람은 둘러앉아 아침을 먹었다. 서로 아무 말도 하지 않고, 우물우물 빵을 씹었다. 그때 갑자기 로테가 콜록거리며 기침을 했다. 놀란 오토는 엉겁결에 잔을 내려놓으며 물었다.

"누구야? 누가 기침을 한 거야?"

아가테는 험, 험, 헛기침만 했으며, 요요는 다른 쪽을 보는 척하면서 오토를 훔쳐보았다. 이제 곧 집 안에는 천둥번개가 칠 것이다. 오토는 집에 손님을 들이는 것을 무척 싫어했다. 손님을 대접하는 것은 낭비일 뿐이라고 눈을 부라리던 그를 떠올리며 요요는 숨을 죽였다. 주변을 두리번거리던 오토는 이내 소파의 소녀를 발견하고 벌떡 일어섰다. 소파로 다가간 오토는 한동안 잠든 소녀의 얼굴을 노려보았다.

"이게 누구냐? 알레프 부스타니가 곡할 노릇이구나. 누가 내 집에 와서 자고 있는 게야? 썩 대답하지 못해!"

"로테야."

아가테가 말했다.

"아하, 그래? 그럼 로테가 왜 여기 소파에서 자고 있는지 말해 보실까?"

"집 앞에서 발견했어요."

요요가 대답했다.

"발견? 지금 발견이라고 했니?"

"네, 아저씨도 뭔가 자주 발견하시잖아요."

요요가 슬그머니 말꼬리를 돌렸다.

오토는 갑자기 "에취!" 하고 재채기를 터뜨리며 바닥에 가래침을 퉤 뱉었다.

"아이고, 기침이 갈수록 심해지네!"

아가테는 짐짓 걱정스러운 표정을 지으며 말했다. 사실 아가테의 속셈은 로테에게 쏠려 있는 오토의 관심을 다른 데로 돌리려는 것이었다. 하지만 돌아온 것은 이글이글 타는 것만 같은 오토의 눈빛이었다. 아가테는 얼른 걸레를 가져다가 바닥을 닦았다.

"나도 발견을 한다고? 그래, 물론 하지. 하지만 난 쓸모 있는 것만 발견해!"

오토가 버럭 고함을 질렀다.

"쟤는 다쳤어."

아가테가 될 수 있는 한 차분하게 말했다.

"그래? 그래서? 우리 집이 병원이라도 되는 거야?"

오토는 눈을 홉뜨며 다시 목청을 높였다.

"곤경에 빠진 사람을 버려둘 수야 없잖아."

아가테가 살살 웃으며 오토를 달래려 들었다.

오토의 잔뜩 찡그린 표정은 금세라도 천둥번개를 내리칠 먹구름 같았다. 요요는 조마조마한 가슴으로 폭발의 순간을 기다렸다. 하지만 어찌된 일인지 먹구름은 잠잠했다. 마침내 오토가 입을 열었다.

"좋아. 다친 사람을 내쫓을 수야 없지. 다만 낫는 즉시 내보내는 거야, 알았어? 우리가 첼다는 아니니까."

오토는 다시 한 번 소파 위의 소녀를 쳐다본 다음, 식탁에 앉아 계속 아침을 먹었다. 놀라운 일이었다. 평소 무섭기만 했던 오토에게서 처음 보는 모습이었다. 그리고 요요는 분명히 보았다. 오토의 눈빛에 어딘가 모르게 슬픔과 연민이 서려 있는 것을!

어쨌거나 요요는 안도의 한숨을 쉬었다. 모처럼 오토가 부드러운 틈을 이용해 살그머니 주방을 빠져나갈 좋은 기회이기도 했기 때문이다. 살금살금 문 쪽으로 발을 옮기는데, 오토의 굵직한 목소리가 뒷덜미를 잡아챘다.

"그리고 요요 너, 당장 가서 양들에게 먹이를 주고 우리를 청소해라, 알겠니."

요요는 한숨을 내쉬었다. 양 우리 청소는 요요가 제일 싫어하는 일이었다. 어찌 한번 모면해 볼까 머리를 굴렸던 게 속상해 요요는 아무 말도 않고 밖으로 나갔다.

3 시큰둥해진 요요는 마당을 가로질러 커다란 나무 문으로 다가 갔다. 그 나무 문을 열고 나가면 뒷마당이 나온다. 양 우리는 거기에 있었다. 그런데 문에 가까이 가기도 전에 누군가 요요의 어깨를 툭 쳤다.

돌아보니 차코가 서 있었다. 같은 동네에 사는 차코는 요요보다 약간 생일이 늦은 사내아이였다. 키가 작고 깡말랐으며, 늘 지린내를 풍겼다. 말을 별로 하지 않았는데, 한다고 해도 무슨 소리인지 알아듣기 어려웠다. 대신 차코는 칼을 던지는 솜씨가 아주 뛰어났다. 혼자서 도둑 셋을 상대한 적도 있다고 자랑이 대단했다.

"좋은 아침!"

차코가 인사를 했다.

"안녕, 잘 잤어?"

요요가 인사를 하며 숨을 참았다. 차코의 냄새는 언제 맡아도 참기 힘들었다.

"그 여자애 누구야?"

차코가 물었다.

"여자애라니?"

요요가 반문했다.

차코는 대답은 않고, 똑같은 말을 물었다.

"그 여자애 누구야?"

"참 나, 또 어떻게 안 거야?"

요요가 항복했다는 듯 두 손을 번쩍 들었다. 차코를 당해 낼 재간이 없었기 때문이다. 차코는 자신이 원하는 대답이 나올 때까지 집요하게 물고 늘어지는 괴짜였다. 요요는 참았던 숨을 푹 내쉬며 말했다.

"나도 몰라, 걔가 누구인지."

"왜 너희 집에 있는데?"

"문 앞에 누워 있더라."

"알고 있어."

"그럼 뭐하러 물어 봐?"

"내가 중요한 걸 알려 줄게, 얼마 낼래?"

"뭘 내, 자식아. 나 돈 없어."

"하지만 난 알고 있는데."

"뭘 안다는 건데?"

차코는 워낙 가난해서 자기 손에 들어온 것은 뭐든 흥정을 하려고 들었다.

"얼마 낼 건데?"

"없다니까."

요요가 짜증 섞인 목소리로 윽박질렀다.

"잘 들어! 못이 필요하면 줄 수 있어. 하지만 멋대로 지어낸 얘기를 했다가는 알지?"

요요가 슬쩍 미끼를 던졌다. 호주머니를 뒤져 못 하나를 꺼냈다.

차코는 비죽 입꼬리를 올리며 웃었다. 몇 개 남지 않은 이가 드러났다. 차코는 거리에서도 가장 허름한 집에서 아버지와 함께 살았다. 어머니와 두 누이는 여섯 해 전에 홍역을 앓다가 죽었다. 들리는 소문에 의하면, 차코의 아버지는 얼마 전에 장벽 근처에 쓰러져 있었다고 한다. 사람들은 벽을 오르다가 떨어져 의식을 잃은 모양이라고 수군거렸다. 덕분에 차코의 아버지는 가끔 숨 쉬는 것조차 잊어버릴 정도로 건망증이 심하다고 한다. 적어도 차코는 그렇게 주장했다.

차코는 얼른 못을 받아 호주머니에 넣었다.

"그 여자애, 머리가 이상하지, 그렇지?"

차코가 물었다.

"아니, 팔을 다쳤던데."

"아니야, 머리에 뭔가 문제가 있어."

차코가 고집을 부렸다.

"우리 아빠처럼 말이야."

요요는 할 말이 없었다.

"더 얘기해 줄까, 걔는 저기서 왔어!"

"저기라니?"

"저기 말이야, 저 위에서!"

차코는 뭐가 뭔지 모르게 손짓을 했다.

"말도 안 되는 소리!"

"모두들 저기서 오지."

"자꾸 까불래? 저기서 온 사람은 아무도 없어. 장벽 너머에는 아무도 살지 않는다고! 저기에는 아무것도 없단 말이야. 알겠어?"

요요는 초조하게 이마를 긁적였다.

"그렇지 않아. 저기에 아무것도 없는 게 아니야. 저기는 여기처럼 도시라고! 집들이 있고 사람들이 살아. 여기와 똑같이. 다만 다른 것은 저기 사람들은 공중을 날아다니고……."

"차코, 자꾸 그따위 헛소리 할래? 그런 허튼소리 하려거든 입 닥쳐, 알았어?"

요요는 소리를 질렀다. 그러나 차코는 요요가 왜 그렇게 흥분하는지 알 수 없었다.

"그리고 말이야, 또 뭔가 중요한 게 있걸랑."

"야 이놈 차코야, 난 정말 시간 없거든. 양 우리를 청소해야 한다고."

"난 사진이 있는데!"

차코는 호주머니에서 돌돌 만 종이를 꺼내, 가운데 묶여 있는 끈을 조심스레 풀었다. 매듭이 풀리자, 차코는 철퍼덕 땅바닥에 주저앉아 종이를 펼쳤다. 몇 장이나 되는 종이에 전부 같은 사진이 인쇄되어 있었다. 그것은 어떤 소녀의 모습이었다.

현상 수배: 알리시아

산 채로든 죽었든 상관없음! 위 여자를 본 사람은 반드시 연락 바람.

"이건 또 어디서 난 거야?"

차코는 "쉿!" 하며 손가락을 입에 댔다.

요요는 사진 속의 얼굴을 자세히 들여다보았다. 하지만 알아볼 수 있는 것은 많지 않았다. 우선 선글라스를 쓴 탓에 정확한 생김 새가 드러나지 않았으며, 머리카락 색깔은 입고 있는 옷처럼 새까 맸다. 번쩍이는 가죽으로 만든 부츠는 무릎까지 올 정도로 길고, 폭이 넓은 허리띠에는 권총을 여러 자루 꽂을 수 있는 총집들이 주 렁주렁했다. 여자의 두 손은 허리춤에 척 걸쳐져 있었다.

사진은 정말 충격이었다. 알리시아는 모습을 드러내는 일이 거 의 없었기 때문이다. 알리시아라는 이름의 주인공은 바로 도시에 서 가장 악명을 떨치는 청소년 범죄 조직의 여두목이다. 범죄단의 상징은 뿔이 달린 3이었다. 그래서 사람들은 이들을 3갱단이라고 불렀다. 들리는 소문에 의하면 벌써 42명의 사람들이 이들의 손에 희생되었다고 한다. 지금까지 평화롭기만 했던 구역에 이들이 동 에 번쩍 서에 번쩍 나타나는 통에 사람들은 극도의 공포에 떨고 있 었다.

요요의 눈길은 알리시아의 가슴에 꽂혀 있었다. 꽉 끼는 옷을 입 은 탓인지 불룩한 가슴이 터질 것만 같았다. 다른 데를 보려고 해 도 요요의 시선은 곧 거기로 돌아왔다.

"한 장 가질래?"

차코가 물었다.

"이건 어디서 난 거야?"

"가질 거야, 말 거야?"

요요는 다시 한 번 사진을 들여다보며 선글라스가 없다면 어떤 얼굴일까 상상해 보았다.

"가슴 정말 끝내주지?"

요요는 아무 말도 하지 못했다.

"못 한 통 주면 한 장 줄게!"

"이 자식이 미쳤나?"

요요가 호주머니를 뒤져 작은 종이 상자를 꺼냈다.

"이건 반 통이야. 더 이상은 없어."

"아냐, 안 돼! 한 통 전부 줘야 해."

"이런 시시한 사진을 가지고 한 통 다 달라고? 까불지 말고 이거 어디서 났는지부터 불어."

"주웠어."

"어디서?"

차코는 입을 꾹 다물고 대답하지 않았다.

"자, 여기 반 통 더 있어."

요요는 호주머니를 뒤져 종이 상자를 하나 더 꺼냈다. 하지만 사실 그것은 못이 1/4 정도밖에 들어 있지 않은 통이었다.

차코는 상자 두 개를 물끄러미 바라보았다.

"한 통 다 가질 거야."

"반에다 반을 합치면 한 통이잖아."

"그런가?"

차코가 물었다.

"그래!"

요요는 입술을 지그시 깨물었다. 차코와 오래 이야기하다 보면 바람이 새는 듯한 말투까지 닮아 가는 것 같았다.

"좋았어. 믿을게."

차코는 이렇게 말하며 요요에게 사진을 한 장 건넸다. 그러고는 못이 들어 있는 통 두 개를 소중히 호주머니에 넣었다. 원했던 것을 손에 넣고서도 차코는 요요 곁을 떠나지 않고 꼬무락거렸다.

"또 뭐야? 뭘 더 바라는데?"

요요가 물었다.

차코는 한참을 머뭇거리더니 마침내 입을 열었다.

"양 우리 청소하는 거 도와줄까?"

"무슨 꿍꿍이야?"

요요가 못 미더워하며 말했다.

"음……."

차코가 드디어 속셈을 드러냈다.

"청소하는 거 도와줄 테니까 여자애 구경시켜 줄래?"

요요가 잠시 망설이다가 대답했다.

"좋아, 까짓."

청소는 30분이 채 걸리지 않았다. 둘은 함께 주방으로 갔다. 마침 아가테는 자리를 비웠고, 로테는 여전히 소파에서 자고 있었다.

“뭐 볼 것도 없어. 내내 저렇게 잠만 자.”

요요가 차코에게 말했다.

차코는 소녀의 얼굴을 뚫어져라 바라보았다.

“오, 나쁘지 않은데.”

차코는 야릇한 웃음을 흘렸다.

“너 지금 무슨 말을 하는 거야?”

“예쁘다고.”

요요는 어이가 없었다. 차코의 말투가 영 거슬렸다. 이놈이 뭘
바라는 거야?

“지금 이런 모습을 보고 예쁘다 소리가 나와? 머리는 까까머리
인 데다가 눈을 감고 있는데도?”

“그래도 난 알 수 있어.”

차코는 요요의 말에 아랑곳하지 않고 지껄였다.

“그런데 가슴이 너무 작다.”

“그건 그래. 그런데…….”

차코는 허리를 숙이고 킁킁거리며 여자애의 냄새를 맡았다.

“너 지금 뭐하는 거야? 내버려 두지 못해. 이거 완전 꼴통이네.”

“냄새 좋다.”

차코는 요요가 말리기도 전에 여자애의 입술에 키스를 했다.

냉큼 달려든 요요가 차코를 질질 끌어내며 엉덩이를 걷어찼다.

“이 자식이 미쳤구나!”

“자는데, 뭘.”

차코가 히죽 웃었다.

요요가 차코에게 꿀밤을 먹였다.

"깊이 잠들지 않았다고. 언제라도 깨어날 수 있어."

"히히."

차코는 계속 뻔뻔하게 웃었다.

"집 앞에 여자애가 누워 있다니 넌 정말 행운아야!"

요요는 아무 말도 하지 못했다. 여자애가 꿈틀하는 것을 보았기 때문이다.

"이름이 뭐래?"

차코가 물었다.

"아가테 아줌마는 로테라고 부르자더라."

"헤이, 로테!"

차코는 이름을 부르며 로테의 옷자락을 잡아 흔들었다. 로테가 눈을 번쩍 뜨며 멍한 눈길로 차코를 바라봤다.

"자식, 정말 못 말리겠네. 네가 깨웠으니 책임져!"

하지만 차코는 요요의 말은 들은 척도 하지 않고, 로테의 가슴만 뚫어지게 바라보았다. 로테는 차코의 그런 눈길조차 눈치채지 못하는 것 같았다.

"헤이, 로테!"

다시 한 번 차코가 이름을 불렀다.

"깨어난 거야?"

"어처구니없는 놈!"

요요의 눈이 로테의 묘한 노란 눈과 마주쳤다. 차코를 떼어 낸 요요는 허리를 숙이며 로테에게 말을 걸었다.

"안녕, 내 말 알아들을 수 있어? 넌 누구니, 어디서 왔어?"

아무 대답이 없었다.

"난 요요라고 해."

요요는 될 수 있는 한 목소리를 친근하게 꾸미려 노력하며 계속 말을 걸었다.

"난 열네 살이야, 너는?"

묻고 싶은 것은 많은데, 막상 떠오르는 말은 없었다.

이때 아가테가 주방으로 들어왔다.

"깨어났구나!"

그제야 아가테는 차코도 발견했다.

"차코 왔구나. 잘 지냈니?"

아가테는 차코를 보며 환하게 웃었다. 그녀는 차코를 귀여워해서 먹을 게 있으면 챙겨 주곤 했다.

"로테가 깼구나. 이제 좀 어떠니?"

로테는 아가테를 물끄러미 바라보다가 입가에 희미한 미소를 지었다.

"안녕하세요."

로테는 천천히 그러나 또렷하게 말했다.

"한결 좋아진 것 같아요. 고맙습니다. 부탁인데 마실 것 좀 주실래요, 목이 말라요."

아가테는 놀란 눈을 휘둥그레 뜨며 로테를 바라보았다.

"너 말할 줄 아는구나?"

"당연히 말을 하죠."

로테가 배시시 웃으며 대답했다.

아가테는 여전히 놀란 얼굴로 말했다.

"잠깐 기다리렴. 차를 마시는 게 좋을 거다."

얼른 달려간 아가테는 주전자에 물을 받아 끓였다. 뜨거운 물에 차를 우려낸 아가테는 그것을 가져다 로테에게 주며 몸을 부축해 차 마시는 것을 도왔다.

"혼자서도 할 수 있을 것 같아요, 고맙습니다."

로테는 부스스 몸을 추슬렀다.

말을 거듭하면서 로테의 음성은 갈수록 또렷해졌다.

'거참 고맙다는 말을 빠뜨리는 적이 없네.'

요요는 홀짝이며 차를 마시는 로테의 모습을 가만히 바라보고 있었다. 찻잔을 든 손에서 새끼손가락만 약간 들려 있는 게 인상적이었다.

"아주 시원하고 맛있어요. 이거 페퍼민트 차 맞죠?"

차가 맛있다는 칭찬에 기분이 좋아진 아가테가 환한 얼굴로 고개를 끄덕였다. 아가테의 차를 칭찬하는 사람을 별로 본 적이 없는 요요는 고개를 절레절레 저었다. 요요의 머릿속에 한 가지 물음만 맴돌았다. '로테는 대체 어디서 온 것일까?'

"첼다에게 다녀와야 할 것 같아."

로테가 두 잔째 차를 마시고 나자, 아가테가 말했다.

"첼다라면 로테가 누구인지 알지 않을까 싶어서 말이야. 요요야, 같이 가지 않으련?"

"그럼 로테는 누가 보고요?"

"차코가 보면 되지."

"차코가 로테를 보살핀다고요? 그런 말도…….."

말도 안 되는 소리를 저 음흉한 놈에게 어쩌고 하려다가 요요는 황급히 말을 삼켰다. 아가테 앞에서 차코를 나쁜 놈으로 만들기는 싫었기 때문이다.

"제가 잘 돌볼게요."

차코가 으흐흐 웃으며 놓칠세라 덧붙였다.

"얼마 낼 거야, 요요?"

"여섯 통, 그거면 됐지?"

"일곱!"

차코는 이게 웬 떡이냐 하는 표정이었다.

"알았어, 일곱."

아무래도 차코가 못 미더웠던 요요는 아가테의 손을 잡아끌며 귀에 속삭였다.

"차코더러 로테를 보라는 게 잘하는 걸까요?"

"뭐, 그리 어려운 일도 아니지 않니. 봐라, 로테는 벌써 다시 잠들었어. 그저 옆에서 지켜보기만 하면 되는걸. 자, 가자."

요요는 더 아무 말도 하지 못했다. 아니, 차마 할 수가 없었다.

대신 곁눈질로 차코를 흘겨보며 분명한 경고를 보냈다. 그 안에 담긴 뜻은 대충 이런 것이었다.

"로테에게 손가락 하나라도 까딱했단 봐라. 팔다리를 분질러 저 장벽 너머로 던져 버릴 테니!"

4 "바지라 가지고 있니?"

집을 나서기 전에 아가테가 요요에게 물었다. 요요는 고개를 저으며 말없이 찬장으로 가 권총을 꺼내 들었다. 얼마 전에 오토가 선물한 것이다. 총을 주며 오토는 열네 살이면 무기를 지니고 다녀도 된다고 말했다. 늑대들뿐만 아니라 범죄 조직의 흉악범들이 들끓는 도시에서 자기 몸은 스스로 지켜야 한다는 게 그의 생각이었다.

바지라란 공기 권총의 이름이었다. 이 권총은 진짜 총알을 넣지 않고도, 못이나 나사를 넣고 쏠 수 있었다.

큰 장점을 가지고 있는 무기이기는 했지만, 요요는 권총을 별로 좋아하지 않았다. 총을 쏘는 솜씨가 워낙 서투른 탓이다. 연습을 꽤 했지만, 과녁을 정통으로 맞춘 적이 없었다. 하지만 차코는 200 미터 떨어진 곳에 있는 늑대의 눈까지 정확히 꿰뚫을 정도였다.

차코에게 작별 인사를 하고 아가테와 요요는 집을 나섰다. 아가테는 늪지가 있는 쪽으로 방향을 잡았다. 요요는 차라리 사람들이 많이 사는 지역을 통과해서 가고 싶었다. 하지만 아가테는 늪과 그 주변에 난 풀들을 무척 좋아했다.

"꽃이 공격하는 걸 본 적이 있어?"

아가테가 늘 하는 말이다.

늪지대는 도시 외곽을 빙 둘러싸고 마치 반원과 같은 형태를 이루고 있었다. 늪지대의 중앙에 있는 노란 섬은 장터로 유명했다. 수심이 약 8미터 정도인 늪에는 염분이 섞여 식수로는 쓸 수 없는 물이 넘실댔다. 늪지대에는 온갖 종류의 뱀과 독을 가진 두꺼비가 살았다. 그리고 주변에는 잡풀이 무성했다. 하지만 위로 올라갈수록 물은 말라붙었으며, 바닥에는 모래가 가득했다. 그곳에는 질긴 풀들과 꼭 가죽 같은 이파리가 달린 식물들이 무성했다. 아가테와 요요는 좁다란 길을 따라 올라갔다.

강한 모래바람이 요요의 얼굴을 때렸다. 모래가 눈에 들어간 탓에 요요는 등을 돌리고 서서 한참 눈을 끔벅여야 했다. 갑작스러운 바람은 겨울이 오고 있다는 신호였다. 모래바람이 불면 사람들은 꼭 보호안경과 마스크를 써야 했다.

"벌써 늦가을이구나."

아가테가 말했다.

"흠."

요요는 계속 날아 드는 모래를 막느라 대답도 제대로 못했다.

한 시간 정도 걸리는 길을 가는 동안 두 사람이 나눈 유일한 대화였다.

첼다의 집에는 한때 40명이 넘는 어린아이들과 청소년들이 살았다. 첼다는 굶주리거나 병든 채 도시 여기저기에 버려져 있던 아이들을 데려와 보살피고 있었다. 제 발로 첼다를 찾아오는 아이들도 적지 않았다. 이렇게 첼다에게서 보금자리를 찾은 아이들은 한동안 그렇게 어울려 살았다. 하지만 길어야 몇 주를 넘기지 않았다. 나타날 때와 마찬가지로 아이들은 어느 날 갑자기 사라졌다. 첼다와 계속해서 더불어 사는 아이들은 열 명 남짓이었다.

아무런 장식이 없이 시멘트 벽으로 둘러싸인 집은 마지막으로 왔을 때보다도 더 허름해진 모습이었다. 한때 외벽에 붙어 있던 타일들은 대부분 떨어져 나가 더욱 을씨년스러웠다. 창문의 유리들은 거의 깨져 판자로 얼기설기 못을 박아 두었다. 덧붙여 놓은 비닐이 바람에 날려 펄럭이는 곳도 있었다.

1층은 커다란 홀이었다. 기차처럼 길쭉한 홀에는 유리벽돌로 쌓은 담을 통해서만 빛이 들어왔다. 첼다는 그곳을 낡은 소파와 작은 탁자 들을 가져다가 꾸며 놓았다.

"아무도 없어요?"

아가테가 큰 소리로 외쳤다.

"아이고 이게 누구야!"

한 소파에서 키가 큰 여인이 일어나며 아가테를 반겼다. 여인은 자줏빛 옷을 입고 머리에는 터번을 두르고 있었다. 나이는 아가테와 비슷해 보였다.

"아가테! 요요! 정말 반가워!"

첼다의 목소리가 쩌렁쩌렁 울렸다.

"자주 놀러 오지, 어쩜 그렇게 뜸해!"

첼다가 성큼성큼 다가왔다. 요요는 못 본 새에 이마에 주름살이 늘어난 첼다를 보며 놀랐다.

"무슨 일로 이런 누추한 곳을 다 찾아왔을까?"

첼다는 아가테를 꼭 끌어안고 요요를 바라보며 말했다.

"많이 컸구나, 요요! 지난번에 봤을 때만 해도 요만했잖아!"

허리춤을 가리키던 첼다의 손이 어느덧 요요를 끌어안고, 등을 토닥였다.

"볼 때마다 내가 똑같은 소리를 하지? 아무튼 반갑다. 그래, 어떻게 지냈어?"

"우리야 잘 지냈지."

아가테가 대답했다.

"겨울이 올 때마다 근심거리가 늘어나는 것도 똑같아."

"맞아, 맞아! 겨울과 그놈의 바람! 우리 집은 하루빨리 지붕을 고쳐야 하는데 누가 그걸 할 수 있겠어."

요요는 찬찬히 첼다를 관찰했다. 낯빛이 많이 창백하고 푸석푸석했다. 눈을 한곳에 고정하지 못하고, 이리저리 굴리는 모습은 몹시 산만해 보였다.

이때 안쪽에서 세 명의 사내아이들이 나타났다. 아이들은 자투리 천을 누덕누덕 기워 만든 공을 차며 요요에게 손짓을 하고 쏜살같이 밖으로 뛰쳐나갔다. 함께 공을 차고 싶은 마음이 굴뚝같았으나, 요요는 참았다. 같이 놀기에는 너무 어린아이들이었기 때문이다. 사실 도시 전체에서 차코 말고는 비슷한 또래를 찾아보기 어려웠다.

첼다는 둘에게 소파에 앉으라고 하고, 물을 내왔다. 마주 앉은 첼다를 향해 아가테가 물었다.

"정말 지내기 괜찮은 거야?"

아가테는 조심스럽게 첼다의 낯빛을 살폈다. 아가테가 보기에도 첼다는 정상이 아닌 것 같았기 때문이다.

"내 말은, 아이들하고 지내기가 괜찮으냐고. 우리가 다시 젊어질 수야 없는 노릇이지. 에고, 내가 30명이나 되는 아이들을 보살핀다면…….."

"30명?"

첼다는 어이가 없다는 표정을 지으며 깔깔 웃었다.

"현재로만 60명이야. 조만간 숫자는 줄어들 것 같지도 않아."

"60명이나 된다고?"

놀란 아가테의 입이 쩍 벌어졌다.

"도대체 그 많은 아이들이 다 어디서 왔대?"

"어휴, 그걸 나에게 물어? 게다가 갈수록 늘고 있어."

잠깐 동안 어색한 침묵이 흘렀다. 먼저 입을 연 쪽은 첼다였다.

"내가 보기에는 아이들이 저기서 오는 것 같아."

"뭐라고?"

"제대로 알아들었네, 뭐."

"무슨 그런 망측한 소리를!"

아가테가 펄쩍 뛰었다.

“그런 헛소리를 고집하다니, 너 정말 이상해졌다. 그건 신을 모욕하는 말이야.”

“고집은 아니고. 요즘 들어 부쩍 그런 생각이 떠나질 않아.”

“그런 생각을 하는 것조차 금지야. 다시 독감이 기승을 부렸을 뿐이야. 그뿐이니? 파상풍이나 디프테리아, 성홍열, 티푸스, 산욕열……. 얼마나 많은 병 때문에 부모들이 죽어 나가는데!”

“그거야 웃지 못할 일이지.”

“웃지 못할밖에! 이건 명명백백한 일이야. 대부분 사람들도 같은 의견이고.”

“그거야 머릿속에 든 게 지푸라기뿐이니까.”

“하긴 네 마음도 모르는 바 아니야. 모두들 영악해서 아이들 돌볼 생각은 조금도 하지 않지. 무슨 해충이라도 보는 것처럼 슬슬 피하기나 하고. 첼다, 아이들을 돕는 네가 난 정말 자랑스러워.”

“아가테, 너야말로 요요를 돌보고 있잖아.”

“요요, 얘야 세상에 태어나면서부터 내가 데리고 있는걸. 하지만 저 애들은…… 쟤들은…….”

아가테는 말을 잇지 못하고 머뭇거렸다.

“쟤들이 뭐 어때서?”

“아냐, 난 그저…….”

“알아, 네가 무슨 생각을 하고 있는지. 넌 그저…….”

첼다가 갑자기 심한 기침을 터뜨리고는 헝클어진 터번을 바로 잡았다.

"알아, 알아. 됐어 첼다, 흥분하지 마. 사실 오늘 너를 찾아온 건 전혀 다른 일 때문이야. 음, 그러니까 네가 하는 일과 관련이 있어……."

아가테는 어떻게 말을 꺼내야 좋을지 몰라 망설였다.

"집 앞에 여자애가 버려져 있었어요."

요요가 얼른 아가테를 거들었다.

"혹시 첼다 아주머니가 아는 여자애일까 싶어서 물어보러 온 거예요."

"그런 일이 있었어? 그런데 내가 과연 도움이 될까? 나한테야 끊임없이 여자아이들이 찾아오니 말이다. 어디 어떻게 생겼는지 한번 설명해 보렴."

"그게 말이야, 뭐라고 딱히 꼬집어 말하기가 어려워."

아가테가 대답했다.

"나이는 대략 열여섯 살쯤 되어 보이고, 머리카락을 몽땅 잘랐더라고. 아마 짙은 금발이었던 것 같아."

"그리고 눈동자가 노래요. 꼭 고양이 눈처럼 말이에요."

요요가 덧붙였다.

"그러니까 노란 고양이 눈을 가진 여자애라? 그런 아이는 본 적이 없는데. 게다가 열여섯 살짜리들은 더욱 잘 몰라. 그렇게 큰 애들은 밥만 배불리 먹었다 하면 곧 사라지니까."

"그거야말로 늑대에게 밥을 주는 거나 마찬가지야."

아가테가 말했다.

"늑대? 늑대라면 아주 착하고 순한 놈들이지."

첼다가 받았다.

"뭐, 좋을 대로 생각하렴."

아가테가 대꾸했다.

"항상 궁금하게 생각하는 건데 말이야, 너 혼자서 이걸 다 어떻게 감당하고 있어? 60명이나 되는 아이들에게 밥을 해 준다는 게 어디 간단한 일이야? 재료들은 다 어디서 어떻게 구하는 거야?"

"먹이는 거야 큰 문제가 되지 않아. 농사야 내 손으로 직접 지으니까. 집 뒤에 큰 밭이 있는 걸 보지 못했어? 먹고사는 데 필요한 건 거기서 다 자라지. 게다가 난 사람들과 좋은 관계도 유지하고 있고."

"그래? 이를테면 어떤 관계?"

"뭐, 필요한 것들을 가져다주는 사람들이 적지 않아. 어떤 이는 내 말이면 뭐든 아끼지 않고."

"그 어떤 이가 공짜로 도와준다고?"

"꼭 그렇다고 할 수는 없지."

"그럼 치러야 할 대가가 뭐야?"

첼다는 허공에 대고 손을 휘휘 저었다.

"아하! 나한테는 얘기하고 싶지 않으시다?"

아가테가 토라진 목소리로 다그쳤다.

"그게 그렇게 비밀이야? 안 그래도 사람들은 네가 그 많은 아이들을 어떻게 먹여 살리는지 알 수가 없다고, 뭔가 흑막이 있는 게 아니냐고들 난리야."

"그래? 사람들이 그따위로 말한단 말이지? 대체 사람들이 언제부터 그렇게 나한테 관심을 가졌는데? 내가 무슨 일을 하든 모른 척하지 않았나? 아이들을 거리에서 죽게 내버려 두는 쓰레기 같은 인간들이 나한테 무슨 말을 할 자격이 있는데? 오마르 무살라는 달라. 그 남자는 인간쓰레기들과는 차원이 다르다고. 거리에 버려진 아이들도 잘 돌보면 훌륭한 일꾼으로 키워 낼 수 있다고 언제나 나를 격려하지. 내 일을 도와주고 있는 건 오마르 무살라야."

"아, 그래! 그 유명한 오마르 무살라가 배후에 숨어 있었구나. 난 또 누구라고!"

아가테가 의기양양한 얼굴로 말했다.

"배후에 숨어 있는 게 아냐. 그저 자발적으로 나를 돕는 거지."

"나라면 조심할 거야. 오마르 무살라가 아무런 대가도 바라지 않고 그런 일을 할 남자는 아니지."

아가테가 자못 진지한 표정으로 말했다.

"물론 아니지. 그도 내 덕을 보고 있는걸."

"어떻게?"

"그가 사업을 하고 있는 지역에 버려진 아이들이 배회하지 않도록 해 주지. 그런 아이들을 보면 사람들이 놀라 거래를 하지 않으려 든다더군. 하긴 불량배들이 득시글한 곳에서 누가 사업을 하겠어. 무서워서 손님들이 오지도 못하는데."

첼다는 따발총처럼 쏘아붙였다.

"말이 나왔으니 짚을 건 짚고 넘어가자, 아가테! 내 아이들은 네가 생각하는 것처럼 그렇게 못 돼먹지 않았어. 일도 아주 열심히 돕고, 말도 얼마나 잘 듣는데. 요리도 아이들이 직접 해서 먹어. 세 시간 밭일을 하면 따뜻한 밥을 주는 거야. 게다가 난 아이들에게 목수 일도 가르치고 있어. 오마르 무살라는 그런 기술을 익혀 두면 장래에 큰 도움이 될 거라고 하지."

"내가 보기에는 다른걸."

생각에 잠겨 있던 아가테가 웅얼거리며 말했다.

"내가 궁금한 건 말이야, 네가 어떻게 아이들이 저기서 왔다는 따위의 멍청한 소리를 할 수 있느냔 거야."

"그게 왜 멍청해?"

"멍청하지! 신을 욕보이는 일인 데다가 위험하기 짝이 없는 말이야. 게다가……."

아가테는 적당한 말이 떠오르지 않는 모양이었다.

"넌 저 벽을 두고 떠도는 허튼소리를 너무 믿는 게 탈이야. 뭐, 우리가 허망함의 나락으로 타락한다고? 야, 야, 무슨 말 같은 소리를 해야지, 이거야 원."

첼다의 얼굴에는 비웃음이 가득했다.

"난 그 말을 믿어. 어떻게 안 믿을 수가 있지?"

아가테가 질세라 맞섰다.

"내가 아까 말했잖아, 머릿속에 지푸라기밖에 없으니 그런 밑도 끝도 없는 말을 믿지."

첼다가 빈정거렸다.

"내 머릿속에 지푸라기는 없어! 그럼 넌 저 벽 너머에 뭔가 있다는 거야? 그런 거야?"

"아무것도 없지는 않아!"

"무슨 근거로 그렇게 말하지?"

"없다는 증거가 없잖아."

"아니, 없는 것도 증명해야 해? 온도나 풍향을 재듯 없는 것도 재서 보여 줘야 해?"

"없는 것을 증명할 수야 없지. 하지만 저 너머에 아무것도 없는 게 아니라는 건 얼마든지 증명 가능한 일이야."

"그래? 어떻게 증명을 하는데?"

"벽을 타고 넘어가면 아는 거 아냐!"

"그건 불가능해. 벽을 넘어갈 수는 없다고. 저 건너편에는 아무것도 없어. 그야말로 완벽한 무(無)라고! 건너편에 뭔가 있다면 사람들이 벌써 벽을 타고 넘었겠지. 분명히 말해 두지만 벽 너머에는 아무것도 없어! 이런 말도 안 되는 소리를 당장 그만두지 않는다면, 그땐……."

아가테는 흥분한 나머지 숨이 멎을 것만 같았다.

"그땐 뭐? 뭐 어떻게 할 건데? 잠깐 이리 와, 보여 줄 게 있어, 똑똑히 봐 둬야 해."

자리에서 벌떡 일어선 첼다는 아가테의 손을 잡아끌었다.

"따라와!"

첼다는 아가테를 끌고 방을 가로질러 갔다. 요요는 호기심 어린 눈으로 두 여자를 따라갔다. 첼다가 마침내 멈추어 서자, 그곳에는 조그만 벽이 서 있었다. 워낙 주변 정돈이 안 되어서일까? 어수선한 바닥에서 솟아오른 벽이 도대체 뭘 뜻하는 것인지 알 수 없었다.

"이게 뭔지 알아?"

첼다가 물었다. 흥분한 탓인지 쉿소리가 나는 음성이었다.

"이거? 이게 뭐야, 그저 조그만 벽이네."

아가테가 대답했다.

"이건 바로 저 장벽에서 떨어져 나온 거야!"

"네?"

요요가 놀라서 물었다.

"그래, 이건 바로 저 장벽의 일부였어."

"장벽? 그러니까 이게 진짜 장벽에서 떨어져 나온 것이라고……?"

아가테는 곧 숨이라도 넘어갈 것처럼 말을 잇지 못했다.

"물론이지, 아니면 이게 어디서 났겠니? 봐, 두 눈으로 똑똑히 보라고."

첼다는 벽을 손으로 가리켰다. 하지만 요요는 뭘 보라는 것인지 알 수 없었다. 그 벽은 어디서나 흔히 볼 수 있는 벽에 지나지 않았다. 그저 벽이 소파와 탁자 사이에 있는 게 신기하다고나 할까. 약 1.5미터 높이의 벽은 요요가 알지 못하는 재료로 만든 것이었다.

"에, 그러니까 이걸 보고 어떻게 저 장벽에서 떨어져 나온 것이라는 걸 알죠? 첼다 아줌마는 어디를 보고 그걸 알아요?”

“본다는 건 잘못된 표현이란다, 요요! 우리는 느껴야 해. 바로 이걸로!”

첼다는 손으로 자신의 머리를 어루만졌다.

“어째 그럴 것 같더라. 저런 소리를 누군들 못하겠니?”

아가테는 요요의 귀에 대고 속삭였다.

“장벽의 일부가 떨어져 나왔다는 것은 익히 알려진 이야기야. 알레프 부스타니는 《망각의 벽》이라는 책의 1부에서 그걸 언급하고 있기도 하지.”

“오, 첼다, 너 알레프 부스타니의 경전도 읽는 거야? 그걸 다 읽다니, 넌 앞으로 좋아질 일만 남았다!”

“누구나 알레프 부스타니의 경전을 읽어야지. 그럼 우리 인간은 똑똑히 알 수 있지. 왜 우리가 이 지경으로 살게 되었는지.”

“첼다! 어쩜 그런 불경한 소리를 할 수 있니!”

아가테가 비명을 질렀다.

하지만 첼다는 이야기를 계속했다.

“그럼 모두들 똑똑히 알 수 있을걸. 장벽의 종교라는 것은 말도 안 되는 헛소리에 지나지 않아. 저 장벽을 둘러싼 것은 모두 허튼 수작일 뿐이야. 알레프 부스타니? 흥! 내가 뭐하러 입 아프게 떠들고 있담. 이리 와, 이 벽의 뒤로 와 보라고.”

첼다는 성큼 발을 옮겨 벽 뒤로 가서 섰다.

“자, 이래도 아무것도 없어? 내가 아무것도 아니야?”

첼다의 눈은 이글이글 불타오르고 있었다.

"안되겠다. 가자, 얘야!"

아가테는 요요의 손을 잡아끌었다.

"여기서 저런 미친 소리를 더 들을 이유가 없지, 어서 가자!"

아가테는 요요의 손을 잡고 첼다의 집을 빠져나갔다.

5 "첼다 아주머니는 왜 저러시는 거죠?"

다시 늪지대에 이르렀을 때, 요요가 아가테에게 물었다. 하지만 아가테는 대답하지 않았다.

"그 벽이라는 게 뭐예요? 그게 정말 저 높은 장벽에서 떨어져 나온 거예요?"

요요는 계속 물었다.

"그리고 알레프 부스타니는 뭐라고 썼는데요?"

"조용히 하렴."

아가테는 요요의 말을 끊었다.

"그런 이야기는 하는 게 아니야."

요요는 입술을 깨물고 아가테의 옆모습을 바라보았다. 화가 잔뜩 난 게 분명했다. 아까보다도 더 강한 바람이 머리카락을 흩뜨려 놓아도 앞만 뚫어지게 바라보았다. 아가테는 입을 굳게 다물고 앞만 보고 나아갔다. 왼쪽이나 오른쪽을 살피는 일도 없었다. 요요는 한 걸음 뒤쳐져 따라갔다.

첼다는 대체 무슨 이야기를 하고 싶었던 것일까? 요요는 첼다의 창백하고 푸석한 얼굴을 떠올려 보았다. 무엇 때문에 그렇게 불안해하며 흥분한 것일까? 첼다를 좋아했던 요요는 아줌마가 제발 미치지 않기를 간절히 빌었다. 예전처럼 따스한 미소로 반겨 주며 언제나 재미있는 이야기를 들려주지 못해 안달하는 편안한 첼다로 돌아와야 할 텐데…….

요요는 눈물을 삼켰다. 그에게 첼다는 아가테의 절친한 친구 그 이상이었다. 요요가 이렇게 살아 있을 수 있는 것도 첼다 덕이었다. 추운 겨울날 밤, 도시를 가로지르는 대로의 동쪽 방향에서 강보에 싸인 요요를 발견한 사람이 바로 첼다였다. 부모가 누구인지 전혀 알 수 없는, 버려진 갓난아기 요요를 구해 준 여인이 바로 첼다였다.

집으로 데려가 포대기를 풀어 보니, 그 안에서 종이 한 장이 나왔다고 한다. 종이에는 선이 잔뜩 그어져 있었고, 그 위로는 검은 점들이 춤을 추는 것처럼 어지럽게 찍혀 있었단다. 그 줄들 사이 한 곳에 '피치카토'[+]라고 적혀 있었으며, 다른 구석에는 '요제프'[+]라는 이름만 덩그러니 남아 있더라는 것이다. 피치카토와 요제프라는 게 뭘 뜻하는지 아무도 몰랐지만, 첼다는 그 두 단어를 합쳐 요요의 정식 이름 '요제프 피치카토'를 지었단다. 그리고 첼다는 오랫동안 자식을 원해 온 아가테에게 갓난아기를 데려다 주었다고 한다.

[+] 바이올린, 첼로와 같은 현악기 현을 손끝으로 튕겨서 연주하는 방법. 또는 그렇게 연주하는 곡.
[+] 요요는 요제프를 줄여 부르는 애칭임. ─ 옮긴이

돌아오는 길에 아가테와 요요는 한마디 말도 나누지 않았다. 집 앞에 도착해서야 아가테는 가죽 장갑을 벗어 옷에 묻은 먼지를 털어 내고, 머리카락을 매만졌다. 오토와는 정반대로 아가테는 외모에 무척 많은 신경을 썼다. 옷은 언제나 깔끔하게 손질해 두었으며, 조그만 얼룩 하나도 그냥 넘어가는 법이 없었다. 어디서 그 많은 블라우스와 치마 그리고 옷가지들을 장만했는지 모를 일이었다. 요요는 늘 친부모가 있었더라면 어땠을까 생각하곤 했다. 물론 오토와 아가테가 구박을 한 적은 없었다. 어려서부터 자신들은 친부모가 아니라며, 그냥 아저씨와 아주머니라고 부르라고 했던 두 사람이었다. 불편한 것은 아니었지만, 그래도 거리감은 있었다. 친부모 밑에서 자랐더라면 하루 종일 집 안팎을 청소하고 허드렛일을 하지는 않았으리라. 또 저 장벽이 무엇인지, 알레프 부스타니가 쓴 책에는 무슨 내용이 들어 있는지, 주방의 찬장에 다른 네 권의 책들과 함께 꽂혀 있는 《세계대지도》가 어째서 지구가 둥글다고 주장하는지 따위의 문제들을 친부모라면 기꺼이 가르쳐 주었을 것이다. 물론 도시 대부분의 주민들처럼 요요의 친부모도 쓰거나 읽을 줄 몰라 책을 한 권도 안 가졌을 수도 있다. 아가테는 저 장벽과 알레프 부스타니 그리고 종교 문제에 있어서만큼은 엄하고 딱딱했지만, 다른 문제라면 요요에게 기꺼이 가르쳐 주곤 했다. 사실 아가테에게 섭섭한 것은 없었다.

요요가 아가테에게 물었다.

"첼다 아주머니가 미쳐 버리는 건 아니겠죠? 아님, 설마 벌써 미친 건가요?"

"그래."

아가테는 짧게 대답했다.

"아직 정상일 수도 있어. 하지만 어느 쪽이든 결과는 마찬가지야. 그런 위험한 생각을 가지고 있다가는 언젠가 반드시 미쳐 버리고 말 거야."

아가테의 냉정한 말을 들으며, 요요는 몸을 부르르 떨었다. 차가운 기운이 등줄기를 훑는 것만 같았다.

아가테와 요요는 주방으로 들어섰다.

차코는 식탁에 앉아 잠들어 있었다. 얼굴을 식탁 바닥에 대고, 두 팔은 사타구니 사이에 늘어뜨린 자세였다. 빵 한 덩어리를 다 먹어 치운 모양이었다. 바닥에 빵 부스러기가 너저분했다. 로테도 잠들어 있었지만, 아가테가 허리를 숙이고 들여다보자, 깨어났다. 아가테는 로테의 머리를 쓰다듬으며 물었다.

"차 한 잔 마실래?"

로테는 고개를 끄덕였다.

"예, 부탁합니다."

요요는 차코를 흔들어 깨웠다.

"야, 일어나!"

차코는 잠이 덜 깬 눈으로 고개를 들어 사방을 돌아보았다.

"어지간히 먹어 치웠군. 어때, 맛있었어?"

요요의 질문에 차코는 멍한 표정을 지었다.

"우리 빵 말이야."

"음."

차코는 입맛을 다시며 자리에서 일어섰다.

"차코야, 이제 집에 가는 게 좋겠다. 조금 있으면 오토 아저씨가 돌아올 거야."

아가테가 말하며 찬장의 서랍을 뒤적거렸다.

"여기 있다, 네 못 가져가렴."

아가테는 못 일곱 상자를 꺼내 식탁 위에 올려놓았다. 주섬주섬 상자들을 호주머니에 챙겨 넣은 차코는 문가로 갔다.

요요가 차코를 불러 세웠다.

"로테는 잘 보살핀 거야? 내가 무슨 말 하는지 잘 알고 있겠지?"

"무슨 말 하는 건데?"

차코는 혀를 날름 하고는 사라졌다.

요요는 식탁에 앉아 콧구멍을 후비며 생각에 잠겼다. 그것은 곧 소녀에게 다가가고 싶지만, 차마 발이 떨어지지 않는다는 것을 뜻했다. 그때 갑자기 로테가 입을 뗐다.

"미안해요, 하지만 너무 지루해요."

"아, 그렇겠구나!"

아가테가 반색을 했다.

"그럼 나 좀 도와주렴. 콩 고를 줄 알지?"

"콩이요?"

아가테는 벌써 콩이 가득 담긴 통을 로테에게 들이밀었다.

"여기 있다. 실한 놈은 이 냄비에 넣고, 나쁜 것은 저기로 골라내 보렴."

"아, 신데델라가 했던 일이네요."

로테가 말했다.

"뭐, 뭐라고?"

"신데델라가 했던 일이라고요."

"신데렐라가 뭐냐? 무슨 고양이 이름 같다?"

아가테가 반문했다.

"신데렐라는 '벽 번호 47번'을 갖는 소녀예요. 거의 모든 동화의 주인공들은 벽화에 흑백으로만 묘사된 덕에 아주 높은 가치를 가지고 있지요……."

이야기를 하던 로테는 갑자기 입을 다물었다.

"지금 대체 무슨 얘기를 하고 있는 거냐?"

아가테가 놀란 얼굴로 물었다.

로테는 무슨 문제가 있는지, 무척 혼란스러운 표정으로 고개를 세게 흔들었다.

"아녜요, 아무것도 아니에요. 무슨 말을 한 건지 저도 몰라요."

한동안 눈을 감고 있던 로테가 다시 입을 열었다.

"콩 고르는 일은 하고 싶어요, 부탁합니다. 물론 너무 어렵지만 않다면 말이에요."

"어려울 건 하나도 없단다. 다만 시간이 걸릴 뿐이야."

"네, 알겠어요. 감사합니다."

로테가 다시 평온해진 얼굴로 말했다.

요요는 두 사람의 대화를 하나도 놓치지 않고 귀담아들었다. 무슨 소리인지 몰라 어안이 벙벙할 뿐이었다. 정확히 말해서 콩을 고르겠다는 말 빼고 요요가 이해한 로테의 말은 단 한 마디도 없었다. 요요는 로테가 콩을 하나하나 집어 들고 한동안 노려본 끝에 두 개의 냄비에 골라 담는 모습을 뚫어져라 바라보았다. 어이가 없어서 요요는 고개를 절레절레 저었다. 하지만 로테는 콩을 고르는 일이 즐거운 모양이었다.

한 15분쯤 그렇게 지켜본 끝에 요요가 물었다.

"그게 재미있니?"

"응? 아, 너구나. 그럼 재미있지!"

"그런데 왜 너는 말끝마다 '고맙습니다' 아니면 '부탁합니다' 하는 말을 다니?"

"원래 그래야 하는 거 아니야?"

로테는 요요를 보고 배시시 미소를 지었다. 그런 다음 다시 자리에 눕더니 그대로 곯아떨어졌다.

6 다음 날 아침 꼭두새벽부터 오토는 요요의 방문을 쾅쾅 두들기며 소리쳤다.

"일어나라, 요요. 지금 출발해야 해!"

요요는 머리끝까지 이불을 뒤집어썼지만 소용이 없었다. 벌써 장날이 돌아온 것이다. 요요는 아저씨와 함께 양 떼를 이끌고 늪지대의 노란 섬에 가야 했다. 매주 한 번, 큰 장이 섬의 광장에 열렸다. 섬은 도시의 구 하나와 맞먹을 정도로 컸다. 섬의 주민은 거의 오마르 무살라의 일족들이었다. 오마르 무살라의 가족은 이미 몇 세대에 걸쳐 도시에 살았고, 독일어를 완벽하게 할 줄 알았지만, 자기들만의 전통을 철저히 고집했다. 쓰는 말도 따로 있었다. 이들의 고유한 말은 도시의 다른 시민들이 전혀 알아들을 수 없는 것으로 무리쉬라 불렸으며, 전해 오는 바에 따르면 알레프 부스타니가 이 언어를 만들었다고 한다. 글자도 따로 가지고 있었는데, 마치 꽃다발처럼 희한하면서도 우아한 문자였다. 더욱 특이한 점은 글자를 오른쪽에서 왼쪽으로 쓴다는 사실이다.

무살라 가족은 오랜 세월에 걸쳐 막대한 부를 쌓았다. 현재 가문의 최고 우두머리인 오마르 무살라는 도시 전체에서 가장 강력한 힘을 자랑했다. 주업은 장사였으며, 사람들이 다리를 건널 때는 통과 세금을, 물건을 날라 주는 값으로 수수료를, 그리고 장터에서는 자릿세를 받았다. 소문에 따르면 오마르 무살라는 알레프 부스타니의 직계 후손이라고 한다. 그래서 장벽 아래에 살면서도 건강에 조금도 문제가 없다는 것이다. 반면에 보통 사람들은 장벽 아래에서 살면 거기서 뿜어져 나오는 독성으로 몸이 망가진다. 오마르 무살라의 집은 벽에 거의 붙다시피 했는데도 그는 아주 건강하고 쾌활하다며 사람들은 고개를 갸웃거리곤 했다. 그래서 나온 말이 "역시 알레프 부스타니의 후손은 달라!"였다. 하지만 사람들의 수

군거림은 여기서 끝나지 않았다.

"저렇게 건강한 사람이 지독한 돈 욕심은 어디서 왔나 몰라. 저 정도 욕심이면 병 아냐?"

요요는 아직 잠이 덜 깬 눈을 비비며 억지로 옷을 입었다. 아직 해가 뜨지 않아 어두컴컴했다. 요요는 손으로 검은 곱슬머리를 세 번 훑은 다음, 물에 적신 수건으로 얼굴을 닦았다. 입에 물을 한 모금 물고 구르르우르르 헹구어 냈다. 마침내 준비를 끝낸 요요는 쏜살같이 아래로 내려갔다.

주방에는 촛불이 한 자루 밝혀져 있었다. 아가테는 벌써 일어나 맷돌로 곡물을 갈며 아침을 준비하느라 분주했다. 로테는 소파에 걸터앉아 콧노래까지 부르며 콩을 고르는 중이었다. 순간 요요는 로테가 이미 오래전부터 함께 살아온 것 같은 생각이 들었다. 어떻게 해야 오토에게 로테가 계속 머물러도 좋다는 허락을 얻어 낼 수 있을까? 요요는 안타까운 마음에 로테의 얼굴을 제대로 바라보지도 못했다. 요요는 보기만 해도 따스한 느낌이 나는, 상냥한 로테가 너무나 좋았다. 조금이라도 더 이야기를 나누고 싶었지만, 오토는 이미 짐을 챙겨 들고 문을 나서고 있었다. 그가 문을 열자마자, 양 울음소리가 들려왔다. 요요는 보리차를 벌컥벌컥 들이킨 후 짧은 인사말을 남기고 오토를 따라나섰다.

두 사람은 서둘러 길을 갔다. 앞장선 오토의 허리춤에는 커다란 권총이 건들건들했다. 요요는 양 떼의 뒤에서 따라가고 있었다. 요요 역시 바지라로 무장을 했다. 요요가 맡은 임무는 스무 마리의 양 중에 한 놈도 뒤처지거나 길을 잃어버리지 않게 하는 것이었다. 하지만 이 일은 간단하지 않았다. 양들은 도로의 듬성듬성 갈라진 틈새에 자란 풀들만 보면 뜯어 먹느라 바빴기 때문이다. 사람들의 모습은 좀처럼 볼 수 없었다. 가끔 깡마른 말이 끄는 마차만 요란한 소리와 함께 지나갔다.

원래 도시에는 지금보다 훨씬 더 많은 사람들이 살았다. 알레프 부스타니가 장벽을 세우기 전의 일이다. 사람들의 수는 갈수록 줄어들었다. 아가테의 설명에 따르면 벽을 세우기 전에 세상은 천천히 그러나 확실하게, 뒤틀리며 기울기 시작했다고 한다. 결코 과장이 아니라고 힘주어 강조했다. 알 수 없는 이유로 세상이 기울면서, 사람들은 지금 벽이 서 있는 자리에서 누가 먼저랄 것 없이 미끄러져 내리며 허망함의 늪으로 빠지고 말았다는 것이다. 요요는 아가테에게 이런 믿기 어려운 이야기를 얼마나 많이 들었는지 달달 외울 정도였다.

하지만 요요는 도무지 알 수 없었다. 수백만은 아니더라도 수십만의 사람들이 몇 킬로미터나 늘어서서 동시에 미끄러진다는 게 말이 되는 소리일까? 아니, 그렇게도 붙잡을 게 없었단 말인가? 요요는 몇 번이고 아가테에게 캐물었지만, 그때마다 돌아오는 답은 한결같았다. 묻지 마라, 믿어라! 너무 많은 질문은 세상을 더욱 기울게 할 뿐이다. 벽을 세워 허망함에 빠지지 않게 해 준 알레프 부스타니의 노력을 헛되게 해서는 안 된다. 늘 되풀이되는 똑같은 대답에 요요는 더 묻지 않기로 결심했다.

아가테로부터 만족스러운 답을 얻을 수 없자, 요요는 직접 기울어진다는 게 어떤 것인지 실험을 하기도 했다. 자기 방에서 판자를 가지고 기울어진 비탈길을 만든 다음, 여러 가지 물건들을 그 위에 놓아 보았다. 실험 결과, 고정을 하지 않는 한 모든 것은 미끄러져 내릴 수밖에 없음을 확인했다. 결국 실험 전과 똑같은 궁금증이 남았다. 그렇게 잡을 게 없었나? 뭐라도 있었다면, 미끄러지지 않았을 텐데…….

아가테의 지도책에 그려진 것처럼 지구가 둥글다면, 상황은 더욱 기묘해진다. 정말 지구가 둥근 공이라면, 기울어진 비탈길 따위는 아무것도 아닐 것 같았다. 둥근 지구의 아래쪽에 있는 사람들은 미끄러지는 게 아니라 아예 떨어졌을 것 아닌가? 떨어진다? 어디로? 요요는 도무지 알 수 없었다. 이제 분명해진 것은 단지 기울기가 일정 각도 이상이 되면 모든 것은 굴러떨어진다는 사실뿐이었다. 그렇다면 바로 이 각도가 되는 지점에 장벽이 서 있는 셈이다. 지구가 둥글다는 점을 생각한다면, 벽도 시작과 끝이 만나며 하나의 커다란 원을 이룰 것이다. 장벽에 시작도 끝도 없다는 게 이런 것을 두고 한 말일까?

하지만 지구가 정말로 둥근 공이라면, 왜 벽은 353년 전에야 비로소 세워졌을까? 그럼 그전에는 누구나 다 미끄러져 버리고 말았을까? 요요는 답을 알아내기 위해 머리를 쥐어짰으나, 한 번 막힌 생각은 더 이상 나아가지 못했다. 요요는 세상에 관해 아는 게 너무나 없다는 것을 뼈저리게 깨달았다. 양치기로 평생을 살아야 한다면, 어떻게 해야 더 많은 것을 배울 수 있을까? 요요는 자기도 모르게 한숨을 쉬었다.

터덜터덜 맨 뒤에 처진 양을 몰며, 요요는 자신이 한심하다는 생각을 지울 수가 없었다. 시무룩한 얼굴로 지팡이만 흔들면서, 양의 지저분한 꼬리가 좌우로 흔들리는 것을 멍하니 바라보았다. 때때로 도로 양옆의 흉가들이 눈에 들어왔다. 저기에 양 떼를 노린 도적들이 숨어 있을 수도 있다는 생각이 퍼뜩 들었다. 순간 요요는 알리시아의 얼굴을 떠올렸다.

그토록 위험한 인물로 소문난 알리시아가 그렇게나 예쁘다니! 선글라스를 쓴 모습은 정말 매력적이었어! 게다가 능력도 대단하다지 않던가! 20,448 곱하기 257을 순식간에 계산하며, 맨주먹으로 벽돌을 깬다고도 했다. 알리시아는 이미 장벽 반대편에도 다녀왔다는 소문이 자자했다. 정말일까? 요요는 곧이곧대로 믿을 수는 없었다.

알리시아에게 두려움보다는 호감을 더 느끼는 요요였지만, 지금 그녀와 마주치고 싶은 생각은 조금도 없었다. 요요는 자신이 입고 있는, 소매가 너덜너덜한 스웨터를 살펴보며 머리를 쓸어 올렸다. 이런 지저분한 목동의 몰골로 알리시아를 보고 싶지는 않았다.

양 떼는 천천히 커다란 흉가로 다가갔다. 그 길을 가로지르면 훨씬 가까웠다. 하지만 이 주변 빈터는 특히 위험했다. 무성하게 자란 잡풀과 덤불 뒤에 도적들이 숨어 있을 수 있기 때문이다. 요요는 양들을 몰면서 권총을 꺼내 들었다.

하지만 그곳을 완전히 빠져나갈 때까지 아무 일도 일어나지 않았다. 요요는 안도의 한숨을 쉬었다.

7 이때 요요는 뒤처진 양 한 마리가 어슬렁거리며 폐가의 문으로 들어가는 것을 보았다. 두 번이나 휘파람을 불었지만, 양은 돌아올 기미를 보이지 않았다. 어찌 해야 좋을까 싶어 오토를 바라보았으나, 아무것도 모르는 그는 앞만 보고 갈 뿐이었다. 잠시 망설이던 요요는 양을 따라 폐가로 들어섰다. 위험한 일이라는 것은 잘 알았지만, 별다른 도리가 없었다. 다시 한 번 휘파람을 불었으나, 사라진 양의 모습은 보이지 않았다. 이리저리 둘러본 끝에 뜰 안쪽에서 풀을 뜯고 있는 양을 발견했다. 요요는 지팡이를 들어 양을 바깥으로 내몰려고 했다. 갑자기 커다란 고함 소리가 들려왔다. 놀란 요요는 양을 버려둔 채 얼른 밖으로 나가 모퉁이에 몸을 숨기고 살펴보았다.

오토가 검은 옷을 입은 세 명의 도적들로부터 공격을 받고 있었다. 멀리서 보아도 청소년 범죄 조직 일당인 게 분명했다. 아무리 오토라 해도 혼자서 세 명을 당해 낼 수는 없는 노릇이었다. 바닥에 쓰러진 오토는 도적들의 발길질을 고스란히 받아 내고 있었다. 모퉁이에 숨은 요요는 몸이 얼어붙는 것만 같았다. 상상만 했던 위험이 마침내 눈앞에 닥친 것이다. 그동안 얼마나 이런 장면을 상상해 보았던가. 하지만 지금 눈앞에서 벌어지고 있는 것은 상상으로 는 도저히 실감할 수 없는 공포를 불러일으켰다.

두 명의 사내애들이 바닥에 쓰러진 오토를 찍어 누르고 있는 동안, 나머지 한 명은 양 두 마리를 끌고 집으로 들어갔다. 양의 긴 울음소리가 들려왔다. 집의 입구에는 늑대 한 마리가 온통 빨간 피로 물든 입을 쩍 벌리고 있었다. 그 뒤로 알리시아가 모습을 드러냈다. 요요는 한눈에 그녀를 알아볼 수 있었다.

알리시아는 개처럼 줄에 묶은 늑대를 끌고 오토에게 다가갔다. 그녀의 길고 검은 머리카락이 발걸음을 옮길 때마다 찰랑거렸다. 오토 앞에 다리를 쩍 벌리고 선 알리시아는 거만하게 말했다.

"헤이, 노땅. 애들 주먹맛이 어떠신가?"

오토는 아무 말도 하지 않았다. 아니면 요요가 멀리 떨어져 있어 안 들리는지도 몰랐다.

"내 귀여운 늑대가 배가 고파서 실례 좀 했어. 양 몇 마리만 더 놓고 가시지. 고놈들 참 먹음직스러워 보이는군."

오토는 여전히 아무 말도 하지 않았다. 알리시아의 부하가 다시 나타나 양 두 마리를 더 끌고 갔다. 알리시아는 오토를 찍어 누르고 있는 다른 두 명을 향해 말했다.

"놔줘. 이제 노땅하고 볼 일은 없다. 어서 가서 나머지 양을 몰아와. 여기는 내가 지키고 있을 테니."

부하들은 오토를 버려두고 양을 잡으러 이리저리 뛰었다. 하지만 양을 다루기란 보기처럼 쉬운 일이 아니었다. 둘은 양을 쫓아 멀리 흩어졌다.

"잘 들어 둬, 노땅 아저씨. 양들을 아주 잘 키우셨더군. 내 귀여운 루나의 먹을거리를 장만하려는 것이니 그리 노여워 마오."

알리시아는 빙그레 웃으며 늑대를 바라보았다.

"사실 아저씨한테 내가 바라는 건 따로 있어."

오토는 입을 굳게 다문 채 똥 씹은 것 같은 표정을 짓고 있었다. 알리시아는 두 손을 허리에 척 걸치고 외쳤다.

"총을 내놔요. 어리석은 짓은 꿈도 꾸지 않는 게 좋아."

오토는 꼼짝도 하지 않았다.

"노땅, 내가 장난하는 줄 아는 모양인데."

알리시아는 오토의 머리에 총을 들이댔다.

오토는 조심스럽게 손을 들어 천천히 권총을 꺼냈다.

"좋아요. 바로 그거야. 조금이라도 허튼수작했다간 알죠?"

오토는 권총을 꺼내 천천히 바닥에 내려놓았다. 알리시아는 발을 움직여 총을 자기 쪽으로 끌었다.

"고마워, 노땅."

거의 같은 순간 요요도 바지라를 꺼내 들었다. 부들부들 떨리는 손으로 장전을 한 요요는 뭘 겨누는지도 모르고 방아쇠를 당겼다. 그저 허공에 대고 쏘았을 뿐이다. 뭐가 맞았는지, 그게 사람인지 물건인지조차 요요는 떨려서 볼 수가 없었다. 심장이 쿵쾅쿵쾅 뛰는 바람에 눈앞이 캄캄했다. 총을 쏘고 난 요요는 팔을 축 늘어뜨렸다.

핑 총알이 날아오자, 알리시아는 움찔했다. 이때를 놓치지 않고 오토가 달려들었다. 아무리 날렵한 알리시아라도 거구의 사내를 당할 수는 없었다. 알리시아를 덮친 오토는 재빨리 총 두 자루를 모두 빼앗았다. 이제 상황은 완전히 역전되었다. 총으로 알리시아를 겨눈 오토가 큰 소리로 외쳤다.

"당장 꺼져, 몹쓸 년!"

이상하게도 오토는 총을 쏠 수 있었는데 그러지 않았다.

총을 뺏긴 알리시아는 꼼짝도 하지 못했다. 요요가 쏜 총에 맞은 것은 알리시아의 늑대였다. 여두목은 다친 늑대를 끌고 자신이 나왔던 집의 입구로 도망쳤다.

요요는 후들거리는 다리로 조심스럽게 거리로 나왔다. 양들은 어디로 가 버렸는지 보이지도 않았다. 오토는 요요를 바라보며 버럭 화부터 냈다.

"대체 그 집 뜰에는 왜 들어간 거야? 그렇게 주의를 줘도 못 알아들어? 미쳤어, 너?"

"저기 그게……."

요요는 머뭇거리며 변명할 말을 찾았다. 하긴 요요도 잘 알고 있었다. 양 떼를 몰고 갈 때면 거리를 벗어나면 절대 안 된다는 것을.

"하마터면 내 귀를 쏠 뻔했잖아!"

요요는 아무 대답도 않고 길바닥에 흥건한 피를 바라보았다. 알리시아가 맞지 않은 게 천만다행이라고 요요는 속으로 중얼거렸다.

"언제까지 그렇게 멍청하게 서서 땅바닥만 노려볼 거야?"

오토가 다시 호통을 쳤다.

"얼른 가서 양들을 찾아와. 생각 같아서는 엉덩이를 차 버리고 싶다만, 이제는 너도 다 컸잖아. 할 일은 알아서 좀 해라."

오토는 길가의 나무 그루터기에 털썩 주저앉아 계속 씩씩거리며 화를 달래고 있었다. 요요는 서둘러 양을 찾으러 나섰다. 한 시간 만에 요요는 양 열네 마리를 되찾아 돌아왔다. 오토와 요요는 양 떼를 데리고 다시 길을 떠났다.

오토는 요요에게 단 한 마디도 건네지 않았다. 그저 가끔 성이 잔뜩 난 눈빛으로 요요를 돌아볼 뿐이었다. 요요가 실수를 저지른 것만 놓고 그러는 것은 아니었다. 상황은 훨씬 더 심각했다. 이제 곧 본격적인 싸움이 시작될 판이지 않은가. 3갱단과의 전쟁이!

8 한 시간은 족히 갔을까? 마침내 커다란 다리가 나타났다. 다리는 도시와 노란 섬을 이어 주는 유일한 통로였다. 다리 앞에 길게 늘어선 줄을 보는 순간, 오토는 분통을 터드리며 요요에게 내뱉었다.

"빌어먹을!"

줄 끝에 가서 서는 것 말고 달리 방법은 없었다. 노란 섬의 장터에서 뭔가 팔려는 사람은 다리 앞에서 뭘 팔 것인지 신고를 해야 했다. 오마르 무살라의 부하들은 검사를 한답시고 사람들 사이를 다니며 이것저것 내키는 대로 찔러 보곤 했다. 이런 식으로 신고가 끝나면 통과 세금을 받았다. 세금을 얼마나 내야 하는지, 검사는 어느 정도 철저하게 하는지 따위의 문제는 그야말로 엿장수 마음이었다. 무슨 기준이라는 것도 없고, 따로 법이 있는 것도 아니었다. 오마르 무살라의 관리들이 무리쉬만 쓰기 때문에 더욱 그랬다. 요요만 하더라도 그 말을 배우려고 안간힘을 썼지만, 너무 어려워 두 손 들고 말았다. 심지어 요요는 섬의 주민들이 무리쉬를 더 어렵게 만들면서 사람들이 말을 못 배우게 훼방을 놓는 것은 아닐까 의심이 들었다.

기다리면서 요요는 다른 사람들을 찬찬히 살펴보았다. 손수레를 끌고 온 사람도 있고, 마차를 몰고 온 사람도 있었다. 트럭도 몇 대 줄에 끼어 있었다. 트럭은 엄청난 양의 나무를 싣고 있었다. 하지만 대부분의 상인들은 터벅터벅 걸어왔으며, 옆구리에는 커다란 보따리를 한 아름 끼고 있었다.

양 한 마리가 기다리고 서 있는 앞사람의 가방을 얌얌거리기 시작했다.

"앗, 이놈이! 어이 농부, 이 더러운 양 좀 똑바로 못 보겠어?"

가방 주인은 고래고래 소리를 질렀다. 땅딸막한 키에 살집이 통통한 남자의 얼굴에는 개기름이 번들거렸다. 요요는 얼른 양을 잡아끌었다.

"요즘 같은 세상에 양이라니."

땅딸보가 구시렁댔다.

"누가 양 따위를 사겠어? 아니, 이런 말라깽이 더러운 네발짐승을 누가 돈 주고 사들여?"

오토는 아무 말도 하지 않았다.

"난 진작 가축 기르는 걸 포기했어."

땅딸보는 계속 이죽거렸다.

"일만 많은 데다가 벌리는 건 쥐꼬리보다도 못하니, 원."

요요는 땅딸보가 땅바닥에 내려놓은 가방에는 대체 뭐가 들었는지 궁금했다.

"아저씨는 그럼 뭘 파시는데요? 다이아몬드라도 파시나요?"

"나? 나야 상아 강아지를 팔지!"

땅딸보는 가슴을 쭉 펴며 으스댔다.

"상아 강아지?"

"그게 뭐요? 새 품종의 개인가?"

"맙소사, 상아를 모르신다?"

땅딸보는 거만하게 오토의 위아래를 훑었다.

"어디 달나라에서 오셨남? 요새 히트 상품이 상아 강아지라는 걸 모른단 말이오? 이거 완전히 대박이라고, 대박. 구경 한번 시켜 드릴까?"

남자는 재빠르게 가방을 열었다. 흑갈색의 벨벳이 깔린 가방 안에는 상아를 깎아 만든 강아지들이 가득했다. 그야말로 모든 종류의 개들을 망라한 것 같았다. 벨벳만 해도 엄청 비싸 보였다.

"이게 얼마나 불티나게 팔리는 줄 알기나 하쇼? 끊이질 않게 상아를 대 주는 친구가 있소. 게다가 도시에서 상아를 깎아 강아지 조각을 만들 아이들을 꽤 낡아 놨지."

“상아는 어디서 나는 거요?”

“그거야, 내 친구가 알지. 난 몰라요.”

오토는 더 이상 아무 말도 하지 않았다.

요요는 개 장식품들을 요모조모 뜯어보았다. 사람들은 상아로 만든 개를 대체 어디에 쓰려는 것일까? 저런 것을 돈 주고 사는 사람은 어떤 사람일까? 어디 멀지 않은 곳에 코끼리가 살고 있는 것은 틀림없는 사실인 모양이라고 요요는 생각했다. 도시 주변의 거대한 초원에 사자와 얼룩말 그리고 영양이 산다는 이야기를 들은 기억이 있다. 그렇다면 코끼리가 살지 않을 이유도 없었다. 요요는 새삼 땅딸보 상아 장사꾼을 바라보았다. 상인은 약간 해지기는 했지만 고급스러워 보이는 양복을 입고, 노랗고 파란 줄무늬가 들어간 넥타이를 매고 있었다. 넥타이는 진짜 비단처럼 보였다. 아무래도 돈벌이가 쏠쏠한 모양이었다.

다만 그가 신고 있는 구두는 낡은 고무 타이어를 재생해 만든 싸구려였다. 오토의 신발처럼 뒤축이 다 닳아 있었다. 요요는 고개를 갸웃했다. 상아 장사가 도대체 돈을 얼마나 버는지 헷갈렸기 때문이다. 요요는 한숨을 쉬며 줄을 서 있는 사람들의 머릿수를 헤아리기 시작했다. 꽤 지났건만 줄은 조금도 줄어들지 않았다.

9 시간은 하염없이 흘러가고, 줄은 아주 조금씩 줄어들었다. 기다리는 사람들은 멍한 눈동자로 앞만 바라보고 있었다. 삼삼오오 모여 서서 주사위 놀이를 하며 돈내기를 하는 이들도 있었다. 모두

들 참을성이 대단했다. 불평을 하는 사람은 한 명도 찾아볼 수 없었다. 초조해하는 빛도 없이, 끈질기게 사람들은 기다리고, 또 기다렸다. 요요는 오토와 함께 노란 섬을 찾을 때마다 그게 무척 놀라웠다. 태연하게 줄을 서서 기다리고 있는 사람들을 보면 요요가 오히려 짜증이 날 정도였다.

요요는 기다림이 무슨 형벌은 아닐까 생각했다. 아까운 시간을 그저 멍청히 서서 허비해야 한다. 기다리면서 사람들은 풀이 꺾인다. 기다리다 지친 사람들은 고분고분해진다. 이것은 일종의 교묘한 독재가 아닐까? 이 모든 난장판을 꾸미고, 누구는 들어오라고 하고, 누구는 더 기다리라고 으름장을 놓는 오마르 무살라는 대체 어떤 사람일까? 그는 무슨 권리로 사람들을 제멋대로 부린단 말인가? 에이, 안되겠다! 요요는 세차게 머리를 흔들며 꼬리를 무는 의문들을 떨쳐 버리려 했다. 짜증을 내고 안달해 봐야, 아무 소용이 없는 일이다. 다른 사람들도 그저 묵묵히 기다리지 않는가. 모두들 기다림에 익숙해져 버린 모양이다. 그게 아니면 머리가 나빠 아무 생각도 하지 않거나.

날은 벌써 어둑해지고 있었다. 요요는 피곤했다. 배에서는 아까부터 꼬르륵 소리가 났다. 노란 섬의 싸구려 잠자리는 포기한 지 오래였다. 이런 식으로라면 절대 차례가 오지 않을 것을 잘 알고 있기 때문이다. 지저분하기는 해도, 그나마 밤이슬을 막아 줄 수 있는 곳인데…… 아무래도 다리 앞에서 밤을 지새워야 할 게 분명했다. 이런, 담요 한 장 가지고 오지 않았구나. 요요는 벌써부터 한숨이 나왔다. 바닥에 털썩 주저앉은 오토는 아까부터 혼자 중얼중얼 떠들고 있었다. 간간이 "저 멍청한 놈 때문에!" 하는 소리가 들려왔다. 요요는 또다시 긴 한숨을 쉬었다. 다음 주 내내 같은 욕을 들을 생각을 하니 힘이 빠졌다. 그저 좋은 값을 받고 양을 팔 수 있기만 바랄 뿐이었다. 그래야 오토의 화가 좀 풀릴 텐데……. 기대해도 좋을 것 같았다. 모레는 일종의 명절이었기 때문이다. 모레, 노란 섬의 사람들은 지혜의 성녀 사프라를 섬기는 제사를 올린다. 여유가 있는 사람은 양을 제물로 바치며 의식을 올린다. 그렇다면 분명 양을 찾는 사람들이 많을 것이다.

노란 섬의 사람들은 사프라의 무한한 지혜를 기리며 그녀를 성인으로 떠받든다. 그 지혜라는 게 무엇을 뜻하는지 물론 요요는 잘 몰랐다. 다만 사프라가 알레프 부스타니를 도와 많은 일을 현명하게 처리했다는 이야기를 듣긴 했다. 아가테는 사프라를 둘러싼 호들갑을 달갑게 여기지 않았다. 지혜로운 여인 사프라는 그저 알레프 부스타니의 수많은 애첩들 가운데 한 명일 뿐이라고 아가테는 샐쭉거렸다. 게다가 성녀 운운하는 것은 알레프 부스타니의 전능함을 따르는 신앙인으로서 별로 바람직하지 않은 태도라고 애써 사프라를 깎아내렸다. 대부분 사람들은 아가테와 비슷한 말을 했는데, 사실은 제사에 바칠 양이 없어서 둘러대는 것이었다. 이런저런 생각에 빠져 있던 요요는 살풋 잠이 들고 말았다.

얼마나 지났을까? 기다리던 사람들이 갑자기 웅성거리기 시작했다. 놀라 잠에서 깬 요요는 고개를 들어 하얀 광채가 나는 달걀 모양의 비행체가 소리도 없이 스르르 미끄러지듯 다가오는 것을 바라보았다. 사람들은 탄성을 지르며, 우물쭈물 뒤로 물러섰다. 날아오는 달걀은 바로 요요와 오토 앞에서 멈추었다. 문이 열리자, 풍채가 당당한 남자가 모습을 드러냈다. 그는 노란 섬의 남자들이 대개 그렇듯, 두건이 달린 긴 옷을 입고 있었다. 척 보기에도 값비싼 고급 천으로 된 새하얀 옷의 소매에는 황금 레이스가 번쩍거렸다. 머리에도 황금빛 터번이 씌워져 있었다. 그는 바로 오마르 무살라였다.

남자는 성큼 요요에게 다가오며, 섬사람들이 즐겨 쓰는 말로 인사를 했다.

"장벽의 은총이 너와 함께 할지라, 유수프!"

요요는 벌떡 자리에서 일어나 역시 무리쉬로 답례를 했다. 너무 허리를 숙이는 바람에 하마터면 엎어질 뻔했다. 무살라가 말한 유수프라는 이름은 요제프를 무리쉬로 바꿔 부른 것이다. 인사를 하면서 요요는 몇 번이나 무살라의 이름을 잘못 부르는 실수를 했다. 하지만 그는 조금도 개의치 않았다. 오마르 무살라는 환하게 웃으며 요요를 바라보았다. 그런 다음 흘깃 오토를 훑었다. 하지만 그에게도 인사를 하는 것은 잊지 않았다. 오토도 더듬거리며 무리쉬로 인사를 했다.

"네가 바로 유수프로구나!"

오마르 무살라는 요요를 보며 환하게 웃었다. 평소에는 섬의 주민들과 지내기가 어쩌니 날씨가 어쩌니 하고 이야기를 나누는 법이 없는 오마르 무살라였다. 작은 키에 단추처럼 생긴 조그만 눈을 가진 오마르 무살라는 얼굴빛이 마치 불이라도 쬔 것처럼 붉었다. 얼핏 보면 꼭 잔뜩 화가 난 것만 같은 인상을 줬다. 불룩 나온 배는 어찌나 큰지, 옷 속에 커다란 공을 숨겨 놓은 것처럼 보였다. 게다가 톤이 높은 날카로운 목소리는 강해 보이는 외모와 어울리지 않았다. 또 그는 숨이 짧은지, 말을 하는 간간이 급히 숨을 들이마시곤 했다.

"어허, 줄이 무척 길구먼."

오마르 무살라는 목을 빼고 줄을 보며 말했다. 이번에는 독일어였다.

"네? 아 네, 그렇군요."

요요는 자기도 모르게 더듬거렸다. 뭐라 대답해야 좋을지 마땅한 말이 떠오르지 않았기 때문이다. 오마르 무살라는 빙그레 웃었다.

"만나서 정말 반갑구나, 유수프!"

요요는 놀란 눈으로 오마르 무살라를 바라보았다.

"기다리는 시간이 줄었으면 좋겠지? 내가 제안을 해도 될까? 나와 함께 이 에어모프⁺를 타고 들어가자. 이걸 타고 다리를 건너 내 집으로 가서 커피 한잔 하며 이야기를 나누자고."

"양들은 어쩌고요?"

오토가 끼어들었다.

+ 공중 부양선. 자력을 이용해 떠올라 날아다니는 비행체를 가리키는 말. - 옮긴이

"그런 염려는 말게. 내 조카 타리크가 양 떼를 책임질 테니. 아주 좋은 값을 받고 양을 팔도록 조치해 두지."

오마르 무살라는 양을 주의 깊게 살펴보았다.

"뭐, 좀 말라 보이기는 하지만 걱정할 것 없네."

오토는 놀라서 콧구멍이 벌렁벌렁했다. 요요는 오토를 불안한 눈길로 바라보았다.

"뭘 망설이나? 자, 어서 내 에어모프에 오르라니까. 왜 내 에어모프가 불안해 보이나?"

요요는 달걀처럼 생긴 에어모프를 신기한 눈으로 바라보았다. 저런 게 공중을 떠서 날아다닌다니 신기했다. 물론 네 바퀴도 달려 있었다. 하지만 바퀴는 착륙할 때만 쓰는 것이고, 에어모프의 본래 기능은 하늘을 나는 것이다. 요요는 이제까지 딱 두 번 에어모프를 구경한 적이 있다. 모두 노란 섬에서였다.

그사이 오마르 무살라는 에어모프의 문을 열고, 요요에게 올라타라고 눈짓을 했다. 요요는 조심스럽게 작은 계단을 올라갔다. 계단은 문이 열릴 때 자동으로 나온 것이었다. 오토는 타리크가 양 떼를 트럭에 태우는 모습을 불안한 눈길로 바라보았다.

"분명 양을 돌려받을 수 있는 거죠? 사기 치는 건 아니겠죠?"

오토가 물었다.

"아니, 내가 사기꾼처럼 보이나?"

오마르 무살라는 버럭 화를 내며 대꾸했다.

"설마 내가 가난한 농부의 마지막 양마저 빼앗는 불한당이라는 건 아닐 테지?"

오토는 아무 말도 하지 못하고, 에어모프에 올라탔다. 요요와 오토는 뒷좌석에 앉았다. 오마르 무살라는 직접 에어모프를 조종했다. 에어모프가 이륙하자, 요요는 몸이 약간 뒤로 젖혀지는 느낌을 받았다. 창밖을 내다보니 에어모프는 벌써 몇 미터 높이로 떠오르고 있었다. 오토는 어쩔 줄을 모르며, "요요야, 이게 정말 나는구나!" 하고 외쳤다.

"정말 신기하네요, 우리가 진짜 하늘을 날아요!"

요요는 전혀 기대하지 않았던 행운에 점점 기분이 좋아졌다. '아가테 아줌마가 보면 놀라 자빠질 거야. 차코는 부러워서 어쩔 줄 모르겠지!' 이렇게 생각하자 더욱 들떴다.

오마르 무살라는 고개를 돌려 뒤를 보더니 자랑스러운 미소를 지었다.

"어때 멋지지? 우린 이걸로 22미터 높이까지 날 수 있단다!"

"그런데 왜 하필 22미터예요?"

요요가 물었다.

"넌 이 도시의 유일한 법을 모르는 모양이구나?"

오마르 무살라가 물었다.

"알아요, 하지만 그건 건물에만 적용되는 법이 아닌가요?"

오마르 무살라는 엷은 미소를 띠었다.

"넌 영리해서 무슨 일이든 이유를 알려고 드는구나. 아주 훌륭해! 내가 너한테 기대한 것도 바로 그거야. 하지만 말이다. 생각은 얼마든지 해도 좋다만, 말은 아껴야 해. 너무 많은 말은 장벽이 싫어한단다. 이런, 내가 너에게 새로운 것을 가르쳐 주지는 못한 모양이다."

그때부터 요요는 말을 조심하기로 했다. 대신 창밖 풍경을 열심히 관찰했다. 노란 섬에는 흉하게 버려진 집이 단 한 채도 없었다. 도로의 양옆에는 높다란 야자나무와 복숭아나무들이 늘어서 있었다. 집은 모두 하얀 칠이 돼 있고, 알록달록한 옷을 입은 사람들이 분주하게 움직였다.

오마르 무살라는 약 6미터 높이에서 에어모프를 멈추었다. 요요는 어리둥절했다. 고장이라도 난 것일까? 아직까지도 에어모프의 성능을 완전히 믿지 못하고 있던 요요는 더럭 겁이 났다.

"자, 유수프."

오마르 무살라가 갑자기 입을 뗐다.

"글을 읽을 줄 알지? 저 아래에 뭐라고 써 있지?"

"P—l—t—z—t—t—r—n—n—g?"

요요는 간신히 철자를 읽었다. 무리쉬로 자음만 적어 놓은 것 같았다. 저게 무슨 뜻일까?

오마르 무살라는 그것도 읽지 못하느냐며 혀를 쯧쯧 차면서 거만한 투로 말했다.

"저건 '분리의 광장'이라고 쓴 거란다. 노란 섬에서 가장 중요한 광장이지."

"네, 그렇군요. 그런데 분리란 뭘 말하는 거죠?"

“그걸 아직도 몰라?”

오마르 무살라가 놀라며 반문했다.

“분리란 떼어 냄이지. 떼어 냄이란 모든 존재의 근본이야.”

“존재의 근본이 뭔데요?”

요요는 무슨 말인지 도무지 알아들을 수가 없었다.

“그리고 떼어 냄이라는 게 왜 좋은 거예요? 새끼 양이 엄마에게 서 떨어지면 굶어 죽을 뿐이에요. 그게 뭐가 좋다는 거죠?”

요요는 말을 하다가 가슴이 철렁했다. 어른에게 너무 뻗댄 게 아 닐까 걱정이 됐다.

“에, 그러니까 제 말은 예를 들자면 그렇다고요.”

“생각을 아주 논리적으로 하는구나. 그건 좋다. 하지만 떼어 냄 이 좋은 것이라는 내 말은 믿어도 된다.”

요요는 아무 말도 하지 못했다.

“아직도 무슨 말인지 모르는 모양이로구나.”

오마르 무살라는 잠시 생각에 잠긴 표정을 지었다.

“예를 들어 인간의 세포를 생각해 보자.”

“세포가 뭔가요?”

요요가 물었다.

오마르 무살라는 땅이 꺼져라 한숨을 쉬었다.

“내 이럴 줄 알았다.”

오마르 무살라가 정색을 했다.

“좋아, 그럼 양 떼를 생각해 보자. 양 떼란 양들로 이뤄진 무리를 말하지?”

“네.”

“거기 다른 동물이 끼어드는 것은 좋지 않겠지? 이를테면 늑대가 양 떼에 섞이면 어떤 일이 벌어지겠어?”

“그래서는 안 되지요.”

“그것 봐라. 양들이 평화롭게 잘 크기 위해서는 늑대를 양떼에게서 떼어 놔야 해. 그래야 양이 죽는 것을 막을 수 있지.”

“그렇군요.”

“그럼 떼어 내려면 어떻게 해야 할까?”

“울타리를 쳐서 늑대가 쳐들어오지 못하게 막아야죠.”

“바로 그거다. 그게 내가 말한 떼어 냄이라는 거야. 섞여 있는 것은 나쁜 것이니 피해야 하는 거지.”

요요는 고개를 끄덕였다. 양 떼 이야기는 알아듣기 쉬웠다. 그렇지만 분리라는 말은 여전히 어려웠다. 하지만 오마르 무살라는 만족스러운 웃음을 띠며 안도의 한숨을 쉬었다.

“네가 머리가 좋다는 건 익히 알고 있었다. 넌 원리를 잘 이해한 거야.”

“하지만 아직도 잘 모르겠어요. 가난한 양치기가 좋아할 섞임도 있거든요.”

“그래? 이를테면?”

“양 떼에 예를 들어, 덩치 큰 소 세 마리나 힘센 낙타 여섯 마리를 섞어 놓는 거예요.”

오마르 무살라는 놀란 나머지 딸꾹질을 했다.

"말을 조심하라고 했을 텐데. 물론 양치기가 그러는 것을 막을 사람은 아무도 없어. 하지만 가난한 양치기가 어디서 소와 낙타를 구하지? 내 설명을 잘 알아듣지 못하는 것을 보니, 네 보호자가 공부를 시키지 않은 것 같구나!"

오마르 무살라는 짜증스러운 표정을 지었다.

"전 요요에게 아주 많은 걸 가르쳤어요."

오토가 볼멘소리로 말했다.

"양을 잡는 법, 총 쏘는 법, 낡은 나무 판때기로 가구를 만드는 법도 가르쳤는데요. 나무를 하는 요령도 알려 주고요. 뭘 더 가르치라는 말입니까?"

"알았네, 알았어."

오마르 무살라가 허허 웃었다.

"물론 너희에게야 그런 실용적인 기술만 있으면 되겠지. 하지만 아무리 가난한 농부일지라도 분리가 왜 중요한가 정도는 설명할 수 있어야 하지 않겠나?"

"그런 거 안다고 배가 부르나, 나 원 참!"

오토가 투덜댔다.

오마르 무살라는 다시 한숨을 쉬었다. 이후 그는 입을 꾹 다물고 아무 말도 하지 않았다.

10 비행은 5분 뒤 오마르 무살라 집 앞에서 멈췄다. 이륙할 때

와 날아다닐 때처럼 아무 소리 없이 부드럽게 착륙했다. 요요는 더 타고 싶은 마음이 굴뚝같았지만, 오마르 무살라와 오토가 벌써 내린 다음이었다. 요요는 아쉬움을 삭이며 천천히 일어섰다.

"따라오너라."

오마르 무살라가 말했다.

에어모프에서 내린 요요는 오마르 무살라의 집으로 향했다. 건축 양식과 시기가 요요의 집과 거의 비슷해 보였다. 다만 새로 하얗게 칠을 해서 벽에서 햇빛이 반짝이며 부서졌다. 오마르 무살라는 두 사람을 데리고 집으로 들어갔다.

"저기, 내 양은 어디에 있는 거죠?"

오토는 안절부절못하며 물었다.

"걱정 말게. 타리크가 잘 돌보고 있을 걸세. 지금쯤 물을 먹여 뒤뜰에 있는 우리 안에 넣어 두었겠지."

요요는 널따란 거실을 눈이 휘둥그레져서 바라보았다. 바닥에는 대리석이 깔렸으며, 그 위를 덮은 두터운 양탄자는 푹신했다. 벽에는 화려한 모자이크 장식이 있고, 천장에는 반짝이는 유리로 만든 묵직한 샹들리에가 빛났다. 현관 한쪽에는 커다란 문 세 개가 있고, 다른 쪽에는 위층으로 올라가는 널찍한 계단이 보였다. 계단의 양쪽에는 희미하게 불을 밝힌 통로가 있었다. 요요는 두 통로에서 눈을 뗄 수가 없었다. 꼬집어 말할 수는 없었지만 어딘가 모르게 신비한 분위기가 느껴졌다. 넋을 잃고 바라보고 있는데, 오마르 무살라가 문 하나를 열며 말했다.

"이 방으로 들어가 기다리고 있어라. 곧 돌아올 테니 그때 이야기를 나누자."

요요와 오토가 들어선 방도 역시 휘황찬란했다. 황갈색으로 칠해진 벽의 중간 정도 높이에는 황금 레이스 장식이 있고, 고급 의자에도 금 자수가 들어간 황갈색 비단이 덧씌워져 있다. 방 안에는 그윽한 냄새와 함께 빵을 구울 때 나는 달콤한 향이 가득했다. 어디에 앉으면 좋을지 몰라 요요는 벽을 따라 줄줄이 놓인 의자들을 멍하니 보고 있었다. 오토도 당황하기는 마찬가지였다. 한 마리 커다란 곰처럼 방 안을 서성댈 뿐이었다. 방의 화려함은 두 사람을 더욱 주눅 들게 했다.

"아무 데나 편한 데 앉으세요."

소년의 맑은 목소리가 들려왔다. 놀란 요요는 뒤를 돌아 목소리의 주인을 바라보았다. 문 앞에 요요와 비슷한 또래로 보이는 소년이 서 있었다. 소년이 손으로 의자를 가리켰다.

"우리 집에서 누가 어디에 앉아야 한다는 규칙은 없습니다. 편하실 대로 앉으세요."

그래도 두 사람이 머뭇거리자, 소년은 요요에게 다가와 직접 의자를 권했다.

"여기에 앉아. 아버지는 곧 내려오실 거야."

오마르 무살라는 곧 모습을 드러냈다. 그의 뒤에는 커피 잔과 주전자를 쟁반에 받쳐 든 하인이 따라왔다. 오마르 무살라는 요요의 맞은편에 자리를 잡고 앉았다. 주인과 손님들 사이의 간격은 몇 미터나 될 정도로 멀었지만, 아무도 그런 것에 신경 쓰지 않았다.

"내 아들 유수프를 소개할까?"

오마르 무살라가 말했다.

요요는 순간 무슨 소리일까 싶어 고개를 들었다. 하지만 이내 사정을 알아차렸다. 소년의 이름도 유수프였던 것이다. 그제야 소년을 자세히 살펴보니 나이로 보나, 키로 보나, 요요와 닮은 점은 거의 없었다. 소년도 아버지와 마찬가지로 하얀 옷을 입고 있었다.

"참 좋은 날씨로구나."

오마르 무살라가 먼저 이야기를 꺼냈다.

"그렇게 덥지도 않고, 산들바람이 아주 선선하군. 함께 대화를 나누기에는 아주 좋은 날이야."

"흠."

오토는 헛기침만 했다.

"양 떼를 몰고 모래바람이나 소나기를 뚫고 돌아가지 않아도 된다면, 시간도 아낄 수 있고 수고도 덜하겠지?"

오마르 무살라는 오토의 얼굴을 쏘아보며 말했다.

"음."

오토는 이게 무슨 수작인가 싶어 입맛만 다셨다.

"오토, 자네는 거창한 이야기 따위는 질색인 것 같으니, 바로 본론으로 들어가세. 왜 내가 자네와 요요를 데리고 왔는지 그 이유가 궁금하겠지?"

오토는 방바닥만 뚫어져라 바라보았다.

"내가 보장하네만, 잠깐 우리 집에서 쉬어 가는 게 절대 손해는 아닐 거야. 양 한 마리당 BSZ[+] 두 발을 쳐 주지. 어떤가?"

"뭐요?"

오토가 발끈했다.

"시장에서는 그보다 세 곱은, 아니 그게 아니더라도 곱절은 받습니다."

"그래?"

"물론이지요, 작년 사프라 기념일 하루 전에는 한 마리당 여섯 발은 받았다고요."

"벽에서 떨어지는 물방울은 언제나 소중한 게지!"

오토는 이게 무슨 소리인가 싶어 어리둥절한 표정을 지었다.

"올해가 마지막은 아니라는 거야. 게다가 양 값은 하루가 다르게 떨어지고 있어. 요즘 세상에 누가 양을 찾나?"

"어떻게 그런 말씀을! 아마도 양 장사에 관해서는 전혀 모르시는 모양인데……."

열이 치받친 오토가 씩씩거렸다.

"지금 나한테 하는 소리인가? 난 어떤 장사든 훤히 꿰고 있는 사람이야. 자넨 대체 내 직업이 뭐라고 생각하나?"

오토는 벌건 얼굴로 거친 숨을 몰아쉬었다. 아무래도 오토가 감당하기에는 무리였다.

[+] 저자가 만들어 낸 단어(Brennstoffzelle:핵연료세포)의 약자. ─옮긴이

"대체 우리한테 원하는 게 뭔지 정확히 털어놓으쇼. 빙빙 말 돌리지 말고!"

"어허, 이 사람 성질하고는. 참아요, 참아. 커피 한잔 하면서 차분하게 이야기하자고."

하인은 그동안 희한한 음료를 만드느라 정신이 없었다. 향은 분명히 커피 향인데, 색깔은 절대 커피라고 할 수 없는 것이었다. 하인은 아래로 내려갈수록 좁아지는 기다란 유리잔을 열심히 돌려댔다. 오마르 무살라는 호기심이 가득한 눈으로 바라보고 있는 요요를 유심히 관찰했다.

"이건 카페 파이루츠라고 하는 거란다. 무척 진귀한 것이지. 이걸 만들 수 있는 사람은 극히 드물어."

"하늘처럼 파란 커피네요?"

요요는 눈을 동그랗게 뜨고 감탄했다.

"터키옥처럼 푸른빛이 난다고 해서 터키 커피라고도 하지. 색깔만 놀라운 게 아냐. 맛을 보면 정말 깜짝 놀랄걸?"

요요는 약간 단맛이 나는 뜨거운 커피를 한 모금 마시고, 잔을 내려놓았다. 평생 이런 커피는 처음 마셔 보는 것이었다. 집에서는 커피도 귀했다. 물론 요요는 커피가 왜 그렇게 비싼지 이유를 몰랐다. 커피는 쓰기만 하지 않은가. 하지만 카페 파이루츠는 쌉쌀하면서도 묘한 여운이 남았다. 푸른 터키옥 빛깔의 커피는 목을 넘어가는 순간, 온몸에 기적과도 같은 느낌을 불러일으켰다. 명치끝이 싸하면서 마치 파란 물감이 번지듯 따스한 기분이 온몸에 퍼졌다. 요요는 자기도 모르게 마지막 한 방울까지 남김없이 들이켰다. 오마르 무살라가 빙그레 웃으며 바라보았다.

"정말 믿기 힘든 대단한 맛이지? 무엇보다도 처음 한 모금 넘길 때의 기분은 환상 그 자체야. 한 잔 더 하려무나."

오마르 무살라는 하인을 시켜 한 잔 더 따르게 했다.

다시 따라 놓은 커피를 마시던 요요는 깜짝 놀라 꿀꺽 삼키고 말았다. 지금 마신 것은 뜨거운 게 아니라 얼음처럼 차가웠기 때문이다. 무슨 말인가 하려고 입을 여는 순간, 입에서는 뭉게뭉게 김이 피어올랐다. 갑자기 요요는 찬물로 샤워라도 한 것처럼 서늘한 기운에 오들오들 몸을 떨었다. 오토도 역시 입에서 김을 모락모락 뿜어냈다. 오토는 거친 숨을 몰아쉬며 소리를 질렀다.

"오마르 무살라, 우리를 독살하려고 그러는 거지? 이게 함정이라는 걸 진작 알았어야 했는데……."

오마르 무살라는 오토의 비난을 들은 척도 하지 않고 계속 웃고만 있었다.

요요는 유리잔의 바닥을 들여다보았다. 거기에는 파란 커피가 약간 남아 있었다. 어찌된 영문인지 알 수 없어 요요는 고개를 세차게 저었다.

"어떻게 커피의 절반은 뜨겁고, 나머지 절반은 찰 수가 있지? 어째서 섞이지 않고 반은 뜨겁고, 나머지 반은 차가워요? 거참, 이상하네."

오마르 무살라는 빙긋이 웃으며 고개를 끄덕였다. 무척 흡족한 표정이었다.

"봐라, 떼어 냄이 얼마나 중요한 것인지! 미지근한 커피였더라면 그게 무슨 김빠진 맛이냐?"

"맞아요. 하지만 제가 묻고 있는 건 그게 아니죠. 제가 알고 싶은 건 뜨거운 것과 차가운 것이 어떻게 섞이지 않을 수 있는가예요."

"음, 역시 내가 잘 봤구나. 넌 항상 지식을 넓히려고 노력을 하고 있어. 마음에 든다. 어디 한번 간단하게 설명해 볼까. 물론 설명을 듣고 나서도 어째서 이런 현상이 일어나는지 완전히 이해하기는 힘들 거야. 이런 걸 이해할 수 있는 사람은 정말 극소수니까. 나도 처음에는 도무지 알 수가 없었지. 간단하게 말해서 커피는 벽에 의해 뜨거운 것과 차가운 것으로 나뉘어 있었던 거야."

"아, 그렇구나!"

"무슨 말도 안 되는 소리를!"

오토가 볼멘소리를 했다.

"벽은 당연히 보이지 않지. 이게 바로 완벽한 벽의 원리야."

"음, 그렇군요."

요요는 감동한 기색을 감추지 못했다. 오토는 말이 없었다.

"나도 지금은 더 이상 자세하게 설명할 수 없구나. 유수프, 커서 뭐가 되고 싶은지 나에게 얘기해 주지 않을래?"

요요는 잠깐 대답을 망설였다. 어떤 유수프에게 던지는 질문인지 알 수 없었기 때문이다. 아무래도 자기한테 물어본 게 틀림없다는 생각이 들자 요요가 대답했다.

카페 파이루츠 만들기

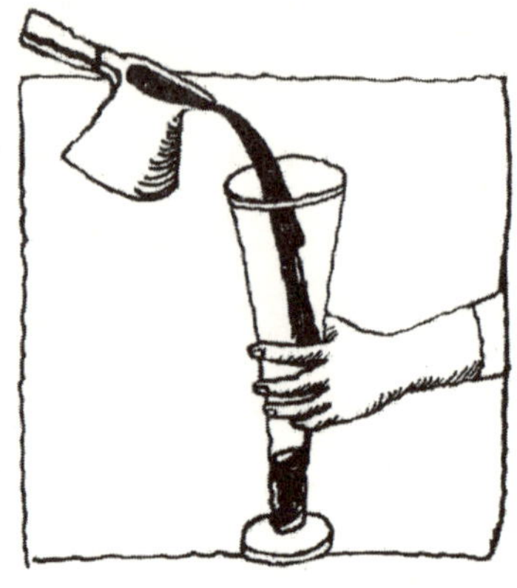

1. 갓 뽑은 뜨거운 아라비아산 푸른 커피를 100밀리리터 정도 목이 긴 유리잔에 담는다. 이때 손은 잔의 중간 정도 높이를 잡는다.

2. 여기에 다시 100밀리리터의 뜨거운 우유(약 80℃)를 넣는다. 우유를 넣는 동시에 손은 천천히 아래로 내려간다.

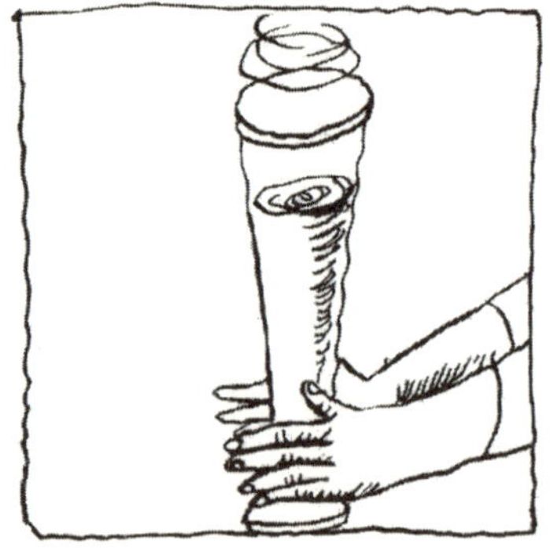

3. 열 개의 각얼음과 약 7그램 정도의 분리용 설탕을 동시에 넣는다. 설탕은 레바논산이 가장 좋다. 이때 손은 잔의 밑동을 잡는다.

4. 양손으로 잔 밑바닥을 쥐고, 재빨리 회전을 시켜 준다. 이렇게 하면 벽이 생긴다. 회전 속도는 최소 분당 169회에서 최대 171회 사이를 유지한다.

"아저씨 질문을 어떻게 받아들여야 좋을지 모르겠군요. 하지만 저는 인간입니다. 앞으로 20년 뒤에도 인간이지 않을까요."

"허허. 그거 아주 재치 있는 대답이구나. 그만큼 네가 똑똑하다는 증거겠지. 하지만 넌 내 질문을 아직 이해하지 못한 모양이다."

"아니, 이해하고 자시고 할 게 뭐가 있다고 그러쇼? 우리 같은 인간들에게는 꿈이라는 게 중요하지 않아요. 그저 오는 겨울을 어찌 이겨 내야 좋을지도 모르는 판국에 미래는 무슨 얼어 죽을 놈의 미래라는 거야."

오토가 툴툴거렸다.

"무슨 말인지 잘 알고 있다. 바로 그래서 걱정이야. 요요가 자네 손에서 크는 한, 별로 기대할 게 없을 것 같아서 말이야. 유수프, 내 아들아, 학교에서 배우는 교과서 좀 가져오너라."

"짐승을 때려잡고, 총을 쏠 줄 알며, 목수 일을 할 줄 아는 것만 해도 대단하지, 암 대단하고말고. 자기 손으로 벌어먹고 살 수 있으면 되는 거요. 공부는 무슨 얼어 죽을……."

오토의 입은 닷 발만큼이나 나와 있었다.

"셈법은 아가테한테 배우고 있고."

오토의 말을 들은 오마르 무살라는 온화하게 웃었다.

"물론 아가테한테 배우겠지. 이를테면 여섯 상자의 못에 여섯 상자의 못을 곱하면 전부 서른여섯 통이겠지. 서른여섯 통의 못이면 BSZ 열 발을 받는다는 것도."

"우리야 그 정도 계산할 줄 알면 되는 거죠, 뭐."

오마르 무살라는 고개를 절레절레 저었다.

"계산이 의미 없다는 건 아닐세. 우리 집안은 벌써 몇 대에 걸쳐 장사를 해 오고 있으니까. 하지만 사람이 평생 살면서 배우고 익혀야 할 일은 산더미 같아."

"그게 대체 뭐요?"

"생화학, 유전공학, 천문학, 통계학, 미적분, 정보통신, 인공두뇌학 등 얼마나 많은데! 장벽을 다루는 심오한 학문은 아예 뺀다고 해도 말이야."

요요는 오마르 무살라의 말을 들으며 입이 쩍 벌어지고 말았다. 모두 처음 듣는 소리였기 때문이다.

오토는 비죽이며 웃었다.

"겨울에 얼어 죽으면 그게 다 무슨 소용이요?"

이때 오마르 무살라의 아들 유수프가 책을 한 아름 들고 와, 대리석 탁자 위에 내려놓았다.

"요요야, 이 책들을 한번 보렴."

요요는 조심스럽게 책 표지를 들여다보다가, 오늘 아침에 씻은 게 전부인 더러운 손을 걱정스럽게 바라보았다. 지저분한 손으로 책을 만졌다가 때라도 탈까 봐 무서웠다.

"부끄러워할 것 없다, 요요. 이건 책이지, 보물이 아니란다."

요요는 맨 위에 있는 책 표지를 조심스럽게 펼쳤다. 그런데 책은 종이로 만들어진 게 아니었다. 책 안에는 매끈한 판이 들어 있었다. 빛깔이 알록달록한 판에 손을 대자, 갑자기 판에서 빛이 솟아

나며 끝없이 이어지는 커다란 성의 풍경이 나타났다. 일정 간격으로 경비 초소가 늘어선 성 아래로 '중국의 만리장성'이라는 글자가 떠올랐다. 옆에서 지켜보던 오마르 무살라는 빙그레 웃으며, "이건 유수프의 장벽 교과서란다!" 하고 말했다.

요요는 눈을 한껏 치켜떴다. 요요는 장벽을 다루는 학문이라는 게 뭔지 전혀 짐작도 못했다. 교과서를 가지고 장벽을 공부한다니. 하긴 생각해 보니 장벽 학문을 공부하지 않은 대부분의 사람들도 벽과 씨름하며 살고 있었다. 오토만 해도 그랬다. 하루 종일 돌아다니며 일을 하느라 먼지를 잔뜩 뒤집어쓴 옷을 입고 돌아온 오토에게서는 언제나 굳어 가는 시멘트 냄새가 나곤 했다. 하지만 지저분한 벽을 꼭 공부해야 하는 걸까? 그렇게 대단한 걸까? 장벽 학문이 다루는 것은 현실의 벽과는 다른 어떤 것일까?

책의 다른 곳에 손을 대니, 이번에는 또 다른 그림이 나타났다. 잿빛 벽을 보며 오마르 무살라가 "이건 베를린 장벽이란다!" 하고 가르쳐 주었다. 요요는 입술을 지그시 깨물었다. 도대체 오마르 무살라는 왜 이런 것들을 보여 주는 것일까? 생각에 잠겨 있던 요요는 무심결에 말했다.

"유수프는 앞으로 뛰어난 장벽 학자가 되겠군요."

요요의 말을 들은 오마르 무살라는 만족스러운 웃음을 지었다.

"처음에 아들이 장벽 학문에 소질이 있다는 걸 알았을 땐 적잖이 실망했지. 난 장남을 번듯한 내 후계자로 키우고 싶었거든. 하지만 유수프가 장벽의 높이를 다룬 논문으로 알레프 부스타니 상을 받았을 때, 난 분명히 깨달았어. 아들은 장사나 할 작은 그릇이 아니라는 것을! 유수프는 학자로서 대성할 자질을 가지고 있어. 아마 이런 재능은 알레프 부스타니 이후 최고일 거야."

유수프는 얼굴이 빨갛게 달아올랐다.

"아버지, 과장이 너무 심하세요."

"유수프는 심지어 장학금도 따냈는걸!"

"아버지……."

유수프는 황급히 아버지 말을 막으려 했지만, 싫지만은 않은 기색이었다.

요요는 아버지와 아들을 번갈아 바라봤다. 장벽 학문이 뭐하는 것인지는 여전히 아리송했다. 하지만 알고 싶다는 호기심만큼은 맹렬히 불타올랐다. 장학금이라는 게 뭔지도 무척 궁금했다. 하지만 요요는 감히 물어볼 엄두가 나지 않았다.

오토는 계속 차가운 비웃음만 흘렸다.

"아까도 말했지만 학문을 한다고 배가 불러, 등이 따셔?"

오마르 무살라는 오토를 노려보며 손을 휘휘 저었다.

"알았네, 알았어, 오토. 그만해 두지. 자, 그럼 내가 자네들을 부른 목적부터 털어놓지. 난 내 손으로 요요를 키우고 싶네. 우리 집에 살게 하면서 최고의 교육을 시키고 싶어. 물론 자네와 아가테는 종종 찾아와 요요를 만나 볼 수 있게 해 주겠네."

오토는 말이 없었다. 요요도 마찬가지였다.

"그래요? 그 대가로 나한테 원하는 건 뭐요?"

마침내 오토가 입을 열었다.

"뭐라고? 그게 무슨 말이지?"

"요요를 공부시켜 주는 대가로 내가 얼마를 내야 하는 거냐, 이 말이요."

"자네가 내야 할 건 아무것도 없어."

오토는 세차게 고개를 저었다.

"나더러 그 말을 믿으라고요?"

"아무 이득도 없는 일을 왜 하느냐, 그 소리인가? 그건 자네 말이 백번 맞아. 아무 이익이 없는 일을 내가 왜 하겠나? 난 앞으로 사업을 확장할 계획이야. 특히 자네가 살고 있는 지역에 투자를 하고 싶어. 그러기 위해서 유능한 후계자가 필요하지."

잠시 생각에 잠겼던 오토가 다시 물었다.

"그런데 왜 하필이면 요요죠?"

"그동안 요요를 주의 깊게 관찰해 왔네. 아주 활기차고 영리한 소년이더군. 물론 내 제안이 갑작스럽기는 하겠지. 놀라는 것도 당연해. 하지만 조급하게 생각할 것은 하나도 없네. 내 제안을 심사숙고해서 결정하도록 하게나. 오늘 밤은 우리 집의 손님으로 편안하게 즐기고, 이삼 주 뒤에 다시 만나 이야기를 해 보세. 그때 어떤 결정을 했는지 알려 주면 돼. 잘 생각해 보고 결정하게! 이런 기회는 자주 찾아오는 게 아니니까. 아 참, 그리고 우리 가족은 모두 요요가 온다면 대환영이야. 그래도 내 제안을 거절한다면 하는 수 없지. 그렇다고 불쾌해하지는 않을 테니까, 조금도 걱정 말라고. 결정은 어디까지나 그쪽 자유이니까. 자, 이제 즐거운 시간을 보내도록 하지. 오늘 저녁 아주 훌륭한 만찬을 준비했네. 유명한 가수들도 초대했으니, 그들이 부르는 장벽 찬송가를 즐겨 보게.”

“장벽 찬송가요?”

“아니, 장벽 찬송가도 몰라?”

오마르 무살라는 믿을 수 없다는 표정을 지었다.

“가사를 들어 보면 알 거야. ‘오 장벽이여, 은총이 가득한 장벽이여!’ 또는 ‘장벽이여, 너는 어찌도 그렇게 매끄럽고 부드러운가, 마치 하늘을 보는 것 같구나!’ 이렇게 시작하는 노래들이지.”

11 오마르 무살라는 아주 가까운 친척들만 불러 만찬을 베풀었다. 음식은 상다리가 휘어지도록 푸짐했다. 육즙이 자르르 흐르는 두툼한 스테이크부터 적당히 데쳐 입에서 살살 녹는 야채들, 매운 맛과 새콤한 맛의 각종 소스들 그리고 아니스 열매로 담근 술 등으로 차려진 식탁은 휘황찬란했다. 하지만 요요는 음식에 별로 손을 대지 않았다. 무엇 때문인지 오마르 무살라가 여전히 불편하고 못 미더웠기 때문이다. 하지만 거푸 술을 들이켠 오토는 벌써 취기가 올랐는지 걱정일랑 깨끗이 잊은 것처럼 보였다.

만찬이 끝나자, 요요와 오토는 두 하인을 따라 위층의 방으로 올라갔다. 갈지자걸음을 걷던 오토는 침대를 보자마자 그대로 육중한 몸을 던졌다. 침대가 충격을 받았는지 약간 삐걱거리는 소리를 냈다. 요요는 있는 힘을 다해 오토를 한쪽으로 밀어 이불을 덮어 준 다음, 자신도 옷을 벗고 잠자리에 들었다. 갓 세탁을 한 듯 이불에서 향긋한 냄새가 났다. 오리털로 속을 채운 이불은 아주 따뜻했다. 요요는 무척 피곤했다.

"안녕히 주무세요, 아저씨!"

오토를 향해 인사를 했지만, 대답은 들리지 않았다.

막 잠이 들려는 순간, 갑자기 오토가 벌떡 일어나 앉으며 소리를 질렀다.

"그 자식이 뭔가 꿍꿍이가 있는 게 틀림없어! 요요야, 너 그놈한테 가면 안 돼!"

말을 마친 오토는 다시 풀썩 쓰러져 잠을 잤다. 요요는 잠이 싹 달아나 버리고 말았다. 밤새 뜬눈으로 뒤척이던 요요는 새벽녘이 되어서야 비로소 잠이 들었다.

몸을 흔들어 대는 통에 깨 보니 새벽 네 시 반이었다. 오토가 깨운 것이다. 겨울에 필요한 물건을 장만하기 위해서는 일찍 장에 나가야 한다고 오토는 서둘렀다. 오마르 무살라의 집을 나설 때까지도 사위는 캄캄하기만 했다. 요요는 덜덜 떨며 오토의 뒤를 따라 종종걸음을 쳤다. 요요는 그동안 한 백번쯤 대체 왜 시장은 새벽 다섯 시에 문을 열어야만 하는 거냐고 물었을 것이다. 하지만 이른 시간이라고 해서 불만인 사람은 요요밖에 없는 것 같았다. 거리에는 벌써 많은 사람들이 분주히 오가고 있었다.

어디선가 갓 구운 빵의 냄새가 솔솔 풍겨 왔다. 길가에서 행상들이 소리쳐 손님을 부르고 있었다. 원격조종을 할 수 있는 조그만 에어모프 모델을 파는 상인도 있었다. 요요는 신기해하며 미니 에어모프를 바라봤다. 하나쯤 갖고 싶은 마음이 간절했다. 그럼 집 마당에서 날려 볼 수 있을 텐데⋯⋯. 멍하니 서서 구경을 하고 있는 요요의 귀를 잡아당긴 사람은 오토였다. 도로변의 행상들 가운데는 마이크로요리구슬이라는 것을 파는 사람도 있었다. 조그만 유리구슬과 같은 크기의 쇠 구슬을 냄비 안에 넣으면, 거기서 열이 나와서 요리가 되는 첨단 장치였다. 매번 나무를 때느라 고생하는 아가테에게 선물하면 좋을 텐데 오토는 역시나 그런 것은 본 척도 하지 않았다.

드디어 장터에 도착했다. 장터는 커다란 사각형 모양의 광장이고, 주위를 빙빙 두른 삼면에는 집들이 들어차 있다. 네 번째 면인 서쪽에는 '브레이크가 걸린 시간의 공원'이라는 기묘한 이름의 작은 공원이 있다. 공원의 대부분을 차지하고 있는 것은 회양목 울타리인데, 인공적으로 꾸민 작은 미로였다. 공원의 폭은 약 100미터 정도이며, 그 뒤에는 장벽이 솟아 있었다. 작년에 요요는 미로에 들어갔다가 길을 잃고 헤맨 적이 있었다. 간신히 요요가 미로를 빠져나오자, 기다리고 서 있던 오토는 한 차례 매서운 따귀를 갈겼다. 요요가 그 안에 들어간 지 자그마치 두 시간이나 됐다는 것이었다. 요요는 억울했다. 자신이 느끼기에 미로에서 헤맨 것은 3분 정도밖에 되지 않았기 때문이다.

장터의 바닥에는 노란색의 벽돌이 깔려 있었다. 중앙에 있는 둥근 우물을 사람들은 '망각의 우물'이라고 불렀다. 소문에 따르면 우물물은 알레프 부스타니의 집에서 솟아나는 것이라고 했다. 또 물을 마시는 사람은 그 자리에서 바로 모든 기억을 잃는다고 했다. 그래서 사람들은 손가락 끝이라도 물에 담그려 하지 않았다. 아무튼 장터는 무수한 전설이 한데 엉켜 있는 장소였다. 사람들은 시장 한복판에 눈에 보이지는 않지만, 알레프 부스타니의 집이 서 있다고 굳게 믿었다.

마침 토끼와 닭 그리고 양을 취급하는 상인이 있었다. 짐승의 배설물 냄새가 코를 찌를 지경이었다. 가축들은 비쩍 말랐고, 가죽도 형편없었다.

"이봐, 요요야!"

오토가 불렀다.

"여기 이 친구는 양 한 마리에 BSZ 여섯 발을 달라고 하는구나! 오마르 무살라 이 꼴통이 우리를 대체 뭐로 본 거야? 그러고도 자기가 장사의 달인이라고? 지나가던 개가 웃겠다. 양 값은 조금도 떨어지지 않았어!"

오토는 못마땅해하며 발을 탕탕 굴렀다.

요요는 빛깔이 화려한 새를 파는 상인을 구경하고 있었다. 사람들은 앞다투어 높은 가격을 부르며, 제발 자기에게 팔라고 애원을 했다. 오토는 침울한 얼굴로 경매를 지켜보았다. 오토가 고개를 절레절레 흔들며 욕지거리를 쏟아 냈다.

"오마르 무살라, 이 건방진 자식! 뭐? 고급스러운 걸 취급해 보라고? 그게 이런 쨱쨱이를 두고 한 말이었어?”

오토는 새를 가리키며 계속 말했다.

“그놈이 생각한 게 그래, 고작 참새 새끼야? 허 참, 우스워서 말
도 안 나오는군. 난 내가 생각해도 아주 훌륭한 양치기야. 평생을
양들과 함께 먹고살아 왔는데, 이제 와서 한주먹 거리도 안 되는
저 줄무늬 새를 팔라 이거지. 미친놈, 왜 이제 와서 갑자기 내가 양
대신 새를 팔아야 하느냐고!”

오토는 분이 가라앉지 않는지 계속 씩씩거렸다.

“그리고 뭐 유수프? 사내자식이 계집애처럼 곱상하게 생겨 가지
고 장벽 학문을 공부한다고? 허허, 있는 놈들은 그런 허튼수작을
할 여유가 있겠지. 한 가지는 분명하다. 요요, 넌 절대 그 집에 가
면 안 된다! 오마르 무살라가 우리에게 황금으로 만든 욕조를 선물
한다고 해도 그건 절대 안 돼!”

요요는 배를 잡고 웃었다.

“하기야 아저씨가 그런 걸 어디에 쓰겠어요?”

이제는 오토도 환하게 웃었다. 요요는 오마르 무살라의 제안이
솔깃하기는 했지만, 자신을 쉽게 보내지 않는 오토에게서 깊은 속
정을 발견한 것 같아 기분이 좋았다.

장터의 거의 한가운데에 이르렀을 때였다. 오토는 실타래 몇 개
와 바늘 그리고 가위를 샀다. 아가테가 부탁한 것들이다. 그리고
자기가 쓸 것으로는 엄청나게 비싼 톱과 드릴 그리고 수도꼭지를
장만했다.

요요는 하품을 하며 눈을 비볐다. 천천히 해가 떠오르고 있었다. 서쪽에서 햇살을 받고 있는 장벽이 선홍색으로 물들었다. 햇볕을 워낙 강렬하게 반사하는 바람에, 장벽은 마치 이글이글 불타는 거대한 불덩어리 같았다. 이런 장엄한 광경은 노란 섬에서만 볼 수 있는 진풍경이었다. 요요는 높다란 벽을 올려다보았다. 도대체 벽의 높이가 어느 정도인지 알 수가 없었다. 위로 올라갈수록 흐릿해진 윤곽은 밝은 아침 하늘과 곧바로 맞닿아 있었다.

요요는 주위를 둘러보며 오토를 찾았다. 그런데 오토의 모습이 보이지 않았다. 어디로 간 것일까? 조금 전만 해도 물을 뿌리는 호스를 산다고 한창 상인과 흥정하고 있었는데……. 요요는 사방을 살펴보며 오토를 목청껏 불렀다. 하지만 오토의 대답은 어디에서도 들려오지 않았다.

문득 요요는 배가 몹시 고팠다. 뭔가 사 먹지 않고서는 견딜 수 없었다. 두 자리 건너 커피와 구운 과자를 파는 상인이 보였다. 입에 침이 가득 고였다. 요요는 재빨리 머릿속으로 계산을 해 보았다. 지금 가지고 있는 100그램 정도의 못으로는 기껏해야 레몬주스 한 컵이나 참깨가 박힌 빵 한 조각밖에 살 수 없었다. 마실 것과 빵을 같이 사기에는 턱없이 부족했다. 게다가 노란 섬에서는 누구도 못으로 거래를 하려 들지 않았다. 돈 외에 유일하게 상인들이 받는 것은 BSZ였다. BSZ란 핵연료를 말하는 약자이다. 다시 말해서 노란 섬에서는 에너지를 지불 수단으로 삼았던 것이다. 이 지불 수단의 최소 단위를 BSZ 1, 간단하게 줄여 한 발이라 부른다. 한

발은 약 못 500그램에 해당하는 가치를 가졌다. 다시 말해서 못 하나에 비해 한 발은 4,000배 이상의 가치를 갖는 셈이다. 이는 곧, 못은 아무 가치를 갖지 않는다는 것을 의미했다.

그렇지만 달리 방법이 없는 요요는 못을 가지고 흥정을 시도할 수밖에 없었다. 요요는 서툰 무리쉬로 간신히 레몬주스와 빵을 달라고 주문했다. 하지만 상인은 들은 척도 하지 않았다. 요요는 거듭 손짓을 해 가며 못을 내밀었다.

"이게 뭐야? 못으로 값을 치르겠다고?"

그제야 상인은 완벽한 독일어를 내뱉으며 요요를 노려보았다.

"아무쪼록 부탁드립니다."

요요는 얼굴이 벌게져서 대답했다.

"너 지금, 나하고 장난하는 거냐?"

상인은 불쾌하다는 듯 침을 퉤 뱉었다.

"아니요, 농담이 아닙니다. 진심으로 드리는 말이에요."

요요는 거의 매달리다시피 했다.

"이놈, 허튼수작하지 마라. 못을 안 받은 건 벌써 몇 년 됐어."

"하지만 아주 좋은 못이에요."

요요는 안간힘을 썼다.

"그래? 네 말을 믿어 줄게. 하지만 나더러 못을 가지고 뭐하라고. 여기 못은 백사장의 모래만큼이나 많아. 야야, 저기 얼간이들한테나 가서 알아봐."

옥, 얼간이! 상인이 말하는 얼간이란 노란 섬에 살지 못하는 사람들을 부르는 욕이었다.

"죄송하지만 전 못밖에 가진 게 없어서요."

요요가 기어들어 가는 목소리로 대답했다.

"아저씨네 참깨빵은 너무 맛있어 보여요."

요요는 상인에게 아첨을 했다.

"에고 애야, 미안하다만 BSZ가 없이는 빵도 없다!"

맥이 빠진 요요는 그만 포기하려고 돌아섰다. 그때 누군가 요요의 어깨를 두드렸다. 휙 고개를 돌려 보니, 하얀 셔츠에 갈색 재킷을 입은 남자가 요요를 보며 빙긋 웃었다. 머리에 터번을 두른 남자였다. 그는 한 손에 길쭉한 갈색 상자 하나를, 다른 손에는 금속 가방을 들고 있었다.

"도와줄까?"

남자가 물었다. 요요는 놀라서 남자의 얼굴을 빤히 바라보았다. 남자는 비록 전통 의상을 입고 있기는 했지만 노란 섬에 사는 사람으로는 보이지 않았다. 밝은 푸른색의 눈을 가진 남자는 친절해 보였다. 그제야 요요는 남자가 안경을 쓰고 있다는 사실을 알아차렸다. 무테 안경은 아주 솜씨 있게 만든 탓에 눈에 잘 띄지 않았던 것이다. 남자는 쉰 살쯤 되어 보였다.

"아니에요, 됐어요."

"내가 보기에 너는 금전 문제가 있는 것 같은데!"

요요는 이마를 찡그렸다. 금전 문제라니? 이런 말은 들어 본 적이 없었다.

“내가 바꿔 줄게. 못을 주면 BSZ를 주마.”

남자는 가방을 가리키며 말했다.

요요는 이게 무슨 꿍꿍이인가 싶어 망설였다.

“내 진의를 의심하는 거냐?”

진의? 참으로 희한한 말만 골라 쓰는 남자였다. 요요는 어깨만 으쓱했다. 하지만 너무나 배가 고팠던지라, 요요는 못 한 상자를 남자에게 건넸다. 그놈의 진의가 뭔지는 모르지만, 배고픔만은 참기 어려웠다. 남자는 히죽 웃으며 금속 가방에서 노란 실린더를 한 통 꺼내 요요에게 주었다.

“이건 BSZ 50발이나 되잖아요?”

요요는 놀라서 실린더를 한참 들여다보았다.

“아저씨, 이건 너무 많아요!”

남자는 손가락이 희고 가늘었다. 손톱도 길었다. 남자는 어깨를 으쓱하며 말했다.

“지금 그거보다 작은 건 없어서 말이야.”

“그렇지만…….”

“언제까지 이러고 서 있을 거야? 다른 손님을 못 받잖아.”

상인이 끼어들었다.

“그냥 받아 두렴. 내가 선물할게.”

“말도 안 돼요. 이 많은 걸 저보고 어떻게 받으라고…….”

“그래? 좋아.”

남자가 정색을 했다.

"선물로 받기 싫다면 나한테 뭐 하나만 알려 주면 돼."

"뭐죠?"

요요는 의심이 가득 찬 눈길로 쏘아보며 뒤로 한 걸음 물러섰다.

"그건 나중에 물어보마. 무슨 함정은 아니니까 조금도 걱정하지 마라. 안 알려 준다고 해도 괜찮으니까."

요요는 한동안 의심스러운 눈길로 바라보았다.

"아, 정말 짜증 나네. 살 거야, 말 거야?"

상인이 퉁명스러운 말투로 끼어들었다.

잠시 생각에 잠겨 있던 요요가 말했다.

"참깨빵 세 개하고, 레몬주스 한 잔 주세요."

요요는 BSZ 48발을 거슬러 받았다. 요요는 형형색색의 실린더를 바지 호주머니에 넣었다. 이렇게 많은 BSZ를 가져 보기는 처음이었다. 요요는 봉지에서 빵을 꺼내 한입 가득 깨물었다. 빵은 달콤하면서도 쫄깃했다.

"뭐가 알고 싶으신 건데요?"

요요는 입속 가득 빵을 우물거리며 물었다.

"그게, 묵을 곳이 필요해. 노란 섬 말고, 바깥 구역에서 찾을 수 있으면 좋겠는데. 혹시 호텔이나 펜션 같은 데 아는 곳 없니?"

"이런, 상대를 잘못 찾으셨네요."

요요는 서둘러 레몬주스를 한 모금 마셨다.

"왜?"

"노란 섬 바깥에 호텔이나 펜션을 제가 어떻게 알겠어요?"

"그럼 다른 숙소라도? 이를테면 민박 같은 것도 없을까?"

요요는 고개를 갸웃하며 생각에 빠졌다.

"호텔은 없어요. 펜션도 잘 모르겠고요. 하지만 합숙소 같은 거라면 있어요."

요요가 말하는 합숙소는 30명이 방 하나를 함께 쓰는 곳이었다. 밤이면 커다란 바퀴벌레가 사람 얼굴 위로 스멀스멀 기어 다니는 아주 더러운 곳이었다. 요요는 남자를 머리끝에서 발끝까지 훑어보았다. 안에 받쳐 입은 셔츠가 어찌나 하얀지, 오마르 무살라가 무색할 정도였다.

"그냥 잠만 잘 수 있는 곳이면 돼. 난 그렇게 까다로운 사람이 아니거든."

남자가 말했다.

"그래도 합숙소를 추천해 드리고 싶지는 않네요. 게다가 이 도시는 매우 위험한 곳이에요. 보아하니 여기는 처음이신 것 같은데……. 도둑에게 몽땅 털릴지도 몰라요. 아무래도 노란 섬의 호텔을 찾아보는 게 좋을 거예요."

"난 벌써 그곳에 며칠이나 묵었는걸. 좀 다른 곳이었으면 좋겠구나."

"굳이 그러실 이유가 뭐죠? 노란 섬이 도시에서는 제일 나아요."

"그런 건 별로 중요하지 않아. 내가 여기에 온 목적을 위해서라도 노란 섬 바깥이 좋겠는데, 그냥 주소만 얘기해 주렴."

"주소요?"

요요는 주소라는 게 뭔지 짐작조차 할 수 없었다.

"거리 이름하고 집 번호 말이야. 도시의 어느 구역인지 알 수 있다면 더욱 좋고."

요요는 눈썹을 꿈틀했다.

"그런 건 없어요. 거리에 무슨 이름이 있으며, 집에 뭔 번호를 붙인데요?"

"어허, 이런! 주소를 모른다고?"

남자는 놀란 표정이었다.

"이거 갈수록 복잡해지는구나. 그럼 이렇게 하자. 내가 지도를 한 장 가지고 있거든. 이걸 보면 합숙소가 어디에 있는지 찍어 줄 수 있지 않을까?"

정체를 알 수 없는 남자는 재킷의 호주머니에서 조그만 책 같은 것을 꺼내더니 그 안에 접혀 있는 종이를 계속 펼쳤다. 완전히 펼쳐진 종이는 요요가 지금껏 봐 온 그 어떤 종이보다 컸다. 남자는 커다란 종이를 땅바닥에 펼쳤다. 요요는 무수한 선들이 어지럽게 그어진 알록달록한 종이를 신기하게 들여다보았다.

"우리가 지금 있는 곳은 여기야."

남자는 종이 위의 한 점을 가리켰다. 어리둥절한 요요는 남자가 가리킨 점을 물끄러미 바라보았다. 선들과 색깔은 어지러웠다. 하지만 한참을 들여다보자, 이내 뭐가 뭔지 구분이 되기 시작했다. 요요는 고개를 끄덕거렸다.

남자가 계속 설명했다.

"여기가 노란 섬이야. 지도가 너무 낡아서 가운데 구멍이 나고 말았지만 말이야."

남자는 지도의 가운데를 가리켰다.

"그럼 이건 뭐예요?"

요요는 사각형 지도를 일직선으로 위에서 아래로 두 개의 구역으로 나누고 있는 굵은 선을 가리켰다.

"그게 바로 장벽이란다."

"이게 장벽이라고요?"

요요는 자기도 모르게 탄성을 질렀다. 장벽을 이렇게 그릴 수도 있구나 하고 몹시 놀란 탓이다. 요요가 더욱 흥미롭게 본 것은 장벽을 중심으로 그 양쪽에 어지럽게 그어진 비슷한 모양의 선들이다. 그럼 장벽 건너에도 길과 광장과 도로가 있다고? 아무것도 없다더니 그곳도 사람이 사는 도시라는 건가? 하지만 요요는 남자에게 그런 것을 물어볼 엄두를 내지 못했다. 남자의 정체를 알지 못했기 때문이다. 요요는 다만 노란 섬 위쪽의 한 지역을 가리키며 말했다.

"제가 말한 합숙소는 여기에 있을 거예요."

"여기서 얼마나 걸릴까?"

"멀지 않아요. 걸어서 30분쯤."

남자는 요요를 보고 환하게 웃었다.

"정말 고맙다. 아주 큰 도움이 되었어."

"뭘요, 제가 한 게 뭐 있나요."

요요도 마주 웃었다.

"하지만 거기서 주무시기 힘들 텐데요. 가지고 있는 물건은 물론이고, 아저씨도 조심하셔야 할 거예요. 그리고 장벽 가까이에서 자는 게 건강에 좋지 않다는 건 아시죠?"

"물론이지. 잘 알고 있다."

남자가 서두르며 말했다.

"아, 그리고 한 가지 질문이 더 있는데……. 혹시 고아원은 어디에 있니?"

"고아원이요?"

"부모를 잃어버린 아이들이 사는 집을 몰라?"

"여기에는 그런 거 없어요. 하지만……."

요요는 잠시 생각 끝에 말했다.

"굶주리고 병든 아이들을 돌보는 아줌마는 있어요."

"그래? 그분 이름이 뭔데?"

"첼다요."

요요는 머뭇거리며 말했다. 대체 이 남자는 누구이기에 이런 것을 꼬치꼬치 캐묻는 것일까? 요요는 남자의 질문에 신중해야겠다는 생각이 들었다.

"그건 이름이고요, 성이 뭔지는 저도 몰라요. 어디서 사는지도 정확히 모르고요."

요요는 거짓말을 했다.

"그럼 대충 어디인지는 아는구나?"

남자가 캐물었다.

요요는 가슴이 덜컥 내려앉았다.

"왜 그걸 알려고 하시죠?"

"난 지금 남자애와 여자애를 찾고 있어. 둘은 남매야."

"아, 그거 쉬운 일이 아니겠군요. 도시가 워낙 크니까요. 열 집에 한 집 꼴로만 사람이 살아요. 게다가 아이들은 정말 적어요. 뭐, 청소년 범죄 조직이 있기는 하지만 말이에요. 그럼 남매는 아저씨의 아이들인가요?"

"응? 아, 아니야. 그런 건 아니고."

남자는 얼버무리며 웃었다.

"다행히도 아니지. 잘 아는 여자 친구의 아이들이야."

"무척 친한 사이신가 봐요?"

"오래전부터 잘 알고 있는 친구야. 음, 뭐라고 해야 좋을까……. 어쨌든 도와줘서 고맙다. 다음에도 궁금한 게 있으면 너를 찾고 싶은데, 어떻게 하면 좋지? 그래, 내가 너를 찾아갈게. 어디 사니?"

요요는 잠시 망설였다. 딱히 꼬집어 말할 수는 없지만 어딘가 모르게 남자가 수상했다. 도대체 이 남자는 어디에서 온 것일까?

"여기쯤이에요!"

요요는 지도에서 대충 아무 점이나 찍었다.

남자는 다시 빙그레 웃었다.

"자, 그럼 또 만나자."

요요는 불안한 마음으로 마주 웃으며 남은 BSZ를 모두 건넸다.

“아냐, 아냐, 그건 가져도 돼. 나보다 네가 더 긴요하게 쓸 수 있을 텐데.”

“아니에요, 받으세요.”

사실 요요는 속으로는 ‘맞는 말이에요, 고마워요’라고 말하고 있었다. 하지만 동냥 따위는 하고 싶지 않았다.

“가져도 돼.”

남자는 고집을 부렸다.

“넌 나에게 커다란 도움을 주었잖니.”

요요는 어깨를 으쓱해 보였다.

“그럼 저도 뭐 하나 물어봐도 돼요? 아저씨 가방에는 뭐가 들어 있어요?”

“응? 아, 이건 바이올린이야.”

남자는 그 푸른 눈으로 요요를 바라보며 씩 웃고는 군중 속으로 사라져 갔다.

요요가 돌아서자, 어느 틈엔지 오토가 돌아와 있었다. 그는 요요에게 자랑스럽게 손전등 두개를 꺼내 보였다. 몇 번이고 켰다 껐다 하는 게 어지간히 마음에 드는 모양이었다.

“BSZ 두 발 주고 샀다. 정말 싸게 샀지!”

오토는 평소와 다르게 환하게 웃었다.

“이거 석유램프보다 훨씬 실용적일 뿐만 아니라 엄청 밝아.”

다시 오토는 손전등을 만지작거렸다. 이윽고 두 사람은 집을 향해 출발했다.

오토는 집으로 돌아가는 내내 계속해서 손전등의 장점을 놓고 떠벌렸다. 드릴과 톱도 좋은 것으로 장만했다고 아주 흡족해했다. 하지만 요요의 신경은 다른 데 가 있었다. 궁금한 것은 두 가지였다. 하나는 바이올린이라는 게 뭔가 하는 것이었고, 다른 하나는 장벽 건너편에도 정말 도시가 있는가 하는 점이었다.

두 시간 뒤, 두 사람은 주방의 식탁에 앉아 어제부터 있었던 일을 아가테에게 들려줬다. 아가테 역시 오마르 무살라의 제안을 불쾌하게 생각했다. 저녁 식사를 마친 다음, 요요는 자기 방으로 올라갔다. 하지만 잠이 든 것은 아주 늦은 시각이었다.

12 다음 날은 무척 힘들게 일해야 했다. 남아 있는 양들에게 먹이를 주고 우리 청소를 했다. 청소가 끝나자 요요는 오토와 세 시간 동안 장작을 팼다. 요요는 일을 하는 내내 노란 섬에서 있었던 일들을 생각했다. 오마르 무살라는 무슨 속셈에서 그런 제안을 한 걸까? 왜 하필이면 하찮은 목동인 요요에게 배움의 기회를 주겠다는 것일까? 사실 탐나는 제안이었다. 요요는 무엇보다도 공부가 하고 싶었다. 책을 읽고 또래의 아이들과 장래에 대해 토론해 보고 싶었다. 어떻게, 무엇을 하며 살아가야 하는 것일까? 우리는 과연 왜 사는 것일까? 요요는 이런 문제에 관심이 많았다. 하지만 여기서는 생각을 함께 나눌 사람도 없을 뿐만 아니라, 무엇보다도 읽을 책이 없었다. 아가테가 가진 다섯 권의 책은 이미 몇 번이나 읽은 터였다. 다만 무리쉬로 써진 책은 읽어 보지 못했다. 하지만 요요

는 오마르 무살라가 못 미더웠다. 그는 솔직하게 속내를 드러내지 않는 것 같았다. 정말 그가 요요의 교육을 걱정해서 그러는 것일까? 숨은 목적을 가지고 이용하려는 것은 아닐까? 정확히 알 수 있는 것은 아무것도 없었다. 자기 방으로 올라간 요요는 침대에 벌렁 누워, 알리시아의 사진과 방 천장의 갈라진 자국을 번갈아 바라보았다. 그러다가 잠이 들었다.

얼마나 지났을까. 아래에서 아가테가 다급하게 부르는 소리가 들렸다.

"요요, 빨리 좀 내려와. 로테가……."

나머지는 뭐라고 하는지 알아들을 수가 없었다. 요요는 눈을 비비며 알리시아의 사진을 침대 밑에 감춘 다음, 자리에서 일어났다. 무슨 일일까? 잠시라도 내버려 두지 않는 아가테가 야속했다. 요요는 아래로 내려갔다.

"무슨 일이에요?"

주방으로 들어서며 요요가 물었다.

"로테가 화장실을 가야 해."

"그런데요?"

요요의 눈이 커졌다.

"저보고 어쩌라고요?"

"로테가 일어설 수 없잖아. 부축을 해서 요강에 앉혀야겠어."

로테는 이런 일조차 도움을 필요로 하는 게 부담스러운지 눈을 내리깔고 있었다. 요요는 로테의 옆모습을 조심스레 훔쳐보았다.

"알았어요."

요요는 소파로 다가갔다. 로테의 어깨 밑에 손을 넣어 그녀를 일으켜 세웠다. 요요는 지금껏 여자애에게 이처럼 가까이 가 본 적이 없었다. 약간 땀 냄새가 섞여 있기는 했지만, 왠지 기분 좋은 향기가 코끝을 간질였다. 아가테는 뒤에서 로테 밑에 요강을 넣었다. 그러고는 손을 옆구리에 척 걸치고, 소파 옆에 서 있었다.

"왜? 안 돼?"

잠시 기다린 다음 아가테가 물었다.

"안 돼요."

로테가 대답했다.

"아, 그게 왜 안 돼?"

"이렇게 옆에서 지켜보는데 어떻게 해요?"

로테가 난감한 표정을 지었다.

아가테는 뭐 그깟 일을 가지고 그러느냐는 듯 고개를 절레절레 저었다.

"그럼 어떻게 하라고?"

"혼자 있고 싶은 거예요."

요요가 거들었다.

"네, 부탁드려요. 그래 주시면 고맙겠어요."

로테가 기어들어 가는 목소리로 말했다.

"혼자서 괜찮겠어?"

아카테가 물었다.

"그럼요, 물론이죠. 고맙습니다."

로테가 대답했다.

요요와 아가테는 주방에서 나왔다. 밖으로 나온 아가테는 고개를 절레절레 흔들었다.

"뭐, 그깟 걸 가지고 그러냐?"

하지만 요요는 로테의 심정을 충분히 알 수 있었다. 요요도 일을 볼 때 누가 옆에서 지켜보면 너무나 불편했기 때문이다.

잠시 후, 두 사람은 다시 주방으로 들어갔다. 아가테는 요강을 치운 다음 그것을 요요에게 건넸다. 로테는 지쳤는지 소파에 누워 꼼짝도 하지 않았다. 뺨이 붉게 물들어 있었다. 요요는 물끄러미 로테의 얼굴을 바라보았다. 자기가 이런 일을 당했어도 힘들고 괴로웠을 것이다. 얼떨결에 아가테가 건네주는 요강을 받은 요요는 화들짝 놀랐다.

"에, 그러니까 저보고 이걸 어쩌라고요?"

난처한 나머지 요요는 고개를 돌렸다.

"뭘 어떡해? 치워!"

아가테가 말했다.

아무튼 늘 이런 식이었다. 지저분한 일은 모두 요요의 몫이었다. 양 우리를 치우는 것은 물론이고, 화장실 청소도 모조리 해 왔는데, 이제 요강까지 치우라니. 투덜대며 요요는 요강을 들고 마당을 가로질러 갔다. 화장실은 마당 뒤쪽 구석에 있었다. 나무 판때기로 얼기설기 엮은 변소는 찬바람이 불 때마다 휘휘 소리가 났다. 요강을 비우려고 하는데 뭔가 번쩍했다. 요강을 바로 세운 요요는 그 안을 들여다보았다. 이게 뭔가? 금이 아닌가!

요요는 얼른 고개를 돌려 주방 쪽을 바라보았다. 지켜보는 사람은 없었다. 요요는 조심스럽게 손가락을 요강에 넣어 반짝이는 것을 끄집어냈다. 그것은 캡슐 모양의 작은 금 조각이었다. 목걸이에 매다는 장식이 분명했다. 밖으로 나온 요요는 그것을 잎사귀로 깨끗이 닦았다. 자세히 살펴보니 장식은 한 덩어리가 아니라, 위와 아래가 맞물려 있는 진짜 캡슐이었다. 살살 돌리자 캡슐이 분리되며 열렸다. 그 속에서 아주 작고 반짝이는 구슬이 바닥에 굴러떨어지며 퐁 하고 맑은 소리를 냈다. 요요는 얼른 구슬을 집어 들었다. 약간 끈적이는 구슬을 손바닥 위에 올려놓고 자세히 관찰해 보았다. 어디에 쓰는 것인지 짐작조차 할 수 없었다.

요요는 다시 캡슐을 살펴보았다. 이게 진짜 금일까? 값은 얼마나 나갈까? 구슬은 뭘 가지고 만든 것일까?

"요요!"

주방에서 아가테가 부르는 소리에 요요는 화들짝 놀랐다.

"뭐하니?"

"예, 예, 지금 가요."

요요는 구슬을 다시 캡슐에 넣고 잠갔다. 캡슐을 바지 호주머니에 넣은 다음, 요강의 내용물을 버리고 물을 떠다가 요강을 헹구었다. 손도 깨끗이 씻고 주변을 정리하고 나서, 요요는 천천히 마당을 가로질러 갔다. 요요는 생각에 잠겼다. 전후 사정으로 미루어 캡슐은 로테의 배 속에서 나온 게 분명했다. 그렇다면 로테가 캡슐을 삼켰다는 말이다. 언제 그리고 왜, 로테는 그 작은 캡슐을 삼켜야 했을까? 요요는 가능한 모든 경우를 꼽아 보았다. 소화도 안 되고, 먹을 수도 없는 것을 삼킨 이유는 무엇일까? 결론은 단 한 가지가 아닐까. 숨기기 위해서! 사람들은 어떤 것을 숨기려 들까? 아주 소중한 것을! 값이 많이 나가거나, 어떤 이유로든 가치가 있는 것을 숨길 것이다. 요요는 호주머니에 손을 넣어 캡슐을 만지작거렸다. 이깟 캡슐이 값이 많이 나갈 것 같지는 않았다. 너무 작은 데다가 속은 텅 비어 있지 않은가. 금값이라는 것은 무게로 재는 것이다. 아마도 이 캡슐은 네댓 발 정도의 BSZ면 살 수 있지 않을까? 정작 소중한 것은 구슬인 듯 보였다. 요요는 천천히 주방으로 들어섰다.

"넌 요강 비우러 갔다가 잠이라도 들었니?"

반지를 빼고 손을 씻고 있던 아가테가 요요에게 빈정댔다. 커다란 그릇에 밀가루를 쏟는 것으로 미루어 반죽을 할 모양이었다. 요요는 소파에 누워 있는 로테를 훔쳐본 후 반지를 살펴보며 물었다.

"이건 값이 얼마나 나가요?"

"별걸 다 묻고 그러네. 그건 팔 게 아니야."

"그저 값이 얼마나 나갈지 궁금해서요."

"휴, 글쎄다."

아가테는 밀가루에 물을 부었다.

"금값이라는 게 너무 부풀려져서 말이야. 대체 이까짓 게 왜 그렇게 비싸야 하는지 모르겠다니까. 아무짝에도 쓸모없는 것을 가지고 왜들 그렇게 호들갑을 떠는지, 원."

"그래도 알고 싶어요. 이런 금반지는 얼마나 해요?"

"아마 BSZ 열 발은 줘야 할걸."

"아, 그렇군요."

그렇게 비싼 것은 아니구나, 하고 요요는 생각했다.

"그럼 금보다 비싼 건 뭐죠?"

"금보다 소중한 거야 많지. 예를 들자면 나한테는 땔감이나 살찐 돼지가 훨씬 더 소중해. 또 뭐가 있을까. 그래, 건강! 건강이야말로 우리가 가질 수 있는 가장 소중한 것이지. 애, 요요야, 이리와서 밀가루 반죽하는 것 좀 도와줄래?"

반죽을 하는 동안 요요는 아가테에게 캡슐을 발견했다고 말해야 하나 고민했다. 결국 잠자코 있기로 결심했다.

"어머나, 이게 뭐야?"

빵 반죽을 오븐에 넣던 아가테가 깜짝 놀라며 로테의 팔에 감긴 붕대를 가리켰다.

"왜 그러세요?"

로테가 물었다.

"상처가 짓무르는 모양이구나. 붕대가 흠씬 젖었어!"

아가테는 소파로 가 로테의 옆에 앉았다.

"어디 팔 좀 보자."

로테가 오른팔을 내밀자, 아가테는 붕대를 풀고 상처를 살폈다.

“아프지 않니?”

요요의 눈에도 상처가 곪은 게 보였다. 진물이 흘러나왔고, 피부는 빨갛게 부풀어 있었다.

“화끈거리고 아파요.”

“소독을 해야겠다. 내가 붕대를 소홀히 다뤘나 봐. 살균된 걸 썼어야 했는데. 상처가 곪기 시작했네, 이를 어쩌지?”

“심한가요?”

로테가 물었다.

아가테는 이마를 찌푸렸다.

“그래, 심하구나. 상처가 곪으면 어떻게 되는지 몰랐니?”

“네, 몰랐어요. 전 한 번도 다쳐 본 적이 없었거든요. 곪는 게 뭔지도 잘 모르겠는걸요.”

아가테는 믿을 수 없다는 듯 고개를 내저었다.

“어쨌거나 빨리 소독을 하자. 이대로 놔뒀다가는 패혈증에 걸릴 수도 있어.”

요요는 자기도 모르게 못을 질근 씹었다. 혈관에 독소가 퍼지는 패혈증은 가장 흔히 볼 수 있는 사망 원인이었다. 아가테는 약품 상자를 열었다. 하지만 곧 고개를 저으며 말했다.

“요오드와 연고만 가지고는 안 될 것 같아. 안되겠다, 요요야.”

아가테는 요요를 불렀다.

“제대로 소독된 깨끗한 붕대와 새 요오드포름과 페니실린이 필요해. 빨리 취르비츠에게 갔다 올래?”

"그렇게 심각해요?"

요요가 물었다. 취르비츠에게 간다는 것은 정말 위급한 상황이라는 것을 뜻했다. 아주 교활한 상인인 취르비츠는 장벽에서 불과 몇 백 미터 떨어진, 다 쓰러져 가는 집에서 살았다. 그와의 거래는 불쾌하기 짝이 없었다. 하지만 응급 환자의 보호자는 그를 찾을 수밖에 없었다. 취르비츠는 꼭 필요한 약품을 잔뜩 가지고 있었기 때문이다. 게다가 병을 직접 진단하기도 했으며, 웬만한 수술은 직접 하기도 했다. 심할 경우에는 환자를 마취시켜 칼을 댔다. 그런데 그놈의 가격이 항상 문제였다. 그야말로 내키는 대로 값을 불러 댔기 때문이다. 하지만 덕분에 많은 사람들이 목숨을 건질 수 있었다. 요요만 하더라도 맹장염에 걸려 죽을 뻔하다가, 취르비츠의 수술 덕에 살아났다. 요요의 맹장을 들어내는 데 그는 양을 스무 마리나 요구했다. 그러면서도 공짜나 다름없다나! 지극히 예외적인 경우에만 돈이 아닌 현물을 받는다고 생색을 내기도 했다.

"아직은 그렇게 심각한 건 아니야. 하지만 더 늦기 전에 치료를 해 주는 게 좋겠어."

말없이 두 사람의 대화를 듣고 있던 로테가 입을 열었다.

"이제야 무슨 말씀인지 알겠어요. 염증이란 생체 조직이 외부나 내부로부터의 자극에 보이는 초기 반응이죠. 조직을 상하게 하는 자극을 제거하고, 손상된 조직을 되살리려는 작용이 염증이에요. 지프라테라고 하는 약품이 개발되고 난 다음부터 염증은 거의 사라지게 되었지요. 염증에 의한 패혈증으로 사람이 마지막으로 희생된 것은 87년 전 일이에요."

아가테는 놀란 눈으로 멍하니 로테를 바라보았다.

"로테야, 너 지금 무슨 소리를 하고 있는 거냐? 괜찮은 거야? 얘가 뭔 헛것을 보나, 헛소리까지 하네?"

아가테는 요요의 귀에 대고 속삭였다.

"아무래도 꿈을 꾸는 모양이다."

"꿈을 꾸고 있는 게 아니에요.《장벽 의학 고찰》이라는 의학 교과서 84쪽에 나오는 걸요."

아가테는 한숨을 쉬며 요요에게 말했다.

"요요, 빨리 서둘러!"

"하지만 페니실린은 엄청 비쌀 텐데요!"

아가테는 목에 걸고 있던 목걸이를 풀었다.

"여기. 이거 받아. 금은 아무것도 아니야. 하지만 에메랄드는 아주 귀한 것이지. 이걸 주면 충분할 거다."

요요는 무슨 말이든 하고 싶었으나, 차마 입이 떨어지지 않았다. 아가테는 에메랄드를 조그만 상자에 담아 요요에게 건네줬다.

"행운을 빈다!"

달려가는 요요의 뒤통수에 대고 아가테가 말했다.

"조심해야 해! 그리고 참, 네 바지라도 가지고 가거라."

13 요요는 있는 힘을 다해 달리기 시작했다. 머릿속은 여러 가지 생각으로 어지러웠다. 아가테가 페니실린을 사 오라고 했을 때

는 이미 상태가 상당히 심각하다는 뜻이었다. 하지만 에메랄드로 부족하면 어쩐다? 순간 발이 꼬이면서 요요는 앞으로 고꾸라지고 말았다. 바지 호주머니에서 뭔가 와르르 쏟아져 나왔다. 그것은 정체 모를 남자가 준 BSZ였다.

"내가 이걸 가지고 있었지!"

요요는 아픈지도 모르고 환호성을 질렀다. 이 정도면 제 아무리 고약한 취르비츠일지라도 페니실린을 내놓겠지! 요요는 가슴을 쓸어내렸다. BSZ를 챙긴 요요는 뛰기 시작했다.

취르비츠의 가게는 약 6킬로미터 정도 떨어져 있었다. 요요가 쉬지 않고 달린다면 30분이면 충분히 도착할 수 있는 거리였다. 한창 뛰고 있는데 못 보던 벽이 떡하니 앞을 가로막았다. 벽은 온통 현상 수배 포스터로 가득했다.

현상 수배: 알리시아

산 채로든 죽었든 상관없음! 위 여자를 본 사람은 반드시 연락 바람.

순간 요요는 속이 부글부글 끓어올랐다.

"차코 이 자식, 내 눈에 띄기만 해 봐라."

이렇게 널린 포스터를 떼어다가 못 한 통을 받고 팔아먹었다고 생각하자 분통이 치밀었다. 요요는 분풀이로 벽을 발로 차면서 포스터 한 장을 떼어 내 갈기갈기 찢어 버렸다. 하지만 요요는 이내 흥분을 가라앉혔다. 여기서 이러고 있을 때가 아니었다. 계속 달린 끝에 요요는 취르비츠의 가게가 있는 거리에 30분 만에 도착했다.

여기 있는 집들은 모두 비슷비슷했다. 전면은 칙칙한 회색이고, 창문에는 듬성듬성 구멍이 뚫려 있었다. 구멍은 꼭 시커먼 수챗구멍처럼 보였다. 아예 지붕이 날아가 버린 집들도 많았다. 아무도 살지 않는 빈집 같아 보이는 집의 뒷마당에 조그만 가게를 꾸며 놓고 장사를 하는 사람들도 제법 있었다. 요요는 세 번째 집으로 뛰어 들어갔다. 1층의 창문은 모두 판자에 대못을 쳐서 막아 놓고, 문만 열어 놓은 집이었다. 요요는 문으로 들어갔다. 몇 층인지 정확히 알 수 없지만, 집은 옛날의 화려함을 흔적으로나마 보여 주고 있었다. 바닥에는 희고 검은 타일이 깔렸고, 내벽과 천장은 석회칠이 되었다. 하지만 온전하게 남아 있는 타일은 단 한 장도 없었으며, 오래 청소를 하지 않은 벽은 지저분했다.

계단의 오른쪽에 나 있는 문을 열고 들어가면 취르비츠의 가게였다. 요요는 천천히 세 번, 빠르게 네 번 노크를 했다. 아무도 문을 열어 주지 않았다. 요요는 같은 리듬으로 몇 차례나 노크를 계속했다. 역시 반응은 없었다. 조심스럽게 문의 손잡이를 돌리자, 스르르 문이 열렸다. 문을 잠가 놓지 않은 것이다. 요요는 숨을 죽이고, 살며시 가게로 들어섰다.

가게 안은 빈 종이 상자만 몇 개 있을 뿐 텅 빈 채, 불빛만 흐릿했다. 요요는 종이 상자 하나를 들여다보았다. 찌그러진 의약품 포장만 뒹굴고 있었다. 취르비츠는 어디로 간 것일까? 아버지를 대신해 자주 가게를 보던 아들의 모습도 보이지 않았다. 더욱 이상한 것은 가게 안을 가득 채우고 있던 약품과, 의료기기 등도 눈에 띄지 않는 거였다. 요요는 구석구석을 샅샅이 뒤지며 페니실린을 찾았다. 페니실린은 단 하나도 남아 있지 않았다. 다만 한쪽 구석에서 지하로 내려가는 좁고 작은 계단을 발견했을 뿐이다. 요요는 조심스럽게 아래쪽을 살폈다.

"취르비츠 아저씨!"

요요는 아래쪽을 향해 목청껏 소리 질렀다. 대답은 없었다. 요요는 망설였다. 어떻게든 약을 손에 넣어야만 했다. 하지만 페니실린을 취급하는 다른 상인은 전혀 알지 못했다. 혹시 저 아래 지하실에 숨겨 놓은 약이 남아 있을지도 몰랐다. 요요는 아래로 내려가 보기로 결심했다.

스무 계단을 내려가자, 중간층 같은 게 나타났다. 그곳에는 상자가 쌓여 있었다. 내려온 계단만큼 더 내려가야 지하실이었다. 벌써부터 주변은 햇볕이 전혀 들지 않아 어두웠다. 하지만 어디선가 푸른빛이 어슴푸레 비쳤다. 약한 빛이었지만, 상자에 적힌 글을 읽기에는 충분했다. 요요는 꼼꼼히 글을 읽어 내려갔다. 상자에는 종류가 다른 진통제가 담겨 있었다.

요요는 한쪽 벽면에 최소 2미터 높이로 상자가 쌓여 있는 좁은 계단을 따라 계속 내려가면서, 내용물을 일일이 확인했다. 의료용 가위를 한가득 담은 상자가 있는가 하면, 코르티솔 연고, 지혈제, 아연화 연고, 반창고, 기침약, 아스피린 등이 한 상자씩 있었지만 페니실린은 눈에 띄지 않았다.

요요는 압박붕대와 소독약이 들어 있는 상자를 찾아냈다. 가제도 아래 상자에 담겨 있었다. 요요는 될 수 있는 한 잔뜩 호주머니에 구급 용품을 우겨 넣었다. 하지만 한 시간 이상을 뒤져 보아도 페니실린 상자는 흔적도 나타나지 않았다. 요요는 포기해 버리고 싶었다.

하지만 몇 걸음 앞에 좀 더 크고 밝은 공간으로 이르는 통로를 발견하고 요요는 계속 나아갔다. 출구가 여러 개인 공간은 육면체 모양이었다. 일종의 교차로처럼 보였다. 요요는 사방을 둘러보았다. 다섯 개 중에 어떤 것을 골라야 할까? 갑자기 어디선가 사람 목소리가 들려왔다. 바닥을 구르는 바퀴 소리도 들렸다. 소리가 나는 방향을 확인한 요요는 얼른 반대쪽 통로에 있는 상자 뒤에 숨었다. 소리는 점차 가까워졌다. 사람들은 이제 교차로에 도착한 모양이었다. 상자 뒤에 숨어 살펴보니, 두 남자가 상자를 가득 실은 손수레를 끌고 있었다. 다시 소리는 멀어져 갔다. 밖으로 나온 요요는 그곳에 있는 상자들을 꼼꼼히 살폈다. 하지만 원하는 약품을 담은 상자는 없었다. 돌아보니 이미 상당히 통로 안쪽으로 들어와 있었다. 상자들은 갈수록 적어졌다. 마침내 마지막 상자까지 찾아보았지만 페니실린은 역시 없었다.

요요는 하는 수 없이 길을 되짚어 오기 시작했다. 드디어 교차로에 다다른 요요는 순간 당황하고 말았다. 자신이 어떤 통로를 통해 들어왔는지 분간할 수 없었던 것이다. 여섯 개의 출구는 모양이 똑같았다. 통로에는 저마다 푸른빛이 나며, 양쪽으로 하얀 종이 상자가 쌓여 있었다. 요요는 자기도 모르게 제기랄 하고 욕설을 내뱉었다. 무슨 표시라도 해 놓을걸, 대체 어쩌면 이렇게 멍청할 수 있지? 어디로 들어온 것인지 아무리 뜯어봐도 그게 그거였다. 흥분한다고 해결될 일이 아니었다. 요요는 침착하자고 몇 번이나 다짐했다. 상황은 보기보다 그리 복잡하지 않았다. 세 개의 통로가 서로 교차하고 있을 뿐이다. 밖으로 나가는 정확한 출구를 찾기란 그리 어려운 일이 아니다. 요요는 먼저 오른쪽 통로부터 시도해 보기로했다.

얼마 가지 않아 위로 올라가는 계단이 나타났다. 요요는 휴— 하며 가슴을 쓸어내리고 계단을 올라갔다. 하지만 이내 얼굴은 다시 굳어졌다. 막다른 길이었던 것이다. 잿빛 벽으로 막힌 조그만 사각형 공간에서 요요는 벽만 노려볼 수밖에 없었다. 빛이 있어 어둡지는 않았는데, 도대체 빛이 어디서 오는지 알 수 없어 더욱 기분이 이상했다. 그곳에는 상자 하나만 덩그러니 놓여 있었다. 아무래도 들어올 때 지나온 통로 말고는 달리 나갈 길이 없는 모양이었다. 일단 요요는 상자로 다가가 살펴보았다. 먼저 상자를 들어보았다. 무척 가벼웠다. 상자 뒤쪽에는 커다란 글씨로 '지프라테'라고 쓰여 있었다. 깜짝 놀란 요요는 하마터면 상자를 떨어뜨릴 뻔했다. 로테가 말한 바로 그 약이다! 로테는 지프라테가 패혈증으로 인한 사망을 막아 줬다고 했다. 로테는 아가테가 말한 것처럼 헛소리를 했던 게 아니다! 요요는 얼른 상자를 열어 내용물을 확인했다. 하지만 밝은 노란색 포장의 약 상자 안에는 알약도 캡슐도 없었고, 앰풀이나 유리병도 들어 있지 않았다. 모두 빈 포장뿐이었다. 요요는 상자를 호주머니에 넣었다. 로테에게 보여 줄 생각이었다.

그런데 순간, 걷잡을 수 없는 피로가 몰려왔다. 그냥 주저앉고 싶었다. 벽에 기대선 요요는 눈꺼풀이 감기는 것을 간신히 참으며 앞만 멍하니 바라보았다. 왜 이럴까? 여기서 잠이 들 수는 없는 노릇이다. 로테를 위해 반드시 페니실린을 찾아내야 한다. 꼭 찾아내야만……. 에이, 꼭 해야만 해? 요요는 갑자기 모든 게 귀찮아졌다. 전에 경험하지 못한 희한한 기분이었다. 풀썩 그대로 주저앉았다. 한동안 그 자세로 꼼짝도 하지 않았다. '아냐, 이래선 안 되지!' 마음을 다져 먹은 요요는 온 힘을 다해 다시 일어섰다. '여기서 잠들면 큰일이야!' 요요 안의 요요가 외쳤다. 하지만 이상하게도 숨이 가빴다. 숨을 헐떡이며 요요는 술 취한 주정뱅이처럼 갈지자걸음을 걸었다. 요요는 로테를 떠올렸다. 그 아릿했던 향기까지!

"로테가 기다리고 있다."

요요는 혼잣말을 중얼거렸다. 그러다 요요는 돌연 균형을 잃고 머리부터 떨어지며 계단을 굴렀다. 그리고 그대로 정신을 잃고 말았다.

얼마나 지났을까? 다시 정신을 차린 요요는 자신이 어디에 있는지 분간을 할 수 없었다. 간신히 눈을 떴다. 머리가 깨질 것처럼 아팠다. 일단 몸을 일으켜 앉은 요요는 몇 번이고 심호흡을 하며 주변을 돌아보았다. 먼저 방향감각부터 회복하고 볼 일이었다. 주위를 두리번거리자, 약품 상자가 눈에 들어왔다. 그렇지, 맞아! 로테에게 줄 약을 구하러 취르비츠의 가게를 찾았던 기억이 떠올랐다. 가게가 텅 빈 탓에 지하실로 내려왔던 것까지. 발을 헛디뎌 계단에서 구르던 순간이 영화의 한 장면처럼 선명했다. 지끈거리는 머리를 만져 보니 커다란 혹이 솟아 있었다. 우선 잃어버린 게 없음을 확인한 요요는 안도의 한숨을 쉬었다. 더 이상 둘러보지 않고, 요요는 자리에서 일어나 의약품 상자가 천장 높이까지 쌓여 있는 통로를 따라갔다. 그 어디에도 페니실린 상자는 찾아볼 수 없었다. 잠시 후, 요요는 육각형 모양의 방에 이르렀다. 결심을 못 하고 망설이던 끝에 요요는 바로 맞은편 통로를 향해 나아갔다. 몇 분 뒤 요요는 한 커다란 상자 뒤에 떨어져 있는 작은 상자에서 마침내 페니실린을 찾아냈다. 요요는 서둘러 페니실린 몇 통을 호주머니에 넣었다. 압박붕대와 거즈도 더 챙겨 넣었다. 그리고 몸을 일으키니 불과 몇 미터 앞에 계단이 보였다. 조심스레 올라선 요요는 놀란 입을 다물 수가 없었다. 그곳은 바로 취르비츠네 집 맞은편이었기 때문이다. 비상시를 대비해 탈출하려고 만들어 놓은 통로로 요요가 빠져나온 모양이었다. '거 참 이상하다, 한 번도 방향을 바꾸지 않았는데 어떻게 이럴 수 있지?' 혹시 계단에서 넘어져 착각을 한 것일까? 하지만 이런 생각을 오래 하고 있을 수는 없었다. 서둘러 집으로 돌아가려고 발길을 옮기는 순간, 턱 하니 취르비츠가 앞을 가로막고 나타났다.

"요요, 너 여기서 뭐하는 거냐?"

요요의 심장은 터질 것처럼 뛰었다. 호주머니에 쑤셔 넣은 약 상자들을 들켰다가는 영락없이 도둑으로 몰릴 순간이었다. 요요는 진땀을 흘리며 말을 더듬었다.

"에, 안녕하세요, 그게 저 그러니까 지금 저는…… 아, 예 오토 아저씨를 찾고 있어요!"

"이놈 봐라, 하는 짓이 수상한데! 왜 네 아저씨를 여기서 찾아? 이 근처에서 얼쩡거리면 혼난다, 썩 꺼져! 안 그러면 늑대를 풀어 버릴 테니!"

취르비츠가 거친 목소리로 을러댔다. 땅에 붙박인 듯 꼼짝도 못 하던 요요는 달음질쳐 집으로 향했다.

14 로테의 몸은 불덩이처럼 뜨거웠다. 창백하기만 했던 얼굴은 이제 열을 받아 빨갛게 달아올랐다. 잠도 제대로 이루지 못하고 계속 신음을 했다.

"더 늦지 않아 다행이구나."

숨을 헐떡이며 들어서는 요요를 보고, 아가테가 나직한 목소리로 말했다. 몇 시간은 걸린 것 같아 조마조마했던 요요는 꾸지람을 하지 않는 아가테를 보며 가슴을 쓸어내렸다.

"그래, 필요한 건 다 구했니?"

요요는 고개를 끄덕이며 의자에 털썩 주저앉았다. 그리고 호주 머니에 챙겨 온 것을 모조리 식탁 위에 올려놓았다. 아가테는 눈이 휘둥그레졌다. 요요 자신도 놀란 입을 다물 수가 없었다. 분명 압 박붕대를 네 통 챙긴 줄 알았는데 꺼내 놓은 것은 여덟 개였다. 거즈도 마찬가지였다. 요요는 고개를 흔들며 페니실린까지 식탁에 놓았다.

"에메랄드를 가지고 이렇게 많이 살 수 있었어?"

아가테는 믿을 수 없다는 표정이었 다.

"그 인색한 노인네가 어떻게 된 거 아니니?"

요요는 고개를 가로저었다.

"아니에요, 아저씨는 가게에 없더라고요. 그리고 무슨 일인지 가게 안에 아무것도 없었어요. 하지만 지하실에 약들을 많이 쌓아 뒀던데요."

"그럼 돈도 안 주고 가지고 왔다고?"

아가테가 요요를 쏘아보았다.

"뭐, 말하자면 그렇죠."

요요는 크게 숨을 몰아쉬며 지친 몸을 의자에 맡겼다.

로테는 멍한 눈길로 요요를 바라보다가 중얼거렸다.

"너무 아파요."

"그래, 알았다. 지금 바로 약을 주마."

"그런데 취르비츠가 약을 전부 지하실에 쌓아 놓았다고? 그거 좋지 않은 조짐인데. 요즘 약 팔기가 무척 위험하다고 하던데, 틀린 말이 아닌 모양이구나. 벌써 상인들이 몇 명이나 살해당했다고 하더라고. 진통제 한 통 때문에 사람을 죽인다는 거야."

아가테는 페니실린 상자에서 약을 한 알 꺼내 로테에게 주었다.

"물과 함께 먹으려무나. 내일 아침이면 좀 나아질 거야."

약을 먹은 로테는 스르르 눈을 감았다. 아가테는 로테의 상처를 돌보기 시작했다.

"나도 너처럼 잠 좀 잤으면 좋겠다."

아가테는 로테를 바라보며 말했다.

"아, 그리고 요요야! 너 요오드는 까먹은 모양이구나?"

요요는 손으로 자기 이마를 때렸다.

"아차, 이런 바보!"

요요는 호주머니를 뒤졌다.

"잠깐만요. 호주머니에 뭐가 또 있었는데……."

요요는 밝은 노란색의 상자를 꺼내며, 이게 뭐지 하는 표정을 지었다. 언제 이런 것을 집어넣었는지 기억나지 않았다. 그때 돌연 어지럽고 축 처져 주저앉고만 싶었던 순간이 생각났다.

"그게 뭐니?"

"저도 모르겠어요."

"그 안에 뭐가 들었는데?"

아가테가 상자를 열었다.

"아무것도 없네? 텅 비었어."

아가테는 상자를 식탁 위에 내려놓았다.

순간 요요는 이마에서 흐르는 땀을 주체할 수가 없었다. 옷소매로 땀을 계속 닦아 냈다. 바늘로 찌르는 것처럼 머리가 아팠다. 요요는 두 손으로 얼굴을 감싸며 괴로운 표정을 지었다.

"요요야, 너 왜 그러니?"

아가테가 놀라서 물었다.

"아, 아무것도 아니에요. 너무 빨리 뛰었나 봐요. 속이 메슥거리고 머리가 아파요. 밖에 나가 신선한 공기를 마시면 좀 나아질까."

요요는 자리에서 일어나 마당으로 나갔다. 장작 더미 위에 앉아 크게 심호흡을 했다. 메슥거리던 속은 찬 공기를 들이마시자 좀 나아졌다. 저 노란 상자는 어떻게 해서 호주머니에 들어간 것일까? 요요는 머리를 긁적였다. 또 분명 압박붕대와 거즈는 네 개씩 챙겼는데 어째서 곱절로 들어 있는 것일까? 계단에서 넘어진 것과 관련이 있나? 도대체 얼마나 오랫동안 정신을 잃고 누워 있었을까? 의문은 꼬리에 꼬리를 물었지만, 시원하게 대답할 수 있는 것은 없었다.

주방으로 다시 들어서자, 아가테가 요요의 손을 잡으며 말했다.

"이제 괜찮니?"

"잘 모르겠어요."

요요는 솔직히 대답했다.

"좀 쉬려무나. 거기까지 달려갔다 오느라 너무 힘들었나 보다."

요요는 말없이 고개를 끄덕이며 주방을 나왔다. 피곤한 몸을 이끌고 계단을 힘겹게 올라갔다. 방에 들어선 요요는 바로 양치질을 하고 발을 씻은 다음 침대에 몸을 던졌다. 눕자마자 요요는 깊은 잠에 빠졌다. 다음 날 아침까지 꿈 한 번 꾸지 않는 깊은 잠이었다.

아침 일찍 잠에서 깬 요요는 두통이 깨끗이 사라져 버린 게 무척 신기했다. 요요는 기분 좋게 콧노래를 흥얼거리며 아래로 내려갔다. 어제의 사건은 조금도 생각나지 않았으며, 잠을 푹 잔 덕인지 기분은 신선하기만 했다.

하지만 요요가 주방에 들어서자, 아가테가 심각한 표정을 짓고 있었다.

"로테의 열이 내리지를 않는구나."

아가테는 전날보다 더 안 좋아 보이는 로테를 가리키며 말했다. 로테가 눈을 게슴츠레 뜨고 있어서 자는지 깨어 있는지 분간이 되지 않았다.

요요는 머뭇거리며 서 있었다. 아가테가 말했다.

"게다가 말이야. 아저씨도 집에 안 들어왔지 뭐니. 얼굴 못 본 게 꼬박 24시간이 넘었단다."

"오토 아저씨가요?"

놀란 요요가 물었다.

"종종 오래 걸리기도 하잖아요. 이번에는 어딜 가셨는데요?"

"어딜 가면 간다고 얘기나 하냐? 그냥 친구하고 어디 좀 갔다 와야 한다고 나갔거든. 하지만 밤늦게라도 꼭 들어왔잖아."

"그런데 열은 왜 안 내려가는 거죠?"

요요는 무엇보다도 로테의 상태가 궁금했다.

"몰라, 페니실린이 너무 오래된 거라 약효가 안 나는 걸까?"

요요는 지그시 입술을 깨물었다. 로테가 패혈증에 걸리면 어쩌나 하는 조바심에 입술이 바짝 타들어 갔다. 요요는 텅 빈 노란색 포장을 손에 들고 여러 차례 돌려가며, 거기 적힌 글자들을 읽어 보았다. 포장의 노란색은 여러 가지 농도의 점들로 이뤄진 것이었다. 그것 참 이상하다고 요요는 생각했다. 보통 약은 하얀색 포장에 들어 있었기 때문이다.

"만약 페니실린이 아무 효과가 없다면 어찌 해야 좋을지 난감하구나."

"다시 한 번 취르비츠를 찾아가 보는 수밖에요."

요요가 굳은 얼굴로 말했다.

"그래서? 그가 뭘 할 수 있지?"

"정 위급하면 수술이라도 해야 하는 거 아녜요?"

"요요, 이건 수술한다고 낫는 병이 아니란다. 심각한 경우에는 팔을 잘라 내는 수밖에 없어."

이때 갑자기 자리에서 몸을 일으킨 로테가 노란 포장을 가리키며 말했다.

"저게 바로 제가 원하는 약이에요!"

"뭐? 이거?"

요요가 상자를 높이 들었다.

"이건 비어 있는데?"

"그렇게 보일 뿐이지."

"실제 그 약은 상자 포장에 들어 있어. 그게 지프라테야."

"엥? 넌 그걸 어떻게 아는데?"

"약은 바로 그 포장이라니까."

아가테는 한숨을 푹 쉬었다.

"아무래도 또 헛소리를 하는 모양이다."

순간 요요는 상자를 잡았던 때가 그림처럼 선명하게 떠올랐다. 눈을 반짝이며 요요는 다시 상자를 살폈다.

"아니에요, 헛소리를 하는 게 아니에요. 전 무슨 말인지 알 것 같아요!"

아가테가 어리둥절한 표정을 지었다. 요요는 무릎을 쳤다. 지프라테라는 단어를 로테 입에서 듣는 순간, 앞뒤 사정이 환히 이해되었던 것이다. 상자만 만졌을 뿐인데도 어지럽고 온몸에 힘이 쭉 빠지는 것만 같았었다. 어제 가게 지하실에서 겪은 일의 앞뒤를 계속 짜 맞추어 나가던 요요는 얼른 일어나 상자를 로테에게 건넸다.

"여기 있어."

로테는 떨리는 손으로 상자 뚜껑을 열고 손가락에 침을 충분히 적신 다음 그 안을 휘저었다. 다시 손을 꺼낸 로테는 손가락을 쪽쪽 빨았다. 잠시 얼굴을 찡그리던 로테는 다시 환한 표정으로 웃으며 말했다.

"됐어요, 이제는 나을 거예요!"

눈이 올빼미 눈만 해진 아가테가 로테에게 물었다.

"그게 뭐냐? 지금 뭘 먹은 거야?"

"아무것도요."

로테는 단호하게 말했다.

"먹은 게 없다고? 그럼 약효가 있겠어?"

"그럼요. 지프라테는 눈으로는 볼 수 없어요. 하지만 이걸 먹으면 약이 빠르게 피를 타고 온몸에 퍼지면서 우리 몸을 망가뜨리는 독소를 다 없애 버린대요. 구체적으로 어떻게 해서 그런지는 저도 잘 모르지만요. 규칙적으로 지프라테를 먹어 주면 병에 잘 걸리지도 않아요."

"규칙적으로 먹는다고?"

로테는 잠시 망설이는 눈치였다. 그 사이 그녀의 안색은 몰라보게 달라져 있었다.

"한 달에 한 번쯤요."

"넌 어디서 그런 걸 다 알았어?"

요요가 물었다.

"이건 누구나 아는 거야."

로테가 말했다.

요요는 로테를 쳐다보며 물었다.

"그럼 이제 다 괜찮은 거야? 아프지 않아?"

"물론이지!"

이렇게 말하며 로테는 눈을 조금 더 크게 떴다.

"물론이야."

로테는 나직한 목소리로 말했다.

"하지만 종종 꿈을 꾸고 있는 건 아닌가 하는 생각도 들어. 이러다가 곧 깨어날 꿈을. 하지만 그런 일은 일어나지 않을 거야. 난 내가 꿈을 꾸지 않고 있다는 걸 잘 알고 있거든."

아가테와 요요는 아무 말도 하지 못했다. 아가테가 입을 열었다.

"다시 좋아졌다니 기쁘구나. 요요야, 넌 나가서 양 떼 좀 돌보고 오렴. 난 로테가 건강해진 기념으로 커다란 케이크를 구워야겠다."

15 한 시간 뒤 일을 끝낸 요요는 취르비츠의 가게에 찾아가 볼 속셈으로 집을 나섰다. 다시 한 번 그 지하실에 내려가 보고 싶었다. 생생한 기억을 따라가다 보면 뭔가 더욱 흥미로운 것을 발견할 수 있을 것 같았다.

요요는 그리 오래 걸리지 않아 가게에 도착할 수 있었다. 문으로 들어서며 조심스럽게 마당을 살폈다. 두 명의 남자가 한창 손수레에 상자를 싣고 있는 중이었다. 요요는 잠시 숨어서 남자들이 일하는 것을 지켜봤다. 지금 지하실에 내려갈 수는 없었다. 안되겠다 싶어 돌아서려는 순간, 남자들이 요요를 발견했다.

"너 여기서 뭘 찾는 거냐?"

한 남자가 요요를 향해 소리쳐 물었다.

"아무것도 아니에요."

요요가 대답했다. 남자는 요요를 향해 똑바로 걸어왔다. 요요는 어떻게든 둘러댈 구실을 찾았다.

"그냥 뭣 좀 물어보려고요."

"물어본다고? 여기가 무슨 안내소인줄 아니?"

남자는 키가 크고, 머리카락이 검었다.

"당장 꺼지지 못해!"

요요가 되는대로 둘러댔다.

"전 숙소를 찾고 있거든요. 여기서 자고 갈 수 있다고 하던데."

그러자 다른 남자가 고개를 빼고서 요요를 의심스럽다는 눈길로 바라보았다.

"뭘 찾는다고?"

"여관은 옆집이다. 거기 가서 알아 봐라. 빨리 가지 않으면 늑대를 풀어 물어 버리게 할 거다."

검은 머리의 남자가 말했다.

요요는 아무 말도 하지 않고 세 걸음 정도 뒤로 물러선 다음, 등을 돌려 그곳에서 뛰쳐나왔다. 뒤도 돌아보지 않고 정신없이 뛰던 요요는 거리에서 한 남자와 정면으로 충돌하며 바닥에 나가떨어졌다. 얼른 일어서려던 요요는 남자의 얼굴을 보고 깜짝 놀랐다. 그는 바로 희한한 상자와 가방을 들고서 숙소를 캐묻던 낯선 남자였다. 서로 부딪치는 바람에 떨어진 남자의 가방에서 내용물이 쏟아져 나왔다.

"여, 잘 있었니?"

남자가 반갑게 인사를 했다. 남자는 그동안 고생이 심했는지 꼴이 말이 아니었다. 자루 같은 회색 바지는 너저분했고, 체크무늬의 상의도 땟국물이 흘렀다. 재킷에는 구멍까지 나 있었다.

"미안합니다."

얼른 사과를 한 요요는 가방을 주우려 했다.

"잠깐, 잠깐. 악기는 조심해서 다뤄야 해!"

남자가 다급한 목소리로 외쳤다.

"바이올린은 무척 예민한 악기거든."

요요는 신중하게 가방을 들어 남자에게 건넸다. 바이올린은 적갈색의 나무로 만든 것이었으며, 가방 안은 짙푸른 벨벳으로 장식되어 있었다.

"부딪치면서 바이올린이 망가지지 않았길 바랍니다."

요요는 될 수 있는 한 공손하게 말했다.

조심스레 악기를 살펴보던 남자가 말했다.

"아냐, 바이올린은 멀쩡하다. 그나저나 이렇게 빨리 다시 만나게 돼 정말 반갑다. 그동안 네 생각을 얼마나 많이 했나 몰라. 아이들을 찾는 일이 별 소득이 없었거든. 첼다라는 여자도 만나 보았지만 별 도움이 되질 않더라. 게다가 그 여자는 어찌나 날 딱딱하게 대하는지, 원. 왜 여기 사람들은 그렇게 마음의 문을 꼭꼭 닫고 있는 거냐? 그래서 난 이곳 사정을 잘 아는 사람이 동행해 줬으면 했다. 그동안 이곳에 조금 익숙해지기는 했지만, 아무래도 나 혼자서 찾아다니는 건 쉽지 않아. 나하고 같이 다녀 주지 않을래?"

"그러죠, 뭐."

요요는 어딜 같이 다니자는지도 모르면서 불쑥 좋다고 대답해 버렸다.

"안 될 거 없죠."

두 사람은 어깨를 나란히 하고 걷기 시작했다.

"이 길을 죽 따라가면 장벽이 나오는데요?"

"알고 있다."

남자는 대답하고 계속 걸었다.

"알고 계시잖아요, 장벽 가까이…….."

"물론 알고 있지. 하지만 이곳 사람들이 생각하는 것처럼 장벽 가까이 가는 게 위험하지는 않아. 물론 몇 가지 규칙은 지켜야 하지만 말이야."

"아, 예…….."

요요는 거침없이 걷는 남자의 뒤를 따라가기로 결심했다.

"넌 바이올린이 뭔지 모르는 모양이지?"

한동안 말없이 걷던 남자가 요요에게 물었다.

"예, 몰라요."

"바이올린이란 아름다운 소리를 내는 악기란다."

"네에…….."

요요는 아까 보았던 바이올린의 모습을 떠올리며 고개를 끄덕였다.

"그러니까 풀피리나 소뿔 같은 것이로군요."

"그렇지, 비슷해. 다만 풀피리나 소뿔 같은 단순한 악기에 비해, 바이올린은 더 복잡하고 미묘하고 아름다운 멜로디를 연주할 수 있지."

"복잡하고 미묘하고 아름다운 멜로디요?"

남자는 노래를 부르기 시작했다.

"예를 들면 이런 거지. 하지만 내 음악 실력은 그리 뛰어나지 않으니. 이해하고 들으렴. 지금 내가 부른 곡은 요제프 하이든[+]이 만든 거야."

"그게 누구예요?"

"수백 년 전에 살았던 위대한 작곡가."

"작곡가."

요요가 중얼거렸다.

"그런데……, 아까 누굴 찾는다고 하셨죠? 사내아이와 여자아이라고요?"

"그래."

"여자애라면 한 명 알고 있어요."

요요는 함께 걷는 동안 남자를 돕고 싶은 마음이 생겨나 자기도 모르게 이야기를 꺼냈다. 친구의 아이들을 찾는다며 도시에서 고생하고 있는 남자가 나쁜 사람일 거라는 생각은 들지 않았기 때문이다.

"하지만 남자애라면 아는 애가 없는데……."

"걔들이 남매이기는 하지만 한 집에서 같이 살고 있지는 않을 거야. 이 얘기를 해 준다는 게 그만 깜박했구나. 그런데 네가 여자애를 한 명 알고 있다고?"

"네, 며칠 전 문 앞에 잠든 채 버려져 있었어요. 지금은 우리 집 소파에 누워 지내는데 아직도 잠만 자요."

<hr>

[+] 오스트리아 출신의 작곡가. - 옮긴이

“그래?”

남자가 멈추어 섰다.

“어떻게 생긴 아이니?”

남자는 바지 호주머니에서 검은색의 작은 상자를 꺼내 들었다. 약 10센티미터 정도 높이에 20센티미터 정도의 길이였고, 폭은 그리 크지 않았다. 상자의 표면은 거울처럼 반들반들했다. 앞면에는 사람이 눈을 대고 들여다볼 수 있게 구멍이 두 개 뚫려 있었다. 남자는 상자를 들어 들여다보더니 요요에게 건네주었다.

“이걸 좀 보렴. 두 렌즈를 통해 봐야 한다.”

요요의 눈에 하얀 블라우스와 까만 치마 그리고 노란 재킷을 입은 소녀의 모습이 들어왔다. 나이는 약 열여섯 살 정도 되어 보이고, 밝은 금빛의 생머리를 길게 늘어뜨린 소녀였다. 눈동자의 색은 선글라스를 끼고 있는 탓에 알아볼 수 없었다.

“흠.”

요요가 입을 떼었다.

“모르겠는데요. 그리고 우리 집에 있는 아이는 머리카락이 하나도 없어요.”

“머리카락이 없다고? 왜, 어디 아프냐?”

“뭐, 병에 걸렸기는 했지만 이젠 좋아지고 있어요. 머리는 집 앞에 버려져 있을 때 이미 박박 깎였던걸요.”

“아, 그렇구나. 몇 살이나 됐는데?”

“아마 한 열여섯쯤.”

"그래? 그거 흥미로운데."

남자가 반색을 했다.

"혹시 집에 좀 가 볼 수 있을까?"

요요는 로테의 상태를 생각해 봤다. 아가테가 손님을 데리고 오는 것을 허락해 줄까 하는 염려도 했다.

"절대 성가시게 굴지 않을게. 난 그저 그 애 얼굴만 한번 보고 싶은 거야."

남자가 요요의 속마음을 읽고 말했다.

"난 남매를 찾을 수 있을지 걱정이 이만저만이 아니란다. 특히 이런 도시에서 잃어버린 아이를 찾는다는 건 불가능에 가까운 일인 것 같아. 짐작에는 애들이 벌써 죽었지 싶다."

"사실 그런 일은 부지기수죠. 집을 잃고 헤매는 아이들이 죽는 꼴을 많이 봤어요. 병에도 걸리고요. 예를 들어 피에 독이 퍼지는 병을 패혈증이라고 한대요. 지금까지 패혈증에 걸려 죽은 아이들만 네 명이에요."

"넌 내 말을 참 잘 알아듣는구나, 고맙다."

"아니에요, 그런 얘기를 들으려고 한 말이 아니에요. 전 그저 여기서 아이들이 살아남는다는 게 무척 어렵다는 말을 하고 싶었을 뿐이에요. 심지어 아이들은 범죄 조직을 만들어서 서로 죽이기도 하는걸요. 싸움이 벌어졌다 하면, 거리에 아이들 시체가 널린다고요."

놀란 얼굴로 요요의 말에 귀를 기울이고 있던 남자는 믿을 수 없다는 표정을 지었다.

"지금 너무 과장하는 거 아니니?"

"아니에요, 있는 그대로 말하는 것뿐이에요. 심지어 아가테 아줌마는 아이들이 서로 죽이는 게 차라리 낫다고 하는걸요. 아이들은 계속 늘어 가고 있으니까요. 버려진 아이들이 어디서 그렇게 오는지 아무도 몰라요."

"그럼 아무도 아이들을 받아 주지 않는단 말이야?"

"네, 어른들은 아주 못돼서 양심의 가책이란 것도 모른대요."

"누가 그래?"

"다들 그러던데요."

"그럼 네겐 양심이 있니?"

"그럼요. 전 뭐가 좋고, 나쁜지 구별할 수 있어요."

"아이들은 그걸 왜 모를까?"

"모르죠, 걔들은 아무것도 몰라요. 자기 이름이 뭔지도 모르는 아이들인데요. 아무것도 모르니까 편을 갈라 서로 죽이는 거죠."

"흠, 첼다 생각은 다른 것 같더라."

"첼다요? 첼다 아줌마는 정신이 약간 이상해졌다고 하던데요. 게다가 아이들을 돌봐 주는 대신 돈을 받는데요."

"돈을 받아? 누구한테?"

"오마르 무살라한테요."

"아하! 하지만 아이들이 나쁘다고 하는 건 네 진심인 것 같지는 않구나. 어때 네 속마음은 다르지?"

“저요?”

요요는 얼굴이 빨개졌다.

“전 그저 아가테 아줌마가 하는 말을 들은 것뿐이에요.”

“아까부터 아가테, 아가테 하는데, 그 여자는 누구냐?”

“아가테 아줌마는 제 엄마나 다름없는 분이에요.”

“그러니까 네 친엄마는 아니로구나?”

“네.”

“어떻게 해서 아가테 아줌마하고 같이 살게 된 건데?”

“그냥 그렇게 되었어요.”

요요는 짜증 섞인 투로 말했다.

“어, 미안하다. 내가 너무 주책이 없구나. 그런 사적인 걸 묻다니, 미안하다.”

남자는 어쩔 줄 모르며 사과했다.

요요는 아무 말도 하지 않고 어깨만 으쓱했다. 사적이라고?

“다시 오마르 무살라 이야기를 해 보자. 그 사람을 잘 아니?”

“오마르 무살라는 가족과 함께 노란 섬에 살아요. 이 도시에서 제일 부자고, 힘도 가장 세요. 사람들은 그 사람을 알레프 부스타니의 후손이라고 하던데요.”

“아하, 그럼 너도 알레프 부스타니가 누군지 알겠구나?”

“그거야, 이 도시에 살면 알아야 하는 거 아녜요? 우리를 지켜 주는 저 장벽을 지은 사람이라면서요.”

“지켜 줘? 무엇으로부터?”

"타락으로부터요. 장벽이 없었다면 우리는 모두 굴러떨어졌을 거라고 하던데요."

"뭐라고? 어디로 굴러떨어진다는 말이냐?"

"아무것도 없는 곳으로 떨어진다던데요. 아니, 그걸 모른단 말이에요? 다 아시면서 그냥 그러시는 거죠? 여기 사는 어른은 누구나 알고 있는 이야기인데."

"아, 내가 살고 있는 곳에서는 전혀 다른 이야기를 하거든. 우리는 그저 저 건너편에도 사람들이 사는 도시가 있다고 해. 그리고 거기 사람들은 날아다닌다고 하지."

"여기서 그런 말을 했다가는 바보 취급받을걸요. 저는 벽을 넘어가 봤다는 사람을 알고 있어요. 넘어가면 죽는다던데 용케 살아 돌아왔더라고요."

"그래? 그게 누구야?"

"알리시아라고 해요. 걔는 이 도시에서 가장 무시무시한 범죄 조직의 여두목이죠. 암산으로 257 곱하기 20,448도 눈 깜짝할 사이에 계산한대요. 알리시아는 벽을 넘어가 봤다는 이야기가 떠돌더군요. 물론 진짜 벽을 넘어간 건 아니고요, 땅 밑으로 굴을 파서 갔다 왔대요. 그게 말이나 되는 소리예요? 그런데 알리시아는 말이죠……."

순간 요요는 말을 삼켰다. 이상한 생각이 들었다. '혹시 저 취르비츠의 가게 지하실에 나 있던 통로가 그 지하 통로는 아니었을까? 그럼 난 벌써 벽을 넘어갔다 온 거야?' 여기까지 생각이 미치자 요요는 등줄기가 서늘해졌다.

"그렇지, 그건 말도 안 되는 소리일 뿐이야."

남자가 말하고 다시 걷기 시작했다. 요요는 좀 떨어져서 걸으며 계속 생각에 잠겼다. 이제 장벽은 불과 50미터 앞에서 위용을 자랑하고 있었다. 우뚝 솟은 장벽은 하늘을 찌를 것처럼 보였다. 남자는 요요를 보며 빙긋 웃었다.

"우리 동네에서는 말이야, 심지어 장벽을 통과할 수 있다고 하는 사람도 있어. 그럼 시간마저 멈춘다나."

"정말요?"

장벽이 점점 더 가까워지자, 요요는 갑자기 숨 쉬기가 힘들다고 느꼈다. 아니면 그냥 숨을 천천히 쉬는 것일까? 모든 게 느려진 것 같았다. 심지어 눈꺼풀의 껌벅임조차 느려진 것 같았다.

"장벽을 통과한다고요? 그럼 장벽 속에 있을 때는 어떻게 된대요? 그런 이야기는 하지 않았나요?"

요요는 자신이 하는 말도 천천히 나오는지 시험해 볼 생각으로 물어봤다. 하지만 말의 속도는 지극히 정상이었다. '그저 모든 게 공상일 뿐이야.' 요요는 속으로 중얼거리며 숨을 한껏 들이마신 다음 내뱉었다.

"별의별 이야기들을 다 하지. 장벽 속에 머무르는 동안은 심한 두통을 앓는다는군. 그리고 장벽 속에 있는 동안의 일은 일정 시간 동안 까맣게 잊어버린대."

"정말요?"

요요는 덜컥 가슴이 내려앉았다.

"그리고 또 무슨 일이 벌어지나요?"

요요의 머릿속에서는 온갖 생각이 스쳐 지나갔다. 혹시 이게 바로 저 지하 통로에서 겪은 일의 원인일까? 어제 지하에서 장벽 속에 머물렀던 게 아닐까? 한동안 기억을 잃었던 것을 요요는 떠올렸다. 그러고 보니 아래에 있었던 시간은 실제보다 훨씬 더 길었던 것도 같았다.

"또 이런 이야기도 있어."

남자가 계속 말했다.

"잃어버린 기억은 빠르게 걷거나 달리면 되살아난다는."

"어디서 오셨는지 모르지만, 거기에는 정말 흥미로운 이야기들이 많네요."

이렇게 대답하며 요요는 속으로 '나도 달렸어!' 하고 생각했다.

"한 가지 더 궁금한 것은요."

요요가 계속 물었다.

"장벽 속은 얼마나 되나요? 장벽의 두께를 두고 아저씨 고향 사람들은 뭐라고 하는지 궁금해서 여쭤 보는 거예요."

이제 두 사람은 장벽을 코앞에 두고 서 있었다. 요요는 숨이 가빠지는 기분이었다. 그러나 불안해하는 모습을 보이지 않으려 내색을 하지 않고 계속 벽만 올려다보았다.

"장벽의 두께라고? 그거에 관해서야 의견이 분분하지. 나는 개인적으로 장벽의 두께가 일정하지 않다고 봐. 그러니까 장소에 따라 두꺼운 데가 있는가 하면 얇은 곳도 있지 않을까. 50센티미터밖에 안 되는 곳이 있고, 1킬로미터가 넘는 곳도 있을 거야. 게다가 장벽은 아래로 내려올수록 위보다 두꺼워. 다시 말해서 땅속에 있는 장벽의 뿌리는 그 두께가 몇 킬로미터까지 늘어날 수 있다는 거지. 이런 계산이 맞다면 어느 정도 장벽 속에 머무는 것도 충분히 가능한 일일 거야."

요요는 생각에 잠겨 고개를 끄덕였다. 남자는 정말 아는 게 많아 보였다. 대체 이 남자는 어디서 온 것일까? 먼 곳에서 온 것만큼은 확실했다. 이 도시의 여느 어른들과는 전혀 다른 분위기를 풍겼기 때문이다.

"저기, 아저씨 이름은 뭐예요?"

요요가 조심스레 물었다.

"내 이름은 마르크 시몬이야."

"저는 요제프 피치카토라고 해요. 요요라고 편하게 부르세요."

"멋진 이름이구나!"

"고맙습니다. 그런데 아저씨는 어디서 오셨어요? 제가 보기에 분명 이 도시에 사시는 거 같지는 않은데요."

"아, 내가 사는 곳? 아주 먼 곳이지."

"얼마나 먼데요?"

"너무 멀어서 킬로미터로 이야기하는 게 우스울 정도야."

"대략."

"허허, 그게 말이야, 내가 워낙 셈에 서툴러서 잘 모르겠네."

"장사를 하시나요?"

요요가 끈질기게 물었다.

"아저씨가 굉장한 부자 같아서 묻는 거예요."

"무슨 소리야. 난 부자가 아니야."

"그렇지만 아저씨는 좀처럼 보기 힘든 진귀한 물건들을 가지고 있잖아요. 바이올린이며 저 검은 상자도 말이에요. 저 상자는 어떻게 만든 건가요? 그 안에서 어떻게 사람 얼굴이 보여요?"

"응, 그거! 완전히 새로운 발명품이지. 아직은 시험 단계란다. 렌즈에 맺히는 상의 크기를 조절하는 게 간단하지 않아서 더 연구를 해야 돼. 솔직히 말해서 이 기계를 제대로 사용하려면 사람은 양쪽 눈을 완전히 따로 움직일 수 있어야 해."

"그럼 사팔뜨기?"

"그냥 따로 곁눈질하는 건 아주 단순한 기능이고……. 양쪽 눈을 따로 놀리는 것 이상이 필요하지. 어쨌든 난 지금 맹연습 중이야. 굳이 눈을 홉뜨지 않아도 되는 장치가 있으니까 지금도 쓸 만해. 그런데 말이야. 참 속상한 것은, 내 눈의 학습 능력이 이렇게 떨어지나 확인할 때야. 우리의 손만 해도 조금 연습하면 왼손과 오른손이 동시에 두 가지 다른 일을 얼마든지 해낼 수 있잖아. 눈은 그게 안 된단 말이야. 물론 손도 못 하는 것이 있기는 하지. 예를 들어 왼손으로 4분의 4박자를, 오른손으로는 4분의 3박자를 동시에 지휘할 수는 없잖아."

시몬은 껄껄 웃었다.

요요는 입을 다물지 못하고, 시몬의 이야기를 귀담아들었다.

"아저씨는 모르시는 게 없나 봐요."

요요는 진심으로 감탄했다.

"그래? 허허, 고맙다. 그야 뭐, 내 직업이 그러니까. 난 학자거든. 정확히 말해서 장벽 학문을 전공했지."

"장벽 학문요? 그럼 아저씨가 말로만 듣던 바로 그 장벽 학자세요? 와우! 그런데 장벽 학자는 하루 종일 무슨 일을 하나요?"

"생각을 하지."

"생각이요? 그것 참 흥미롭네요. 그럼 생각을 팔기도 하세요? 아저씨도 먹고살아야 하잖아요."

"물론이지, 난 생각을 판단다."

"장사할 만하세요? 그러니까 돈이 되냐고요."

"나한테야 충분하지. 뛰어난 장벽 학자는 벌어들이는 게 아주 많지. 돈만 두고 하는 이야기는 아니야. 무엇보다 중요한 건 삶을 볼 줄 아는 안목이 아닐까."

요요는 입을 다물었다. 장벽 학자가 되는 것도 괜찮은 일인가 보다, 하는 생각이 들었다. 도대체 생각을 어떻게 판다는 것인지 알 수 없었지만, 밭에서 잡풀이나 뽑고 양을 모는 것보다야 낫지 않을까.

"그런데 생각은 어떻게 팔아요?"

"평론이나 칼럼, 논문 또는 에세이 같은 글짓기를 통해서. 책을 써서 펴내기도 하고."

"아, 그러니까 생각이란 글을 말하는 거로군요."

"바로 그렇지."

요요는 시몬 아저씨가 새삼 다르게 보였다. 글을 쓴다니 종이도 아주 많이 가지고 있을 게 아닌가!

"그럼 장벽 학자는 정확히 무엇에 관해 생각을 하나요?"

"아, 그거야 물론 장벽에 관해 생각하지. 장벽 학문이라고 하니까 장벽만 다루는 것 같지만, 사실은 무척 넓은 학문이야. 장벽이란 이 세상의 모든 것을 가르고 나누는 것의 상징이니까 말이야. 장벽이란 일종의 선일 수도 있고, 큼직한 밴드 같은 것일 수도 있지. 투명할 수도 있고, 불투명할 수도 있어. 높을 수도, 낮을 수도 있지. 종이나 금속, 시멘트 혹은 벽돌이나 거울 등 장벽을 만드는 재료도 다양해. 기다란 장벽이 있는가 하면, 아주 짧은 벽도 있지. 커다란 공간의 한가운데에 벽을 쌓아 똑같은 크기의 공간 두 개를 만들 수도 있어. 아니면 큰 공간 안에 하나의 작은 공간을 따로 떼어 놓거나. 심지어 눈에 보이지 않게 쌓은 장벽도 있지. 사람들이 자신의 머릿속에 쌓아 다른 사람과 철저히 거리를 두는 그런 벽 말이야. 알레프 부스타니는 이런 것을 일러 투명한 장벽이라고 불렀지."

요요는 한마디도 놓치지 않고 귀담아들었다.

"그런 건 다 어디서 배울 수 있어요?"

"이를테면 나한테서 배울 수 있지. 난 사람들을 가르치기도 하니까. 네가 관심을 갖는다면, 장벽 학문을 대략적으로 소개해 줄게. 하지만 먼저 너희 집에 있다는 그 여자아이 좀 보여 주지 않을래?"

이야기를 나누는 동안 요요는 내내 장벽만 지켜보고 있었다. 장벽 학문에 관한 이야기를 듣고 있자니, 장벽이 이전처럼 무섭게만 보이지 않았다. 올려다볼수록 먹구름처럼 시커멓기만 한 게 아니라 여느 집 담벼락과 다를 게 없어 보였다.

"장벽에 관해 환하게 알고 계시니까 드리는 질문인데요."

요요가 물었다.

"그럼 장벽이 얼마나 긴지도 아시나요? 여기 사람들은 장벽이 끝없이 길다고 하던데."

"그건 정확한 말이 아니야. 세상에는 그 어느 것도 무한정 길 수는 없지. 어딘가에는 끝이 있게 마련이야."

"하지만 그 끝이라는 게 눈에 보이지 않잖아요. 끝이 있다는 걸 어떻게 알아요? 끝이 있는 것과 없는 것의 차이는 뭐죠?"

"장벽 학문에서 무한하다는 말은 시작도 끝도 없다는 걸 뜻해."

요요는 고개를 끄덕였다.

"그럼 아무래도 장벽은 원형을 이루고 있겠네요. 시작과 끝이 맞물린!"

"그럴 수 있겠지. 너하고 이야기를 나누는 것은 무척 흥미롭구나. 너처럼 호기심에 가득 차서 눈을 반짝이는 사람은 아주 드물거든."

시몬은 빙그레 웃었다.

"하지만 지금은 일단 돌아가야 하지 않겠니?"

"좋아요."

요요가 가볍게 받았다.

몇 걸음 걷던 요요는 다시 고개를 돌려 장벽을 바라보았다. 참 이상한 일이었다. 이전에는 높게만 보이던 장벽이 지금은 겨우 사람 키만 해 보였다. 요요는 자기도 모르게 고개를 절레절레 저었다. '혹시 나도 미쳐 가고 있는 건 아닐까?'

16 요요는 시몬과 함께 집으로 들어섰다. 시몬은 신기한지 자꾸 주변을 휘둘러보았다.

"아저씨가 사는 곳에는 집들이 다르게 생겼나 보죠?"

요요가 물었다.

"다르다고 말할 수 있지."

시몬은 요요를 보고 씩 웃었다.

"요요, 넌 관찰력이 대단하구나. 모든 걸 정확히 보려고 애를 쓰고 있어. 너 아무래도 장벽 학자가 될 소질을 타고난 모양이다."

칭찬을 들은 요요는 기분이 좋아 주방으로 들어가는 문을 힘차게 열었다.

"다녀왔습니다!"

요요는 큰 소리로 인사를 했다. 시몬은 아가테의 눈에 띄지 않도록 문밖에 서 있었다. 아가테는 한참 요리를 하고 있고, 자리에서 일어난 로테는 식탁 의자에 앉아 있었다. 감자 깎는 데 열중하고 있던 로테는 고개조차 들지 않았다. 아가테가 돌아보며 요요를 향해 짜증부터 냈다.

2차원 벽 쌓기(완전함)

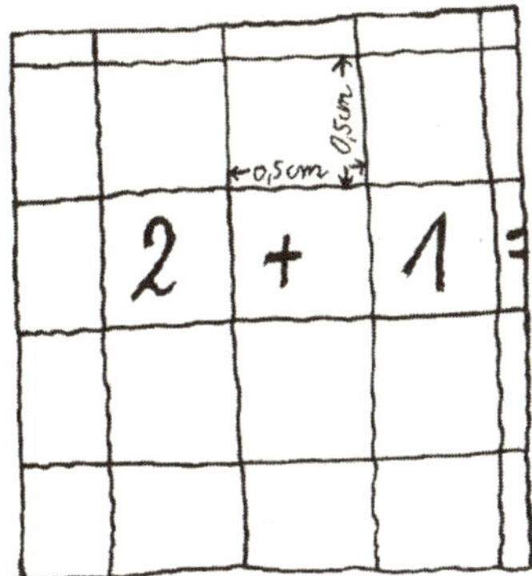

2차원 벽 쌓기의 가장 완벽한 예는
20세기 사람들이 즐겨 쓰던 모눈종
이 공책이다. 가로, 세로줄을 그어
사각형 칸을 만든 공책을 사람들은
선호했다.

2차원 벽 쌓기(불완전함)

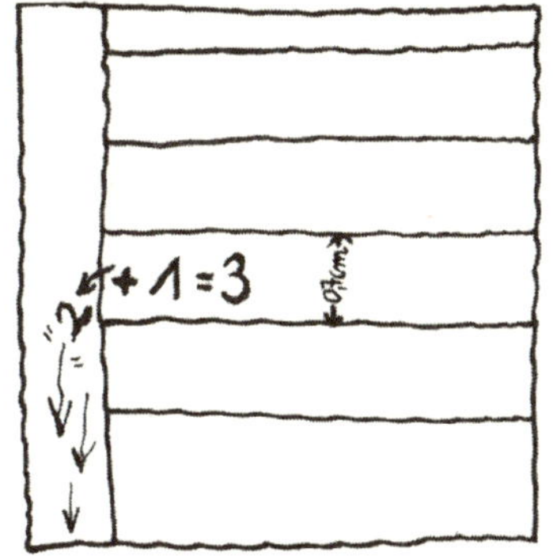

그저 가로줄만 있는 공책은 불완전
한 2차원 공간의 예이다. 왼쪽이나
오른쪽의 막히지 않은 곳으로 안에
담아 둔 내용이 빠져나갈 수 있기
때문이다.

3차원 벽 쌓기

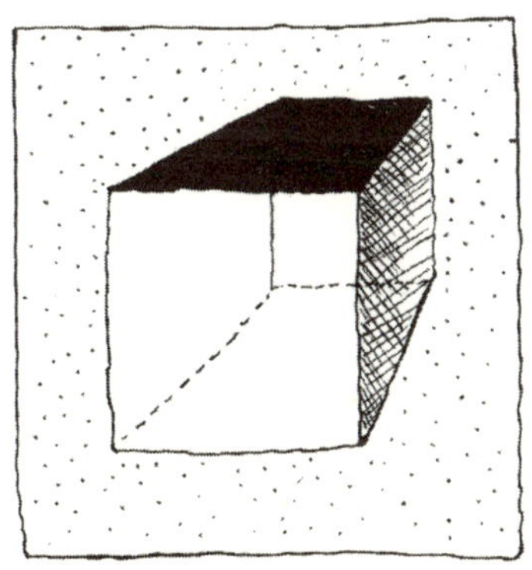

기하학 도형을 이용해 만든 물체는
모두 3차원 벽 쌓기의 예라 할 수 있
다. 그 대표적인 것은 주사위이다.

4차원 벽 쌓기

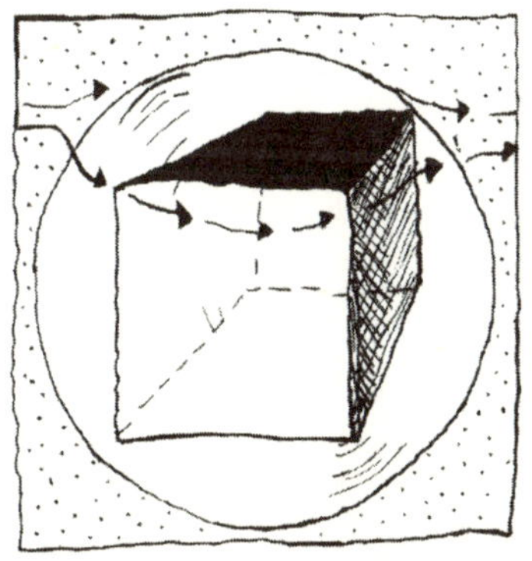

4차원 벽 쌓기의 가장 좋은 예는
'시간 풍선 모델'이다. 여기서 시간
은 풍선을 감싸고 흐른다. 그래서 4
차원에서는 시간과 공간을 자유롭
게 바꿔 가며 이동할 수 있다.

"어디 갔다 이제 오니? 넌 무기도 안 가지고 갔잖아!"

아가테는 시몬이 온 것을 모르고 있었다.

"말도 안 하고 나가서 미안해요."

요요는 부드러운 목소리로 사과했다.

아가테가 다시 냄비를 보며 말했다.

"아저씨가 널 찾더라."

아가테의 표정은 이제 막 냄비에서 솟아오르는 김에 가려 잘 보이지 않았다.

"아, 돌아오셨어요?"

요요가 물었다.

"돌아오기만 한 줄 아니? 누굴 데리고 왔더라. 너도 보면 깜짝 놀랄걸!"

그때 마당으로 향한 주방문이 열리며 갈색 털이 수북한 짐승 머리가 들어와 주방을 기웃거렸다.

"저게 뭐예요?"

요요가 소리쳤다.

"뭐긴 뭐냐, 낙타지!"

아가테가 말했다.

"저걸 여섯 마리나 데리고 왔어."

"낙타를 여섯 마리나? 낙타를 어디서 났대요?"

"저건 단봉낙타야."

로테가 말했다.

“단봉낙타? 그냥 낙타랑 무슨 차이가 있는 거지?”

요요가 물었다.

“별 차이는 아니야. 모든 단봉낙타는 다 낙타지만, 낙타라고 해서 다 단봉낙타인 것은 아니지. 단봉낙타는 등에 혹이 하나뿐인 낙타를 말해. 원래 북아프리카와 아라비아 등의 열대지방에만 서식했는데, 나중에 페르시아와 아프리카 남서부 그리고 호주와 멕시코 등지로 전파되었어. 물이 없이도 17일 동안 끄떡없이 견딜 수 있어. 자기 체온을 외부 온도에 맞추는 능력이 있기 때문이야.”

로테는 숨도 안 쉬고 종알거렸다.

요요는 더욱 놀란 눈으로 로테를 멍하니 바라보았다.

“넌 대체 그런 걸 어떻게 아니?”

“그건 누구나 아는 거야.”

로테는 웃지도 않고 말했다.

요요는 끄응 하고 한숨 소리를 냈다. 오토는 마침내 오마르 무살라의 충고를 받아들여 뭔가 고급스럽고 이국적인 것을 찾으러 다녔던 것일까? 그런데 왜 하필이면 커다란 낙타일까? 다음에는 코끼리를 데리고 오는 게 아닐까?

아가테는 여전히 시몬이 온 것을 모르고 있었다. 이때 점잖게 시몬이 헛기침을 했다. 아가테는 화들짝 놀라서 그 큰 눈이 튀어나올 것만 같았다.

“요요, 누가 문가에 서 있는 거 아니니?”

“알아요, 제가 모시고 왔어요.”

요요는 아가테가 놀라는 모습이 우스워 웃음을 터뜨렸다.

"시몬 아저씨예요."

시몬이 주방으로 들어서며 아가테를 향해 손을 내밀었다.

"안녕하십니까. 이렇게 불쑥 찾아와 죄송합니다. 전 요요와 함께 왔습니다."

아가테는 앞치마로 손을 닦은 다음 시몬의 악수를 받았다. 악수를 하는 아가테의 볼이 빨개졌다. 남자로부터 이토록 공손하게 인사를 받는 일은 흔치 않기 때문이다. 시몬은 한참 동안 로테를 바라보았다.

"시몬 아저씨는 열여섯 살짜리 소녀를 찾고 있대요."

요요가 말했다.

"그래서 제가 우리 집에 한 명 있다고 했거든요."

"요요, 너 어떻게 사방에 떠벌리고 다니니!"

"그럼 안 돼요? 첼다 아줌마에게도 말했잖아요."

"그거야, 내가 잘 아는 사람이니까 그랬지. 생판 처음 보는 사람에게 그런 말을 하면 안 돼!"

요요는 머리만 긁적였다. 안 그래도 꾸중을 듣지 싶었는데, 괜히 시몬을 데려왔다고 후회가 됐다.

"우리 집에 로테가 있는 게 당신하고 무슨 상관이죠?"

아가테가 따지듯 시몬에게 물었다.

"로테를 어떻게 하시게요?"

"이름이 로테입니까?"

시몬이 물었다.

로테가 시몬을 빤히 바라보며 대답했다.

"제 이름은 로테예요."

"아니, 이렇게 우리 집에 쳐들어와서 로테가 마음에 들면 데리고 가기라도 하겠다는 건가요?"

"전 로테를 데리고 가지 않습니다."

시몬이 말했다.

"아하!"

아가테는 믿을 수 없다는 표정을 지었다.

"그럼 무엇 때문에 소녀를 찾으시죠?"

시몬은 한숨을 푹 쉬었다.

"제가 소녀를 찾는 데는 사정이 있습니다. 거기에는 아주 길고 복잡한 사연이 있어요. 무엇보다도 저는 장벽과 관련된 문제 몇 가지를 풀어야만 합니다."

"장벽과 관련된 문제라고요? 아니, 우리 로테가 장벽과 무슨 관계가 있죠?"

이렇게 묻던 아가테는 갑자기 말을 끊고 잠시 생각에 잠겼다.

"그럼 혹시 장벽에 대해 잘 알고 계시나요?"

한결 누그러진 목소리로 아가테가 물었다.

"저는 장벽 학자입니다."

"그래요?"

아가테의 표정은 더욱 상냥해졌다.

"이런, 이런. 진짜 장벽 학자하고 만나게 되다니 정말 영광이에
요. 여기 앉으세요, 앉아서 이야기를 나누죠."

시몬은 식탁 의자에 앉아 아가테가 권하는 차를 마셨다. 이야기
를 하는 동안 시몬은 계속 로테를 바라보았다. 로테는 감자를 깎느
라 고개 한번 들지 않았다.

"저 피곤해요."

갑자기 로테가 말했다.

"자러 가야겠어요."

로테는 자리에서 일어나 소파로 가더니 몸을 누이고 그대로 잠
이 들었다.

시몬은 헛기침을 하며 자리에서 일어났다.

"이젠 가 봐야겠습니다."

"잠깐만요, 한 가지만 더 여쭤 볼게요."

아가테가 서둘러 말했다.

"장벽 학자시라니까 제게 말해 주실 수 있겠군요. 장벽 저 건너
편에는 뭐가 있나요? 최근 저는 그 문제로 친구와 다투기까지 했거
든요."

"아, 그 문제라면 저도 한 가지 이론을 가지고 있기는 하지요."

시몬이 말했다.

"물론 꼭 맞다고 볼 수는 없지만요. 그저 소박한 농부 아내의 믿
음처럼 얼마든지 틀릴 수 있는 이론입니다."

"전 당신이 생각하는 것처럼 소박한 농부 아내가 아녜요!"

아가테가 발끈했다.

“그런 뜻으로 드린 말이 아닙니다. 당신을 두고 하는 이야기가 아니라고요.”

시몬은 요요를 가리키며 말했다.

“요요라는 멋진 이름을 지어 준 분을 두고 제가 어떻게 소박하다고 할 수 있겠습니까?”

“내가 지어 준 게 아니에요. 요요의 이름은 종이에 써진 대로 부른 것 뿐이에요.”

아가테는 이렇게 말하며, 중요한 물건들을 보관해 두는 찬장으로 갔다. 거기서 종이 다발 한 묶음을 꺼낸 아가테는 그것을 시몬에게 건네줬다.

“피치카토!”

시몬은 종이에 써진 말을 읽으며 자세히 종이를 살폈다.

“여기에는…… 요제프라고 되어 있군요.”

시몬은 고개를 들더니 아가테에게 말했다.

“부인, 이건 악보인데요.”

아가테의 눈썹이 꿈틀했다.

“이게 뭔지 아시는 거예요? 놀라운 일이로군요! 전 14년 동안이나 이게 뭔지 알아내려고 애를 썼어요. 그런데 아무도 이 선과 점들이 뭘 뜻하는지 알지 못하더라고요.”

“이건 그냥 악보예요.”

악보라는 말을 못 알아듣는 아가테의 표정을 보고, 시몬은 설명하기 시작했다.

"일종의 기록이라고 할 수 있죠. 악보를 읽을 줄 아는 사람, 그러니까 여기 찍힌 검은 점들을 읽을 수 있는 사람은 멜로디를 연주할 수 있어요."

시몬은 잠시 악보를 들여다보더니 흥얼거리며 노래를 시작했다.

"제가 보기에 이건 바이올린 악보로군요."

시몬이 덧붙였다.

"바이올린 악보요?"

아가테가 물었다.

"바이올린을 위한 악보란 말이죠. 여기 이 피치카토라고 적힌 걸 보세요. 이탈리아어인 피치카토는 손으로 뜯으라는 뜻이에요."

"뜯는다고요?"

요요가 멍한 표정을 했다. 지금껏 피치카토가 영웅이나 용사 혹은 현자 같은 멋있는 단어일 거라고 굳게 믿어 왔던 것이다. 그런데 뜯는다고? 실망한 요요가 물었다.

"그런데 뭘 뜯어요?"

"바이올린 줄을!"

요요는 한숨이 나왔다. 더 이상 묻고 싶은 마음이 싹 사라졌다. 시몬은 갑자기 바쁜 시늉을 했다. 자리에서 일어서더니 주섬주섬 가방과 짐을 챙겼다.

"이제 가 봐야 합니다."

시몬은 깊이 잠들어 있는 로테를 다시 한 번 바라보았다.

"손님이 찾는 소녀가 쟤예요?"

아가테가 물었다. 시몬은 못 들은 척했다. 다시 아가테가 물었다.

"아닙니다."

시몬이 대답했다. 하지만 당황한 표정을 숨기지는 못했다.

"아닌 것 같아요. 이젠 정말 가 봐야 합니다. 친절하게 맞이해 주셔서 감사합니다. 곧 다시 뵐 수 있겠지요."

요요는 홀로 식탁 의자에 앉아 식탁의 나뭇결을 손가락으로 쓰다듬었다. 아가테는 지하실에 무엇인가를 가지러 갔다. 로테는 잠에 빠져 있었다. 요요는 로테를 건너다보며 중얼거렸다.

"왜 저렇게 종일 잠만 자는 거지, 아직 아픈 건가. 아님 그저 지쳐서일까?"

조용히 자리에서 일어난 요요는 살그머니 소파로 다가갔다. 가쁜 숨을 쉬는지, 로테의 가슴이 오르락내리락했다. 얼굴은 백지장처럼 창백했다. 속눈썹이 아주 길고 까맸다. 눈썹도 아주 예뻤다. 볼에는 살짝 볼우물이 패어 있었다. 입술은 어찌나 붉은지 립스틱을 바른 것처럼 반짝거렸다. 종아리는 새로 나는 나뭇가지처럼 가느다랬다. 물끄러미 로테를 내려다보던 요요가 속삭였다.

"넌 대체 어디서 온 거니? 네 진짜 이름은 뭐야? 실비아? 아나벨? 아님 나디네?"

요요는 그렇게 한동안 우두커니 서 있었다. 사실 요요는 로테와 다를 게 없었다. 자신의 진짜 이름을 모르니까. 물론 전혀 알 수가 없었다. 첼다는 갓난아기인 요요를 발견했다고 했다. 실제로 요제프 피치카토가 진짜 이름일 수도 있다. 갓난아기가 세상에 이름을 가지고 태어나지는 않으니까. 아기가 태어나고 난 다음에야 이름을 지어 주는 것이니까. 요제프 피치카토도 그런 이름일 것이다. 아니, 혹시 태어나기 전에도 이름을 갖는 것은 아닐까? 그래서 아무도 알지 못하는 진짜 이름이 따로 있는 것은 아닐까? 세상에 태어난 다음에는 부모가 지어 준 이름을 가지고 살아가는 것일 뿐이고.

"재미있는 생각이야."

요요는 중얼거렸다. 하지만 아직 태어나지도 않은 아기에게 이름을 붙여 줄 수 있는 사람은 누구일까? 태어나기 전에 우리는 어디에 있었던 것일까?

요요는 로테를 바라보았다. 참 예쁜 얼굴이었다. 비교를 하는 게 말이 안 되기는 하지만, 알리시아와는 완전히 분위기가 달랐다. 로테는 지금 바로 요요의 곁에 있다. 요요는 살그머니 로테의 손을 잡아 보았다. 따뜻하고 부드러운 손이었다. 사실 너무 보드라웠다. 퍼뜩 요요는 혹시 아기가 저 건너편에서 오는 것은 아닐까 하는 생각이 들었다. 벽의 건너편에서? 로테가 저기서 왔다는 첼다의 말이 사실이라면 어떻게 되는 거지? 사람들이 말하는 것처럼 건너편에서는 아기가 아니라 이미 자란 아이 혹은 청소년 심지어 성인이 건너오는 걸까? 어른은 지각을 해서 어른인 것이고! 바로 그래서 로테도 저 쓰레기 더미 옆에 쓰러져 있었던 것일까?

"잠깐, 그건 아니야."

요요는 중얼거렸다. 로테는 아무것도 모르는 게 아니잖아. 단봉낙타와 지프라테 같은 것을 속속들이 꿰고 있잖아. 그럼 저 건너편에도 배움이라는 게 있는 것일까?

요요는 로테의 손을 쓰다듬었다. 그런 다음 살며시 로테 곁에 앉았다. 고개를 숙이고 얼굴에서 상체로 내려가며 로테의 향기를 들이마셨다. 정확히 뭔지는 모르지만 참 기분 좋은 향기였다. 뭐랄까, 아주 독특하고 상큼한 향기였다. 갓난아기한테서 나는 냄새 같기도 하고, 장미 꽃봉오리에서 피어오르는 향기 같기도 했다. 낡고 꾀죄죄한 요요의 스웨터를 입고 있는데도 향기가 나다니, 신비스러운 일이었다. 요요는 자기가 입고 있는 옷의 냄새를 킁킁 맡아보았다. 시큼한 땀 냄새뿐이었다. 어째서 이렇게 다른 것일까? 요요는 고개를 갸웃했다. 조심스럽게 요요는 로테가 덮고 있는 담요를 끌어내렸다. 스웨터를 약간 올리고 로테의 봉긋 솟은 가슴을 바라보았다. 부드러운 분홍빛의 젖꼭지가 앙증맞았다. 왜 이렇게 손이 떨리는지 알 수 없었다. 요요는 천천히 손을 뻗어 로테를 어루만졌다. 로테의 피부는 비단결처럼 부드러웠다. 갑자기 로테가 꿈틀했다. 놀란 요요는 얼른 스웨터를 내리고 담요를 다시 끌어올렸다. '내가 지금 무슨 짓을 하는 거지?' 요요의 이마에서 진땀이 굴러떨어졌다.

그리고 보니 전신이 땀에 흠씬 젖어 있었다. 그때였다. 로테가 눈을 반짝 떴다. 로테는 약간 놀란 표정으로 요요를 노려보았다.

"자, 잘 잤어?"

요요는 덜덜 떨며 우물쭈물했다.

로테는 아무 말도 하지 않고 그대로 다시 눈을 감았다.

17 "요요!"

밖에서 부르는 소리가 들렸다. 흠칫 놀란 요요는 얼른 마당으로 나갔다. 오토였다.

"너, 안에서 뭐하는 거야? 잠자는 공주님을 훔쳐본 거야?"

요요를 보자마자 오토는 으르렁거렸다. 요요는 간이 콩알만 해졌다. 혹시 들여다본 걸까?

"왜 그렇게 눈이 시뻘게? 빨리 와서 일이나 도와!"

요요는 아무 말도 하지 않고 마당을 가로질러 갔다.

"이 멋진 녀석들 좀 봐라!"

낙타를 가리키는 오토의 얼굴에는 자랑스러움이 넘쳤다. 뒷마당 한쪽에 쳐 둔 울타리 안에서 여섯 마리의 낙타들은 뭔가 끊임없이 우물거리며 씹고 있었다. 낙타는 겁에 질린 순한 눈으로 요요와 오토를 흘끔거리며 바라보았다.

"이걸 보면 오마르 무살라도 눈이 휘둥그레질걸!"

오토가 가슴을 쪽 펴며 말했다.

"내가 이런 귀하고 이국적인 놈들을 장만하리라고는 꿈에도 짐작하지 못했을 거야. 요요야, 너 이거 한 마리에 얼마나 하는지 알기는 하니?"

요요는 어깨를 으쓱했다.

"알아맞혀 봐, 쉽지 않을걸!"

오토의 얼굴이 환하게 빛났다. 그가 이렇게 좋아하는 것을 좀체 본 일이 없는 요요도 덩달아 흥이 났다.

"모르겠어요, 한 마리에 50발쯤 하나요?"

"어쭈, 제법인데!"

오토는 너털웃음을 터뜨렸다.

"하지만 살짝 빗나갔어. 노란 섬에서는 한 마리에 150발이나 한다더라. 왜 그런 줄 알아? 낙타는 알레프 부스타니가 아끼는 동물이었대! 노란 섬에서는 낙타를 죽이는 게 엄청난 범죄라는 거야. 낙타 고기는 먹고 싶고 말이야. 그래서 그 많은 돈을 주고 고기를 사 먹는다고 하더라고."

"아니, 성스러운 동물로 여기면서 그 고기를 먹는다고요?"

"물론이지, 낙타 고기는 최고의 보양식이니까."

요요는 말없이 낙타를 살펴보았다.

"지금은 좀 말랐지만, 조금만 돌보면 살이 통통하게 오를 거야."

오토는 이렇게 말하며 씩 웃었다.

"이놈 차코는 어디 가 있는 거야?"

"저 여기 있어요, 아저씨!"

반대편 울타리 위에서 차코가 고개를 삐죽 내밀었다.

"언제 출발해요?"

"지금 당장 출발해도 좋아."

요요는 오토와 차코의 얼굴을 번갈아 쳐다보았다. 요요의 얼굴

에는 두 사람이 나만 빼고 무슨 일을 벌인 거야, 하는 배신감이 고
스란히 드러났다.

"야, 요요, 이제부터 내가 너의 상관이야, 알았어?"

차코가 으스대며 요요를 보고 누런 이를 드러내며 웃었다.

"오늘부터 차코는 우리하고 같이 일하기로 했다."

오토가 말했다.

"차코가요? 무슨 일을 하는데요?"

"차코는 너보다 총을 잘 쏘잖아. 반사 신경도 더 뛰어나고. 차코
가 시키는 대로 하면서 좀 배워, 알았니?"

"저더러 차코한테 배우라고요?"

요요는 어이가 없어 하마터면 푸하하 웃을 뻔했다.

"제가 차코한테 뭘 배워요? 말도 제대로 못하는 놈에게 말하는
법이라도 배울까요?"

요요는 분해서 입술을 깨물었다.

"총은 너보다 잘 쏘잖아! 그리고 말도 훨씬 더 잘 듣고."

요요는 아무 말도 하지 않았다.

"너희 둘이서 낙타를 잘 지키라 이 말이야. 낙타는 풀을 아주 많
이 먹어야 한다."

오토의 말에 차코는 자랑스러워 죽겠다는 표정이었다.

"나도 이제 권총이 있다!"

차코는 바지라를 꺼내 손가락에 걸고 빙빙 돌리며 으쓱거렸다.

"오토 아저씨의 선물이야."

"잠시 빌려 준 거야, 아주 준 게 아니라고."

오토가 말했다.

"낙타가 통통하게 살이 찌고, 한 마리도 도둑맞지 않으면 그땐 다시 생각해 볼게."

요요는 한숨이 절로 나왔다. 어떻게 이런 일이 있을 수 있단 말인가! 차코와 함께 낙타를 지키는 목동 일을 하라고? 악몽도 이런 악몽이 없었다. 아니, 악몽이라 해도 상상조차 하기 싫었다. 하지만 오토의 뜻이 그런 것을 어쩌랴!

30분 뒤 요요와 차코는 낙타 여섯 마리를 이끌고 집을 나섰다.

요요는 끔찍하게 기분이 나빴다. 부글부글 끓는 화를 간신히 참으며 낙타들 뒤만 터덜터덜 따라갔다. 늪지 근처에 풀이 많이 난 곳에 이르러 낙타들을 풀어 놓고 요요는 바위에 걸터앉았다. 일부러 차코에게서 멀리 떨어진 곳을 골랐다. 반대편에 자리를 잡고 앉은 차코는 휘파람을 불며 권총을 뱅뱅 돌려 대고 있었다. 요요는 차코와 단 한 마디도 하지 않겠다고 작심했다. 하지만 불쑥 차코가 요요 옆에 와서 앉았다.

"어떻게 총 쏘는지 가르쳐 줄까?"

차코가 이렇게 말하며 계속 권총을 가지고 까불었다.

"흥, 됐네."

요요는 차코를 쳐다보지도 않았다.

"확실하게 가르쳐 줄게, 못 한 통만 내."

요요는 발끈했다.

"뭐야, 이 자식아? 그놈의 못 소리 좀 하지 마. 네가 나를 바보로 만든 걸 모를 줄 알아? 그 망할 놈의 사진은 천 장도 넘게 널려 있더라, 인마!"

"뭐, 무슨 사진?"

"알리시아 사진 말이야, 이 얼간아!"

차코는 순간 얼굴이 빨개졌다.

"아, 그거야 저기……. 미안해. 하지만 난 너보다 훨씬 더 많은 못을 뺏겼다고! 믿어 줘."

요요는 웃음이 터지려는 것을 간신히 참았다.

"그래? 얼마나 뺏겼는데? 거짓말했다가는 알지? 너하고 단 한 마디도 하지 않을 거니까."

"푸!"

차코는 한숨을 푹 쉬었다.

"아, 진짜 속상해."

"얼마야?"

"네 통."

"그깟 그림 한 장에 네 통이나? 너 미쳤구나!"

"알리시아가 워낙 멋지잖아. 너도 좋아하면서 뭘 그러냐. 다섯 통을 주고 사는 놈도 있는데."

요요는 절레절레 고개를 저었다. 결국 요요는 웃음을 터뜨리고 말았다.

“그래 낙타 봐주는 일로는 오토 아저씨에게 얼마 받기로 했어?”

요요가 물었다.

“두 통.”

“고작 두 통? 아이고, 자린고비 아저씨!”

“아냐.”

차코는 코를 씰룩거렸다.

“난 괜찮아.”

18 요요는 점차 기분이 좋아졌다. 언젠가는 저 낙타들을 오토가 팔아 버릴 것이다. 늦어도 겨울이 오기 전에는 팔아야 할 것이다. 그때쯤이면 낙타가 뜯어 먹을 풀도 없을 테니까. 결국 머지않아 이 어처구니없는 소동은 끝날 것이다. 그리고 저놈의 차코야 뭐, 원래 그런 놈이니까. 요요는 불쾌했던 마음을 잊기로 했다. 또 낙타를 돌보는 일도 그다지 나쁘지 않았다. 해가 나면 낙타들을 데리고 나가 풀을 뜯어 먹게 내버려 두면 그만이었다. 그럼 이렇게 편안하게 앉아 이것저것 생각이나 즐기면 되겠지. 요요는 그 생각 끝에 피로가 몰려오면서 눈이 스르르 감겼다.

얼마나 잔 것일까? 갑작스러운 비명 소리에 요요는 화들짝 놀라 권총을 뽑았다. 한 무리의 늑대들이 낙타 한 마리에 달려드는 게 보였다. 요요는 터져 나오려는 비명을 간신히 참았다. 또 다른 낙타 한 마리는 이미 깡패들에게 사로잡혀 끌려가고 있었다. 요요는 잠이 들었던 바위 뒤에 숨어 상황을 조심스럽게 살폈다. 모든 게 순식간에 벌어진 게 틀림없었다. 차코는 어디로 간 걸까? 주위를 돌아보던 요요는 바위 덕분에 자신이 무사했음을 알아차렸다. 바위에 기대 조는 바람에 적들이 요요를 보지 못한 것이다. 어쩌자고 졸아 가지고……. 낙타를 자랑스러워하던 오토의 얼굴이 떠오르자, 요요는 숨이 막힐 것만 같았다.

쿵쾅대는 가슴 때문에 요요는 하늘이 노랗게 보일 정도였다. 차코는 어디 있을까? 바위 뒤에 숨어 눈만 빼꼼히 내밀고 살피던 요요는 알리시아를 발견하고 다시 몸을 숨겼다. 알리시아는 팔짱을 끼고 우뚝 서서, 사방에서 벌어지고 있는 일을 느긋하게 지켜보고 있었다. 언제나 그랬듯 오늘도 검은 선글라스가 번쩍였다. 요요와 떨어진 거리는 채 5미터도 되지 않아 보였다. 요요는 바위 뒤에 웅크리고 숨어 어찌 해야 좋을지 머리를 쥐어짰다. 알리시아가 요요를 보지 못한 것은 분명해 보였다. 하지만 이토록 쿵쿵거리며 가슴이 뛰는 소리는 왜 못 듣는 것일까?

바위에서 빠져나온 요요는 살금살금 알리시아의 등 뒤로 다가갔다. 거리를 두고 요요는 다시 엎드렸다. 가까이서 보니 알리시아는 권총을 빼 들고 땅바닥을 겨누고 있었다. 그제야 요요의 눈에 쓰러져 있는 차코의 모습이 들어왔다. 차코! 세상에, 대체 무슨 일이지? 조심스럽게 일어선 요요는 숨을 죽이고 걸으며, 알리시아에게 다가가 그녀의 등을 총부리로 겨누었다.

"꼼짝하지 마. 움직이면 쏜다."

알리시아는 놀라지도 않고 천천히 돌아섰다.

"이게 누구야? 오랜만이야, 친구!"

알리시아가 아는 체를 했다.

요요는 입이 바짝 말랐다.

"무기를 버려, 어서."

알리시아는 꿈쩍도 않고 서 있기만 했다.

"어서 버려!"

"그거야 어려운 일이 아니지. 하지만 넌 먼저 니 친구부터 구해야 할걸?"

요요는 차코를 바라보았다. 피범벅이 된 차코는 신음을 흘리고 있었다.

"아마 살아남기 힘들 거야."

알리시아가 말했다.

"네 친구부터 고통에서 구해 줘야지."

"명령하지 마."

요요가 받아쳤다. 곁눈질로 보니 알리시아에게 무슨 일이 벌어졌는지 까맣게 모르는 일당은 늑대들과 함께 두 마리의 낙타를 끌고 사라지고 있었다.

"네가 나를 털끝만큼이라도 건드릴 수 있을까?"

알리시아가 말했다.

"경고 하나 해 두지. 난 지옥 끝까지라도 따라가 반드시 받은 것은 갚아 준다는 걸 명심해 둬."

"그래? 그게 언제인데? 내일? 아니면 모레? 내가 보기에는 너에게 남은 시간이 많지 않은 것 같은데."

"그래? 어디 한번 두고 볼까."

알리시아는 차갑게 웃었다.

말은 그럴싸하게 하고 있었지만, 사실 요요는 어지러워 참을 수가 없었다. 하늘이 빙빙 돌았다. 알리시아를 쏠 수 있을 것 같지 않았다. 알리시아는 천천히 선글라스를 벗었다. 맑고 파란 눈이었다. 요요는 자기도 모르게 시선을 피했다.

"요요?"

차코가 속삭였다.

"빨리 쏴!"

요요는 아무것도 할 수 없었다.

"차코, 괜찮아?"

"아무렇지도 않아."

차코가 대답했다.

"난 괜찮아."

"알았어. 내가 얼마나 보기 좋게 한 방 먹이는지 보라고. 그리고 우린 집에 가는 거야."

"이봐."

알리시아가 입을 열었다.

"왜 우리가 서로 으르렁거려야 하는지 모르겠군. 우린 서로 공조할 수 있을 텐데."

요요는 아무 말도 하지 않았다. 아니, 할 수 없었다. 공조가 무슨 뜻인지 알 수가 없었기 때문이다.

“내가 알기로 넌 머리가 나쁘지 않은데.”

알리시아가 말했다.

“난 너 같은 친구가 필요해. 비록 총 쏘는 솜씨는 형편없지만. 하긴 총만 쏠 줄 아는 것도 전혀 쓸모가 없지.”

알리시아가 차코를 가리켰다.

“이런 더러운 년!”

요요가 내뱉었다.

“그래, 나 더러운 년이야. 몰랐어?”

알리시아가 아무렇지 않게 대꾸했다.

“네 친구가 죽는다면 그건 내 죄가 아냐.”

알리시아는 다시 차코를 가리켰다.

“차코는 죽지 않아!”

요요가 소리를 질렀다.

“그렇지, 차코? 넌 끄떡없는 거지?”

차코는 쥐 죽은 듯 조용했다.

“이봐, 네 친구가 죽는 건 네 잘못이야. 비겁하게 바위 뒤에나 숨어서 낙타를 친구에게만 맡겨 놓은 게 누구지? 사내자식이 숨어서 엿보기나 하고. 하지만 네가 똑똑했다는 건 인정할게. 다시 말하지만 우린 좋은 친구가 될 수 있을 텐데!”

요요는 고개를 세차게 흔들었다. 온몸에 소름이 쫙 끼쳤다. 차코는 죽었거나 죽은 것과 다를 게 없는 것처럼 보였다. 낙타는 두 마리나 잃었다. 이 모든 게 자신의 책임이었다. 지금 여기서 알리시아를 쏜다면 오늘만 두 명이 총에 맞아 죽는 것이다. 게다가 낙타를 잃고 돌아온 것을 보고 오토는 뭐라 할까? 차코를 위해서라도 지금 방아쇠를 당겨야 한다고 요요는 다짐했다. 하지만 요요는 꼼짝도 할 수 없었다.

"내가 너를 어떻게 해 주는 게 좋겠어?"

초조함을 들킬까 봐 요요는 일부러 여유를 부렸다. '차코는 아직 살아 있을 거야!' 요요는 이렇게 자신을 위로했다. 심각한 상태가 아닐 수도 있었다. 알리시아가 그저 허풍을 떠는 것인지도 몰랐다.

알리시아는 아무 말도 하지 않았다. 다른 상황이었더라면 알리시아와 이토록 가까이 있다는 게 얼마나 고마웠을까. 요요는 한껏 숨을 들이마시며 알리시아의 향기를 즐겼다. 솔직히 말해서 로테보다 열 배는 더 짙은 향기였다. 그러나 지금 이런 생각을 하고 있을 수는 없었다.

"참 유감이군."

마침내 알리시아가 입을 열었다.

"우린 이 세상에서 가장 가까운 사이일 수 있을 텐데."

요요는 귀를 의심했다. 저건 무슨 수작일까? 시간을 벌려는 것일까? 아무튼 진심은 아니다. 그게 아니면 돌았거나.

"네가 아무래도 제정신이 아니구나."

이렇게 말하며 요요는 마침내 방아쇠를 당겼다. 그러고는 뒤도 돌아보지 않고 뛰기 시작했다.

176

한참 정신없이 뛰던 요요는 얼어붙은 듯 멈추어 섰다. 이렇게 도망갈 때가 아니었다. 요요는 서둘러 차코에게로 다시 뛰었다. 조금 전의 그 자리로 돌아온 요요는 주변을 살폈다. 차코가 없다! 알리시아도 보이지 않았다! 늪지 주위에는 갈대를 훑고 가는 바람 소리만 스산했다.

요요는 눈을 들어 낙타를 풀어 두었던 초원을 바라보며, 터덜터덜 걸었다. 다리는 녹아 버린 버터처럼 흐느적거렸고, 동시에 납덩이처럼 무거웠다. 대체 어떻게 이런 일이 벌어졌을까? 요요는 하늘이 원망스러웠다. 힘이 쭉 빠지는 게 아무것도 하고 싶지 않았다. 집으로 돌아가고 싶은 생각도 없었다. 하지만 돌아가야만 했다.

잠시 요요는 멍청하게 서 있었다. 몇 분밖에 안 되는 시간이 영원처럼 느껴졌다. 요요는 다시 터덜거리며, 앉아서 졸았던 바위로 갔다. 낙타 한 마리가 반쯤 감은 눈으로 요요를 보고 크게 몸을 숙였다. 요요는 눈을 질끈 감은 다음 다시 떴다. 그리고 알리시아가 있던 곳을 바라보았다. 알리시아는 어디로 갔는지 흔적도 찾아볼 수 없었다. 차코의 모습도 보이지 않았다. 요요는 세차게 머리를 흔들며 차코가 누워 있던 웅덩이로 달려갔다.

낙타가 따라왔다. 웅덩이 바닥에는 검붉은 흔적이 또렷했다. 차코가 흘린 피였다. 알리시아가 섰던 곳에는 피 한 방울 떨어져 있지 않았다. 어떻게 된 것일까?

요요는 쭈그리고 앉아 차분히 상황을 정리해 봤다. 어렵기는 했지만 몇 가지로 상황을 정리할 수 있었다.

1. 알리시아와 차코는 둘 다 죽었다. 둘의 시체는 알리시아 패거리가 치웠다.

2. 차코는 살아서 도망갔다. 죽은 알리시아는 패거리가 치웠다.

3. 알리시아는 살았다. 그녀가 차코의 시체를 치웠다.

4. 둘 다 중상을 입고 누워 있는 것을 패거리가 와서 데리고 갔다.

5. 둘 다 살아서 누가 먼저랄 것 없이 도망갔다.

요요는 머리를 긁적였다. 사실 다섯 가지 가운데 어느 것도 그럴 듯하게 보이지 않았다. 일단 일어난 일은 일어난 일이다. 아무리 속을 끓인들 바뀔 것은 없었다. 유일한 선택은 나머지 낙타들을 몰고 집으로 돌아가는 것이었다.

19 낙타를 몰고 집으로 돌아온 요요는 닫힌 문을 세차게 두들겼다. 얼마 뒤 주방 문 뒤에서 고개를 내민 아가테가 요요를 보고 소리를 질렀다.

"요요야, 살아 있었구나!"

요요는 아가테의 품에 안겼다. 하고 싶은 이야기는 많았으나 무엇부터 해야 좋을지 알 수 없었다.

"어서 들어와라!"

아가테는 요요의 손을 잡아 주방으로 이끌었다.

"고마워요, 그런데 전……."

요요는 차마 말을 잇지 못했다.

"요요야, 아이고 내 새끼야!"

아가테는 요요를 꼭 끌어안고 놔주지 않았다.

"이미 알고 있단다. 차코가 다 얘기해 줬거든."

"차코요?"

요요는 눈을 치켜떴다.

"차코가 살아 있어요?"

"그래, 살아 있다. 종아리만 다쳤어. 늑대가 물었다더라. 아이고, 그래도 그만한 게 다행이지 뭐니!"

순간 요요는 머리가 핑 도는 어지러움을 느꼈다.

"정말이죠?"

요요가 힘겹게 물었다.

"차코가 죽지 않은 거죠?"

아가테의 대답을 요요는 듣지 못했다. 눈앞이 캄캄해지면서 요요는 그대로 쓰러지고 말았다.

"요요?"

요요는 누군가 자신의 뺨을 어루만지는 것을 느꼈다. 자신을 부르는 목소리는 아주 멀리서 들려오는 것만 같았다. 눈을 뜨려고 안간힘을 썼으나, 눈은 떠지지 않았다.

"요요, 내 말이 들리니?"

요요가 힘겹게 눈을 떴다. 이마를 잔뜩 찡그리고 있는 아가테의 얼굴이 보였다. 아가테의 뒤에서는 차코가 흐릿한 모습으로 웃고 있었다.

"요요, 넌 정신을 잃고 쓰러졌어."

요요는 손만 움직이려고 했는데도 땀이 났다. 아가테가 요요의 목을 받치고 물을 마시게 했다. 마른 모래를 적시듯 물이 온몸으로 퍼져 나가는 느낌이 생생했다. 조금씩 기분이 나아졌다. 부축을 받아 일어나 앉으니, 아가테와 차코의 얼굴이 차례로 눈에 들어왔다. 악몽과도 같던 순간들이 차례로 떠올랐다.

"낙타는요?"

요요가 간신히 중얼거렸다.

"지금 그깟 낙타가 문제냐?"

"오토……."

"오토는 지금 없어."

"하지만 아저씨가 돌아오시면……."

"그건 나한테 맡겨 둬라."

아가테가 요요의 머리를 쓰다듬으며 말했다.

"우린 낙타를 두 마리나 잃었어요."

"하지만 너희는 3갱단의 습격을 받고도 살았잖니."

"제가 졸지 말아야 했어요."

요요가 말했다. 손으로 얼굴을 가린 요요의 눈에서는 뜨거운 눈물이 흘렀다.

"괜찮아, 요요. 건강하게 살아 있는 게 얼마나 고마우냐. 아무 일도 없던 셈 치자."

"아무 일도 없었다고요? 차코가 죽을 뻔했어요. 다 제가 조는 바람에 일어난 일이에요."

"난 괜찮아."

차코가 입을 열었다.

"늑대에게 물리고 나서 그냥 죽는 시늉을 한 것일 뿐이야. 안 그랬으면 늑대가 나를 잡아먹었거나 알리시아가 총을 쏘았을 거야."

"죽은 척한 거라고?"

요요가 잠시 눈을 감았다.

"알리시아는 어떻게 됐어?"

"네가 쏜 총은 빗나갔어. 알리시아는 네가 총을 쏘는 순간 납작 엎드리더니 있는 힘을 다해 달아나 버렸어."

"아, 그랬구나."

요요는 힘없이 중얼거렸다. 모든 게 꿈만 같았다. 현실에서 겪은 것이라고 믿기지 않았다.

"너희들 정말 운이 좋았다."

아가테가 거들었다.

"아무래도 오늘은 오토와 마주치지 않는 게 좋겠다, 그렇지?"

요요는 말없이 고개만 끄덕였다. 죽 한 그릇을 비운 요요는 자기 방으로 올라갔다.

얼마 뒤 오토가 돌아오는 소리가 들렸다.

예상한 그대로였다. 돌아오자마자 오토는 길길이 날뛰기 시작했다. 어떻게든 달래려고 애쓰는 아가테의 목소리도 선명하게 들

려왔다. 하지만 아가테가 말릴수록, 오토는 더욱 화를 내며 고래고
래 고함을 질러 댔다. 그 자리에 없어서 정말 다행이라고 요요는
가슴을 쓸어내렸다. 아가테에게 미안할 뿐이었다. 자기를 대신해
오토의 화를 그대로 받아 주고 있는 아가테가 고맙고도 처량했다.
요요는 이불을 뒤집어썼다. 차라리 듣지 않는 게 좋겠다고 생각했
다. 그런데 갑자기 주방이 조용해졌다. 아무래도 느낌이 좋지 않았
다. 무슨 일이 벌어졌을 것만 같았다. 요요는 살그머니 아래로 내
려갔다.

숨을 참고, 문에 귀를 갖다 댔다. 열쇠 구멍으로 들여다보니, 오
토의 머리만 보였다. 오토는 식탁 의자에 앉아 있었다. 무슨 일이
벌어진 것일까? 아가테의 목소리가 들렸다. 조용히 이야기하려고
애쓰는 게 느껴졌다.

"지금 그 말 진심 아니지?"

"진심이야."

오토가 무뚝뚝한 얼굴로 말했다. 아가테에게 고개를 돌린 다음
다시 한 번 힘주어 말했다.

"어디까지나 내 진심이야!"

"그런 일은 누구에게나 일어날 수 있는 거야."

아가테가 차분하게 말했다.

"두 아이가 살아 돌아온 것만 해도 얼마나 다행이야?"

"그래서 신나?"

오토가 빈정거렸다.

"솔직히 말해서 우리 형편에 뭐가 더 중요해? 응? 낙타야, 사람이야?"

아가테는 아무 말도 하지 않았다.

"왜 말이 없어? 당신도 현실을 똑바로 봐야 해. 먹여 살릴 입이 하나 더 느는 게 얼마나 힘든지 알아? 낙타가 한 마리라도 줄어들면 그건 우리가 굶어야 한다는 걸 뜻해, 알기는 해?"

"그래도 당신, 어떻게 그렇게 말할 수 있어?"

"왜 못해? 우리 형편이야 당신이 더 잘 알잖아. 우리가 어떻게 다 큰 놈들을 둘씩이나 먹여 살려? 애들은 스스로 벌어먹고 살 정도로 컸어. 더 이상 빈둥거리는 꼴은 봐줄 수가 없다고!"

"제가 나갈게요."

로테가 말했다.

"넌 입 닥치고 있어!"

오토가 으르렁거렸다.

"로테한테 그러지 마."

아가테가 타일렀다.

"뭘 그러지 마? 내가 내 집에서 큰 소리도 못 치나? 쟤는 하루 종일 소파에 누워 빈둥거리면서 우리를 아예 껍질째 벗겨 먹고 있어. 그래, 저런 애를 위해 밥해 먹이고 간호해 주는 얼간이 짓을 해? 뭐, 약 사 먹인다고 에메랄드까지 팔았다고? 아무래도 이게 어떻게 된 거 아냐, 응, 아가테?"

오토는 손가락을 자기 머리에 대고 빙빙 돌렸다.

아가테는 아무 말도 하지 않았다.

"안 돼, 이건 아냐, 절대 안 돼!"

흥분한 오토가 씩씩거렸다.

"이건 정말 내 진심에서 우러나와 하는 얘기야. 내일 아침 요요를 오마르 무살라에게 데려다 주고 말겠어. 로테도 같이 말이야. 오마르 무살라는 하녀도 필요하겠지."

"그건 안 돼."

아가테가 기어들어 가는 목소리로 말했다.

"잘 들어!"

오토는 목소리가 약간 누그러졌다.

"요요는 우리한테 있는 것보다 거기가 훨씬 나아. 거기에선 공부를 할 수도 있잖아. 그건 당신도 늘 원하던 거 아냐?"

아가테는 아무 말도 하지 못했다.

"요요는 필요한 걸 마음껏 누릴 수 있을 거야. 오마르 무살라는 요요만 넘겨주면 더 좋은 값에 우리 가축을 사겠다고 하더군. 이거야말로 서로 좋은 일이잖아."

"오마르 무살라에게는 절대 안 돼."

"무엇 때문에 오마르 무살라를 그렇게 싫어해? 그는 부지런하고 솜씨 좋은 상인이야."

"그래도 싫어. 요요는, 아이고 우리 새끼는 이제 겨우 열네 살이란 말이야."

"나는 열네 살 때 온 가족을 먹여 살렸어. 인생이 무슨 사탕 빨기인 줄 알아?”

“그렇지만…….”

“뭐가 그렇지만이야? 조용히 해. 난 이미 결정했어. 당신은 가끔 요요를 찾아가면 되잖아.”

“안 돼!”

“좋아, 그럼 내가 나가지. 혼자서 기생충 두 마리 어디 한번 잘 먹여 살려 봐.”

“오토!”

“나야, 쟤들이야? 결정해!”

아가테는 아무 말도 하지 못했다.

더 이상 귀 기울여 들을 것은 없었다. 요요는 집을 나가기로 결심했다.

20 요요가 방을 나선 것은 자정이 훨씬 지나서였다. 요요는 아무것도 가지고 나오지 않았다. 청바지 호주머니에는 시몬에게서 받은 BSZ와 로테에게서 나온 캡슐뿐이었다. 주방이 잠잠해지고 아가테가 촛불을 끌 때까지, 숨을 죽이고 계단 그늘에 숨어 있던 요요는 드디어 발길을 천천히 옮겼다. 요요는 쓰라린 가슴으로 집 안을 한 번 둘러보았다. 아가테가 떠올랐다. 지금까지 온갖 궂은일을 마다하지 않고 자신을 키워 준 아가테! 그래도 요요는 아가테가 오토의 생각에 더 강력하게 반대해 줄 거라 기대했다. 사실 요요는 그게 더 아팠다.

까치발로 살금살금 걸음을 옮기며 요요가 막 주방을 지나칠 때였다. 뒤에서 바스락 소리가 들렸다. 요요는 그 자리에 얼어붙고 말았다.

"요요!"

나지막한 음성이 요요를 불렀다. 문이 살그머니 열리고, 로테가 주방에서 나왔다.

"뭐야? 왜 그래?"

요요는 손을 입에 대고 쉿 하는 시늉을 하며 속삭였다.

"너랑 같이 갈 거야."

"뭐? 내가 어디 가는지도 모르잖아?"

요요는 어처구니없다는 표정으로 말했다.

"어서 소파로 돌아가. 넌 너무 약해서 안 돼."

"약하지 않아. 나도 더 이상 여기 있고 싶지 않아. 저 사람들은 비겁해."

요요는 아무 말도 하지 못했다.

"우리를 팔아먹을 거야."

로테가 말했다.

"여기에선 더 있지 않을래."

요요는 쓰라린 미소를 지었다. 로테는 요요의 미소를 보지 못했다. 로테는 요요의 손을 잡았다.

"난 너랑 같이 가고 싶어."

"말은 고맙다만, 밖이 얼마나 위험한지 알아?"

"알아. 그래도 너랑 같이 갈 거야."

요요는 망설였다. 혹을 달고 다니는 부담은 피하고 싶었다. 하지만 곧 요요는 그런 생각을 한 자신이 너무나 부끄러워졌다. 부담이 싫어서 피한다면 오토와 다를 바가 없다.

"제발 부탁이야, 나도 데려가 줘."

로테가 사정했다.

"너도 없는데, 내가 여기서 뭐하라고."

"좋아, 알았어."

요요는 힘주어 로테의 손을 잡았다. 절대 오토와 같은 사람은 되지 않겠다고 굳은 다짐을 했다.

"서두르자. 여기서 더 오래 이러고 있으면 안 돼."

둘은 어른들이 눈치채지 못하도록 지하실을 통해 집을 빠져나갔다.

"이제 어떡할 거야?"

거리로 나오자, 로테가 물었다. 바람이 심하게 부는 밤이었다. 하늘에는 반달의 빛을 받은 을씨년스러운 구름 조각이 걸려 있었다. 로테는 이 모든 것들을 처음 보는 사람처럼 두리번거렸다.

"시몬 아저씨가 묵고 있는 숙소로 갈 거야."

요요가 대답했다.

"그 사람한테 간다고?"

로테의 얼굴이 어두워졌다.

"왜? 싫어?"

요요가 다그쳐 물었다.

"아니, 그런 건 아니고 그냥 그 남자가 좀……."

로테는 말끝을 흐렸다.

"그가 어때서? 그는 친절한 사람이야. 뭐, 약간 이상해 보이는 구석도 있지만."

"그 사람 왜 그렇게 나를 쳐다본대? 기분 나빠 죽는 줄 알았어."

로테가 말했다.

"그거야, 네 또래의 여자애를 찾고 있으니까."

"하지만 그 눈빛은 참 이상했어. 마치 날 훑어보면서 뭘 찾는 것 같던데?"

"당연하지. 그는 네가 그 여자애인지 확인하려는 거야."

"그가 나를 알고 있다면, 나도 그를 당장 알아보지 않았을까?"

"꼭 그런 건 아니지."

"무엇보다도 그는 당장 나를 알아봤어야 해. 정말 나를 알고 있다면 말이야. 그런데 집에 있는 내내 나를 훑어보는 건 뭐야? 나를 모른다는 증거 아냐?"

"그거야 네 외모가 달라져서 그럴 수도 있지. 넌 머리카락을 모두 잘랐고, 옷도 전혀 다른 것을 입었으니까."

"치, 내 외모는 항상 똑같아……. 그거야 그렇다고 치고, 그 남자 너무 기분 나빠. 좋은 사람이 아닌 것 같아. 나는 거기로 가지 않을래."

요요는 한숨을 푹 쉬었다. 함께 다닌다는 건 이래서 어려웠다.

"잘 들어."

요요가 말했다.

"나하고 꼭 같이 가야겠다고 말한 사람은 너야. 물론 넌 나를 따라올 수 있어. 하지만 내 말을 들을 때만 난 너와 함께 갈 거야, 알았지? 우선 오늘 밤은 거기서 지내기로 내가 결정한 거야. 더 이상 군말 없지?"

"그래, 알았어."

로테는 마지못해 동의했다.

"그럼 가자."

요요가 말하며 앞장섰다.

한 시간 뒤 합숙소에 도착한 요요와 로테는 하룻밤 묵어갈 침대 두 개를 주문하면서 선불로 침대당 BSZ를 다섯 발씩 냈다. 이미 다른 손님들이 잠들어 있는 방 안은 발 냄새와 술 냄새가 진동했다. 요요와 로테가 얻은 것은 이층침대였다. 요요는 위로 기어 올라갔고, 로테는 아래로 들어갔다. 요요는 곧 로테의 고른 숨소리를 들을 수 있었다.

요요는 잠을 이룰 수 없었다. 삐거덕거리는 침대와 사람들의 코고는 소리 그리고 꼬리에 꼬리를 무는 생각들로 요요는 뜬눈으로 밤을 지새웠다. 동이 틀 무렵에야 요요는 깜박 잠이 들었다. 곧이어 한 남자가 방으로 들어와 나팔을 불었다.

"기상, 모두 일어나요!"

눈을 비비며 일어나 앉은 요요는 아래의 로테를 바라보았다. 이런 소란에도 로테는 깊은 잠에서 깨어날 줄 몰랐다. 침대에서 내려온 요요는 방을 나와 욕실로 갔다. 사람들은 씻느라 정신이 없었다. 차례를 기다려 세수를 마치고 나서 요요는 욕실 바로 옆에 붙어 있는 식당으로 건너갔다. 식당에는 빵과 커다란 통에 담긴 잼 그리고 버터가 놓여 있었다. 뜨거운 김이 모락모락 솟아오르는 커피 주전자도 마련되어 있었다.

사람들은 막 잠에서 깬 푸석한 얼굴로 열심히 아침 식사를 하고 있었다. 먹는 데 열중한 탓인지 말 한마디 하는 사람이 없었다. 가끔 기침 소리나 손가락을 빠는 소리만 들려왔다. 요요에게 신경을 쓰는 사람은 아무도 없었다. 하지만 그래도 요요는 사람들이 전부 자기만 쳐다보는 것 같았다. 주위를 돌아보니 자신이 가장 어렸다. 문득 요요는 오토로부터 도망갈 수 없다는 사실을 깨달았다. 이 세상에는 수많은 오토들이 있다. 저들은 돈 몇 푼만 받을 수 있다면 서슴없이 요요를 오마르 무살라에게 팔아 버리고도 남을 사람들이다. 내일까지 기다릴 것도 없이! 요요는 손으로 얼굴을 감쌌다. 이런 식의 도망은 아무 의미가 없다. 하지만 여하튼 지금 요요는 여기에 있다. 자립을 하기 위해 아가테와 오토를 떠나왔다. 게다가 지금 여기에는 먹을 것도 있다. 집에서 먹는 것보다 나쁘지 않은 식사였다. 이 정도면 괜찮은 출발이 아닐까? 하기야 아가테와 오토 없이도 쉬울 것이라는 기대는 하지 않았다. 두려워할 것 없다고 요요는 자신을 타일렀다. 문득 맹렬한 시장기를 느꼈다. 빵을 집어 든 요요는 한입 크게 베어 물었다. 코끝을 감싸는 빵 향기가 싫지 않았다.

"여, 이게 누구야?"

갑자기 익숙한 목소리가 뒤에서 들렸다. 요요는 고개를 돌려 소리가 난 쪽을 바라보았다. 시몬 아저씨가 예의 그 비뚜름한 미소를 짓고 서 있었다. 이곳에서 요요를 만난 것을 조금도 놀라워하지 않는 표정이었다.

"안녕하셨어요?"

공손히 인사를 하며 요요는 이제 혼자가 아니라는 안도의 한숨을 쉬었다.

"먹고 싶은 만큼 마음껏 먹으렴."

시몬이 말했다.

"아침 식사 값도 숙박료에 포함되어 있으니 말이다. 여긴 그런 대로 괜찮은 숙소야. 이만한 곳도 찾아보기 힘들지. 옆에 앉아도 되겠니? 벌써 아침을 먹긴 했지만, 너하고 얘기를 나누고 싶구나."

요요는 잠시 망설이는 표정을 지었다.

"아, 혼자 있고 싶은 모양이구나? 하기야 나만큼 아침부터 떠드는 것을 좋아하는 사람은 없지."

시몬은 이렇게 말하며 비죽 웃었다.

요요는 말없이 어깨만 으쓱했다.

"싫다면 할 수 없지. 나중에 만나기로 약속을 할까? 오늘 오전에는 잠시 다녀와야 할 곳이 있으니 점심을 먹고 나서 만날까? 여기이 집에는 뒷마당이 있더라. 거기는 사람도 별로 없고 조용해. 그러니까 거기서 보기로 하자. 어때?"

"알았어요. 그곳에서 뵐게요."

고개를 끄덕이며 요요는 약속에 응했다. 마치 그렇게 하자고 자신에게 다짐을 하는 것만 같았다.

"좋았어, 그럼 이따 보자."

시몬은 이렇게 말하며 빵 세 개를 집어 가방에 넣었다. 냅킨도 한 장 챙긴 시몬은 곧 식당을 나갔다.

요요는 잼을 가득 바른 빵을 네 개나 먹었다. 한동안 식당에 그대로 앉아 있다가 요요는 침실로 갔다. 그리고 다시 침대로 올라가 누웠다.

오전은 지루하기만 했다. 로테는 계속해서 잠만 잤다. 뒤척이며 이러저런 생각을 하던 끝에 요요도 잠이 들었다.

요요는 로테가 몸을 흔들어 깨우는 바람에 눈을 떴다. 로테는 뭔가에 놀란 표정이었다.

"요요!"

"왜 그래, 무슨 일이야?"

"저쪽 좀 봐."

로테는 이렇게 말하며 손으로 옆 침대를 가리켰다.

"뭐가 있는데?"

"쟤들 좀 봐, 저기서 자는 애들 말이야."

요요는 머리를 쓸어 넘기면서 일어나 앉았다. 옆 침대에는 소녀들 셋이 세상모르고 자고 있었다. 아래에 두 명, 위에 한 명이었다. 머리에는 알록달록한 수건을 뒤집어썼으며 얼굴은 믿을 수 없을 정도로 하얬다.

"쟤들이 뭐 어때서?"

요요가 물었다.

"자고 있잖아."

"그런데?"

"쟤들은 나처럼 잠만 자."

"너처럼?"

"그래, 나와 똑같아."

"그럼 쟤들이 너와 다르게 자기라도 해야 한다는 말이야?"

"그래."

로테가 말했다.

"뭐가 어떻게 달라야 하는데?"

요요가 물었다.

로테는 대답하지 않았다. 요요는 잠들어 있는 여자애들의 갸름한 얼굴을 자세히 관찰했다. 여자애들은 입술을 약간 벌리고 있었으며 가끔씩 코를 킁킁거렸다. 속눈썹이 파르르 떨리는 게 당장에라도 눈을 뜰 것만 같았다. 눈꺼풀도 마찬가지였다. 그저 잠자는 여자애 얼굴 그대로였다. 로테와의 유일한 공통점은 흠집 하나 없는 말끔한 피부였다.

“난 쟤들을 알아.”

로테가 말했다.

요요는 로테를 똑바로 보았다.

“네가 쟤들을 안다고?”

“그래, 하지만 어디서 봤는지 생각이 안 나.”

“아주 오래전에 본 모양이지.”

요요가 말했다.

“오래전? 얼마나 오래전?”

로테가 물었다.

요요는 한숨만 나왔다. 어떻게 설명해야 로테가 알아들을까?

“그럼 저 아래에서 자는 애들도 안다고?”

“그런 것 같아.”

“이런! 그래서 어쨌다는 거지? 옛날에 알던 사람을 만나면 좋은 거 아냐? 물론 상황에 따라 다르기는 하겠지만 말이야.”

“그렇지, 상황에 따라 다르겠지.”

로테가 말끝에 별안간 툭 내뱉었다.

“배고파!”

“식당에 가면 빵하고 잼, 커피가 있어.”

로테의 얼굴이 환해졌다. 입고 있던 스웨터를 잡아당겨 바르게 편 다음 머릿수건을 다시 질끈 동여맸다.

“그리고 말이야, 쟤들도 머릿수건을 쓰고 있어.”

식당으로 가는 어두컴컴한 복도를 지나며 로테가 말했다.

“나도 봤어.”

요요가 대답했다.

로테와 요요는 식당에 들어섰다. 오전에만 벌써 두 번째 식당을 찾은 요요는 머쓱해졌다. 그런데 식당은 텅 비어 있었다. 빵도 잼도 커피도 보이지 않았다. 그저 딸기 잼과 커피 향만 희미하게 남아 있을 뿐이었다.

“너무 늦어서 다 치웠나 봐.”

요요가 말했다.

“그 시몬이라는 남자와 만나겠다고?”

로테가 짜증 섞인 목소리로 물었다. 한동안 길거리를 헤매며 잡상인에게 비싼 돈을 주고 바짝 마른 비스킷을 사 먹느라 로테는 잔뜩 화가 나 있었다. 지금 요요와 로테는 커다란 광장의 한구석에 자리를 잡고 앉아 있었다. 광장의 한가운데에 있는 우물에서 사람들이 물을 긷느라 분주했다. 로테는 비스킷 포장을 찢어 꼭 생쥐처럼 하나씩 갉아 먹었다.

“대체 그 사람은 왜 만나려는 건데?”

왜냐고? 요요도 정확히 그 답을 몰랐다. 어디로 가려는지, 어떻게 살아남을 것인지 요요는 아무 생각이 없었다. 아니, 오히려 생각하고 싶지 않았다. 하지만 한 가지만큼은 확실했다. 앞으로 다시는 양과 낙타를 돌보는 일은 하고 싶지 않았다.

“시몬은 우리를 도울 수 있을지도 몰라.”

요요가 자신 없는 목소리로 말했다.

"그 남자가?"

로테는 믿을 수 없다는 눈치였다.

"보기에는 손에 망치 한번 들어 보지 않은 사람 같던데."

"그거야 망치를 들지 않아도 살 수 있는 모양이지."

요요가 말했다.

"너도 알잖아, 그는 장벽 학자라는 걸. 하루 종일 생각을 하고 그 생각을 팔아서 먹고산다고 했어."

"그래."

이렇게 말하는 로테의 표정은 더욱 어두워졌다.

"그 장벽 학문이라는 게……."

로테는 말을 잇지 못했다.

"장벽 학문이 뭐하는 건지 알아?"

요요가 물었다.

"아니, 몰라."

로테는 고개를 가로저었다.

"난 그냥 단순하게……."

"시몬은 많이 배운 사람이야."

요요는 힘주어 말했다.

"혹시 우리를 그가 온 곳으로 데리고 가 줄지 몰라."

"그런 일은 절대 없을걸."

"그걸 네가 어떻게 알아?"

"난 그 남자와 전혀 얽히고 싶지 않아."

"함께 살자는 게 아니잖아. 나도 그건 싫어. 다시는 어른에게 신세 지고 싶지 않다고. 그냥 그가 사는 도시로 따라가자는 말이야."

"대체 왜?"

로테가 다시 물었다.

"그놈의 왜, 왜 소리 좀 하지 않을 수 없니?"

요요는 화를 냈다.

"어쩌자고 자꾸 묻기만 하는데? 우린 지금 어디로든 가야만 하잖아. 될 수 있는 한, 여기서 멀리 떨어진 곳으로 말이야. 시몬 아저씨의 고향이야말로 여기보다는 낫지 않겠어? 그곳에는 장벽 학문을 하는 사람도 있고."

"넌 그 장벽 학문이라는 게 뭔지 알기나 해?"

로테도 지지 않고 맞섰다.

"너도 종종 장벽 학문에 관해 이야기하곤 하잖아."

로테는 대답 대신 머릿수건의 끄트머리를 입에 물고 잘근잘근 씹었다.

"그래, 나도 이야기는 했지. 하지만 그건 내가 장벽 학문을 좋아해서가 아니야. 마침 생각나는 게 그거였을 뿐이라고. 나보고 말도 하지 말라는 거야, 뭐야. 내가 보기에 장벽 학문이라는 건 허튼수작에 지나지 않아!"

"로테!"

요요는 서둘러 로테의 입을 막았다.

"어떻게 그런 소리를 할 수가 있어? 그런 얘기를 하는 건 죄야,

죄! 장벽 학문은 저 현명한 알레프 부스타니의 심오한 생각에 가까이 갈 수 있는 유일한 길이라고!"

로테는 한숨만 쉬었다. 침으로 푹 젖은 머리 수건 끄트머리를 입에서 꺼낸 로테는 마지막 비스킷 하나를 깨물었다. 벌써 한 통을 혼자 다 먹어 치운 것이다.

"난 장벽 학문이라는 게 뭔지 자세히 알고 싶단 말이야."

하지만 요요는 로테와 싸우고 싶은 생각은 없었다.

"아가테와 오토에게서는 꿈도 꿀 수 없는 일이지."

"아하, 너 그래서 집을 나온 거로구나. 그렇다고 기분 나쁜 시몬에게 가겠다고?"

요요는 아무 말도 하지 못했다.

"잘 들어!"

마침내 요요가 입을 열었다.

"오늘 오후에 시몬과 만날 거야. 숙소의 뒷마당에서 만나기로 약속을 했어. 그곳에서는 사람들의 방해를 받지 않고 이야기를 나눌 수 있어. 원한다면 같이 가고, 싫다면 기다려. 어떻게 할래?"

"음……."

로테는 잠시 생각했다.

"더 좋은 방법이 있다면 말해 줘."

요요는 로테의 길고 하얀 손을 잡았다. 아주 부드럽기는 했지만 힘이 전혀 느껴지지 않는 손이었다.

"넌 정말 피부가 곱구나."

요요가 말했다.

"시몬과 무슨 이야기를 하든, 난 널 버려두지 않을게. 우리는 함께 집을 나왔으니 앞으로도 함께 버텨 나가자고."

로테는 눈을 내리깔고 아무 말도 하지 않았다.

"그리고 난 네가 정말 좋단 말이야."

요요는 나직하게 속삭였다.

21 오후가 되자 요요는 약속한 장소로 나갔다. 마당에는 덤불이 울창했다. 처음에 요요는 시몬이 다른 마당을 말한 게 아닐까 의심했을 정도였다. 하지만 곧 덤불 사이로 길이 나 있는 것을 발견했다. 길을 따라가자 베란다 같은 게 나왔다. 그곳은 담쟁이넝쿨과 산딸기나무들이 있어 다른 사람들이 훔쳐볼 수 없는 곳이었다. 베란다에는 플라스틱으로 만든 정원용 테이블과 의자 들이 놓여 있었다. 그 뒤에 있는 문으로 나가면 바로 뒷집과 연결되었다. 요요는 삐거덕거리는 의자에 앉아 눈을 지그시 감고, 오후의 나른한 햇살을 즐겼다. 마음이 편안해졌다. 하지만 동시에 좀 불안하기도 했다. 모퉁이에서 당장에라도 뭔가 튀어나올 것만 같았다. 요요는 눈을 크게 뜨고, 주변을 둘러보았다.

갑자기 부스럭거리는 소리가 들렸다. 순간 요요는 두려움에 얼어붙고 말았다. 모습을 드러낸 사람은 시몬이었다.

"벌써 와 있었구나!"

시몬이 반갑게 인사를 했다. 늘 그랬듯 한 손에는 가방을, 다른 한 손에는 바이올린 가방을 들고 있었다.

"자리가 썩 좋지는 않네요. 푹 파묻혀 있어 누가 오는지 볼 수가 없어요."

자리에서 일어선 요요가 인사를 하며 말했다.

"흠, 정말 그렇구나. 그건 미처 생각을 못했다."

시몬은 예의 그 삐딱한 미소를 지었다. 대체 이 기묘한 남자는 어디에서 온 것일까? 벌써 백번도 넘게 떠올렸던 의문이었다. 어쨌거나 여기는 늑대나 갱단 패거리가 나타날 것 같지는 않았다.

"담쟁이넝쿨이 그새 꽤 자랐구나. 난 다른 모든 장벽 학자들과 마찬가지로 등나무와 덩굴에 관심이 많지."

시몬은 덩굴에 다가가 잎사귀를 가리켰다.

"이 하찮은 식물이 벽을 타고 올라갈 힘은 어디서 어떻게 얻는 것일까? 어떤 종류의 벽이든 너끈히 기어오르잖아."

요요는 고개를 끄덕였다. 식물을 무척 좋아하던 아가테의 모습도 떠올랐다. 시몬은 주위를 한 번 돌아보고 의자에 앉았다.

"너 집을 나왔구나? 그렇지?"

한동안 물끄러미 요요를 바라보던 시몬이 입을 열었다.

"그게 저, 네."

요요가 우물거렸다.

"그렇게 서 있지 말고 앉아라."

시몬은 이렇게 말하며 바이올린 상자를 테이블 위에 내려놓았다. 요요는 정원 의자에 앉았다.

"그럼 그 여자애는 어떻게 됐어?"

시몬이 물었다.

문득 로테 이야기를 해서는 안 될 것 같았다. 하지만 거짓말을 할 이유도 없었다.

"저와 함께 집을 나왔습니다."

요요가 대답했다.

"그래? 그럼 지금 어디 있어?"

"자고 있어요."

"정말 잠을 많이 자지? 그렇지?"

"그게 나쁜가요?"

"아니야, 물론 아니지. 잠은 건강에 좋은 거야. 난 벌써 14년 동안이나 하루에 네 시간밖에 자지 못하고 있어. 그래서 항상 두통에 시달리지."

"왜 잠을 주무시지 못하는데요?"

"모르겠다."

이렇게 말하는 시몬의 눈빛이 가늘게 떨렸다. 다시 긴 침묵이 이어졌다.

"그래, 어디로 갈래?"

마침내 시몬이 물었다.

"모르겠어요."

"갈 데가 전혀 없어?"

"지금 제가 아는 건 하나예요. 다시는 양과 낙타를 돌보는 일 따위는 하지 않겠다는 결심뿐이죠. 그렇다고 고물을 주워 팔고 싶지도 않아요. 전 책이 읽고 싶어요. 그것도 아주 많이.”

“그거 간단한 일이 아니네. 하지만 네가 많은 걸 배우고 싶어 한다는 건 벌써부터 알아봤다.”

대답하는 요요의 볼이 빨개졌다. 자신의 간절한 소망을 남의 입을 통해 듣는다는 것은 창피하면서도 괴로운 일이었다.

“그래 뭘 가장 배우고 싶니?”

“모든 걸요. 하지만 그중에서도 장벽 학문이 가장 궁금해요.”

시몬은 다시 삐딱한 미소를 지었다.

“내 그럴 줄 알았다.”

요요는 크게 심호흡을 했다. 일생일대의 기회가 이 순간에 달려 있었다.

“할 수만 있다면 아저씨의 고향에 가서 가르침을 받고 싶어요.”

요요는 용기를 내어 말했다.

“아저씨야말로 장벽 학자이시니까요.”

시몬은 다시 웃었다.

“난 제자는 두지 않는데 이를 어쩔꼬?”

요요는 몹시 실망한 표정을 지었다. 두 손을 바지 호주머니에 넣고 주먹을 꼭 쥐었다. 오른손의 엄지손가락에 캡슐이 닿았다. 요요는 캡슐을 쥐었다.

“하지만 너는 예외로 해 줄게.”

시몬이 말했다.

“정말요?”

“넌 그럴 만한 충분한 자격이 있어.”

“정말 그렇게 생각하세요?”

요요는 상기된 표정으로 되물었다. 계속 호주머니 속에서 캡슐을 만지작거렸다. 그런데 갑자기 캡슐이 손에서 빠지면서 사라지는 게 아닌가. 요요는 순간 당황했다. 어디로 간 것일까? 호주머니에 구멍이라도 난 것일까?

“왜 그러니?”

요요의 당황한 기색을 눈치챈 시몬이 물었다.

“아무것도 아니에요.”

요요가 말했다. 요요는 다리를 움직였다. 그때 조그만 캡슐이 돌바닥에 떨어지며 퐁 소리를 냈다. 캡슐은 데구르르 구르다가 돌 틈에서 멈췄다.

시몬도 황금색 캡슐을 발견했다. 요요 못지않게 긴장한 눈길로 시몬은 캡슐을 바라보았다. 요요는 허리를 숙여 캡슐을 집었다.

“그게 뭐냐?”

시몬이 물었다.

“아무것도 아니에요. 그저 조그만 캡슐이에요.”

“한번 볼 수 있겠니?”

요요는 망설였다. 캡슐이야말로 자기만 아는 비밀이었다. 하지만 동시에 시몬은 이제 자신의 스승이다. 요요는 스승을 믿어야 한다고 생각하고 손을 폈다.

시몬은 눈을 크게 뜨고 캡슐을 살폈다.

"너 이거 어디서 났니?"

"주웠어요."

"어디서?"

"왜요? 이게 아주 귀중한 것인가요?"

"어디서 났는지 정확하게 말해라. 아주 중요한 일이다."

"왜요?"

"요요, 자세한 건 나중에 말해 줄게. 암튼 이 물건은 무척 중요한 거다. 너 이 캡슐을 로테의, 그러니까……흠, 거 참……, 배설물에서 발견했니?"

"배설물이요?"

당황한 요요가 물었다.

"배설물, 그러니까 로테의 똥에서 찾아냈느냐고."

"그, 그렇죠."

"그래?"

시몬은 무척 흥분했는지 목소리가 떨렸다.

"그런 거야?"

"왜 그러세요?"

"음, 그거야말로 핵심이거든."

시몬이 말했다.

"핵심이요? 뭐의 핵심이죠?"

시몬은 굳은 표정으로 캡슐을 자세히 관찰했다.

"넌 이게 얼마나 중요한 것인지 짐작도 할 수 없을 거야."

"물론 모르죠. 제가 아는 건 그저 캡슐을 열 수 있다는 거죠. 그 안에는 아주 작은 구슬이 들어 있어요."

요요는 캡슐을 집어 돌린 다음, 다시 시몬에게 건네줬다. 한동안 구슬을 바라보던 시몬이 물었다.

"네가 캡슐을 열었을 때, 구슬에서 무슨 말소리가 나지 않든?"

"구슬이 말을 한다고요?"

놀란 요요가 물었다.

"그래. 너한테는 이상하게 들릴지 모르지만, 구슬은 처음 햇볕을 쬐는 순간 당장 작동하게 되어 있어."

"무슨 말인지 모르겠군요."

"구슬이 고장이 났거나, 에너지가 부족한 모양이다."

시몬은 캡슐에서 구슬을 꺼내 테이블 위에 올려놓고, 햇살이 비치는 방향에 정확히 맞추어 놓았다. 작은 구슬은 이전보다 훨씬 더 반짝였다.

"왜 구슬에 햇볕을 쬐는 거예요?"

"곧 네 눈으로 확인할 수 있을 거다."

시몬이 말했다.

하지만 아무 일도 일어나지 않았다. 시몬은 초조해했다. 하늘을 보며 몇 차례나 눈을 껌벅이던 시몬은 구슬의 위치를 다시 바꾸었다. 하지만 역시 아무 일도 일어나지 않았다.

"아무래도 좀 기다려야 할 모양이다."

시몬이 말했다. 요요는 아무 말도 하지 않았다.

그렇게 5분쯤 기다렸을까. 마침내 요요는 바스락거리는 소리를 들었다. 소리는 점차 커져 갔다. 잠시 뒤 로테의 거친 목소리가 울려 퍼졌다.

29

1 올레는 나를 사랑해, 올레는 나를 사랑하지 않아. 올레는 나를 사랑해, 올레는 나를 사랑하지 않아. 올레는 나를 사랑해, 올레는 나를 사랑하지 않아. 별로 특별한 이야기는 아니에요. 그저 시험을 해 보는 거예요. 구슬이 정말 제대로 작동하고 있는지 알 수가 없네요. 그럼 지금부터 녹음을 시작합니다.

2 지금 내가 머무르고 있는 방은 좁고 기다란 모양을 하고 있다. 높이는 약 4미터 정도. 이 집은 지은 지 벌써 450년을 훌쩍 넘겼다고 한다. 나는 지금 트램펄린 못지않은 탄력을 자랑하는 침대에 앉아 있다. 고풍스러운 놋쇠 틀을 가진 침대에는 알록달록한 색으로 빛나는 이불이 펼쳐져 있다. 마룻바닥에는 동양적인 양탄자가 깔렸으며, 벽지에는 훈제 연어처럼 불그스레한 색의 꽃이 그려져 있다. 벽에는 그림들이 많이 걸려 있었다.

트로이의 목마를 그린 그림이 있는가 하면, 한참 집을 철거 중인 크레인을 찍은 사진도 보인다. 그 옆에는 막 무너져 내리는 굴뚝을 찍은 사진도 있다. 하늘을 나는 기구의 모습을 담은 사진과 장대높이뛰기 선수의 솟구치는 순간을 포착한 사진도 보인다. 그림을 고르는 데 무슨 원칙이라도 있는 걸까? 그림을 보며 저기에 무슨 공통점이 있을까 곰곰이 생각해 보지만, 도무지 집중을 할 수가 없다.

남자는 벌써 오래전에 길을 떠났다. 아, 이런! 이야기를 맨 처음부터 시작하는 게 좋겠다.

3 사실 우리 학생들은 소시지를 사러 매점까지 갈 필요가 없다. 학생 식당이 따로 있을 뿐만 아니라, 지하 2층의 202호에 마련된 카페를 이용할 수도 있다. 그래도 난 매점을 찾아갔다. 이 매점에서 파는 소시지는 아주 맛이 좋다. 어찌됐든 생일을 그냥 넘길 수 없다.

4 일회용 포크로 케첩과 겨자 소스가 잔뜩 묻은 소시지를 찍었을 때, 뒤에서 누가 나를 지켜보고 있다는 느낌을 받았다. 등을 돌리자 매부리코에 얼굴이 길쭉한 남자가 눈에 들어왔다. 누굴까? 우리 학교 선생님은 아니다.

별로 이야기를 나누고 싶지 않았던 나는 경계하는 눈빛으로 낯선 남자를 바라보았다. 다시 등을 돌리려고 하는데, 남자가 말을 걸어왔다.

"이 도시에서 파는 가장 맛있는 소시지지, 그렇지 않니?"

나는 아무 말도 하지 않았다. 하지만 남자는 어느새 손을 내 어깨에 얹었다.

"나라도 생일에 혼자 이러고 있어야 한다면 기분이 썩 좋지 않을 거야."

"어떻게, 오늘이 제 생일인 걸 아세요?"

내가 물었다.

남자는 입술을 씰룩했다. 그걸 미소라고 할 수 있을까? 주름이 가득한 게 꼭 잔뜩 찌푸린 것처럼 보였다. 남자는 허리를 숙이더니 서류 가방에서 노트를 한 권 꺼냈다. 닳아서 가장자리가 해지고, 누렇게 색이 바랜 노트였다. 표지에는 요란하게 꾸민 글씨가 어지러웠다. 요제프 하이든의 바이올린 협주곡 악보? 아무튼 무척 낡은 것이었다. 남자는 나에게 노트를 건네줬다.

"이게 뭐죠?"

남자는 다시 미소를 짓는 시늉을 했다. 노트를 펼친 그는 안쪽에 적혀 있는 푸른 글씨를 가리켰다.

"여기 뭐라고 적혀 있지?"

"마리아 시몬."

이름을 읽은 후, 남자를 쳐다보았다.

"이젠 나하고 얘기하고 싶지?"

5 마리아 시몬은 바로 내 엄마의 이름이다. 내가 엄마에 관해 아는 것이라곤 이름밖에 없었다. 아무도, 심지어 아빠까지도 엄마 이야기를 해 준 적이 없다. 난 엄마 얼굴도 기억할 수 없다. 엄마는 내가 두 살 때 돌아가셨기 때문이다.

엄마에 관해 물어보는 것은 이미 오래전에 포기하고 있었다. 아빠는 언제나 "죽은 사람이야."라고만 했다. 이 짤막한 말은 눈에 보이지 않는 일종의 벽이었다. 아빠는 그 이상 말한 적이 없었다.

사진 한 장 남아 있지 않다. 이유를 묻자, 아빠는 한동안 아무 말도 하지 않았다. 한참 만에 아빠가 입을 열었다.

"죽은 사람이야. 그렇게만 알고 있으렴. 그게 너를 위해 좋아."

나는 아빠의 말을 홀로 중얼거리곤 했다. 죽은 사람이야, 그렇게만 알고 있으렴, 그게 너를 위해 좋아. 죽은 사람이야, 그렇게만 알고 있으렴, 그게 너를 위해 좋아. 죽은 사람이야, 그렇게만 알고 있으렴, 그게 너를 위해 좋아.

종종 나는 아빠의 말을 종이에 적어 놓고 그 말들로 다른 문장을 지어 보려고도 했다. 순서를 바꿔 놓으면 다른 내용을 읽어 낼 수도 있지 않을까.

하지만 그동안 엄마 생각을 거의 하지 않고 지냈다. 엄마 생각을 하기에는 너무 바쁜 나날이었으니까.

6 여덟 살이 되어, 영재학교에 들어가기 위한 입학시험을 치렀다. 네 살 때 글을 읽기 시작하고, 다섯 살 때 이미 영어를 할 줄 알았기 때문에 아빠는 날 영재라고 생각하신 것이다. 내 생각은 달랐다. 가정부인 에밀리가 나하고 영어로만 이야기를 하고, 글 읽기를 일찍 가르쳤을 뿐이다.

시험은 합격했다. (아빠는 시험 준비를 위해 특별히 과외 선생님을 불러오기도 했다.) 하지만 과중한 공부는 따라가기 벅찼다. 특히 무리쉬가 어려웠다. 너무 복잡해서 도저히 배울 수 없을 것 같았다. 문장은 그런대로 읽을 수 있었지만, 누군가 무리쉬로 이야기하면

도저히 알아들을 수가 없었다. 아주 간단한 말조차 직접 이야기하려면 혀가 형편없이 꼬이곤 했다.

7 장벽 학문을 공부하는 사람들은 무리쉬를 꼭 배워야 한다. 알레프 부스타니는 자신의 모든 책을 무리쉬로만 썼다. 하긴 무리쉬를 만들어 낸 사람이 알레프 부스타니니까. 문법과 글자만 놓고 보면, 무리쉬는 아랍어와 아주 비슷하다. 하지만 라틴어에서 받아들인 것도 적지 않다. 그리고 독일어에서 받아들인 전문용어들이 많이 섞여 있다.

8 아빠는 명망 높은 장벽 학자로서 대학교에서 강의를 했다. 사람들은 흔히 벽을 두고 무슨 할 말이 있느냐고 생각하는 모양이다. (하긴 나도 종종 그런 생각을 했다.) 하지만 그건 맞지 않는 말이다. 오히려 정반대이다. 벽은 모든 존재의 근본은 아닐지라도, 없어서는 안 될 아주 중요한 것이다. 벽은 돌이나 시멘트로만 만들어지는 게 아니다. 벽이라는 개념은 훨씬 더 포괄적인 것으로 생각해야 한다. 벽이 있어야 비로소 세계의 질서가 생겨날 수 있다. 아빠는 그 예로 사람의 몸 세포(식물과 동물도 마찬가지)를 들곤 한다. 세포막이 없이 세포는 있을 수 없다. 막이 없다면 미토콘드리아와 세포핵 그리고 흐물흐물한 용액 상태로 있는 골지체[+]등이 마구 뒤섞이면서

[+] 세포질 속에 있는 낱알이나 그물 모양의 기관. 세포 속에서 단백질이나 탄수화물 따위를 운반하는 역할을 한다. 이탈리아의 학자 골지가 발견했다. — 옮긴이

일종의 잡탕이 될 뿐이다. 모든 게 뒤죽박죽인 카오스랄까.

생물이든 무생물이든 모든 것은 벽, 경계, 껍질, 피부 등이 있어야 비로소 모양을 갖추고 존재할 수 있다. 저 흔하디흔한 소시지만 해도 마찬가지다.

9 매점의 소시지는 껍질을 벗겨 튀겨 내는 통에 내가 알고 있는 유일한 예외이다. 하지만 나는 아빠에게 이 소시지 이야기는 하지 않는다.

10 아빠는 말이 별로 없다. 우리가 너무 뜸하게 보는 탓에 그런지도 모른다.

대학에서 아빠는 인기 강사이다. 강좌만 열었다 하면, 학생들이 앞다투어 몰려든다고 한다. (물론 장벽 학문이 필수 과목인 탓도 있을 것이다.) 하지만 집에서는 밥을 먹든 책을 읽든, 무슨 일을 해도 별로 말을 하지 않는다. 아빠는 종종 어두운 표정으로 슬픔에 잠겨 있다. 아빠의 그런 모습은 나 말고는 아무도 모른다.

11 "널 오래 붙들고 있을 생각은 없다."

남자가 말했다. 이제 보니, 처음에 봤을 때처럼 나이가 많이 들어 보이지 않는다. 무엇보다도 피부가 매끈하고, 눈빛이 맑다. 많아도 아빠보다 조금 더 먹었을 것 같다. 하지만 꼭 비루먹은 것 같은 잿빛 수염과, 모자 밖으로 흘러나온 하얀 머리는 언뜻 노인 같은 인상을 풍긴다.

"줄 게 있어서 찾아온 것 뿐이야."

남자가 말했다.

"악보를 가지고 뭘 하라는 거죠?"

나는 이렇게 물으며 팔짱을 꼈다. 내가 엄마에 관해 유일하게 알고 있는 것은, 엄마가 무척 유명한 바이올리니스트였다는 사실뿐이다. 그것도 에밀리가 나에게 딱 한 번 이야기해 줬다. 에밀리에게서 들었다고 하자, 아빠는 그녀를 집에서 내보냈다.

"악보를 주려는 게 아니야. 악보는 가져도 좋고, 안 가져도 상관없다. 자, 이게 내가 선물하려는 거야."

아저씨는 번호가 적힌 작은 열쇠 하나를 나에게 건네줬다. 고개를 갸웃하며 열쇠를 받아들었다. 그러느라 소시지가 들어 있는 종이 그릇을 옆으로 밀쳐야 했다. 좁은 받침대에서 종이 그릇이 미끄러지며 철퍼덕 소리와 함께 바닥에 떨어졌다. 울컥 짜증이 났다. 도대체 나한테 원하는 게 뭐야? 맛있는 소시지마저 버려 놨잖아!

12 "네 엄마가 남긴 원고는 중앙역의 사물함에 들어 있다."

남자가 말했다.

13 20미터 높이로 허공을 날아다니는 개인용 에어모프를 제외하면, 지하 제트는 도시가 자랑하는 가장 빠른 교통수단이다. 지하 제트 교통망이 아주 잘 발달해 있기는 하지만 나는 잘 타지 않는

다. 우리 학교 학생들은 특별한 셔틀모프를 타고 통학을 한다. 학교에서는 지하 제트를 가급적 사용하지 말라고 권유하고 있다. 그래서 지하 제트를 탈 때면 가벼운 흥분과 긴장을 느끼곤 한다.

14 덜컹거리는 자동계단을 타고 아래로 내려갔다. 지하 제트가 빠른 속도로 어떤 곳이든 한 시간 이내에 데려다 주지만 지하에 있는 승강장은 대부분 몹시 낡았다. 하지만 그만큼 튼튼해서 고장이 나는 일은 거의 없다.

아래로 내려갈수록 공기는 탁해졌다. 평소와 마찬가지로 거지들이 구걸을 해 왔다. 나는 그들을 애써 외면하면서 지나쳤다. 내가 지금 여기서 뭘 하고 있는 거지? 나도 모르게 중얼거렸다. 생일이라서 그럴까? 번잡한 곳에 나와 있는 내 모습이 낯설었다. 집에서 책이나 전자두뇌하고만 생일을 맞곤 했으니, 그런 생각이 들 만도 했다. 하지만 분위기를 바꿔 보는 것도 나쁘지는 않았다.

지하 1층에 도착했다. 조명이 좋지 않고 인적이 없는 통로를 지나, 다시 아래로 내려가는 자동계단에 올라섰다. 이 자동계단은 새 모델이라 그런지 덜컹거리는 소리가 별로 나지 않았다. 지하 2층에 이르기 전의 중간층은 조금 더 밝았다. 여기에는 사람들이 넘쳐났다. 잠깐이라도 멈칫했다가는 사방에서 밀쳐 댔다. 사람이 많은 곳에는 도무지 적응이 되지 않는다. 내가 대부분의 시간을 보내는 학교는 널찍하고 조용하며, 밝고 깨끗하다. 하지만 지하 40미터 깊이의 이곳은 시끄럽고 지저분하며, 무엇보다도 어두컴컴했다.

나는 숨을 크게 들이마시고, 어느 쪽으로 가야 하나 살펴보았다.

15 전광판을 보고 나서야 중앙역행을 어디 가서 타야 하는지 알았다. 거의 모든 노선이 중앙역을 통과했다. 나는 한 층 더 내려가야 했다.

승강장은 더욱 많은 사람들로 북적였으며, 몹시 시끄러웠다. 대신 아주 밝았다. 승강장에 기다리고 있는 사람들은 거의 작업복을 입고 있었다. 희거나 푸른 작업복을 입은 사람들의 무리는 무수한 점들을 찍어 놓은 것처럼 어쩐지 기묘해 보였다. 모두들 피곤한 얼굴을 하고 있다. 누구도 나를 주목하지 않는다. 교복 때문에 분명 튀었을 텐데도. 우리 학교의 교복은 누구나 잘 알고 있다. 하얀 블라우스에 짙푸른 치마 그리고 짙은 황금색의 재킷은 멀리서 봐도 한눈에 들어온다. 짙은 황금색은 알레프 부스타니가 좋아하던 색깔이라고 한다. 재킷은 바느질 자국만 없다면 제법 멋지다. 하지만 싯누런 금색 실로 땀땀이 바느질을 한 자국은 정말이지 보기만 해도 끔찍했다. 도대체 왜 이런 색을 골랐을까? 그런데 묘하게도 나말고는, 아무도 바느질 자국에 신경을 쓰지 않았다. 한번은 아빠에게 바느질 때문에 재킷을 입고 싶지 않다고 했더니, 그런 말 하지말라고 아빠가 나를 타일렀다. 알레프 부스타니가 좋아한 색을 비난해서는 안 된다는 거였다. 그리고 재킷에 관한 내 생각을 사람들 앞에서 말하지 말라고 단단히 주의를 주었다. (특히 학교에서!)

소리도 없이 열차가 미끄러져 들어왔다. 문도 조용히 열렸다. 방

송에서 여자 목소리가 흘러나왔다.

"승객 여러분, 이 열차는 I—2구역은 운행하지 않습니다. I—2구역으로 가실 손님은 알레프 부스타니 공원에서 갈아타 주시기 바랍니다."

방송 내용에 헷갈린 나는 주변을 돌아보다가 한 아주머니에게 물었다.

"이 열차가 중앙역에 가나요?"

하지만 아주머니는 아무 대답을 하지 않았다. 나는 사람들에 밀려 하는 수 없이 열차에 올라탔다.

열차 안은 그야말로 만원이었다. 나는 문 옆의 벽에 기대어 섰다. 열쇠를 꼭 쥐었다. 벽은 매끈했고, 흰색으로 빛났다. 지하 제트의 모든 것은 눈이 부실 정도로 하얗다. 매끈한 광택이 나는 흰색은 공공장소와 교통수단에만 쓴다. 순백색의 표면은 부드러우면서도 흠집이 잘 나지 않으며, 웬만한 충격에도 구부러지지 않는다.

앉아 있는 승객과 나를 갈라놓고 있는 것은 얇은 유리벽이다. 한 남자의 머리가 내려다보였다. 남자의 어깨에는 비듬이 수북했다. 아주 지저분했다. 목 뒤와 목덜미에 떨어져 있는 하얀 부스러기들은 구토가 나올 지경이었다. 아빠는 비듬이 장벽 학문의 관점에서 보아도 문제가 많은 것이라고 했다. 그 작은 부스러기는 두피, 즉 벽에서 떨어져 나온 게 아닌가? 심하면 두피가 몽땅 없어질 위험도 있다고 아빠는 말하곤 했다. 아무튼 아주 더럽고 비위생적이라는 점에서, 나 역시 아빠 말이 옳다고 생각한다. 물론 비듬이 있는 사람의 두피가 완전히 사라졌다는 이야기를 들어 본 적은 없다. 게다가 요즘에는 효과가 아주 뛰어난 비듬 치료제도 많이 나와 있어 비듬을 앓는 사람이 별로 없다.

나는 눈길을 돌리며, 객차 안에 붙어 있는 전광판을 바라보았다. 전광판에는 분명히 열차가 중앙역을 통과하는 것으로 나와 있다. 그때 다시 여자 목소리가 흘러나왔다.

"다음 역은 중앙역입니다. I—2구역으로 가실 손님은 알레프 부스타니 공원까지 계속 탑승하시기 바랍니다. 거기서 지하 제트 대용으로 투입된 비상 버스 노선을 이용하시기 바랍니다."

옆의 남자가 얼굴을 잔뜩 찡그리며 투덜거렸다.

"벌써 며칠째야? 저놈의 비상 버스 노선을 타려면 얼마나 기다려야 하는지 아쇼?"

남자는 나를 똑바로 쳐다보며 말했다.

나는 고개를 가로저었다.

16 얼마 전 아빠는 내가 홀로 지내는 시간이 많은 게 안타깝다고 했다. 아주 정확한 진단이다. 아빠가 라반토 학교에서 온 교환학생을 우리 집에서 지내게 한 데는 이런 배경이 있었다. 라반토 학교는 어학에 중점을 둔 학교였다. 나는 그 점이 마음에 들었다. 우리 학교는 과학과 기술에 너무 치중하기 때문이다. 하지만 그 여학생은 학교만 마치면 중국어나 핀란드어 혹은 스와힐리어를 자유자재로 구사할 수 있을 것이라고 믿고 있는 멍청한 거위에 지나지

않았다. 사흘을 겪고 나서, 난 그 애만 보면 짜증이 나고 말았다. 그래서 한마디도 하지 않았더니, 그 애도 나를 견딜 수가 없는지 자기네 학교로 돌아가 버렸다. 왜 지금 그 여자애 생각이 나는지는 나도 모르겠다. 어쨌거나 며칠 전 그 애가 스포츠 사고로 목숨을 잃었다는 소식을 들었다. 요즘 운동을 하다가 죽는 학생들이 너무 많다. 오죽했으면 아빠가 스포츠 사고와 장벽 학문의 연관성을 다룬 에세이를 썼을까. 하지만 에세이는 정식으로 발표되지 않았다. 사람들이 아빠의 논리가 너무 허황하다고 비판했기 때문이다.

17 그냥 보통 학교를 다녔으면 어땠을까. 학교를 졸업하고, 평범한 직업을 가지고, 지하 제트를 타고서 사무실로 출퇴근을 하며 사는 소박한 삶이 좋은 게 아닐까. 하지만 아쉽게도 나는 이른바 '영재'였다.

지하 제트가 멈추었다. 중앙역은 학교에서 4킬로미터 떨어진 거리에 있었다. 지하 제트는 이 거리를 24초 만에 주파한다. 운행 시간표를 보니 지하 제트를 타고 I—2구역까지 가려면 10분 정도 걸린다.

18 자꾸 이야기가 옆길로 샌다. 뒤죽박죽 아무렇게나 기억들이 샘솟는 것은 올레 때문이다. 올레는 나에게 이렇게 말했다.

"될 수 있는 한, 많은 이야기를 하도록 해. 메모 구슬에 정보가 저장될수록 넌 그만큼 안전할 거야."

19 중앙역에는 바로 전 정거장보다 훨씬 더 사람이 많았다. 도시 전체가 움직이고 있다. 하긴 퇴근 시간이니 그럴 만했다.

나는 전광판에 의지해 어디로 가야 할지 방향을 잡으려 했으나, 허사였다. 번쩍이는 광고판이 너무 많았다. 중앙역은 정말 엄청나게 컸다. 승강기와 자동계단 그리고 보통 계단으로 사람들이 분주하게 오르내렸다.

역사의 천장은 고개를 꺾고 올려다봐도, 잘 안 보일 만큼 까마득했다. 둥그런 천장은 그야말로 하늘 높은 줄 모르고, 치솟아 있었다. 나는 여기에 처음 와 봤다. 여행하는 일이 워낙 드물거니와, 한다고 하더라도 아빠의 개인용 슈퍼모프를 이용했기 때문이다. 이거 갈수록 흥미진진한 생일이 되겠는걸!

마침내 수화물보관소를 가리키는 화살표를 발견했다. 역사 통로를 통해 나는 사물함이 죽 늘어서 있는 보관소로 들어섰다. 묘하게도 사람들의 모습은 찾아볼 수 없다. 흐릿한 조명 아래로 무인 사물함들만 줄을 지어 늘어서 있다. 가장 높이 있는 사물함은 접이식 사다리를 펼쳐야만 손이 닿았다.

나는 쥐고 있던 손을 펼쳐 다시 한 번 열쇠의 번호를 확인했다. 3616418C. 외우고 있던 번호와 딱 맞아떨어져 기분이 좋았다. 수학은 언제나 어렵지만 나는 숫자는 항상 정확하게 외운다. 다시 남자의 말이 떠올랐다.

"엄마는 네가 열여섯 번째 생일을 맞는 날, 자신의 유품을 너에게 전해 달라고 부탁했어."

"엄마의 유품을 제가 어쩌라는 거죠?"

"그거야 전적으로 네 마음에 달려 있지. 버리든 집으로 가져가든, 마음대로 하려무나. 그 사물함에 그대로 내버려 둬도 좋아. 사물함은 70년 동안 빌린 것이니까. 때가 무르익으면 그걸로 뭘 해야 좋을지 너 스스로 알게 될 거다."

"엄마가 그런 부탁을 했다니. 그럼 엄마는 자기가 언제 죽을지 알고 있었단 말인가요? 전 지금까지 엄마가 사고로 돌아가셨을 거라 짐작했는데……."

"네 엄마는 예감을 했나 봐. 네 엄마가 하던 일이 안전했다고 할 수는 없지."

"엄마가 무슨 일을 하셨는데요?"

남자는 고개를 가로저으며 중얼거렸다.

"지금은 말하지 않는 게 좋겠구나. 하지만 곧 알게 될 거야, 어떻게 해서든. 난 그저 몇 가지 물건을 보관했다가 네게 전해 주라는 부탁을 받았을 뿐이야. 더 이상은 나도 말해 줄 수 없다."

주위를 돌아보던 남자는 매점의 벽을 손으로 두들겼다.

"벽은 눈과 귀를 가지고 있어."

벽이 눈과 귀를 가지고 있다? 아빠가 들으면 관심을 보일 만한 주제였다. 아빠는 아직 그런 주제를 다룬 일이 없으니까. 물론 아빠는 속담이나 관용어에 장벽이 어떻게 쓰이는지를 논문으로 다룬 적은 있다.

"참, 하마터면 잊을 뻔했구나."

남자가 다시 입을 열었다.

"뭘 어떻게 해야 좋을지 도무지 모르겠거든, 반달이라는 카페에서 엘리아스라는 남자를 찾아라."

남자는 나를 보고 씩 웃더니 인사말도 없이 그대로 사라졌다.

20 사물함의 자물쇠는 아주 낡은 구식이었다. 요즘은 열쇠 자체가 별로 사용되지 않는다. 그 대신 손목 관절 안쪽에 사람들이 자주 사용하는 잠금장치의 코드를 풀 수 있는 칩을 심는다. 물론 칩은 공인 자격증을 가진 업소에서만 만들 수 있다. 칩을 심은 곳에는 새나 꽃 같은 그림을 그려 놓는 탓에 꼭 문신을 보는 것 같다.

학생들은 필수적으로 칩을 쓴다. 이 칩은 숫자 3 위에 뿔을 단 모양을 하고 있다. 입학식을 치르고 나서 피부에 이식을 한다. 이렇게 심어진 칩을 우리는 평생 사용해야 한다. 칩에는 학교생활에 필요한 모든 정보가 코드로 입력된다. 중간에 학교를 그만두게 되면 정보는 삭제된다.

21 천천히 사물함들을 돌아보며, 어떤 순서로 배열이 되어 있는지 알아내려고 했지만 허사였다. 아무래도 수리와 논리에는 꽝이다. 대체 어떻게 내가 영재학교에 다니게 된 걸까? 아빠 딸이라서?

22 학교에 입학한 첫해, 그러니까 1학년 때에는 중국의 만리장성에 관한 것만 배웠다. 미칠 것처럼 지루해서 몸을 비비 꼬지 않

는 학생이 없었다.

　장벽 학문을 배우지 않은 사람들은 장벽을 두고 별로 할 이야기가 없다. 하지만 안심해도 좋다. 그런 건 일상생활에는 아무짝에도 쓸모없는 지식일 뿐이다. 도대체 먹고 마시고 잠자는 데 만리장성이 뭐란 말인가? 중국어나 생화학 같은 과목은 그 쓸모를 놓고 우리끼리 논쟁을 벌이곤 했다. 하지만 장벽 학문에 관해서만큼은 전원이 의견 일치를 보았다. 그렇다고 대놓고 장벽 학문이 싫다고 말하는 학생은 없었다. 장벽 학문에서 어떤 성적을 거두는지가 다른 나머지 과목들을 다 합친 것보다 더 중요했다. 선생님들은 장벽 학문을 잘해야 진급을 할 수 있다고 강조했다. 수재 중의 수재만이 대학에 가서 장벽 학문을 전공할 수 있었다. 아빠는 나에게 저학년 때 좋은 성적을 거둬 놓으면 공부의 즐거움이 절로 붙는다고 강조하곤 했다.

　대학에 들어가서도 1학년 때에는 일 년 내내 중국의 만리장성을 공부한다. 아빠는 만리장성을 다룬 6,000여 쪽짜리 책을 한 권 가지고 있는데, 매일 저녁 잠자리에 들기 전에 그 책을 읽곤 한다.

23 사물함이 늘어선 줄은 문자로 구별되어 있다. 그런데 알파벳 순서가 아니었다. 열쇠에 적혀 있는 번호의 첫 숫자는 사물함이 몇 번째 높이에 있는지 나타내고 있었다. 나머지 다른 숫자들은 뭐가 뭔지 알 수 없을 정도로 뒤죽박죽이었다. 하는 수 없이 C열의 세 번째 높이에 있는 칸들을 일일이 살펴보아야 했다. 말이 쉬워

그렇지, 엄청난 일이었다. 줄은 끝이 보이지 않을 정도로 길었기 때문이다. 게다가 번호를 어찌나 작게 써 놓았는지 아래에서 올려다보면 제대로 알아볼 수가 없었다. 결과만 말해서, 열쇠에 맞는 칸을 찾아내기까지 세 시간이 걸렸다. 그것도 운이 좋아서 세 시간이었다!

24 알레프 부스타니가 아직 살아 있다는 소문이 있다. 하지만 내 생각(사실 난 웬만해서 솔직한 내 생각을 털어놓지 않는다)으로는 그건 불가능한 일이다. 알레프 부스타니가 살아 있다면 390세나 된다. 물론 지난 백 년 동안 인간의 평균수명이 103세로 높아지기는 했지만, 전 시대를 통틀어 가장 장수했던 중국 농부도 고작 174세였다.

사람들은 알레프 부스타니가 늘 벽 안에서 지내서 노화를 멈출 수 있었을 것이라고 말한다. 하지만 낭설에 불과하다.

지금까지 증명된 것은, 벽을 통과하게 되면 뇌가 심각한 영향을 받는다는 사실뿐이다. 기억력에 손상을 입는다는 것이다. 그래서 자신이 살아온 과정을 전부는 아닐지라도 상당 부분 잊게 된다. 보편적인 지식까지 잊을 수도 있다.

25 장벽 학자들 가운데에는 이른바 장벽 초월주의를 주장하는 분파도 있다. 무해하다고 볼 수 없기에 상당한 경계의 눈초리를 받고 있는 사이비 종파이다. 이들은 벽 안에 들어가는 것을 절대 금

지해야 한다고 주장하고 있다. 심지어 알레프 부스타니도 벽 안에 들어갈 수는 없다는 것이다. 그들은 알레프 부스타니는 벽을 넘어선 곳에서 벽이 그대로 유지될 수 있도록 힘쓰고 있다고 주장한다. 벽을 넘어선 곳이 어디인지는 장벽 초월주의자들의 책을 봐도 안 나온다.

좀 더 극성을 부리는 다른 종파는 장벽 부스타니주의이다. 이들은 피안 그 자체가 장벽이라고 이야기한다. 알레프 부스타니는 곧 장벽의 일부라는 것이다. 이들은 말하자면 장벽과 알레프 부스타니가 곧 한 몸이라고 말한다. 이를 부정하는 모든 다른 의견은 결국 알레프 부스타니를 믿지 않는다는 실토에 지나지 않는다는 게 그들의 주장이다.

하지만 내가 보기에 이 모든 것은 그저 짜증 나는 뜬구름 잡기에 불과하다. 이런 문제들의 해답에 가까이 다가갈 수도 없을 만큼 내 생각이 짧은 것일까?

26 알레프 부스타니에게 가장 잘 어울리는 역할은 아무래도 종교 창시자나 예언자가 아닐까. (비록 장벽 학문이 종교와는 거리가 먼 것이기는 하지만.) 물론 그렇다고 종교를 충실히 믿는 사람들을 무시하거나 욕보이려는 것은 아니다. 아빠는 늘 장벽에 관해 아무것도 모르는 사람일지라도 장벽의 존재만큼은 믿어야 한다고 강조한다. 하지만 이 세상의 모든 것을 남김없이 장벽으로 설명할 수 있을까? 난 아직도 확신이 서지 않는다.

그런데 내가 지금 무슨 이야기를 하고 있는 거야? 누가 장벽에
관한 내 의견에 관심을 가진다고 이런 소리를 하고 있는 거지?

27 나는 떨리는 손(너무 배가 고파서 떨었다, 아마 혈당이 거의 떨어
졌던 모양이다)으로 사물함의 문을 열었다. 그 안에 뭐가 들어 있는
지 짐작조차 할 수 없었지만, 그래도 뭔가 대단한 게 나올 것 같았
다. 하지만 내가 그 안에서 발견한 것은 낡은 바이올린 상자 하나
였다. 상자 말고 다른 것은 눈을 씻고 봐도 없었다.

28 적잖이 실망했다. 바이올린을 가지고 뭘 하란 말인가? 왜 엄
마는 더 많은 것을 남기지 않았을까? 그러잖아도 엄마에 관해 아는
게 없는 터에 조금이라도 쓸모 있는 것을 남겨 주었더라면 좋았을
텐데. 바이올린 상자를 꺼내 들고 이리저리 궁리를 해 본 끝에 그
것을 가져가기로 했다. 사물함의 문을 다시 잠그고 열쇠를 호주머
니에 넣었다.

29 아빠는 문이라는 문은 모두 못마땅한 눈길로 바라본다. 이
전의 모든 장벽 학자들이 그랬듯, 이교도를 무시하거나 부정하지
않으면서도 말이다. 문은 장벽이 가지고 있는 최대의 약점이다. 아
빠는 장벽의 97퍼센트가 문을 가지고 있다는 것을 입증해 냈다. 문
은 장벽에 위험을 불러들이는 요소인 탓에 장벽 건설 비용을 30퍼
센트나 늘어나게 한다는 것도 밝혀냈다.

30 나는 역의 중앙 홀로 돌아갔다. 처음에 빠르게 나아가던 발길은 점차 느려졌다. 혹시 바이올린과 상자를 사물함에 보관하는 게 더 낫지 않을까 망설인 탓이다. 집에 두었다가는 언제든 아빠의 눈에 띌 것이다. 색색으로 울긋불긋한 지하 제트 노선도 앞에서 한참 망설인 끝에 바이올린을 사물함에 보관하는 게 현명하다는 결론을 내렸다. 나는 서둘러 다시 돌아가 상자를 사물함에 넣고 문을 잠갔다.

31 집으로 돌아오자, 아빠가 벌써부터 기다리고 있었다. 이상한 일이 아니었다. 아빠는 평소에 늦어도 저녁 열 시에는 귀가했기 때문이다.

"어디 갔다가 이렇게 늦게 오니?"

아빠가 물었다. 아빠의 목소리는 어딘가 모르게 날카로웠다. 입을 열려던 나는 곧 굳게 닫아 버렸다. 아빠가 이렇게 엄하게 맞으리라고는 생각하지 못했다. 아무리 그래도 오늘은 내 생일인데.

"벌써 아홉 시가 넘었다."

"학교에 남아 있었어요."

거짓말로 둘러대며 그 남자의 경고를 떠올렸다. 누구한테도 사물함과 내용물에 관해 이야기하지 말라고 했던 경고. 아빠는 나를 뚫어져라 바라보았다.

"넌 학교에 있지 않았어. 오후 네 시에 학교에서 나왔잖니. 그때부터 지금까지 어디에 있었니?"

거짓말을 하다니! 정말 어리석은 짓이다. 학생이 언제 학교를 가고 오는지는 빤히 알 수 있는데.

"친구랑 놀러 갔었어요."

첫 번째 거짓말이 소용이 없음을 알고 나서도, 별 수 없이 계속 거짓말을 해야만 했다.

아빠는 잠시 침묵했다.

"시험은 어떻게 하고 놀러 다녀?"

"아빠, 오늘은 내 생일이잖아. 조금 놀았을 뿐이야."

"누구랑?"

아빠는 내게 친구가 없다는 것을 정확히 알고 있었다.

"그건 그러니까…… 같이 무리쉬 배우는 아이들!"

무리쉬는 항상 통하는 명약이었다. 무리쉬의 광팬인 아빠는 무리쉬를 잘하는 사람은 언제나 대환영이었다. 나야 개인적으로 무리쉬 배우는 게 아무짝에도 쓸모없는 일이라고 생각하지만. 도대체 알레프 부스타니 말고 무리쉬를 쓰는 사람이 누가 또 있다고!

아빠는 한동안 아무 말도 하지 않았다. 그러더니 표정이 돌변했다. 아빠는 미소를 지으려 안간힘을 썼다.

"아이고 내 예쁜 딸아! 미안하다. 내가 괜한 걱정을 한 모양이구나. 생일 축하하는 걸 잊어버려서 더욱 미안하다. 생일 축하해요, 우리 공주님!"

아빠는 나에게 왼손을 내밀었다가, 이내 생각을 바꿔 팔로 나를 감싸 안았다. 평소 좀처럼 하지 않던 행동이라 어색했는지, 곧 다시 풀었다. 아빠의 얼굴을 보는 순간, 깜짝 놀랐다. 아빠의 눈에 눈물이 그렁그렁했기 때문이다.

"넌 정말 엄마를 꼭 빼닮았어, 알고 있니?"

어, 엄마 얘기를 다 하네? 당황한 나는 고개를 세차게 흔들었다.

"아빤 엄마를 몹시 사랑했단다. 다만 너한테 비슷한 일이 벌어지지 않기만 바라는 거야."

나는 할 말을 잃고 멍하니 서 있었다. 아빠 입에서 엄마라는 단어를 이렇게 여러 번 들어 보는 것은 처음 있는 일이었다.

32 아빠는 배달 서비스에 전화를 걸어 생일 축하를 위한 특별 음식을 주문했다. 세에라자드라는 배달 서비스는 전통 요리를 전문으로 하는 곳이다. 그래서 그런지 음식 값이 엄청 비쌌다. 아빠는 상을 받거나, 생일 같은 축하할 일이 있을 때면, 항상 그곳에만 주문을 했다. 세에라자드의 특징은 자연산 고기만 쓴다는 점이었다. 오늘날 식탁에 오르는 고기는 거의 모두 실험실에서 배양된다. 이런 배양법은 아주 효율적이다. 이틀이면 스테이크에 해당하는 크기의 고기를 키울 수 있고, 닭 가슴살은 하루 반나절이면 충분했기 때문이다. 지방이 별로 없는 고기는 단백질이 풍부한 고급이었다. 고기를 배양하는 대규모 실험실은 주로 I—2구역에 자리 잡고 있다. 반면 자연산 고기는 말 그대로 진짜 짐승을 잡아 얻은 고기이다. 내 입맛에는 별 차이가 없는데도, 미식가들은 자연산 고기를 배양 고기에 견주는 것은 오케스트라 실황 연주와 음반을 비교하

는 것만큼 어리석은 일이라고 침을 튀겼다. 자연산 고기가 배양 고기보다 비싼 것은 당연하다. 심지어 백배 가까이 차이가 났다. 가축을 키우는 농가가 거의 사라진 탓에 자연산 고기는 수입에 의존할 수밖에 없는 데다 계속 수요가 늘어나는 탓에 가격이 폭등한 것이다. 고기를 수입하는 업체는 무살라라는 회사였다. 물론 이는 아빠의 주장이다. 미식가를 자처하는 아빠는 언제나 까다롭게 음식을 평가했다. 세에라자드는 무살라의 고기만을 공급받아 요리했다. 항상 입에서 살살 녹는 이유가 달리 있는 게 아니었다. 하지만 난 별로 식욕이 돌지 않았다.

자정이 되어서야 잠자리에 들었다. 하지만 잠은 오지 않았다.

33 평소 나는 승강기를 타지 않는다. 교실이 지하 2층인 터라 타야 할 이유가 없기도 했다. 하지만 생일 다음 날 승강기를 탔다. 지하 8층에 있는 도서관에 들러야 했기 때문이다. 도서관에서 한 무더기의 오디오 책들과 두 권의 두꺼운 사전을 빌렸다. 난 제4외국어로 무리쉬를 배우고 있었다. 아빠가 그렇게 하라고 강력히 권했기 때문이다. 이제 시험은 코앞에 닥쳤다. 사전 두 권의 무게만 4킬로그램에 달했다.

34 무리쉬가 장벽 학문에만 사용된다면 별로 어려울 건 없다. 우리가 일상에서 흔히 쓰는 단어들이 무리쉬에 맞게 변형된 것을 많이 찾아볼 수 있기 때문이다. 아래는 그런 단어들의 목록이다.

벽, 울타리, 목책, 틈새, 층, 막, 피부, 흉터, 측면, 차단기, 유리, 보
호벽, 무덤, 그릇, 다리, 바닥, 천장, 철조망, 커튼, 태초, 시작, 문
턱, 난간, 이음새, 굴삭기, 곤죽, 문, 변두리, 다툼, 통일체, 자물쇠,
열쇠, 실, 바늘, 경계, 모서리, 못, 간판, 갈림길, 공간, 길, 끝장, 우
산, 끝, 종말, 댐, 테두리, 뿌리, 폭풍, 방향, 대립, 쌍, 폭죽 등등.
　이런 식으로 단어들을 꼽아 본다면 무한히 이어질 것이다.

35　승강기에 아무도 없기를 간절히 바랐다. 어린 학생이 승강
기를 이용한다는 소리를 듣고 싶지 않았기 때문이다. 하지만 열린
문 뒤에는 올레가 서 있었다. 돌아서기에는 너무 늦었다. 할 수 없
이 숨을 크게 들이마시고 승강기에 올라탔다.
　"안녕!"
　올레가 인사를 한다.
　나는 책 더미 뒤로 얼굴을 숨기며 조그맣게 "안녕하세요!" 했다.
　올레는 우리 학교에서 가장 잘생긴 남학생이다.

36　올레가 날 보고 "안녕!"이라고 했다. 더 이상은 아무 말도 없
다. 중급생은 계단을 이용하게 되어 있지만 아무 말을 하지 않았
다. 그냥 "안녕!"이라고 말하고, 나를 보며 빙그레 웃고 있을 뿐이
다. 나는 얼굴이 빨개졌다. 뭐라고 했으면 좋겠는데, 뭐라 해야 할
지 도무지 떠오르지 않았다. 그저 막막하게 승강기의 벽에 기대어
섰을 뿐이다. 승강기는 움직이고 있는 것조차 느끼지 못할 정도로

조용했다. 조명이 밝은 탓일까. 올레의 푸른 눈이 반짝거렸다.

"어제 널 봤어."

올레가 말했다. 숨을 들이마시며 뭐라고 대답을 해야 좋을까 망설였다. 하지만 먼저 입을 연 쪽은 올레였다.

"네가 바이올린을 켜는 줄은 몰랐어."

뭐라고? 무엇이든 멋지게 대답해 주리라고 마음을 먹고 있었지만 이 말만큼은 전혀 예상하지 못했다.

"바, 바이올린? 제가요?"

내가 어제 바이올린 상자를 들고 돌아다닌 시간은 10분이 채 되지 않는 짧은 순간이었을 뿐이다.

37 승강기는 지하 2층에서 멈추어 섰다. 정지하는 것도 아주 부드러웠다. 거울에 비친 내 얼굴을 보았다. 어디서 나오는지 알 수 없는 밝은 빛이 8제곱미터의 공간을 가득 채우고 있었던 탓일까? 내 피부의 점들이 도드라져 보였다. 게다가 어젯밤 거의 잠을 이루지 못한 탓에 눈 아래는 검푸른 그늘이 드리워져 있다. 머리는 제대로 감지 않은 탓인지 만지기만 해도 기름기가 묻어날 것 같았다. 갈래갈래 엉킨 머리가 어깨까지 드리워진 모습은 내가 봐도 매력 없었다.

"어떻게 제가 바이올린을 켠다는 생각을 했어요?"

"어제 바이올린 상자를 들고 있는 널 봤거든."

승강기의 문이 스르륵 열렸다. 문이 열림과 동시에 시큼한 냄새가 몰려 들어왔다. 그러자 이제껏 느끼지 못한 올레의 향기가 또렷해졌다. 올레의 향기! 나는 평생 이 향기를 잊지 못하게 될 것이다. 그것은 생물학 시간에 생쥐를 해부하고 나서 손을 소독할 때 쓰는 용액에서 나는 냄새였다. 아니다, 그것은 바로 향기였다! 코를 감싸는, 어딘가 모르게 알싸한 향기! 그게 바로 올레다.

38 나는 키가 180센티미터에 가슴은 작고, 상체는 말랐다. 그래서일까? 엉덩이가 무척 커 보인다. 아이들은 뚱뚱한 엉덩이라고 놀려 댔다. 하지만 보기만 그럴 뿐이다. 상체가 워낙 말라서 상대적으로 엉덩이가 커 보이는 것일 뿐, 사실은 다르다. 우리 반에서 가장 예쁜 아이보다 작다. 그 애는 정말 환상적인 몸매를 가졌다.

아쉽게도 내 몸은 많은 결점을 가지고 있다. 무엇보다도 약간 사시가 있다. 옆으로 치켜뜰 때 살짝 나타나는 것을 두고 아이들은 섹시해 보인다고 아우성이다. 이집트 왕이나 장군의 날카로운 눈빛을 닮았다나! 하지만 그런 말은 사시라는 병(사시를 병이라고 부르는 사람들이 실제 있다)을 그저 듣기 좋으라고 둘러대는 수작에 지나지 않는다. 오늘날에야 눈이 자리를 잘못 잡았거나, 눈 근육의 이상으로 인해 빚어지는 사팔뜨기를 간단한 수술로 얼마든지 교정할 수 있다. 하지만 나는 한사코 수술을 거부했다. 왜 그런지 딱히 이유를 들 수는 없지만, 어쨌든 눈에 칼을 대는 게 싫었다. 워낙 완강하게 고집을 부리는 통에, 아빠는 더 이상 설득하려 하지 않았다. 하지만 눈이 그래서 어떻게 하느냐고 걱정을 입에 달고 사신다. 심한 것도 아니고, 그저 약간 그런 것을 두고 왜 그러는지 정말 모르겠다. 그것도 눈이 아주 피곤할 때나 일어날 뿐인데…….

어쨌거나 큰 키에 깡마른 몸매를 가지고 있다 보니, 사람들은 나를 보고 좀 안됐다는 인상을 받는 모양이다. 속상해하는 나를 보고, 아빠는 키가 너무 빨리 크는 바람에 몸이 균형을 이루지 못해 그런 것일 뿐이라고 위로하곤 한다. 아빠는 내 나이 때 일 년에만 10센티미터 이상 크는 바람에 공부를 따라가지 못해 유급을 한 적도 있다고 나를 달랜다.

39 승강기 문이 열리자, 빠져나갈 수 있다는 다행스러움에 얼른 나서려고 마음만 급했다. 하지만 올레는 내 어깨를 잡고 돌려세우며 말했다.

"잠깐만, 나하고 한 층 더 올라가자."

뭐라고 대답을 하기도 전에 문이 닫히고, 승강기는 계속 올라갔다. 올레는 지하 2층을 눌렀다.

"나하고 함께 카페로 가자."

"저, 저하고요?"

나는 더듬거리며 대답했다.

"여기 너 말고, 또 누가 있어?"

"어, 음……."

말을 더듬는 나를 보며 올레는 빙긋이 웃었다. 올레의 미소를 보자, 내 가슴은 쿵쾅쿵쾅 뛰었다.

"알았어요, 그래요."

나는 기어들어 가는 목소리로 소곤거렸다. 핑 도는 게 약간 어지
러웠다.

"아주 좋죠, 좋아요."

올레는 몇 권의 책들을 덜어 주며 물었다.

"무리쉬 시험?"

난 아무 말 없이 고개만 끄덕였다.

"그거 참 끔찍하지, 안 그래?"

이렇게 말하며 올레는 다시 빙긋 웃었다. 정말 보기만 해도 가슴
이 녹을 것 같은 멋진 미소였다. 지금까지 살아오면서, 이렇게 기
분이 붕 뜨는 순간은 없었다.

40 카페에는 학생들이 넘쳐 났다. 수업 시간인데 이상한 일이
었다. 시험이 얼마 남지 않아 휴강을 하고 시험 준비를 하게 하나?
카페는 진한 커피 향과 달콤한 케이크 냄새가 어우러져 아늑했다.
갑작스레 어른이 된 것 같았다. 카페는 원래 상급반 학생만 출입할
수 있다. 물론 예외는 있다. 상급반 학생과 동행하면 누구도 뭐라
고 하지 않는다.

앞장서서 성큼성큼 걷던 올레는 창가에 자리를 잡았다. 우리는
마주 보고 앉았다.

나는 창밖으로 펼쳐지는 멋진 풍경을 바라보았다. 카페는 비록
지하 2층이지만 반사경을 통해 도시의 전경이 거울에 비치게 설계

되어 고층 빌딩에서 내려다보는 것 같은 전망을 즐길 수 있다.

"뭐 마실래?"

올레가 물었다.

순간 아차 싶어 망설였다. 돈이 한 푼도 없었던 것이다.

"걱정하지 마. 내가 내는 거야. 무리쉬 커피 좋니?"

"무리쉬 커피? 그건 싫어요!"

코앞에 닥친 무리쉬 시험을 생각하며 진저리를 쳤다.

올레는 알겠다는 듯 씩 웃었다.

"그럼 카페 파이루츠 시킬까?"

"카페 파이루츠요?"

"그거야말로 기분 전환에는 최고지! 단골손님만 주문할 수 있어. 그것도 그리 비싸지 않은 값으로."

카페 파이루츠를 학교 카페에서 마실 수 있다니! 나는 아무래도 올레가 농담을 하는 것만 같았다. 카페 파이루츠는 어른들도 쉽게 접할 수 없는 귀한 커피다. 터키옥의 파란빛이 나는 카페 파이루츠는 카페인이 아주 많이 들어간 진한 커피라서, 지금처럼 시험 준비로 밤샘 공부를 해야 하는 나에게 딱 맞다. 어젯밤 잠을 설친 것을 생각하니, 더욱 구미가 당겼다. 하지만 난 망설였다. 아무리 단골손님에게 할인을 해 준다고 하지만 원체 비싸기 때문이다.

올레는 이미 주문을 하러 나가고 있었다. 커피를 인공적으로 만들어 내기 시작한 이래, 시장에는 별의별 희한한 제품들이 속속 쏟아져 나왔다. 그 가운데서도 카페 파이루츠는 단연 최고였다. 수업 시간에 커피를 주제로 발표를 한 적 있는 나는 커피에 관해서만큼은 잘 안다.

눈이 부실 정도로 하얀 티셔츠를 단정하게 받쳐 입은 올레가 터키옥 색깔의 앞치마를 두른 여학생에게 카페 파이루츠를 주문하는 모습을 넋을 놓고 바라보았다. 학생 자치회가 운영하는 카페는 종업원들도 모두 학생이었다. 그러니까 이 카페에는 카페 파이루츠를 만드는 전담 요원이 따로 있었던 것이다.

몇 분 뒤 올레는 쟁반에 커다랗고 목이 긴 유리잔을 받쳐 들고 돌아왔다.

"자, 우리 이걸로 건배할까?"

올레는 이렇게 말하며 나에게 푸른 줄이 들어간 하얀 빨대를 건네줬다.

41 도시에서 건물을 지을 때 사람들은 예전처럼 높게 짓는 게 아니라, 이젠 깊이 파고 들어간다. 22미터보다 높은 건물을 짓지 못하게 한 특별법 때문이다. 알레프 부스타니가 지은 《망각의 벽》이라는 책을 보면, 많은 장을 할애해 왜 건물의 최대 높이를 규제해야 하는지 밝히고 있다.

에어모프의 경우도 22미터보다 높이 날아서는 안 된다. 하지만 이런 금지는 사실 불필요한 것이다. 에어모프를 떠 있게 해 주는 자력은 22미터보다 더 높은 데서는 성능을 잃기 때문이다.

42 빨대로 커피를 마시며, 난 무슨 말을 해야 좋을지 몰랐다. 올레는 보기만 해도 정말 멋졌다. 내가 지금 녹음하고 있는 것을 올레가 절대 듣지 않아야 할 텐데! 그랬다간 난 부끄러워서 죽고 말거야!

무슨 말을 해야 좋을지 곰곰이 생각하는 동안, 몸이 따뜻해졌다. 먼저 말을 꺼낸 쪽은 올레였다.

"요즘 바이올린 배우러 다니는 거니? 너 아직도 아까 내 질문에 대답하지 않았는데."

난 슬그머니 휴지를 꺼내 코를 닦았다. 시간을 벌어야 했기 때문이다. 하지만 한 시간이 흐른들 마땅한 답을 찾아낼 수 있을 것 같지 않았다. 차라리 침묵하는 편이 낫겠다고 마음먹고, 예쁜 미소를 지으려 안간힘을 썼다.

"그러니까 바이올린을 배우지는 않는 거구나."

올레는 자신이 던진 물음에 자신이 대답했다.

43 "중앙역의 운행 시간표 앞에 서 있는 널 봤어."

벌써 카페 파이루츠를 거의 다 비우고 올레가 말했다. 잔에는 약 2센티미터 정도가 남아 있었다. 올레는 내 눈을 똑바로 들여다보았다. 올레의 눈은 카페 파이루츠의 빛깔을 띠고 있다.

"바닥에 남아 있는 것이야말로 최고 중의 최고지."

올레는 이렇게 말하며 손가락으로 유리잔을 가리켰다.

"마지막 한 모금은 정말 차가워! 나중에 입이 다 얼얼할걸."

바로 그게 카페 파이루츠의 맛이다. 위는 뜨겁게, 아래는 얼음처럼 차갑게. 카페 파이루츠를 제대로 만들 줄 아는 사람의 솜씨였다.

44 올레는 마지막 남은 카페 파이루츠를 단숨에 들이켰다.

"아-아-아!"

올레는 이마를 찡그리고 맛의 여운을 즐기더니 대뜸 물었다.

"그거 아주 오래된 바이올린이지, 그렇지?"

난 말없이 고개만 끄덕이며, 커피를 노려봤다. 왜 계속해서 올레는 바이올린 이야기를 꺼내는 걸까?

"좋아, 좋아, 알았어."

올레가 말했다.

"굳이 지금 이야기하지 않아도 좋아."

올레는 잔을 다시 쟁반 위에 올려놓았다.

"자, 그럼 갈까?"

자리에서 일어서며 올레가 덧붙였다.

"이제 곧 수업이 있어."

올레는 시계를 내려다보았다.

이런 좋은 기회를 헛되이 날려 버리다니!

45 올레는 나에게서 시선을 떼지 않으며, 한 손으로 내 어깨를 툭 쳤다. 왜 그렇게 심장이 뛰는지. 작별 인사를 하려고 했지만 이번에도 올레가 선수를 쳤다.

"즐거웠어. 언제든 다시 만나자."

또 만나자고? 미처 생각하지 못한 말이었다. 올레가 계속 말했다.

"참, 그리고 말이야……."

나는 처음으로 뭔가 자신 없어 하는 올레의 표정을 읽었다.

"넌 날 100퍼센트 믿어도 좋아. 난 네 편이니까."

마지막 말은 뒤통수를 후려치는 것만 같았다. 그게 대체 무슨 뜻일까? 내가 어느 편인데? 난 그저 평범한 영재학교 여학생일뿐이다. 하루 종일 하는 일이라고는 공부밖에 없는.

46 다음 날 올레와 다시 마주쳤다. 밤새 잠을 자지 못해 무척 피곤했다. 카페 파이루츠의 강한 카페인 때문에 새벽 다섯 시까지 뜬 눈으로 지새워야 했다. 무리쉬 강의 테이프를 계속해서 들었지만, 내 듣기 능력은 조금도 나아지지 않았다. 머릿속에서는 무리쉬 단어들이 어지럽게 춤을 추었다.

몇 분만 있으면 시험이 시작되려는 찰나였다. 교실 앞에서 불안한 마음으로 서성거리고 있는데, 뒤에서 "행운을 빈다!" 하는 소리가 들렸다. 고개를 돌려 보니 올레였다.

"아, 그리고 말이야. 오후에 나랑 카페에 갈래? 너에게 소개시켜 주고 싶은 친구들이 있어."

나는 아무 말없이 고개만 끄덕였다. 목이 잠겨 말이 나오지 않았다. 불과 한 시간 정도 눈을 붙이고 나서 계속 무리쉬 발음 연습만 했던 탓이다. 이젠 입을 열어 뭔가 똑똑한 목소리를 올레에게 들려

주고 싶었다.

"그럼 그때 보자!"

쉬는 시간이 끝났음을 알리는 종소리가 울렸고, 나는 또다시 한 마디도 못하고 말았다.

47 우리 도시는 둘로 나뉘었다. 벌써 분단의 역사는 353년이나 거슬러 올라간다. 옛날에는 도시나 국가가 분단되는 것을 끔찍한 비극으로 받아들였다고 한다. 그땐 분단의 극복, 즉 통일이 사람들의 간절한 소원이었다. 하지만 지금은 달라졌다. 누구나 분단을 자연스러운 일로 받아들인다. 아빠는 이런 변화를 주제로 논문을 써서 교수가 되었다. 아빠 논문의 제목은 이렇다. 〈분리가 진정한 통일이다〉 이 글에서 아빠는 장벽을 모든 것에 우선하는 최고의 원칙으로 삼아야 한다고 강조한다.

아빠의 생각을 정확하게 요약하자면 이렇다. 잘 해낼 수 있을지 모르겠지만 노력해 보겠다. 아빠는 원래 모든 것은 둘로 나뉘어 있다는 데서 이야기를 시작하고 있다. 남자가 있으면 여자가 있고, 어둠이 있으므로 빛이 있으며, 왼쪽을 보고 나니 오른쪽도 보인다는 식이다. 위가 없는 아래를 생각할 수 없으며, 마른 게 없는데 어찌 젖을 수가 있을까. 이렇게 전혀 다른 두 가지가 함께 있을 수 있는 것은 벽이 있어서 가능하다는 게 아빠의 생각이다. 벽에서 사람은 어둠을 어둠이라 여기지 않는다. 벽은 왼쪽도 오른쪽도 사라지게 만드는 중간이다. 그러니까 벽이 있어서 우리는 오른쪽과 왼쪽을 이야기할 수 있다. 그래서 아빠의 논문은 벽이 어떤 것인지 밝히는 데 많은 노력을 기울인다. 이 연구의 결과로 나온 성과 중의 하나가 카페 파이루츠이다. 연구를 하다가 우연히 커피의 뜨거운 층이 아래의 차가운 층과 섞이지 않게 하는 방법을 알아낸 것이다. 말하자면 두 층들 사이에 눈에 보이지 않는 칸막이가 있다고 할까. 뛰어난 솜씨를 가진 바리스타⁺가 카페 파이루츠를 만들면 뜨거운 것과 차가운 것은 결코 섞이지 않는다. 물론 아빠는 이걸 연구하려던 게 아니었다. 그저 우연히 알게 되었을 뿐이다.

아빠는 완벽한 분리가 이뤄질 때 두 가지가 서로 부족함이 없이 나란히 있을 수 있다는 결론을 내렸다. 아빠는 벽이 없어서 뒤섞인 상태를 싫어한다.

"이도 저도 아닌 잡종을 무엇에 쓴다는 말이냐?"

아빠는 이런 말로 자신의 의견에 반대하는 사람들을 쓸어버렸다. 또 이런 말도 했다.

"회색도 색이냐? 차갑게 식어 버린 고깃국도 국이냐? 흐물흐물 녹은 것도 아이스크림이냐?"

어쨌든 우리 도시는 둘로 나뉘었다. 아빠가 말하는 대로라면, 저쪽과 이쪽이 섞이고 하나로 통일되는 것은 백해무익한 일이다.

48 무리쉬 시험은 그야말로 최악이었다. 특히 구술시험은 완전

히 낙제점이었다. 무리쉬를 가르치는 아야티 선생님이 내 발음을 듣고 눈을 질끈 감는 것을 보며, 나는 모든 희망을 포기하고 말았다. 낭독과 문장 해석은 겨우 양을 받았으며, 듣기와 말하기는 가였다. 도대체 알 수 없는 일이다. 왜 단어들을 그렇게 구분하기가 힘들까? 내 귀에는 모든 게 그저 벌들이 윙윙거리듯, 그 소리가 다 그 소리 같았다. 결국 나는 시험에서 보기 좋게 떨어지고 말았다.

곧이어 치른 필기시험은 그나마 나았다. 하지만 적어도 우를 받아야 간신히 다음 학년으로 올라갈 수 있는데, 결과는 미였다. 무리쉬를 택하라고 한 아빠가 너무나 원망스러웠다.

49 살 것인가, 죽을 것인가. 이것 역시 대립을 이루는구나.

50 시험이 끝나고 오전 내내 몽롱하기만 했다. 나는 두 가지만 생각하고 있었다. 하나는 망쳐 버린 시험이고, 다른 하나는 올레와의 만남이다. 시험은 쓰라린 불행을 맛보게 만들었고, 올레와의 만남은 크나큰 행복과 설렘을 가져다주었다. 아빠의 이론을 그대로 따른다면, 지극히 이상적인 경우다. 하지만 분리가 진정한 통일이라는 아빠의 주장이 지금 내가 처한 것과 같은 극한 상황에도 들어맞는지 확신할 수 없다. 적어도 내 경우만 놓고 보면, 속은 갈가리 찢어지기만 할 뿐이다.

51 오후 한 시 30분 정각에 카페로 올라갔다. 올레는 아직 와 있

지 않았다. 하지만 출입을 통제하는 주번 학생은 아무것도 묻지 않고 나를 들여보내 주었다. 올레가 미리 얘기를 해 둔 게 분명했다.

카페에 들어서자마자 어느 자리를 택해야 좋을지 몰라 망설였다. 비어 있는 자리는 창가에 하나 그리고 홀 한복판에 하나였다. 창가는 네 사람이, 복판에는 여섯 사람이 앉을 수 있는 자리였다. 창가가 물론 훨씬 매력적이었지만, 올레가 소개하겠다는 친구들이 몇 명인지 짐작조차 할 수 없는 나로서는 난감했다.

이때 올레가 나타나 나를 창가 자리로 이끌었다.

"여기가 비어 있는데, 뭘 그렇게 두리번거렸어?"

올레는 나를 보고 빙긋이 웃었다.

"오늘 꼭 내 생일 같은데."

"제 생일은 지났어요."

나는 수줍게 대답했다.

"시험은 어땠어?"

"완전 죽 쒔어요."

"그거 안됐네."

올레는 심드렁하게 말했다. 내 말을 진지하게 받아들이지 않는 게 분명했다. 아마도 올레는 내가 시험을 잘 봤으면서도 내숭이나 떠는 여자애들 같은 줄 아는 모양이다. 그런 애들은 언제나 수만 받는다.

52 여자애들 세 명이 올레를 따라왔다. 한결같이 예뻤고, 마뜩

잖은 표정으로 나에게 인사를 했다. 나는 당장 여자애들이 나를 깔보고 있음을 알아차렸다. 학년도 낮은 데다가 머리 손질은 벌써 일주일째 안 하고 있으니 그럴 만도 했다.

이번에는 카페 파이루츠를 시키지 않았다. 레몬주스와 샌드위치로 만족해야 했다.

처음에 아이들은 내가 알지 못하는 선생님을 두고 이야기꽃을 피웠다. 다음에 등장한 주제는 시험이었다. 난 무슨 소리인지 한마디도 알아들을 수가 없었다. 곧이어 그들은 상급반에 올라가면 신청할 수 있는 과목에 관한 정보들을 나누었다. 나는 관심 있는 것처럼 보이려고 안간힘을 썼지만, 사실 내내 올레의 얼굴만 바라보고 있었다.

"자, 이제 그런 얘기는 그만."

올레가 갑자기 말을 끊었다.

여자애들은 약속이라도 한 것처럼 동시에 입을 다물었다. 그리고 모두들 놀랍게도 내 얼굴만 빤히 쳐다보았다. 올레가 대뜸 말했다.

"너한테 물어보고 싶은 게 있어서. 너 우리한테 끼지 않을래?"

"우리라니요?"

내가 물었다.

"그러니까…… 우리 클럽에 말이야."

클럽! 순간 무슨 벽 같은 게 앞을 가로막는 기분이 들었다. 아빠는 사회의 어떤 집단이든 일종의 벽(눈에 보이는 것이든, 보이지 않는 것이든)을 가지고 있다고 말하곤 했다. (또 그게 사람들의 일반적인 생각이기도 했다.) 그건 클럽에도 해당하는 이야기가 아닐까.

"어떤 클럽인데요?"

내가 물었다.

"이 카페에서 이야기하고 싶지 않은걸."

올레가 나직하게 말했다.

"하지만 지금 이야기하고 있잖아요."

내가 대꾸했다.

"그거야 하는 수 없으니까."

"그렇담 회원은 몇 명이고 또 누구누구예요?"

"그 점에 관해서도 침묵하고 싶은데."

"올레도 몰라."

여자애 한 명이 이렇게 속삭였다.

"누가누가 회원인지는 올레도 몰라."

두 번째는 더 작은 목소리로 중얼거렸다.

"앞으로도 절대 알 수 없어."

세 번째는 거의 알아들을 수 없는 소리로 말했다.

"아, 그래요."

내가 말을 받았다.

"그런 클럽이라면 사양하겠어요."

물론 속마음은 달랐다. 난 올레만 있다면 무엇이든 같이하고 싶
었다. 하지만 지금은 약간 빼는 척하는 게 나을 것 같았다. 클럽들
은 차고 넘칠 정도로 많았다. 이름만 들으면 무슨 바보들의 모임처

럼 들리는 게 하나둘이 아니었다. 예를 들어 '흑갈색 머리의 골프 동호회'가 있는가 하면 '채식주의자들의 양탄자 짜기 모임'도 있었다. 우표라면 무엇이든 수집한다는 '장님 우표 수집 클럽'도 문전성시를 이루었다.

"네가 함께해 준다면 정말 좋을 텐데."

올레는 이렇게 말하며, 그 아름다운 눈으로 내 얼굴을 빤히 들여다보았다.

"물론 그렇겠죠."

나는 한껏 여유를 부렸다.

"전 우선 이 비밀로 가득 찬 클럽이 대체 뭘 하는 곳인지 궁금한 거예요."

잠시 생각에 잠겨 있던 올레가 입을 열었다.

"알았어. 하지만 이게 처음이자 마지막으로 주는 정보야."

"좋아요."

"우리 클럽은……."

올레가 더욱 낮은 목소리로 속삭였다.

"다른 사람도 아닌 바로 네 엄마가 회원으로 활동했어."

여자애들은 깜짝 놀란 시늉을 하며 손을 들어 입을 막았다. (립스틱을 잔뜩 칠한 입술을 말이다.) 그러더니 불안해하는 얼굴로 서로 마주 봤다.

"됐어, 진정들 해."

올레가 말했다.

"직접 얼굴을 맞대고 얘기해 주고 싶었을 뿐이야. 우린 정말이지 네가 함께해 주면 좋겠어. 넌 바로 그분의 딸이니까."

올레는 한동안 침묵했다. 그러다가 네 명이 동시에 자리를 박차고 일어섰다.

"아 참!"

올레가 작별 인사를 하며 말했다.

"우리 클럽은 내일 반달이라는 카페에서 모임을 가져. 노랑 정원에 있는 작고 아담한 카페야. 시간은 오후 다섯 시 30분. 늦지 말고 와. 그리고 누구에게도 이 얘기를 해서는 안 돼."

53 알레프 부스타니의 생애를 둘러싼 전설들은 무수히 많다. 그 가운데 한 전설에 따르면, 알레프 부스타니는 그와 오랜 시간을 함께해 준 사랑하는 여인을 바로 노랑 정원에서 만났다고 한다. (당시 노랑 정원은 형형색색의 꽃들이 만발한 진짜 정원이었다고도 한다.) 알레프 부스타니는 언제나 4,004송이의 수선화가 핀 정원에서 그녀와 만났다는 것이다. 사랑을 속삭이다가 헤어질 시간이 되면 알레프 부스타니는 수선화 한 송이를 뽑아 여자에게 주었단다. 사프라라는 아름다운 이름의 여인은 꽃을 집으로 가져가 화병에 꽂아 두었다. 전해 오는 바에 따르면 꽃은 결코 시드는 일이 없었으며, 사프라가 알 수 없는 이유로 알레프 부스타니와 거의 동시에 사라졌을 때, 꽃들도 함께 자취를 감췄다고 한다.

지금도 알레프 부스타니 박물관에 가면 오랫동안 사프라의 침상 머리를 지키던 수선화를 꽂았던 화병들을 볼 수 있다.

54 노랑 정원은 도시의 환락가 한가운데 있다. 그러니까 장벽
에 맞닿아 있는 곳이다. 거기에는 밤늦게까지 문을 여는 클럽과 카
페들이 즐비하다. 도시의 주민들이 대개 바삐 일하는 탓에 여가 시
간이 그리 많지 않음에도, 노랑 정원에는 항상 사람들로 넘쳐 난
다. 워낙 악명을 떨치는 곳이라, 사람들은 노랑 정원에 가는 것을
쉬쉬하곤 한다.

장벽 부스타니주의자들은 원래의 전통적 의미를 잃어버린 노랑
정원을 폐쇄해야 한다고 틈만 나면 시위를 벌인다. 길거리에 늘어
선 디스코장과 술집들이 장벽의 신성함을 훼손하고 있다고 목청을
높이는 것이다. 그래서 노랑 정원의 유흥업소들은 같은 이름으로
오래 장사를 하지 않는다. 철따라 간판을 바꿔 달면서 그때마다 다
른 가게처럼 꾸미지만, 실상은 변하는 게 없다.

내가 이렇게 자세히 알고 있는 것은 소설과 신문을 열심히 읽은
덕이다. 실제로 노랑 정원에 가 본 적은 단 한 번도 없다.

55 장벽 학문의 기본 과정을 이수한 학생들이 중간시험에 합격
하고 상급반에 올라가면, 불과 몇 년 전만 해도 베를린 장벽을 공
부했다. 하지만 지금은 교과 과정에서 빠져 버렸다. 사회를 일대
혼란에 빠뜨린 아주 심각한 사건이 불러온 후유증이다.

'찌그러진 우유팩'이라는 밴드가 우리 학교에서 결성된 일이 있

다. 이 이름이 뜻하는 게 무엇인지는 누가 봐도 분명했다. 밴드는 발표하는 곡마다 자신들의 의도를 분명히 드러내는 제목을 달았다. 이를테면 〈무너지는 담벼락〉〈폭발하는 장막〉〈녹아내린 껍질〉〈붕괴하는 장벽〉 등이 그것이다. (직접 들어 본 적은 없다. 얼마 전에 아빠가 어떤 분과 이야기를 나누는 걸 엿들었을 뿐이다.) 이 밴드가 공연한 콘서트는 지금도 전설로 남아 있다. 공연에 열광한 관중이 강당의 커다란 유리창을 세 장이나 깨뜨렸으며, 벽을 온통 낙서로 물들였다고 한다. 결국 밴드는 해체 명령을 받고 말았다. 물론 밴드 단원들은 격렬하게 항의했다. 그런데 얼마 지나지 않아 이들은 모두 스포츠 사고로 목숨을 잃고 말았다. 단원들의 집을 압수 수색한 결과, 베를린 장벽의 붕괴를 다룬 책과 다량의 포스터, 장벽 위에 올라가 환호하는 사람들의 사진은 물론이고, 심지어 장벽을 깨서 나온 돌조각까지 발견했다고 한다!

이 사건이 있고 나서, 베를린 장벽은 교과 과정에서 완전히 삭제되었다. 당국이 내세운 이유는 베를린 장벽의 붕괴가 청소년들에게 심각한 악영향을 끼칠 수 있다는 거였다. 하지만 오히려 이로 인해 청소년들은 장벽의 붕괴를 은밀히 꿈꾸게 되었다.

56 장벽의 건너편에 무엇이 있는지 알고 싶어 참을 수가 없다. (최근 들어 더욱 그렇다.) 참다 못해 아빠에게 직접 물어본 적이 있다. 아빠는 화들짝 놀란 나머지 쩍 벌린 입을 다물지 못하며 한동안 나를 노려보았다. 몇 초가 지나자, 아빠는 갑자기 껄껄 웃기 시

작했다. 배를 잡고 웃는 소리는 그칠 줄을 몰랐다. 아빠는 숨넘어가는 소리로 웃으며 내 어깨를 두드렸다. 아무래도 과장한 기색이 역력했다.

"아이고, 내 딸아! 너도 벌써 그 나이가 된 거야? 걱정 마라, 사춘기는 곧 지나가니까."

장벽 건너편을 궁금해하는 게 어째서 사춘기 증상이라는 건지 알 수 없다. 어쨌거나 그런 생각을 하는 게 공부에 방해가 되는 걸 보니 아빠 말이 맞기는 맞나?

그래도 참을 수 없이 궁금하다. 장벽의 저편은 어떤 모습일까?

57 우리가 꼭 지켜야 하는 장벽 학문의 원칙들을 모아 보았다.

1. 둘로 나뉜 게 진정한 통일이다.

2. 나누고 가르는 데에는 다양한 종류의 장벽들이 등장한다.

3. 인생은 나누고 가르는 것이다.

4. 많은 장벽들이 있지만 아직도 부족하다.

5. 네 목표는 완벽한 장벽을 세우는 것이다.

6. 장벽의 적은 곧 너의 적이다.

7. 장벽을 수호하라!

8. 매일 장벽을 묵상하라!

9. 언제나 알레프 부스타니를 추모하라.

58 나는 아주 그럴듯한 핑계를 꾸며 냈다. 아빠와 마주 앉아 아침을 먹으며 노랑 정원으로 탐구 학습을 가게 되었다고 둘러댔다. 선생님이 저녁 늦게까지 걸릴 거라고 했다고 말을 꾸며 댔다. 내가 써야 하는 보고서에 관해서도 주섬주섬 떠들어 댔다. 아빠는 그저 한쪽 귀로만 듣고 있었다. 다행이었다. 내가 노랑 정원에 관해 아는 것이라야 수박 겉핥기에 지니지 않기 때문이다. 아빠가 조금이라도 주의 깊게 들었더라면 내가 거짓말을 하고 있다는 것을 단박에 알아차렸을 것이다. 아빠는 다른 쪽 귀로 라디오에서 흘러나오는 뉴스를 듣고 있었다.

"검은 정찰대의 병력을 세 배나 강화한다는구나."

신문에 코를 박고 기사를 읽고 있던 아빠가 말했다.

"누가 뭘 한다고요?"

무슨 소리인지 알 수가 없어 내가 큰 소리로 물었다.

"검은 정찰대!"

아빠가 대답했다.

"검은 정찰대가 검은 정찰대를 강화한대. 말도 안 되는 짓이지."

"왜죠?"

나는 관심이 있는 것처럼 물었다.

"얼마 전에 아빠는 방송 연설에서 장벽을 지키기 위해 투입되는 군인들이 실력이 좋고 많을수록 좋다고 했잖아요?"

"그건 그저 사람들이 흔히 하는 생각을 옮긴 것일 뿐이야. 넌 내 연설을 끝까지 안 들었구나?"

맞는 말이다. 아빠의 연설이 모든 방송을 통해 중계되던 저녁, 나는 모니터 앞에서 꾸벅꾸벅 졸았다.

"내가 연설에서 강조한 것은 말이야."

아빠가 계속 말했다.

"가까운 장래에 장벽이 필요 없어질 수 있다는 거였어. 물론 내 말은 돌과 흙으로 쌓은 장벽을 가리키는 거야. 물리적인 장벽이 없어지면 그걸 지킬 군인도 필요 없게 되지."

"장벽이 불필요하게 된다고요?"

"그래. 이젠 장벽을 없애도 될 것 같아. 장벽을 없애도 변할 건 아무것도 없으니까."

"장벽이 없어지면 모든 게 섞일 거 아녜요?"

"아니, 섞이지 않아. 실험실에서 몇 번이고 확인한 결과야. 뜨거운 공기와 찬 공기를 격리벽을 써서 오랫동안 막아 놓은 다음, 일정 시간이 지나면 벽을 없애도 공기는 서로 섞이지 않아. 이런 걸 두고 학습 효과라고 하지."

"학습 효과요? 누가 학습을 해요?"

"공기가 자기가 있던 장소에만 머무르는 법을 배운 거지."

"에이, 그건 말도 안 되는 소리예요. 물리학의 기본 법칙도 모르시나 봐!"

"허허."

아빠는 너털웃음을 웃었다.

"처음에는 나도 그렇게 생각했지. 하지만 실험을 해 보니까, 공기도 배울 줄 알더라고. 난 다만 이 실험 결과가 사람에게도 적용될 수 있는지 확신하지 못하고 있을 뿐이야. 하지만 난 낙관적으로 본다. 사람도 공기와 마찬가지로 학습능력을 가지고 있어. 이건 99퍼센트 확실한 이야기야."

"아, 네!"

아빠가 자신의 연구에 관해 이렇게 길게 이야기한 것은 좀체 볼 수 없는 일이다.

"검은 정찰대를 세 배나 강화한다고? 그건 지나친 낭비야, 암."

아빠는 다시 한 번 힘주어 강조했다.

"그런데 누가 내 말을 믿어야 말이지."

아빠는 긴 한숨을 쉬었다. 그런 다음 식탁에서 일어나 넥타이를 매고 대학으로 출근했다.

종종 아빠의 머리가 약간 이상해지는 것 같다.

59 그날은 평소와 다를 게 없었다. 수업은 오후 한 시 30분에 끝났다.

바로 여기서 기억이 끊겨 버렸다. 아니, 구멍이 났다고 해야 정확할까.

이후 20시간 동안 무슨 일이 일어났는지 통 기억을 할 수가 없다. 다음 날 아침이 되어서야 기억을 떠올릴 수 있었다. 하지만 그 동안에 벌어진 일들을 순서대로 설명하기 위해, 나중에 기억난 것을 먼저 이야기하는 게 낫겠다. 그러니까 수업이 끝나고 나서 여덟

시간 동안 벌어진 일이다. 그러나 나중에 기억을 거의 말끔하게 복
원한 탓에 제3자가 들으면 기억이 끊겼던 것을 거의 눈치챌 수 없
을 것이다.

60 올레는 노랑 정원으로 올 때, 지하 제트를 이용하지 말라고
했다. 지하 제트에 마침 재미를 붙이려는데 타지 말라니 김이 샜
다. 하지만 올레는 노랑 정원으로 가는 객차에는 검은 정찰대의 검
문이 심하다고 했다.

"검문? 무슨 검문이요?"

내가 물었다.

"그거야 나도 모르지. 정확히 아는 사람은 아무도 없어. 우습기
짝이 없는 일이지. 권력만 가졌다 하면, 무슨 신이나 된 줄 안다니
까. 신분증을 보자고 하고 짐 검사도 해. 심지어 머리에 뭘 썼는지
까지 간섭하려 들지. 학생인 경우에는 학생증을 요구해."

"그렇게 해서 뭘 찾으려는 건데요?"

"나도 몰라. 지금까지 누구도 그런 얘기를 해 준 적이 없어."

난 슬그머니 불안해졌다.

"그럼 거기까지 어떻게 가죠? 우리 자가용 에어모프 운전사에게
데려다 달라고 해요?"

"그건 별로 좋은 방법이 아닌 것 같은데."

올레가 말했다.

"우리 기사 아저씨는 입이 무거워요."

"끝까지 비밀을 지켜 주는 기사는 없어."

올레는 나를 보고 웃었다. 마치 이런 멍청하고 순진한 여학생이 있나 하는 것만 같은 눈초리였다. 물론 내가 보기에도 난 멍청하지만……

"학교의 셔틀모프를 이용하렴. 노랑 정원까지 오지는 않지만, 강변 정거장에서 내려서 조금 걸으면 돼."

"걷는다고요?"

나는 어이가 없다는 표정을 지었다. 최고로 발달한 교통망을 자랑하는 도시에서 걸어 다니라고?

"달리 방법이 없어!"

"사람들 눈에 쉽게 띄잖아요?"

"거긴 사람들이 자주 지나다니는 곳이 아니야."

61 마침내 수업이 끝났다. 나는 학생들 무리에 섞여 강변 정거장으로 가는 셔틀모프를 탔다. 아이들이 이상하다는 눈초리로 나를 쳐다보는 것만 같았다. 나는 누군가 물어볼 경우를 대비해 여러 가지 핑계를 준비해 두었다. 이를테면 할머니가 편찮다고 해서 찾아뵈러 가는 길이라고 할 생각이었다. 아님 친구를 만나러 간다거나.

셔틀모프 안에서 이러저런 핑계들을 곱씹어 보니, 하나같이 어수룩하게만 느껴졌다. 차 안에 있는 게 몹시 거북하고 불편해지기 시작했다. 이럴 때면 더욱 기분을 상하게 만드는 기억들이 꼬리에 꼬리를 문다. 바로 무리쉬 시험이다. 시험을 그렇게 망쳤으니 이를 어쩐다? 모의 필기시험에서는 만점도 거뜬히 맞았는데. 도대체 난 정식시험이라면 왜 그렇게 맥을 못 추는 걸까? 어째서 다른 애들처럼 집중을 하지 못할까? 왜 그렇게 공부가 힘든 거지? 내 머리가 그렇게 흐리멍덩할 리가 없는데……. 다른 아이들은 뭘 배우는 게 즐겁기만 한 모양인데. 그냥 내 눈에만 그렇게 보이는 건가?

난 맞은편에 앉아 있는 여자애들을 유심히 훔쳐보았다. 단정하게 땋은 갈래머리가 셔틀모프의 흔들림에 맞춰 출렁거리고 있다. 한 애는 얼굴에 주근깨가 가득하고, 다른 애는 턱에 검은 점이 있다. 그 옆의 세 번째 여자애는 미간이 얼마나 좁은지 눈이 몰려 있는 것만 같다. 그래도 모두 똘똘해 보였다. 그 애들이 입고 있는 블라우스는 갓 세탁을 한 것처럼 반짝였다. 그런데 내 것은 점심을 먹으며 흘린 것으로 너저분한 얼룩이 배어 있다. 여자애들은 나를 뚫어져라 노려보더니 자기들끼리 귓속말로 속닥거린다. 나를 흉보고 있는 게 분명하다.

62 종점인 강변 정거장에서 내렸다.

강변 정거장이 있는 지역은 사실 노랑 정원이 있는 구역에 속하지만, 행정구역상 도심으로 분류되어 있다.

왼쪽 강변에 세워진 집들은 아주 오래된 것이다(약 450~480년 정도). 옛날 벽돌로 지은 건물은 고풍스러움을 풍겼다. 건물의 전면은 하얀 석회를 발라 장식했다. 동네가 무척 아름다워서 내심 무척 놀랐다. 이 구역이 그리 살기 좋은 곳이 아니라고 하던 선생님들의 말이 떠올랐기 때문이다. 아빠와 내가 살고 있는 곳은 대학교에서 멀지 않은 동네로 아주 깔끔하다. 주로 교수와 고위 관리들이 사는 부촌이다. 그래서 그런지 나무들이 많고, 무척 조용하다. 너무 조용해서 하품이 나올 지경인 그런 동네이다. 내가 보기에는 강변 동네가 훨씬 살기 좋아 보인다. 푸른 강물은 햇살을 받아 반짝이며, 잎이 무성한 나무들 아래서 여유롭게 거닐고 있는 사람들의 모습이 평화로워 보인다. 곳곳에 활짝 핀 꽃들도 화사하다. 아이들이 거리를 뛰놀고, 화가들은 자신의 작품을 죽 세워 놓았다. 화가가 직접 자신의 그림을 파는 거리 전시회라고나 할까. 집들은 한결같이 노란색으로 칠해져 있지만, 색조가 다 달라 다채로워 보인다. 집은 거의 모두 커다란 발코니를 갖추고 있다.

　나는 속으로 올레가 가르쳐 준 길 설명을 몇 번이고 되뇌었다. 잠시 주변을 살핀 다음 짙은 황갈색으로 칠해진 다리를 건너갔다. 왼쪽으로 방향을 틀어서 약 800미터를 똑바로 나아갔다. 걸어갈수록 집들이 어딘가 모르게 초라해졌다. 칠이 낡아서 덕지덕지 떨어진 집들도 보였다. 원래 여기 집들은 모두 노란 색으로 칠했던 모양인데, 벗겨져서 원래의 색을 알아보기가 힘들었다. 길도 갈수록 좁아졌다. 폭이 30미터도 채 안 되는 것 같았다. 평생 이렇게 좁은 길은 처음 걸어 본다. 낡은 집들은 조금만 바람이 불어도 쓰러질 것처럼 위태로워 보였다. 칠이 완전히 벗겨진 집들이 대부분이었다. 이제는 폭이 15미터도 안 되는 거리로 들어섰다. 싸늘하고 쥐 죽은 듯 조용한 거리였다.

올레의 설명대로라면 난 벌써 노랑 정원에 들어섰어야 했다. 그런데 그놈의 카페들이라는 게 다 어디 있는 걸까? 디스코장도 술집도 보이지 않았다. 집들은 한결같이 쓸쓸해 보이고, 문들은 굳게 잠겨 있다. 당황한 나는 어쩔 줄 몰라 주위를 돌아보았다. 하지만 거리 이름은 맞았다. 지금 내가 서 있는 거리는 수선화 길이다. (노랑 정원의 길들은 하나도 예외 없이 꽃 이름을 따서 이름을 붙였다.) 14번지라면 가까운 곳이어야 했다. 나는 천천히 걸으며 집들을 꼼꼼히 살폈다. 약속 시간까지는 아직 많이 남아 있었다. 대체 이게 뭐하는 짓이람? 나더러 꼭 들라고 하는 그 클럽은 뭐하는 모임일까? 집에 앉아서 다음 시험 준비를 해야 하는 처지에 이러고 다니는 내가 한심했다.

63 중국의 만리장성은 오랜 세월 세계 최대의 건축물이었다. 만리장성에서 '만리(萬里)'는 길이를 뜻하는 말이다. 1리가 575.5미터이니까, 1만 리는 5,775킬로미터에 해당한다. 더욱이 중국에서 1만이라는 숫자는 무한을 뜻한다. 결국 인간은 상상도 할 수 없는 긴 성벽이 만리장성이다.

한때 우주에서 유일하게 육안으로 관찰할 수 있는 건축물이 중국의 만리장성이라는 주장까지 있었다.

64 장벽 반대편에 사는 주민들을 둘러싼 소문은 무성하다. 그곳 주민들의 지능지수는 우리에 비해 40 정도가 낮다고 한다. 지능

지수 같은 케케묵은 개념에 왜 그렇게 매달리는지 모를 일이다. 어쨌거나 그곳 주민은 단지 1퍼센트만이 글을 읽고 쓸 줄 안다고 한다. 평균수명은 50세를 채 넘기지 못한다나. 위생이라는 아주 간단한 규칙을 무시하기 때문이라고 한다. 절반이 넘는 남자들이 생식 능력을 잃고 말았다는 소문도 있다. 손톱은 어찌나 긴지 맹수 같으며, 쥐 고기를 특식으로 즐긴다고 한다. 집을 지을 줄도 몰라, 폐허가 되다시피 한 낡은 집의 지하실에서 먹고 자고 한다는 것이다. 반대편 주민들을 동굴에 사는 혈거인이라고 부르는 이유는 여기에 있다. 아무튼 그들은 발 하나는 무척 커서 우리보다 평균 세 치수는 큰 신발을 신는단다. 그리고 얼마나 잠꾸러기인지 하루에 열네 시간 이상을 잠만 잔다나.

65 장벽 반대편을 가리키는 단어들은 많고 많다. 그중에서 가장 흔하게 쓰이는 것은 동굴 도시이다.

66 하지만 그렇게 따진다면 우리야말로 혈거인이 아닐까. 학교나 사무실 등이 대개 지하 깊숙이 자리하고 있으니 말이다. 아빠에게 이런 이야기를 했더니, 펄쩍 뛰면서 사춘기에는 그런 허튼 생각만 하느냐고 야단을 친다. 학교나 건물은 지하에 있지만, 집은 그렇지 않다고 한다.

67 "야, 멋진데. 시간을 정확하게 지켰네."

놀란 나는 얼른 뒤를 돌아다보았다. 올레가 거기 서 있었다. 어디서 저렇게 갑작스럽게 나타난 것일까? 난 시간을 정확하게 지킨 게 아니다. 12분이나 일찍 왔다. 아빠가 장벽 학문의 엄한 도덕에 따라 키웠지만, 난 한 번도 시간을 정확하게 지킨 적이 없다. 물론 그렇다고 아주 늦지도 않았지만. 하지만 아빠에게 너무 빠른 것과 너무 늦은 것은 똑같았다. 장벽 학문은 항상 약속을 정확하게 지키라고 가르쳤다. 하기야 약속 시간이란 정확하게 지켜질 때 의미를 갖는다. 시간을 가지고 고무줄처럼 멋대로 늘렸다 잡아당겼다 하면 혼란만 생길 뿐이다.

68 "늦는 거보다야 빠른 게 낫지."

올레가 말했다. 시간을 엄수하는 것에 관해서 올레는 아빠와 다른 생각을 가지고 있는 게 확실했다. 난 다시 한 번 주위를 돌아보았다. 여기에 반달이라는 카페는 보이지 않았다.

"따라와!"

올레는 이렇게 말하며 내 손을 잡았다. 그가 가리킨 곳은 바로 눈앞에 있는 집의 문이었다.

"자, 귀하신 신입 회원님! 세 번 두드려 주시겠습니까."

내가 조심스럽게 짙은 색 떡갈나무 문을 두드렸다.

"더 세게!"

올레가 빙긋 웃었다.

"저 안은 지금 상당히 시끄러울 거야."

다시 한 번 노크를 했다. 잠시 후 문이 열렸다. 수염을 기른 문지기가 들어오라고 손짓을 했다. 문지기는 나를 위아래로 훑어보았다. 문지기는 올레와는 이미 아는 사이인 듯했다. 안에서 음악 소리가 들려왔다.

우리는 가파른 계단을 내려갔다. 아주 길고, 어두컴컴한 계단이었다. 마침내 우리는 음침한 지하실에 도착했다. 그곳은 가득 찬 사람들로 터져 나갈 것만 같았다. 엄청나게 큰 스피커에서 귀가 먹먹할 정도로 시끄러운 음악이 울렸다. 실내는 담배 연기가 자욱하고, 몇몇 사람이 가운데 마련된 춤판에서 정신없이 춤을 추고 있었다. 하지만 대다수의 사람들은 키가 높은 작은 탁자에 둘러선 채 웃고 떠들고 있었다.

올레는 사람들 사이를 헤치고 나아갔다. 우리보다 나이가 많아 보이는 게 대학생들인 모양이었다. 난 코를 감싸 쥐고 올레를 따라갔다. 마침내 우리는 구석 자리에 다다랐다. 이미 그곳의 소파에는 어제 올레를 따라왔던 여자애들이 앉아 한창 수다를 떠는 중이었다. 여자애들은 저마다 형광색이 나는 유리잔을 앞에 놓고 있었다. 잔에 들어 있는 음료는 레몬 껍질처럼 노란 빛이었다. 그제야 나 혼자만 교복을 입었다는 것을 알아차렸다. 여자애들은 대개 하얀 블라우스 대신 짙은 색의 목이 긴 셔츠를 입고 있었다. 이곳의 열기로 보아 땀이 무척 많이 날 텐데. 모두들 내가 이런 곳에 처음 와 본 것을 한눈에 알아본 게 틀림없다. 올레와 나는 자리를 잡고 앉았다. 여자애 한 명이 자리에서 일어서며 우리에게 물었다.

"뭐 마실 거야?"

"너희와 같은 걸로. 고마워, 천사!"

여자애는 샐쭉 웃으며 사라졌다. 올레는 검은 가죽 소파에 등을 기댔다.

"아, 피곤하다."

올레는 이렇게 말하며 한동안 눈을 감고 있더니, 이내 여자애들과 떠들어 대기 시작했다. 나는 안중에도 없는 것 같았다. 음악 소리가 너무 큰 탓에 무슨 말을 하는지 알아들을 수가 없었다. 음료를 가지러 갔던 여자애가 돌아왔다. 올레에게는 물, 담배, 파이프도 가져다주었다. 불을 붙여 한 모금 길게 빨고 난 올레는 내 얼굴에 연기를 뿜으며 싱긋 웃었다. 그러더니 다시 여자애들에게 얼굴을 돌렸다. 혼자 지루했던 나는 실내를 천천히 돌아보았다. 대부분의 탁자에서 사람들은 무리를 지어 이야기를 나누고 있었는데, 유독 반대편 구석에 있는 탁자가 내 눈에 들어왔다. 거기에는 눈이 움푹 들어간 창백한 낯빛의 여자가 홀로 앉아 있었다. 물을 들였는지 붉게 빛나는 아주 가느다란 머리카락이 좁은 어깨 위에 늘어져 있었다. 다른 사람들처럼 짙은 색상의 옷을 입지 않고, 밝은 노란색의 앙고라 스웨터를 입고 있는 것도 이색적이었다. 그런데 도무지 나이를 가늠할 수가 없었다. 어떻게 보면 어린 것 같고, 달리 보면 나이가 아주 많이 들어 보였다. 그녀는 검은 소파에 몸을 파묻고 탁자 위에 놓인 음료만 뚫어져라 바라보고 있었다. 음료는 우리 것과 마찬가지로 레몬 껍질처럼 노랗게 빛났다. 한참 뒤 허리를 세

운 그녀는 떨리는 손으로 잔을 잡고 입으로 가져갔다. 마시는 일조
차 힘이 많이 드는 모양이었다. 음료를 마시고 나서 그녀는 다시
소파에 파묻혔다. 그때 올레가 나에게 말을 걸었다.

"여기가 어딘 줄 알아?"

"어디긴 어디예요, 반달이잖아요."

"정확해!"

올레는 다시 빙긋 웃으며 담배 연기를 내 얼굴에 뿜었다.

"그런데 이 카페는 어디에 있지?"

"노랑 정원에!"

"입구는 노랑 정원에 있지, 맞아. 하지만 이 지하 공간은 어디에
있을까?"

나는 올레가 무슨 말을 하려는 건지 알 수가 없었다.

"뭐라고요?"

내가 되물었다.

"이 지하 공간이 어디에 있느냐고."

"그거야 노랑 정원이겠죠."

"아니, 틀렸어. 우린 바로 장벽 바로 밑에 있어."

장벽 바로 밑에! 난 너무나 놀란 나머지 흑 하고 입을 다물며 눈
을 크게 떴다.

"장벽 바로 밑? 아냐, 안 돼, 어떻게……. 불가능한 일이에요."

"천만의 말씀. 여기서 나가는 순간, 넌 놀라운 기적을 체험하게
될 거야."

“기적이라뇨?”

“우리가 여기 아무리 오래 머무르든 나가 봐야 1분도 채 지나지 않았을걸!”

“어떻게 그럴 수 있죠?”

“우리가 반달에 들어온 바로 그 순간에 여기를 나가게 되니까.”

“그건 말도 안 돼요. 어떻게 그런 일이 있을 수 있죠?”

“바로 그런 기적을 체험하게 될 거라니까. 신나지 않니?”

올레는 나를 버려두고 여자애들 가운데 한 명과 춤을 추러 나갔다. 올레에게 저 앙고라 스웨터를 입은 여자가 누구인지 물어보고 싶었는데……. 하지만 올레는 내 쪽은 쳐다보지도 않았다. 나는 두 사람이 음악에 맞춰 춤을 추는 걸 지켜보았다. 물 흐르듯 자연스러운 게 대단한 솜씨였다. 둘은 그리 넓지 않은 은빛 바닥을 미끄러지듯 유연하게 누비고 다녔다. 중간 중간 빠르게 도는 것을 보며 어지럽지도 않나 하는 생각이 들었다. 춤판이 사람들로 북적거리는데도 단 한 번도 부딪치지 않는 게 신기했다. 특히 올레의 춤 솜씨는 무척 화려했다. 단 한 순간도 눈길을 뗄 수 없었다.

장벽 바로 아래 있다는 것은 사람을 묘한 상태로 빠뜨리는 모양이었다. 그렇다고 술에 취하거나, 마약을 한 것 같은 그런 상태는 아니었다. 그 누구도 다른 사람을 방해하거나 괴롭히지 않았으며, 휘청거리지도 않았다. 다만 모두들 약간 붕 떠 있는 것 같았다.

69 하지만 나는 온몸이 마비된 것처럼 몽롱하기만 했다. 어지

러워서 어떤 생각도 끝까지 끌고 갈 수 없었다. 몰려드는 잠과 씨름했다. 여러 차례 하품을 하면서 머리를 세차게 흔들어 보았지만, 정신을 차릴 수가 없었다. 나에게 신경을 쓰는 사람은 아무도 없었다. 잠시 춤추는 사람들을 쳐다보았지만, 이내 지루해졌다. 다시 그 노란 앙고라 스웨터를 입은 여자 쪽을 바라보았으나, 이미 여자는 사라지고 없었다.

얼마나 지났을까? 짐작조차 할 수 없었다. 10분 정도인 것도 같았고, 열 시간이 지난 것처럼 느껴지기도 했다. 다시 테이블로 돌아온 올레는 세 번째 시트로냐(우리 음료를 사람들은 그렇게 불렀다)를 비우더니 내 손을 잡아끌었다.

"이제 갈 시간이야, 자기!"

손을 잡은 올레는 나를 일으켜 세웠다. 그러고는 나에게 팔짱을 꼈다. 올레에게서는 아주 약한 땀 냄새가 났다. 거기에는 레몬 향기도 섞여 있었다.

여자애들은 웃으며 지켜보기만 할 뿐, 일어나지 않았다. 올레는 손을 흔들며 인사를 했다. 그러고는 팔짱을 낀 채로 사람들 무리를 헤치고 나갔다. 계단 앞에 서자 올레가 말했다.

"너 내일 아침 머리가 심하게 아프지 않아야 할 텐데."

"그렇게 많이 마시지 않았어요."

내가 대꾸했다.

"그 말이 아냐. 장벽 아래 있고 난 다음 날이면 대개 머리가 깨질 것처럼 아프거든."

70 우린 거리로 나왔다. 아직 햇살이 환한 오후였다. 난 내가 어디에 있었던 것인지 짐작조차 할 수 없었다. 불안한 마음으로 주변을 돌아보았지만 마찬가지였다. 올레가 내 옆에 서 있다는 사실 말고는. 올레는 나를 보며 미소 짓고 있었다. 그건 그렇고 올레는 갑자기 어디서 나타난 것일까? 기억을 더듬어 보았으나 생각나는 건 없었다. 대체 어떻게 된 것일까? 올레와의 약속이 떠올랐다. 오전에 학교에 갔던 것도. 올레와의 약속은 노랑 정원에서 오후 다섯 시 30분이었지. 지금 생각나는 것은 오후 한 시 30분에 수학 수업이 끝났다는 사실이다. 하지만 이후부터 기억은 끊겨 있었다. 어떻게 학교를 나왔는지 도통 알 수 없었다. 그리고 지금 여기는 어디란 말인가?

"여기가 어디예요?"

올레는 대답을 하지 않았다. 그저 손만 까딱이면서 주변의 집들을 가리키는 것이었다. 다른 식으로 물어봐야 하는 걸까? 여기가 어디인지 알 수가 없다면 지금은 몇 시일까?

"지금 몇 시나 됐어요?"

"오후 다섯 시 반!"

올레가 대답했다.

"우리가 약속한 시간이네요, 그렇죠?"

나는 자신 없는 투로 물었다.

"아마 그랬지."

올레가 대꾸했다.

“하지만 정확한 건 나도 몰라. 어디 한번 확인해 볼까.”

올레는 호주머니를 뒤적거리더니 조그만 휴대용 컴퓨터를 꺼냈다. 1분 정도 올레는 그것을 만지작거렸다. 나는 그의 옆에 멍청하니 서 있었다. 손가락 하나 까딱할 수 없을 만큼 피곤했다. 지금 어디 있는 것인지, 몇 시나 되었는지 아무것도 모른다는 게 나를 더욱 맥 빠지게 만들었다. 아무래도 최소 여섯 아니면 일곱 시간 정도가 뻥 뚫린 것만 같았다. 마침내 휴대용 컴퓨터를 다시 호주머니에 넣은 올레가 나를 보며 말했다.

“맞아, 정확하게 오후 다섯 시 반에 약속을 했었네. 반달에서 꼭 네 시간을 머물렀고 말이야. 거기서 넌 시트로냐 한 잔을, 난 석 잔을 마셨군. 난 두 시간 동안 춤을 추었고, 너는 앉아서 구경만 했지. 반달이 바로 장벽 아래 있다고 설명한 거 기억나? 잘 안 날걸! 전부 여섯 시간 정도 기억이 끊겨 있지?”

“맞아요.”

“그래서 넌 지금 몹시 혼란스럽고.”

“혼란스럽다는 건 정확한 표현이 아니에요.”

“그럼? 공포에 빠지기라도 했어?”

“그거야 뭐, 말하자면.”

이렇게 말해 놓고 아차 싶었다. 올레 앞에서 겁에 질렸다는 걸 인정하고 싶지 않았기 때문이다.

“걱정하지 마, 넌 지극히 정상이야. 누구나 공포에 빠지지. 특히 처음엔 말이야. 나도 종종 무서운걸. 그래서 난 뭔가 중요하다 싶

은 건 휴대용 컴퓨터에 꼼꼼히 기록해 두지. 그래야만 혼란을 줄일

수 있거든."

"아, 그렇군요."

"걱정하지 마. 시간이 좀 지나고 나면 다 기억날 거야. 우린 반

달에 네 시간 머물렀어."

"그게 어디 있죠?"

서둘러 물었지만 올레는 내 어깨만 두드렸다.

"기다려, 내일 아침이면 다 기억이 날 거야."

"내일 아침이라고요?"

올레는 어깨를 으쓱하며 나를 보고 다시 웃었다. 마치 깔보는 것

같은 거만한 웃음이었다. 처음으로 나는 올레가 정말 내 편일까 의

심이 들었다.

"내일 아침이라고요?"

올레는 내 말을 흉내 내며 되물었다. 꼭 나를 어린애 취급하는

것 같은 장난스러운 말투였다.

"내일 아침이면 기분이 좀 안 좋을 거야. 두통이 심할걸, 아마."

올레는 다시 휴대용 컴퓨터를 꺼내 들었다.

"아, 참! 여기 '메모 구슬, 왼쪽 호주머니'라고 적혀 있네."

올레는 왼쪽 호주머니를 뒤적이더니 뭔가 꺼냈다.

"자, 받아."

올레가 말했다.

"이건 너에게 주는 거야."

올레는 내 손에 작은 상자를 하나 쥐어 주었다.

71 상자를 열었다.

상자 안에는 목에 거는 장신구가 들어 있다!

나는 얼굴이 빨개졌다. 하트 모양이면 더욱 예뻤을 것을! 장신구는 캡슐 모양이다. 아빠가 잠이 잘 오지 않을 때 먹는 것과 똑같다. 상자 안에는 작은 쪽지도 있었다.

생각나는 것을 모두 메모 구슬에 저장하세요. 많은 정보를 담아 둘수록 당신은 그만큼 안전해집니다. 위험에 처하면 캡슐을 삼키세요. 잊지 마세요! 결정적인 순간이 오기 전에 구슬에 저장된 내용을 들어서는 안 됩니다.

이게 무슨 소리인가 싶어 나는 이마를 잔뜩 찡그렸다. 메모 구슬? 이게 뭘까? 여기다 뭘 저장하라는 거지? 결정적인 순간? 그건 또 뭐야?

"캡슐을 열어 봐."

올레가 말했다. 조심스럽게 캡슐을 돌리자 두 쪽으로 갈라졌다. 한쪽에는 메모판에 꽂는 압정 머리보다 약간 더 큰 구슬이 들어 있었다. 구슬은 금속 광택을 냈다. 난 떨리는 손으로 구슬을 꺼내 들었다. (난 혈액순환에 좀 문제가 있다.)

"최신 기술로 만든 저장 매체야."

올레가 설명했다.

"구슬에 대고 말만 하면 모든 게 녹음이 돼. 심지어 문법이 틀린 것까지 자동으로 수정해 주지."

"아하!"

나도 모르게 감탄사가 나왔다. 그런데 구슬에 대고 뭘 말하라는 걸까? 게다가 내 인생은 지금껏 지루하기 짝이 없었다. 그런 내가 무슨 위험에 처한다는 걸까?

72 의문은 꼬리에 꼬리를 물었다. 당장 집에 어떻게 돌아갈 수 있을지도 문제였다. 올레는 이렇다 할 작별 인사도 없이 그냥 가 버렸다. 조금이라도 동행해 줄 거라고 믿었던 나는 어이가 없었다.

지갑을 꺼내 돈이 얼마나 있나 헤아려 보았다. 현금으로 택시를 탈 수 있을 것 같았다. 학교에서 손목에 심어 준 칩을 이용할 수도 있었으나, 별로 내키지 않았다. 그걸 썼다가는 아빠가 당장 눈치 챌 것이기 때문이다. 절약 정신이 투철했던 아빠는 허투루 돈을 쓰는 것을 무척 싫어했다. 노랑 정원에서 집까지 택시를 타느라 돈을 쓴다면 노발대발할 게 틀림없다. 게다가 헛된 지출은 나도 싫었다. 돈이 넘쳐 난다면 모를까. 넘쳐 난다는 것은 장벽 학문의 원칙을 거스르는 일이기도 하다. 말 그대로 넘쳐서 흐르는 게 아닌가. 경계를 무시하는 게 곧 넘쳐 나는 것이다. 벽을 넘어 잘못된 쪽으로 흘러가는 것이다.

지갑은 돈이 흘러나가지 못하게 잡아 두는 데 쓰는 것이라고 아빠는 강조하곤 했다. 장벽 학문의 이상을 완벽하게 실현한 게 지갑이라나. 하지만 잠금 장치가 완벽하지 않은 게 지갑의 약점이다. 예전에는 단추나 지퍼 등을 이용해 지갑을 잠갔다. 그러다 보니 동전 같은 것은 빠져나오기 일쑤였고, 지퍼는 쉽게 고장이 났다. 오늘날 흔히 쓰는 일명 찍찍이도 완벽하지는 않다.

아빠는 지갑에 들어 있는 돈은 물이나 우유 혹은 피와 같은 액체처럼 흘러 나갈 위험이 크다고 했다. 아무튼 흐르는 것은 무엇이든 아빠는 못마땅하게 보았다.

73 택시에 올라타자마자 머리가 아파 오기 시작했다. 택시 기사에게 주소를 어떻게 불러 줬는지도 모르겠다. 일부러 번지수는 가르쳐 주지도 않았다. 택시가 바로 집 앞에 서는 게 싫어서였다.

기사는 혼잣말로 뭐라 뭐라 하더니 미터기를 켜고 출발했다. 나는 뒷좌석에 쭈그리고 앉아 거칠게 숨을 몰아쉬었다. 갈수록 두통이 심해졌다.

"여학생이 이 시간에 혼자 웬일이야?"

기사 아저씨가 물었다.

나는 뭐라고 대답해야 좋을지 몰라 망설였다.

"어디 아픈 거 아냐?"

아저씨가 계속 물었다.

"아니에요, 괜찮아요."

곧장 치솟아 오른 택시는 밑에서 두 번째로 높은 항로를 날아가기 시작했다. 나는 아래에 펼쳐지는 광경을 바라보았다. 학교의 셔틀모프는 맨 아래 항로를 날았다. 아래를 내려다본 탓일까. 속이 메슥거리기 시작했다.

"토할 것 같으면 좌석 밑에 있는 봉투를 쓰려무나."

기사가 못마땅한 얼굴로 말했다.

나는 아무 말 못 하고 봉투를 꺼냈다.

"거기 노랑 정원에 드나들기에는 아직 어린 나이 아니냐?"

기사는 백미러로 나를 보며 말했다.

"동행도 없이 혼자 다니는 게 이상하군."

"조금 전까지만 해도 동행이 있었어요."

아무 말도 하지 말자고 다짐해 놓고도 불쑥 쏘아붙였다.

"아니, 그럼 남자 친구한테 버림받은 거야?"

"동행이 남자라고 안 했는데요."

약이 올라 톡 쏘아 줬다.

기사 아저씨는 키들거리며 웃었다. 그러고 나서 잠시 어색한 침묵이 흘렀다. 나는 아래를 내려다보며 어디가 어딘지 가늠해 보고 있었다. 택시 면허 시험은 무척 어렵다고 들었다. 기적과도 같은 기억력을 가진 사람들만 시험에 붙는다고 했다. 저 아래 펼쳐지는 복잡한 길들을 보니, 정말 그렇겠다는 생각이 들었다. 길을 모르고 조금이라도 헤맸다가는 당장 고발이 들어가니 말이다. 아빠는 기억력이 좋다고 해서 반드시 지능이 뛰어난 것은 아니라고 했다. 그 말이 맞을지도 모른다. 아마도 나는 택시 운전사가 되지 않을까. 무리쉬 시험을 끝내 통과하지 못한다면 방법은 택시 운전뿐이리라.

“어때? 아까 거기는 사람들이 많았나?”

잠자코 있던 아저씨가 물었다.

“아까 거기 노랑 정원 말이야. 내가 거기를 드나들던 시절만 해도 굉장했는데. 젊은 애들로 차고 넘쳤거든. 최고의 인기를 누리던 카페는 반달이었어.”

“거기는 저도 알아요.”

나는 이렇게 말해 놓고 아차 싶어 입술을 지그시 깨물었다. 거기 있었던 단 1분도 기억할 수가 없는데 뭘 안단 말인가.

“반달이 아직 있어?”

기사가 물었다.

“네.”

“여전히 그렇게 터져 나갈 것 같아?”

“네.”

“여전히 음악도 좋고?”

“몰라요, 음악에는 별로 신경 쓰지 않았어요.”

“그래? 그럼 신통치 않은 모양이네. 내가 다니던 시절만 해도 소리아 암민이 그녀의 바이올린을 연주할 때면 넋을 잃을 지경이었는데! 정말 좋았어! 그녀는 한 시간 내내 연주를 하기도 했지. 그러고도 반달을 나서면 채 5분도 지나지 않은 것 같았거든.”

난 봉투에 코를 박고 토해 냈다.

74 집에 들어서자마자 화장실로 달려가 변기에 코를 박고 토했

다. 잠시 멍하니 거실의 소파에 앉아 있다가 방으로 들어가 침대 위에 뻗어 버렸다.

75 다음 날 아침 알람 소리에 간신히 눈을 떴다. 벌써 햇살이 환하게 비치고 있었다. 억지로 몸을 일으켜 보았다. 여전히 속은 메슥거렸고, 두통은 조금도 줄어들지 않았다. 팔과 다리는 플루토늄처럼 무거웠다.

간신히 어제저녁 바닥에 팽개쳐 두었던 옷을 꿰어 입었다. 옷에서 이상한 냄새가 났다. 코를 킁킁거리며 무슨 냄새인지 맡아 보았으나 뭔지 알 수가 없었다. 그제야 기억이 끊기고 말았다는 사실을 기억했다. 다시 옷을 벗어 빨래 통에 넣은 다음, 옷장에서 새것을 꺼내 입었다.

욕실로 가서 거울을 한참 들여다보았다. 얼굴은 창백하기만 했다. 입맛이 무척 썼다. 얼른 양치질을 한 다음 구강청결액을 한 모금 물고 세차게 도리질을 하며 고롱고롱 하고 뱉어 냈다.

76 "거, 아주 멋진 탐구 학습이었던 모양이더라. 담배 냄새에 푹 절어서 돌아왔더군!"

아침을 먹으며 아빠가 먼 산 보듯 말했다.

아무런 대답을 하지 못했다. 뭐라고 해야 좋을지 난감했다.

"네 재킷에서 이 도시 술집의 고약한 냄새는 다 나던걸."

나는 숨만 거칠게 몰아쉬며 씹은 빵을 커피와 함께 삼켰다. 희한하게도 뭘 먹으니 기분이 좀 나아졌다. 두통도 약간 줄어들었다.

"허허, 공주님이 나하고 얘기하기가 싫으신 모양이네."

아빠가 한숨을 푹 쉬며 말했다. 자리에서 일어난 아빠는 양복 상의를 입으며 나를 힐끗 보며 말했다.

"10분이면 셔틀모프가 출발한다."

"알고 있어요."

77 반달. 장벽 학문의 관점에서 보면 보름달도 초승달도 아닌 어정쩡한 상태이다. 아빠가 더 이상 캐묻지 않는 게 더욱 마음에 걸렸다. 반쯤의 진실, 반만 아는 것, 이도 저도 아닌 엉거주춤함을 무척 싫어하는 아빠가 아닌가.

78 수업을 받기가 무척 힘들었다. 탈진한 것처럼 나른하기만 했다. 머리는 지끈거리면서 무거웠다. 쉬는 시간에 복도로 나오자 올레가 나를 기다리고 있었다. 그동안 같은 반 여자애들이 내가 요즘 올레와 자주 함께 있는 걸 눈치챈 모양이었다. 저마다 질투가 가득한 눈초리로 쏘아보았다. 올레는 모든 여학생의 우상이었다. 올레는 보자마자 나를 잡아끌며 몇 차례나 위아래로 훑더니 물었다.

"어떠신가, 요 귀여운 병아리?"

난 이마를 찡그렸다. 올레는 어떻게 지금 내 상태가 좋지 않다는 걸 알고 있을까? 사로잡힌 당한 병아리처럼 내가 중얼거렸다.

"그냥 그래요."

아무것도 기억이 나지 않는 마당에 차라리 말을 하지 않는 편이 나을 것 같았다.

"좋았어."

올레가 말했다.

"그럼 계속할 수 있겠구나."

"뭘요?"

"신입 회원을 위한 교육이랄까. 오늘 수업이 끝나고 나서 체련장으로 와. 난 러닝 머신을 하고 있을 거야. 내 옆자리를 비워 놓을 테니 말이야. 함께 운동을 돌면서 이야기하자."

나는 고개만 끄덕이며 '좋아!' 소리가 나오려는 것을 삼켰다. 나도 모르게 한숨이 나왔다. 난 체련장이 싫었다. 러닝 머신은 더더구나 싫었다. 그런데 그 멍청한 짓을 하면서 이야기까지 하자고? 난 살며시 올레를 훔쳐보았다. 단련이 잘된 훌륭한 몸매였다. 수영복을 입고 있으면 환상적일 게 틀림없다. 하지만 나는 병든 것처럼 파리한 데다가 근육이라곤 없다. 물론 과장된 말이기는 하다. 사람은 누구나 근육을 가지고 있으니까. 다만 내가 넘쳐 나는 근육을 가지고 있지 않다는 말을 하고 있는 거다. 가만있자, 그렇다고 올레의 근육이 넘쳐 난다는 건은 아니다. 아니다, 그건 아니다. 난 다만…… 에이, 그만두자.

"어제 일을 거의 알지 못하는 모양이군, 그렇지?"

올레가 물었다.

"글쎄요."

짐짓 심드렁한 투로 대답했다. '글쎄'는 내가 아주 즐겨 쓰는 표현이다. 무슨 물음에든 답이 되면서도 실제로는 아무것도 얘기해 주지 않는 교묘한 대답이니 말이다. 이걸 어떻게 해석하느냐는 어디까지나 대화 상대에게 달린 문제이다. 물론 꼼짝달싹 못할 정도로 속마음을 그대로 들키는 경우도 없지는 않다. 바로 지금이 그런 경우이다.

"솔직히 아무 기억도 안 나지? 어제저녁 몇 차례는 토했을걸. 오늘은 마치 지난밤 위스키를 열다섯 잔은 마신 것처럼 머리가 지끈지끈하고 말이야."

올레가 득의양양하게 말했다.

나도 모르게 헛기침이 나왔다.

"뭐, 비슷하게 알고 있네요."

"신경 쓸 거 없어. 처음 거기에 갔던 사람들은 누구나 다 그러니까. 어제저녁 중요한 이야기는 단 한 마디도 나누지 못했구나. 너에게 모든 걸 정확히 설명해 주어야겠지. 다음에 반달에 가게 되면 훨씬 더 즐길 수 있을 거야."

이렇게 말하고 올레는 시계를 들여다보았다.

"지금은 가야 해. 나중에 보자."

우리 반 여학생들은 앞다투어 내 옆을 스쳐 지나가며 호기심이 가득 어린 눈길로 나를 쏘아보았다.

79 수업은 길고 지루했다. 언제나 끝날까 한숨만 쉬고 있는데

끝이 났다. 지루해도 시간은 가는 것일까. 나는 얼른 체련장으로 달려갔다.

학교는 학생들이 규칙적으로 운동을 하도록 장려하고 있었다.

체련장은 다이빙대가 있는 커다란 규모의 수영장과 다용도 홀, 400미터 길이의 트랙 그리고 각종 다양한 운동기구와 세 개의 홀을 갖춘 대규모 시설이었다. 그래도 다른 학교들과 비교하면 간소한 편이었다.

러닝 머신이 있는 곳은 제3홀이었다. 이곳은 학생들에게 큰 인기를 끌고 있었다. 음악을 들으면서 운동을 할 수 있을 뿐만 아니라, 기계마다 장착된 모니터를 통해 여러 가지 프로그램을 활용할 수 있기 때문이다. 홀에 들어서는 순간 올레가 금방 눈에 띄었다. 올레는 운동복으로 갈아입고 있었다. 눈처럼 하얀 티셔츠를 벗어버린 올레는 소매가 없고 그물망처럼 된 셔츠를 입었다.

80 장벽 학문은 옷을 둘러싸고도 진지한 토론을 자주 벌이고 있다. 장벽 학문의 관점에서 보면 옷은 일종의 피부 보호 장치이다. 피부가 무엇인가? 아주 특수한 종류의 벽이다. 피부는 우리 몸을 감싸고 있는 일종의 보호막인 동시에 감각기관이다. 장벽 학자들은 피부가 단순히 분리하는 것 이상의 기능을 가져야 한다는 결론을 내리고 있다. 분리하고 격리하는 데에서 더 나아가 보호와 미관의 기능까지 갖추어야 한다는 말이다.

이런 기능들을 떠맡는 게 바로 옷이다. 기후의 변화로 인한 혹독

한 환경에서도 사람의 몸을 감싸 주고 보호하는 게 옷이다. 어떤 집단은 그들만의 소속감을 강조하기 위해 제복을 입기도 한다. 식별하고 구분해 주는 역할까지 옷이 떠맡는 경우라 하겠다. 옷은 우리 몸이 가지고 있는 특성들을 더욱 강조하거나 감추기도 한다. 옷은 같은 사람을 더욱 멋지게 만들거나 추하게 보이게도 한다.

아름다움과 추함이라는 대립은 장벽 학문이 다루는 주제 가운데서도 가장 어려운 것에 속한다. 대체 무엇이, 언제, 왜, 예쁘거나, 추하게 느껴지는 것일까? 간단하게 설명할 수 있는 문제가 아니다. 무엇이 진정한 아름다움인가를 놓고 종종 격렬한 논쟁이 벌어지는 이유가 달리 있는 게 아니다.

"그거야 분명하지."

아빠는 이렇게 말했다.

"아름다움과 추함 사이에는 제대로 된 벽이라는 게 없거든. 내 실험 결과도 그 점을 분명하게 확인해 줬어. 벽이 없다 보니 격렬한 다툼이 벌어지게 되는 것이야. 그래도 논쟁을 통해 일종의 보조 벽 같은 것을 만들어 놓기는 했지. 하지만 임시방편에 지나지 않아서 조금만 건드려도 쉽게 무너지지."

아빠의 계산에 따르면 아름다움과 추함을 정확하게 정의하고 그 사이에 튼튼한 벽을 쌓을 수만 있다면, 의견 차이로 인해 빚어지는 논쟁을 26퍼센트 정도 줄일 수 있다고 한다. 그뿐만 아니라 이혼율도 17퍼센트가 줄어들 거라나. 결혼을 못마땅하게 생각하는 아빠가 이런 결론을 내리는 것을 보고 의아했다. (결혼이란 장벽

을 무너뜨리고 결합하는 행위이다.) 하지만 지금 이 문제를 놓고 왈가
왈부하고 싶은 생각은 없다.

아빠는 명확히 정의할 수 있는 벽을 갖지 않는 대립 쌍을 두고
'불분명한 대립'이라고 부른다. 다른 사람들은 '헛된 대립'이라고
도 한다.

81 올레 옆의 러닝 머신은 비어 있었다. 나도 서둘러 옷을 갈아
입었다. 나는 하얀 색의 넉넉한 셔츠와 짙은 황갈색 트레이닝 바지
를 입었다. 이 복장은 학교에서 지정한 운동복이다. 서툰 걸음으로
러닝 머신에 올라서서 복잡한 작동 장치들을 물끄러미 바라보았
다. 올레는 고개를 까딱였지만 운동을 멈추지는 않았다. 그의 계기
판에 나타난 제법 빠른 속도가 한눈에 들어왔다. 달리면서 이야기
를 나누기 위해 가장 느린 속도와 최소한의 거리만 입력했다. 러닝
머신이 작동하기 시작했다.

올레는 나를 보고 싱긋 웃으며 더욱 속도를 냈다. 나는 서툰 솜
씨로 달리면서 틈만 났다 하면 올레를 훔쳐보았다. 올레가 달리는
모습은 참 매력적이었다. 등과 겨드랑이 쪽에 땀으로 흠씬 젖은 얼
룩이 보였다. 올레의 피부는 땀으로 반짝거렸다.

5분 동안 올레 옆에서 달렸다. 올레는 단 한 마디도 하지 않았
다. 혹시 내가 먼저 이야기를 꺼내기를 기다리는 걸까? 하지만 나
도 입술이 달싹거리는 것을 꾹 참고 달리기만 했다. 숨이 차오르면
서 아랫배가 뻐근해지기 시작했다. 당장에라도 멈추고 싶은 생각

이 굴뚝같았다.

하지만 10분 여를 넘기면서 자연스럽게 리듬을 찾기 시작했다. 뛰는 게 즐겁기까지 했다. 혹시 올레 옆에 있는 것만으로 기분이 좋은 걸까? 올레는 점차 속도를 줄이면서 숨을 고르고 있었다.

15분이 지나도록 우리는 단 한 마디도 나누지 않았다. 평소 같으면 벌써 달리기를 멈추었을 것이다. 하지만 올레는 전혀 멈출 생각을 하지 않았다. 오히려 다시 속도를 높이고 있었다. 나는 부디 이번이 마지막 스퍼트이기를 속으로 간절히 빌었다.

그동안 내 몸도 땀으로 흠뻑 젖었다. 하지만 내가 땀을 흘려 생긴 얼룩은 조금도 매력적이지 않았다. 한동안 왜 올레의 땀자국은 매력적인데 내 것은 오히려 정나미가 떨어지는지 그 이유를 곰곰이 생각했다. 올레가 남자라서? 아님 내가 올레에게 사랑에 빠져서? 남자가 땀을 흘리는 건 매력적이고, 여자는 그렇지 않은가? 혹은 여자는 남자의 땀 흘리는 모습을, 남자는 여자의 땀 흘리는 모습을 서로 섹시하다고 생각하는 걸까?

이러저런 생각들을 골똘하게 하며 운동을 하는 사이 벌써 30분이나 흘렀다. 우리는 여전히 단 한 마디도 말을 나누지 않았다. 올레는 무엇 때문에 나를 여기로 부른 걸까?

"자, 귀염둥이!"

갑자기 올레가 침묵을 깼다.

"이거면 충분해!"

러닝 머신에서 뛰어내린 올레는 스위치를 껐다. 올레의 갑작스러운 행동에 놀라서 나는 하마터면 러닝 머신에서 넘어질 뻔했다.
가까스로 중심을 잡은 나는 완전히 기진맥진해서 러닝 머신에서
내려왔다.

"자, 이제 두통은 깨끗이 날아갔지?"

올레가 물으며 얼굴에 흐르는 땀방울을 닦았다. 그제야 비로소
머리가 아주 맑아진 걸 느꼈다.

"샤워를 하고 나면 마치 새 사람이 된 것처럼 상쾌할 거야. 반달
에 갔다 온 다음 날이면 언제나 여기 와서 운동을 하지. 두통을 없
애는 데는 달리기만 한 게 없거든! 게다가 잊어버렸던 기억도 되살
아나. 부분적으로는!"

올레에게서 상큼한 냄새가 났다. 올레는 손을 흔들며 말했다.

"자, 그럼 안녕! 시원하게 샤워를 즐기렴."

"아니, 그냥 가는 거예요? 만나서 내게 할 이야기가 있다고 하지
않았어요?"

"이렇게 만났잖아!"

올레는 빙긋 웃으며 남자 탈의실로 사라졌다.

82 한참 샤워를 하고 있는데, 기묘한 일이 일어났다. 갑자기 귀
안에서 뭔가 딱 소리가 나면서 주위가 환해지는 거였다. 어찌나 밝
은지 램프를 수천 개는 켜 놓은 것 같았다. 번쩍하는 빛이 사라지
면서 다시 완전히 평소대로 돌아왔다. 머리 위로 쏟아지는 따뜻한
물이 그렇게 기분 좋을 수 없었다. 꼭지를 잠그면서 엄청난 허기를

느꼈다.

셔틀모프를 타고 집으로 돌아가는 동안 기억이 완전히 되살아
났다. 기사 아저씨가 나에게 말을 걸었기 때문이다.

"오늘은 강변 동네로 안 가는 모양이지?"

나는 놀란 눈을 크게 뜨고 아저씨를 빤히 바라보았다. 그제야 어
제 오후에 일어났던 일들이 한 편의 영화처럼 죽 펼쳐졌다. 반달에
서의 기억도 고스란히 되살아났다.

83 아, 올레. 우린 다음 만남을 약속하지 않았잖아! 혹시 나를
다시 보고 싶지 않은 게 아닐까? 멍청한 계집애라고 생각한 나머지
다시 나를 만날 마음이 사라져 버리고 만 것일까?

84 집에 들어서자마자, 내 방으로 가서 침대에 벌렁 누웠다. 죽
고 싶을 정도로 외롭고 불행했다. 하지만 내 하소연을 들어줄 사람
은 아무도 없다. 예전에 에밀리는 내 말이라면 기꺼이 귀담아들어
주곤 했는데……. 에밀리만 있었던들! 지금 있는 가정부는 에스더
이다. 에스더 전에는 엘케가 있었고, 엘케 전에는 에비가 있었으
며, 에비 이전에는 엘레나가, 엘레나 이전에는 에스텔레가, 에스텔
레 전에는 엘비라, 엘비라 전에는 에우게니가 있었다. 이상하게도
아빠는 이름의 첫 글자가 E인 가정부들만 고용했다. 왜 그러는지
그 이유를 나는 알지 못한다. 장벽 학문의 관점에서 보면 E는 참
모호한 문자다.

장벽 학자들은 대개 E를 형편없는 것으로 여긴다. 우선 그 모양부터 마뜩잖아했다. 장벽 학문에서 볼 때 완벽한 글자는 I(열려 있음)와 O(닫혀 있음)이다. 나머지 다른 문자들은 많든 적든, 문제를 가지고 있다. 직각으로 꺾인 형태를 가지고 있다는 점에서 E는 나무랄 데 없지만, 오른쪽이 열려 있는 바람에 엉거주춤해지고 말았다. 그 때문에 공격을 받을 소지가 많다고 아빠는 지적한다. 하지만 내가 보기에 E는 포크의 날카로운 창날을 연상시킬 뿐이다.

E의 진짜 문제는 모양이 아니라 발음에 있다. 한껏 입을 벌려야 하는 A와 될 수 있는 한 입을 다물어야 하는 M을 섞어 놓아야 하는 게 E이다. 그러다 보니 꼭 '웩' 하는 것만 같은 구역질 소리를 내야 하지 않는가.

가정부는 정리 정돈을 하고 위생에 신경을 써야 하는 직업이지 않은가. 그런데 왜 하필 E란 말인가? E로 시작하는 이름을 좋아하는 아빠의 속마음을 정말이지 모르겠다. 게다가 조금만 마음에 들지 않으면 휙휙 바꿔 버리는 통에 도무지 친해질 수가 없다. 아무래도 아빠에게 올리비아나 이리스라는 이름을 가진 가정부를 고용해 보라고 해야겠다.

85 어쨌거나 나는 지금 무척 슬프다. 괴롭지만 마음을 털어놓을 상대가 없다. 마침 올레가 준 메모 구슬이 생각났다. 올레는 거기다가 모든 걸 저장해 둘 수 있다고 했다. 도대체 내 생각이나 기억을 저장해 두는 게 왜 중요한지는 몰라도, 이 작은 구슬을 상대

로 답답하고 괴로운 마음을 털어놓을 수 있다는 게 적잖이 위로가
되었다. 그러나 구슬을 뚫어져라 바라보았지만 정작 떠오르는 말
은 없었다.

86 〈잠자는 숲속의 공주〉는 매우 아름다운 동화이다. 아빠도
이 동화를 무척 좋아한다. 심지어 아빠는 이 동화를 연구해 200쪽
이 넘는 논문을 쓴 일도 있다. 〈잠자는 숲속의 공주〉는 현존하는
모든 동화들 가운데 장벽의 의미를 가장 잘 살린 것이기 때문이다.
그만큼 아빠는 동화 전문가였다. 아빠는 루트비히 베흐슈타인‡의
동화뿐만 아니라 하우프‡나 그림 형제‡의 동화들도 빠짐없이 읽었
다. 안데르센의 작품들은 물론이고 중국, 아랍, 마오리족‡의 동화
들까지도 통달하고 있었다.

 잠자는 숲속의 공주가 장벽 학문에 있어 중요한 이유는 간단하
다. 공주가 잠들어 있는 성을 둘러싸고 백 년이 넘는 세월 동안 아
무도 들여보내지 않는 것은 곧 가시나무 울타리이다. 바로 그래서
우리 도시에서는 가시나무 울타리를 가꾸는 정원사가 촉망받는 직
업이다. 매년 가시나무로 울타리를 쌓는 시합이 벌어질 정도다. 이
시합의 우승자는 황금으로 만든 잠자는 숲속의 공주 조각상을 상

---

‡ 루트비히 베흐슈타인(1801~1860). 독일의 유명한 동화 작가. ─ 옮긴이

‡ 빌헬름 하우프(1802~1827). 독일의 유명한 동화 작가. ─ 옮긴이

‡ 형은 야코프(1785~1863), 동생은 빌헬름(1786~1859)이다.
 전대 동화들을 수집해 체계적으로 다듬어 낸 업적으로 유명하다. ─ 옮긴이

‡ 뉴질랜드의 원주민을 이르는 말. ─ 옮긴이

금으로 받는다. 이 조각상은 25센티미터 크기의 순금 조각상이다.
(장벽 학문에서 순금은 하찮은 것이기는 하지만.)

87 잠자리는 뒤숭숭했다. 올레의 얼굴과 망친 무리쉬 시험 문제가 번갈아 나타나며 나를 약 올렸다.

다음 날 우리는 오전의 거의 절반 동안 아야티 선생님의 수업을 들어야 했다. 아야티 선생님은 아주 친절한 분이지만, 면도를 제대로 할 줄 모르는 거 같았다. 늘 면도용 화장수 냄새가 진동하는 것으로 보아, 하기는 하는 모양인데, 수염은 늘 까칠했다. 나는 아야티 선생님을 정말 좋아한다. 별 거 아닌 농담을 건네도 늘 껄껄거리며 웃어 주는 모습이 참 보기 좋다. 하지만 무리쉬 발음에 관한 한, 선생님은 엄격하다. 선생님은 내 발음을 들을 때마다 고개를 절레절레 흔들며 이렇게 말하곤 했다.

"알 수가 없단 말이야, 정말이지 알 수가 없어! 네 아빠가 저 유명한 장벽 학자라는 사실을 믿을 수가 없다. 아무래도 너에게 문제가 있는 게 틀림없어!"

"전 아빠가 아니에요!"

내 대답은 항상 이런 식이다. 아야티 선생님은 내 말에 땅이 꺼져라 한숨만 쉬었다. 하지만 단 한 번 이렇게 말한 적이 있다. 이 말을 나는 절대 잊지 못할 것이다.

"어휴, 넌 아무래도 네 어머니를 닮은 모양이다. 네 어머니도 무리쉬라면 쩔쩔맸거든……."

하지만 갑자기 말꼬리를 내린 선생님은 서둘러 주위를 돌아보며
입을 다물었다. 그러고는 손사래를 치며 나를 보고 애원하는 표정
을 지었다. 잘못 뱉은 말을 주워 담기라도 하려는 것처럼 허둥대는
모습이었다. 곧바로 화제를 바꾼 선생님은 전체 학생들을 상대로
무리쉬가 단수형과 복수형, 이렇게 두 가지 형태를 갖는 이유를 설
명했다. 그리고 자신이 이 주제로 박사 학위를 받았다는 이야기도
했다. 전 세계에 많은 언어들이 있지만, 이런 독특한 문법 체계를
갖춘 언어는 몇 개 안 된다고도 했다. 무리쉬의 가치는 그래서 더욱
빛난다고. 단수와 복수를 구별하는 이중성은 장벽의 의미를 가장
선명하게 보여 주는 것이라고 아야티 선생님은 강조했다.

　수업이 끝나자, 선생님은 나에게 다가와 여러 차례 자신의 말실
수를 사과했다. 생각이 깊지 못해 저지른 잘못이니 용서해달라며
제발 아빠에게는 비밀로 해 달라고 간곡하게 부탁했다.

88 워낙 내 무리쉬가 늘지 않자, 아야티 선생님은 나를 이비인
후과 병원에 보내기도 했다. 귀에 무슨 문제가 있지 않을까 짐작했
던 것이다. 의사는 나를 데리고 여러 가지 다양한 테스트를 했다.
하지만 결과는 이미 내가 잘 알고 있는 사실을 확인해 주었을 뿐이
다. 내 청력은 평균 이상으로 뛰어나다!

89 다음 날 아침 교정에 들어서자마자 뭔가 심상치 않다는 느
낌을 받았다. 아야티 선생님은 오전에 세 시간 무리쉬 수업을 하기

로 되어 있었으나 오지 않았다. 우리는 교실에서 삼삼오오 모여 앉아 웅성거리며 대체 무슨 일인지 짐작하기에 바빴다.

마침내 복도에서 발소리가 들리자 다들 서둘러 제자리로 돌아가 앉았다. 문이 벌컥 열리며 선생님이 급히 뛰어 들어왔다. 선생님의 눈길은 불안하게 교실의 이곳저곳을 훑었다. 인사말도 없이 선생님은 말했다.

"얘들아, 오늘 수업은 없다. 어서 빨리 학교를 떠나 주기 바란다. 교문 앞에 평소같이 셔틀모프가 준비되어 있을 거다."

말을 마친 선생님은 들어올 때와 마찬가지로 아무 인사말 없이 서둘러 교실을 나갔다.

우리는 멍하니 서로의 얼굴을 바라보았다. 도대체 무슨 일이 벌어진 것인지 아는 사람은 아무도 없었다. 학교에서 이런 일은 단 한 번도 일어난 적이 없었다. 더구나 수업을 하지 않는 것은 생각조차 할 수 없는 일이었다.

90 난 서둘러 가방을 챙겨 들고 다른 아이들과 함께 교실을 나섰다. 그토록 싫은 무리쉬 수업을 하지 않게 되었다는 것은 좋지만, 그렇다고 기쁜 내색을 할 수는 없었다. 뭔가 꺼림칙한 기분을 지울 수 없었기 때문이다. 아무튼 대단히 끔찍한 일이 벌어진 게 틀림없다.

누군가 내 등을 두드렸다. 우리 반 반장 여자아이였다.

"말해 봐, 넌 뭘 좀 알고 있지?"

반장이 나에게 물었다.

"내가?"

내가 되물었다.

"어떻게 그런 생각을 했지? 내가 뭘 안다는 거야?"

"넌 요 며칠 동안 올레와 함께 있었잖아. 그래서 묻는 거야."

"그럼 올레에게 무슨 일이 생긴 거야?"

나는 놀란 눈을 크게 뜨며 물었다.

"아니, 올레에게 무슨 일이 있다는 게 아니라……."

"그럼 뭐야?"

"난 그냥 몰라서 묻는 것뿐이야. 너라면 알까 싶어서."

"내가? 내가 뭘 어떻게 알아?"

나는 어처구니가 없어 웃음을 터뜨렸다. 반장은 당황한 표정으로 얼른 주위를 돌아보았다. 우리를 지켜보는 사람은 없었다. 이미 다들 밖으로 빠져나간 다음이었다.

"틀림없이 큰 사고가 벌어졌을 거야."

반장은 나에게 속삭였다.

"꽤 많은 여학생들이 다친 게 분명해."

"여학생들?"

"그래! 적어도 내 짐작으로는 말이야. 물론 자세한 건 나도 몰라. 하지만 틀림없이 그런 낌새가 있어. 너 어제 올레의 그 팬클럽 애들을 봤니?"

반장이 나에게 물었다.

"상급반의 여자애 세 명 말하는 거야? 왜, 걔들이 다쳤대?"

반장은 어깨를 으쓱했다.

"몰라, 하지만 관련이 있는 거 같아."

반장은 마지막으로 내 얼굴을 빤히 바라보았다. 나는 입술을 지그시 깨물었다. 반장은 내 말을 조금도 믿지 않는 게 분명했다.

91 집에 돌아온 나는 어제저녁에 먹다 남긴 음식을 다시 따끈하게 데웠다. 에스더가 만들어 놓은 러시아식 파이였다. 나는 그걸 별로 즐기지는 않았다. 기름기가 너무 많아 느끼했다.

집은 기묘하리만치 조용했다. 그러고 보니 이 시간에 집에 있는 게 얼마 만인지. (난 오전에 집에 있는 일이 거의 없다.) 오전의 집은 햇살이 비쳐 아주 환했다. 3월의 햇빛은 집 안을 빠른 속도로 따뜻하게 만들었다. 우리 집 벽은 아주 특수한 재질로 만들어진 것이다. 덕분에 벽은 거의 100퍼센트 빛과 열기를 받아들인다. (필요할 때면 빛을 차단하고 단열을 할 수도 있다.) 두께는 고작 0.0000036밀리미터에 불과하다! 그럼에도 바람과 비 그리고 도둑을 막는 데 손색이 없다. 징그럽고 더러운 벌레와 짐승(예를 들어 파리, 쥐, 빈대 등)을 들여보내지 않는 것은 물론이다. 우리 집은 일종의 시범 주택이다. 이 집은 장벽 학문의 원칙에 아주 충실하게 지은 집이다.

92 한동안 집 안의 이곳저곳을 새삼스럽게 돌아다녀 보았다. 들어서는 방마다 갖추어져 있는 가구와 그림 그리고 조각상은 마

치 처음 보는 것처럼 생소했다.

아빠의 서재에서 아주 묘한 상자를 하나 발견했다. 상자는 약 10센티미터 정도 높이에 길이는 20센티미터, 너비는 약 15센티미터 정도 돼 보였다. 앞면에는 5센티미터의 간격으로 두 개의 구멍이 있다. 구멍을 통해 안을 들여다볼 수 있다. 난 상자를 손에 들었다. 아주 가벼웠다. 구멍에 눈을 대고 안을 들여다보았다. 상자 안은 어두컴컴하기만 했다. 그런데 갑자기 우리 반 교실 모습이 나타났다. 교실은 텅 비어 있었다. 아야티 선생님만이 서서 나를 노려보고 있었다. 깜짝 놀란 나는 하마터면 상자를 떨어뜨릴 뻔했다. 하지만 곧 상자 안은 다시 어두워졌다. 얼마 동안 상자와 씨름하며 다시 교실이나 선생님의 모습을 보려고 했지만, 허사였다.

나는 당황한 채 상자를 내려놓았다. 뚝딱거리며 뭘 만들기 좋아하는 아빠의 작품이 틀림없었다. 보통 때 나는 아빠가 무얼 만들든 별로 관심이 없었다.

93 따스하게 비치는 햇살 아래 앉아 모처럼 얻은 자유 시간을 만끽하려고 했다. 하지만 생각처럼 쉬운 일이 아니었다. 계속해서 해야 할 일이 떠올랐다. 하는 수 없이 가방을 가져와 아직 하지 않은 숙제가 어떤 게 있는지 뒤졌다. 틀림없이 아직 하지 않은 게 있을 것 같았다. 아니면 중국어(내 제2외국어이다.) 한자를 복습하거나 생화학을 예습할 수도 있었다.

휴대용 컴퓨터를 켜고 일정을 클릭해 보았다. 나는 모든 숙제를 여기에 저장해 둔다. 그때였다, 조그만 노란 쪽지가 눈에 띈 것은.
이게 뭘까? 나는 이런 노란 쪽지를 쓰지 않는데……. 쪽지를 집어
들고 펼쳐 읽었다.

오늘 오후 2시 정각에 옛 우체국 건물로 올 것.
올레.

언제 이런 쪽지를 내 가방 안에 넣었을까? 휴대용 컴퓨터로 간단
하게 메일을 보낼 수도 있었을 텐데, 굳이 쪽지를 넣은 건 뭐람.

94 우체국 건물은 아직 헐리지 않고 남아 있는 몇 안 되는 옛날
건물들 가운데 하나였다. 우리 집에서는 몇 킬로미터 정도 떨어져
있었다. 옛 우체국은 강변 동네의 집들처럼 노란 벽돌로 지어졌다.
지금 그 건물은 우체국 박물관으로 쓰고 있다. 거기에는 우체국에
서 전통적으로 쓰던 물건들이 진열되어 있다. 박물관 앞에는 언제
나 마차가 대기하고 있다. 관심만 있다면, 방문객이 마차를 타고
동네를 한 바퀴 돌 수 있다.

95 왠지 모르겠으나 옛 우체국 앞에서는 검은 정찰대가 순찰을
돌고 있었다. 평소 검은 정찰대는 거의 모습을 드러내지 않는다.
지금처럼 제복을 입고 순찰을 하는 것은 비상 상황을 의미했다. 보
통 때 대원들은 사복을 입고 근무하기 때문이다.

검은 정찰대는 부대 별로 각기 맡은 지역이 달랐다. 그래야 공공 질서를 효율적으로 지킬 수 있기 때문이다. 그러니까 검은 정찰대는 일종의 경찰이었다. 그밖에도 장벽만 전문적으로 돌보는 검은 정찰대가 있다. 장벽을 보존하고 개선하는 일을 하는 부대이다.

물론 교육 문제를 전담하는 부대도 빼놓을 수 없다. 교육은 우리 사회가 자랑하는 최고의 가치이다. 아무리 머리가 나쁜 사람일지라도, 최선의 교육을 받는 것은 신성한 권리이자 의무이다. 교육법을 어기는 행위, 그러니까 수업을 빼먹고 오락실을 들락거린다거나, 낙제를 하는 것은 엄한 벌로 다스렸다. 물론 지나친 간섭이라는 비판도 있다. 예전에는 학업을 순전히 개인적인 문제로만 여겼다. 형편없는 성적으로 낙오자가 되건 말건 상관하지 않았던 것이다. 하지만 검은 정찰대가 교육 문제를 맡기 시작하면서 사정은 완전히 달라졌다. 검은 정찰대는 낙오자들을 잡아다가 처벌했으며, 동시에 다시 학교로 돌아갈 수 있도록 정신교육을 하기도 했다. 이를 위한 시설도 여러 곳에 마련되어 있다. 해당자는 일정 기간 정해진 시설에 들어가 교육을 받아야 한다. 학습 태도가 눈에 띄게 달라지고, 성적이 향상되어야 학교로 돌아올 수 있다.

검은 정찰대는 우리 도시의 최고위 기관이다. 검은 정찰대의 대장은 실질적으로 시장이나 다름없다. 물론 시장이라는 케케묵은 말을 아직도 쓰는 사람은 없다. 검은 정찰대 대장 위에는 알레프 부스타니가 있을 뿐이다. 하지만 알레프 부스타니가 아직 살아 있다는 확실한 증거가 없는 탓에 우리 도시의 권력관계는 아리송하다.

96 올레가 옛 우체국을 약속 장소로 잡은 것에 나는 적잖이 놀랐다. 검은 정찰대가 두려워서 그런 것은 아니다. 그건 분명히 아니다. 나한테는 뭘 숨기고 말고 할 것도 없다. 물론 올레가 나에게 그 비밀스러운 클럽 이야기를 하기는 했지만, 그런 게 문제될 성싶지는 않았다. 게다가 난 그 클럽 이야기를 그동안 완전히 지어낸 이야기로 여기고 있었다. 아마도 올레는 나에게 멋지게 보이고 싶어 그런 걸 지어냈으리라. 클럽이라고 하면 어딘지 모르게 은밀하면서도 고고한 멋이 풍기니 말이다. 또 올레가 나를 위험에 빠뜨리려고 위험한 장난을 칠 것처럼 보이지는 않았다.

나는 꼼짝 않고 서서 우체국 건물을 에워싸고 있는 검은 정찰대 대원들을 흥미롭게 관찰했다. 남자들(그 가운데 여자도 있는지는 확실하지 않다.)은 머리에 양털로 만든 검은 베레모를 썼고, 무릎 위까지 올라오는 검은색 긴 가죽 장화를 신었다. 키가 190센티미터 이상은 되는 건장한 남자들이 양털 베레모를 쓰고 있는 모습은 어딘지 모르게 우스꽝스러웠다. 몸에 착 달라붙는 검은 조끼와 꽉 조이는 바지를 입은 탓에 군인이라기보다는 겨울철 스포츠를 즐기는 운동선수나 승마선수처럼 보이기도 했다. 허리에 차고 있는, 아주 무시무시한 무기가 아니었다면 전혀 겁낼 필요가 없는 평범한 시민들처럼 보였을 것이다.

우체국 건물에 달린 커다란 종이 두 번 울렸다. 대원들은 2시를 알리는 종소리에 맞춰 좌향좌를 하고 건물을 한 바퀴 돌더니, 다시 자리를 잡고 부동자세를 취했다. 구경꾼들(검은 정찰대를 보면 사람들은 사진을 찍기에 바빴다.) 사이에서 올레를 발견했다. 올레도 열심히 대원들 사진을 찍고 있었다. 사람들 사이로 올레가 갑자기 사라졌다고 생각한 순간, 그가 바로 내 옆에서 나타났다. 올레는 거울처럼 반들반들한 선글라스를 끼고 있었다.

"왜 여기서 만나자고 한 거죠?"

"여기가 가장 안전하니까!"

"여기가요?"

놀란 나는 나도 모르게 검은 정찰대를 바라보았다.

"왜 이런 속담도 있지 않니. '장벽의 그늘에서 가장 아름다운 꽃이 핀다!'"

아하! 난 고개를 끄덕였다. 올레가 말하는 속담은 저 노랑 정원을 염두에 둔 것이리라. 하지만 올레의 말에는 그 이상의 의미가 숨어 있을 것 같았다.

"여기, 그러니까 검은 정찰대가 지켜보고 있는 곳이 우리에겐 가장 안전한 곳이야."

난 이마를 찡그렸다.

"우리가 위험하다는 뜻인가요?"

올레는 옆에서 내 얼굴을 바라보았다.

"그렇게 말할 수도 있지……. 아무래도 넌 아무것도 모르는 모양이구나."

나는 정말 모른다는 뜻으로 고개를 가로저었다.

"오늘 학교가 문을 닫은 걸 두고 하는 말인가요?"

올레는 다시 카메라를 높이 들고, 꼼짝도 않고 서 있는 대원들을 촬영했다. 그러고는 선글라스를 벗고 나를 똑바로 쳐다보았다. 얼굴은 백지처럼 창백했고, 눈은 빨갛게 충혈되어 있다. 이제 보니 손도 심하게 떨고 있다.

"갑자기 모든 게 틀어지고 말았어. 그런데 진짜 화가 나는 건 정작 무슨 일이 벌어졌는지 나도 정확히 모른다는 거."

나는 올레의 얼굴만 멍하니 바라보았다.

숨을 깊이 들이마신 올레가 말했다.

"잘 들어. 아침에 나온 학교 측 얘기로는 테싸와 탄야 그리고 타마라가 운동을 하다가 사고로 목숨을 잃었다는 거야."

"선배의 여자 친구들 셋이 모두 죽었다고요?"

내가 물었다.

"그걸 모르겠어."

"그럼 누가 언니들이 죽었다는 걸 확인한 거죠?"

"말했잖아, 학교 측의 공식 발표라고."

난 올레가 무슨 말을 하는 것인지 잘 알아들을 수가 없었다. 공식적으로 누가 죽었다고 발표되었다면, 그건 확실히 죽은 게 아닌가? 사망 발표가 났어도 살아 있을 수 있나?

올레가 정색을 했다.

"내 이론이 맞다면, 걔들은 죽은 게 아냐."

나는 아무 말도 하지 못하고 설명을 기다렸다. 기기묘묘한 이론들이야 집에도 차고 넘친다. 나는 미동도 하지 않고 서 있는 검은 정찰 대원들을 바라보았다.

"넌 내 이론이 궁금하지도 않니?"

올레가 놀랍다는 표정으로 나를 쏘아보았다.

"궁금해요."

정찰대의 대장이 트럼펫을 불기 시작했다. 정말 웃기는 일이 아닐 수 없었다. 각종 최신 장비들로 중무장한 부대에 트럼펫이라니? 신식과 구식이 잡탕이 된 대단한 시대착오다.

"내가 보기에 그 애들은 넘어갔어. 하지만 누구한테도 이 이야기를 하면 안 돼!"

올레가 속삭였다. 하지만 말을 알아듣기가 어려웠다. 트럼펫 소리가 워낙 컸기 때문이다. 하지만 이제야 비로소 왜 여기가 은밀하게 비밀 정보를 교환하기 좋은 곳인지 그 이유를 알 수 있었다. 올레의 그 클럽이라는 게 반달에서 시트로냐나 마시면서 웃고 떠드는 모임이 아니라는 것도 분명해졌다.

"넘어가다니요?"

나도 소곤거리며 되물었다.

"그러니까 선배 말은……."

나는 놀라 말을 끊었다. 트럼펫이 다시 조용해졌기 때문이다.

"그래, 바로 그거야!"

올레가 되받았다. 한동안 다시 말을 아끼던 그는 다시 트럼펫이 연주를 시작하자, 입을 열었다.

"잘 들어."

올레는 내 귀에 대고 속삭였다. 그의 입김이 귀를 간질이자, 이상하게도 짜릿한 느낌이 들었다.

"난 네 도움이 필요해."

"내가 뭘 어떻게 도와요?"

"너 그 바이올린 아직 가지고 있지?"

"바이올린?"

"그래, 네 어머니의 바이올린 말이야. 지금 너한테 정확하게 설명하기는 어렵지만, 네 어머니는 자신이 아는 비밀을 어딘가에 숨겨 놨어. 우린 비밀의 은닉처가 바로 바이올린일 거라고 확신해."

나는 고개를 세차게 가로저었다.

"무슨 말인지 하나도 모르겠어요."

"그럴 거야, 내가 나중에 자세히 설명할게. 넌 그저 그 바이올린이 어디 있는지만 말해 주면 돼."

나는 다시 고개를 가로저었다. 트럼펫이 막 연주를 끝낸 탓에 숨소리까지 들렸다. 올레가 내 허리를 부여잡고 와락 끌어당겼다. 마치 키스라도 하려는 것만 같은 몸짓이었다. 대체 올레는 나에게서 무엇을 원하는 걸까? 그저 클럽에 함께해 달라고? 아니면 다른 누구에게서도 얻을 수 없는 걸 내가 줄 수 있기라도 한 걸까? 나한테 사랑에 빠져서? 아님, 그저 나를 이용하려고?

"이건 우리 모두에게 아주 중요한 문제야!"

올레가 속삭였다. 그리고는 돌연 내게 입을 맞췄다. 올레의 손은 내 등을 감싸고 놓아주려 하지 않았다. 나는 빠져나오려고 발버둥

을 쳤다. 하지만 사실 속마음으로 외치고 있었다. '이대로 오랫동안 키스를 하고 싶다!'

"먼저 무슨 일인지, 그 클럽은 뭘 하는 곳인지부터 말해 줘요."

"이런 일이 벌어질 줄은 정말 몰랐어. 탄야와 테싸 그리고 타마라에게 벌어진 사건 말이야. 원래 우리는 오늘 저녁에 너를 만날 생각이었어. 모든 걸 자세히 설명해 주려고 말이야. 그런데 지금 상황이 완전히 뒤바뀌고 말았구나."

올레는 다시 나를 끌어안고 키스를 했다.

"내일 다시 만나자. 이제는 집으로 가. 안 그러면 우리가 의심을 받을 거야."

올레는 이렇게 속삭이며 혀를 내 입속으로 밀어 넣었다. 난 아무 말도 할 수 없었다.

사람들이 흩어지기 시작하면서 우리도 헤어졌다. 우리는 내일 오후 다섯 시에 다시 만나기로 약속을 했다.

97 아빠는 근심이 가득한 얼굴로 나를 기다리고 있었다.

"어디 갔다 오니?"

나를 보자마자 아빠가 물었다.

"산책했어요."

나는 이렇게 둘러댔다. 전혀 거짓말은 아니다. 될 수 있는 한 빨리 아빠를 피해 내 방으로 들어가고 싶었다. 지금 아빠와 이야기를 한다면 복잡한 속마음을 들킬 것만 같았기 때문이다. 머릿속에서는 여러 가지 생각들이 복잡하게 얽혀 소용돌이를 일으키고 있었다. 빨리 침대에 누워 천장을 바라보며 생각을 정리했으면 하는 마음이 굴뚝같았다.

"거참, 끔찍한 일이로구나!"

아빠가 말했다.

나는 아무 말도 하지 않았다. 무엇 때문에 하는 말인지 잘 알았기 때문이다.

"한꺼번에 세 명이나!"

아빠가 끌끌 혀를 찼다.

"그런 사고는 다시 안 일어날 줄 알았건만."

"무슨 일이 있었는데요?"

"응? 학교에서 아무 말도 안 해 줬니?"

"아뇨. 우린 수업도 시작하지 못하고, 집으로 돌아가라는 말만 들었어요."

"학교 책임자들을 이해할 수가 없구나. 그렇다고 휴교할 것까지야 없지 않나? 아무것도 알려 주지 않고 집으로 돌아가라고 했다니, 그런 무책임한 일 처리가 어디 있어? 그러니까 자꾸 나쁜 소문만 생기는 거지. 4년 전이었지, 아마? 그때도 여학생이 한 명 죽었잖아. 너 기억나니?"

그 여학생 얼굴은 생각나지 않았지만, 사건만큼은 똑똑히 기억하고 있었다. 몇 년 전 반장이 끔찍한 사고로 목숨을 잃었던 것이다. 그때도 죽은 게 아니라 장벽 너머로 사라졌다는 소문이 끈질기게 퍼졌다. 내 기억이 정확하다면 반장의 이름은 리카르다 타이히만이다. 바이올린 연주 솜씨가 아주 뛰어난 여자애였다. 학교에서 열렸던 콘서트에 독주자로 나왔던 모습이 선명하게 기억난다. 학과 성적도 모든 과목에서 발군의 실력을 자랑했다. 학기 말마다 검은 주사위를 상으로 받곤 했다. 높이와 길이 그리고 폭이 모두 20센티미터인 주사위(한 손으로 다루기가 벅찬 크기이다.)였지만, 크기에 비하면 놀라울 정도로 가벼웠다. 정확히 말해서 깃털만큼도 무게가 나가지 않았다. 이 주사위는 매 학기 최고의 성적을 거둔 학생만 받을 수 있었다.

"당시 학교는 사흘이나 휴교를 하기로 결정했지."

아빠가 계속 말을 이었다.

"하지만 무슨 일이 일어났는지는 단 한 마디도 알려 주지 않았어. 내가 여러 번 강조했지만, 그건 올바른 대응이 아니야⋯⋯."

"그럼 아빠는 어제 무슨 일이 일어난 건지 알아요?"

내가 아빠에게 물었다.

"상급반 여학생 세 명이 목숨을 잃었어. 참 묘하게도 항상 가장 우수한 아이들이 희생당한단 말이야. 장벽 학문으로 이 문제를 풀 수 있다면 좋으련만!"

아빠는 창문 너머로 정원을 바라보았다. 그곳에는 봄꽃이 활짝 피어 있었다.

98 아빠의 취미는 정원을 돌보는 것이다. 틈만 났다 하면 정원

에 나가 식물들과 함께 시간을 보냈다. 아빠는 정원 일이야말로 매일 장벽과 씨름하느라 지친 마음을 가장 잘 달래 준다고 했다. 아빠는 특히 뿌리가 갖는 폭발적인 힘을 보고 감탄해 마지 않는다. 그 힘을 보면 무섭다는 생각까지 든다.

"아스팔트를 뚫고 나와 꽃을 피우는 저 힘을 봐라! 흙 한 줌 없이도 저토록 아름다운 꽃이 피어난다는 게 놀랍지 않니?"

아빠는 정원 일을 할 때마다 나에게 이렇게 묻곤 한다.

벽을 흙이나 바위 혹은 벽돌 같은 재료로 쌓았던 옛날에는 식물의 뿌리 때문에 벽에 금이 가는 일이 잦았다고 한다. 그늘지고 눅눅한 곳에서 쉽게 번식하는 이끼 역시 벽에 심각한 해를 끼친다고 한다. 이렇게 식물로 인해 생겨나는 피해 액만 해도 매년 엄청나다. 그래도 아빠는 식물이 저렇게 좋을까. 혹시 바로 그래서 좋아하는 것일까?

"사람들은 실력이 비슷한 적만 두려워하는 법이거든. 식물을 깔보다가 큰코다치고 말지."

그래서 아빠는 나무 울타리를 가장 좋아하는 모양이다.

99 아빠가 나를 바라보았다.

"세 여학생은 사고를 당한 거죠?"

내가 물었다.

"그래, 운동을 하다가 사고를 당한 모양이야. 나는 벌써 몇 번이나 너희 학교 운동 시설에 결함이 많다고 지적했어. 다른 학교들은 시설이 훨씬 좋아."

"학교 운동장에서 그랬나요?"

"보고서에는 그랬다고 되어 있지."

아빠는 한숨을 쉬었다.

"그렇다고 휴교를 하는 건 잘못된 거라고 그렇게 일렀건만. 휴교를 하면 괜히 쓸데없는 헛소문만 일으키게 되지."

"하지만 학생들이 죽었다는 건 끔찍한 일이잖아요."

"그거야 물론 그렇지. 하지만 좀 더 공개적이고 공격적으로 사후 처리를 하는 게 좋아. 숨기고 감춘다고 좋을 건 하나도 없어."

"뭘 숨기고 감춘다는 거죠? 감출 게 있어요?"

"그만하자."

아빠는 갑자기 말을 돌리려고 했다.

"네가 그 문제를 너무 많이 생각하는 건 좋지 않겠구나. 차라리 영화나 한 편 보던가, 아님 정원에 나가 햇볕이라도 쬐렴. 남쪽 방향이 제법 따뜻하더라."

나는 그럼 그렇지, 하며 고개를 끄덕였다. 대화가 되나 싶으면 꼭 이런 식이라니까. 언제까지 나를 어린애 취급하려는 걸까? 슬그머니 화가 났다.

100 정원에 나가고 싶은 생각은 조금도 없었다. 나는 방에 올라가려고 일어섰다.

"잠깐만!"

아빠가 나를 불러 세웠다.

"듣자니 너 요즘 올레 미첼과 자주 만난다며? 그 녀석과 만나는 게 너한테 좋은 건지 모르겠다. 올레 미첼은 시설에 불려 가 교육을 받은 적이 있어."

시설이라는 말에 등에서 오소소 소름이 돋는 것을 느꼈다. 낙제생들을 잡아다가 검은 정찰대에서 교육을 시킨다는 저 시설에 올레가 간 적이 있다고? 또 그걸 아빠가 알고 있어? 나는 가슴이 철렁 내려앉는 것만 같았다.

"하지만 올레는 학교 신문의 편집장이에요."

"학교 신문이 별 거냐? 수준은 낮은 데다가 쓸데없이 반항기만 가득하지."

"하지만 시설을 나와서 다시 모범생으로 돌아오는 비율이 72퍼센트나 된다면서요. 거기 한 번쯤 갔다 왔다고 꼭 불량 학생으로 취급해야 하나요?"

"그야 말이 그런 거지."

아빠는 내 얼굴을 뚫어져라 바라보았다.

"내가 알기로는 13퍼센트밖에 안 돼. 게다가 시설에서 진짜 범죄자들하고 가까워지는 경우가 많지. 심지어 장벽을 훼손하려는 적대자들하고도 사귀고 말이야. 시설이라는 데는 아예 발을 들여놓지 않는 게 좋은 거야. 알았나요, 사랑하는 따님?"

아빠는 내 일굴에서 의심의 눈초리를 거두지 않았다.

"그런데 아빠는 어떻게 올레를 알아요?"

아빠 앞에서는 어떤 것도 숨길 수 없다는 사실에 막막해졌다.

"내가 그를 직접 아는 건 아니야. 하지만 올레의 어머니가 우리 연구소에서 일하고 있지."

"올레의 어머니가 아빠 동료 교수예요?"

나는 놀라서 되물었다.

"아니, 그분은 우리 층의 청소를 맡고 있어."

나는 올레의 얼굴을 떠올렸다. 올레가 청소부의 아들이라면 정말 영재가 틀림없다. 가난한 집에서 우리 학교에 들어오는 경우는 뛰어난 재능을 인정받아 장학금을 받는 경우뿐이기 때문이다.

"그런데 왜 시설에 갔었대요?"

"3년 전에 무리쉬 시험에 떨어졌어. 올레의 어머니는 그것 때문에 무척 힘들어했지."

아빠는 내 얼굴을 물끄러미 바라보았다.

"너한테는 그런 불행한 일이 일어나지 않기를 바란다."

아빠는 내 머리를 쓰다듬었다.

나는 나도 모르게 고개를 젖혔다. 언제부터인지는 정확히 몰라도 아빠가 나를 만지는 게 불편하고 싫었다.

"그러니까 조심해라."

아빠가 다시 말했다.

"올레와 만나는 건 조심하는 게 좋을 거야. 그런 친구와 사귀는 건 아빠가 원하는 바가 아니다. 게다가 올레의 아버지는 벌써 몇 년 전부터 감옥에 있단다. 실험실에서 배양한 고기를 자연산이라고 속여 팔았거든."

101 알레프 부스타니는 390년 전, 베를린에서 시리아 출신의 아버지와 독일인 어머니 사이에서 태어났다. 베를린 장벽의 붕괴는 그에게 지울 수 없는 깊은 상처를 남겼다. 장벽이 무너지고 나서 얼마 지나지 않아, 부모가 함께 목숨을 끊었기 때문이다.

알레프 부스타니는 5년 동안 고아원에서 살았다. 그러다가 학교도 마치지 않고 독일을 떠났다. 우선 그는 시리아로 건너갔다. 다마스쿠스에서 경찰의 추적을 피해 잠적한 그는 10년 뒤에야 다시 베이루트에서 모습을 드러냈다. 그가 다마스쿠스에 있었던 시절을 사람들은 '암흑의 10년 세월'이라고 부른다. 이 시절을 둘러싼 일화들은 헤아릴 수 없이 많다.

당시 베이루트에는 언제 깨질지 모르는 살얼음판 같은 평화가 이어지고 있었다. 종교를 기반으로 하는 집단들이 속속 생겨났다. 하지만 알레프 부스타니의 뜻은 다른 곳을 향하고 있었다. 그가 베이루트에서 가담한 집단은 스스로 '아수르'라고 불렸다. '아수르'의 뜻은 '장벽'이다. '아수르'가 어떤 문제들과 씨름했는지는 알레프 부스타니의 첫 번째 저작인 《장벽의 시대》를 보면 잘 나와 있다.

이 비밀결사의 회원들은 모두 살해당하고 말았다. 알레프 부스타니만이 유일하게 살아남아 다시 다마스쿠스로 피신했다. 당시 추적을 피해 다니며 그는 여러 권의 책을 썼다. 《시대의 단절》이나

《망각의 벽》 또는 《단절의 망각》 등이 당시의 작품들로 잘 알려져 있다.

물론 나는 알레프 부스타니가 쓴 책들을 모두 읽었다. 초급반에서부터 이미 필독서였다. 하지만 솔직히 말하자면 단 한 구절도 제대로 이해한 게 없다.

이렇게 책을 쓴 시절을, 사람들은 '침묵의 시기'라고 부른다. 이 시기가 끝나자 알레프 부스타니는 적극적으로 활동에 나섰다. 이미 수많은 추종자들이 그의 뒤를 따랐다고 한다. 집단의 규모는 하루가 다르게 커 갔으며, 빠른 속도로 전 세계에 전파되었다. 알레프 부스타니는 다시 유럽으로 돌아왔다. 그는 하늘이 먹물같이 흐리던 11월의 어느 날(사실 이 날은 알레프 부스타니의 서른일곱 번째 생일이다.) 그가 오랫동안 생각해 오던 이론에 꼭 맞는 장벽을 세웠다. 처음에 장벽은 알레프 부스타니의 집에서 세워지기 시작했다. 정확히 말해서 그의 방에서 장벽은 처음으로 쌓아졌다. 이 방이 바로 사람들이 전설로 떠받드는 노랑 살롱이다. 이 살롱은 알레프 부스타니의 집 전체와 마찬가지로 327년째 자취를 감추고 있다. 어디에 있는지 도무지 찾을 수가 없는 신묘한 일이 벌어진 것이다.

여기까지는 누구나 알고 있는 이야기이다. 처음에 알레프 부스타니의 집 안에서 시작했던 장벽은 지금껏 그 정체가 알려지지 않은 신비한 힘을 발휘하며 계속 길어지기 시작했다. 결국 알레프 부스타니의 감독 아래 24년이라는 시간이 걸려 오늘과 같은 규모의 장벽이 완성되었다.

장벽이 완성되고 나서 얼마 지나지 않아, 알레프 부스타니와 그의 집은 흔적도 없이 자취를 감추었다.

102 장벽은 그저 단순한 벽이 아니다. 장벽이라는 소박한 말로는 도저히 설명할 수 없는 게 알레프 부스타니의 장벽이다. 장벽은 그 정확한 두께를 알 수 없고, 내부에 여러 개의 커다란 공간들을 감추고 있다고 한다. 심지어 어떤 이들은 어떤 부분에서 장벽의 두께가 100미터나 된다. 물론 입증되지는 않은 사실이다. 계속 측량을 해 봤지만, 도무지 정확한 두께를 알 수 없었던 것이다. 그도 그럴 수밖에 없는 게 측량이라는 것 자체가 무의미했다. 장벽의 극히 일부만 검은 정찰대가 맡고 있었던 탓이다. 검은 정찰대는 장벽을 44.7센티미터 깊이까지만 조사할 수 있었다.

103 잠에서 깼을 때, 벌써 밖은 어두웠다. 배고픔을 견딜 수 없어서 일어나 주방으로 갔다. 냉장고를 열고 요구르트 하나를 꺼냈다. 요구르트를 먹으며 내일은 어떻게 될까, 생각했다. 내일도 학교는 쉴까?

난 책가방을 가져다가 휴대용 컴퓨터를 꺼내 켜 보았다. 학교 당국은 비상 시 컴퓨터로 통지를 보낸다. 어떤 수업이 휴강을 한다든지(지금까지 그런 일은 한 번도 없었다.) 혹은 무슨 행사가 열린다든지 하는 소식을 메일로 공지하는 것이다. 내 비밀번호를 입력하자 화면에 팟 하고 공지 사항이 떴다.

비극적인 사고로 우리의 소중한 친구 테싸와 탄야 그리고 타마라가 목숨을 잃고 말았습니다. 이런 슬픈 소식을 전할 수밖에 없는 것을 유감으로 생각합니다. 무기한 연기하기로 했던 수업은 내일 모두 정상적으로 실시됩니다. 오후 정각 다섯 시에는 대강당에서 추모식이 열릴 예정입니다. 학생들은 한 사람도 빠짐없이 참석해 주시기 바랍니다.

그것 참 이상한 일이다. 학생이 죽었다고 해도 지금껏 단 한 번도 추모식 같은 것은 열리지 않았다. 우리 학교에서 유일한 기념행사는 알레프 부스타니의 생일이다.

요구르트는 벌써 다 마셨다. 하지만 배는 여전히 고팠다. 다시 냉장고로 다가가다가, 퍼뜩 올레와의 약속을 떠올렸다. 올레와의 약속도 오후 다섯 시인데. 요구르트를 하나 더 꺼내 한참 저으며 나는 생각에 잠겼다. 어떻게 하는 게 좋을까? 어찌해야 그에게 연락을 할 수 있지? 문득 올레에 관해 아는 게 아무것도 없다는 생각이 들었다. 집 주소도 메일 주소도 몰랐다. 어떻게 해야 그에게 연락을 할 수 있지?

다시 방으로 돌아와 책가방에서 주소록을 꺼내 뒤적여 보았다. 학교의 공식 전화번호에 학생 신문의 연락처도 끼어 있었다. 하지만 편집장 칸은 텅 비어 있었다. 내 입에서 나도 모르게 욕이 튀어나왔다.

휴대용 컴퓨터를 다시 가방에 넣는 순간, 무리쉬 책이 눈에 띄었다. 이상하다? 무리쉬 책이 중국어 책보다 앞쪽에 꽂혀 있는 거였다. 평소 나는 무리쉬 책을 제일 뒤에 넣어 두곤 했다. 내가 좋아하는 과목 순서대로 책을 넣어 두는 건 아니다. 무리쉬 책은 가장 두껍고 제일 무거워서 뒤에 있어야 했다. 우리 책가방은 등에 메는 전형적인 가방이다. 고리타분하게 보일지 모르지만, 학교는 학생들의 척추에 무리가 가서는 안 된다며 손가방이나 서류 가방 따위를 들고 다니지 못하게 했다. 반드시 등에 메는 가방을 쓰라는 것이다. 종류도 하나뿐이었다. 다만 색깔에 변화를 줬다. 밝은 황갈색, 중간 황갈색 그리고 짙은 황갈색 이렇게 세 가지 종류가 있었다.

가방에는 학교를 상징하는 표장이 그려져 있고, 바로 그 아래 학생들의 이름표가 붙어 있다.

104 알레프 부스타니는 그의 저서 《단절의 망각》에서 색을 분석하고, 각각의 색채가 장벽 학문 내에서 갖는 가치를 정해 놓았다.

하나의 색이 가지는 가치는 여러 가지 기준에 따라 각각 다르다. 그러니까 아주 다양한 색 배열이 있는 셈이다. 우선 밝으나 어두우냐에 따른 가치가 있다. 여기서 흰색은 0, 검은색은 100의 가치를 갖는다. 그다음의 기준은 따뜻함과 차가움에 따른 것이다. 푸른색은 0, 빨강색은 100의 가치를 갖는다. 이 두 가지 기준은 상식으로도 얼마든지 이해할 수 있다. 세 번째 기준은 이른바 부스타니 가치라고 하는 것이다. 여기서는 황금색이 100, 짙은 군청색이 0의 가치를 갖는다. 이건 왜 그런 것인지 아리송하기는 하지만 누구도 이의를 제기하지 않는다.

한 가지 색깔이 장벽 학문에서 갖는 전체 가치는 위의 세 가지를 모두 적용해 계산해 낸다. 물론 부스타니 가치가 가장 중요한 것이어서 여기에 여덟 배의 가산점을 준다. 이렇게 해서 가장 높은 가치를 갖는 색은 물론 황금색이다.

아빠는 부스타니 가치를 집중적으로 연구해서 이에 관한 논문을 한 편 썼다. 하지만 무슨 이유에서인지 발표하지 않고 있다. 아빠는 이 논문에서 우선 각 기준이 어떤 의미를 갖는지 따진 다음, 부스타니 가치에 허점이 많음을 드러내고, 마지막으로 각각의 색깔이 갖는 가치를 전혀 다르게 계산해 내는 방식을 제안했다. 내가 이 논문에 관해 비교적 자세히 알고 있는 것은 어느 날 저녁 아빠가 몇몇 손님들을 초대해 자신의 논문을 두고 격렬한 토론을 벌이는 것을 엿들었기 때문이다. 물론 일부러 엿들은 건 아니다. 잠을 이루지 못해 뒤척이다가, 주방에 먹을 것을 가지러 가던 길이었다. 토론을 하면서 손님들은 아빠에게 논문을 발표하지 말라고 경고했다. 자칫 알레프 부스타니에게 도전장을 내미는 것처럼 비칠 수 있다는 것이다.

105 그때 가방 옆에 벗어 두었던 교복 상의가 눈에 들어왔다.

106 아무리 봐도 저 바느질 자국은 짜증 나. 도무지 봐줄 수가

없다니까.

107 사실 짜증 나기는 학교도 마찬가지야. 학교가 정말 싫어.

108 그래도 내가 제일 싫어하는 건 따로 있지. 그건……. 에이, 놔두자.

109 어쨌거나 이상하네. 왜 무리쉬 책이 제자리에 있지 않지? 누가 내 책가방에 손을 댄 것은 아닐까? 에스더? 에스더가 뒤졌을까? 아니지, 에스더는 오늘 오후 집에 있지 않았잖아. 그럼 누가? 혹시 아빠가? 그렇다! 누군가 뒤졌다면 아빠 밖에 없다! 나는 서서히 속이 부글부글 끓어오르면서 견딜 수 없이 화가 나기 시작했다. 대체 아빠가 내 가방을 왜 뒤진 거지? 아빠한테 내 가방이 무슨 상관이람? 드디어 나는 폭발 지경에 이르렀다. 하지만 왜 이렇게 화가 나는지 알 수가 없었다. 내가 아빠한테 숨길 것도 없잖아. 아냐, 혹시 몰라. 아차!

110 열쇠! 중앙역 사물함의 열쇠를 내가 어디 두었지? 나는 얼른 가방을 뒤집어 탈탈 털었다. 내용물이 바닥에 쏟아졌다. 샅샅이 뒤졌지만, 없다! 열쇠가 사라졌다.

이런 엄청난 일이 벌어지다니!

111 틀림없이 아빠가 열쇠를 가져갔다. 나는 분명히 알 수 있었다.

112 하지만 왜? 알 수 없다. 짐작할 수도 없다.

113 하지만 가만있어 봐. 아빠가 열쇠를 가져갔다고 하자. 그게 뭐 그리 끔찍한 일일까? 그 열쇠가 어디에 맞는지 아빠는 전혀 모르잖아. 또 안다고 하더라도 사물함을 이용하는 게 잘못인가? 바이올린을 가지는 게 금지된 일인가? 물론 그게 돌아가신 엄마의 유품이기는 하지만…….

114 혹시 몰라. 방 안에 떨어진 것은 아닐까? 난 방 안을 샅샅이 뒤졌다. 하지만 열쇠는 어디에서도 나오지 않았다.

마지막으로 열쇠를 보았던 순간을 정확히 떠올려 보려고 애를 썼다. 요 며칠 사이의 일들이 영화의 장면처럼 스쳐 지나갔다. 마지막으로 열쇠를 생각했던 것은, 올레를 만난 승강기 안에서였다. 올레가 나에게 바이올린에 관해 물었을 때, 난 열쇠를 안전한 장소에 꼭꼭 숨겨 두어야겠다고 다짐을 했다. 하지만 이후 그 생각은 까맣게 잊고 말았다. 열쇠는 가방 안에 그대로 있었다.

115 아래로 내려간 나는 바닥에 널려 있는 책과 잡지들 사이를 샅샅이 뒤졌다. 하지만 끝내 열쇠는 보이지 않았다. 난 세차게

고개를 흔들었다. 머리가 지끈지끈했다. 다시 한 번 가방을 들고 가죽을 탕탕 소리가 나도록 두들겼다. 구겨진 사탕 포장지가 나풀나풀 떨어져 내렸다. 열쇠는 없다!

116 아빠의 서재와 옷장, 침대 등 눈에 띄는 곳마다 뒤지고 또 뒤졌다. 나오는 건 책과 노트뿐이었다. 내용도 알 수 없는 휘갈겨 쓴 메모들이 어지러웠다. 어떻게 해야 사팔뜨기를 고칠 수 있나 하는 이상한 책과 낡아서 손만 대면 으스러질 것 같은 도시 지도가 한 장 있었다. 20세기의 케케묵은 바이올린 교본 《즐거운 바이올린》도 나왔다. 반대편을 내다볼 수는 있어도 반대쪽에서 이쪽은 볼 수 없는 거울을 어떻게 하면 평범한 거울처럼 보이게 만들 수 있는지 설명한 책도 있었다. 내가 이럴 줄 알았다. 아빠가 읽고 쓰는 건 모두 헛소리일 뿐이다. 이제는 확실히 알 수 있다.

117 저녁 아홉 시에 잠자리에 들었다. 하지만 밤새 눈 한 번 감을 수가 없었다.

118 다음 날 아침 몸이 오들오들 떨릴 정도로 추웠다. 심장이 빨리 뛰고, 눈은 불에 덴 것처럼 화끈거렸다. 치아가 딱딱 맞부딪칠 정도로 덜덜 떨면서, 나는 욕실로 가 뜨거운 물을 틀어 놓고 샤워를 했다. 물방울이 내 몸에 부딪치며 떨어져 내린나. 샤워를 하는 동안 나는 우리 욕실의 한쪽 벽 전체를 차지하고 있는 거울에

내 알몸을 비추어 보았다.

　화장실에 샤워 공간을 내기 위해 마련된 칸막이는 아주 우수한 재료로 만든 것이다. 아직 본격적인 생산에 들어가지 않고, 우리 집을 지은 다른 재료들과 마찬가지로 시험 단계에 있는 최신 제품이다. 칸막이는 대단히 놀라운 성능을 가졌다. 칸막이 안에서 샤워를 하면서 바깥을 환하게 내다볼 수 있다. 다시 말해서 칸막이 건너편의 것을 모두 잘 볼 수 있다. 하지만 바깥에서 안은 전혀 들여다볼 수 없다. 그러니까 샤워를 하고 있는 내 몸은 완전히 가려지는 것이다. 나와 아빠의 몸을 완전히 지켜 주는 것이랄까. 안에서 밖을 보면 투명하지만, 밖에서 안을 보면 아무것도 없다. 간단히 말해서 욕실의 칸막이는 일종의 마법 외투인 셈이다. 입으면 짠하고 사라지는! 하지만 유감스럽게도 이 기술은 아직 완벽하지 않다. 칸막이 뒤에서 빠른 속도로 움직이면, 운동 중인 신체 부위가 완전히 가려지지 않는다. 바로 그래서 바깥의 관찰자는 팔이나 다리 등의 특정 부위가 튀어나오는 것 같은 느낌을 받는다. 정말 기묘한 광경이다. 심지어 그걸 보고 있으면 소름이 끼칠 정도로 무섭다. 갑자기 팔 하나가 공중에 붕 떠 있는 모습을 상상해 보라. 게다가 가끔이기는 하지만 몸의 테두리, 그러니까 윤곽이 희미하게 드러나는 경우도 있다. 칸막이의 섬세한 이음부가 욕실 바닥에 깔린 타일에서 반사되는 인공조명 빛을 완전히 가려 주지 못하기 때문에 생겨나는 현상이다. 아빠는 이런 현상을 두고 인공조명 빛의 주파수와 칸막이를 통과한 빛의 주파수가 서로 간섭을 일으키기 때문이라고 설명한다. 아무려나 나는 그런 어려운 말을 조금도 이해하지 못한다. 어쨌든 현재로서는 이 새 기술의 도움을 받아도 형체가 완전히 사라지는 효과는 얻을 수 없다.

119 뜨거운 물로 샤워를 하고 나자 기분이 조금 나아졌다.

120 나는 정확한 시간에 학교에 도착했다.

분위기는 어수선했다. 교실마다 아이들은 삼삼오오 모여 서서 서로 속닥거리고 있다. 무슨 이야기를 하는지 뻔하다.

나는 아이들 무리를 무심히 지나쳐 내 자리로 갔다. 자리에 앉자, 수업 시작을 알리는 종소리가 울렸다. 나는 컴퓨터를 켜고, 수학이라고 입력했다. 그런데 아야티 선생님이 교실로 들어왔다! 놀란 나는 눈을 크게 떴다. 분명 수학 시간인 줄 알고 있었는데.

얼른 주위를 돌아보았다. 하지만 다른 아이들은 아야티 선생님이 오신 것을 보고도 전혀 놀라지 않았다.

"장벽의 축복이 너희와 함께하기를!"

아야티 선생님이 무리쉬로 인사를 했다. 모두들(나만 빼고) 답례를 한다. 그런 다음 선생님은 역시 무리쉬로 죽음에 관해 이야기하기 시작했다. 그런 이야기를 하는 심정이야 충분히 이해할 수 있지만, 난 일부러 귀담아듣지는 않았다. 그보다 내가 더 걱정하는 것은 망쳐 버린 시험이었다. 시험을 둘러싼 걱정은 요 며칠 사이 까맣게 잊고 지냈다. 하지만 오늘 내 이름이 분명히 선생님 입에서 나올 것이다. 수업 시간표대로라면 우리는 글피나 되어야 아야티 선생님을 다시 보기로 되어 있었다. 나는 이야기에 열중하고 있는 선생님의 모습을 지켜보았다. 원래 참 친절하고, 좋은 분인데……. 선생님은 레바논 출신이다. 선생님의 조상들 가운데 한 분은 당시 새로 만들어진 집단 아수르의 일원이었다고 한다. 알레프 부스타니와 개인적으로 알고 지냈다는 것이다. 아야티 선생님은 이를 대단히 자랑스러워했다.

아야티 선생님의 입에서 시간, 단절, 망각, 장벽 등과 같은 거창한 단어들이 쏟아져 나왔다. 나는 애쓰고 있는 선생님의 모습만 물끄러미 바라볼 뿐이었다. 간혹 자신의 가족 이야기와, 조상들이 알레프 부스타니와 맺었던 친분 등도 언급했다. 하지만 지겨웠다.

마침내 아야티 선생님이 이야기를 끝냈다. 그런 다음 선생님은 커다란 목소리로 외치듯 말했다.

"자, 친애하는 여러분! 이제 완전히 다른 주제를 건드려 볼까?"

순간 교실 안은 찬물이라도 끼얹은 것처럼 싸늘하게 가라앉았다. 드디어 결정적인 순간이 온 것이다.

121 시험에서 떨어졌다.

최악의 순간이 오고야 말았다. 이제 내 앞날에는 캄캄한 먹구름이 드리워질 수도 있다. 그럴 수도 있다? 이게 무슨 말도 안 되는 소리인가. 학자나 정치가로 살아갈 기회는 이로써 깨끗이 날아가고 말았다. 남은 것은 그야말로 실낱같은 희망뿐이다. 학년 말에 시험을 다시 보는 것이다. 하지만 지금껏 이 시험을 통과한 학생은 손에 꼽을 정도밖에 되지 않는다.

곧 교장에게 불려 가 왜 시험 성적이 나쁜지 구구절절 변명을 늘어놔야 하리라. 선생님들에게 사회 지도층에 올라갈 기회가 거의 사라지고 말았다는 귀 따가운 훈계를 들어야 하리라. 사람들은 나만 봤다 하면, 재시험이라는 게 얼마나 어려운지 목에 힘을 주고 떠들어 델 것이다. 무리쉬 선생님은 걸핏하면 나를 책망하며 성적을 높이라고 닦달을 해 대겠지! 아빠는 비싼 돈을 들여서라도 나에게 과외 선생을 붙여 줄 것이다. 매일 어디까지 했나 검사를 하고, 한 소리 또 해 가며 야단을 칠 게 틀림없다. 이제 새벽 세 시 이전에 잠을 자기는 틀렸다. 남은 몇 달 동안 외출은 꿈도 꿀 수 없다.

진짜 끔찍한 것은 재시험에서 떨어질 때이다. 다시 시험에 떨어진다면(떨어질 확률은 83퍼센트에 달한다.) 나는 반 년 동안 저 악명 높은 시설에 들어가야만 한다. 외부와 완전히 단절된 채로 6개월을 보내야 한다. 친구는 물론이고, 가족과도 만날 수 없다. 자유 시간은 꿈도 꿀 수 없다. 그래도 나아지지 않을 땐, 막노동을 해야만 한다. 날마다 공장에 출근해 그 누구도 원하지 않는 일을 해야 한다. 가장 끔찍한 일은 가축 도살 공장에서 고기를 다루는 것이다.

한마디로 말하자. 시설은 무서운 곳이다.

122 필기시험의 채점 답안지를 받았다. 내 종합 성적은 미였다. 우에 조금 모자란 그런대로 괜찮은 성적임에도 불합격을 피할

수는 없었다. 구두시험의 성적이 워낙 형편없었기 때문이다. 아야티 선생님은 나를 동정과 비난이 뒤섞인 표정으로 바라보았다.

"어쩔 도리가 없구나. 네 무리쉬 실력은 아직 멀었어."

나는 아무 말도 하지 않았다. 무리쉬로 변명을 늘어놔 봐야 비웃음만 살 게 뻔했기 때문이다. 아야티 선생님은 유럽 사람은 무리쉬를 제대로 배울 수 없다고 확신하고 있을 것이다.

123 내가 가장 두려워했던 일이 일어나고야 말았다.

124 오늘날 인생은 더할 나위 없이 안전해지고 확실해졌음에도, 우리는 참으로 많은 것을 두려워한다. 이제 죽을병이라고는 찾아보기 힘든 세상이다. 100년 전만 하더라도 아주 위험한 병이었던 암도 이제는 이길 수 있다. 박테리아나 바이러스에 의한 감염도 지프라테라는 신약 덕에 통제할 수 있다. 혈액순환 계통의 질환은 이제 아주 고령의 노인에게서만 찾아볼 수 있다. 사고가 나서 부러진 다리도 감쪽같이 다시 붙일 수 있다. 어디 다리만 그런가? 찢어진 피부는 말짱하게 본래의 모습을 회복하며, 끊어진 혈관도 꿰매 이어 붙일 수 있다. 하지만 예전처럼 실을 가지고 꿰매는 게 아니다. 꿰맨다는 말은 적당한 표현이 아니다. 가져다 붙인다는 게 정확한 표현이다. 그만큼 접합술은 놀라운 수준으로 발달했다. 흉터는 더 이상 찾아볼 수 없게 되었다. 어떤 상처든 말끔하게 아물기 때문이다. 장기가 감염되어 죽는 사람은 더 이상 없다. 인공 배양

기술이 발전해서 어떤 장기든 대체할 수 있기 때문이다.

사실 사람이 왜 죽는지 의문스러울 정도이다. 그런데도 스포츠를 하다가 사고를 당해 죽을 확률은 높다. 오늘날 운동 시설이 최고의 안전 기준을 만족시킴에도 말이다. 그것 참 이상한 일이다.

그렇다. 죽는 사람의 대다수는 스포츠 사고로 목숨을 잃는다.

125 마치 무엇에라도 홀린 사람처럼 멍하니 남은 하루를 보냈다. 같은 반 아이들이 나를 흘끔흘끔 훔쳐보고 있다는 걸 모르지 않았다. 내가 시험에 떨어진 사실을 아는 게 분명했다. 물론 나라도 우리 반에 낙제생이 앉아 있다면 그렇게 훔쳐볼 것이다.

126 학업 성적은 결코 개인적인 문제가 아니다. 반 평균 성적을 놓고도 각 반들은 눈에 불을 켠다. 한 명이 시험에 떨어졌다면, 그것은 곧 반 전체 경쟁에 지울 수 없는 흔적을 남긴다. 우리 반은 같은 학년에서 두 번이나 우승을 차지했을 뿐만 아니라, 한 번은 학교 전체에서 최고 성적을 내기도 했다. 나 때문에 이 성과는 치명적인 상처를 입을 수 있다. 그동안에도 난 늘 중간 정도에 지나지 않았다. 그런데 이제 내가 자리를 비워야 한다. 괴롭고 창피한 나머지 눈을 질끈 감았다.

127 엉망이 되어 버린 속을 달래느라, 끙끙거리고 있는 동안 테싸와 탄야 그리고 타마라의 일을 까맣게 잊고 있었다는 생각이

났다. 마침 점심시간이었던 터라 그 생각이 난 것이다. 올레 생각이 꼬리를 이었고, 잃어버린 열쇠가 눈앞에 어른거렸다.

학생 식당의 오늘 점심 메뉴는 스테이크였다. 나는 특히 학생 식당에서 나오는 스테이크를 퍽이나 좋아한다. 별로 식욕은 없었지만 한 접시 가득 스테이크를 담았다.

"평균 점수는 갉아먹고, 배는 잔뜩 불리겠다 이거지!"

돌연 뒤에서 날카로운 목소리가 들렸다. 우리 반 반장이었다. 반장인 동시에 한 번도 일등 자리를 놓친 적이 없는 여자애다. 그녀는 키가 훌쩍 크고, 아주 날씬했다. 그리고 자신이 알레프 부스타니의 후손이라고 주장했다. 조상 중의 한 명이 알레프 부스타니의 이모라는 것이다.

나는 등을 돌려 반장의 얼굴을 똑바로 바라보았다. 그녀의 얼굴은 비웃음으로 가득했다. 이럴 때는 그저 아무 말도 하지 않는 게 가장 현명한 처신이겠지. 하지만 반장은 순순히 놔주지 않았다.

"네 아빠가 무척 좋아하겠구나."

반장이 이죽거렸다.

"하지만 이젠 값을 치러야 할걸!"

나는 무슨 소리인지 알 수 없었다. 반장의 두 눈은 실눈처럼 가느다랗게 찢어지면서 독기를 뿜어내고 있었다. 마치 쥐 한 마리를 눈앞에 둔 고양이의 살기 어린 눈초리처럼.

"값을 치르다니? 뭘?"

이렇게 물으며 나는 아차 싶었다. 기어코 대꾸를 하고 만 내 자신에게 짜증이 치밀었다.

"널 우리 학교에 집어넣느라 치른 부정 말이야."

어처구니가 없었다.

"입학시험을 볼 때 선생님들을 매수했다는 소문이 짜하더군!"

"세상에, 그런 모함을 하다니! 그건 사실이 아냐."

"너만 모르고 있었나 본데, 그건 어디까지나 사실이야. 하긴 너 같은 돌대가리가 뭘 알겠니?"

순간 하늘이 핑 도는 것 같았다.

"하기야 너 같은 애가 어떻게 똑똑할 수 있겠니?"

반장은 틈을 주지 않고 몰아세웠다.

"그 엄마에 그 딸이지!"

입을 열어 뭐라고 하고 싶었지만, 말이 나오지 않았다. 그사이 반장과 나는 줄을 선 아이들에 의해 계산대까지 밀려와 있었다. 나는 계산대의 직원에게 팔을 내밀었다. 직원은 내 팔목의 칩으로 음식 값을 계산했다.

"우린 마침내 네 가족의 비밀을 속속들이 밝혀냈어."

반장이 계속 했다.

"내일이면 학교 전체가 알게 될 거야. 네 엄마가 반역에 가담했다는 사실을 말이야."

석과 부닥칠 때면 눈싸움에서 져서는 안 된다, 항상 눈을 똑바로 쳐다봐라! 아빠가 늘 하는 말이다. 난 고개를 꼿꼿이 세우고 반장을 노려보았다. 반장의 눈에서는 노란 빛이 번뜩였다. 길고 날카로운 송곳니가 번쩍했다. 곧 나를 잡아 뜯기라도 할 것처럼!

"그럼 넌 당장 학교에서 추방이야. 네 그 자랑스러운 아빠도 교수직을 내놓아야 할걸! 하하! 하기야 네 아빠의 허접한 이론에 사람들도 넌더리가 났지."

나는 식판을 들고 있을 수가 없었다. 갑자기 온 힘이 빠져나간 것처럼 어지러웠다. 그제야 아빠와 반장의 아빠가 치열한 경쟁관계에 있다는 사실을 떠올렸다. 그래서 그동안 나만 보면 차갑게 굴었구나! 더 이상 반장의 말을 듣고 있을 수 없었다. 나는 식판을 가까이 있는 탁자에 내려놓고, 아이들 무리를 헤치며 식당을 빠져나왔다.

복도에서 올레와 마주쳤다. 올레는 같은 반 여학생 몇 명과 함께 나를 스쳐 지나갔다.

"올레 선배!"

내가 올레를 불렀으나 그는 돌아보지 않았다.

"올레 선배!"

다시 한 번 불렀다. 그러나 나에게 신경을 쓰는 사람은 아무도 없었다.

128 마치 원격조종되는 로봇처럼 나는 앞만 보고 계속 걸었다. 똑바로 이어진 긴 복도는 영원히 끝나지 않을 것 같았다. 나는 계단을 내려갔다. 학교를 떠난 시간은 정확히 오후 한 시 45분이다.

129 우리 도시는 엄청나게 크다. 정확한 경계가 어디인지 논쟁이 끊이지 않을 정도다. 단지 하나의 경계만이 우뚝 서서 위용을 뽐냈다. 바로 장벽이다.

130 해가 떨어질 때까지 나는 정처 없이 헤매고 다녔다. 잘 꾸며진 가게의 진열장들을 구경하며, 시내 중심가를 어슬렁거렸다. 잠깐이지만 걱정과 시름을 잊을 수 있었다. 우리 도시는 정말 굉장했다. 이전에는 한 번도 그런 걸 의식해 본 일이 없는 게 이상하게 느껴졌다. 그동안 시내를 산책할 기회가 드물기는 했다. 어쩌다 시내에 가더라도, 아빠는 내 손을 이끌고 가게에 들어가 얼른 필요한 것만 사 가지고 바삐 집으로 돌아왔다. 아빠는 여느 남자와 마찬가지로 쇼핑에 관심이 없었다. 옷을 사러 갈 때면 필요한 것만 사 들기 무섭게 가게를 빠져나왔다. 옷의 디자인이나 색상 같은 건 아무래도 좋았다. 게다가 아빠는 약간 색맹이었다. 이런 작은 결함이야 오늘날 얼마든지 바로잡을 수 있다. 심지어 이런 결함을 유발하는 유전자까지 교정할 수 있는 세상이니까. 하지만 아빠는 오히려 다른 사람과 달리 볼 수 있는 게 좋은 거라고 우겼다. 색깔의 미묘한 차이를 가려 보지 못한다고 해서 불편할 건 아무것도 없다고도 했다. 색깔이야 사람이 정하기 나름이라나. 색깔에 이름을 붙이는 것도 다수결에 의한 결정일 뿐, 절대적인 게 아니라고 고집을 피웠다. 그저 우연히 다수의 사람들이 색을 같은 방식으로 본 것뿐이라는 것이다. 다르게 보는 소수의 사람들은 다수의 기세에 억눌린 것

뿐이고! 하지만 지금 나에게 그런 게 무슨 상관이랴. 시내를 어슬 렁거리며 나는 도시의 아름다움에 새삼 넋을 잃었다.

131 한참 돌아다녔으나, 사실 어디로 가야 좋을지 몰랐다. 가게들이 문을 닫는 밤 열 시 이후 시내를 서성거리는 것은 현명한 선택이 아니었다. 딱히 좋은 생각이 떠오르지 않은 탓에, 지하 제트를 타고 노랑 정원으로 갔다. 올레는 내게 혼자서 노랑 정원에 가지 않는 게 좋을 거라고 했다. 하지만 지금 상황에서 달리 선택할 수 있는 게 없다. 또 올레의 말에 내가 귀를 기울여야 할 이유도 없다! 난 이제 검은 정찰대의 사냥감인 가출 소녀일 뿐이다. 늦어도 내일 오전이면, 나를 잡으려고 온 도시가 발칵 뒤집힐 것이다. 솔직히 말해서, 지금껏 나는 집을 나온 여학생이 있다는 이야기는 단 한 번도 들어 본 적이 없다. 그런 것은 있을 수 없는 일이었다. 어쩌다가 이 지경까지 이르렀나? 지금 꿈을 꾸고 있는 것만 같다.

나를 찾아왔던 남자가 생각났다. 그 백발의 신사가 뭐라 했더라? 문제가 생기거나 궁금한 게 있으면 반달로 찾아오라고 하지 않았나? 반달은 이제 내가 알고 있는 유일한 피신처이다. 반달에서 무엇이 나를 기다리고 있을지, 또 일이 앞으로 어떻게 되어 갈지 짐작조차 할 수 없지만.

132 그야말로 칠흑같이 어두운 밤이다. 아빠의 취향에 딱 맞는! 아빠는 달이 뜬 밤을 못 견뎌했다. 밤은 밤다워야 한다나! 밤은

어두워야 제맛이 아니냐고 아빠는 말하곤 했다. 달은 어두운 밤을 김빠지게 만드는 성가신 것이라고 했다. 그러니까 아빠에게 달은 변덕스러운 친구에 지나지 않았다.

"저놈의 달이라는 게 말이야. 마음을 정하지 못하는 변덕쟁이에 불과해. 도대체 뭐야, 언제는 꽉 찼다가 또 언제는 반만 모습을 드러내고, 또 아예 나타나지를 않아요! 사람 놀리는 것도 아니고 말이야."

아빠도 참 재미있는 남자다. 어찌 보면 타고난 장벽 학자랄까. 아빠는 이도 저도 아닌 중간을 무척 싫어했다.

이런 생각을 하고 있는 나 자신이 우스워졌다. 아침에 집을 나설 때만 해도 나는 아빠에게 단단히 화가 나 있었다. 그런데 지금 불쾌함과 분노는 깨끗이 사라지고 없다. 그저 아빠에게 미안하다는 생각만 들었다. 아빠는 평생 사람들에게 인정받는 장벽 학자가 되기 위해 노력해 왔다. 그리고 하나뿐인 딸을 위해 고군분투하며, 헌신했다. 하지만 이제 모든 게 틀어지고 말았다.

반장이 뻔뻔하고 음험하기는 했지만, 그 애가 거짓말을 하고 있는 것 같지 않다. 엄마더러 반역자라고? 엄마가 무슨 일을 했기에 그런 말을 하는 걸까? 아빠가 입을 다물 정도로 끔찍한 일이었던 게 틀림없다. 하지만 엄마가 그런 어마어마한 죄를 저질렀다면, 우린 그동안 어째서 평온하게 살 수 있었을까? 반역은 최고의 형벌로 다스리는 중죄이다. 그리고 반역자의 집안은 고개를 들고 살아갈 수 없다. 한 번 반역자가 나왔다 하면, 몇 대에 걸쳐 가족들은 저

고기 가공 공장에서 일을 해야만 했다. 과일을 취급하는 창고에서 일하는 것만으로도 출세라고 부를 정도였다.

133 위험하기는 했지만 지하 제트를 타기로 했다. 다른 교통 수단은 이용할 수 없는 처지였다. 걸어서 간다는 것도 생각할 수 없는 일이다. 그러기에는 너무 멀었다.

강변으로 가는 지하 제트에 올라탔다. 그런데 열차가 출발하기 무섭게 안내 방송이 흘러나온다.

"이 열차는 긴급한 상황으로 강변까지 운행하지 않습니다. 강변으로 가시는 승객들께서는 삼각 지역에서 비상 버스 노선으로 갈아타 주시기 바랍니다."

나는 나도 모르게 코를 찡그렸다. 지하 제트가 빠르고 편리한 교통수단임에는 틀림없지만, 종종 이런 일이 벌어지는 통에 여간 난감한 게 아니다. 게다가 연착도 잦다. 다른 손님들도 불만이 가득한 표정이었다. 하지만 어쩌랴? 나는 다른 손님들과 함께 삼각 지역에서 내렸다.

강변 정거장은 강북에 위치했으며, 삼각 지역은 강남에 자리 잡고 있었다. 두 역이 큰 강을 사이에 두고 마주 보기는 했지만 걸어서 가기에는 너무 먼 거리였다.

134 노랑 정원이 있는 곳은 원래 섬이었다. 하지만 강을 지하 수로로 유도하고 그 위를 매립한 탓에, 그곳이 섬이라는 것을 알

수 있는 장소는 몇 군데에 지나지 않았다. 그래서 강은 강변 정거장 쪽에서 보면 마치 3킬로미터 정도 끊겨 있는 것 같다. 강물은 언제나 가벼운 유황색을 띠고 있다. 내 눈에는 그렇게 보인다. 그런데 이상하게도 다른 사람들은 부드러운 황갈색이라고 한다.

135 지하 제트의 터널에서 빠져나와 주변을 돌아보았다. 불과 100미터도 떨어지지 않은 곳에 엄청난 크기의 회전관람차가 눈에 들어왔다. 얼마나 큰지 꼭대기가 까마득해 보일 정도였다. 회전을 하면서 시내의 전경을 맘껏 볼 수 있는 회전관람차는 지금은 건설 현장 주위를 막는 커다란 울타리로 둘러싸여 있다. 이렇게 가까이서 회전관람차를 구경하기는 처음이다. 시민들은 누구나 이 회전관람차를 잘 알고 있다. 끝내 완공이 되지 못한 회전관람차를 철거하려는 시도가 여러 차례 있었다. 하지만 워낙 규모가 큰 탓에 누구도 성공하지 못했다.

회전관람차의 설계사는 처음에 무한하게 높은 기구를 만들 계획이었다고 한다. 끝없이 높은 회전관람차! 그런 계획을 세웠다는 사실 자체가 놀라운 일이다. 물론 설계사는 자신의 계획을 철저히 비밀에 부쳤다. 자칫 알레프 부스타니에게 도전하는 것처럼 보일까 봐 두려웠던 것이다. 보는 위치와 시간에 따라 그때그때 높이가 달라 보이는 구조물을 만드는 데 성공한 사람은 지금까지 알레프 부스타니가 유일했기 때문이다. 물론 그때그때 측정한 크기를 가지고 평균해서 대략적인 높이를 계산해 낼 수는 있다. 회전관람차의 경우 이 높이는 약 40미터에 해당한다. 장벽은 잘 알려져 있듯 22미터이다.

아빠는 설계사와 개인적으로 잘 알고 있었으며, 그의 실력을 높게 평가하기도 했다. 하지만 아빠조차 그런 회전관람차를 만들 수 있다는 것을 믿으려 들지 않았다. 그래도 설계사는 조금도 흔들림이 없이 자신의 계획을 밀고 나갔다. 그럼에도 완성을 거의 눈앞에 둔 가장 결정적인 시기에 설계사의 딸(다름 아닌 리카르다 타이히만!)이 죽는 사고가 일어났다. 설계사 타이히만 아저씨는 극심한 우울증에 걸려 결국 요양소에 수용되고 말았다. 회전관람차의 제작은 안타깝게도 중단되었다. 타이히만 아저씨가 자신의 모든 계획을 포기했기 때문이다. 만들다 만 회전관람차(장벽 학문의 관점에서 보면 이도 저도 아닌 최악의 상태)를 철거하라는 결정이 내려졌지만, 앞서도 말했듯 철거는 불가능했다. 나사 하나 빼는 것도 성공한 사람이 없다. 오죽했으면 몇 차례나 철거 대회까지 벌어졌다. 내로라하는 실력자들이 저마다 팔을 걷어붙이고 달려들었지만, 모두 나가떨어지고 말았다.

136 여기서도 기억이 끊기는 현상이 일어났다. 거의 두 시간의 기억이 사라진 것이다. 하지만 비교적 빨리 기억을 회복할 수 있었던 것은 엘리아스가 반달에서 나오자마자, 곧바로 나를 러닝머신으로 보낸 덕택이다.

137 반달로 가는 길은 끝없이 이어지는 것만 같았다. 이따금 씩 비틀거리는 사람들이 지나갔다. 길은 어두웠고, 갈수록 좁아졌다. 나는 내 몸에서 시큼한 땀 냄새가 나는 것을 알고 깜짝 놀랐다.

나는 평소 좀체 땀을 흘리지 않는다. 냄새가 날 정도가 아니다. 물론 고약한 냄새를 풍기는 땀을 흘릴 때가 없지는 않다. 이를테면 성적을 발표할 때가 그런 경우이다.

공기가 통하도록 블라우스의 단추 몇 개를 풀었지만, 아무 소용이 없었다. 하기야, 내 몸에서 무슨 냄새가 나든 그게 무슨 상관이랴. 반달에서는 아무도 나에게 관심을 갖지 않을 텐데. 혹시 나를 바라보더라도 그건 무시나 경멸의 눈빛이겠지! 나는 마치 스스로를 설득하기라도 하려는 것처럼 어깨를 으쓱했다. 드디어 4번지라고 적혀 있는 집 앞에 섰다.

노크를 하기 전에 망설였다. 문지기가 아무것도 묻지 않고 나를 들여보내 줄까? 그리고 들여보내 주지 않으면 어떻게 한다? 오는 내내 이 생각만 했다. 어떻게든 해결책이 있겠지, 하는 소박한 희망으로 애써 걱정을 떨쳐 보려 했다. 이제 와서 물러설 수는 없다. 나는 지난번 방문 때와 마찬가지로 세 번 문을 두드렸다.

문지기가 문을 열었다. 지난번과 똑같은 문지기였다. 무어라 말을 하려는데, 문지기는 나를 자세히 살펴보지도 않고 들어오라고 했다. 안도의 한숨이 절로 나왔다. 걱정했던 것보다 일이 쉽게 풀리는 게 다행스러웠다.

계단을 내려가 어둑한 복도에 이르렀다. 내 발소리가 울렸다. 아

래는 추웠으며, 지난번보다 복도는 더 좁아 보였다. 또 몇 가지가
달라 보였다. 지난번에는 일행이 있었고, 지금은 나 혼자여서일까.
아무튼 불안하고 불편하기만 했다. 발걸음이 자꾸 빨라졌다. 복도
끝의 조명이 노란색으로 빛나고 있었다. 지난번에는 붉었던 것 같
은데?

138 반달은 거의 텅 비어 있었다. 한쪽 구석에만 한 쌍의 남녀
가 앉아 아무 말 없이 시트로냐만 바라보았다. 바에서는 길게 기른
머리를 묶은 남자가 거들먹거리며 커피를 홀짝이고 있다. 음악은
조용하고 묵직했다.

나는 불안한 눈길로 주변을 돌아보았다. 지난번과 같이 사람들
이 북적일 줄 알았는데, 예상했던 것과 달리 너무 조용해 당황스러
웠다. 테이블에 가서 앉는 게 좋을지, 바에 이대로 서 있는 게 나을
지 고민하다가 바를 택했다.

금발에 피부가 유난히 하얀 여자가 유리잔을 닦느라 여념이 없
었다. 등만 보이는 또 다른 여자는 음료수 병들을 냉장고에 가지런
히 채워 넣느라 바빴다. 손님이 없는데도 분주하게 돌아가는 모습
은 묘한 긴장감을 불러일으켰다.

"뭘 마시겠어요?"

금발이 나에게 물었다. 나보다 잘해야 한두 살 더 먹었을 것 같
았다.

"시트로냐 한 잔요."

내가 말했다.

"저어서, 아니면 흔들어서?"

금발이 다시 물었다.

순간 나는 당황한 눈으로 그녀를 바라보았다. 그게 무슨 차이가 있는지 짐작조차 할 수 없었기 때문이다.

금발은 나를 보고 빙그레 웃었다.

"그냥 농담이에요, 놀라기는. 그런데 못 보던 손님이네요? 여기 자주 와요?"

"아뇨."

나는 짧게 대답했다.

"평소 같으면 여기 지금 굉장히 북적대죠."

금발은 이렇게 말하며 등을 돌려 진열장에서 병 하나를 꺼내 들었다. 그녀는 병에 들어 있는 것을 깔때기 모양의 목이 긴 유리잔에 4분의 3쯤 따른 다음 각얼음을 채웠다. 그리고 서너 차례 힘차게 저은 후 나에게 건넸다.

"맛있게 드세요."

나는 조심스럽게 한 모금 마셨다. 시트로냐는 맛있게 보이기는 했지만, 실제 맛은 아주 쓰고 시었다. 금발은 내 얼굴을 유심히 뜯어보았다. 그렇게 보는 이유를 모르지 않으면서도, 난 짐짓 딴청을 피웠다.

"왜 그렇게 바라보죠? 내 얼굴에 뭐라도 묻었나요?"

"아, 아니요. 이 시간에 교복을 입고 온 사람은 거의 없어서. 그러고 보니 영재학교 다니시나 봐요?"

나는 아무 말도 하지 못하고 속으로 교복을 저주했다.

"그런 끔찍한 일이 벌어지리라고는 상상조차 하지 못했어요. 덕분에 우리는 파리만 날리고 있네요."

금발은 테싸와 탄야 그리고 타마라의 사건을 들먹이고 있는 게 분명했다.

"그거야 당연한 일이지."

장발의 남자가 끼어들었다.

"모두들 두려워서 쥐구멍에 숨은 마당에 누가 카페에 오겠어?"

"하지만 여기는 아주 안전한데! 그렇지 않나요?"

남자에게 금발이 물었다.

"여기가 그렇게 안전해?"

장발은 코웃음을 쳤다.

"캡슐 목걸이를 갖지 않은 사람은 문지기 믹크가 절대 들여보내지 않는단 말이에요."

그때서야 금발과 장발의 목에 걸려 있는 캡슐 모양의 장신구가 내 것과 똑같은 것임을 알아보았다. 아, 그래서 문지기가 아무 말도 하지 않고 나를 통과시킨 것이로구나!

"요즘은 모조품도 심심찮게 돌아다닌다던데?"

장발이 말했다.

"믹크는 가짜를 가려낼 수 있는 탐지기를 가지고 있어요."

이렇게 종알거리기는 했지만 금발의 목소리에서 불안감이 배어

났다.

"탐지기? 그게 얼마나 엉터리인지는 내가 굳이 말하지 않아도 잘 알고 있을 텐데!"

장발은 역시 코웃음을 쳤다.

"누구든 마음만 먹으면, 여기 들어오는 건 일도 아니야. 설마 탐지기를 진짜 믿는 건 아니겠지? 훈련을 받은 검은 정찰대원이라면 탐지기 따위는 문제조차 되지 않지!"

이렇게 말하며 장발은 남은 커피를 벌컥 들이켰다.

"한 잔 더 줘, 리자! 이게 마지막 커피가 될지도 모르니!"

"무슨 그런 소리를 하고 그래요? 내가 보기엔 모든 게 착착 진행되고 있는데. 올레만 해도 그 여자애를 찾아냈다고 하던데요!"

"결국 때가 온 거야. 그 세 명이 사라진 건 절대 우연이 아니야."

장발이 대꾸하며 등을 돌려, 내 얼굴을 물끄러미 바라보았다.

"헤이, 자넨 누구야?"

"새로 온 손님이에요."

금발이 나 대신 대답했다.

"저 교복 좀 봐. 올레하고 같은 영재학교예요."

"나도 눈 있다."

장발은 계속 나를 쏘아보았다.

"여기서 누굴 기다리는 거니, 꼬마야? 오늘 여기는 손님들이 없을 거야. 완전히 김샌 날이거든."

"전 엘리아스라는 사람을 찾고 있어요."

"엘리아스? 그게 누구지?"

장발이 눈을 찡그리며 물었다.

"왜, 그 좀 어수룩해 보이는 노인네 있잖아요. 늘 찌그러진 모자를 쓰고 다니는. 그는 거의 매일 여기 출근하다시피해요. 사람들을 붙들고 알쏭달쏭한 이야기를 하죠. 우린 모두 그를 예언자라고 불러요, 히히."

금발이 나불나불 설명했다.

"아, 그 얼간이! 그거 어지간히 꼴통이던데! 왜 믹크는 그 친구를 들여보내는 거야?"

"그도 목걸이를 가지고 있거든요."

금발이 이렇게 대답하며 어깨를 으쓱했다.

"목걸이를 하고 있다고 해서 반드시 똑똑한 건 아닌가 봐. 아무튼 엘리아스는 아직 안 왔어. 운이 좋으면 만날 수 있을지도 모르지. 그는 왜 만나려는데?"

"뭣 좀 물어보려고요."

"뭘 물어본다고? 별 신통한 대답을 듣지 못할 텐데."

장발이 끼어들었다.

"왜죠?"

"헛소리만 하고 다니니까."

"그렇게 싸잡아 말하면 안 되죠. 아저씨는 자기가 장벽 학자라고 하던데……."

"장벽 학자? 아주 최고 악질이로구나!"

"악질? 그건 무슨 뜻으로 하는 말이에요?"

이번에는 금발이 물었다.

"절대 믿지 말란 말이야. 아주 간단해, 절대 믿으면 안 돼!"

장발은 뭐라고 이야기를 계속했으나, 무슨 소리인지 알아들을 수가 없었다. 갑자기 음악이 시끄러워진 탓이다. 금발과 장발은 자기네끼리 입씨름을 벌였다. 내가 옆에 있다는 건 까맣게 잊어버린 모양이었다.

139 엘리아스는 나를 곧장 알아보았다. 느릿느릿 나에게 걸어온 그는 인사도 없이 내 옆자리에 앉았다. 그러고는 내 얼굴은 쳐다보지도 않고 금발에게 콜라를 한 잔 시켰다. 금발은 살짝 비웃음이 깃든 얼굴로 우리를 바라보았다. 엘리아스는 단숨에 잔을 비웠다. 마침내 나를 바라본 엘리아스는 이렇게 말했다.

"안 그래도 조만간 날 찾아올 줄 알았다. 테이블로 갈까?"

엘리아스는 손가락을 들어 푹신한 소파가 있는 구석 자리를 가리켰다. 나야 어디든 상관없었다. 소파는 아주 편안해 보였다.

"너 지금 무척 피곤하지? 아무래도 여기 이대로 있는 게 좋겠구나. 소파에 앉았다가는 그대로 잠이 들어 버리고 말 거야. 그건 안 되지, 더구나 지금 같은 상황에서는."

나는 어느 쪽이든 상관없었다. 우리는 바에 그대로 남았다. 시트로냐를 한 모금 마셨다. 입안은 바짝 말라 있었다. 그런데 엘리아스를 상대로 무슨 이야기를 한다?

“집을 나왔어요.”

내가 마침내 말했다.

“그런데 어디서 밤을 지새워야 좋을지 모르겠지?”

“그래요.”

내가 대답했다.

“여기 반달에 계속 머무를 수도 있겠죠. 하지만 문제는 여기서 나가도 여전히 밤 열한 시잖아요.”

“그렇지.”

엘리아스가 지폐 몇 장을 꺼내 금발에게 건네주고, 내 팔을 붙들었다.

“오늘은 내 집으로 가자.”

그러더니 엘리아스는 쪽지 한 장을 꺼내 부지런히 무엇인가 적었다. 반달을 나가는 순간 기억이 지워지는 것을 대비하는 모양이었다. 나도 얼른 호주머니를 뒤적였으나, 메모를 할 만한 게 아무 것도 없었다.

140 반달을 나온 나는 수선화 길에 서 있었다. 어떻게 해서 거기로 가게 된 것인지 짐작조차 할 수 없었다. 하지만 이미 한 번 같은 상황에 처해 봤던 터라 당황하지는 않았다. 누군가 내 어깨를 툭툭 쳤다. 등을 돌려 보니 엘리아스였다. 저절로 안도의 한숨이 나왔다. 아는 얼굴이 한 명이라도 있다는 게 얼마나 다행인지.

호주머니를 뒤적이던 엘리아스는 쪽지 한 장을 꺼냈다. 그것을 읽고 난 다음 그가 말했다.

"그래, 네가 지금 곤란한 지경에 빠졌구나. 오늘은 일단 나하고 함께 가자."

141 엘리아스의 집은 반달에서 그리 멀지 않은 곳에 있었다. 겉에서 보면 너무 낡아서 언제 허물어질지 모를 초라한 집이었다.

"이 집에서 혼자 살아."

집에 들어서며 엘리아스가 말했다.

"조금 불편하기는 하지만 그 대신 집세가 워낙 싸니까."

나는 고개를 들어 집을 올려다보았다. 전면에 석회를 발라 장식을 한 집이다. 사람들이 이런 식으로 집을 지었던 것은 정말 오래 전 일이다. 이 집은 약 480년 전에 지어진 것이다.

경첩이 많이 달린 육중한 나무 문을 열고 건물로 들어섰다. 이런 원목은 오늘날 구경하기 힘든 것이다. 자작나무나 물푸레나무 혹은 떡갈나무 등의 원목으로 만든 가구는 엄청난 부잣집에서나 볼 수 있는 진귀한 것이다. 낡아서 삐딱하게 서 있기는 하지만 이런 원목 나무 문을 새로 만들려면 막대한 돈이 들어간다. 진짜 나무를 깎아 만든 장식품이나 가구는 오늘날 자연산 고기와 마찬가지로 무살라 회사를 통해서만 구할 수 있다.

우리는 계단을 걸어 올라가 5층에 이르렀다.

"제일 꼭대기에 사시나 봐요?"

내가 물었다.

"그래, 전망이 최고지."

장식은 화려했지만 검게 변색된 나무 문을 열고 집으로 들어섰다. 실내의 불빛은 은은했다. 엘리아스는 나를 주방으로 안내했다. 주방에서는 아직도 저런 게 남아 있을까 싶을 정도로 낡은 가스레인지와 온수보일러가 눈에 띄었다. 그야말로 노아의 대홍수 이전으로 거슬러 올라갈 고물들이다. 그래도 주방은 안락해 보였다. 실내가 따뜻했고, 무엇보다도 벽에 그림과 사진들이 많이 걸려 있었다. 게다가 뜨거운 수프에서 풍기는 맛있는 냄새가 코끝을 간질였다. 내 시선은 젊은 여성 바이올리니스트를 찍은 사진에 가서 꽂혔다.

"네 어머니다."

내 시선을 의식한 엘리아스가 물 주전자를 불에 얹으며 말했다. 난 천천히 사진을 훑어보았다. 내가 지금까지 그려 보던 엄마와는 사뭇 다른 모습이었다. 난 훨씬 더 나이를 먹은 엄마를 상상해 왔던 것이다.

엘리아스는 나를 데리고 작은 거실로 갔다. 19세기 후반의 가구들로 꾸며진 공간은 아늑하면서도, 어딘지 모르게 어색했다. 그는 나에게 거기 세워져 있는 러닝 머신을 가리키며 올라타라고 했다.

"일단 땀부터 빼고 보는 게 좋을 거야. 그럼 머리가 한결 가벼워져. 난 벌써부터 두통이 있구나. 나도 이제는 나이를 먹을 만큼 먹었으니까."

그게 무슨 말인지 아는 나는 고개를 끄덕였다. 그가 러닝 머신을 켰다. 나는 달리기 시작했다.

"오래 걸리지 않을 거다."

그가 말했다.

"난 고작 10분 정도 반달에 있었고, 메모를 보니 넌 한 시간 남짓 거기에 머물렀어. 한 15분 정도 달리고 나면 충분할 거야."

나는 호흡을 고르게 하려고 애를 썼다. 20분이 지나자 그는 기계를 끄고 말했다.

"됐다, 그걸로 충분해."

142 "올레가 네 애인이라도 되는 양 굴지 않디?"

러닝 머신에서 길어야 5분 뛰고 난 엘리아스가 말했다.

"너에게 설명을 해 주더냐?"

"아뇨, 아무것도."

"내 그럴 줄 알았다."

엘리아스는 한숨을 쉬었다.

"그 녀석은 예쁘장한 여자애만 봤다 하면, 해야 할 일을 까맣게 잊고 말거든. 올레의 세 천사들은 아직도 우리와 함께하고 있다."

"올레는 죽은 게 아니라고 하던걸요."

"나도 죽었다고 하지 않았다. 아직도 우리와 함께 있다고만 말했어."

"그럼 어디 있는 거예요?"

"저 너머에!"

"저 너머요?"

나는 장벽 너머를 가리키는 손짓을 했다.

"그래. 스포츠 사고로 목숨을 잃었다고 알려진 사람들은 모두 저 너머로 갔어."

나는 엄마의 사진을 바라보았다.

"그럼 제 엄마도 혹시……?"

"맞아. 하지만 기뻐하기엔 이르다. 모두 살아 있기는 하지만, 만나 볼 도리가 없으니 말이야. 누구도 어떻게 해야 그들을 이곳으로 다시 데리고 올 수 있는지 알아내지 못했단다. 그러니까 지금은 죽은 것이나 마찬가지지."

"그럼 어떻게 장벽을 넘어갔죠?"

"검은 정찰대의 소행이야. 그들이 불편하게 여기는 사람들을 처치하는 가장 손쉽고 간단한 방법이 장벽 너머로 보내는 거야. 장벽을 넘어갈 때, 대부분의 기억은 지워지고 말지. 다시 말해서 자신이 누구인지, 지금껏 어떤 삶을 살았는지, 깨끗이 잊어버리게 되는 거야. 너도 직접 경험해 보았잖아."

잠시 앞뒤 상황을 정리해 본 나는 물었다.

"그렇다면 일종의 통로가 있어야만 하는 거 아니에요? 저 사람들을 벽 너머로 보내려면요. 장벽에는 그런 통로가 없잖아요?"

"장벽에는 당연히 통로가 있단다. 모든 장벽은 적어도 하나쯤 통로를 가지고 있어. 또 장벽은 그래야만 하는 거지."

"아빠는, 완벽한 장벽은 통로가 없어야 한다고 하던걸요."

“완벽한 장벽이라는 건 우리가 머릿속에서 지어낸 환상일 뿐이야. 세상에 완벽한 장벽이란 없어.”

“하지만…….”

나는 난생처음 들어보는 이야기에 어안이 벙벙했다.

“물론 학교에서는 다르게 가르치지. 공식적인 교리도 알레프 부스타니는 완벽한 장벽을 창조해 냈다고 못을 박고 있지. 높이와 길이를 도무지 알 수가 없으며, 도저히 넘어설 수 없는 완벽한 것이라고 떠들어 대지만 그건 사실과 달라.”

온몸에 소름이 돋는 것만 같았다. 이런 이야기는 목숨을 걸어야만 할 수 있는 것이다.

“그리고 완벽한 장벽이라면 그 어떤 것도 그것을 뚫고 통과할 수 없다는 주장 역시 단 한 번도 입증된 적이 없어.”

“하지만 그게 장벽 학문의 최고 원리잖아요.”

“그래서? 사실과 다른 원리는 아무짝에도 쓸모없는 헛소리에 지나지 않아. 아무것도 통과시키지 않는 완벽한 장벽이라는 게 있다면, 우리는 이 땅에서 살아갈 수가 없어. 우리의 세포막만 하더라도 투과성, 즉 영양분을 받아들이고, 노폐물을 배출하는 기능을 가지고 있기 때문에, 우리가 살아 있을 수 있는 거야. 물론 장벽 학자들은 이런 사실을 애써 부정하려고 하지만.”

“하지만 아빠는 다른 말을 하던걸요…….”

다시 아빠를 끌어들이며 반박해 보려고 했다.

“우리 의견은 달라.”

"우리란 누구를 말하는 거죠?"

"여기서 우리란 비밀결사 N을 말한다."

"아, 그럼 그게 올레가 말한 클럽인가요?"

"맞다."

"아하, 그렇구나. 하지만 올레는 왜 나한테 아무 얘기도 안 해 준 거죠?"

"그 녀석은 겉멋만 들어서 그래. 지가 무슨 대단한 인물이라도 된 줄 착각하고 있다니까. 그리고 실제 아는 것도 많지 않아. 네가 물어봤어도 대답하지 못했을 거야. 예를 들어 우리 결사의 회원들이 전부 몇 명인지, 어떤 사람들이 있는지 제대로 알고 있는 회원은 아무도 없어. 그저 가장 가까운 몇 명만 서로 알고 지낼 뿐이야. 혹시 아니, 네 그 무리쉬 선생이 회원일 수도 있어."

"아야티 선생님이요?"

내가 되물었다. 그리고 그 순간, 내 비참한 처지가 다시 떠올랐다. 창피한 나머지 머리를 쥐어뜯었다. 엘리아스는 아무 말 없이 다시 차를 따랐다.

"그럼 클럽은 무슨 목적을 가지고 있어요? 무슨 일을 하려는 거죠? 왜 그렇게 모든 게 비밀이에요?"

"우리는 장벽의 파괴를 위해 싸우고 있으니까!"

순간 나는 망치로 머리를 얻어맞은 것 같았다. 어떻게 이런 일이 가능할 수 있을까? 장벽은 함부로 입에 올리는 것조차 허락되지 않는 완벽한 금기였다. 장벽을 욕보이는 일은 상상조차 할 수 없는 일이다. 그런데 하물며 장벽을 허물어 버리겠다고? 대체 왜? 우리는 장벽 덕분에 부자로 잘 살고 있지 않은가?

"저, 저, 저기 그, 그런데요…….."

나는 심하게 말을 더듬었다.

"정확하게 들은 거야."

"하지만 왜죠?"

내가 간신히 물었다.

"장벽에 뭐 섭섭하신 거라도 있어요?"

"장기적인 안목에서 볼 때 장벽은 우리를 완전히 망가뜨릴 거야. 혹시 알고 있는지 모르겠다만, 장벽은 계속 늘어나고 있어."

"정말요?"

"네 아빠가 계산한 바에 따르면 장벽은 놀라운 속도로 성장하고 있어."

"그럼 아빠도 이 클럽의 회원인가요?"

"아니. 네 아빠는 앞으로도 절대 우리에게 가담하려고 하지 않을 거다. 자기 아내와 아들이 죽은 책임이 우리에게 있다고 믿고 있거든."

"아, 아들이요?"

"네 아빠는 네 엄마가 아들을 임신한 상태로 죽었다고 주장하고 있어."

"아빠가 그런 얘기를 했다고요?"

"그래. 하지만 증거는 없지."

엘리아스는 나에게도 차를 따라 줬다.

"그럼 저한테 남동생이 있다는 얘기네요?"

나는 순간 눈을 살포시 감았다. 남동생이라고! 그동안 얼마나 간절히 남동생이 있었으면 하고 바랐던가. 난 여동생은 싫다.

"장벽이 버티고 있는 한, 남동생 생각을 한다는 건 무의미한 일이지."

엘리아스는 손으로 얼굴을 감싸 쥐었다. 무척 피곤한 모양이다. 내 찻잔에서는 뜨거운 김이 모락모락 피어올랐다.

"하지만 장벽이 성장을 한다고요? 어떻게 그럴 수 있죠? 갈수록 두꺼워지기라도 하는 건가요?"

"새끼를 친다고나 할까. 다시 말해서 매일 어디선가 이전에 없던 장벽이 솟아나고 있어. 마치 버섯이 번식을 하는 것처럼."

"그럼 장벽이 왜 새끼를 치죠?"

"우리가 그걸 알면 벌써 사정은 달라졌을걸. 짐작이기는 하지만 장벽이 독자적인 생명력을 얻은 것 같아. 심지어 알레프 부스타니의 영향권에서도 벗어난 것 같고. 아무튼 확실한 사실은 자고 나면 장벽이 늘어나 있다는 거야. 이런 식의 속도라면 장벽이 지구를 완전히 뒤덮어 버리는 데는 5년이면 충분해."

"……!"

"지금 상황은 정말 심각해. 앞으로 인간은 이 땅에서 완전히 자취를 감추게 될 거야."

"정말 그렇겠네요. 하지만 전 솔직히, 뭐가 문제인지 모르겠어요. 알레프 부스타니에게 빌면 모든 게 깨끗이 해결되지 않을까요?
그래요, 그에게 도움을 청하는 거예요. 그럼 알레프 부스타니도 고
마워하지 않을까요?"

"단언하지만, 그는 우리를 돕지 않을 거야. 장벽이 무너진다는
것은 곧 그의 죽음을 뜻할 뿐이니까."

"어째서 그렇죠?"

"알레프 부스타니는 장벽 안에서 살고 있거든."

무슨 말인지 알아들을 수가 없었다.

엘리아스가 설명했다.

"장벽 안에 있는 동안 시간은 정지해 있지. 너도 직접 겪어 보았
잖아. 그러니까 장벽 안에서라면 영원히 살 수 있어. 다만 문제는
장벽을 떠나야 할 때가 적어도 한 번은 반드시 있다는 거야. 그럼
장벽 안에서 겪은 일들을 기억할 수가 없어. 일종의 퇴행성 건망증
을 앓는 것처럼 일정 기간을 전혀 기억하지 못해. 그렇다면 알레프
부스타니의 경우 329년 동안의 기억을 잃어버리게 돼. 불현듯 태
어나기도 전의 세상으로 돌아오는 것이랄까. 우리는 잠깐 거기에
있다가 나왔어도 이렇게 머리가 아픈데, 그 엄청난 세월을 알레프
부스타니의 머리가 견뎌 낼 수 있을까? 난 그가 살아남을 수 있다
고 생각하지 않아."

엘리아스의 말을 따라가기가 힘들었다. 특히 '퇴행성 건망증'
이라는 게 뭔지 이해할 수 없었다. 내가 더 캐물었다.

"예를 들어 설명해 볼까."

엘리아스가 대답했다.

"누군가 장벽 안에 네 시간 동안 머물렀다고 가정해 보자. 다시 장벽을 나와 우리 세계로 돌아오면, 장벽 안에서 있었던 일을 깨끗이 잊어버려. 더 나아가 장벽에 들어가기 전 네 시간 동안의 일도 잊고 말아. 기억이 한 번 무너지면서 계속 거슬러 올라가며 잊어버리는 것을 퇴행성 건망증이라고 불러. 물론 네 시간이라는 건 별게 아니지. 운이 좋으면 기억을 완전히 복원하는 게 가능하니까. 달리기를 통해 혈액순환이 왕성하게 이뤄지도록 하면, 기억 상실은 여섯 시간까지 막을 수 있어. 물론 건강은 해치게 되지. 갑자기 떠오르는 기억들에 뇌가 당황을 하다 보니까 마치 없었던 시간이 생긴 것처럼 느끼는 거야. 반달을 자주 가는 사람들 가운데 미친 사람이 많은 이유가 이 때문이야. 필름이 자주 끊기다 보니 끝내 미쳐 버리고 마는 거야. 이처럼 벽 안에 있는 시간이 길어질수록 건망증은 그만큼 심해져. 심지어 너무 오래 있다 보니까, 나와서 숨 쉬는 것을 잊어버리는 사람도 있어."

나는 엘리아스의 얼굴을 멍하니 바라보았다. 혹시 그가 미친 건 아닐까? 하지만 미친 사람이 저렇게 논리정연하게 이야기할 수 있을까?

"그럼 말예요, 장벽 안에 있다가 처음에 들어갔던 곳이 아닌 전혀 다른 방향으로 나왔다면 어떻게 되나요? 그러니까 저 너머로 나왔다면 어찌되는 거죠?"

"그럼 자신의 과거를 깡그리 잊어버리게 되지. 장벽 안에서 있었던 일도 마찬가지고."

엘리아스는 부스스 자리에서 일어났다. 몹시 피곤해 보였다.

"이거 한꺼번에 너무 많은 이야기를 한 것 같구나. 너도 눈 좀 붙이렴."

"한 가지만 더 물어봐도 돼요?"

내가 서둘러 물었다.

"N은 뭘 뜻하는 거예요?"

"비밀결사 N 말이냐? 그건 클럽의 창립 회원이 전부 아홉[+]명이라 그렇게 부르게 되었다더구나. 하지만 정확히 아는 사람은 아무도 없어."

나는 고개를 끄덕였다. 하지만 대답이 만족스럽지는 않았다. 엘리아스는 무척 피곤한지, 힘이 쪽 빠진 얼굴로 나에게 도자기 요강을 건네줬다.

"밤중에 화장실을 가고 싶더라도 이거면 충분할 거다. 밤에 여기서 한 발짝도 나가서는 안 된다. 밖은 너무 위험해, 알았지?"

엘리아스는 방을 나가 열쇠로 문을 찰칵 소리가 나게 잠갔다.

143 난 이제 안전하다! 하지만 방에 갇혀 있는 신세? 혹시 포로가 된 것은 아닐까? 내가 함께할 거라고 저토록 확신하는 이유는 뭘까? 저 장벽은 반드시 허물어야만 할까? 아무래도 너무 위험한

[+] 아홉은 독일어로 Neun이다.

이야기가 아닐까?

나는 침대에 누워 이불을 머리끝까지 뒤집어썼다.

144 아침이 되자 엘리아스가 나를 깨웠다. 아침 햇살이 분홍빛 커튼을 통해 들어오고 있었다. 벽지에 그려진 꽃이 붉은 오렌지빛으로 강하게 빛났다.

방 안은 한결 더 아늑해 보였다. 잠들기 전에는 숨이 막힐 것처럼 답답했었는데.

"잘 잤니?"

엘리아스가 아침 인사를 했다.

나는 고개를 끄덕였다. 두통은 거의 사라지고 없었다.

"아침 식사를 가져다 주마. 난 오늘 하루 종일 할 일이 많다. 미안하지만 그동안 넌 혼자 있어야겠다. 절대 이 방을 나가서는 안 된다. 창문에서도 멀찌감치 떨어져 있으렴. 상황이 어떻게 돌아가고 있는지 알아볼게."

잠시 사라졌던 엘리아스는 먹을 게 가득 담긴 쟁반을 들고 나타났다. 그는 그것을 조그만 탁자 위에 놓았다. 그러고는 손을 흔들었다.

"그럼 나중에 보자. 편히 쉬고 있어라. 곧 너는 아주 많은 일들을 겪게 될 거야."

나는 방을 나가는 엘리아스의 등을 물끄러미 바라다보았다. 다시 찰칵 하고 열쇠 돌리는 소리가 들렸다. 배가 고팠던 나는 허겁지겁 아침을 먹었다.

145 아빠가 사물함의 열쇠를 가지고 있다는 걸 엘리아스에게 이야기하는 게 좋지 않을까? 하지만 그는 정말 믿을 만한 사람일까? 그게 아니라면 난 꼼짝없이 사로잡힌 셈이다.

146 하지만 엘리아스가 믿을 만한 사람이라면 열쇠를 아빠가 가지고 있다는 걸 빨리 알리는 게 좋을 거다.

147 하지만 아빠가 열쇠를 가진 게 아니라, 올레가 가져갔다면? 올레는 정말 믿을 수 있을까?

148 아니지, 이건 아니다. 올레까지 의심하다니. 이건 너무 심하다. 아이, 참 부끄러운데…….

149 가만있어 봐, 그럼 나는 나 자신은 정말 믿을 수 있나? 뭘 가지고? 아니다, 안되겠다. 이런 생각은 그만하자. 이러다가 미쳐 버리고 말겠다.

150 이제 내가 말할 수 있는 건 모두 말했다. 답답하고 따분하다. 하릴없이 방 안만 서성거리고 있다. 인형의 머리에 뽀얗게 앉은 먼지를 입으로 불어 본다.

다시 벽에 걸린 그림들을 보았다. 이제야 퍼뜩 그림들의 공통점이 뭔지 떠오른다. 무너져 내리는 굴뚝, 집을 부수고 있는 크레인, 트로이 목마, 장대높이뛰기 선수의 힘찬 도약! 모두 파괴가 아니면 장애의 극복을 상징하는 것들이다.

1 요요와 시몬은 거의 세 시간 동안 꼼짝도 않고 로테의 이야기를 엿들었다. 마침내 메모 구슬의 소리가 잦아들었지만, 두 사람은 한 마디도 하지 않았다. 뒤뜰은 쌀쌀했다. 요요가 어깨를 떨었다. 차마 시몬의 눈을 쳐다볼 수 없었다.

"로테는 그러니까……."

먼저 말을 꺼낸 쪽은 요요였다.

"그래……."

시몬이 대답했다.

"그래 맞아, 당연히 그렇지."

"이제 어떻게 하실래요?"

요요가 손으로 자신의 이마를 만졌다. 방금 두 귀로 똑똑히 들었으면서도 전혀 믿을 수 없는 이야기였다. 로테가 한 말이 맞다면……. 요요는 더 생각하기가 무서워졌다.

갑자기 덤불에서 바스락거리는 소리가 들렸다. 자리에서 벌떡 일어선 요요는 덤불 쪽을 노려보았다. 시몬도 불안한 눈길로 덤불을 살폈다. 그때 요요는 덤불 속에서 어른거리는 검은 그림자를 발견했다.

"누구냐?"

요요가 소리쳐 물었다.

아무 대답이 없었다. 요요는 덤불을 향해 몇 발 다가갔다. 나뭇가지 사이로 빨간 천이 보였다.

"로테니?"

요요가 속삭였다.

대답이 없었다. 갑자기 덤불에서 로테가 튀어나왔다. 머리에 뒤집어쓴 천은 흘러내려 있었으며, 팔과 얼굴에는 가지에 긁힌 자국들이 나 있었다. 로테의 표정은 딱딱하게 굳어 있었다.

"지금 뭘 한 거지?"

로테가 소리를 질렀다.

"지금 뭘 엿들은 거냐고!"

요요와 시몬은 대답하지 못했다. 요요는 꼼짝 못하고 서 있었다. 마치 몰래 다른 사람의 머릿속을 들여다보다가 들킨 기분이었다. 아니, 엿보았다는 게 정확한 표현일까? 요요는 고개를 떨어뜨렸다.

"미안해, 난 저게 뭔지 모르고 그만……."

로테는 요요 쪽은 쳐다보지도 않았다.

"여보세요, 거기 비열한 아저씨!"

로테는 시몬을 보며 소리를 질렀다.

"도대체 나를 가지고 뭘 어떻게 한 거예요? 어째서 내가 내 목소리를 여기서 들어야 하는 거죠?"

"침착하렴, 라일라!"

시몬은 자리에서 일어나 천천히 로테에게 다가갔다. 하지만 로테는 새된 소리를 질렀다.

“한 발도 더 가까이 오지 마!”

“라일라!”

“난 라일라가 아니야! 내 이름은 로테야!”

로테는 계속 소리를 질렀다.

“라일라! 넌 라일라야. 난 네 아빠란다! 나를 몰라보겠니?”

“홍, 누가 속을 줄 알아? 도대체 나를 어떻게 한 거야?”

로테는 손으로 얼굴을 감싸고 다시 뒷걸음질 쳤다.

“왜 깨어날 수가 없지? 이 악몽은 언제 끝나는 거야?”

요요는 천천히 로테에게 다가가 조심스럽게 머리를 쓰다듬었다.

“로테, 넌 깨어 있어. 이건 꿈이 아니야. 모든 게 정상이야. 봐, 내가 이렇게 네 옆에 있잖아.”

로테는 꼼짝도 하지 않았다.

“로테!”

요요가 다시 로테를 불렀다.

“하느님 맙소사!”

시몬의 입에서 신음 소리가 새어 나왔다.

“아니, 알레프 부스타니 맙소사! 이를 어쩌면 좋니? 라일라가 듣고 있는 줄 알았다면 메모 구슬을 절대 작동시키지 않았을 거야. 너도 한 번 상상해 보렴, 요요. 과거를 깨끗이 잊어버렸는데 갑자기, 그것도 자기 목소리로 과거의 이야기를 들었으니 얼마나 충격이 클까!”

요요는 고개를 끄덕였다. 하지만 정확히 로테의 심정이 어떤지는 상상할 수 없었다. 로테는 눈을 질끈 감고, 손으로 귀를 막고 발버둥을 쳤다. 요요는 얼른 윗옷을 벗어 로테를 감쌌다. 그리고 로테를 꼭 끌어안고 머리를 쓰다듬었다.

"말하거나 걷는 것 혹은 쓰는 것은 잊어버리지 않나요?"

요요가 시몬에게 물었다.

"그런 건 잊지 않아. 보통 한번 배운 것이면 어떤 말이든 잊지 않지. 기본적인 계산 능력이나 세상을 보는 눈도 그대로 남아 있어. 구체적으로 뭘 잊어버리는지는 아직도 밝혀져 있지 않아. 아주 인상적으로 경험했던 것들은 그대로 기억에 남기도 해. 이를테면 감명 깊게 본 영화의 장면이랄지 특별했던 체험은 고스란히 기억하거든."

"아저씨는 어떻게 그렇게 잘 알고 계세요?"

"망각을 전문적으로 다룬 논문들을 읽어 보았지. 물론 아직 확실하게 증명된 건 아무것도 없어."

"그럼 아저씨는 어떻게 기억을 잊어버리지 않고 여기에 올 수 있었죠?"

"길이 있지. 하지만 돌아갈 수는 없어."

"왜죠?"

"돌아가는 길의 입구가 어디인지 잊어버렸거든. 또 길이 어떻게 이어지는지도 잊고 말았어. 저 지하는 여러 통로들이 복잡하게 얽힌 미로야. 일단 들어서면 자신이 어디에 있는지 알기가 무척 힘들어. 어디든 다 비슷해 보이거든."

“지나온 통로를 정확하게 기록해 두지 그러셨어요.”

“이 정도일 줄은 전혀 몰랐어.”

“아저씨도 기억을 잃어버렸네요. 그럼 왜 돌아가지 않으셨죠? 돌아가서 더 철저히 준비를 하셨더라면 좋았을걸.”

“그런데 말이야, 장벽을 통과하고 있다는 생각이 전혀 들지 않더군. 바로 그래서 메모 구슬이 있는 거야. 그건 우리가 말하는 걸 모두 녹음하거든. 비밀결사 N의 회원들은 모두 메모 구슬을 하나씩 가지고 있지. 장벽을 넘어갈 때를 위해 마련해 놓은 비상 대책이야. 하지만 내가 보기에 메모 구슬은 별 도움이 되지 않아. 녹음을 하는 과정에서 빠뜨리는 게 많아서 나중에 들어 보면 뭐가 뭔지 잘 알아들을 수가 없지. 정작 녹음을 한 당사자도 기억을 잃어버린 후라서 나중에 들어 봐도 그게 무슨 소리인지 아리송하거든. 그게 진짜 자기 기억인지 헷갈리기도 하고. 난 메모 구슬을 별로 신통하게 여기지 않아.”

시몬은 메모 구슬을 들고 요모조모 자세히 들여다보았다.

“어쨌거나 메모 구슬을 이용해 어떤 길을 통해서 왔는지 녹음해 두었더라면 좋지 않았을까요? 그걸 이용하지 않은 것은 경솔해요.”

“네 말이 맞다.”

시몬은 머리를 긁적였다.

“과학자는 자신의 실력을 과대평가하기 마련이지. 이 조그만 걸 무시한 건 분명 내 잘못이지. 난 그저 이 구슬을 비밀결사의 배지 쯤으로 여긴 거야.”

시몬은 한숨을 쉬었다.

"자만했던 거지."

이때 숙소의 뒷문이 쾅 소리와 함께 열렸다. 놀랍게도 알리시아가 서 있었다. 알리시아는 요요와 로테 그리고 시몬을 향해 총을 겨누었다. 그 뒤에서 검은 복장을 한 아이들이 세 사람을 향해 달려들었다. 결국 요요와 로테 그리고 시몬은 별 저항도 하지 못하고 사로잡혔다.

팔을 뒤로 꺾인 채 밧줄에 묶이자, 요요는 아파서 비명을 질렀다. 머리에는 거친 자루까지 뒤집어씌웠다. 알리시아 일당은 요요를 끌고 갔다. 어디인지 좁은 공간에 처박히자 엔진이 부르릉 소리를 냈다. 요요는 로테와 시몬도 같은 처지일 거라고 짐작했다.

이런 상태로 거친 길을 한참 덜컹거리며 달렸다. 아이들이 번갈아 가며 담배를 피우는지 매캐한 냄새가 났다. 요요는 자기 옆에 누구의 것인지는 모르나 몸이 하나 있는 것을 느꼈다. 로테일까, 시몬일까? 요요는 알아보고 싶어 몸을 뒤척였으나 소용없었다. 요요는 내심 그게 로테였으면 좋겠다고 생각했다. 물론 지금 그게 누구인지는 중요한 문제가 아니라는 것을 깨닫기까지 오랜 시간이 걸리지 않았다. 어차피 얼마 있지 않아 죽을지도 모른다. 하지만 알리시아는 왜 아까 그 자리에서 바로 총을 쏘지 않은 것일까?

갑자기 끽 소리와 함께 차가 멈추어 섰다. 문이 열리는 소리가 들리더니 알리시아의 날카로운 목소리가 울렸다.

"야, 이 자식들아! 바이올린을 잊어버렸잖아!"

알리시아는 부하들을 향해 퍼부었다.

"짜증 나는 자식들! 가장 중요한 걸 놓고 오면 어떡해!"

"아니야, 아니야, 그럴 리가 있겠어, 두목!"

한 사내애 목소리가 억울하다는 투로 말했다.

"벌써 챙겼어, 여기 있어."

"이런 쓸모없는 자식들!"

알리시아는 화를 누그러뜨리지 않았다.

"바이올린 가방이 무슨 도시락 통이나 고철덩어리쯤 되는 줄 아냐? 그걸 그렇게 함부로 다뤄? 이 돌대가리들아, 악기를 어떻게 다뤄야 하는지도 몰라? 얼른 조수석에 갖다 놔! 이런, 조심해, 제발!"

잠시 후 차는 다시 출발했다.

"체, 아주 제대로 해 대는군."

한 남자애가 다른 애에게 말을 거는 소리가 들렸다.

"바이올린을 가진 남자가 나타나고부터 어떻게 된 거 아냐? 도대체 저걸 가지고 뭘 한다고 저 난리인데?"

"바이올린이라도 켜고 싶은 모양이지."

"바이올린을 켠다고? 그게 대체 뭐하는 건데? 그걸 하면 신이 나나? 완전히 머리가 어떻게 된 거 아냐? 걔가 신나는 게 뭔지 알기나 해? 진짜로 신나는 건 그거밖에 없다고, 헤헤헤."

다른 아이들도 키들키들 따라 웃었다.

신나기도 하겠다, 거지 같은 놈들! 요요는 욕지기가 튀어나오려는 것을 간신히 참았다. 하지만 저놈들이 떠들기 시작하면서 한결 마음이 편해졌다. 게다가 부하들이 알리시아를 좋아하는 것만은 아니라는 사실을 알게 된 것은 뜻밖의 수확이다. 사내놈들은 한동 안 계속 상스러운 농담을 주고받으며 낄낄댔다. 노란 섬에서 훔쳐 온 한 통의 독주가 화제로 등장하자, 사내놈들은 군침을 흘려 가며 떠들었다. 노란 섬에서 최신형 에어모프를 봤는데 진짜 죽이더라 며 호들갑을 떠는 놈도 있었다. 도난 방지 장치를 푸는 것쯤은 식 은 죽 먹기라나.

차가 몇 번 급하게 커브를 도는 통에 요요는 옆에 있는 몸과 부 딪쳤다. 틀림없이 로테였다. 비록 더러운 자루를 뒤집어쓰기는 했 지만, 요요는 로테의 체취를 확실하게 맡을 수 있었다. 로테! 요요 는 나직하게 로테를 불러 보았다. 아무 대답이 없었다. 정신을 잃 었나? 시몬은 로테를 어떻게 불렀더라? 그래, 맞아, 라일라라고 했 지. 라일라? 요요는 그 이름이 마음에 들지 않았다. 로테는 어디까 지나 로테일 뿐이다. 로테 생각을 하는 동안 요요는 가슴이 먹먹해 졌다. 알리시아가 우리 모두를 죽일 거야…….

2 마침내 차가 멈추어 섰다. 몇 명이 달려들어 요요를 거칠게 끌 어 내렸다. 한동안 자루의 거친 천 사이로 햇빛이 보이는가 싶더니 다시 칠흑처럼 어두워졌다. 요요는 내팽개쳐져 바닥에 뒹굴었다. 곧 주위는 쥐 죽은 듯 조용해졌다. 간신히 몸을 일으켜 앉은 요요 는 어떻게든 묶인 손을 풀어 보려고 안간힘을 썼다. 아무 소용이 없었다. 주위는 어둡고 조용했다.

“로테!”

요요는 나지막하지만 힘 있게 로테를 불렀다.

“너 여기 있니?”

“응, 여기 있어.”

로테의 목소리가 들렸다. 바스락거리는 소리가 나더니, 손 하나가 발을 만지는 걸 요요는 느꼈다.

“나도 여기 있다.”

다른 쪽에서 시몬의 소리도 들렸다. 요요는 안도했다. 모두 살아 있구나!

“로테, 견딜 만하니?”

요요가 물었다.

로테는 아무런 대답을 하지 않았다.

“아저씨, 괜찮으세요?”

요요가 물었다.

“그럭저럭. 라일라는 어디 있니?”

“제 옆에 있어요.”

“그 애가 알리시아 맞지?”

시몬이 물었다.

“네.”

요요가 떨떠름하게 대답했다.

“제가 말했잖아요, 뒤뜰이 가장 위험하다고요.”

시몬은 아무 말도 하지 않았다. 요요도 침묵했다. 다리를 잡고 기어 올라온 로테가 요요의 손을 꼭 잡았다. 손을 마주 잡자, 요요는 기분이 한결 나아졌다.

"왜 아까 그 뜰에서 우리를 바로 죽이지 않았을까요?"

요요가 말을 꺼냈다.

"알리시아가 너를 죽여야 할 이유라도 있니?"

시몬이 물었다.

"그거야."

요요는 잠시 머뭇거리다가 대답했다.

"제가 걔를 두 번이나 쏘았거든요."

"알리시아는 꼭 고양이를 보는 것만 같더라. 무척 날렵하고 영민해 보이던걸."

"알리시아를 아세요?"

"네가 짐작할 수 있는 것 이상으로."

시몬이 천천히 말을 꺼냈다.

"한동안 자신이 없었는데, 이제 확실히 알 것 같아."

"……."

"알리시아는 리카르다야."

시몬의 목소리가 울렸다.

"알리시아는 리카르다야, 로테가 라일라이듯!"

"전 라일라가 아니에요."

로테가 입을 열었다.

"지금은 아닐지 모르지."

시몬이 대답했다.

"하지만 넌 라일라였어. 사람들은 너를 라일라라고 불렀지."

로테는 아무 말도 하지 않았다.

"리카르다는 누구죠?"

요요가 물었다.

"로테가 메모 구슬에서 잠깐 언급한 이름이 기억나지 않니? 리카르다 타이히만은 영재학교의 최고 우등생이었어. 라일라는 리카르다를 알지."

"전 모르는데요."

로테가 톡 쏘듯 말했다.

"잘 생각해 봐, 넌 리카르다를 알아."

로테는 대답하지 않았다. 한동안 세 사람은 아무 말도 하지 않고 어둠 속에 있었다.

"이제 어떻게 하죠?"

요요가 먼저 정적을 깼다.

"이렇게 앉아서 죽기만 기다릴 수는 없는 노릇이잖아요."

비틀거리며 간신히 일어선 요요는 조심스럽게 발걸음을 옮기며 주변을 알아보려고 했다. 바닥은 거칠기는 했지만 평평했다. 요요는 어떻게든 묶인 손을 풀기 위해 안간힘을 썼다. 몇 번을 비틀자, 다행히도 매듭이 헐거워지면서 손을 빼낼 수 있었다. 요요는 머리에 씌워진 자루도 벗겨 냈다. 순간 시커먼 벽이 떡하니 앞을 가로막는 것 같았다. 요요는 놀라서 조심스럽게 앞을 더듬어 보았다.

아무것도 손에 잡히지 않았다. 신중하게 한 걸음씩 앞으로 나아갔다. 열 걸음쯤 나아갔을까. 요요는 손을 뻗어 벽이 있나 더듬었다. 역시 아무것도 없었다. 꽤 넓은 공간인 모양이었다.

"아저씨!"

요요는 조심스레 시몬을 불렀다. 너무 어두워서 어디를 어떻게 찾아야 할지 막막했다.

"나 여기 있다. 지금 뭐하니?"

시몬이 대답했다.

"벽을 찾고 있어요. 하지만 도무지 벽이 만져지지 않네요."

"요요, 너무 멀리 가지 마!"

로테가 외쳤다.

"몇 걸음만 더!"

어지러웠다.

"조금만 더 가면 벽이 있지 않을까?"

열 발을 더 걸어도 손에 와 닿는 것은 아무것도 없었다. 다시 열 발. 계속 나아갔지만 소득은 없었다. 요요는 다리에 힘이 풀렸다. 조바심이 났다. 그제야 요요는 자신이 맴을 돌고 있었다는 것을 깨달았다.

"시몬 아저씨!"

요요가 소리쳐 시몬을 불렀다. 다리에 힘이 하나도 없는 게 주저앉고만 싶었다. 도대체 여기는 어떤 공간일까? 무지하게 넓은 곳인 건 확실했다.

"로테! 시몬 아저씨!"

요요는 있는 힘을 다해 소리쳐 불렀다.

"여기 있어."

로테와 시몬이 한목소리로 대답했다.

"대체 어디야?"

"여기!"

두 사람의 목소리는 마치 몇 킬로미터는 떨어져 있는 것처럼 들렸다. 요요는 고개를 이리저리 돌려 보았으나, 어둠 속에서는 아무 소용이 없었다. 소리가 나는 방향을 가늠하는 것도 힘들었다. 요요는 이마에서 흐르는 진땀을 닦아 냈다. 평생 이렇게 무서웠던 적이 없었는데……. 물론 맹장 수술을 할 때와 알리시아와의 처음으로 마주칠 때도 무섭기는 했지만. 지금이 더 무서운 것은 뭣 때문에 무서운지 알 수 없다는 점 때문이다. 어둠은 사람을 미치게 만들었다. 잠시 숨을 고르며 마음을 가라앉힌 요요는 마침내 로테와 시몬이 있는 방향을 소리로 구분할 수 있었다.

"여긴 엄청나게 큰 공간인가 봐요!"

요요가 털썩 주저앉으며 말했다. 어둠 속에서 뭔가 다가와 요요를 더듬었다. 로테의 손이었다. 손은 따뜻하고 부드러웠다.

"그냥 이렇게 함께 손을 잡고 있는 게 낫겠구나."

요요가 로테를 향해 말했다.

"그래."

로테가 속삭였다.

“어떻게든 여기를 빠져나가야 할 것 같은데.”

요요는 이렇게 말하며 로테의 손을 쓰다듬었다.

“그냥 기다려도 좋을 거야.”

시몬이 말했다.

“알리시아는 우리한테 뭔가 원하는 게 있거든.”

“걔가 우리한테 뭘 원해요? 나한테 원하는 거야 분명해요. 날 죽이려고 하겠죠. 하지만 로테와 아저씨는 알리시아와 무슨 상관이 있죠?”

“내가 보기에는 말이다.”

시몬이 입을 열었다.

“알리시아는 네가 아니라 라일라에게 볼 일이 있을걸.”

“전 라일라가 아니라니까요.”

로테가 대꾸했다.

시몬은 한숨을 쉬었다.

“내 짐작에 알리시아는 바이올린을 노리고 있어.”

“알다가도 모르겠네요. 알리시아가 바이올린을 가지고 뭘 하려는 거죠? 그리고 다른 사람도 아니고 로테에게 뭘 바란다는 거예요? 거참, 이해할 수 없는 게, 왜 그 이상한 남자는 바이올린을 가지고 이런 소동을 꾸며 냈을까요? 오랫동안 사물함에서 잠만 자고 있던 바이올린을 왜 하필이면 로테에게 줘 가지고 이 난리죠?”

“아주 재미있는 질문이구나.”

시몬이 대답했다.

“나도 그 점은 생각해 보았는데 말이야, 딱 부러지게 설명을 할 수 없구나. 라일……, 그러니까 로테는 지금까지 살아오면서 바이올린이라고는 한 번도 손에 쥐어 본 적이 없어. 하지만 왠지 몰라도 난 로테에게 꼭 바이올린을 가져다주어야 한다는 생각을 떨칠 수 없었어. 그 바이올린 안에 마리아가 뭔가 중요한 걸 숨겨 놓은 게 틀림없어. 그건 아마, 아주 중요한 정보일 거야.”

“정보요? 무슨 정보요?”

“장벽에 관한 정보.”

“그게 무슨 정보일까요?”

“내가 그걸 알면 얼마나 좋겠니.”

잠시 침묵이 흘렀다.

“그러니까 아저씨는 저한테 바이올린을 가져다주기 위해 여기 왔단 말이에요?”

마침내 로테가 말을 꺼냈다. 로테의 목소리는 많이 부드러워져 있었다.

“그래서 오셨다고요?”

“물론 그것 때문만은 아니지.”

시몬이 대답했다.

“네가 위험에 처한 걸 알고 꼭 너를 찾으려 했어. 사물함의 열쇠를 네가 가지고 있는 걸 안 순간, 이제 대학이라는 상아탑에서 내 평온한 삶은 끝났다는 걸 직감했지. 드디어 내가 나서야만 할 때가 온 거지.”

"그럼 아저씨는 사물함을 알고 있었던 거로군요."

요요가 말했다.

"끝없이 그런 이야기가 떠돌았지. 소문은 무성했어. 심지어 사람들은 내가 집에 바이올린을 숨겨 놓았을 거라고 노골적으로 의심했지. 공개적으로 마리아와 아무 상관이 없다고 선언을 해도 아무 소용이 없었어. 그 덕에 지금까지 별 탈 없이 지내기는 했지만……."

시몬은 목이 메는지 헛기침을 했다.

"나더러 어쩌라는 거야? 난 라일라를 지켜 주고 싶었어. 라일라만 고생 없이 살 수 있다면 그걸로 충분하다고 생각했지. 하지만 라일…… 아니, 로테의 가방에서 그 열쇠를 발견하는 순간……."

시몬은 다시 말을 잇지 못했다.

"마리아는 비밀결사 N의 다른 사람들처럼 장벽을 부수려 했어. 그녀가 옳은지 난 확신할 수 없더군. 크게 볼 때, 떼어 놓고 갈라놓는 건 좋은 일이니까. 장벽이 있어서 세상은 한결 깔끔해지지. 장벽이 없었던 옛날의 기록을 보면 모든 게 뒤죽박죽인 혼란의 도가니일 뿐이야."

"지금도 여전히 모든 게 혼란스러울 뿐이에요."

요요가 대꾸했다.

"우린 그렇지 않아."

시몬이 정색을 했다.

"상관없어. 지금 여기서 우리가 장벽을 놓고 토론을 벌일 것은 아니지. 난 직접 내 눈으로 확인했어. 더 이상 장벽이 늘어나는 건 막아야 해. 지금과 같은 속도로 장벽이 늘어난다면, 인류는 심각한 위협을 받아. 좀 더 정확하게 설명해 볼까. 장벽이 새끼를 치고 있다는 엘리아스의 표현은 꼭 맞아. 우리 쪽에서도 분명히 보았고, 여기 와 보니 더하면 더했지, 덜하지 않더군. 지금까지 측량 결과, 도시에서는 새로운 장벽들이 도처에서 쑥쑥 솟아나고 있어."

"맞아요."

로테가 말했다.

"저도 도시에 온통 장벽뿐이라는 걸 두 눈으로 똑똑히 봤어요."

시몬은 한동안 아무 말도 하지 않았다.

"내가 말한 장벽에는 눈으로 볼 수 있는 것만 있는 게 아니야. 장벽이 새끼를 친다는 건 장벽에 어머니도 있다는 말이지 않을까? 그냥 비유로 하는 이야기가 아냐. 너희도 알다시피 장벽은 인간의 기억에 상당한 영향을 미치지. 어디 그뿐이야? 시간도 제멋대로잖아. 적어도 우리가 느끼는 시간에 한해서만큼은. 장벽 안에 들어갔다가 나오기만 하면 기억을 잃어버리고 두통을 앓는 걸 생각해 봐. 게다가 장벽은 예상했던 것보다 훨씬 빠른 속도로 늘어나고 있어. 장벽이 새끼를 친다는 건 이미 온 세상이 다 알고 있는 이야기야. 네 엄마는 말이다, 라일……, 아니 로테야, 당시 비밀결사 N의 지도급 인물이었지. 마리아는 장벽의 위험을 거듭 경고하곤 했어. 공개적인 입장 표명도 서슴지 않을 정도였으니까. 그룹을 이끄는 건 그녀에게 쉬운 일이 아니었어. 성격이 워낙 부드러운 여자였으니까. 이 점은 네가 꼭 알았으면 좋겠구나. 어느 정도였냐면 알레프 부스타니와 직접 만나서 장벽을 포기하도록 설득할 수 있다고 굳게 믿었으니까, 말 다했지. 올바른 말이라면 얼마든지 알레프 부스타니를 움직여 장벽이라는 이상을 포기하도록 만들 수 있다고 믿은 거야. 비밀결사의 과격한 회원들은 마리아를 순진하다고 비웃었지. 하지만 마리아는 결코 포기하지 않았어. 꾸준한 노력 끝에 마침내 그녀의 계획이 실현되는 것 같았어. 정확히 그녀가 어떤 뜻을 품었는지 아는 사람은 없지만, 알레프 부스타니에게 상당히 가깝게 다가간 것은 사실이야. 물론 여기에는 마리아의 환상적인 바이올린 연주 솜씨가 큰 힘을 발휘했어. 그런데 갑자기 조직 내부에서 격렬한 다툼이 일어난 거야. 그리고…… 어느 날 돌연 마리아가 실종됐다는 소식이 들불처럼 번졌어. 나는 어찌해야 좋을지 몰라 발만 동동 굴렀지. 그동안 난 장벽 학자가 되고 싶다는 일념으로 조직과 한사코 거리를 두고 있었거든. 물론 네 엄마 때문에 관심의 끈을 놓지 않고 계속 정보를 추적하기는 했지. 마리아가 갑자기 죽었다는 소문이 들리자 내가 큰 실수를 저질렀다는 것을 깨닫고 미칠 듯이 괴로웠어. 네 엄마를 곁에서 지켜 줬어야 하는 건데……. 가슴 아픈 후회 때문에 곧 결심했지. 라일라, 너에게만큼은 같은 실수를 되풀이하지 않겠다! 될 수 있는 한 소중하고 행복한 어린 시절을 보낼 수 있도록 최선을 다해야겠다고 생각한 거야. 그리고 공식적으로 마리아의 정치적 입장에 전혀 동조하지 않는다고 선언하고 네 엄마 문제에서 발을 완전히 뺀 거야. 네게 최선을 다하고 싶던 내 노력이 성공했는지는 잘 모르겠구나."

로테는 아무 말도 않고 듣기만 했다. 시몬은 계속 말을 이었다.

"네 엄마가 공식적으로 죽었다고 선포된 이후, 조직에서는 격렬한 다툼이 공개적으로 일어났지. 회원들은 뿔뿔이 흩어졌고, 몇 사람은 아예 자취를 감추었어. 한동안 비밀결사는 해체된 것처럼 보였지. 그런데 몇 년 전 갑자기 조직이 새로운 바람을 타기 시작한 거야. 이런 바람을 몰고 온 핵심 인물은 기적과도 같은 재능을 지닌 리카르다야! 그녀도 바이올린 연주 솜씨가 워낙 뛰어나 비밀 콘서트에 초대를 받기도 했지."

"비밀 콘서트가 뭐죠?"

"그건 청중이 단 한 사람도 없이 열리는 콘서트를 말해. 세상에서 가장 뛰어난 음향 효과를 가진 암흑의 연주 홀에서 열리지. 연주 홀 안은 칠흑처럼 어두워서 소리가 다른 곳에 비해 몇 배는 더 환상적으로 울리지. 하지만 암흑의 연주 홀이 정확히 어디에 있는지 아는 사람은 아무도 없어. 내가 보기에는 장벽 근처 노랑 정원의 어디가 아닐까 싶어. 물론 장벽 안에 있을 가능성도 충분하지. 이제껏 최고의 음악가만이 그곳에서 연주를 할 수 있었어. 초대를 받고 중앙역에서 기다리고 있으면 전체를 까맣게 칠한 자동차가 나타나 연주자를 데리고 암흑의 연주 홀로 데리고 가. 물론 창밖을 봐도 어디가 어딘지 알 수 없지. 이는 곧 연주자가 알레프 부스타니를 위해 연주를 한다는 것을 뜻해. 알레프 부스타니는 특히 마음에 드는 음악가를 따로 불러 친히 대화를 나누곤 했다는 소문이 파

다해. 리카르다는 알레프 부스타니의 초대를 받은 거지. 말이 나온 김에 이야기지만, 물론 네 엄마도 초대를 받은 적이 있어, 로테야……."

시몬은 갑자기 말을 끊고 멈칫 했다. 라일라를 처음으로 망설이지도 않고 로테라고 부른 것이다.

"들리는 바에 의하면 리카르다는 알레프 부스타니와 직접 면담을 했다고 해."

시몬은 더 말을 잇지 않았다. 먹물 같은 어둠만이 세 사람의 어깨를 무겁게 짓눌렀다. 요요는 성가신 파리 떼를 쫓기라도 하려는 듯 손을 휘휘 저었다. 그러나 손에 걸리는 것도, 빠져나가는 것도 칠흑 같은 어둠뿐이었다.

마침내 시몬이 다시 입을 열었다.

"리카르다는 이 만남에서 뭔가 대단히 중요한 이야기를 들었다고 하더군. 로테야, 그것은 바로 네 엄마의 바이올린에 관한 것이었어. 적어도 리카르다 자신이 그렇게 이야기했지. 하지만 아무도 그 애의 말을 믿지 않았어. 연주를 끝내고 나온 다음부터 리카르다는 정상이 아니었거든. 온갖 희한한 소리를 하고 다니며, 알레프 부스타니는 아름다운 음악 소리를 돌로 바꿀 수 있다고까지 주장했지. 또 리카르다는 알레프 부스타니의 생김새를 자세히 떠벌리기도 했고, 심지어 알레프 부스타니에게 아들이 한 명 있다는 이야기도 했어. 그러고는 바이올린을 들고 거리를 쏘다니며 음악을 돌로 바꾸려 애를 썼지. 하지만 오래가지는 못했어. 사람들이 리카르다를 정신병원에 집어넣었거든. 하지만 그 애는 그곳을 탈출했어. 그때부터 리카르다를 보았다는 사람은 없지. 몇 주 뒤 스포츠 사고로 목숨을 잃었다는 공식 발표가 있었을 뿐이야.”

시몬은 잠시 숨을 골랐다.

“그런데 리카르다가 여기 있다니! 그럼 그애 아빠도 여기 있는 걸까? 정말 궁금하군.”

시몬이 이야기를 끝내자, 어둠의 공간은 세 사람의 숨소리 하나 놓치지 않을 정도로 조용해졌다.

“더 못 참을 것 같아!”

로테가 속삭였다.

“어둠이 너무 무서워.”

“널 두렵게 만드는 건 어둠뿐만이 아니야.”

시몬이 말했다.

“지금 우리가 갇혀 있는 감옥이 벽도 담도 없는 이상한 곳이라 더욱 무서운 거야. 단 하나의 벽이라도 같이 찾아 볼까? 물론 조금도 떨어지면 안 돼. 그랬다가는 서로 잃어버릴 수 있으니.”

요요와 로테 그리고 시몬은 서로 손에 손을 잡고 벽을 찾아 나섰다.

얼마나 걸었을까. 꽤 오랫동안 찾아 헤맸으나, 벽 비슷한 것도 나타나지 않았다. 요요는 몇 시간은 걸은 것 같았다. 며칠이 지난 느낌까지 들 정도였다. 아무것도 없는 거대한 공간에서 벽을 찾아 헤매고 다니는 건 몹시 피곤하고 힘든 일이었다. 세 사람은 탈진해 그대로 주저앉고 말았다.

"어떻게 이런 일이 있을 수 있지?"

로테가 숨을 몰아쉬었다.

"아무리 큰 방이라도 끝은 있어야 하는 거 아냐?"

"내가 보기에 가능성은 두 가지야."

한동안 생각에 잠겨 있던 시몬이 입을 열었다.

"우리가 계속 같은 자리를 맴돌고 있거나, 아니면 사람들이 흔히 말하는 벽 없는 감방이 바로 이곳이거나. 난 사실 처음부터 이곳이 벽 없는 감방이면 어쩌나 두려웠어."

요요가 물었다.

"그게 뭐죠?"

"아주 흥미로운 장벽 현상 가운데 하나야. 학자들은 이를 두고 저마다 의견이 갈리지. 난 지금까지 벽 없는 감방이 그저 이론에서나 가능한 것인 줄 알았어. 내가 잘못 생각했던 거야."

"벽 없는 감방이 뭔데요?"

"그건 말 그대로 벽이 없는 공간이야. 벽이 없기 때문에 당연히 끝없이 크지. 아무리 걸어도 벽 같은 경계를 발견할 수 없는 그야말로 완벽한 감옥이랄까."

"어떻게 그런 게 있을 수 있죠? 끝나는 곳이 없다는 게 말이 되나요? 바닥이 있는데 벽이 없다는 건 생각조차 할 수 없어요."

"물론 네 말이 맞다. 바닥과 천장도 일종의 벽이라고 볼 수 있으니까 벽 없는 감방은 불가능하지. 나도 그래서 완벽하게 벽이 없는 감옥을 만든다는 건 말도 안 된다고 생각한 거야."

"까짓 상관없어요. 어쨌거나 우리는 여기에 들어왔잖아요. 들어왔으면 나가는 곳은 반드시 있는 거 아닌가요?"

"아주 좋은 지적이다, 요요. 그런데 나가는 건 우리 마음대로 할 수 있는 게 아니잖니? 리카르다가 우리를 꺼내 줄 마음을 먹는다면 물론 우리는 나갈 수 있겠지. 하지만 지금까지 내가 아는 리카르다로 볼 때, 걔는 벽 없는 감방을 아주 잘 알고 있는 게 틀림없어."

"우리가 할 수 있는 건 아무것도 없나요?"

로테가 물었다.

"없어."

시몬은 잘라 말했다.

"내가 보기에는 없는 게 확실해. 지금 우리가 할 수 있는 건 잠을 좀 자 두는 게 아닐까?"

요요는 도저히 잠이 올 것 같지 않았다. 하지만 이제 서로 말도 없는 데다가 한 치 앞을 볼 수 없을 정도로 어두운 탓에 하는 수 없이 요요는 로테 옆에 누워 어둠을 노려보았다. 그러다가 깜빡 잠이 들었다.

"요요?"

요요는 자신의 어깨를 만지는 손을 느꼈다.

"잤어?"

로테였다.

“나는 도무지 못 자겠어.”

로테가 아주 낮은 목소리로 속삭였다.

요요는 자기도 모르게 하품을 했다.

“저 사람 자고 있을까?”

로테가 나직하게 물었다. 바짝 다가온 로테에게서 따뜻한 온기가 느껴졌다.

“네 아빠?”

요요가 물었다.

“그는 내 아빠가 아니야.”

로테는 고개를 저었다.

“시몬 아저씨는 네 아빠야. 네가 기억하지 못할 뿐이지.”

“상상이 안 돼. 네가 보기엔 어때? 좋은 사람처럼 보여?”

요요는 예상치 못한 질문에 놀랐다.

“그거야 분명하지. 배운 것도 많고, 아주 훌륭한 분 같아.”

“그건 그래.”

로테가 대답했다.

“네 말이 맞을지도 몰라. 배운 게 많은 건 분명해.”

잠시 침묵이 흘렀다. 요요는 시몬의 고른 숨소리를 들었다. 요요는 속삭이는 목소리로 로테에게 물었다.

“기억을 더듬어 봐. 아저씨의 말투나 행동이 익숙하지 않아?”

“참 웃기는 게, 날 도무지 믿을 수가 없어.”

“널……?”

“메모 구슬에서 들리는 목소리가 진짜 내 목소리인지도 잘 모르겠어. 모두 나하고 상관없는 일 같아.”

요요는 잠시 생각에 빠졌다. 로테를 돕고 싶은 마음이 간절했다. 하지만 어떻게?

“시간이 날 때 처음부터 끝까지 다시 들어 보는 게 좋을 거야. 그러다 보면 진짜 기억이 떠오르지 않을까?”

로테는 한동안 아무 말도 않다가 이윽고 입을 열었다.

“그 올레라는 애가 쪽지에 이렇게 적어 놨다고 했지. ‘많은 정보를 담아둘수록 당신은 그만큼 안전해집니다.’ 하고 말이야. 그게 무슨 뜻일까?”

“말한 그대로겠지. 많은 걸 기억할수록 든든하잖아.”

“난 기억나는 게 아무것도 없어.”

“노력은 해야지.”

로테는 다시 생각하는 눈치였다.

“메모 구슬을 내가 언젠가 삼켰다면 말이야, 그걸 어떻게 시몬 아저씨가 가지고 있어?”

“내가 준 거야. 내가 구슬을 발견했거든.”

“네가? 어디서?”

“너도 기억할 거야, 우리 집에 있을 때 네가 요강에다⋯⋯.”

“아, 그럼 말이야. 구슬을 삼킨 사람이 다시 구슬을 발견하는 건 정말 어렵지 않을까?”

로테가 물었다.

“흠, 그러네.”

요요는 이마를 잔뜩 찡그렸다.

“하지만 우리는 그걸 발견했잖아. 내가 더 궁금한 건 대체 어떤 상황에서 네가 구슬을 삼켰는지, 그리고 그다음에 무슨 일이 일어났는지 하는 거야.”

“나도 궁금해. 대체 무슨 일이 있었던 걸까?”

“글쎄, 혹시 검은 정찰대가 들이닥친 건 아닐까?”

“그럴지도 몰라.”

대화는 더 이어지지 않았다. 요요는 로테가 잠든 모양이라고 생각했다. 갑자기 다시 로테가 입을 열었다.

“그런데 말이야, 정말 모르겠어. 아저씨를 뭐라고 불러야 하는 걸까?”

요요의 입에서는 하마터면 ‘그거야 물론 아빠지!’ 라는 말이 나올 뻔했다. 하지만 생판 처음 보는 것 같은 사람을 아빠라고 불러야 하는 심정은 어떨까?

“시몬 아저씨라고 해. 그게 가장 편하지 않을까?”

“아저씨가 속상해하지 않을까?”

로테가 이마를 찡그렸다.

“친딸에게 아저씨라는 말을 들으면 정말 기분 나쁠 거 같아.”

“푸—”

요요는 자기도 모르게 크게 한숨을 쉬었다. 세상에 간단한 일은 아무것도 없다.

"네가 기억을 잃은 건 아저씨가 더 잘 알고 있으니까, 그냥 아저씨라고 불러. 그러다가 진짜 기억이 되살아나면 아빠라고 하면 되잖아."

"그게 좋겠지? 지금은 아빠라고 부르는 게 정말 내키지 않아."

"네 맘 알아."

요요는 자신과 시몬의 관계가 그렇게 복잡하지 않아 정말 다행이라는 생각이 들었다.

갑자기 로테가 훌쩍거렸다.

"왜 그래?"

놀란 요요가 물었다.

로테는 아무 말도 하지 않고 훌쩍거리기만 했다. 한참 그러더니 로테는 들릴락 말락 한 목소리로 울먹였다.

"아무래도 기억이 나질 않아. 아빠의 이름이 뭐였는지조차 생각이 안 난단 말이야."

요요는 팔을 뻗어 로테를 끌어안았다. 그리고 조심스럽게 로테의 얼굴을 어루만졌다. 눈물로 젖은 얼굴이 촉촉했다.

"아저씨의 이름은 마르크야."

요요가 로테의 귀에 대고 속삭였다.

둘은 그렇게 잠이 들었다.

3 요요는 저벅거리는 발소리와 곧이어 들리는 목소리에 놀라 깨었다.

“두목이 뭐랬어? 수영장으로 오라고 했어?”

요요는 얼른 자리를 박차고 일어나려고 했다. 하지만 움직이기 무섭게 몇 명이 달려들어 요요를 꼼짝 못하게 붙들었다. 머리에는 다시 자루가 씌워졌다. 하지만 이번에는 손을 묶지 않았다. 갑자기 자루의 거친 천 사이로 밝은 빛이 흘러드는 게 느껴졌다. 요요는 숨을 크게 들이마셨다. 적어도 어둠에서는 벗어난 것이다.

한참을 끌려갔다. 공기가 따뜻한 게 해가 화창한 날이 분명했다. 요요는 등이 따스해지는 걸로 미루어 해가 뒤에서 비치는 모양이라고 생각했다. 길은 울퉁불퉁하고 무척 험했다. 요요는 자주 비틀거렸다. 뒤에서 시몬이 숨이 차서 헐떡이는 소리가 들렸다.

얼마쯤 걸었을까. 길이 한결 평평해졌다. 계단이 나타난 모양이었다. 올라가라고 일당이 등을 밀었다. 계단의 끝에서 경비병이 “정지!” 하는 소리가 들렸다. 요요의 머리에서 자루가 벗겨졌다. 요요는 푸른 풀밭의 한복판에 서 있었다. 햇빛이 눈을 찌르는 것만 같아 요요는 손으로 얼굴을 감쌌다. 한참 눈을 비비고 나자, 멀리 떨어지지 않은 곳에서 푸르게 빛나는 물이 보였다. 수영장이었다. 알리시아가 거기서 유유히 헤엄치고 있었다.

“데리고 왔어.”

처음 보는 부하들 가운데 한 명이 커다랗게 외쳤다. 얼핏 보기에도 요요와 나이가 같아 보였고, 붉은 기가 도는 금발에, 한쪽 눈에 안대를 하고 있었다. 옆에 있는 녀석은 열두 살 정도 돼 보였고, 몹시 마른 체구였다. 3갱단이 대개 그렇듯, 둘은 검은색 옷을 입었다.

또 허리춤에 긴 칼과 권총을 한 자루씩 차고 있다. 얼굴은 무표정하게 굳어 있어 돌덩이 같다.

알리시아는 미끄러지듯 헤엄을 치며 다가오더니, 수영장 모서리를 두 손으로 짚고 불쑥 솟아올랐다. 갈색으로 멋지게 그을린 몸에 하얀 비키니 수영복을 입고 있었다. 목에 걸려 있는 가느다란 금목걸이에는 캡슐 모양의 장신구가 찰랑거렸다. 알리시아는 길고 검은 머리를 뒤로 젖히더니, 힘차게 흔들며 물기를 털어 냈다. 요요는 꼼짝도 하지 못하고 물방울 세례를 받았다. 요요는 곧 숨이 멎을 것처럼 두근거리는 가슴을 달래느라 진땀을 흘렸다. 저토록 아름다운 여자의 몸을 보는 것은 처음이었다. 꿈에서 보던 알리시아보다 현실의 알리시아가 훨씬 더 숨막히게 아름다웠다.

알리시아는 세 사람의 얼굴을 차례로 훑어보았다. 특히 요요에게 눈길이 오래 머물렀다. 요요는 빨개진 얼굴로 시선을 피했다. 알리시아는 준비되어 있던 하얀 수건을 집어 들더니 어깨에 걸쳤다. 그러더니 파라솔 아래 길게 펼쳐져 있는 선탠용 긴 의자에 가서 누우며 그 앞의 작은 탁자 위에 발을 턱 걸쳤다. 탁자 위에는 목이 길고 밑으로 갈수록 좁아지는 날렵한 유리잔에 카페 파이루츠가 담겨 있다. 탁자 옆 풀밭에 깔아 놓은 자리에는 바이올린 가방과 시몬의 검은 상자가 놓여 있다.

“너희들을 여기서 보다니 기분 좋은 일이로군.”

알리시아가 말을 건넸다. 알리시아는 특히 요요를 노려보며 말했다.

"잘 있었나, 친구. 우린 아직 끝나지 않은 계산이 있지?"

"알고 있어."

"그 계산은 나중에 하자고."

알리시아는 알듯 모를 듯 희미하게 웃었다.

"운이 좋은 줄 알아. 마침 중요한 사람들과 함께 있었기에 망정이지 안 그랬으면 넌 벌써 죽은 목숨이야."

요요는 아무 말도 하지 않았다. 알리시아의 말이 맞다는 걸 조금도 의심하지 않았기 때문이다. 알리시아는 부하들을 향해 손짓했다. 마치 징그러운 벌레라도 몰아내듯.

"너희들은 어서 꺼져, 빨리!"

중무장한 두 부하는 서둘러 자리를 떴다. 요요는 그들의 뒷모습을 멍하니 바라보았다. 그때서야 요요는 자신이 꽃들이 흐드러지게 피고 야자수 그늘이 시원한 정원의 한복판에 있음을 알아차렸다. 나무들 뒤에는 커다란 회전관람차가 하늘을 향해 우뚝 솟아 있었다. 수많은 철골로 된 회전관람차는 거대한 기둥에 매달려 천천히 돌아가고 있었다. 햇빛을 받아 반짝이는 통에 눈에 잘 띄지 않았을 뿐이다. 숲에서 올라오는 열기 때문에 김이 서려서 그런 모양이었다. 한참 주위를 돌아보았지만, 도무지 지금 있는 곳이 어디인지 알 수가 없었다. 요요는 눈길을 거두어 다시 알리시아를 바라보았다.

"그동안 온갖 호사를 누리고 있었구나, 리카르다!"

마찬가지로 주위를 돌아본 시몬이 말했다. 하지만 알리시아는 비웃는 눈초리로 시몬을 바라볼 뿐이었다.

"리카르다는 죽었어. 개한테서 남은 건 여기에 들어 있는 게 전부야."

알리시아가 목걸이에 달려 있는 황금 캡슐을 가리켰다.

"그리고 아는 척하면서 헛소리 좀 하지 마. 몸에서는 더러운 악취를 풍기면서, 고상한 척하기는! 앞으로 씻기 전에는 나한테 단 한 마디도 하지 마!"

알리시아는 잔을 들어 카페 파이루츠를 한 모금 마셨다.

"그건 너희도 마찬가지야. 물은 얼마든지 있으니 빨리 씻어!"

알리시아는 손으로 수영장 옆에 마련된 샤워장을 가리켰다.

요요는 냄새 나는 옷을 벗고 씻을 수 있다는 것만으로도 너무나 기분이 좋았다. 씻고 나자 하얀 가운도 마련되어 있었다.

"자, 그럼 모두 이리로 오실까."

알리시아가 손으로 접이식 의자가 있는 곳을 가리켰다. 요요와 로테 그리고 시몬은 의자를 하나씩 펴 들고 앉았다.

"자, 내 누추한 집에 온 걸 환영해. 유명한 시몬 교수님을 이렇게 직접 뵙게 되어 영광이네. 이런 외딴 곳에서는 꿈도 못 꿀 유쾌한 만남이지. 교수는 분명히 장벽을 넘는 길을 알고 있겠지? 벽을 넘으면서도 정신을 잃지 않는 길 말이야."

"정신이 아니라 기억이겠지."

"그거나 저거나."

"똑같은 건 아니지."

알리시아는 비웃는 표정으로 코를 찡긋했다.

"차이가 있어 봐야 별 거야? 어쨌거나 이제 내 앞에 섰으니 그 길이 어딘지 말해!"

"유감이지만 나도 그건 몰라."

"아, 그러서? 아무래도 기억이 번쩍 나게 만들어 줘야 실토를 하시겠다?"

"그래도 별 도움이 안 될걸. 고문을 한들 내 퇴행성 건망증을 되돌릴 수 있을까? 내가 보기에 이놈의 건망증은 불치의 병이거든."

"허튼수작으로 피하려 하지 마. 길이 어디야!"

"아저씨는 정말 모르는 거야."

요요가 끼어들었다.

"맞아, 나도 들었어."

로테도 거들었다.

"그래?"

알리시아가 말했다.

"그 말을 믿으라고?"

"달리 방법이 없는 걸 어쩌라고? 난 정말 길을 몰라. 깨끗이 잊어버렸거든. 벽을 넘으면 기억을 잃는다는 걸 너도 잘 알잖아. 내가 그걸 미리 알았더라면 좋았을걸. 길이 어딘지는 아무도 몰라."

"아하, 그렇게 나오겠다. 교수같이 고매한 이성을 가진 분이 왜 메모 구슬을 쓸 생각을 못 했을까?"

시몬은 모호한 손짓만 했다.

"아무리 둘러대도 소용없을걸."

알리시아의 목소리가 날카로워졌다.

"아무래도 다른 방법을 써야 말을 들으시려나 봐."

"어허, 이제는 고문까지 즐기는 모양이지? 할 테면 해 봐, 아무 소용없을 테니까."

"내가 언제 고문을 한다고 했어?"

알리시아는 작고 검은 상자를 쥐고 빙빙 돌렸다. 깜짝 놀란 시몬이 검은 상자를 뚫어져라 바라봤다.

"내가 어떤 사람인지는 요요에게 자세히 들었을 텐데!"

알리시아가 말했다.

"요요, 넌 어쩜 그렇게 날 잘 알아?"

요요는 아무 말도 하지 못했다.

"잘 들어, 교수! 지금부터 5초를 주겠어. 그래도 대답을 하지 않으면 이 멋진 발명품은 수영장 바닥으로 잠수하고 마는 거야. 하나, 둘, 셋……."

"멈춰! 그게 얼마나 대단한 것인 줄 알고나 그러는 거야? 그런 짓을 하면 안 돼!"

"넷, 다섯!"

알리시아는 상자를 높이 쳐들었다.

"아무리 그래도 난 모른다고!"

다급한 시몬이 간절하게 외쳤다.

“그 상자는 내려놔! 우리한테 쓸모가 많은 걸 망가뜨려서 어쩌자는 거야?”

“한 번 말해서는 못 알아듣는군.”

알리시아는 힘껏 상자를 던졌다. 첨벙 소리와 함께 수영장의 물에 빠진 상자는 곧장 가라앉아 버렸다.

“리카르다! 너 정말 미쳤구나!”

하지만 시몬을 바라보는 리카르다의 눈길은 싸늘하기만 했다.

“이건 그저 맛보기일 뿐이야!”

말은 그렇게 했지만 알리시아는 곧바로 또 난동을 피우지는 않았다. 바이올린 가방 앞에 선 알리시아는 허리를 숙여 그것을 집어 들었다. 다시 자리로 돌아온 그녀는 가방을 무릎 위에 올려놓고 조심스럽게 뚜껑을 열었다. 바이올린을 감싸고 있는 비단 천을 여는 알리시아의 입가에 잠깐이기는 하지만 미소가 떠오르는 것을 요요는 놓치지 않았다. 바이올린을 꺼내 든 알리시아는 능숙한 솜씨로 줄을 맞추더니 이내 자리에서 일어나 연주를 하기 시작했다. 비키니를 입은 미녀와 바이올린!

요요는 알리시아를 황홀한 눈빛으로 올려다보았다. 이토록 아름다운 선율은 난생처음 듣는 것이었다. 로테와 시몬도 숨을 죽이고 귀를 기울였다.

연주가 끝나자, 알리시아는 다시 바이올린을 조심스럽게 가방에 넣었다.

“저 유명한 마리아 시몬의 바이올린은 이런 소리를 내는군.”

알리시아의 목소리는 거만한 몸짓과는 다르게 축축하게 젖어
있었다.

멍하게 서 있던 시몬은 뜨겁게 박수를 쳤다. 하지만 알리시아는
손을 흔들며 그만두라는 시늉을 했다.

"하지 마!"

그대로 돌아선 알리시아가 외쳤다.

"점심 가져와!"

20초도 채 지나지 않아 한 무리의 소녀들이 나타났다. 검은 옷
을 입고 하얀 앞치마를 두른 소녀들은 저마다 쟁반과 그릇, 식탁보
그리고 접이식 식탁을 들고 있었다. 뚜껑이 덮여 있는 그릇에서 뜨
거운 김이 모락모락 피어올랐다.

"메추라기 알을 섞은 소고기 수프와 와인 소스를 곁들인 꿩고기
찜 요리 그리고 갓 삶은 아스파라거스야."

한 소녀가 앞으로 나서며 요리가 담긴 냄비들을 가리키며 설명
했다.

"이건 후식이고."

소녀가 가리킨 것은 밝은 푸른색이 나는 그릇이었다.

"파인애플을 갈아 만든 셔벗이야. 시킨대로 준비했어."

알리시아는 고개를 끄덕이며 소녀들을 돌려보냈다.

"자, 식욕이 왕성하시겠지?"

알리시아는 만찬을 베푸는 마님과 같은 의젓한 자세로 손님들
을 돌아보았다. 한결 친절해진 모습이었다. 요요는 그게 다 바이올

린 덕분이라고 짐작했다.

"원하는 만큼 마음껏 드시게나."

알리시아는 세 사람을 향해 말했다.

"무슨 일이 생길지 아무도 모르니까."

4 알리시아는 세 사람이 음식을 먹는 모습을 바라봤다. 남은 카페 파이루츠의 마지막 한 모금을 들이킨 알리시아가 말했다.

"자, 이제 바이올린의 비밀을 털어놓지. 또 뻗대다가는 이게 마지막 식사가 될 거야."

"우린 아무것도 몰라."

로테가 말했다.

"너야 모르겠지. 네 메모 구슬을 어젯밤에 들었어. 네가 뭘 알고 있다는 낌새는 어디에서도 찾을 수 없더군. 게다가 그렇게 어처구니없는 녹음은 처음 들었어. 요령도 없이 감정만 떠들어 댔지, 쓸모 있는 정보는 전혀 없더군. 네 이름이 라일라라는 것도 밝히지 않고, 우리의 아름다운 도시 이름은 한 번도 뻥긋하지 않았지. 말도 안 되지!"

로테는 아무 말도 하지 않았다.

"바이올린에서 찾고 싶은 게 뭐지?"

시몬이 알리시아에게 물었다.

"당신 부인이 알고 있었던 거."

"물론 내 아내는 중요한 정보를 가지고 있었겠지. 하지만 대체 어떤 정보? 그리고 내 아내가 그걸 어디에 감춰 두었다는 거지?”

“당신의 아내는 알레프 부스타니의 집을 속속들이 알고 있어. 알레프 부스타니와 현명한 사프라만이 내부 사정을 알고 있는 집을 당신 아내가 꿰고 있는 이유는 뭘까? 듣자니 노랑 살롱이 어디인지도 알고 있다더군. 그녀의 주장에 따르면 알레프 부스타니는 노랑 살롱에서 도구를 조작해 장벽을 조종한다고 하더군. 마리아 시몬은 그 도구를 다루는 법도 배웠어. 난 이 모든 정보가 바이올린 안에 있다고 확신해.”

“마리아가 알레프 부스타니의 집을 아는 거야 그럴 수도 있겠지. 하지만 내 아내가 도구를 다룬다는 건 도저히 있을 수 없는 이야기야. 아내는 기계라면 질겁하거든.”

“알레프 부스타니가 직접 가르쳐 줬다던데.”

“그가 내 아내와 그렇게…… 가까운 사이라고?”

“사람은 절대 과소평가해서는 안 되는 법이지. 나라면 알레프 부스타니가 왜 그랬는지 잘 알 것 같은데? 그녀는 알레프 부스타니의 정부였으니까.”

순간 어색한 침묵이 흘렀다. 시몬이 하얗게 질린 표정으로 마침내 입을 열었다.

“그녀가…… 그녀가…… 그의 정부였……다고?”

“그래, 안됐군. 당신은 아내에게 보기 좋게 속은 거야.”

시몬은 아무 말도 하지 못했다.

“목적이 있어서 그런 거니까, 하고 생각하면 위로가 될라나?”

시몬이 아무 말도 하지 않자, 알리시아가 계속했다.

"그 정보는 바이올린 안에 숨겨져 있는 게 틀림없어. 그리고 바이올린은 무슨 수를 써도 부술 수 없다고 하더군. 알레프 부스타니가 애인을 위해 특별히 만들어 준 거지. 그러니까 바이올린은 최고의 은닉처인 거지."

요요는 아무 말도 하지 않고 대화를 새겨듣고 있었다. 마리아가 알레프 부스타니의 애인이었다고? 얘기가 묘하게 꼬이고 있다! 게다가 무슨 수를 써도 부술 수 없는 바이올린이 있다는 게 믿겨지지 않았다. 바이올린은 그저 나무로 만든 얇은 소리통일 뿐인데. 장식용으로 세워 둔 아가테의 화분만 해도 바이올린보다는 훨씬 튼튼해 보인다. 하지만 황금 테두리가 들어간 그 화분이 쉽게 깨지는 통에 얼마나 애를 먹었는지.

"만약 아무런 정보도 남겨 놓지 않았다면?"

시몬이 물었다.

"남겨 놓은 게 틀림없어. 엘리아스도 분명 그렇게 이야기했고."

"엘리아스는 믿나? 너는 아무도 믿지 않잖아?"

"엘리아스는 믿을 만해."

알리시아는 대답했다.

"난 그를 잘 알고 있지."

"아무것도 기억하지 못하면서 어떻게 엘리아스에 관해서는 그토록 확신하지?"

"메모 구슬을 가지고 있거든. 당신도 그걸 들어 보면 엘리아스가 검은 정찰대의 끄나풀이 아니라는 걸 확실하게 알 수 있어. 언제까지 이런 쓸데없는 이야기나 하며 시간을 낭비할 거야? 말해, 바이올린에서 어떻게 해야 정보를 얻어 낼 수 있지?”

“내가 그걸 어떻게 알아?”

“내가 속을 것 같아? 평생 사람들을 상대로 거짓말이나 일삼았다고 해서 나까지 속이려다가는 큰코다칠 거야.”

“난 정말 아무것도…….”

알리시아는 들은 척도 하지 않고 부하들을 불렀다. 두 명의 부하들이 줄에 묶은 늑대를 끌고 나타났다.

“쟤들을 잘 봐 둬, 쟤들은 내 말이라면 죽는 시늉이라도 하지. 계속 이렇게 나오면 쟤들이 당신을 쏠 거야.”

부하들이 총을 뽑아 들었다.

“안 돼!”

로테가 비명을 질렀다.

“난 소리나 지르는 계집애는 질색이야! 또 한 번 비명을 질렀다가는 너부터 쏘겠어!”

알리시아가 잘라 말했다.

“그는 정말 아무것도 몰라!”

요요가 끼어들었다.

“닥쳐!”

“알리시아.”

시몬은 조용히 하라는 손짓을 했다.

"이게 다 무슨 난장판이냐? 이러지 말고 서로 힘을 합치자꾸나! 우리는 한 배에 탄 사람들이야."

"난 누구와도 같이 배를 타지 않아. 그런 허튼수작일랑 집어치……."

"너도 비밀결사 N의 회원이었잖아, 리카르다."

시몬은 지친 목소리로 달래려 들었다. 끊임없이 알리시아에게 과거를 떠올리게 하느라 그런 거라고 요요는 짐작했다.

알리시아는 부하들에게 총을 내리라고 손짓을 했다.

"난 그 단체와 더 이상 아무 관계가 없어. N은 검은 정찰대가 심어 놓은 끄나풀들로 완전히 망가지고 말았어. 내 아빠도 그래서 희생당했지. 내가 그때의 정확한 상황을 기억하지 못하는 걸 고마워해야 할 사람들이 적지 않지."

"그럼 로테도 결국 희생당한 거잖아."

요요는 알리시아가 많이 누그러진 걸 다행스럽게 생각하면서 말했다.

"아냐, 로테는 끄나풀들에게 당한 게 아니야."

시몬이 말했다.

"내가 보기에는 로테가 스포츠 사고를 위장해 이곳으로 버려진 것은 검은 정찰대의 짓이 아냐. 그냥 그렇게 보이게끔 꾸며진 것에 지나지 않아."

알리시아는 눈썹을 꿈틀했다.

"흥미로운 얘기로군. 그럼 누가 로테를 여기로 데리고 온 거지?

누가, 왜 그런 짓을 했다는 거지?”

“아마 로테를 구하려고 그랬을 거야.”

“그런 말도 안 되는 헛소리는 집어치워. 장벽을 넘게 하는 것은 한 사람의 인생을 망가뜨리는 짓일 뿐이야.”

“너야 그렇게 볼 수도 있겠지, 알리시아. 하지만 검은 정찰대의 소행이 아니라는 증거는 많아. 학교를 쫓겨났다고 해도 검은 정찰대가 움직이기까지는 최소한 몇 주가 걸려. 게다가 로테는 제 발로 학교를 걸어 나왔어. 그뿐만이 아니야. 검은 정찰대는 상처 하나 남기지 않고 깔끔하게 일을 처리해. 로테처럼 저렇게 머리를 깎이지도 않아!”

“그러고 보니 너는 왜 흉터가 남아 있지?”

요요가 알리시아의 팔뚝을 가리켰다.

“너도 검은 정찰대에 의해 제거되었다면서?”

제거라니 이 얼마나 끔찍한 말인가? 사람이 사람을 제거한다는 것은 정말 무서운 일이다.

“그들은 계획대로 나를 제거하지 못했지.”

알리시아가 굳은 표정으로 말했다.

“난 검은 정찰대의 손에서 탈출하는 데 성공했거든.”

시몬은 놀란 눈으로 알리시아를 보았다.

“정말? 대단하군. 정찰대의 손아귀에서 빠져나온 사람은 한 번도 못 봤어.”

알리시아는 미소를 지었다.

“하지만 그 덕에 죽을 뻔했지. 지하 통로에서 길을 잃고 헤매다가 지친 나머지 구석에 쓰러져 잠이 들어 버리고 말았으니까.”

“홍미로운 얘기로군. 하지만 그걸 어떻게 모두 기억하지? 이미 메모 구슬을 삼켜 버리고 난 다음이었을 텐데.”

“삼켰지. 검은 정찰대에게서 빠져나오고 난 다음, 길을 잃고 하루 종일 헤매야 했어. 안 되겠다 싶어 구슬을 배설한 다음 다시 그걸 이용했지.”

“아우, 그러고 나서 그걸 또 삼켰고?”

요요가 물었다.

“물론이지.”

“언제 그걸 들어야 하는지는 어떻게 알지?”

“구슬은 강렬한 빛을 받으면 자동으로 작동되게 되어 있어.”

시몬이 설명했다.

“로테의 것은 아마 고장이 났던 모양이야.”

“내 것도 고장이 났지.”

알리시아가 말했다.

“구슬이 조작된 것은 아닐까 의심을 했으니까. 내 것은 아주 우연하게 작동했어. 안 그랬으면 난 벌써 구슬을 아무 데나 버렸겠지. 너무 오래 지하에 머물러서 기억은 깨끗이 지워지고 말았어. 다시 되살리는 게 불가능할 정도로.”

이렇게 말하는 알리시아의 얼굴에는 순간 슬픔이 어렸다. 하지만 이내 그녀의 얼굴은 다시 굳어졌다.

"난 정말 알레프 부스타니와 저 장벽을 증오해. 반드시 내 손으로 장벽을 허물고 말 거야. 그럴 수만 있다면 죽어도 좋아."

모두 아무 말도 하지 못했다. 요요는 알리시아의 말을 믿었다. 장벽을 허물 수 있는 사람이 있다면 그건 바로, 그녀다.

"장벽을 비판적으로 바라보는 것은 좋아."

시몬이 입을 열었다.

"할 수만 있다면 나도 너를 도울게. 장벽에 대한 생각은 좀 다르기는 하지만. 장벽이 지금 인간에게 심각한 위협을 주고 있다는 점은 인정해. 하지만 그렇다고 완전히 부숴야 할까? 그냥 몇 가지 기능을 제한하는 걸로 끝낼 수는 없을까?"

"말도 안 되는 소리!"

알리시아가 소리를 질렀다.

"장벽은 깨끗이 사라져야 해. 물론 장벽 학자인 당신이야 저놈의 벽이 그대로 남아 있기를 바라겠지. 그래야 앞으로도 계속 장벽을 연구한답시고 벌어먹고 살 수 있을 테니까."

알리시아는 말을 멈추고 잠깐 숨을 골랐다.

"이게 다 무슨 헛소리람. 당신한테도, 장벽 학문에도 전혀 관심 없어. 그저 저 바이올린에 들어 있는 정보를 알아내면 그만이야. 그러니 빨리……."

부하들이 다시 총을 치켜들었다.

"알리시아, 잠깐만 기다려."

로테가 돌연 소리를 지르며 앞으로 나섰다. 로테는 성큼성큼 알리시아에게 다가갔다.

"바이올린 좀 볼 수 있을까? 내가 아무것도 찾아내지 못하면 날 쏴도 좋아. 더 이상 잃어버릴 게 없으니까. 기억을 잃어버리고 살면 그게 무슨 인생이겠어. 차라리 날 쏴. 그는 살려 주고."

"라일라!"

놀란 시몬이 소리를 질렀다.

"그건 안 돼. 자살행위나 다름없어!"

"엘리아스 아저씨는 때가 되면 바이올린이 비밀을 밝혀 줄 거라고 했어요."

"하지만 넌 지금까지 단 한 번도 바이올린을 손에 잡아 본 적이 없어. 바이올린이 뭘 밝혀 준다는 거지? 말도 안 돼. 사랑하는 라일라, 이건 목숨이 왔다 갔다 하는 일이야. 이럴 줄 알았다면 너에게 바이올린을 가르치는 건데. 지금은 멀찌감치 떨어져 있는 게 좋겠다, 부디 내 말을 들어주렴."

"지금은 다른 방법이 없어요. 바이올린을 내게 줘, 알리시아."

로테가 손을 내밀었다.

알리시아와 로테는 마주 보았다. 알리시아는 선글라스를 벗고 로테를 똑바로 바라보았다. 마침내 눈길을 떨어뜨린 알리시아는 어깨를 으쓱했다. 알리시아는 로테를 바라보며 미소를 지었다. 흡사 천진난만한 아이의 미소였다.

"정 원한다면. 하지만 네가 성공할 수 있을 거라고 믿지 않아. 충분히 생각해 보고 결정을 내려도 늦지 않아."

그래도 로테는 고개만 끄덕였다.

"라일라!"

시몬이 소리를 지르며 로테의 손을 잡았다.

"놔주세요. 도전해 볼래요. 어차피 바이올린은 나에게 올 것이었어요."

알리시아는 그 긴 머리를 다시 뒤로 젖히며 묶었다. 요요는 알리시아의 움직임을 주목했다. 알리시아는 정말 눈부시게 아름다웠다.

"포기할 수 없다면 네 마음대로 해."

알리시아는 이렇게 말하며 입술을 씰룩했다. 로테를 애써 무시하려고 하면서도 안타까운 애정을 담은 표정이었다.

"여기 있어."

알리시아는 로테에게 바이올린 상자를 건넸다.

"한 시간을 주겠어."

알리시아는 손목시계를 보며 다시 의자에 벌렁 누웠다.

로테는 무릎을 꿇고 앉은 자세로 바이올린 가방을 자세히 들여다보았다. 그런 다음 바이올린을 꺼내 요모조모 한 구석도 빠뜨리지 않고 살폈다. 요요는 악기가 무척 아름답다고 생각했다. 물론 비교할 만한 것을 본 적이 없지만. 바이올린의 몸체는 붉은 갈색 나무였고, 서로 다른 굵기의 네 줄이 걸려 있는 긴 목은 건드리기만 해도 부러질 것 같았다. 줄들을 잡아맨 목의 끝에는 역시 나무를 깎아 달팽이를 닮은 재미있는 장식을 해 놓았다. 로테는 가방에서 활을 꺼내 손끝으로 조심스럽게 줄을 훑었다. 요요는 로테의 움직임을 하나도 놓치지 않고 관찰했다. 아주 천천히 움직여서 동작 하나하나가 꼭 정지 장면을 보는 것 같았다. 이런 식으로라면 영원히 바이올린을 들여다봐야 할 텐데. 알리시아가 손목시계를 보며 외쳤다.

"5분 지났어!"

로테는 바이올린 가방을 주의 깊게 살폈다. 요요는 로테의 손이 떨고 있는 것을 보았다. 하지만 워낙 집중을 해서인지 로테의 움직임은 차분했다. 알리시아가 다시 외쳤다.

"10분 지났군."

모두 아무 말도 않고 로테만 뚫어져라 바라보았다. 로테는 바닥에 주저앉아 그저 바이올린만 바라볼 뿐이다.

"15분이 지났어."

다시 알리시아가 소리쳤다.

"네가 로테를 방해하고 있어."

요요가 말했다.

"하!"

알리시아가 비웃음을 흘렸다.

"넌 참 알 수 없구나, 알리시아!"

시몬이 입을 열었다.

"너도 로테가 뭔가 찾아내기를 기다리고 있는 거 아니냐?"

"물론이지."

알리시아가 대답했다.

"하지만 저렇게 뚫어져라 바라본다고 뭐가 나와?"

"좀 조용히 해 줄 수는 없겠어?"

로테가 날카롭게 쏘아붙였다.

"아하, 이런! 숙녀께서 방해받고 싶지 않으시다?"

알리시아는 팔짱을 끼고 벌렁 누웠다.

요요는 고개를 저었다. 대체 알리시아는 어떤 애일까? 원하는 게 정확히 뭐지? 바이올린? 장벽을 허무는 것? 알레프 부스타니를 처치하는 것? 그래서 세상을 구하겠다고? 요요의 눈에 알리시아는 으스대며 사람들을 꼬장꼬장 괴롭히는 걸 즐기는 심술꾸러기로밖에 보이지 않았다. 알리시아는 권력을 자랑하고 싶을 뿐인거다. 벌써 2년 넘게 갱단의 두목으로 사람들을 겁주고 약탈해 왔고, 덕분에 엄청난 재산을 모았다. 또 많은 부하들을 거느리고 있다. 워낙 많아서일까? 부하들을 무슨 종 부리듯 한다. 커다란 차도 가지고 있고, 수영장이 딸린 대저택에 살고 있다. 요요는 꿈도 꿀 수 없는 많은 것을 가지고 있다. 천박하고, 위험하며, 잔인하고, 건방지기 짝이 없는 알리시아! 그러면서도 동시에 가슴을 파고드는 바이올린 연주를 할 수 있는 여자!

로테는 여전히 바닥에 앉아 바이올린만 뚫어져라 바라보고 있다. 돌려 보고 뒤집어 보기를 그친 것은 이미 오래전이다. 바이올린 가방도 더 이상 살펴보지 않았다. 25분이 더 흘렀다. 요요는 불안해지기 시작했다. 시몬 아저씨를 건너다보니 손톱을 잘근잘근

썹고 있다. 알리시아만이 의자에 편하게 누워 쪽지 한 장을 느긋하게 읽고 있다. 5분이 지날 때마다 로테를 향해 남은 시간이 얼마인지 소리쳤다.

7분 정도 남았을 무렵, 돌연 로테는 자리를 박차고 일어나더니 바이올린을 어깨에 척 걸쳤다. 마치 연주라도 하려는 것처럼! 알리시아의 얼굴에는 비웃음이, 시몬의 얼굴에는 걱정이 어렸다.

"라일라!"

눈을 크게 뜬 시몬이 입을 열었다.

"뭘 하려는 거니? 넌 바이올린을 전혀 켤 줄 모르잖아!"

로테는 주저 않고 왼손으로 활을 잡았다.

"거꾸로 잡았어."

시몬이 다시 말했지만, 로테는 눈길 한 번 주지 않았다.

드디어 로테는 활로 힘차게 바이올린 줄을 켰다. 아주 크고 날카로운 소리가 울려 퍼졌다. 한 번 쓴 활을 다 끌어 내리기도 전에 다시 새로운 음을 연주하려 들었다. 이런 식으로 로테의 동작은 갈수록 빨라졌다. 무슨 줄을 켜야 하는지 신경도 쓰지 않고 줄 전부를 활로 한꺼번에 긁어 내리는 통에 바이올린은 찍찍, 빽빽, 창 하며 소름 끼치는 무시무시한 소리를 냈다. 가까이 서 있던 요요는 날카롭고 시끄러운 소리에 그만 귀를 막아야 했다.

"그만둬!"

알리시아가 소리를 질렀다.

"고막을 찢어 놓을 생각이야?"

하지만 로테는 끄떡도 않고 활로 바이올린을 문지르기에 바빴다. 그럴수록 더욱 끔찍한 소리가 났다. 로테는 희미하게 웃기까지 했다. 지금 상황이 심각하지만 않았더라면, 요요는 배꼽을 잡고 웃었으리라. 귀를 찢을 만큼 날카로운 소리를 실실 웃으면서 연주랍시고 하는 로테의 모습은 가관이었다. 알리시아가 시계를 들여다보았다. 1분만 있으면 약속한 한 시간이다. 바로 그 순간, 바이올린이 그대로 깨지면서 박살이 났다. 나무조각들이 사방으로 튀었다. 반 토막이 난 바이올린이 바닥에 떨어지자, 로테는 허리를 굽혀 조각들 가운데에서 잘 접힌 종이 한 장을 주웠다. 나무 판들 사이에 끼어 있던 종이였다.

로테는 종이를 알리시아에게 건넸다.

"자, 네가 그토록 찾던 것!"

5 알리시아는 종이를 펼쳐 내용을 훑어보았다. 가녀린 숨결에도 흔들릴 만큼 얇은 종이였다. 한동안 종이를 살피던 알리시아가 고개를 들고 말했다.

"이게 뭐야. 그냥 선들만 죽죽 그어져 있잖아. 게다가 선들은 색이라도 바랜 것처럼 왜 이렇게 누레?"

알리시아가 볼멘소리를 했다.

"좀 봐도 될까?"

시몬이 물었다.

알리시아는 불만이 가득 찬 눈길로 시몬을 쏘아보았다.

"이걸로 위기를 모면했다고 생각하면 오산이야."

알리시아는 종이를 허공에 대고 흔들어 댔다.

"조심해!"

시몬이 외쳤다.

"그러다 찢어질라."

알리시아는 못마땅한 눈빛으로 종이를 보더니 시몬에게 건넸다.

시몬이 종이를 살피고 나서 말했다.

"이게 뭐지? 장벽 내부와 그 근처를 표시한 무슨 설계도 같기도 하고. 손으로 그려서 알아보기가 힘들어. 이게 도움이 될 거 같지 않다. 바이올린 칠 때문에 색이 바랜 것 같기도 하고, 잘 모르겠다. 마리아가 쓸모없는 걸 그려 가지고 이 소동을 피우게 한 걸까? 선 모양도 제대로 알아보기 힘들어. 그리고 무슨 설계도를 노란색 연필로만 그리는 경우가 있지?"

한숨을 쉰 시몬이 종이를 요요에게 건넸다.

요요도 선들을 뚫어져라 노려보았지만, 그게 뭘 뜻하는지 짐작할 수 없었다.

"무슨 통로를 그려 놓은 것 같기도 하고, 잘 모르겠네요."

요요는 살랑살랑 흔들리는 얇은 종이를 다시 로테에게 건네주었다.

선들을 쓱 훑어본 로테가 말했다.

"이건 이렇게 놓고 봐야 해."

로테는 종이의 긴 쪽을 잡고 요요에게 보여줬다.

"이 위가 북쪽이야, 지도처럼. 그리고 바로 여기."

로테는 손가락으로 북쪽의 한 지점을 가리켰다.

"이건 바로 오마르 무살라의 집이야."

다시 아래쪽을 가리킨 로테가 말했다.

"여기는 알레프 부스타니의 집이고. 두 집은 하나의 통로로 연결되어 있어."

시몬이 놀라 소리를 질렀다.

"어떻게 알았니?"

"여기 그렇게 쓰여 있잖아요."

"거기 뭐가 있다고 그래?"

알리시아가 퉁명스런 목소리로 말했다.

"우리를 가지고 놀았다간 가만 안 둘 거야."

"그렇게 쓰여 있다니까."

시몬은 헛기침을 했다.

"난 아무것도 모르겠는데. 요요, 넌 어떠냐?"

요요는 다시 한 번 종이를 들고 꼼꼼하게 살폈다.

"자세히 들여다보니 로테가 말한 곳에 글자가 써 있는 것 같기는 해요. 하지만 읽기는 어렵군요."

"네가 글을 읽을 줄이나 알아?"

알리시아가 빈정댔다.

"글 읽을 줄 알아. 도대체 너라는 애는 왜 그렇게 건방지지?"

요요가 대꾸했다.

“너희들은 지저분하고 게으르고 어리석으니까. 그러니 가난하게 사는 수밖에.”

“우린 어리석지 않아. 아마 잊어버린 모양인데, 여기 사는 사람들의 절반 이상이 저쪽 출신이라고. 네가 그렇게 자랑스러워하는 장벽 저쪽 부자 동네! 어리석다는 말은 거기서 죄를 짓고 쫓겨난 너 같은 애를 두고 하는 말이야.”

“똑바로 알고나 말해. 죄를 짓고 쫓겨 온 사람은 극소수야. 대개 별것도 아닌 실수 때문에 밀려났을 뿐이야. 너희처럼 어리석지도, 게으르지도 않아. 또 나처럼 저항운동을 벌이다가 발각된 사람들도 많지. 너희 같은 곰탱이들과는 차원이 달라, 이 친구야. 우리는 다만 너무 똑똑해서 알레프 부스타니와 장벽을 비판하다 쫓겨 온 것뿐이라고.”

흥분한 알리시아가 씩씩거리며 말했다.

“똑똑한 사람들만 넘어오는데, 여기 사는 우리가 왜 어리석어? 말이 안 되잖아?”

요요가 받아쳤다.

“어리석다는 표현은 틀릴 수도 있지. 모두 벽을 넘어오느라 기억을 잃고 무기력해진 거야. 그래서 굼뜨고 매사 의욕이 없지. 만날 운명이 어쩌고 하는 이유도 그 때문이지. 반대로 나같이 성격이 비뚤어지는 경우도 있지. 난 기억을 잃은 나머지 천박하고, 잔인하며, 변덕스럽고, 공격적이고, 거만해졌어.”

알리시아는 세 사람을 돌아보며 웃었다.

"내가 말했잖아, 리카르다는 죽었다고."

"하던 얘길 마저 해야겠어."

다시 한 번 종이를 살피던 시몬이 말했다.

"로테가 옳게 본 거라면, 오마르 무살라와 알레프 부스타니 사이에 아주 밀접한 연관이 있어. 종이를 찾아내는 데 로테가 세운 공을 생각한다면, 지금 이 말도 믿어야 하지 않겠니. 로테, 어떻게 바이올린을 연주할 생각을 했지?"

잠깐 하얀 이마를 찡그리며 생각에 잠겼던 로테가 입을 열었다.

"엄마는 이런 상황이 오리라는 걸 정확하게 내다본 거예요. 내가 바이올린을 전혀 배우지 못할 거라는 것을요. 그래서 결국 엉망으로 연주하면 부술 수 있게 한 거죠."

모두 말이 없었다.

"이제 어떻게 하지?"

요요가 물었다.

"가도 되겠지?"

알리시아는 기다렸다는 듯 큰 소리로 웃음을 터뜨렸다.

"아하, 그걸 기대했던 모양이지, 꼬마야? 안 될 말씀! 너희는 계속 여기 있어."

"네가 원하는 건 다 얻었잖아."

"다는 아니지."

알리시아가 내뱉었다.

"난 아직 너와 할 일이 남았어. 말하자면 장벽 쌓기랄까."

“약속과 다르잖아?”

요요가 대들었다.

“로테가 바이올린의 비밀을 풀면 우리를 보내 주겠다고 약속했잖아.”

“우리가 약속한 건 아무것도 없어!”

“하지만……..”

요요가 입을 여는 순간, 알리시아는 등을 돌려 부하들을 불렀다.

“두 사람을 빌라로 데려가라.”

알리시아는 명령을 내렸다.

“요요, 넌 여기 남아.”

알리시아가 요요의 옆구리를 찔렀다. 로테와 시몬은 끌려가면서 큰 소리로 알리시아를 욕했지만, 아무 소용이 없었다. 홀로 남은 요요는 얼굴이 하얗게 질렸다.

6 알리시아는 총을 뽑아 들고 천천히 요요를 겨누었다. 요요는 질끈 눈을 감았다. 이 모든 게 제발 꿈이었으면 하는 생각이 간절했다. 제발 당장 꿈에서 깨어날 수 있기만 간절히 빌었다. 요요는 꼼짝도 하지 않고 서서 기다렸다. 총소리든 다른 그 무엇이든! 옛날 오토가 했던 말이 떠올랐다. 사람이 총에 맞을 때는 총소리를 못 듣는다고 했지, 아마. 하지만 오토는 그 이유를 설명해 줄 말솜씨는 없었다. 왜 총소리를 들을 수 없을까? 요요는 잠시 그 이유를 생각했다. 그럼 자신이 죽었다는 건 어떻게 알지? 알리시아는 왜

날 쏘지 않지? 혹시 내가 벌써 죽은 걸까?

"이젠 눈을 떠도 좋아, 꼬마. 쏘지 않을 테니."

알리시아가 마침내 입을 열었다.

"적어도 지금은."

요요는 알리시아가 명령한 대로 눈을 뜨려고 했다. 그녀는 왜 이렇게 날 성가시게 만드는 걸까? 난 너한테 바라는 게 아무것도 없어. 그러니 날 이대로 내버려 둬! 네가 갱단의 두목을 하든, 말든 나하곤 상관없는 일이니까. 너 좋을 대로 하라고. 다만 날 좀 보내줄래! 요요는 그저 집에 돌아가고 싶은 생각뿐이었다. 아가테에게 돌아가고 싶었다. 그러다 문득 돌아갈 곳이 없다는 생각이 떠올랐다. '그렇다! 내가 돌아갈 곳은 아무 데도 없다! 난 철저히 혼자다!' 이 세상에 완전히 외톨이로 버려졌다는 생각에 요요는 가슴 한쪽이 무너지는 아픔을 느꼈다.

"내가 제안 하나 할까? 나하고 같이 일하는 게 어때."

알리시아가 말했다.

"난 같은 말을 두 번 하지 않아."

요요는 대답하지 않았다.

"무슨 소리를 듣고 싶은 거지?"

요요가 물었다.

"결정은 네가 하는 거야. 좋다면 너를 로테와 시몬이 있는 곳에 데려다 주지. 싫다면 하는 수 없고."

알리시아는 권총을 빙글빙글 돌렸다.

"내가 어떤 대답을 할 거라고 생각하지?"

알리시아는 어깨를 으쓱했다.

요요는 생각에 잠겼다. 같이, 일을? 바라는 게 뭘까?

"불쌍한 녀석."

알리시아가 말했다.

요요는 아무 소리도 하지 못했다.

"난 나쁜 사람이야."

알리시아가 다시 말했다.

"그래서 너한테 묻는 거야. 빨리 대답해! 나같이 나쁜 사람하고 일 좀 해 보지?"

요요는 여전히 아무 말도 하지 못했다.

"넌 리카르다일 때도 그랬니?"

요요가 마침내 물었다.

"나하고 장난칠 생각인가? 난 지금이라도 널 쏠 수 있어. 리카르다 운운해 봐야 아무 소용없다고. 난 언제나 나쁜 사람이었어, 앞으로도 그렇게 살 거고. 내가 리카르다이든 알리시아이든 상관없이."

요요는 생각의 갈피를 잡으려고 안간힘을 썼지만, 머릿속이 텅 비어 아무 생각도 할 수 없었다. 단지 두 가지만 확실했다. 아직 죽고 싶지 않다는 것. 그리고 지금 제안을 받아들이면 일단 죽는 것은 면할 수 있다는 것.

"그러지."

요요가 힘없이 말했다.

"크게. 안 들려."

"그래."

요요는 여전히 들릴락 말락 한 소리로 말했다.

"같이 일할게."

"좋아."

알리시아는 기분 좋게 웃었다. 승자의 웃음이었다. 권총을 풀밭에 던진 알리시아는 요요에게 다가왔다. 그녀가 요요의 얼굴을 손으로 감싸고 부드럽게 입을 맞췄다.

"좋아."

다시 알리시아가 말했다.

"난 네가 모든 걸 망쳐 놓으리란 걸 알고 있었지."

그런 다음 알리시아는 부하들을 불러 요요를 데리고 가게 했다. 요요는 부하들에 이끌려 한참 숲길을 걸었다. 걸어가는 동안 하늘이 빙빙 도는 것만 같았다. 알리시아가 키스를 하다니. 다리가 풀린 채로 요요는 허청대며 간신히 부하들을 따라갔다.

마침내 한 웅장한 빌라에 이르렀다. 자갈이 깔린 널따란 입구에 들어서자, 참나무로 만든 크고 검은 현관문이 달린 커다란 집이 나타났다.

집 안은 서늘하고 어두웠다. 요요가 걸어가고 있는 복도에는 검은색과 흰색 타일이 깔려 있다. 벽에는 황금 액자 속에 커다란 그림들이 줄지어 걸려 있다. 위로 올라가는 계단은 널찍했다.

  2층 복도에는 화려한 양탄자가 깔려 있고, 천장에는 반짝이는 크리스털 샹들리에가 화려했다. 세 번째 문을 만나자 일행은 멈추어 섰다. 부하 가운데 한 명이 문을 열고 들어가라고 했다.

  휘청거리며 들어서는 요요에게 로테가 달려와 안겼다.

  "요요, 너 살아 있었구나!"

  로테는 요요를 이끌고 커다란 침대로 데리고 갔다. 거기에는 시몬이 앉아 있었다.

  "정말 조마조마한 맘으로 언제 총성이 울리나 귀를 쫑긋 세우고 있었는데, 아무 소리도 들리지 않더구나. 그래서 알리시아가 너를 수영장에 빠뜨려 죽인 줄 알았어."

  "수영할 줄 아는데요, 뭐."

  요요의 뺨이 붉게 달아올랐다. 로테는 다시 요요를 꼭 끌어안았다. 시몬도 온화한 미소로 요요를 바라보았다.

  "무슨 일이었어? 알리시아가 너한테 무슨 짓을 했어?"

  로테가 물었다. 하지만 요요는 피로하다는 듯 고개를 저었다.

  "대체 우리를 어떻게 할 거래?"

  로테가 다시 물었다.

  "요요를 좀 쉬게 하려무나."

  시몬이 말했다.

  "아뇨, 아니에요."

  요요가 입을 뗐다.

  "괜찮아요. 알리시아는 우리한테 아무 짓도 안 할 거예요."

"그걸 어떻게 알아?"

"제가 이제 함께 일하기로 했어요."

요요가 말했다.

"싫다고 했으면 절 쐈을 거예요."

요요가 간신히 내뱉었다.

"괜찮아, 요요!"

시몬은 요요의 어깨를 두드렸다.

"잘했다, 요요. 네가 죽었으면 우린 어떻게 했겠니?"

요요는 한숨만 나왔다.

"좀 자야겠어요. 더 이상 서 있기도 힘들어요."

그대로 침대에 쓰러진 요요는 이불을 뒤집어썼다.

채 한 시간도 지나지 않아 저벅저벅 발소리를 울리며 알리시아
가 나타났다.

"잘 들어. 지금 오마르 무살라에게 갈 거야. 따라와!"

"오마르 무살라? 우리가 거기서 뭘 하지?"

시몬이 물었다.

"질문은 허용하지 않아."

알리시아가 말했다.

"모든 결정은 내가 내려. 오마르 무살라의 집에 알레프 부스타
니의 집으로 통하는 통로가 있으니 당장 찾아가 봐야 마땅하지."

"알레프 부스타니를 만나겠다는 건가?"

시몬이 물었다.

"또 질문이군!"

"아, 그거야."

시몬이 말을 받았다.

"지금 넌 알레프 부스타니와 이야기나 나누자는 게 아니잖아? 네 목표는 장벽을 허무는 것인 줄 알았는데?"

"정말 짜증 나는군. 세상에서 자기가 가장 똑똑한 줄 아는 모양인데, 장벽은 그렇게 간단히 허물 수 있는 게 아니야. 그런 것쯤은 이 지구에서 가장 어리석은 사람도 알 만한 거 아닌가? 일단은 알레프 부스타니와 만나야 방법이 나오지 않겠어?"

"여러모로 신중하게 생각한 것 같구나. 하지만 알레프 부스타니가 우리를 도와줄까?"

"도와줄 수밖에 없어."

"아니지, 핵심은 말이야. 그가 우리를 도울 수 있는가야."

"어째서 돕지 못할 거라고 생각하지?"

"알레프 부스타니의 지혜를 우리가 과대평가하는 건 아닌가 하는 걱정이 들어. 돕고 싶어도 그럴 수 없는 경우도 있지 않을까?"

"고매하신 장벽 학자의 입에서 그런 이야기를 듣다니 놀랍군. 벌써부터 변절하신 건가?"

알리시아가 비웃는 투로 말했다.

"그래선 안 될 이유라도 있나? 내 말 좀 끝까지 들어 봐. 최근 내가 측정해 본 바에 따르면 장벽이 알레프 부스타니의 조종을 종종 거부하는 현상을 확인할 수 있어."

시몬의 말을 들은 알리시아는 귀를 믿을 수 없다는 듯 이마를 찡그렸다. 요요도 믿을 수 없기는 마찬가지였다.

"알레프 부스타니가 우리를 돕든 말든 그런 건 중요하지 않아. 일단 그의 집에 들어가야 해. 그 집이야말로 장벽의 가장 오래된 부분이자 중심부니까, 거기서부터 찾아보면 방법이 있겠지."

시몬은 여전히 석연치 않은 표정이었다.

"네 말은 맞다만, 우리가 뭐라고 둘러대고 오마르 무살라의 집에 들어갈 수 있지? 당장 의심을 살 텐데?"

"그거라면 걱정 안 해도 돼요."

요요가 끼어들었다.

"의심받지 않고 그 집에 들어갈 수 있어요. 저보고 언제든지 원할 때면 찾아오라고 했거든요."

"뭐라고?"

알리시아가 눈을 동그랗게 떴다. 알리시아가 저렇게 놀라는 모습은 처음 보는 것이었다.

"그 자가 너한테 왜?"

"나를 자기 집에 데리고 있으면서 교육을 시키고 싶대."

"이유가 뭐지?"

알리시아는 믿을 수 없다는 표정을 지었다.

"그냥 내가 마음에 들어서 최고의 교육을 시키고 싶다더라고. 알레프 부스타니는 그 이유를 알겠지."

"별일이네."

알리시아는 고개를 절레절레 저었다. 잠깐 생각하던 알리시아
가 마침내 결정을 내렸다.

"그럴수록 우리한테 좋지."

"우리한테?"

시몬이 물었다.

"잘된 일이야."

알리시아가 말했다.

"결정했어, 모두 함께 가. 요요, 첫인상처럼 어리석지는 않은 모
양이군."

7 서둘러 출발했다. 모두 더럽고 해진 옷을 걸쳤다. 알리시아도
예외는 아니었다. 변장을 위해 선글라스까지 벗어 던졌다.

"한 가지 궁금한 게 있어."

숲을 벗어나자 알리시아가 시몬에게 물었다. 노란 섬까지는 얼
마 남지 않은 거리였다.

"장벽을 통과하는 길의 입구가 어디인지 잊어버렸다고 했지. 그
길이 있다는 건 어떻게 알았지? 누구한테 들은 거라면, 그 사람 얘
기를 떠올리다 보면 입구가 어딘지 다시 떠오르지 않을까?"

"그 입구를 내가 알 수 있었던 것은 로테의 가방에서 사물함 열
쇠를 발견했을 때야. 열쇠를 보는 순간, 아내가 했던 말이 떠올랐
지. 아내가 이런 말을 한 적이 있었거든. 입구에 관한 정보를 포함

해 내가 아는 모든 것을 어떤 곳에 숨겨 두었노라고. 그 말을 들을 때는 몰랐는데 열쇠를 보는 순간 이해할 수 있었어. 당장 열쇠를 들고 3616418C라는 번호를 가진 사물함을 찾아갔지. 하지만 거기서 입구에 관한 정보를 찾아낸 건 아니야. 답답하지만 여기까지밖에 기억이 나지 않아. 그 뒤로 무슨 일이 있었던 것은 확실한데, 뭔지 모르겠어.”

“알고 있는 모든 걸 잘 추스르다 보면 언젠가는 기억을 되살릴 수 있겠지.”

알리시아는 열쇠 번호를 몇 번이고 되뇌며 외웠다. 요요는 감탄했다. 딱 한 번밖에 듣지 않은 번호를 어떻게 외울까! 알리시아는 볼수록 신기한 수수께끼였다. 하는 짓마다 심술과 거만을 보란 듯이 과시하지만, 요요는 그게 알리시아의 참모습이라고 생각하지 않았다. 낡고 해진 옷을 아무렇게나 걸치고 있는데도, 알리시아는 눈부시도록 아름다웠다. 검은 긴 머리를 두 가닥으로 갈라땋고서 나무 샌들을 신고 이 세상 어떤 것에도 관심 없다는 듯 거리를 활보하는 모습에서는 묘한 생기가 넘쳤다. 이제 요요는 분명히 깨달았다. 이 세상 어디를 가더라도 알리시아를 사랑할 수밖에 없다는 사실을.

요요는 옆에서 허청거리며 걷고 있는 로테를 슬그머니 바라보았다. 오늘따라 로테가 무척 커 보였다. 요 며칠 새 키가 더 자란 게 틀림없었다. 그래서일까? 팔다리에 비해 상체가 너무 길어 보인다. 하지만 저 가녀린 허리! 요요는 지금껏 저토록 가는 허리를 가진 여자애를 본 적이 없다. 또 눈은 얼마나 독특한지! 크고 맑게 빛나는 눈은 어떤 사람의 마음도 단박에 사로잡을 것 같다. 요요는 성큼 일행의 선두로 나섰다. 갈수록 복잡해지는 느낌을 떨쳐버리기라도 하려는 듯. 그런데 오마르 무살라한테는 뭐라고 둘러대지? 세 사람이나 데리고 나타난 걸 어떻게 설명하면 좋을까? 그래 언제나 가장 간단한 게 좋은 거다. 요요는 쉽게 생각하기로 마음먹었다. 알리시아와 로테 그리고 시몬을 잘 아는 친구들과 아저씨라고 하면 되지 않을까. 모두 노란 섬에서 장사를 하고 있으며, 오는 길에 우연히 만났다고 하면 자연스럽게 들리겠지. 어쩔 수 없어 거짓말을 해야 할 경우, 진실에 가깝게 하는 게 최선의 방법임을 요요는 그동안의 경험을 통해 알고 있었다.

한 시간 뒤 일행은 다리에 도착했다.

다리에는 언제나처럼 사람들이 줄을 지어 서 있었다. 알리시아는 조바심이 나는지 주위를 못마땅한 눈으로 돌아보았다. 그때 요요를 발견한 타리크가 반갑게 손짓을 했다. 타리크는 마치 몇 년은 사귄 친구처럼 살갑게 굴었다.

"장벽의 은총이 너와 함께 하기를!"

인사말을 건넨 타리크는 요요를 덥석 끌어안고 어깨를 두드렸다. 그런 다음 다른 사람들을 보며 물었다.

"친구들?"

"응."

요요가 짧게 대답했다.

"만나서 반가워."

타리크가 인사했다.

"오마르 무살라 아저씨가 특히 반가워할 거야! 널 벌써부터 애 타게 기다렸거든. 그런데 오토는 어디 있어?"

"집에 남았어."

요요가 대답했다.

"요즘 새 가축들을 장만해서 아주 바빠. 잘 먹여서 몸집을 불려 놔야 좋은 값을 받고 팔 수 있으니까."

"그렇구나."

타리크는 사람 좋은 웃음을 지었다.

"그럼 지금 가자. 저기 있는 에어모프를 타도록 해."

요요는 쭈뼛거릴 뿐, 발길을 옮기지 않았다.

"저기, 내 친구들은 어떻게 하지? 나만 따로 가기가 그렇잖아. 함께 가도 되겠지?"

타리크가 눈썹을 꿈틀했다.

"괜찮지?"

요요가 매달렸다.

"사실 저 친구들에게 신세를 졌거든. 특히 저기 저 아저씨 있지? 저분 덕분에 갱단의 습격을 모면한 적도 있어."

"그래? 그렇담 얘기가 달라지지. 장벽 친구의 친구도 역시 장벽 친구니라, 하는 멋진 속담도 있잖아. 그래, 네 친구들과 저 아저씨도 오라고 해."

에어모프가 출발했다. 발아래 보이는 다리를 보며 요요는 오토와 함께 다리를 걸어서 건너던 시절을 떠올렸다. 그런데 갑자기 에어모프가 심하게 흔들리다가 착륙하고 말았다. 다른 에어모프들도 상황은 마찬가지였다. 거리가 온통 정지한 에어모프들로 가득했다.

"이런 젠장! 대체 무슨 일이야?"

타리크가 에어모프에서 내려 사정을 알아보러 갔다.

시몬은 심각한 표정으로 눈앞에서 벌어지는 소동을 지켜보았다.

"하필 지금 이런 난리람?"

투덜대며 냉큼 에어모프에서 뛰어내린 알리시아는 사람들이 모여 있는 곳으로 달려갔다. 잠시 후 돌아온 알리시아가 말했다.

"갑자기 4미터 높이의 장벽이 나타나 길을 막고 있어. 어떻게 해서 갑자기 그런 장벽이 나타났는지 설명할 수 있는 사람은 아무도 없어. 부수려고 해도 끄떡도 하지 않는다는군."

시몬이 고개를 끄덕였다.

"드디어 걱정하던 일이 본격적으로 시작되는 모양이다. 이런 일이 좀 더 일찍 일어나지 않은 게 더 이상하지."

"도대체 무슨 일이 일어난 거죠?"

로테가 물었다.

"장벽이 새끼를 치기 시작한 거야."

시몬이 설명했다.

"한꺼번에 4미터나 치솟았다니 이거 보통 일이 아니로군."

"이제 어떻게 해요?"

"다른 길을 찾아봐야지. 갑자기 장벽이 솟아오른 곳은 기류가 불안정해서 에어모프도 날 수가 없어. 설혹 넘는다 해도, 기계가 심각한 손상을 입을 거야."

시몬은 손가락으로 이마를 두드리며 생각에 잠겼다. 그때 다시 타리크가 돌아왔다.

"여기를 지나갈 수는 없대. 하지만 걱정하지 마. 내가 다른 길을 알고 있어. 좀 돌기는 하지만 그래도 안전하게 갈 수 있을 거야."

8 일행은 타리크를 따라 샛길로 빠진 다음 어떤 집의 입구로 들어섰다. 거기서 지하실로 내려간 일행은 조명이 희미한 복도를 따라갔다. 얼마나 갔을까? 문이 하나 나타났다. 타리크는 문을 열고 안으로 성큼 들어서며 말했다.

"자, 들어오실까요."

그곳은 바로 오마르 무살라 집의 화려한 복도였다.

타리크가 줄을 잡아당기자 종소리가 울렸다. 이내 하인이 나타났다. 잠시 타리크와 이야기를 나눈 하인은 고개를 끄덕였다. 그리고 다른 쪽 문을 가리키며 말했다.

"들어가서 기다리시지요. 곧 모시고 오겠습니다."

일행이 들어선 곳은 예전에 요요가 오마르 무살라를 기다리던 응접실이었다. 하인이 나가기 무섭게 알리시아는 고급 의자에 털썩 주저앉아 다리를 쭉 펴고 세상에서 가장 편한 자세를 취했다. 그 자세로 응접실을 둘러보던 알리시아는 "제법 멋진 헛간인데!" 하며 거드름을 피웠다. 다시 일어선 알리시아는 탁자 위의 은쟁반에 놓인 초콜릿을 집어 들고 한입 가득 깨물었다.

"먹을 만하군그래. 오마르 무살라, 이 친구 제법인데."

요요와 로테 그리고 시몬은 그대로 서 있었다. 시몬은 방 안 구석구석을 유심히 살폈다. 로테는 발끝만 내려다보고 있었다. 몹시 피곤해 보였다.

드디어 문이 열리고, 오마르 무살라가 나타났다. 지난번같이 수도복처럼 길고 하얀 옷을 입고 있었다. 얼굴에는 살짝 붉은 기운이 돌았으며 들고 있는 수건으로 연신 땀을 닦아 댔다.

"유수프! 내 아들아! 장벽의 은총이 너와 함께할지라!"

그는 곧장 요요에게 다가와 덥석 끌어안았다.

"내 제안을 받아들일 줄 알았다! 고맙구나. 그런데 오토는 안 온 걸로 봐서 여전한가 보지?"

"그렇게 말씀드릴 수밖에 없군요."

요요가 망설인 끝에 대답했다.

"네 친구들을 데리고 왔다고?"

오마르 무살라는 다른 세 사람을 위아래로 훑었다. 눈길이 알리시아에 머물자 오마르 무살라는 신기하다는 표정을 지었다.

"타리크에게 듣자니 우리말을 아주 잘한다고? 어디서 무리쉬를 배웠나? 보통 너희 같은 천민들은 뭘 배우는 능력이 떨어진다던데, 예외도 있는 모양이지? 말해 봐라, 어디서 무리쉬를 배웠느냐?"

알리시아의 눈썹이 꿈틀했다. 요요는 조마조마해졌다. 하지만 알리시아는 곧 아둔한 표정을 짓더니, 머리를 긁적이며 말했다.

"저도 잘 몰라요."

오마르 무살라는 약간 애처롭다는 듯 웃었다.

"가끔 특별한 재능을 가진 애들이 나오기도 할 거야. 하지만 말을 좀 한다고 해서 다른 분야까지 뛰어나지야 않겠지."

알리시아는 고개를 끄덕였다. 요요는 안도의 한숨을 쉬었다.

"앉지!"

오마르 무살라가 호기롭게 말했다.

"오늘은 모두 내 손님이야! 거기 과자도 마음껏 들게. 조금 있으면 차를 내올 거야."

요요는 공손한 태도로 자리에 앉았다. 요요는 이 집에서 알레프 부스타니의 집으로 가는 통로를 찾아내는 건 불가능할 거라고 생각했다. 아니, 지금 하려는 모든 일이 다 우스꽝스러웠다. 알레프 부스타니를 만나 뭘 어쩌겠다는 것일까? 장벽은 왜 부숴야 할까? 지금 모든 게 지극히 정상이지 않은가? 하지만 이내 요요는 장벽이 새끼를 친 사실을 떠올렸다. 시몬이 뭐라고 설명했던가. 얼마 안 가 장벽이 온통 세상을 뒤덮을 거라고 했다. 사람이나 동물, 심지어 풀 한 포기도 살아남을 수 없을 정도로 완전히.

오마르 무살라는 빙그레 웃으며 일행을 바라보았다.

"좋아, 아주 좋아. 유수프가 드디어 날 찾아오다니, 오늘 아무래도 큰 잔치를 벌여야겠군. 마침 오늘 저녁 손님들을 맞기로 했어. 손님들에게 새로 생긴 내 아들을 자랑할 수 있으니 이 얼마나 좋은 일이냐. 저녁에는 아주 많은 분들이 올 거야. 무용수들의 공연도 준비되어 있어. 특히 아주 유명한 바이올리니스트가 우리 자리를 빛내 줄 거야. 솜씨가 정말 대단해서 비밀 연주회에도 초대를 받았던 거장이지."

오마르 무살라는 천재 바이올리니스트 자랑에 열을 올렸다. 이어서 가족 자랑까지 입에 침이 마르도록 해 댔다. 막내아들이 아주 똑똑해서 반드시 장벽 학자가 될 거라는 둥 사흘 전에 조카가 쌍둥이를 얻어 자랑스럽다는 둥 행복해 죽겠다는 엄살을 떨었다. 어느덧 이야기는 사업 자랑으로 넘어갔다. 지금처럼 장사가 잘된 적이 없다며 이런 추세대로만 간다면 세상의 돈은 전부 자기 것이 될 거라고 장담을 했다.

"사실 내가 사업가가 아니었다면, 요즘 같은 사재기 열풍이 두렵기도 했을 거야. 사람들은 마치 뭘 사는 게 마지막인 것처럼 목을 매고 달려든다니까. 요즘 떠도는 소문이 흉흉하기는 하지."

"무슨 소문이 떠돕니까?"

시몬이 물었다.

"세상의 종말이 가까웠다는 거지. 그럼 자네들은 그런 소문을 전혀 못 들었나?"

아무도 대답하지 않았다.

“못 들었어? 어허, 이상하군. 어디 딴 세상에서 왔나? 어쨌거나 그런 소문 덕에 장사는 아주 잘되고 있어.”

“세상의 종말이라고요? 어떻게 해서 종말이 온다는 건지 여쭤봐도 될까요?”

시몬이 조심스럽게 물었다.

“여러 가지 이야기가 있는데, 핵심은 알레프 부스타니가 죽을 거라는 거야.”

“정말요?”

놀란 시몬이 물었다.

“그런 소문이 떠돌고 있습니까? 그건 좀, 뭐라고 해야 하나, 너무 망측하고 해괴한 소문이로군요. 대체 누가 그런 소문을 퍼뜨리고 있나요? 천벌을 받을 말을 누가 감히…….”

“당연하지. 그런 놈들은 잡아다 혼쭐을 내야 해. 안 그래도 몇 놈 잡아다가 치도곤을 먹였건만, 그래도 소문은 끊이질 않네.”

오마르 무살라는 쩝쩝 입맛을 다셨다.

시몬이 다시 물었다.

“정말 알레프 부스타니가 죽으면 무슨 일이 일어날까요?”

“장벽에는 최악이지.”

“구체적으로 어떤 일이 벌어지죠?”

“그거야 누구도 모르지. 정말 끔찍해지지 않겠어? 하지만 소문은 소문일 뿐이야. 알레프 부스타니는 영원히 죽지 않아.”

오마르 무살라는 비죽 웃으며 주위를 돌아보았다.

“안 그런가?”

“아니죠, 아닙니다.”

시몬은 화들짝 놀라 대답했다.

“제 말은 어르신 말씀이 맞다는 거죠.”

“좋아, 우린 서로 말귀가 통하는군.”

오마르 무살라가 받아쳤다.

“근데 자네들 그 몰골로 어디 사람대접이나 받겠나? 가서 좀 씻게. 깨끗한 옷을 내어 주도록 일러두지. 욕실은 위층에 있으니 뜨거운 물로 몸을 좀 풀고 새 옷을 갈아입고 파티에 나오도록 하지. 이제 30분 뒤에 손님들이 오기 시작할 테니.”

9 이제 요요를 비롯해 네 사람은 모두 노란 섬의 사람들이 즐겨 입는 하얀 옷으로 갈아입었다. 거기에 로테와 알리시아는 보라색의, 시몬과 요요는 푸른색의 터번을 머리에 둘렀다. 일행이 연회장에 들어섰을 때에는 벌써 몇몇 손님들이 와 있었다.

연회장의 구석에는 손님들을 위한 간단한 먹을거리가 있었다. 모두 입에서 살살 녹는 기막힌 맛이었다. 게다가 온갖 색깔의 음료들이 사람들의 손길을 기다렸다. 요요는 멜론으로 갈증을 달래기로 했다. 다른 마실 것들은 믿을 수가 없었다. 지난번 오토가 거의 모든 음료에 들어 있는 독주 때문에 정신을 잃을 정도로 취한 모습을 똑똑히 기억하고 있었기 때문이다.

갑자기 문이 열리고 악사들이 들어왔다. 악사들은 북과 탬버린을 힘차게 두들기며 노란 섬의 사람들이 즐겨 부르는 노래들을 연주했다. 손님들은 박수를 치며 따라 불렀다. 그러자 검은색의 가운을 받쳐 입은 두 명의 여자들이 나타났다. 하나같이 몸집이 우람했다.

“맙소사, 저런 비곗덩어리 아줌마들이 춤추는 것까지 구경해야 하는 거야?”

알리시아가 요요의 귀에 대고 속삭였다. 요요는 손가락을 입술에 대며 조용히 하라고 주의를 주었다.

“쉿, 사람들이 듣겠다.”

그동안 악사들은 연주를 멈추었다.

“오마르 무살라가 아까부터 우리를 지켜보고 있어, 조심해.”

“아유, 요 귀여운 것!”

알리시아는 계속 요요의 귀에 대고 속삭였다.

“제법 의젓하게 처신을 잘하는데? 좋아, 아주 마음에 들어.”

“너도 좀 의젓하게 굴 수 없겠니?”

요요는 이렇게 대꾸하며 마침 무대로 오르고 있는 오마르 무살라를 곁눈질로 바라보았다.

“내가 어때서?”

알리시아가 웃었다.

“이봐, 그렇게 진지한 표정 좀 짓지 마. 인생이라는 게 어차피 모두 놀이일 뿐이야.”

“하, 그래? 그렇담 제대로 해.”

“물론이지, 어떤 놀이든 진정한 승부욕을 가지고 덤벼들어야 재미있는 법이니까.”

“그럼 넌 모든 걸 재미로만 하나 보지?”

“넌 유머를 잘 몰라.”

알리시아가 이렇게 말하고 나자, 오마르 무살라가 연설을 시작했다. 무리쉬로 이야기를 하는 통에 요요는 단 한 마디도 알아들을 수가 없었다. 연설이 끝나자, 손님들이 열광적으로 박수를 쳤다. 다만 알리시아는 손끝 하나 까딱하지 않았다. 그저 지루한지 턱이 떨어질 것 같은 표정을 지었다.

“내가 걱정했던 그대로야.”

알리시아가 종알거렸다.

“장벽 춤 공연이 있고 나서, 저녁 때 에바 루트코프스키가 바이올린을 연주할 거래.”

“음, 괜찮은 프로그램인데!”

요요가 말했다.

“아하, 그러셔! 뭘 알고나 하는 소리야? 장벽 춤이라는 건 이 세상에서 가장 지루한 공연이야. 게다가 에바 루트코프스키의 솜씨는 정말 형편없어. 오마르 무살라의 말로는 소리아 암민의 제자라지만, 그건 웃기는 헛소리에 지나지 않아. 그녀가 어떻게 여기에 왔을까.”

이때 음악이 울리기 시작하면서 춤추는 여인들이 무대에 등장했다. 가운을 벗어 던진 무희들의 몸매는 전혀 뚱뚱하지 않았다.

그야말로 온통 근육이었다. 묘한 것은 무희들의 춤 동작이었다. 부드럽고 유연하다기보다는 어딘가 모르게 딱딱했다.

"이 춤은 벽돌처럼 딱딱하게 보이는 게 핵심이야."

알리시아가 요요의 귀에 대고 속삭였다.

요요는 한 무희가 다른 무희의 어깨에 올라타는 장면을 구경했다. 그러자 두 명의 또 다른 무희들이 등장하면서 앞의 두 사람과 똑같은 동작을 취했다.

"저 동작은 장벽을 쌓는 것을 의미해."

알리시아가 이렇게 말하며 지루하다는 듯 하품을 했다.

"넌 어떻게 그렇게 잘 알아?"

알리시아는 비죽 웃었다.

"학교에서 배웠어. 이상하게도 학교에서 배운 것들은 거의 다 기억이 난단 말이야. 머리가 너무 좋은 게 탈이야!"

알리시아는 손가락을 자기 머리에 대고 방아쇠를 당기는 시늉을 했다.

"처음에 몇 가지 동작이 생각이 나기에 하나씩 따라해 보니까 일주일 만에 전체가 완성되지 뭐야. 저 복잡한 춤을 말이야."

춤 공연은 30분 정도 걸렸다. 장벽을 쌓는 데는 모두 스물일곱 명의 무희들이 등장했다. 아홉 명이 아홉 명 위에 올라서고, 다시 그 위에 아홉 명이 올라탄, 말 그대로 장벽이었다. 손님들은 환호성을 지르며 박수를 쳤고, 알리시아는 하품을 했다.

공연이 끝나자, 손님들을 위한 춤판이 벌어졌다. 쌍쌍의 남녀가 춤을 추기 시작하면서 연회장은 본격적인 무도회장으로 변했다.

"따라와."

알리시아가 요요의 손을 잡아끌었다.

"우리도 멋지게 즐겨 보자."

"난 춤을 못 추는데."

요요가 우물쭈물 망설였다.

"춤출 줄 모르는 사람이 어디 있어? 조금만 배우면 금방 따라할 수 있어."

알리시아는 요요의 등을 떠밀며 춤판으로 나왔다. 요요는 머리가 어지러울 지경이었다. 첫 스텝부터 옷자락에 걸리는 바람에 비틀거리고 알리시아의 발을 밟기도 했다. 하지만 알리시아는 조금도 개의치 않고 화려한 춤 솜씨를 뽐냈다. 알리시아는 요요의 허리를 잡고 빙글빙글 돌렸다. 무척 즐거운 모양이었다. 마치 먹잇감을 잡아 놓고 장난을 치는 고양이랄까. 실컷 데리고 놀다가 막판에 가서는 물어 죽여 버리는!

음악이 끝나자, 알리시아는 요요를 끌고 구석의 빈자리로 갔다. 뭔가 이야기를 시작하려는 찰나, 오마르 무살라가 앞을 가로막고 나타나 말을 걸었다.

"상당히 즐거운 모양이군. 덕분에 나도 오랜만에 유쾌하네."

이렇게 말하며 오마르 무살라는 알리시아를 유심히 살폈다. 마침내 오마르 무살라가 입을 열었다.

"역시 보라색 터번은 어떤 여자에게든 잘 어울린단 말이야. 아주 귀엽고 깜찍해!"

오마르 무살라는 등을 돌려 이번에는 로테와 시몬에게 다가갔다. 그리고 한동안 뭐가 그렇게 즐거운지 웃고 떠들었다. 이야기가 끝나고 나서도 그는 요요 근처를 맴돌며 다른 손님들과 환담을 나눴다. 제복을 입은 남자와 이야기를 나누는 도중에도 시선은 항상 요요를 바라보고 있었다. 눈이 마주치면 씩 웃었다. 요요도 마주 웃을 수밖에 없었다. 도대체 왜 그러지? 감시라도 하는 것일까?

알리시아가 요요의 옆구리를 찔렀다.

"거참, 성가시네."

알리시아는 이렇게 말하며 오마르 무살라를 눈짓으로 가리켰다.

"단 한 순간도 우리한테서 눈길을 떼지 않는군."

"어떻게 하면 좋을지 모르겠어. 행사가 끝날 때까지 기다려야 할까?"

요요는 애써 눈길을 피하며 속삭였다.

"아니, 정반대로 행동해야 해!"

알리시아가 말했다.

"지금처럼 좋은 기회는 또 오지 않을 거야. 침착하게만 행동하면 통로가 어디에 있는지 알아낼 수 있어. 저 칵테일은 마시지 마. 최소한 절반 정도는 독주를 섞어 놨더군. 로테와 시몬에게도 경고해야겠어. 벌써 꽤 마신 것 같아. 넌 조금 있다가 응접실로 빠져나오도록 해. 그리고 문을 하나하나 살펴보자."

알리시아는 이렇게 말하고는 사람들 무리 사이로 사라졌다.

요요는 오마르 무살라의 눈에 띄지 않도록 조심하면서 문 쪽으로 갔다. 연회장을 빠져나오자 공기가 신선했다. 요요는 차가운 벽에 머리를 기대고 크게 심호흡을 했다. 벽면을 장식하고 있는 화려한 모자이크가 인상적이었다. 한 하인이 피곤한지 바닥에 쭈그리고 앉아 멍하니 앞만 보고 있었다.

공간은 문이 여러 개였다. 한쪽 끝에는 위층으로 올라가는 계단이 있었고, 반대편 끝에는 통로 두 개가 보였다. 커다란 벽을 사이에 두고 오른쪽과 왼쪽, 이렇게 두 개의 통로가 나 있었다. 요요는 망설였다. 어차피 위로 올라갈 필요는 없다. 지금 찾고 있는 것은 지하 통로이니까. 하지만 두 개 가운데 어느 쪽부터 살펴야 할까. 왼쪽일까, 오른쪽일까? 슬그머니 짜증이 났다. 망설이지 말고 어느 쪽이든 먼저 찾아보는 게 중요하다. 아니면 다른 쪽을 찾으면 되는 것이고……. 생사가 달려 있는 엄청나게 중대한 결정이다. 왼쪽일까, 오른쪽일까? 삶일까, 죽음일까? 어느 쪽이든 결단을 내려야만 했다. 누군가 의도적으로 자신을 혼란에 빠뜨리고 있는 건 아닐까 하는 의심이 들었다. 아냐! 이건 아니다! 누가 감히……. 그건 말도 안 된다. 정신을 똑바로 차리자. 모든 것은 나 자신의 결정에 달려 있다. 요요는 주먹을 꼭 쥐었다. 그러고는 숨을 멈추고 오른쪽 통로로 들어섰다.

조명은 어두웠다. 요요의 눈길이 닿는 곳까지 모두 문은 네 개였다. 그것도 모두 오른쪽에 있다. 벽은 특히 화려한 모자이크로 장식이 되어 있고, 바닥에는 검붉은 색 양탄자가 깔렸다.

문득 요요는 나지막한 덜컹 소리를 들었다. 삐걱하는 소리도 났다. 요요는 기둥 뒤에 숨어 일정한 간격으로 배치된 모자이크를 바라보았다. 바로 그때였다. 왼쪽 벽의 중간쯤에서 오마르 무살라가 나타났다. 요요는 눈을 믿을 수가 없었다. 오마르 무살라는 마치 모자이크의 한가운데에서 걸어 나오는 것 같았다. 그제야 요요는 모자이크가 사실은 위장된 문이라는 것을 알아차렸다.

요요는 숨을 멈추었다. 오마르 무살라는 코를 벌름거리더니 중얼거렸다. 화가 난 모습이었다. 손을 두툼한 허리에 걸치고 주위를 돌아보던 오마르 무살라는 다시 연회장 쪽으로 발을 옮겼다. 그러나 요요가 참았던 숨을 내쉬려는 순간, 돌연 오마르 무살라가 멈추어 서더니 몸을 돌렸다.

요요를 발견한 오마르 무살라는 눈을 크게 뜨고 성큼성큼 요요에게로 다가왔다. 요요는 차라리 투명인간이 되었으면 하고 생각했다. 뭐라고 둘러대는 게 좋을까. 적당한 핑계를 찾느라 머릿속이 바쁘게 돌아갔다. 마침내 오마르 무살라가 요요 앞에 버티고 섰다. 오마르 무살라의 얼굴은 무서웠다. 당장에라도 요요에게 주먹을 날릴 것만 같았다. 하지만 그는 곧 표정을 풀면서 미소를 지었다.

"유수프, 내 아들아. 여기서 뭐하고 있는 거냐? 파티가 마음에 들지 않던?"

그의 목소리에서는 억누른 노기가 희미하게 새어 나오고 있었다.

요요는 침을 꿀꺽 삼켰다.

"아니에요, 맘에 들어요. 제가, 좀 급해서요. 화장실을 찾고 있었어요."

요요는 속으로 안도의 한숨을 쉬었다. 적당한 핑계다!

"아, 그래? 엉뚱한 데로 왔군."

오마르 무살라가 목소리를 부드럽게 내느라 안간힘을 쓰고 있는 게 느껴졌다.

"화장실은 반대편에 있단다. 여기는 아무것도 없어."

음성은 부드러웠지만, 오마르 무살라의 눈은 요요를 무섭게 쏘아보고 있었다.

요요는 눈썹을 파르르 떨었다.

"여긴 사람들이 관심을 가질 만한 게 없다."

오마르 무살라가 다시 말했다.

"지극히 사적인 공간이거든."

"아, 알겠습니다."

요요의 눈은 오마르 무살라의 이마에 송골송골 맺혀 있는 땀방울을 놓치지 않았다.

"자, 가자!"

오마르 무살라는 요요의 어깨를 거칠게 움켜잡았다.

"연회장으로 돌아가자. 곧 유명한 바이올리니스트 에바 루트코프스키의 연주가 시작될 거야. 난 연주를 단 일 초도 놓치기 싫단다. 넌 어떠니?"

이제야 오마르 무살라는 인자하게 웃었다.

"물론이죠."

요요가 말했다.

"저도 연주가 시작되기를 손꼽아 기다렸는걸요."

요요가 화장실에서 일을 보고 나오자, 두 사람은 다시 연회장으로 들어섰다.

10 연회장으로 돌아온 요요는 주위를 돌아보았다. 하지만 알리시아도, 시몬도 눈에 띄지 않았다. 다만 로테 혼자 남아 박수를 치며 춤을 추는 사람들을 구경하고 있었다. 얼른 그녀의 등 뒤로 다가간 요요는 나직하게 이름을 불렀다.

"로테!"

로테는 꿈쩍도 하지 않았다. 요요가 옷을 잡아당기자 그제야 뒤를 돌아보며 물었다.

"왜 그래?"

"다들 어디 있어?"

"몰라."

"잘 들어, 찾아낸 것 같아! 여기 홀을 나가면 두 개의 통로가 있는 데 그중 왼쪽 게……."

잠깐만, 그게 왼쪽이었던가?

"아니, 오른쪽 통로에 모자이크로 위장된 문이 있어. 그게 바로 알레프 부스타니에게 이르는 통로일 거야."

"누구?"

로테는 초점이 흐려진 눈으로 물었다. 그러면서 다시 잔을 들어 한 모금 마셨다.

"통로를 찾았다고!"

요요가 말했다.

"너 지금 뭐 마시는 거야?"

"칵테일!"

"그거 많이 마시지 마. 금방 취해."

"나 안 취했어."

요요는 로테의 얼굴을 유심히 들여다보았다.

"너 괜찮아?"

"그럼, 물론이지, 최고야."

로테는 이렇게 말하며 다시 춤판으로 향했다. 요요는 기가 막혔다. 로테를 이해할 수 없었다. 왜 중요한 소식을 듣고도 아무런 반응을 보이지 않을까? 요요는 머리를 절레절레 흔들었다. 아무튼 여자란 참 알 수 없다.

요요는 자리로 돌아와 앉았다. 그건 대체 어떤 문이었을까? 왜 위장했을까? 그런데 숨기려는 게 뭘까? 비밀의 통로? 아님 혹시 청소 도구를 넣어 두는 창고 아냐? 하지만 그랬으면 오마르 무살라가 그렇게 신경질적으로 반응했을까? 또 청소 도구 창고를 그렇게 위장해야 할 이유가 없잖아. 요요는 머리를 긁적였다. 안 쓰던 터번을 쓴 탓일까. 머리에서 땀이 흘렀다. 가만있어 보자. 문이 어느 쪽에 있었지? 오른쪽이었던가, 왼쪽이었나? 도대체 그놈의 복도는 왜 이렇게 사람을 미치게 만드는 것일까? 요요는 초조한 심정으로 주위를 둘러보았다. 시몬과 알리시아는 어디로 간 것일까?

요요는 다시 로테가 있는 쪽을 바라보았다. 로테는 젊은 남자와 다정하게 이야기를 나누고 있었다. 요요는 이마를 찡그렸다. 남자는 전에 본 적이 없는 얼굴이다. 바짝 붙어 선 둘의 모습은 그렇게 다정할 수가 없다. 뭐가 그렇게 즐거운지 활짝 웃는 얼굴에서는 환한 빛이 뿜어져 나왔다. 요요는 어처구니가 없어 팔짱을 끼고 남자를 노려보았다. 청년은 다른 손님들과 마찬가지로 하얀색 긴 옷을 입고 있었다. 노란 섬의 남자들과 달리 금발이었다. 어깨까지 기른 굽실한 금발은 은은하게 빛나고, 검은 선글라스가 얹혀 있었다. 멀리서 봐도 참 잘생긴 얼굴이었다. 남자는 푸른 눈을 반짝이며 로테를 향해 미소를 날렸다. 그 순간 미남은 팔을 들어 로테의 허리를 휘감았다!

부글부글 끓는 속을 간신히 참으며 계속 지켜보고 있는데 눈앞에 알리시아와 시몬이 나타났다. 알리시아는 이마에 흐르는 땀을 닦아 내느라 정신이 없었다.

"이 괴상한 터번 때문에 미치겠어. 머리가 지글지글 끓는 것 같아! 그리고 말이야, 도저히 안 되겠어. 아무것도 찾아낼 수 없어."

알리시아는 도리질을 했다.

시몬도 알리시아와 같은 의견이었다.

"단 일 분도 내버려 두지 않는 탓에 아무것도 찾아낼 수가 없다. 도처에 감시의 눈길이야. 아무래도 우린 막다른 골목에 갇힌 것 같아."

"포기하기에는 이르지요."

요요는 이렇게 말하며 두 사람의 얼굴을 빤히 들여다보았다.

"전 뭔가 찾아낸 것 같아요."

이때 음악이 멈추고 홀 안은 조용해졌다. 오마르 무살라가 무대에 올라 마이크를 잡고 독일어로 말했다.

"친애하는 손님 여러분! 오늘 저녁이 즐거우시기를 바랍니다. 장벽의 은총이 여러분과 함께하기를!"

손님들은 일제히 박수를 쳤다. 오마르 무살라가 계속했다.

"오늘 제 파티를 빛내 주기 위해 찾아와 주신 귀빈들, 사업 파트너들, 친구들에게 진심으로 감사를 드립니다. 오늘은 여러분도 잘 아시다시피 저한테 아주 특별한 날입니다. 오늘은 저희 회사가 설립된 지 350년을 기념하는 날입니다. 창립기념일을 자축하기 위해 저는 아주 특별한 바이올리니스트 한 분을 초대했습니다. 곧이어 에바 루트코프스키의 연주를 듣겠습니다. 에바는 소리아 암민의 뒤를 잇는 거장이라는 평가를 받고 있는 바이올리니스트입니다. 제가 보기에는 최근 이미 소리아 암민을 앞질렀더군요. 이제 조금만 기다려 주시면 연주를 시작하겠습니다."

오마르 무살라는 여기까지 말을 맺고 잠시 숨을 골랐다. 청중은 열광적으로 박수를 쳤다. 소리아 암민이라는 이름을 듣자 시몬은 약간 움찔했다. 알리시아의 얼굴에서도 약간 동요가 이는 것을 요요는 놓치지 않았다.

오마르 무살라의 연설은 계속됐다.

"에바 루트코프스키를 무대에 모시기 전에 여러분에게 한 가지 알려 드릴 것이 있습니다. 저는 오늘 이 자리를 빌려 제 새 가족을 소개하고자 합니다. 오랫동안 소식을 모르고 지내던 제 먼 핏줄이 오늘 나타났습니다."

오마르 무살라는 사방을 두리번거리다가 이내 요요를 찾아내고는 손짓을 했다.

"유수프 피치카토! 아주 똑똑하고 잘생긴 소년입니다. 오늘부터 제 집에서 같이 살기로 했으니, 여러분은 뜨거운 박수로 환영해 주십시오! 유수프, 이리 올라오너라!"

요요는 얼굴이 화끈거렸다. 몸에 힘이 쪽 빠지는 통에 자리에서 일어날 수가 없었다.

"일어나!"

알리시아가 요요의 손을 잡아끌었다.

"빨리 무대로 올라가!"

"내가?"

요요는 어리둥절해서 물었다.

"너 아니면 누구야."

"난 오마르 무살라와 친척이 아니란 말이야."

알리시아는 두 팔로 요요를 벌떡 일으켜 세웠다. 사람들은 요요만 바라보고 있었다. 요요는 어찌해야 좋을지 몰라 주위를 두리번거렸으나, 알리시아는 요요의 뺨에 쪽 소리가 나게 뽀뽀를 하고 그의 등을 떠밀었다. 요요는 하는 수 없이 앞으로 걸어 나갔다. 사람들의 무리가 쫙 갈리며 길이 열렸다. 단 한 번도 남들의 주목을 받아 본 적이 없는 요요는 사람들의 시선이 따갑게만 느껴졌다. 도대체 오마르 무살라는 무슨 꿍꿍이로 이러는 것일까?

얼굴이 빨갛게 달아오른 요요에게 오마르 무살라가 손을 내밀었다. 사람들이 박수를 치기 시작했다. 오마르 무살라는 다시 마이크를 잡고 한참 연설을 했다. 요요는 무슨 소리인지 통 알아들을 수가 없었다. 웅웅대는 듯한 그의 연설이 끝나자 사람들은 우레와 같은 박수를 쳤다. 오마르 무살라는 쉬지도 않고 요요의 손을 흔들었다. 마지막으로 오마르 무살라는 요요를 꽉 끌어안았다. 집채만 한 그의 배에 얼굴이 파묻힌 요요는 숨이 막혔다.

어떻게 무대에서 내려왔는지도 모른 채 요요는 다시 구석 자리에 앉아 가쁜 숨을 몰아쉬었다. 사람들이 그에게 말을 걸려고 했지만, 알리시아가 가로막고 있는 탓에 누구도 다가오지 못했다. 알리시아는 계속 요요에게 말을 걸었다. 요요는 아무 말도 하지 못하고 멍하니 앞만 바라보았다.

이제 춤판에는 가지런히 줄을 맞춰 의자들이 놓였다. 건장한 남자들이 무대 위에 피아노를 가져다 놓았다. 몇몇 손님들은 이미 자리를 차지하고 앉아 기다렸고, 다른 사람들은 삼삼오오 모여 칵테일을 마시며 웃고 떠들었다.

"이봐, 정신 차려!"

알리시아는 요요의 뺨을 찰싹 때렸다.

"내 말이 들리기는 하는 거야? 뭘 발견했느냐고 물어보잖아."

정신이 든 요요가 알리시아의 얼굴을 새삼스럽게 바라보며 대답했다.

"문, 문을 발견했어."

"어떤 문?"

요요는 숨을 들이마셨다.

"모자이크로 위장된 문이야. 오마르 무살라가 거기서 나오는 걸 봤어."

요요는 자신이 본 것을 알리시아에게 자세히 설명했다.

알리시아가 말했다.

"그거 흥미로운 이야기로군."

눈을 돌려 주변을 살피던 알리시아가 소리를 질렀다.

"저기 좀 봐! 저게 누구야?"

알리시아의 손가락은 로테를 가리키고 있었다.

"저기 로테와 얘기를 나누고 있는 친구?"

"그래. 어디서 저런 미남이 갑자기 나타났어?"

"몰라. 아까부터 로테와 저러고 있는걸."

"맙소사. 하필 지금 저런 수작을 하고 있어야 해?"

"뭐가 어때서?"

"로테가 사랑에 빠졌군. 저러면 로테는 전혀 쓸모가 없는데."

"쓸모가 없어? 사랑에 빠지면 쓸모가 없어지나?"

"이성적으로 행동하지 못하거든. 내 조직에서 사랑을 엄격하게 금지하고 있는 이유가 달리 있는 줄 알아? 사랑에 빠지는 놈은 당장 추방이야."

요요는 알리시아의 말을 곰곰이 되새겨 보았다.

"하지만 사랑에 빠진 사람은 그만큼 더 열정적으로 일하잖아? 더 뛰어난 성과를 올리기도 하고."

"순진한 소리 좀 작작할래? 그건 사랑에 빠져 상대의 마음을 사로잡으려 할 때나 그렇지. 일단 목표를 이뤘다고 생각하면 바람 빠진 풍선처럼 축 늘어진다는 걸 몰라? 더구나 퇴짜를 맞았다 하면 세상이 무너진 것처럼 갖은 궁상을 떨지. 정말 최악이야."

요요는 고개를 끄덕였다. 그럼 요요는 지금 누군가의 마음을 사로잡으려 하고 있는 것일까? 요즘처럼 즐겁고 신나는 때도 없다. 다만 요요는 자신이 누구의 마음을 사로잡으려 하는지 알 수 없었다. 알리시아? 아니면 로테? 요요는 생각 끝에 그게 알리시아일 거라고 결론을 내렸다. 로테가 딴 남자하고 웃고 떠들고 있는데도, 생각보다 별로 마음이 쓰이지 않는다. 반면 알리시아가 가까이 다가와 귓속말을 할 때마다 요요는 하늘에 붕 뜬 것처럼 황홀했다.

"너희들, 저기 라일라와 시시덕거리는 녀석이 누군지 아니?"

시몬이 요요와 알리시아에게 물었다.

"아뇨, 몰라요."

"아니, 몰라."

요요와 알리시아가 동시에 대답했다. 요요는 또다시 하늘에 붕

뜬 기분을 맛보았다. '우린 서로 잘 맞나 봐!'

"저 놈, 라일라한테 무슨 수작을 걸고 있는 거야?"

"뭘 거라고 생각하지?"

알리시아가 입을 비죽 내밀었다.

시몬의 얼굴에 실망과 불안의 기색이 뚜렷했다.

"라일라, 넌 만나는 놈마다 홀릴 정도로 어수룩하냐? 그거 참."

바로 그 순간 미남 청년은 로테에게 입을 맞추었다. 알리시아는 고개를 절레절레 흔들었다.

"어떻게 저렇게 쉬울 수가 있지?"

알리시아는 혀를 끌끌 찼다.

시몬은 애써 외면하며 다시 한 번 한숨을 쉬었다.

"내가 참아야지 어쩌겠어. 라일라는 이제 어린아이가 아닌걸."

미남은 로테를 끌어안다시피 하고 두 번째 줄의 의자에 가서 나란히 앉았다. 그러는 동안에도 남자는 로테의 손에 끊임없이 키스를 해 댔다.

홀의 거의 모든 조명이 꺼지고 한줄기 커다란 밝은 빛이 무대를 비추었다. 순간 홀의 문이 활짝 열리면서 에바 루트코프스키가 오마르 무살라의 친아들 유수프와 함께 나타났다. 두 사람은 바닥에 깔려 있는 붉은 양탄자 위를 걸어 무대로 다가갔다. 무대에 오르자 유수프는 피아노 앞에 앉았다. 유수프가 피아노 반주를 맡은 걸 보며 요요는 놀란 입을 다물지 못했다. 오마르 무살라는 자랑스럽다는 표정으로 가슴을 쭉 내밀고 무대 바로 앞에 앉아 있었다.

피아노 앞에 앉은 유수프는 잠시 청중을 바라본 다음, 에바 루트 코프스키가 가방에서 바이올린을 꺼내는 동안 눈을 감고 기다렸다. 마침내 준비를 끝낸 에바가 청중을 향해 가벼운 목례를 했다. 그러자 기다렸다는 듯 오마르 무살라가 무대 위로 뛰어올라 어마어마하게 큰 꽃다발을 그녀에게 안겼다. 그가 마이크를 잡고 중얼중얼 떠드는 소리는 청중의 박수 소리에 묻혀 버렸다.

이제 홀 안은 바늘 떨어지는 소리까지 들릴 정도로 조용해졌다. 밝은 푸른색에 반짝이는 금박으로 장식된 드레스를 입은 에바는 금발의 굽실한 긴 머리를 늘어뜨리고 있었다. 요요는 에바를 보며 아름답다고 생각했다. 의심의 여지가 없는 사실이었다. 하지만 알리시아는 훨씬 더 아름다웠다. 요요는 슬그머니 알리시아를 훔쳐보았다. 그녀는 조금이라도 더 잘 보려고 실눈을 뜨고 허리를 꼿꼿하게 세우고 앉아 있었다. '저것 봐, 수천 배는 더 예쁘지!' 요요는 가슴이 따뜻해지는 걸 느꼈다. 바이올린 연주도 알리시아가 수천 배는 더 잘할 게 분명했다.

자세를 고쳐 잡은 유수프가 반주를 시작했다. 곧이어 바이올린의 맑은 소리가 울려 퍼졌다.

요요는 연주가 마음에 들었다. 의자에 등을 기대고 음악에 흠뻑 빠졌다. 알리시아도 눈을 감고 있다. 그러더니 갑자기 자세를 바로 잡으면서 요요의 귀에 대고 속삭였다.

"형편없는 연주야. 정말 형편없어! 그런데 저 유수프라는 애는 더 가관이군."

요요는 아무 말도 하지 않고 눈을 감았다. 너무 피곤한 데다가 음악을 들으니 졸음이 몰려왔다. 요요는 머릿속에 떠오르는 이런 저런 생각에 몸을 맡겼다. 무엇보다 알리시아의 아름다운 얼굴과, 자신의 귀에 대고 속삭일 때마다 느껴지는 황홀한 그녀의 입김을 생각했다. 저 복도의 기묘한 문도 떠올랐다. 그 많은 모자이크들 가운데에서 문을 잘 찾아낼 수 있을까? 문의 위치를 잘 기억해 두지 않은 자신에게 짜증이 났다. 요요는 다시 알리시아의 얼굴을 떠올렸다. 지금은 저 괴상한 터번 아래 숨어 있는 그 탐스럽고 아름다운 검은 머리를, 만져 보고 싶었다. 립스틱을 칠하지 않아도 빨갛게 반짝이는 입술이 애타게 그리워졌다. 수영장에서 젖은 머리를 뒤로 젖힐 때의 그 황홀한 몸매가 눈앞에 아른거렸다. 요요는 문득 알리시아가 가진 것과 같은 선글라스를 갖고 싶다는 생각을 했다.

다시 장면이 바뀌며 화를 내고 있는 오마르 무살라의 얼굴이 크게 다가온다. 복도에서 자신을 잡았을 때 죽일 것처럼 빛나던 오마르 무살라의 눈이 떠오르자, 요요는 오싹해졌다. 그리고 무대 위로 자신을 끌어내 박수를 유도하던 오마르 무살라의 표정도 떠올랐다. 겉으로는 환하게 웃지만 뱀같이 차갑기만 하던 그 눈초리! 오마르 무살라는 무슨 목적으로 요요를 끌어들인 것일까? 원하는 게 뭘까? 요요는 세차게 머리를 흔들었다. 오마르 무살라가 뭘 하든, 무슨 목적을 가졌든, 상관없다. 어차피 요요는 여기 오래 머무를 생각이 없다. 알레프 부스타니만 찾아내면 그뿐이다. 하지만 오마르 무살라와 함께 사는 것도 그럭저럭 괜찮지 않을까? 먹여 주고, 재워 주고, 입혀 주면서 공부까지 시켜 준다는데, 마다할 이유가 뭘까? 더 이상 가축을 치거나 고물을 주워 팔며 살지 않겠다고 얼마나 다짐을 했던가. 유수프와 같은 또래 친구를 갖는 게 소원이었는데. 좋아하는 책도 마음껏 읽을 수 있고. 기하학이 뭔지 설명해 주고, 무리쉬를 가르쳐 줄 선생님이 있다면 얼마나 좋을까. 간절히 바랐던 일들이다. 게다가 장벽 학문을 배울 수도 있다면!

하지만 오마르 무살라에게 막연한 거부감이 드는 이유는 뭘까? 친절하고 상냥한 사람인데. 물론 화를 낼 때 그 눈빛은 소름 끼치도록 무섭지만 좀 똑똑하게 굴면 얼마든지 피할 수 있을 텐데.

오마르 무살라는 어떻게 저 엄청난 재산을 모았을까? 알레프 부스타니와 통하는 비밀 통로를 집 안에 가지고 있는 이유는? 오마르 무살라는 정말 알레프 부스타니의 먼 친척일까? 그래서 비밀 통로를 통해 서로 만나는 것일까? 요요는 하품이 나오려는 걸 꾹 참았다.

이제 바이올린의 선율은 격렬하게 떨고 있다. 알리시아는 비웃음을 얼굴 한가득 담고 있다. 저 여자 에바 루트코프스키의 연주가 그렇게 형편없을까? 알리시아가 괜히 그러는 건 아닐까? 요요는 다시 하품을 참느라 얼굴이 빨개졌다. 그때 묘한 생각이 떠올랐다. 정말 오마르 무살라가 알레프 부스타니의 먼 친척이라면, 그리고 오마르 무살라가 요요의 먼 친척이라면 요요는 알레프 부스타니의 친척이 아닌가. 요요는 화들짝 놀라 자세를 바로잡았다. 어처구니 없는 생각만 하는 자신이 낯설게 느껴졌다. 아니, 누가 누구의 친척이라는 게 뭐 그리 중요한 것일까? 지금은 오로지 알레프 부스타니를 만난다는 목표에만 충실해야 한다. 알레프 부스타니를 만나는 건 좋다. 하지만 그래서? 그런 다음에는? 우리는 알레프 부스타니에게 뭘 바라고 있는 거야? 제발 당신 손으로 장벽을 부숴 달라고? 그런 게 가능하기는 할까? 안 돼면 어떻게 되는 거지? 아무도 살아남을 수 없다고? 안 돼! 그건 안 된다.

요요는 아직 죽고 싶지 않았다. 적어도 알리시아와 한 번 더 진한 키스를 하기 전에는! 요요는 알리시아에게 몸을 붙였다. 저 붉은 입술이 가슴을 설레게 만든다. 그냥 지금 키스를 하면 어떨까?

그건 안 된다. 요요의 귀에는 아직 알리시아의 말이 선명하게 남아 있었다.

"사랑에 빠지는 놈은 당장 추방이야!"

"그런데 말이야."

알리시아가 갑자기 말을 거는 바람에 요요는 정신이 들었다.

"저기 저 친구, 내가 아는 남자 같아. 그런데 어디서 봤는지 통 기억이 안 나네."

알리시아의 손가락이 가리키고 있는 사람은 로테 옆에 있는 미남이었다. 그는 지금 또 로테에게 키스를 하고 있다.

요요는 심란한 마음으로 로테 쪽을 바라보았다.

446

"혹시 학교에서 알았던 건 아냐?"

요요가 물었다.

"어째서 그렇게 생각하지?"

"그거야 로테는 이따금씩 기억을 되살리곤 하니까. 너도 그래서 떠오른 거 아닐까?"

"아니! 난 기억을 완전히 잃었어."

알리시아는 '완전히'라는 말을 특히 강조했다.

"그리고 사람은 더더욱 기억이 나질 않아."

"그래도 떠오를 수는 있는 거잖아?"

"지금껏 그런 일은 없었어."

"그럼 혹시……."

요요는 말을 맺지 못하고 생각에 잠겼다. 로테의 남자 친구가 장벽을 넘어왔다면? 그럼 저 친구도 기억을 잃었을 게 아닌가. 여기서는 뭘 하며 살았을까? 가축을 치고 농사를 지었을까? 하지만 멀쩡한 생김새는 농부처럼 보이지 않는다. 저 친구는…… 그래, 시몬과 비슷하게 생겼다. 깔끔하고 세련미가 있으며, 고상해 보인다. 그렇다면 저 친구도 시몬과 같은 길을 통과했을까? 아니다, 그건 있을 수 없는 일이다. 시몬을 제외하곤 누구도 그 길을 모른다고 했다. 저 친구는 장벽을 넘어온 게 아니다. 지금 로테와 이야기를 하며 쓰는 몸짓만 해도 노란 섬의 사람들과 비슷하다.

이때 연주회가 끝났다.

11 박수가 그치자, 사람들은 뿔뿔이 흩어졌다. 벌써 자정을 넘긴 시간이었다. 아침까지는 불과 몇 시간 남아 있지 않았다. 로테는 여전히 금발의 미남에게 착 달라붙어 있었다. 시몬과 알리시아 그리고 요요는 홀의 출구에 서서 초조하게 로테를 기다렸다.

"안에 들어가서 이제 좀 나오라고 하지."

알리시아가 시몬에게 나직하게 말했다.

"그래도 아빠잖아."

"바로 그래서 들어가기 싫다. 내가 저 꼴을……."

"그럼 제가 가죠."

요요가 시몬의 말을 끊었다.

요요가 로테에게 가서 말했다.

"이젠 그만하고 오지. 같이 자러 가야 할 시간이야."

"뭐라고? 네가 로테와 같이 잔다고?"

미남이 눈을 동그랗게 떴다. 그리고 요요의 위아래를 훑으며 씩 웃었다.

"그러기에는 좀 더 크셔야 할 것 같은데."

요요는 아무 말도 하지 않았다. 로테의 얼굴에는 아쉬움이 가득했다.

"오스카하고 조금만 더 같이 있으면 안 돼?"

"안 돼! 우린 지금 자러 가야 한다니까. 내일 중요한 계획이 있는 건 너도 잘 알잖아."

"계획? 무슨 계획?"

미남이 물었다.

"노란 섬 관광이라도 하나?"

"그 비슷한 거."

요요는 이렇게 대답하며 로테의 손을 잡았다.

"그 손 치우지 못해!"

오스카가 으르렁거렸다.

"괜찮아요."

로테가 말했다.

"요요는 그래도 돼요. 요요는 제 동생이나 다름없어요."

요요는 컥컥거리며 기침을 했다. 동생이라고? 좋았어. 그럼 동생 노릇을 톡톡히 해 주지.

"빨리 오란 말이야!"

요요는 로테의 손을 잡아끌었다.

오스카는 다시 로테의 입술에 진한 키스를 했다. 요요는 고개를 돌렸다. 진짜 눈 뜨고 못 봐줄 지경이었다. 오스카가 이윽고 로테를 놔주었다.

"내 주소는 가지고 있지?"

오스카가 미소를 지었다. 참 끈적거리는 미소였다.

못내 아쉬운 표정으로 로테는 일행을 따라 위로 올라갔다. 오마르 무살라는 지난번 요요가 왔을 때와 똑같은 방을 배정해 주었다. 다만 이번에는 커다란 침대가 두 개 놓여 있었다. 침실에 들어서자 알리시아는 창문을 활짝 열어젖혔다.

"답답해, 신선한 공기 좀 마셔야겠어."

"나도."

요요는 알리시아 옆에 서서 차가운 밤공기를 한껏 들이켰다. 로테는 옷도 벗지 않고, 침대에 누워 이불을 뒤집어썼다.

마침내 알리시아는 창문을 닫고 하얀 수도복으로 갈아입었다. 시몬과 요요도 옷을 갈아입었다.

"정말 꼴사나운 옷이야."

알리시아는 투덜거리며 옷을 둘둘 말아 방구석에 휙 던졌다. 침대 모서리에 걸터앉은 알리시아가 요요를 보며 정색을 했다.

"요요, 내가 뭘 봤는지 정확하게 얘기해 봐. 로테, 너도 듣고 있지?"

"그래."

이불 속에서 로테의 목소리가 들렸다. 요요는 자신이 본 것을 설명했다.

"흠."

요요가 이야기를 끝내자, 시몬이 입을 열었다.

"어째 좀 너무 간단하지 않아?"

"저도 그런 생각이 들어요."

요요가 말했다.

"함정일 수도 있어."

시몬이 말했다.

"과대망상증 환자가 따로 없군."

알리시아가 이죽거렸다.

로테가 벌떡 일어나 앉았다.

"속이 안 좋아."

"술에 취했으니까."

알리시아가 말했다.

"아니야, 나 안 취했어."

"그럼 사랑에 취한 모양이군."

알리시아가 쏘아붙였다.

"그놈은 누구야?"

"참 멋진 남자야!"

로테는 밑도 끝도 없이 이렇게 말하고는 다시 이불 속으로 기어 들어갔다.

"이제 어떻게 하지?"

요요가 물었다.

"비밀의 문을 조사해 봐야지."

알리시아가 말했다.

"사방이 조용해진 다음에. 아직 아래에 사람들이 있나 보고 와야겠어."

알리시아는 문을 열고 복도로 나가려고 했으나, 순간 벌렁 뒤로 나가떨어지고 말았다.

"이게 뭐야? 그 돼지가 우리를 가둬 놨어!"

알리시아가 턱을 어루만지며 욕을 퍼부었다.

"뭐?"

요요가 눈을 동그랗게 떴다.

"왜 그래, 아무것도 없잖아?"

"벽이 가로막고 있어."

알리시아가 대답했다.

"벽? 무슨 벽? 내 눈에는 아무것도 안 보이는데……."

시몬이 알리시아 곁에 서서 손으로 조심스럽게 허공을 어루만졌다.

"음, 여기 벽이 있구나."

이마를 잔뜩 찡그린 시몬이 말했다.

"이런 걸 두고 투명한 벽이라고 하지."

"그럼 우리가 또 갇힌 거예요?"

로테가 겁에 질린 목소리로 물었다.

"징징대지 좀 마!"

하지만 알리시아의 표정도 어두웠다.

"어떻게 투명한 벽이 길을 가로막아? 그런 건 불가능해!"

로테가 말했다.

"두 눈으로 보면서도 그런 소리를 해? 그놈의 장벽 학문인가 뭔가 때문에 세상에는 희한한 장난감이 한둘이 아니지."

알리시아가 툴툴댔다.

"투명한 벽을 어떻게 넘어가지?"

요요는 머리를 긁적이며 시몬에게 물었다.

"무슨 방법이 없을까요? 아저씨는 장벽 학자로서 경험도 풍부하시잖아요."

"물론 투명한 벽도 열 수는 있지. 하지만 그러자면 특수 기계가 필요해. 우린 지금 망치도 하나 없잖아."

"생각보다 간단할 수도 있지."

알리시아가 말했다.

"이게 투명한 벽이 아닐 수도 있어. 벌써 몇 가지 증거들이 눈에 보이는군."

"무슨 증거?"

시몬이 물었다.

"이건 투명한 벽이 아니야."

"무슨 소리냐? 밖에 있는 복도가 환하게 보이는데."

"그렇게 꾸며 놓은 것에 지나지 않아. 지금 우리가 보고 있는 건 실제 복도가 아니라 복도의 영상이야."

"어떻게 알 수 있지?"

시몬이 주위를 두리번거렸다.

"지금 이 그림에는 몇 가지 실수가 있어. 복도에는 원래 빨간 양탄자가 깔려 있었는데, 지금 저기 보이는 것은 파란색이야."

"정말 그렇구나! 어떻게 그런 걸 다 알아봤니?"

"난 한 번 본 것은 절대 잊어버리지 않아. 머릿속에 단단히 새겨 두니까."

“그럼 벽은 진짜야?”

요요가 물었다.

“모든 벽은 진짜지.”

시몬이 끼어들었다.

“투명한 벽도 진짜긴 진짜지. 그런데 오마르 무살라는 왜 이런 호들갑을 떤 것일까? 그냥 문을 잠갔으면 되잖아!”

“문이라는 건 워낙 구식이라 마음만 먹으면 열 수 있으니까.”

알리시아가 말했다.

“하지만 진짜 투명한 벽과 겉보기만 투명한 벽의 차이는 뭐지?”

요요가 물었다.

“진짜 투명한 벽? 그거 아주 좋은 표현이네. 진짜는 기계의 도움 없이는 열 수가 없어. 하지만 겉보기만 투명한 건 열 수 있지.”

알리시아가 설명했다.

“그게 무슨 말이냐?”

시몬이 물었다.

“오마르 무살라는 무슨 이유에서인지는 모르지만 투명한 벽 대신 위장 문을 사용했어. 우리가 그것도 알아보지 못할 줄 알고 말이지. 우리를 아주 바보 취급했어, 돼지 같은 놈!”

알리시아는 자신만만하게 웃었다.

“위장 문?”

“문을 바꿔치기한 거야. 이 벽 어딘가에 문을 숨겨 놓았다고 할까. 물론 눈에는 안 보이지만 찾으면 돼.”

요요는 벽을 뚫어져라 바라보았다.

"이거 몇 시간은 걸리겠는걸."

요요는 아무리 봐도 벽에 숨겨진 문을 찾을 수 없었다.

"아주 간단하게 찾을 수 있어."

알리시아는 이렇게 말하며 온 정신을 벽에 집중했다.

"오마르 무살라가 우리 속셈을 알아채고 가둔 것 같아요."

요요는 시몬에게 나직한 목소리로 말했다.

"그럴 수 있지."

시몬이 중얼거렸다.

"아님, 어느 집에서나 볼 수 있는 보안장치일지도 모르고."

시몬은 알리시아를 바라보았다.

"정말 똑똑해……. 내가 보기에는 알리시아 말이 맞는 것 같아. 위장 문은 요즘 거의 쓰지 않는 방법이기는 하지만……."

"찾았다!"

알리시아가 나직한 목소리로 외쳤다. 알리시아는 벽의 한곳을 손으로 가리켰다. 그리고는 살짝 눌렀다. 벽이 문처럼 스르르 열렸다. 알리시아가 옳았다! 요요는 열린 문 앞에 서서 믿을 수 없다는 눈빛으로 샅샅이 훑어보았다.

"무서워……!"

요요가 내뱉었다.

"겁쟁이, 따라와!"

알리시아가 먼저 복도로 나갔다.

12 복도 끝 계단이 시작되는 곳에는 경비원들이 앉아 졸고 있었다. 요요 일행은 그들을 살그머니 지나쳤다. 아래층에는 조명이 희미하게 밝혀져 있다.

왼쪽인지 오른쪽인지 자신할 수 없었던 요요는 입을 꾹 다물고 오른쪽 통로로 향했다. 알리시아 앞에서 헤매는 모습은 보이기 싫었다. 마침내 일행은 문제의 벽 앞에 섰다.

"여기 어딘가에 문이 있을 거야."

요요가 벽을 가리키며 말했다.

"정확히 어디인지는 나도 몰라. 모자이크가 다 그게 그거 같아서 말이야."

사실 진짜 이 통로가 맞는지 불안했지만, 그 얘기는 하지 않았다.

요요는 저마다 조금씩 색조가 다른 노란색 육각형 타일들로 이뤄진 모자이크를 자세히 들여다보았다. 하지만 문을 나타내는 흔적은 전혀 알아볼 수 없었다.

"빌어먹을."

요요는 자기도 모르게 내뱉었다.

알리시아는 허공만 노려보고 있었다. 그때 로테가 말했다.

"요요, 근데 너 나한테는 왼쪽 통로라고 하지 않았어?"

"아니."

"나한테는 왼쪽이라고 했던 거 같은데."

로테가 중얼거렸다.

"아니야, 난 너한테 분명히 오른쪽이라고 했던 거 같은데."

요요가 말했다.

"했던 거 같은데?"

알리시아가 물었다.

"오른쪽이 맞아."

요요는 이를 악물었다.

그때 갑자기 로테가 몇 걸음 뒤로 물러서며 말했다.

"그래 맞아, 요요. 여기가 맞네. 저기 문이 보이거든."

알리시아가 얼굴을 찡그렸다.

"어디에 문이 보인다고?"

"여기!"

로테는 손을 들어 위쪽 구석에 조그맣게 숨어 있는 노랗고 작은 사각형 타일을 가리켰다.

"어떻게 저게 문이냐? 아무래도 취했어."

알리시아가 톡 쏴붙였다.

"안 취했다니까."

로테가 알리시아를 노려보았다.

"저게 문을 여는 장치야. 내가 보여 줄게."

벽으로 다가간 로테는 사각형 타일을 손으로 누르며 벽을 밀었다. 벽이 나지막하게 삐걱 소리를 냈다.

"맞다!"

요요의 표정이 환해졌다.

"그때도 이런 소리가 났어."

비밀 문의 원리는 단순했다. 사각형 타일을 누르면서 벽을 밀면 양쪽 문이 활짝 열리는 구조였다. 비밀 문을 열고 들어선 공간은 어두컴컴했다.

안으로 들어선 일행은 불을 켤 수 있는 장치가 있는지 찾아보았다. 뒤에서 문이 저절로 스르르 잠기고 있었다. 요요는 아차 싶었으나 이미 때는 늦었다. 문이 완전히 닫히고 만 것이다.

"이런 젠장!"

알리시아가 문을 걷어찼으나, 소용없었다.

이제 안은 코앞도 보이지 않을 정도로 캄캄했다.

"어떡하지?"

로테가 겁에 질린 목소리로 물었다.

"뭘 어떡해? 전진하는 수밖에."

알리시아가 다그쳤다.

일행은 조심스럽게 더듬어 가며 앞으로 나아갔다. 이내 요요는 앞에 계단이 있음을 알아냈다. 아래로 내려가는 계단이었다. 한 걸음, 한 걸음 조심스럽게 계단을 다 내려오자, 로테가 말했다.

"전부 40 계단이야."

이제 이어지는 통로는 폭이 약 1미터 반 정도였으며, 시궁창 냄새가 났다. 벽과 바닥은 축축했다. 마찬가지로 한 치 앞을 내다볼 수 없을 정도로 어두웠다.

"로테, 네가 계단 수를 헤아린 건 아주 현명했어."

시몬이 말했다.

"그걸 가지고 지금 우리가 있는 위치를 대략 계산해 볼 수 있어. 우린 1층에서 출발해서 아래쪽으로 40 계단을 내려온 거야. 계단 하나의 높이를 약 20센티미터로 잡는다면, 지금 우리는 지하 8미터 되는 지점에 있다고 봐야지. 수평 방향으로 본다면 우리는 10미터 정도 움직인 것이고. 이는 다시 말해서 우리가 아직 오마르 무살라의 집에 있다는 이야기가 되는 거지. 또 한 가지, 통로의 높이가 그리 높지 않군. 내 머리가 천장에 닿을 정도니까."

일행은 아주 느린 속도로 나아갔다.

갑자기 시몬이 비명을 질렀다.

"아야! 머리가 천장에 부딪쳤어. 갈수록 통로의 높이가 낮아지고 있는 거야."

"이거 정말 우리가 맞게 온 걸까? 난 자신이 안 서는데."

요요가 실토했다.

"다른 길이 없었잖아."

"혹시 갈림길을 그냥 지나쳤을 수도 있잖아?"

"갈림길 같은 건 없었어."

알리시아가 잘라 말했다.

처음부터 복도를 잘못 선택한 것은 아니었을까? 요요는 왼쪽 복도가 맞는 게 아니었나 하는 느낌을 끝까지 지울 수 없었다. 왜 이렇게 헷갈리는 것일까? 요요는 애초부터 두 곳을 놓고 망설이던 자신을 떠올렸다. 이렇게 불안하고 자신 없던 적이 없었는데! 통로는 갈수록 낮아졌다. 이제 일행은 거의 허리를 숙이고 걸어야 했다.

"우린 지금까지 모두 60 걸음 정도 왔어."

로테가 말했다.

"어둠 때문에 머리가 빙글빙글 도는 것 같아."

"칭얼대지 좀 마!"

앞장서 걷던 알리시아가 윽박질렀다.

"어둠 때문에 죽은 사람은 아무도 없어."

요요는 알리시아의 뒤를 바짝 따르고 있었다.

"어둠에 익숙해질 수 없는 건 당연한 일이야. 알리시아, 너무 나무라지 마라."

맨 뒤에 있던 시몬이 교수 특유의 훈계조로 말했다.

"우리같이 장벽 너머 살던 사람들은 어두움이라는 걸 몰라. 워낙 인공조명이 발달해서 밤과 낮의 구분이 없을 정도니까. 물론 장벽 학자의 입장에서 달가운 일만은 아니지. 나중에 기회가 있거든 대립되는 것은 될 수 있는 한 명확하게 구분을 해 줘야 한다는 내 이론을 한 번 읽어 보렴."

시몬의 말에 대답하는 사람은 아무도 없었다. 요요는 속으로 로테의 메모 구슬에 별의별 이론이 등장했던 것을 떠올렸다. 장벽 학문은 정말이지 복잡하고 까다로운 모양이다. 무슨 얘기를 하기가 무섭게 이론 어쩌고 하면서 들이대니. 사실 밤과 낮이라는 대립이 분명하지 않으면 세상이 이상하기는 할 것이다. 밤도 아니고 그렇다고 낮도 아닌 회색의 곤죽? 그런 걸 뭐라고 불러야 할까? 상상만 해도 꺼림칙했다. 서로 반대되는 것은 분명할수록 좋다는 건 요요도 옳다고 생각했다. 그렇다면 대립되는 것들을 분명하게 갈라놓는 장벽은 이 세계에 아주 유용한 게 아닐까?

"어쨌거나 난 말이야."

시몬이 설교를 계속했다.

"이런 완벽한 어둠도 좋은 것 같아. 밝은 곳에서 사는 우리 인생만큼이나 어두운 이쪽에서 사는 너희의 인생도 중요한 거 아니겠어, 안 그러니, 요요야?"

이때 뒤에서 따라오던 로테가 한숨을 내쉬며 투덜거리는 소리가 들렸다.

"그 지겨운 장벽 학문 얘기 좀 그만하세요! 열여섯 살이 되도록 귀에 못이 박히게 들었단 말이에요!"

깜짝 놀란 요요가 로테에게 물었다.

"로테, 너 기억이 돌아오니?"

시몬도 기쁨의 탄성을 질렀다.

"그래, 이게 바로 내 딸 라일라의 말투야! 이제 기억이 돌아오니, 라일라?"

하지만 로테는 아무 말도 하지 않고 꼼지락거리기만 했다. 아무 반응이 없자, 시몬은 한숨을 쉬며 다시 말머리를 돌렸다.

"요요, 넌 어떻게 생각하니? 어두운 쪽에서 사는 너희 인생도 그런대로 괜찮지 않니?"

"글쎄요, 잘 모르겠어요. 전 비교할 만한 경험을 가지고 있지 않잖아요."

이렇게 말하며 요요는 장벽 학문은 참 피곤한 것이구나 하고 생각했다. 그동안 통로가 더욱 좁아진 탓에 이제 일행은 거의 기다시피 했다. 바닥은 질척거렸다. 요요는 자기도 모르게 뱀이나 지네, 거미 같은 징그러운 동물이 나오지나 않을까 걱정했다. 사실 세상은 모든 게 뒤엉켜 있는 곤죽 같은 게 아닐까? 지금 발밑에서 질척거리고 있는 진창처럼! 생각만 해도 기분이 나빴다. 그럼 곤죽의 반대는 뭘까? 돌? 쇠? 공기? 곤죽의 반대가 있다면, 곤죽은 곤죽이 아니지 않을까? 장벽 학문이 사람 미치게 만드는 거로구나!

일행은 기면서 계속 나아갔다. 통로는 갈수록 좁아졌다. 마침내 선두에 있던 알리시아가 멈추어 섰다. 덕분에 요요는 알리시아의 엉덩이에 얼굴을 부딪쳤다.

"여기가 끝이야."

알리시아가 말했다.

"아무래도 왼쪽 복도를 택해야 했나 봐."

요요가 말했다.

"아니, 이게 옳은 통로야."

로테가 확신했다.

"여기가 아니라면 아까 그 문은 뭐야?"

"아, 그 문!"

알리시아가 외쳤다.

"아까 그 문에서 다른 길이 있었던 건 아니야?"

"아니, 아무것도 없었어."

요요가 대답했다.

"이상하다, 진짜 왼쪽 복도가 맞나 봐."

"하지만 그 문을 통해 실제로 지하 통로로 내려왔잖아!"

로테가 언성을 높였다.

"설마 그거까지 부정하자는 건 아니겠지?"

"내가 보기에도 지금 자꾸 딴 게 있었나 생각하는 건 별 도움이 안 될 것 같구나!"

시몬이 말했다.

"지금 중요한 건 이제 어떻게 해야 하나 집중하는 거야."

요요는 눈을 감았다. 어둠 때문에 눈이 화끈거릴 정도로 아팠다. 모두 무거운 침묵을 지켰다.

한참 뒤 먼저 입을 연 쪽은 알리시아였다.

"노란 모자이크 말이야. 그 노란색을 보니까 뭔가 기억이 나던데 그게 뭔지 모르겠네."

"그거야 짚단 아닐까? 마른 짚처럼 누렜으니까."

요요가 지친 목소리로 받았다.

"아니야. 그건 우리 학교 교복 색깔 같았어."

로테가 말했다.

"야, 이제는 교복도 기억나니?"

시몬이 반색을 하며 로테에게 되물었다.

"몰라요, 내가 떠올린 게 진짜 교복인가? 그저 메모 구슬에서 들었던 게 떠올랐을 뿐인데……."

"아주 재미있는 소리를 하네."

알리시아가 말했다.

"원래 그런 식이야."

"뭐가?"

"메모 구슬을 통해 기억이 되살아나는 거야. 비록 난 성공하지 못했지만. 참 이상하지, 난 너와 달리 녹음도 핵심만 간추려 정확하게 잘했거든."

"그럼 메모 구슬을 통해 배운 기억이 진짜 기억을 대신할 수도 있단 말인가?"

요요가 물었다.

"그래, 바로 그거야."

알리시아가 대답했다.

"저기 그런데 말이야, 나 더 못 참겠어!"

로테가 칭얼거렸다.

"뭐야? 왜 그래?"

화들짝 놀란 요요가 물었다. 하지만 로테는 끙끙거리며 말을 하지 못했다.

"뭐긴 뭐야. 오줌 마렵다고 저러는 거야. 아무튼 예쁜 짓만 골라서 해요. 참 큰 도움을 주는 동지라니까."

알리시아가 이죽거렸다.

"넌 왜 나만 보면 뭐라고 그래?"

로테가 볼멘소리를 했다.

"술에 취해, 사랑에 취해, 이젠 소변까지? 몰라서 하는 소리야?"

알리시아가 윽박질렀다.

"그러는 너는? 너는 완벽해?"

"그래, 난 완벽해!"

"아니, 넌 거만해!"

"이게 정말……."

알리시아가 뭐라고 하려는 순간, 요요가 말을 막았다.

"싸우지 마! 지금 우리가 싸울 때야? 이제 어떻게 해야 할지 그 생각부터 하자."

"그래, 요요."

알리시아가 한숨을 쉬었다.

"여기서 가장 침착한 사람은 너야!"

알리시아는 이렇게 말하며 요요의 손을 잡았다. 찌르르 전기가 통했다. 요요는 움찔했다. 지금 그 말은 놀리려고 한 걸까?

"진심이야, 난 네가 있어서 든든해."

알리시아는 마치 요요의 속마음을 읽기라도 한 것처럼 말하며 잡은 손에 더욱 힘을 주었다. 요요는 후끈 달아올랐다.

"나 더 못 참겠다니까."

로테가 울상을 했다.

"못 참겠으면 싸면 되잖아, 나더러 어쩌라는 거야? 어차피 컴컴해서 아무것도 안 보여! 저만치 떨어져서 일을 봐."

알리시아가 쏘아붙였다.

"알리시아, 너무 심하게 하지 마."

요요가 달랬다.

"로테, 알리시아 말대로 해. 아무것도 안 보이는데 어때."

"하지만 여기서 싸면 냄새가 지독할 거야."

로테가 종알거렸다.

"그럼 참든지!"

알리시아가 혀를 챘다.

"빨리 저쪽으로 가서 일 봐!"

로테는 혼잣말을 중얼대며 부스럭거리더니, 좀 떨어진 곳에서 일을 보기 시작했다. 새카만 어둠 속에서 노란 오줌 줄기가 묘하게 반짝였다. 그것은 마치 한줄기 광선 같았다. 탁탁거리며 바닥을 때리는 오줌 소리를 들으면서 요요는 깜짝 놀랐다. 언제부터 바닥이 말라 있었지? 하는 의문이 들었기 때문이다. 조금 전만 해도 바닥은 질척이는 진창이었는데 이상했다. 갑자기 번쩍, 불이 들어오면서 통로가 환해졌다.

"어떻게 된 거야?"

로테가 소리를 지르며 옷매무새를 가다듬느라 혼이 나갔다.

"갑자기 빛이 어디서 오는 거지?"

요요가 물었다.

"저 위에서!"

로테가 천장에 길게 달려 있는 전등을 가리켰다.

"그거 아주 교묘하군!"

알리시아는 이렇게 말하며 주위를 둘러보았다. 그런 다음 알리시아는 요요와 시몬을 지나 로테 쪽으로 엉금엉금 기어갔다. 바닥을 유심히 살피던 알리시아가 말했다.

"하, 내 이럴 줄 알았어! 로테의 오줌 덕에 전기가 연결된 거야."

로테는 눈을 찡그리고 바닥에 있는 조그만 구멍을 들여다보았다. 오줌은 거기로 스며들고 있었다.

"물기가 다시 말라 버리면 전기는 나가."

알리시아가 확인을 했다.

"그러니까 우리가 번갈아 가며 오줌을 누면 불은 계속 들어오는 거네!"

나머지 세 사람은 아무 말도 하지 못했다. 요요는 문득 물을 가지고 왔더라면 좋았을걸 하고 생각했다. 그리고 보니 목이 몹시 말랐다.

"그거라면, 나도 좀 공급할 수 있다."

시몬이 사뭇 진지한 투로 말했다.

"일단 불이 들어와 있는 동안 서둘러 여기서 나갈 문이 있나 찾아보자."

잠시 후 일행은 실제로 출구를 찾아냈다. 불과 몇 미터 앞에 조그만 문이 있었던 것이다. 문을 열고 들어서자, 바닥과 벽에 제대로 벽돌을 쌓아 만든 긴 통로가 나왔다. 벽은 회칠이 되어 깔끔했다.

희미하나마 조명도 달려 있었다. 일행은 무엇보다도 다시 허리를 펴고 걸을 수 있다는 사실이 다행스러웠다.

일행은 기대에 가득 차 성큼성큼 나아갔다. 얼마 가지 않아 육각형 모양의 공간이 나왔다.

"이게 어떻게 된 거지, 여긴 ……."

요요가 놀라서 소리쳤다.

"내가 전에 왔던 곳이잖아!"

요요는 로테에게 줄 약을 구하기 위해 지하 통로를 헤매던 기억을 똑똑히 떠올렸다. 지금은 공간이 텅 비어 있는 걸로 보아 약품 상자를 치운 모양이었다.

"네가 여기에?"

알리시아가 물었다.

"언제? 어떻게?"

"그래. 여기 한 번 와 본 데야. 그렇다면 우린 지금까지 헛수고한 거잖아?"

요요가 한숨을 쉬었다.

"우리는 지금 아저씨 숙소에서 멀지 않은 곳에 있는 셈이에요."

"말도 안 돼, 어떻게 그럴 수가?"

시몬 역시 낙담한 표정을 지었다.

"적어도 그 숙소에서 3킬로미터는 떨어져 있어야 해."

시몬은 호주머니에서 주섬주섬 지도를 꺼내 펼쳤다.

"여기가 숙소거든. 저기가 오마르 무살라의 집이고. 이렇게 멀리 떨어진 곳을 우리가 지하로 왔다고? 아냐, 분명 무슨 착오야!"

요요도 지도를 들여다보았다. 얼핏 봐도 시몬의 말이 옳았다. 하지만 어느 모로 보나 이곳은 약품 상자가 쌓여 있던 그 육각형의 교차로였다. 참으로 귀신 곡할 노릇이었다.

"내가 보기에는 이제 거의 다 온 것 같아."

시몬이 말했다.

"어디를요? 알레프 부스타니의 집에요?"

요요는 도무지 믿을 수 없다는 표정을 지었다.

"그건 불가능한 일이에요. 전 로테에게 줄 지프라테를 구하기 위해 여기 왔었다니까요."

"지프라테?"

놀란 시몬이 되물었다.

"네가 지프라테를 알아? 어떻게?"

"아니, 제가 알았던 건 아니고요, 로테가 가르쳐 줘서."

"그럼 넌 지프라테도 기억해 냈구나, 라일라!"

시몬이 기쁜 표정으로 물었다.

"좀 느리기는 하지만 네 기억이 확실히 돌아오는 모양이야!"

로테는 어깨를 으쓱했다.

"좋아, 아주 좋아. 이제 곧 나도 기억할 수 있을 거다!"

시몬은 웃음을 띠었다.

로테는 말없이 다시 한 번 어깨를 으쓱할 뿐이었다.

"왜 그러니? 기쁘지 않니?"

"아니에요."

로테가 우물거렸다.

"아니에요, 저도 좋아요."

"가족 문제는 나중에 얘기하시죠!"

알리시아가 쏘아붙였다.

"지금 우리는 훨씬 심각한 문제를 풀어야 하잖아요!"

"우리 것도 중요해."

로테가 대꾸했다.

"너만 그래? 나도 마찬가지야. 징징대고 투덜댄다고 달라질 것 같아?"

알리시아는 더욱 언성을 높였다.

"그렇게 사사건건 시비를 건다고 달라질 것도 없어!"

요요가 알리시아를 말렸다.

알리시아는 말없이 요요를 노려보았다. 알리시아가 시몬을 보고 말했다.

"이번만큼은 당신 말이 맞다고 인정하지. 우리가 실제로 노란 섬에 있다고 말이야. 그렇다면 최선의 방법은 여기 이 길을 따라가는 거야."

알리시아는 육각형 광장에 이어진 통로들 가운데 하나를 가리키며 성큼성큼 걷기 시작했다.

"알리시아!"

요요는 알리시아를 부르며 황급히 따라갔다.

"그러지 마, 이건 처음부터 잘못된 길이야. 시작부터 모든 게 헷갈렸다고! 오마르 무살라의 집에서 복도를 잘못 골랐다니까!"

"내가 보기에도 그래."

로테가 거들었다.

"요요, 넌 나한테 처음에 왼쪽이라고 했단 말이야."

"또 그놈의 헛소리만 되풀이하면서 꼼짝도 안 하고 있을 거야, 그럼?"

날카롭게 외치며 알리시아는 통로로 사라졌다. 요요는 헐레벌떡 알리시아의 뒤를 따라 뛰었다.

"그러지마, 알리시아! 모든 게 내 잘못이야, 처음부터 엉망으로 꼬였다니까."

하지만 알리시아는 요요를 밀쳐 냈다.

"이제 너마저 정신 놓을 거야? 이제 우리가 가야 할 길은 여기야, 알았어? 더 군소리하지 마!"

요요는 입술을 깨물었다. 지금 알리시아는 실수를 하고 있다. 그쪽으로 가서는 안 된다. 하지만 요요는 알리시아를 말릴 힘이 남아 있지 않았다. 로테와 시몬이 말없이 알리시아를 따라가는 터라 요요도 어쩔 수 없이 터덜거리며 따라갈 수밖에 없었다. 하지만 대체 어찌된 일일까? 요요는 모든 게 의심스럽기만 했다.

13 그리 멀리 가지 않아 일행은 다시 계단을 만났다. 한심한 마음에 요요는 나직하게 한숨을 쉬었다. 이제 나올 것은 뻔했다. 취

르비츠의 가게나 매끈한 회색 시멘트 벽으로 둘러싸인 주사위 모양의 공간과 만나게 되리라. 하지만 요요는 다른 사람들을 자극하고 싶지 않아서 입을 다문 채 아무 말도 하지 않았다.

계단을 올라가자, 요요가 예상했던 것과 똑같은 주사위 모양의 공간이 나타났다. 요요는 자기도 모르게 눈을 비볐다. 갑자기 졸음이 쏟아졌다. '맞아, 지난번에도 이랬지!' 여전히 어디서 흘러나오는지 알 수 없는 빛이 비치고 있다. 지프라테 상자는 치웠는지 보이지 않는다. 예전과 달라진 점이 있다. 저 위 천장에 정사각형 모양의 검은 얼룩이 보인다.

"저게 뭘까?"

알리시아가 물었다.

"문이 아닌 건 확실하군."

시몬이 말했다. 그런 것쯤은 굳이 장벽 학자가 아니라도 알 수 있는데.

"사방이 막혔어. 더 나아갈 방법이 없구나."

"창문이 있어요."

로테가 검은 얼룩을 가리켰다.

"저게 창문이라고?"

요요가 물었다.

"그럼 뭐야?"

로테가 되물었다.

"내 눈에는 검은 얼룩만 보이는데!"

“저거 정말 창문일 수 있겠는데!”

시몬이 거들었다.

“맞아, 저건 창문이야.”

알리시아가 단정 지었다.

요요는 한동안 위를 노려보았다.

“저렇게 작은 게?”

“근데 무슨 창문이 저렇게 꼭대기에 있냐?”

눈을 비비던 요요가 구시렁거렸다.

“이 공간은 주사위 모양을 하고 있어. 난 주사위라면 질색인데. 알레프 부스타니가 주사위 놀이의 광팬이라면서?”

“주사위가 얼마나 조화로운 것인데 그러니?”

시몬이 토를 달았다.

“조화? 조화라면 짜증나!”

알리시아가 툭 내뱉었다.

“내 말 좀 들어 봐.”

잠시 생각에 잠겨 있던 요요가 입을 열었다.

“우린 이제 모든 걸 녹음해야 해. 지금 아마 우리는 장벽 안에 있을 거야.”

“어째서 그렇게 생각하지?”

“난 여기 한 번 왔었다니까. 여기에서 나가면서 기억을 잃었어. 공간은 물론이고, 여기 오기까지의 일들도 말이야.”

“여기 맞아?”

알리시아가 물었다.

"물론 여기가 아닐 수도 있지. 하지만 상당히 비슷해. 그때도 당장 쓰러질 것처럼 피곤했어. 봐, 난 아까부터 하품만 하고 있잖아. 너도 피곤하지 않니?"

"음, 정말 그러네."

알리시아는 입을 쩍 벌리고 하품을 했다. 로테와 시몬도 피곤해 보였다.

다시 한 번 입이 찢어져라 하품을 한 알리시아가 말했다.

"네 말이 맞는 것 같군."

"그렇지, 내 말이 맞지?"

요요는 모처럼 알리시아가 자신의 말을 인정해 주자, 기분이 좋아졌다.

"우리가 정말 장벽 아래 있는 거라면 이제 모든 걸 메모 구슬에 녹음해 둬야 하지 않을까? 너 그거 아직 가지고 있지, 알리시아?"

"그렇구나. 하지만 내 것은 더 쓸 수가 없어. 일단 한 번 녹음을 한 메모 구슬은 재사용이 안 돼."

"이런, 그럼 어쩐다? 남은 방법은 기록뿐이네!"

요요가 슬쩍 알리시아의 눈치를 보며 말했다.

"그렇지! 야, 요요, 너 정말 똑똑하다! 하지만 누가 종이와 필기구를 가지고 있지?"

알리시아가 난감한 표정을 지었다.

"저기 말이야……."

우물쭈물 망설이고 있던 로테가 입을 열었다.

"나한테 쓸 게 있기는 한데."

"네가?"

알리시아가 눈을 동그랗게 떴다.

"응."

로테는 호주머니에서 조그만 공책을 한 권 꺼냈다. 요요는 그게 뭔지 당장에 알아보았다. 아가테가 꽃을 끼워 말리던 공책이었다. 로테는 아가테의 연필도 슬쩍한 모양이다.

"아직 남은 종이가 있을 거야."

로테가 말하며 공책을 펼쳤다. 요요는 깜짝 놀랐다. 노트에는 뭐가 뭔지 알아볼 수 없는 글씨와 그림이 빼곡했기 때문이다. 로테가 그동안 겪은 것을 기록해 둔 듯했다. 말린 꽃들은 다 버린 게 틀림없다. 아가테가 알면 난리가 날 텐데!

"로테, 너 그거 아가테 아줌마가 얼마나 소중히 여기는 건지 알기는 해?"

요요는 더 뭐라고 하려다가 그만두었다. 지금 그런 걸 따져 봐야 소용없었다. 아가테를 다시 보게 될지도 분명치 않으니.

"아주머니에게는 미안한 일이지만, 어쩌겠니?"

시몬이 말을 꺼냈다.

"이제부터 로테가 모든 걸 꼼꼼하게 기록해라. 글로 표현하기 어려운 것은 그림을 그려, 알겠니?"

"이런 중요한 임무를 로테에게 맡겨?"

알리시아가 물었다.

"왜, 어때서? 로테는 그림 솜씨가 뛰어나. 먼저 네 이름부터 써 넣어, 로테. 메모 구슬에 녹음을 할 때는 네 이름을 까먹었어. 같은 실수를 저지르면 안 돼."

시몬이 말했다.

"저 검은 얼룩이 정말 창문인지 올라가 두 눈으로 보았으면 속이 시원하겠구먼."

로테가 기록을 하고 있는 사이 시몬이 말했다. 세 사람은 눈을 들어 얼룩을 노려보았다.

요요는 어깨를 으쓱했다.

"로테가 아저씨 어깨를 타고 올라가는 건 어떨까요? 아저씨와 로테는 키가 무척 크니까 저게 뭔지 확인할 수 있을 것 같은데요."

시몬이 높이를 어림잡아 가늠해 보았다.

"음, 될 것도 같군."

이렇게 해서 로테는 시몬의 어깨 위로 올라가 섰다. 요요와 알리시아는 옆에서 로테가 떨어지지 않도록 받쳐 주었다. 실제로 로테의 머리는 거의 얼룩에 가 닿았다. 잠시 기우뚱하던 로테는 이내 안정된 자세로 검은 얼룩을 살펴보았다.

"맞아, 이건 창문이야."

"정말?"

여전히 요요는 그게 창문으로 보이지 않았다.

"내가 말했잖아, 저건 창문이라니까."

알리시아가 말하며 로테를 향해 외쳤다.

"뭐가 보여?"

"발들이 보여."

로테가 말했다.

"다른 건?"

"발들만 엄청 많아."

"너 지금 장난치니?"

알리시아가 다시 외쳤다.

"아냐, 발들만 보인다니까. 믿지 못하겠으면 네가 직접 봐!"

"그게 무슨 발인데?"

요요가 물었다.

"맨발이야?"

"아니."

로테가 대답했다.

"신발을 신고 있어."

"그럼 발들이 뭐하고 있어?"

"내가 보기에는 사람들이 앉아 있는 것 같아. 그러니까 앉은 사람들의 발이 보여!"

"아무래도 내가 직접 봐야겠다."

알리시아가 말했다.

로테는 아무 대답도 않고 계속 창밖을 내다보았다.

"아!"

로테가 탄성을 질렀다.

"왜 그래? 뭘 봤는데?"

요요가 물었다.

"지금 누가 일어섰어. 여자야! 노란 구두를 신었어."

로테는 한동안 창에서 눈을 떼지 못했다.

"내 눈에는 말이야, 여기는 술집 같아. 무슨 바나 그 비슷한."

"어째서?"

"지금 막 누군가 레몬같이 노란 음료수가 든 잔을 떨어뜨렸거든. 그게 바로 노란 구두를 신은 여자 같아. 여자의 발이 움직여. 아, 이제 손도 보인다…… 얼굴도 보이네!…… 나이를 제법 먹은 아줌마 같아. 화장을 아주 진하게 했어. 지금 걸레를 가지고 바닥에 흘린 음료수를 닦고 있어. 아, 다시 얼굴이 보인다."

"그 여자는 너를 보는 것 같니?"

시몬이 물었다.

"아뇨, 그런 것 같지 않아요. 이게 창문이라는 것도 모르는 거 같은데요."

"으흠."

시몬은 잠시 생각에 잠겼다.

로테의 다리가 잠시 흔들렸다.

"위에서 그렇게 흔들면 어떡해! 조심하라고!"

시몬이 비명을 질렀다.

"죄송해요, 좀 놀랐거든요. 여자가 걸레를 가지고 꼭 내 얼굴을 닦는 것 같았어요."

로테의 다리가 다시 휘청했다.

"뭐야, 또?"

"이제 걸레를 바닥에 두고 일어났어요. 바로 창에다가 걸레를 놓아서 아무것도 안 보여요! 잠깐…… 걸레에 뭐라고 쓰여 있는데요. 무리쉬 글자네, 이게 뭘까? '노란…… 조심해라!' 이런, 중간에 뭐라고 쓴 건지 모르겠어요."

"으이구, 로테!"

알리시아가 소리를 질렀다.

"아무래도 내가 직접 걸레를 봐야겠다."

로테가 아래를 내려다보며 말했다.

"좋을 대로!"

로테가 뛰어내리고 이번에는 알리시아가 시몬의 어깨 위로 올라갔다. 상대적으로 키가 작은 알리시아는 걸레에 쓰여 있는 글씨를 읽기 위해 안간힘을 써야 했다. 한동안 말도 없이 창문만 노려보던 알리시아가 마침내 입을 열었다.

"무슨 글씨가 있다고 그래? 걸레에는 아무것도 안 쓰여 있어. 너 혹시 헛것을 본 건 아니겠지, 로테 어린이?"

"무슨 소리야, 내가 두 눈으로 똑똑히 봤다고!"

알리시아가 내려왔다. 알리시아는 로테를 무섭게 쏘아보며 말했다.

"난 저 걸레에서 단 한 글자도 못 봤어!"

요요는 알리시아와 로테가 한심하기만 했다. 왜 저렇게 서로 으르렁댈까? 알리시아는 저토록 예쁘고 자신감에 넘치면서 어째서 로테에게는 너그럽지 못할까? 요요는 로테 생각을 하면 더 짜증이 났다. 갈수록 어린애처럼 어리광만 부리려고 드는 걸 이해할 수가 없었다.

"아무래도 내가 올라가 봐야 확실한 답이 나오겠어."

요요가 말했다.

"아이고, 잠깐 쉬자!"

시몬이 죽는소리를 했다.

"내가 무슨 철제 사다리냐? 잠깐 쉬면서 상황을 종합해 보자."

시몬은 눈을 감고 어깨를 돌렸다.

"무슨 생각해?"

알리시아가 요요에게 물었다. 다시 짜증이 깔려 있는 목소리였다. 요요는 조금만 수틀리면 짜증부터 내는 알리시아가 싫었다. 아무리 예뻐도 그런 짜증까지 받아 주고 싶지는 않았다. 성격만 놓고 본다면 로테가 훨씬 더 편하게 느껴진다. 사실 로테도 상당히 예쁜 얼굴인데.

"창문에 관해 생각해 보았는데 말이야, 한쪽에서만 반대편을 볼 수 있는 창문은 사실 아주 오래전부터 있던 거야. 반대편에서는 창문이 있는지조차 알 수 없을 정도로 교묘하게 숨겨진 창문이나 거울을 두고 사람들은 흔히 카멜레온 창문이라고 부르지. 학자들은 전문용어로 일면 투시 거울이라고 해. 난 이런 거울만 전문적으로 다루는 동료를 알고 있지. 그는 박사 학위 논문에서 일면 투시 거울이 모든 종류의 장벽을 심각하게 위협한다는 결론을 내렸어. 난 그의 이론이 전적으로 옳다고 생각해. 명성 있는 장벽 학자 치고 일면 투시 거울을 좋아하는 사람은 없지."

"왜 그렇게 일면 투시 거울이 위험한 거예요?"

요요가 물었다.

"너야말로 꼬마 장벽 학자라 불러도 손색이 없겠구나."

알리시아가 아예 드러내 놓고 요요를 비웃었다.

"이름에서도 알 수 있듯 일면 투시 거울은 한쪽 면에서만 볼 수 있는 거울이야. 반대편에서는 이쪽에서 보고 있다는 걸 알지 못하지. 그래서 일면 투시 거울이 있다는 걸 알아내기가 무척 어렵지. 더욱이 반대편에 있는 사람은 누군가 자신을 보고 있다는 걸 모르는 탓에 본색을 들키고 말지. 하긴 이게 일면 투시 거울을 만드는 이유지만 말이야. 그러다 보니 오용하고 악용할 소지가 많아."

"반대로 이쪽에서 보고 있는 사람은 상대방의 진짜 속마음을 알아내기가 아주 좋겠군요. 숨어서 상대를 엿보는 것이나 다름없으니까요."

말을 하던 도중 불현듯 요요는 자신의 말투가 시몬을 닮아가고 있다고 느꼈다. 장벽 학문에 익숙해진 탓일까? 아니면 그저 교수 같은 교양인을 옆에서 지켜보다 보니 자기도 모르게 말투를 배운 것일까?

"이쪽에서 지켜본 다음 반대쪽으로 넘어갈 수 있다면 그런 게 도움이 되겠지. 하지만 유감스럽게도 우리는 여기에 갇혀 있잖아. 말이 나와서 이야기지만, 알리시아가 그 검은 상자를 수영장에 던져 버리지만 않았어도 그걸 가지고 이런 창문이 있다는 것쯤은 쉽게 알아낼 수 있었을 텐데."

알리시아는 아무 말도 하지 못했다. 시몬은 일면 투시 거울에 관한 강의를 계속했다.

"그런 거울이 있다는 게 드러나면 당장 거울을 없애야 해. 안 그랬다가는 주체할 수 없이 계속 늘어날 수 있거든. 생각해 봐, 너도 나도 그런 거울을 만들려고 할 거 아니냐."

시몬은 몇 번이고 팔을 휘두르고 어깨를 주무른 다음, 요요를 어깨에 태웠다.

"걸레가 보여요."

요요는 고개를 쑥 빼고 조금이라도 더 자세히 보려고 안간힘을 썼다.

"걸레에는 아무것도 쓰여 있지 않은데?"

"무슨 소리를 하는 거야, 똑똑히 봐!"

로테가 큰 소리로 닦달했다.

"아무것도 안 보여."

요요는 상의를 벗어서 오른손에 둘둘 만 다음 주먹을 쥐고 창문을 힘껏 쳤다. 어찌나 무모했던지 하마터면 시몬의 어깨에서 떨어질 뻔했다.

"아이고, 사람 죽는다!"

시몬은 아픔을 참지 못하고 비명을 질렀다.

"지금 뭐하는 거냐?"

"창문을 깨려고요. 하지만 진짜 단단한데요."

요요는 다시 한 번 힘을 모아 주먹을 날렸지만 소용없었다.

시몬의 어깨에서 뛰어내린 요요는 주먹에 감았던 옷을 풀고, 손을 문질러 댔다.

"미리 좀 얘기를 해 주지 그랬니?"

시몬은 어깨를 주무르며 말했다.

"저건 일반 유리와는 달라서 좀처럼 깨지지 않아. 유리를 몇 겹으로 덧대어 만든 것이라 보통 두꺼운 게 아니거든. 쉽게 열거나 깰 수 있는 일면 투시 거울이라면 무슨 소용이 있겠어."

한동안 네 사람은 아무 말도 하지 않고 침묵을 지켰다. 이제 어찌해야 좋을지 아는 사람은 아무도 없었다. 시몬은 괴로운지 연신 어깨만 주물러 댔다. 알리시아는 멍하니 바닥만 내려다보았고, 로테는 콧구멍을 후벼 파고 있었다.

"하지만 일면 투시 거울이라는 게 뭐가 그렇게 나빠요?"

마침내 요요가 침묵을 깼다.

"그런 거울이 있으면 아주 재미있을 것 같은데요. 숨어서 모든 걸 볼 수 있잖아요."

"지금이야 그렇게 생각할 수 있지. 하지만 일면 투시 거울로 인해 장벽을 관리하는 비용이 엄청나게 늘어난다는 걸 고려해야 해. 일단 설치된 걸 하나 제거하는 데도 어마어마한 비용이 들어."

시몬이 설명했다.

"물론 그렇겠죠. 하지만 그냥 놔둬도 되잖아요, 왜 굳이 없애려고 들어요? 아무리 생각해도 건너편을 몰래 훔쳐볼 수 있는 건 흥미진진한 일인데."

요요는 고개를 갸웃했다.

"하지만 몰래 훔쳐보는 건 범죄야, 범죄! 누가 널 몰래 훔쳐보면 좋겠니? 또 그런 거울이 있음으로 해서 장벽은 아무 쓸모없는 게 되어 버리고 말아. 창문이 없는 벽이, 창문을 단 벽보다 안전하다는 건 인정하겠지?"

"창문을 단 벽!"

알리시아가 소리를 질렀다.

"왜 난 그 얘기만 들으면 기분이 나빠지지?"

"어쨌거나."

시몬은 말을 계속했다.

"내 계산에 따르면 창문 하나는 장벽의 안전성을 17퍼센트까지 떨어뜨려."

"아, 그런가요."

요요는 대답은 했지만 뭔가 이상하다는 느낌을 지울 수 없었다. 창이 없는 벽은 얼마나 답답한가? 서로 꽁꽁 걸어 잠그면 안전하긴 하겠지만, 무슨 재미로 그런 세상을 살까? 아무래도 요요는 시몬이 처음부터 잘못된 전제를 가지고 있다는 생각을 지우기 어려웠다. 하지만 그런 비판을 대놓고 하기도 싫었다. 상대는 장벽 학문의 유명한 교수이지 않은가. 그저 아무 소리 안 하는 게 상책이다. 그러나 아무래도 재미는 없다. 틀린 걸 틀렸다고 할 수 있으려면 창문이 필요하다!

콧구멍 청소를 끝낸 로테 공주는 공책에 무리쉬 철자 세 개를 그렸다.

"이게 무슨 뜻이야? 난 이 단어를 정말 모르겠어."

로테가 알리시아에게 공책을 건네며 물었다.

"어디 보자, Nht?"

순간 알리시아는 푸하 하고 커다란 웃음을 터뜨렸다.

"이건 '이음새' 라는 간단한 단어잖아, 이 아둔한 아가씨야!"

"이음새?"

"그래! 무리쉬로 이음새는 Nht라고 써. 독일어에서 이음새를 Naht라고 하는 것만 봐도 알 수 있는 거잖아."

"그럼 걸레에 '노란 이음새를 조심해라!' 라고 쓰여 있는 거야."

로테가 말했다.

"노란색 같은 소리 하고 있군."

"지금까지 노란색에 관한 한, 난 단 한 번도 틀린 적이 없어."

로테가 정색을 했다.

요요는 고개를 끄덕였다. 맞는 말이다. 로테는 노란색에 관한 것이라면 다른 사람들보다 훨씬 더 잘 보았다. 하지만 알리시아는 그런 로테가 못마땅한 모양이었다.

"뭘 어떻게 맞췄다고? 우린 지금 우리가 어디에 있는지조차 몰

라. 우린 아직도 알레프 부스타니의 집으로 가는 통로에 있는 거야, 아님 벌써 왔어? 뭘 알아냈다는 건데? 우리가 위에서 본 건 그저 더러운 걸레 하나야. 로테, 넌 아무래도 노란색에 미친 모양이야. 예를 들어 저 교복만 놓고 봐도 그래. 교복 상의의 황금색 바느질 자국이 뭐가 어떻다고 그 난리야? 왜 그렇게 노란색만 나오면 호들갑을 떠는데? 그리고 말이 나왔으니 묻는 건데, 정말 걸레에 '노랗다'는 단어가 있었어? 무리쉬에서 색깔을 나타내는 단어들은 거의 비슷해서 잘못 알아보기 쉽단 말이야. 안 그래요, 시몬 교수님?"

"저기에는 Asfar라고 쓰여 있었어. 그건 '노랗다'는 뜻이잖아!"

로테가 반격했다.

"하지만 '노란 이음새를 조심해라!'가 무슨 뜻이야?"

요요가 물었다.

"교복 상의에는 저 괴상한 노란 바느질 자국이 있지."

로테가 말했다.

"아, 그놈의 교복 이야기 좀 안 할 수 없어?"

알리시아가 소리를 질렀다.

시몬은 한숨을 푹 쉬면서 고개를 절레절레 흔들었다.

"싸울 걸 가지고 싸워라. 자, 로테야, 한 번 더 올라가서 걸레를 자세히 살펴봐라."

로테는 조심스럽게 시몬의 어깨를 타고 올라가 다시 한 번 창문을 살폈다.

"걸레가 없는데요."

로테가 말했다.

알리시아는 뭐라고 말해야 좋을지 궁리를 하느라 눈알을 굴려 댔고, 요요는 어깨만 으쓱했다. 로테가 계속 말했다.

"지금 여자가 자리에서 일어났어요. 앗, 이제 여자의 다리가 안 보여요. 대신 방 안의 모습이 눈에 들어오네요. 여자가 문으로 가고 있어요. 가만, 문에 반달 모양의 조명이 달려 있네요!"

"그래? 그것 참 흥미롭구나!"

시몬이 탄성을 질렀다.

반달? 요요는 생각에 잠겼다. 반달은 로테의 녹음에 등장하던 카페의 이름이 아닌가. 로테의 메모 구슬에서 핵심적인 역할을 한 바로 그 카페다.

"오, 알레프 부스타니여! 어떻게 이런 일이 있을 수 있지?"

알리시아가 탄식을 쏟아 냈다.

"옛날 단골 카페에서 지금 우리가 불과 몇 센티미터 떨어져 있다고? 아, 물론 리카르다의 단골 카페 말이야. 저 괴상한 창문 좀 열어 봐, 카페에 좀 가 봐야겠어!"

"그럴 수만 있다면 얼마나 좋겠니?"

시몬은 혀를 끌끌 찼다.

"열리는 일면 투시 거울을 만들 수 있다면야, 여러모로 써먹을 데가 많을 거야. 하지만 그건 둥근 사각형을 만드는 것만큼이나 불가능해. 물론 내가 아주 높게 평가했던 동료 하나가 몇 년 전 비슷한 걸 성공하기는 했지만 말이야."

"창문을 열 수는 없겠지만요."

요요가 시몬의 말을 중간에서 끊었다.

"아예 창문을 없애 버린다면 어떨까요?"

"그건 아주 힘든 일이지. 시간도 돈도 많이 들고. 또 없앤다 하더라도 별 도움이 되지 않을 거야. 창문을 떼어 내는 작업을 하는 동안 저쪽의 사정도 완전히 바뀔 거 아니냐. 창문을 떼어 낸다는 것은 벽을 원래의 상태로 돌리는 것에 지나지 않지. 게다가 지금 우리가 반달에 간다고 해서 뭘 하겠니? 시트로냐를 마시고 시끄러운 음악에 맞춰 춤을 춘다? 지금 우리의 목표는 알레프 부스타니 아니냐?"

"하지만 만약 반달이 알레프 부스타니의 집 안에 있다면?"

돌연 알리시아가 끼어들었다. 순간 무거운 침묵이 흘렀다.

생각에 잠겨 있던 시몬이 고개를 끄덕였다.

"흠, 그렇구나. 충분히 그럴 수도 있겠어."

이때 갑자기 요요는 무슨 소리를 들었다.

"쉿!"

요요의 얼굴에 긴장이 어렸다.

"지금 무슨 소리가 들리지 않았어요?"

"그래, 나도 들었어."

알리시아가 맞장구치며 주위를 둘러보았다.

"뭐지?"

요요가 물었다.

"몰라."

알리시아가 낮게 속삭이며 경계의 눈빛을 거두지 않았다. 잠시 후 검은 복장을 한 남자 두 명이 나타났다.

요요는 오스카를 곧장 알아보았다. 그는 동행한 사람과 함께 얼굴에 마스크를 쓰고 있었다. 둘은 곧 요요 일행에게 총을 겨누었다.

"드디어 잡았군그래!"

오스카가 승리의 미소를 지으며 말했다.

"오스카!"

로테의 입이 떡 벌어지고 말았다.

"거짓 사랑의 노래를 부르는 새는 혼 좀 나야겠지!"

오스카는 증오를 가득 담은 눈길로 로테에게 다가가 팔을 확 낚아챘다.

"이런 교활한 것!"

오스카는 총부리를 로테의 목에 들이댔다.

"딴에는 네가 똑똑한 줄 알았겠지? 왼쪽 통로라고 속여? 그런다고 내가 널 못 찾아낼 줄 알았다면 오산이야. 가소로워서 웃음도 안 나오는군. 우리 검은 정찰대가 그렇게 어수룩한 줄 알았어? 어디 두고 보자, 받은 대로 갚아 줄 테니까."

오스카가 로테를 확 밀쳤다. 로테는 비틀거리며 시몬의 품에 안겼다.

"우리를 죽이겠다고? 그래서 너한테 도움이 되는 게 뭐지? 우리를 죽인다면 그건 곧 너 자신을 죽이는 자살행위에 지나지 않아."

시몬이 침착한 목소리로 응수했다.

"누가 죽인다고 했소?"

오스카는 낄낄 웃었다.

"난 너희를 다시 장벽 너머로 데리고 갈 거야. 어디 두고 볼까, 저 빛나는 세상이 어떻게 받아 줄지? 아마도 감옥에서 평생을 보내게 되겠지. 어쨌거나……."

오스카는 로테를 죽일 것처럼 노려보았다.

"넌 나한테서 두 번 도망칠 수 없어."

"두 번?"

로테가 혼란스러운 표정으로 물었다.

"넌 나를 아주 보기 좋게 따돌렸지. 곧 바이올린이 어디에 있는지 알아낼 수 있었는데, 나를 바보 얼간이로 만들어 버렸어."

로테는 놀란 나머지 입을 다물지 못했다. 요요는 오스카의 정체를 깨달았다. 그는 바로 올레였다! 로테의 메모 구슬에 등장하던 저 미남이 오스카였던 것이다! 알리시아와 시몬은 이제야 모든 걸 알겠다는 듯 말없이 고개만 끄덕였다.

"하지만 그동안 넌 전혀 쓸모가 없어졌지. 네 아빠가 날 이곳으로 자연스럽게 안내했으니 말이야."

시몬은 아무 말도 하지 않았다.

"안간힘을 쓰더군, 교수 양반! 하지만 흔적은 그렇게 쉽게 지워지는 게 아냐. 특히 한 가지 중요한 사실을 놓쳤더군."

시몬은 여전히 침묵했다.

"내가 뭘 말하는 건지 잘 알겠지?"

"잘 모르겠는걸."

시몬이 나직하게 말했다. 하지만 얼굴은 창백하게 굳어 있었다.

"딴에는 아주 훌륭한 장벽 학자인 줄 아는 모양이지?"

시몬은 콜록거리며 마른기침을 했다.

"하지만 당신은 가장 기초적인 원칙조차 무시했어."

"그래? 그게 뭐지?"

교수가 착 가라앉은 목소리로 물었다.

"완벽한 분리를 원한다면 문을 꼭 걸어 잠가라!"

이번에도 시몬이 대답을 하지 않자, 올레가 스스로 떠벌렸다.

"당신은 결정적으로 사물함의 문이 잘 닫혔는지 확인하지 않는 실수를 저질렀지."

"헛소리는 이제 그만 좀 하지!"

마침내 시몬이 입을 열었다. 분노에 가득 찬 음성이었다.

"대체 원하는 게 뭐야?"

"난 알레프 부스타니의 후계자가 되기로 결심했어."

"아주 옹골찬 야심이로군."

"당연하지, 야심이야말로 나를 강하게 해 주는 것이니까."

올레는 비죽 웃음을 흘렸다.

알리시아는 귀가 번쩍 뜨이는 느낌이었다.

"하지만 알레프 부스타니가 너를 순순히 받아들여 줄까? 그는 물러날 생각이 전혀 없을 텐데."

"물러난다고?"

올레가 말했다.

"누가 그래? 내가 언제 자리를 뺏겠다고 했나? 마치 500년 동안 신을 몰아내려고 안달을 했던 사람처럼 얘기하는군. 너야말로 그 자리를 탐냈던 모양이지? 아니야, 그건 아니지. 알레프 부스타니는 예나 지금이나 조금도 다름없이 자신의 자리에 남아. 다만 그가 맡은 임무를 후계자에게 넘겨줄 뿐이야."

"임무를 후계자에게 넘겨준다고? 그건 처음 듣는 이야기로군."

시몬이 대꾸했다.

"그리고 네가 그 적임자다?"

알리시아는 어이가 없다는 듯 큰 소리로 웃음을 터뜨렸다.

"당연하지."

"그럼 그렇게 해. 왜 우리는 못살게 굴지? 우리한테 원하는 게 뭐야?"

"너희가 내 앞길을 가로막고 있거든."

"이건 또 무슨, 개 풀 뜯어 먹는 소리야?"

알리시아가 어이없다는 표정을 지었다.

"우리 가운데 누가 알레프 부스타니의 후계자라도 되겠다던?"

올레의 얼굴은 비웃음으로 일그러졌다.

"멍청한 척하는 거야, 아님 진짜 멍청한 거야?"

"내가 보기에는 우리가 멍청한 것 같아."

로테가 끼어들었다.

"그래, 네가 멍청한 거야 조금도 의심하지 않아. 하지만 리카르다도 말귀를 못 알아듣다니 참 묘한 일이군."

알리시아는 비죽 웃기만 했다.

"날 리카르다라고 부르지 마. 리카르다는 죽었으니까."

"그래, 네 말이 맞아. 그리고 알리시아도 곧 죽겠지. 또 새 이름이 필요하게 되겠군. 어떤 게 어울릴지 잘 생각해 봐. 그리고 너, 요제프 피차카토!"

올레는 요요를 지목했다.

"기왕이면 볼프강 아마데우스 레가토[+]나 요한 제바스티안 포르테[+]라고 하지 그랬냐?"

올레와 동행한 남자는 이야기가 오가는 동안 꼼짝도 않고 서서 요요 일행에게 총을 겨누고 있었다. 올레의 얼굴에는 자신만만한 웃음이 넘쳐흘렀다.

이때 갑자기 요요가 손으로 천장을 가리키며 외쳤다.

"저것 좀 봐, 창문이……!"

모두 고개를 들어 요요가 가리킨 곳을 바라보았다.

"굉장하군, 도저히 믿을 수가 없어!"

+ 레가토(legato)는 둘 이상의 음을 이어서 부드럽게 연주하라는 뜻. - 옮긴이
+ 포르테(forte)는 세게 연주하라는 뜻. - 옮긴이

시몬이 외쳤다.

"저런 건 난생처음 봐!"

교수는 계속 탄성을 터뜨리며 벽 쪽으로 다가갔다.

올레도 놀라서 눈을 휘둥그레 떴다. 하지만 경계의 눈빛을 늦추지 않았다.

"정말 대단한 광경이로군. 일면 투시 거울이 저절로 사라지는 것은 난생처음 봐!"

교수는 감탄사를 쏟아 냈다.

"솔직히 말해서 지금까지 저런 것은 불가능하다고 생각해 왔어. 아주 희귀한 경우에 일면 투시 거울이 저절로 생겼다가 사라진다고 주장하는 동료들을 비웃기만 했지. 하지만 지금 내 두 눈으로 그걸 똑똑히 확인한 거야!"

모두들 창문만 뚫어져라 바라보았다. 창문이 서서히 사라지면서 그 자리에 다시 벽이 생겨나고 있었다. 마침내 완전히 창문이 사라지고 윤곽만 희미하게 남았다.

올레는 고개를 돌려 시몬을 바라보며 말했다.

"학자로서의 경력을 최고의 기적으로 마감하게 되어 영광이겠군. 저런 기적과도 같은 현상을 다 목격하다니. 자랑스러운 최후를 맞이하게 됐으니, 가슴이 뻐근하시겠는걸!"

"그래? 난 내가 아직 끝난 것 같지 않은데!"

시몬이 빙긋이 웃었다.

"자신감이 과한 것도 병이야! 그래, 조무래기 세 명 데리고 어쩌시려고?"

올레는 총을 고쳐 잡으며 비웃음을 흘렸다.

"유감이지만 당신은 이제 끝났어. 너희들의 운명은 내 손아귀 안에 있지. 결국 알레프 부스타니에게 가는 길도 찾아내지 못했잖아. 여기 이 괴상한 공간은 운명의 막다른 골목이야. 알레프 부스타니에게로 통하는 문은 전혀 다른 데 있거든."

"그래? 그게 어디지? 우리도 좀 알 수는 없을까?"

시몬이 물었다.

"내가 그걸 털어놓을 것 같아? 아까부터 로테는 뭘 그렇게 열심히 끼적거리나? 수 쓰지 마."

올레는 성큼 로테에게 다가가 공책을 빼앗았다.

"학교에서도 끊임없이 필기만 하더니만……. 그렇게 열심히 한 결과가 고작 낙제야, 멍청한 것!"

로테는 올레를 노려보았다.

"공책을 돌려줘."

로테가 나직하지만 단호한 음성으로 말했다.

올레는 공책을 로테의 발치에 휙 집어던졌다. 로테가 허리를 굽혀 공책을 집어 들었다.

"잠깐만."

시몬이 올레를 불렀다. 시몬의 눈길은 여전히 조금 전에 창문이 있던 자리에 머물러 있었다. 이제 보이는 것은 희미한 윤곽뿐이다. 하지만 요요는 창문이 정사각형으로 변하면서 천천히 움직이고 있다는 느낌을 받았다. 정사각형의 테두리는 갈수록 왼쪽으로 이동하면서 구석까지 내려왔다. 잠깐 그곳에 머무르던 사각형은 다시 서서히 미끄러지듯 벽을 따라 움직이더니, 요요의 등 뒤에 와서 멎었다. 요요는 눈을 질끈 감았다. 심장이 두근두근 뛰어 가슴은 터질 것만 같았다.

"한 5분만 쉬게 해 주면 안 될까? 한동안 어둠에 시달렸더니 눈조차 뜰 수 없을 만큼 피곤하군. 벽에 기대 좀 쉬게 해 주게. 그래도 되겠나?"

"원하는 대로."

올레가 말했다.

"사형수의 마지막 소원은 들어주는 법이니까."

시몬은 고맙다는 말과 함께 털썩 주저앉았다. 요요는 시몬의 눈치를 살폈다. 아무래도 속으로 무슨 수를 꾸미고 있는 것만 같았다. 시몬의 얼굴은 더할 나위 없이 평온하게 빛났다.

"자, 너희도 기대 앉으렴."

로테는 의아하다는 듯 시몬을 바라보았다. 하지만 시몬은 같은 말을 되풀이했다.

"자, 기대라니까, 로테야!"

요요와 알리시아를 보고도 똑같은 소리를 했다.

"너희도 기대렴."

시몬의 말에는 '기대라!'는 말에 특히 힘이 실려 있었다. 요요는 말없이 벽에 등을 대고 앉아 은근히 힘을 주었다.

14 요요는 벽이 움직이는 것을 느꼈다. 더 정확히 말해서 열린 문에 기대앉은 것처럼 몸이 옆으로 젖혀졌다. 로테와 알리시아를 사이에 두고 떨어져 앉은 시몬과 요요는 있는 힘을 다해 등으로 벽을 밀었다. 순식간에 벽이 휙 돌면서 요요 일행은 아까와 전혀 다른 곳에 와 있었다. 올레의 모습은 더 이상 보이지 않았다. 요요는 자기도 모르게 눈을 비볐다. 로테와 알리시아는 영문을 몰라 어리둥절한 표정이었다. 시몬만이 무슨 일이 일어났는지 정확하게 알고 있었다.

"여기가 어디예요?"

로테가 물었다.

"벽이 전부 노란색이에요."

요요가 놀란 눈을 크게 떴다.

"이곳이 바로 전설의 노랑 살롱이다!"

시몬이 탄성을 지르며 감격한 눈으로 사방을 둘러보았다.

"이 방을 얼마나 궁금해했는지. 바로 장벽의 탄생지이자, 가장 오래된 부분이지. 이곳을 찍은 사진은 많이 보았지만, 모두 흑백이라 시큰둥했었어. 이제야 실물을 보는구나. 정말 대단해!"

"도대체 무슨 일이 일어난 거죠?"

요요가 물었다.

"내가 짐작했던 그대로야. 내 동료 교수 한 사람은 일면 투시 거울이 저절로 사라질 때, 매우 불안정한 여러 단계들을 거친다고 주장했어. 물론 처음에는 윤곽이 흐려지면서 벽처럼 변하는 일면 투

일면 투시 거울 의 일시적인
사라짐이 이루어지는 네 단계

1단계: 창문의 윤곽이 흐릿해진다.

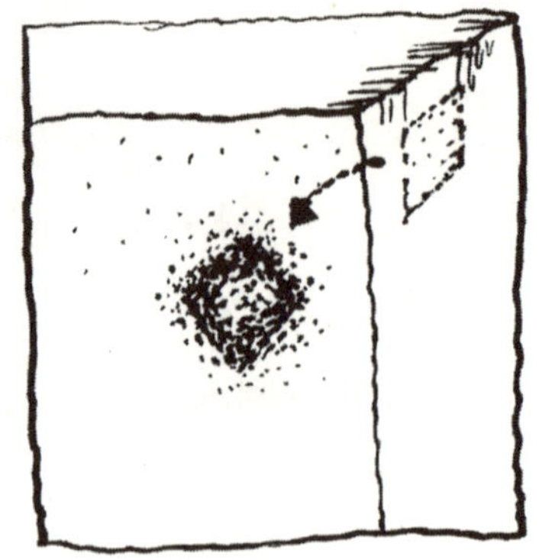

2단계: 창문이 이동한다.

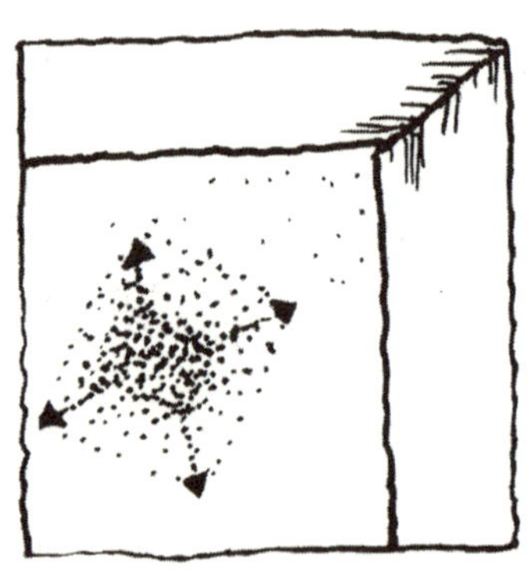

3단계: 창문이 팽창하면서 문과 같
은 크기로 변한다. 일종의 투명 문
이 생겨난다.

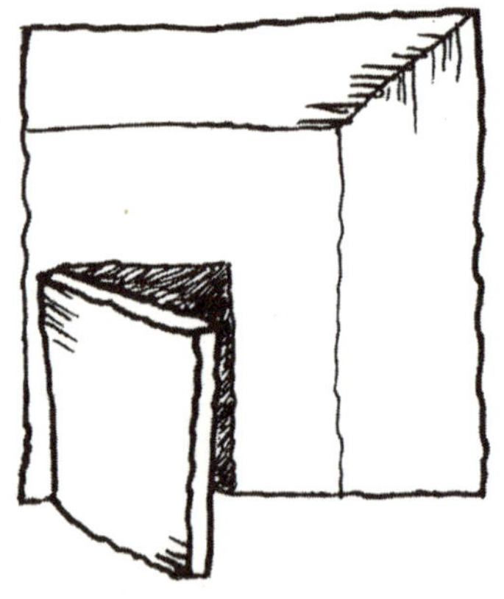

4단계: 창문은 약 2.3초 동안 평범한
문이 된다. 이 시간 동안 문이 열릴
확률은 78퍼센트에 달한다.

시 거울은 열 방법이 없지. 하지만 이렇게 스스로 이동하는 일면 투시 거울은 벽이 되기 직전에 아주 짧은 순간 동안 평범한 문처럼 열 수 있게 된다는 거야. 말하자면 벽이 아주 말랑말랑해지는 순간이 짧게나마 존재하게 되는 것이지. 동료는 이걸 두고 '닫히기 직전의 문'이라는 표현을 썼어. 나는 무슨 말도 안 되는 소리냐고 비웃었지. 정말 믿기 어려웠거든. 이제 그 친구를 만나면 용서를 빌어야 되겠구나. 창문이 서서히 사라지는 동안 난 그 동료의 말을 떠올렸지. 그래서 결정적인 기회를 잡으려고 한 건데, 보기 좋게 성공했구나. 난 이런 걸 두고 응용 장벽 학문이라고 부르지!"

시몬은 자랑스러운 눈빛으로 일행을 둘러보았다. 모두들 위기의 순간을 모면하게 해 준 위대한 발견에 감격한 표정이었다. 로테와 알리시아 그리고 요요는 안도의 한숨을 쉬며 가슴을 쓸어내렸다.

노랑 살롱은 크고 밝았다. 창이 하나도 없는데도 내부는 환해서 무척 신비한 느낌을 자아냈다. 벽에는 눈부시게 화려한 벽지가 아름다움을 뽐냈다. 커다란 이파리와 꽃 그림이 서로 엉켜 있고, 꽃들 사이로 황금색 줄기가 꿈틀거리며 이어졌다. 하지만 습기 때문인지, 몇 곳이 부풀어 올라 종이 가루들이 바닥에 떨어져 있었다. 누렇게 색이 바랜 곳도 눈에 띄었다. 합성수지 장판을 깐 바닥은 지저분했으며, 갈라진 부분도 있었다. 공간과 전혀 어울리지 않는 것으로 미루어 장판은 나중에 깐 게 틀림없었다.

벽마다 달려 있는 커튼 역시 상태가 아주 좋지 않았다. 실내 공기는 건조했으며, 곳곳에 먼지가 수북했다. 요요는 콜록거리며 기침을 했다. 요요는 벽지와 장판 그리고 커튼의 더러운 노란색이 올리브의 녹색처럼 변해 가고 있다는 인상을 받았다. 이런 더러운 곳이 뭐가 그리 대단하다는 걸까? 전설적? 저 더러운 노란색은 그야말로 전설에서나 볼 수 있는 것이겠지.

로테도 실망한 눈빛으로 사방을 둘러보았다. 요요도 주위를 다시 한 번 훑었다. 천장에는 묵직한 샹들리에가 달려 있었는데, 크리스털에는 먼지만 소복이 앉아 있었다. 한구석에 있는 꼬질꼬질한 노란 비단 소파에는 역시 비단을 댄 쿠션들이 한 무더기 놓였다. 소파도 어지간히 낡아 보였다. 몇 군데는 푹 꺼져 있고, 용수철이 튀어나온 것까지 눈에 띄었다. 소파의 가죽은 얼룩이 져 지저분했고, 너덜너덜했다. 쿠션이든 커튼이든 듬성듬성 구멍이 뚫려 있다. 더욱 이상한 것은 대체 왜 커튼이 걸려 있는지 알 수가 없다는 점이다. 창문도 없는 곳에 커튼이 무슨 소용이람? 소파 앞에는 차를 마시는 데 쓰는 조그만 탁자가 놓여 있다. 그 위에 놓인 과일 접시에는 심하게 상한 사과 세 알이 흉측했다.

"노랑 살롱!"

시몬의 목소리는 여전히 감격에 젖어 있었다.

"드디어 우리가 목적지에 도착한 거야."

"정말이야?"

알리시아가 물었다.

"노랑 살롱이 알레프 부스타니의 집 안에 있다고 누가 그래?"

"그거야 누구나 잘 알고 있는 사실 아니냐?"

"그런 것 중에 잘못된 정보가 얼마나 많은지 어렴히 아시겠지?"

알리시아가 내뱉었다.

갑자기 음악이 울려 퍼졌다. 바이올린으로 연주하는 아주 은은한 멜로디였다. 시몬은 눈을 커다랗게 뜨고 주위를 두리번거렸다.

"이럴 수가, 이건 내 아내의 연주야. 세상에서 바이올린을 이렇게 연주할 수 있는 사람은 마리아밖에 없어."

요요도 음악이 들려오는 곳을 찾아 사방을 둘러보았다. 연주는 시작할 때와 마찬가지로 돌연 끝났다.

"이제 다시 조용해졌어요."

로테가 말했다. 그런 다음 로테는 소파로 가서 앉으며 콜록콜록 기침을 했다. 먼지가 뽀얗게 일어났기 때문이다. 알리시아도 소파에 앉아 접시에 놓인 사과들을 살펴보았다. 보기만 해도 역겨운 썩은 사과 하나를 알리시아가 코를 막고 집어 높이 들어 보았다. 한쪽이 완전히 벌레에 먹힌 사과였다.

"아이구, 알레프 부스타니가 손님 대접을 이렇게 형편없이 하는 줄 몰랐네!"

다시 바이올린 소리가 났다. 이번에는 다른 멜로디, 훨씬 더 슬픈 선율이었다. 요요는 바이올린을 켜는 여자(당연히 바이올리니스트가 여자일 것 같았다)가 바로 옆에 있는 것만 같아 사방을 둘러보았으나, 그림자조차 찾을 수 없었다. 요요는 고개를 세차게 흔들었다.

“저건 분명 아내야.”

요요가 머리를 흔드는 걸 본 시몬이 입을 열었다.

“내 아내의 연주는 듣는 사람들을 미치게 만들지. 결국 자기 자신도 그렇게 미치고 말았지만.”

“그 말은 인정하기 어려운데!”

갑자기 어디선가 걸걸한 목소리가 들려왔다. 요요는 선 자리에서 그대로 굳어 버리고 말았다. 시몬은 놀란 눈을 크게 뜨고 사방을 두리번거렸다.

“누, 누구요?”

시몬이 물었다.

요요는 나지막한 헛기침 소리를 들었다. 다시 한 번 등을 돌려 소리 나는 곳을 보았으나 아무도 없었다.

“거기 누구요?”

시몬이 다시 물었다.

또 다시 헛기침 소리가 울렸다.

“너희는 날 볼 수 없지만, 잘 알고는 있지.”

요요는 모든 동작을 멈추고 조심스럽게 이름을 입에 올렸다.

“알레프 부스타니?”

아무런 대답이 없었다.

알리시아가 요요 곁에 다가와 말했다.

“이건 함정이야. 빨리 여기서 나가자!”

"이건 함정이 아냐."

요요가 말했다.

"네 말이 옳다!"

다시 음성이 들려왔다.

"너희는 목적지에 도달했다."

"우리가 당신을 찾으리라는 걸 어떻게 알고 계셨습니까?"

시몬이 허공에 대고 물었다.

"내가 바로 알레프 부스타니니까."

음성이 말했다.

"이렇게 놀라울 데가……."

시몬의 목소리가 감격에 떨었다.

"이렇게 만나게 되어 영광입니다!"

"나 역시 기쁘도다. 마침내 나에게 오는 길을 찾아내어 한결 시름을 덜었구나. 난 너희가 좀 더 일찍 찾아올 걸로 기대했다."

"오는 길에 문제가 적지 않았거든요."

시몬이 답했다.

"그래? 나를 찾아내는 건 그리 어려운 일이 아닌데. 다만 너희 인간의 지적인 능력이 모자란 탓이지."

"하!"

알리시아는 기가 막히다는 표정을 지었다.

"저기요, 그러는 당신도 사람이거든요, 아시겠어요?"

요요는 목소리로 미루어 알레프 부스타니의 나이가 얼마쯤 될까 가늠해 보았지만, 도무지 알 수가 없었다. 지금까지 살아오면서 저토록 나이 먹은 목소리는 처음 들어 보았기 때문이다. 알레프 부스타니가 계속 말했다.

“그것보다 난 너희와 다른 문제를 놓고 이야기를 나누었으면 한다.”

“예, 그러시지요.”

시몬은 깍듯하게 예의를 갖추었다.

“저희야 영광입니다만, 저희가 그럴 자격이 있을지 심히 걱정스럽습니다.”

“분명히 말해 두지만 난 아첨 따윈 질색이다.”

시몬의 얼굴이 빨개졌다.

“천만에요, 무슨 말씀이십니까. 진심입니다. 알레프 부스타니 어른을 이렇게 몸소 뵐 수 있다는 것만으로도 장벽 학자에게는 최고의 영광 아니겠습니까?”

시몬은 계속 말을 이었다.

“여기까지 오는 동안 당신이 이룩하신 위대한 창조의 세계를 조금이나마 엿볼 수 있어서 무척 좋았습니다. 지금 이 순간에도 그런 놀라운 능력을 유감없이 보여 주시는군요. 제가 짐작하기로는 자유 이동 투명 위장 벽을 만드시고, 지금 그 안에서 저희와 대화를 나누시는 걸로 여겨집니다만?”

“정확한 관찰이로군. 물론 교수는 나도, 벽도 볼 수 없겠지만.”

“관찰이라는 게 눈에만 의존하는 것은 아니지요. 주의 깊은 관찰자라면 귀로 듣는 것에 더해 온몸으로 느끼는 것까지 종합적으로 판단해야겠지요."

시몬은 말 한 마디 한 마디에 심혈을 기울였다.

"물론 관찰이 눈으로만 하는 것은 아니지. 그동안 수준 높은 토론이 그립긴 했네. 자네도 알다시피 내가 너무 오랫동안 홀로 지냈지."

"그렇지요. 하지만 고독은 어디까지나 당신의 선택이 아니었던가요? 그 오랜 세월을 묵묵히 견디시는 모습을 보고 정말 감탄했습니다!"

시몬은 알레프 부스타니와 대화를 나누게 되자, 신이 난 듯했다.

"기술적인 질문 하나 드리겠습니다. 저도 집에 투명 위장 벽을 가지고 있습니다. 욕실에서 칸막이로 쓰고 있죠. 하지만 유감스럽게도 제 투명 위장 벽은 고정해 놓은 상태로만 쓸 수 있습니다. 하지만 당신의 것은 자유자재로 움직일 수 있는 모양인데, 그런 기술은 어떻게 가능한 것인가요?"

"간단히 설명하기는 어렵지. 또 이런 걸 안다는 게 내 후계자에게 도움이 되지 않을 거야."

"아하!"

알리시아가 냉큼 끼어들었다.

"그럼 후계자를 찾고 있다는 소문이 맞는 거로군요?"

"그랬지. 하지만 지금은 더 이상 찾지 않아."

"그럼 찾아내셨단 말인가요?"

시몬이 물었다.

"지금 내 앞에 서 있네."

"아!"

시몬은 감격에 겨워 기쁨의 눈물을 흘렸다.

"그것 참 멋진 일이군요. 제가 이렇게 말씀드려도 좋다면, 학자로서 인내해 온 오랜 세월이 감사하기만 합니다. 드디어 정상에 서게 되었군요. 감사합니다, 정말 감사합니다! 물론 후계자가 된다는 게 중요한 것은 아니겠지요. 맡겨 주신 소임을 다하기 위해 더욱 노력하겠습니다!"

"교수가 아닐세."

시몬이 어리둥절해서 물었다.

"제가 후계자가 아니란 말씀이신가요? 그럼 누구죠? 로테?"

알레프 부스타니는 아무 말도 하지 않았다.

"알리시아?"

여전히 대답은 없었다.

"요요?"

시몬 교수는 도저히 믿을 수 없다는 표정이었다.

"빈민가 출신에 변변한 교육도 받아 본 적 없는 요요가 설마 당신의 후계자라고요?"

잔뜩 흥분해서 말을 쏟아 내던 시몬은 아차 싶은지 입을 닫았다. 그리고 등을 돌려 요요를 바라보았다.

"그러니까, 그게…… 미안하다! 넌 정말 활달하고 영리한 소년이야, 하지만…….”

“그만해라!”

알레프 부스타니의 음성이 날카롭게 울렸다.

“내 결정을 두고 왈가왈부할 필요 없다. 난 내가 무얼 하고 있는지 정확히 알고 있다.”

요요는 뻣뻣하게 굳은 채 서 있기만 했다. 대체 이게 다 무슨 소리인가? 알레프 부스타니의 후계자? 그게 어떻게 해서 자신이란 말인가? 그건 말도 안 되는 소리다. 후계자가 되고 싶은 생각은 털끝만큼도 없었다.

“요제프 피치카토!”

알레프 부스타니가 요요의 정식 이름을 불렀다.

“아주 멋지고 독특한 이름이다. 하지만 성은 바꾸는 게 좋겠구나. 네 성은, 당연한 이야기다만, 부스타니다.”

“푸하하하!”

알리시아가 웃음을 터뜨렸다.

“세상에, 어떻게 이런 일이 있을 수 있지?”

알레프 부스타니가 입을 열었다.

“사실을 두고 비웃는 이유가 뭐지?”

“알레프 부스타니는 자식이 없으니까요. 또 가질 수도 없고!”

“어째서?”

“알레프 부스타니는 오래전에 죽었으니까요. 지금 이 모든 건 사기에 지나지 않아! 알레프 부스타니를 둘러싼 모든 이야기는 지

일시적인 투명 위장 벽 만들기

1. 감추고 싶은 물체의 부스타니 가치를 측정한다.

2. 물체 주위의 부스타니 가치도 측정한다. 두 값 사이의 비율을 계산한다.

3. 헤어드라이어로 뜨거운 바람을 일으켜 분자 구조가 소용돌이치게 만든다. 바람을 쬐어 주는 시간은 부스타니 가치로 실내 온도를 나누어 계산한다.

*주의할 점: 헤어드라이어를 사용하기 전에 한 캡슐의 아마인유(강도 0에서 7 사이의 것)를 바른 막을 공기 분출구에 씌워 줄 것.

4. 물체는 잠시 동안(약 1.34초) 눈에서 사라진다.

어낸 것일 뿐이야. 저 엉터리 장벽을 정당화하려고 갖은 거짓말을 둘러댄 것이지. 알레프 부스타니는 죽었어! 당신이 누군지는 모르지만, 당신도 곧 죽게 될 거고!"

한동안 무거운 침묵이 흘렀다. 마침내 음성이 차분하게 말했다.

"사람들이 무슨 생각을 하는지 잘 알고 있다. 내가 알레프 부스타니인지, 아니면 백 번째 후계자인지 하는 건 그리 중요한 문제가 아니다. 어쨌거나 나는 더 이상 내 자리를 지키고 싶은 생각이 없다. 아니, 이제는 물러나고 싶다. 더 자세히 말해 주랴? 이젠 편안하게 죽고 싶다."

"흠, 그럼."

당혹스러움을 가라앉히느라 안간힘을 쓰던 시몬 교수가 마침내 입을 열었다.

"듣자니 은퇴를 하신다는 소문이 자자하더군요. 물론 당신의 후계자는 단순한 대리인 이상의 역할을 하게 되겠지요. 하지만 왜 하필 지금입니까?"

알레프 부스타니가 말했다.

"처음에는 나도 후계자에게 일을 맡기고 편안히 쉬면서 뒤에서 모든 걸 조종하려고 했지. 하지만 난 너무 오래 살았어. 아주 지겨울 정도로! 그래서 죽기로 결심한 거야. 또 내가 창조해 낸 것이 인류에게 정말 축복을 주는 것인지도 잘 모르겠고 말이야."

"그걸 깨닫는 데 390살이나 되는 엄청난 나이를 먹어야만 하나 보죠?"

알리시아가 이죽거렸다.

"네 용기가 마음에 드는구나."

알레프 부스타니가 말했다.

"요제프는 지혜로운 사람이니 너를 중요한 조언자로 중용할 것이다."

알리시아는 심드렁했다.

"당신이 요요의 아빠라면, 엄마는 누구죠?"

"그게 궁금한가?"

알리시아는 아무 말도 하지 못했다. 그녀는 믿을 수 없다는 듯 세차게 고개를 흔들며 외쳤다.

"아냐, 그럴 수는 없어!"

"네가 생각하는 게 맞다."

알레프 부스타니가 대답했다.

"아냐, 안 돼……!"

이번에는 시몬이 탄식을 했다.

"누구를 말씀하시는 건지 알 것 같아요."

요요가 말했다.

"이름이 뭐라고 했던가요, 소리아……?"

"그래. 소리아 암민으로 불리는 마리아 시몬이지."

요요는 물끄러미 바닥만 내려다보았다. 한꺼번에 부모를 알게 된 느낌은 묘했다. 엄마는 세계 최고의 바이올리니스트이고, 아빠는…… 아빠는…… 일종의 신과 다름없는 존재였던 말인가! 장벽의 신! 그러자 퍼뜩 묘한 생각이 떠올랐다.

"그럼 지금 그 투명 위장 벽 안에 제 엄마도 숨어 있나요? 아까 바로 이 방 한복판에서 바이올린 소리가 들렸는데요."

"아니, 유감이지만 그녀는 여기 없다. 난 다만 그녀의 음악을 저장해 두었을 뿐이야."

알레프 부스타니는 길게 한숨을 쉬었다.

"난 불과 몇 주 전에 네가 있다는 이야기를 들었다, 요제프!"

"세상에 모르는 게 없을 정도로 위대한 지혜를 자랑하신다는 분이, 존경하는 알레프 부스타니여, 모르는 것도 있나요?"

"안타깝지만 일이 그렇게 되었다."

"그럼 요요가 당신의 아들이라는 이야기는 누구에게서 들으셨어요?"

알리시아가 물었다.

"첼다라는 여인에게서. 그녀가 나에게 소식을 전해 왔더구나. 그녀는 편지에서 요즘 세상 돌아가는 꼴이 최악이라면서 나를 도와야만 할 것 같더라고 썼더구나. 이야기 끝에 내게 아들이 있다는 언급도 했어. 내가 얼마나 감동했는지는 너희도 충분히 상상할 수 있을 거다."

"어떻게 이럴 수가 있어……."

시몬은 충격에서 헤어나지 못했다. 당장에라도 주저앉을 것처럼 다리를 후들후들 떨었다. 안경은 미끄러져 코끝에 간신히 걸려 있었다. 아무렇게나 팔을 휘둘러 대는 게 꼭 지금까지 들은 말을 손으로 잡으려고 하는 것만 같았다.

"세상에, 이럴 수는 없어……."

한껏 숨을 들이마신 시몬은 고함을 질렀다.

"마리아는 어디 있지?"

아무런 대답이 없었다.

"마리아가 어디 있느냐고!"

시몬이 절규했다.

"안타깝지만 처벌을 내리지 않을 수 없었다."

알레프 부스타니가 대답했다.

"처벌? 뭣 때문에?"

"그녀는 나를 속였어. 비밀을 알아내기 위해 나를 이용했다고! 아주 끝장까지 갈 정도로! 난 어리석게도 그녀에게 모든 이야기를 해 주고 말았지."

알레프 부스타니는 한숨을 쉬었다.

"너무 오랜 세월 홀로 지낸 게 잘못이야. 외로움 탓에 난 경계심을 잃고 말았지. 나와 이야기를 나누는 사람이 있다는 게 너무나 좋았어. 게다가 그녀의 바이올린 연주! 정말 기적 같은 소리였지. 난 장벽을 조종하는 장치를 다루는 법까지 가르쳐 줬어. 내 집에서 마음껏 안전하게 다니라고 통로의 설계도까지 주었고. 하지만 마리아는 나를 이용한 거야. 그러니 어쩌겠어, 처벌하는 수밖에."

"마리아는 어디 있소?"

시몬은 애써 화를 누르며 물었다.

“죽었네.”

“거짓말.”

“참말일세.”

시몬은 당장에라도 알레프 부스타니에게 달려들 것처럼 보였다. 어느 누가 이런 순간에 화를 참을 수 있을까? 하지만 조금 전만 해도 신으로 떠받들던 알레프 부스타니였다. 신에게 아내를 빼앗긴 남자는 쥐었던 주먹을 간신히 풀며 이를 악물었다.

“그래, 죽었단 말이지?”

잠시 어색한 침묵이 흘렀다. 요요는 이 순간이 영원처럼 느껴졌다. 도대체 이럴 땐 무슨 생각을 해야 하는 걸까? 엄마는 살아 있는 걸까? 살아 있다면 지금 어디에 있을까? 왜 한 번도 아들을 찾지 않았을까?

아니다, 엄마는 죽었다. 살아 있으면 분명히 아들을 찾았으리라. 하지만 지금 이런 생각을 하는 것은 무의미해 보였다. 정적을 깨기 위해 요요가 물었다.

“거절하면요? 후계자가 되기를 거부하면 어떻게 되죠?”

아무도 말이 없었다. 이윽고 알레프 부스타니가 입을 열었다.

“넌 거부할 수 없다.”

요요는 뭐라고 대답해야 할지 몰랐다.

“놀라는 것도 무리는 아니지.”

다시 알레프 부스타니의 음성이 울렸다.

“한꺼번에 너무 많은 일을 겪게 해서 미안하구나. 하지만 힘을 내렴, 나의 아들아! 여기에 머물면서 지켜보노라면 장벽을 지키고 관리하는 일이 얼마나 중요하고 보람된 일인지 너도 잘 알 수 있을 거다."

"그거야 물론이겠죠."

알리시아가 끼어들었다.

"그러니까 이제 그 책임을 요요에게 떠넘기겠다는 건가요?"

"그건 아니다."

알레프 부스타니는 한동안 침묵한 끝에 입을 열었다.

"난 깨달았다, 그동안 내가 많은 실수를 저질렀다는 것을. 그 가운데서도 가장 끔찍한 것은 일 년 전에 일어났던 일이야."

"그게 뭐죠?"

알리시아가 물었다.

알레프 부스타니는 침묵했다.

"그게 어떤 잘못이냐고요. 그걸 되돌릴 수는 없나요?"

알레프 부스타니는 여전히 침묵했다.

"그래서 우리하고 얘기를 하고 싶으셨나요?"

알레프 부스타니는 여전히 침묵의 그늘 아래서 나오지 않았다.

"문제를 말하지 않으면, 우리도 당신을 도울 수 없어요."

알레프 부스타니는 콜록거리며 기침을 했다.

"나를 도울 필요는 없다. 너희는 너희 자신을 도와야만 해."

"말장난하지 마세요!"

알리시아가 거칠게 몰아붙였다.

"대체 무슨 일이 있었던 건지 털어놓으시죠."

"난…… 그러니까…… 그게 말이다."

알레프 부스타니가 숨을 거칠게 들이마시는 소리가 들렸다.

"조그만 사고가 있었다. 왼쪽 눈을 다치고 말았지. 난 그때부터 애꾸로 지내고 있다."

대화를 듣고 있는 동안 요요의 가슴 속에서는 의혹이 커져 갔다. 알레프 부스타니가 사고를 당했다? 아니, 신도 사고를 당한다고? 하지만 요요가 묻기 전에 알레프 부스타니가 먼저 입을 열었다.

"집안일을 하다 보면 사고가 나기 마련이지. 난 그만 사다리에서 떨어지고 말았어."

"당신이 사다리에서 떨어졌다고요?"

시몬이 믿을 수 없다는 눈초리로 물었다.

"여기 장벽 안에는 잔손이 가는 물건들이 많아. 난 저 위의 샹들리에에 쌓인 먼지를 털러 올라갔다가 그만 사다리에서 떨어지고 말았어. 그때 왼쪽 눈을 심하게 다쳤지. 하지만 여기에는 의사 한 명 없는 탓에 거의 치료를 받지 못했어. 게다가 장벽 안에서도 나이가 드는 것은 막을 수 없더군. 이 안에서도 사람은 늙어. 물론 처음 볼 때는 그렇지 않은 것 같지만."

"그렇습니까?"

시몬이 놀란 눈을 크게 뜨고 물었다.

"짐작도 못한 일이로군요."

"자, 이제 알레프 부스타니도 완전무결한 존재가 아니라는 걸 알겠지? 세월의 흐름으로부터 나이를 먹지 않게 지켜 주는 장벽의 기능은 완벽하지 못해."

"아, 그러셨군요!"

알리시아가 말했다.

"당신도 다칠 수 있고, 게다가 나이까지 먹는다니, 얼마나 놀라셨어요! 하지만 대체 진짜 문제는 뭐죠?"

알레프 부스타니는 아무런 대답을 하지 않았다.

"문제가 뭔지 모르는데, 우리가 어떻게 도울 수 있겠어요?"

알레프 부스타니가 드디어 입을 열었다.

"곧 알게 될 게다. 지금은 장벽을 조종하고 관리하는 데 필요한 일부만 보여 주마."

알레프 부스타니가 말을 마치자, 바닥에 깔린 장판 몇 장이 걷히면서 구멍 하나가 열렸다. 구멍에서 작고 둥그런 탁자가 천천히 솟아올랐다. 한눈에도 아주 공들여 만든 듯한 탁자에는 바퀴가 달려 있다. 탁자가 다 올라오자, 구멍은 언제 그런 게 있었나 싶게 감쪽같이 닫혔다. 탁자는 커다란 공간의 한가운데 덩그러니 놓여 있다. 탁자 위에는 주사위 모양의 검은 상자가 놓였다.

"이 탁자 위에는 장벽을 조종하고 관리하는 데 필요한 모든 게 담겨 있는 장치가 있다, 요제프!"

알레프 부스타니가 말했다.

"이거면 충분한 모양이죠?"

요요는 스위치와 발광다이오드들이 가득한 복잡한 조종 장치를 기대했으나 주사위 상자는 매끈하기만 했다.

"더 필요한 건 없단다."

알레프 부스타니가 대답했다.

"이걸 다루는 데 익숙해지려면 시간이 좀 걸릴 거다. 하지만 능력 있는 시몬 교수가 도와줄 테니 별 어려움은 없으리라고 본다. 로테에게도 큰 기대를 걸고 있다. 로테는 의외의 방법으로 문제를 해결하는 능력이 탁월하지. 게다가 미적 감각이 아주 뛰어나다. 로테야, 나도 교복의 바느질 자국을 몹시 싫어한단다."

"그럼 당신도 교복에 불만을 가지고 있었단 말인가요?"

시몬이 놀라워하며 물었다.

"허허, 새 교복을 만들도록 신속히 건의를 해야겠군요."

"너희가 장벽에서 나갈 때쯤이면 세상은 이미 예전의 그 세상이 아닐 거야. 지금 우리가 교복을 놓고 토론할 때가 아니지."

알레프 부스타니는 말했다.

"더 자세히 이야기해 주지 못해 미안하구나, 요제프! 때가 되면 다 알게 될 거다."

잠깐 어색한 침묵이 흘렀다. 요요는 입술을 깨물고 생각에 잠겨 있었다. 지금껏 살았던 것과 전혀 다른 세상이라는 게 어떤 것인지 도무지 상상할 수가 없었다.

15 알리시아는 상자를 물끄러미 바라보았다. 마침내 그녀가 물었다.

"하던 얘길 마저 하시죠. 장벽을 조종하는 데 필요한 장치는 상자뿐인가요?"

"일단 이 놀라운 장치를 한 번 침착하게 살펴보려무나."

"침착하게!"

시몬이 탄식을 했다.

"참 태평도 하시군요. 우린 지금 시간이 없어요! 노란 섬에서는 벌써 장벽이 새끼를 치고 있다고요. 장치를 두고 노닥거릴 시간이 없어요. 지금 신속하게 대처하지 않으면 모든 게 걷잡을 수 없는 상황으로 치닫고 말 겁니다."

"알고 있네."

알레프 부스타니가 말했다.

"그러게 내가 말하지 않던가, 좀 더 일찍 와 주길 기대했다고!"

"그렇게 절박하게 우리를 기다렸다면, 왜 사람을 보내 요요를 데리고 오도록 하지 않았죠? 그랬다면 시간을 많이 아낄 수 있었을 텐데요."

"그렇게는 할 수 없네. 나는 장벽 밖에 있는 사람들과 접촉할 수 없어. 그럴 만한 사정이 있다는 걸 이해해 주게. 문제를 일으키고 있는 것은 시간의 벽이야. 그리고 이 장치도 약간 말썽을 일으키고 있지."

"하지만 오마르 무살라와는 접촉하고 계시잖아요?"

알레프 부스타니가 대답을 망설였다.

"오마르 무살라와의 관계가 아주 미묘해졌지."

"관계가 틀어지기라도 했나요?"

시몬이 물었다.

알레프 부스타니는 한숨을 쉬었다.

"꼬치꼬치 캐묻지 좀 말게."

잠깐 망설이던 알레프 부스타니는 다시 입을 열었다.

"더는 감추기 어렵겠군."

"오마르 무살라가 어때서요?"

알리시아가 조바심을 냈다.

"그를 좋아하지 않는 모양이네요? 오마르 무살라를 싫어한다는 점에서 우리는 확실히 한편이네요!"

알리시아가 깔깔 웃음을 터뜨렸다.

"그는 언제나 나에게 충성을 다했지. 장벽 바깥의 일을 내가 원하는 대로 잘 다스려 주었지. 그의 가족은 오랜 세월에 걸쳐 나에게 아주 충실하게 봉사해 왔어. 오마르 무살라의 조상이 내 사촌이라는 건 알고 있지? 그만큼 그의 집안은 명예로운 가문이야. 하지만 최근 들어 오마르 무살라가 권력을 탐하기 시작했어. 얼마 전부터 내가 봐도 불안할 정도로 권력을 휘두르고 있지."

"왜 그럴까요?"

"우선 이 장치가 고장이 난 것과 관련이 있어. 게다가…… 오마르 무살라는 검은 정찰대와 한통속이야."

"하지만 검은 정찰대는 당신의 명령만 받게 되어 있지 않나요?"
놀란 시몬이 물었다.

"사람들이 무슨 생각을 하는지 알고 있네. 하지만 사실 난 검은 정찰대와 상관이 없어. 물론 예전에는 장벽을 관리하는 일을 맡기느라 사람들을 썼지. 하지만 지금의 검은 정찰대는 오로지 오마르 무살라의 명령만 받고 있지. 그보다 더 심각한 문제는 오마르 무살라가 장벽을 이용해 자신의 부를 계속 늘려 나가고 있는 거야. 장벽의 비밀 통로를 이용해 막대한 가치를 지닌 물건들을 이쪽저쪽으로 옮기면서 장사를 하고 있는 거야."

"그럼 그 비밀 통로라는 게 진짜 있는 거로군요?"

시몬이 물었다.

"물론이지, 바로 내 집 아래 있다네. 이 통로를 통해 물건과 짐승을 아무 손상 없이 밀반입할 수 있지. 사람이 거기를 지나면 어떤 일이 일어나는지는 자네들이 더 잘 알 테지. 하나, 이런 거래는 내가 장벽을 세울 때 전혀 의도하지 않았던 거야."

"그럼 원래 당신의 의도는 뭐였죠?"

알리시아가 물었다.

"세상을 깔끔하게 정리하는 것이지. 완벽하게 분리함으로써 서로 대립하는 것들이 충돌하는 것을 막아 보려는 것이었어. 어떤 면에서는 극복할 수 없는 벽을 만들어 내고 싶었던 게지."

"어느 정도는 성공하셨네요."

"말했잖아, 어떤 면에서는 그랬다고."

알레프 부스타니는 한숨을 쉬었다.

"지금 오마르 무살라가 벌이는 일은 지나쳐. 계속 저런 식으로 나간다면 곧 도시 전체에서 생각할 줄 아는 사람은 한 명도 남지 않게 될 거야. 반대 의견을 가진 사람을 남김없이 제거하고 숙청할 테니 말이야. 제거라! 이 얼마나 무서운 말인가!"

"그러니까 제가 제대로 알아들었다면, 지금 현재는 오마르 무살라가 당신보다 더 큰 권력을 가지고 있단 말이죠?"

"그렇게 말할 수 있지."

알레프 부스타니가 한숨을 쉬었다.

"그런데 오마르 무살라는 저한테 뭘 원하는 거죠?"

요요가 물었다.

"무슨 말이지?"

"함께 살자고 하던데요. 공부도 원하는 만큼 시켜 주겠다고 했어요."

알레프 부스타니는 희미하게 웃었다.

"머리를 썼구나. 네가 내 아들인 걸 알고 나를 압박하는 인질로 잡으려 했던 거다. 하지만…… 오마르 무살라는 오마르 무살라야. 그다지 신중하지 못하거든. 특히 난 그 친구 집의 보안 장치야말로 허술하다고 생각한다. 오마르 무살라는 뛰어난 장벽 학자는 못 되지."

"무슨 보안 장치를 말씀하시는 거죠?"

시몬이 물었다.

"전 그런 걸 못 보았는데……."

"그게 바로 문제야. 오마르 무살라가 자신의 집에 설치한 보안 장치는 접근하는 사람에 따라 다르게 작동하지. 위장 문과 같은 간단한 속임수야."

"오마르 무살라가 설치한 게 대체 어떤 거죠? 전혀 눈치채지 못했는데."

시몬이 계속 캐물었다.

"그 장치는 사람들로 하여금 왼쪽과 오른쪽을 헷갈리게 만드는 거야. 내 집으로 오는 통로를 찾으면서 그런 경험을 했을 텐데."

"아하."

요요가 탄성을 질렀다. 마침내 자신이 왼쪽과 오른쪽을 놓고 거듭 혼동했던 원인을 알아낸 것이다.

"잘못된 통로를 택하면 무슨 일이 벌어지죠?"

"육각형 모양의 미로에 빠지고 말지. 사람들은 그곳에 빠지면 아무리 헤매도 빠져나갈 수 없다고 지레 포기하기 마련이지. 육각형 미로는 수백 개의 주사위 공간들과 연결되어 있거든. 모두 일종의 막다른 골목과 같은 것이지."

"사람들이 찾아오는 걸 싫어하시는 모양이군요?"

알리시아가 물었다.

"사람들이 찾아오는 건 딱 질색이지."

알레프 부스타니가 잘라 말했다.

요요는 속으로 '오토 아저씨하고 똑같네!' 하며 터져 나오는 웃음을 간신히 참았다.

"지금 투명 위장 벽 안에 숨어 있는 이유도 그 때문인가요?"

알리시아가 물었다.

"안전을 생각해서야."

"지금 우리도 못 믿으신다?"

"그게 아니고, 나는 나이를 너무 많이 먹었어. 추한 몰골을 아들에게 보여 주고 싶지 않아."

"그렇게 말씀하시니까, 더 보고 싶어지네요!"

알리시아가 비죽 웃었다.

"그런데 참을 수 없을 정도로 끔찍한 외모를 가졌다면 어떻게 소리아 암민과 사랑을 하셨나요? 그 여자는 외모를 안 따지던가요?"

알레프 부스타니는 밭은기침을 해 댔다.

"소리아 얘기는 안 하는 게 좋겠구나. 그 여자는 사기꾼이야."

요요는 입술을 지그시 깨물었다. '아냐, 내 엄마가 사기꾼일 리가 없어!'

"전 무척 뵙고 싶어요."

알리시아가 말했다.

"용기가 가상하구나."

알레프 부스타니는 말꼬리를 돌렸다.

"더는 내 앞에서 소리아라는 이름을 꺼내지 않길 바란다. 요제프가 여기 있는 것만으로 나한테는 충분하다. 다시 저 조종 장치 얘기를 하자꾸나."

요요는 검은 주사위 상자를 자세히 들여다보았다. 표면은 땜질

한 구석 한 군데 찾아볼 수 없을 정도로 매끈했다. 스위치나 전선이나 발광다이오드가 하나도 없는 게 신기했다. 도대체 이건 어떻게 작동하는 것일까? 천천히 탁자로 다가간 요요는 주사위를 잡아 높이 들었다, 깜짝 놀랐다. 검은 상자는 의외로 가벼웠다. 깃털보다도 가볍다고 요요는 생각했다.

요요는 주사위를 들고 이리저리 뒤집어 보았다. 그러다가 뒷면에 약 3센티미터의 간격으로 동그란 구멍 두 개가 나 있는 것을 발견했다. 두 구멍의 오른쪽에는 유리로 만든 띠 비슷한 게 있었고, 왼쪽에는 아무것도 없었다. 요요는 오른쪽의 유리 띠를 통해 안을 들여다보았다. 컴컴할 거라 생각했던 내부가 너무나 환한 탓에 요요는 깜짝 놀랐다. 한참 눈을 깜빡거리고 나서 빛에 익숙해지자, 다시 조심스럽게 안을 들여다보았다.

"뭐가 보여?"

요요에게 바짝 붙어 서서 가슴과 엉덩이가 닿은 알리시아가 호기심 어린 눈빛으로 물었다. 순간 뭉클한 탄력에 요요는 기분이 짜릿해졌다.

"나도 한 번 보게 해 줘!"

알리시아가 코맹맹이 소리를 하며 주사위를 잡았다.

"놔둬!"

순간 로테가 소리를 빽 질렀다.

"요요가 이제 대장이야!"

"아직은 아니야!"

알리시아는 혀를 쏙 빼물고 로테를 흘겨보았다. 요요는 흥분한 탓에 좀체 유리 띠에서 눈을 뗄 줄 몰랐다.

"장벽이 보여."

요요가 말했다.

"그것도 장벽 전체가."

"장벽 전체가?"

알리시아가 깜짝 놀랐다.

"그뿐만이 아냐. 눈으로 보고만 있는 게 아니라 내가 저기에 있는 것 같아."

"어떠냐?"

알레프 부스타니의 음성이 물었다.

"정말이지, 요 작은 주사위 안에 장벽 전체가 들어 있어요!"

요요가 대답했다.

"장벽만이 아니다, 잘 봐!"

알레프 부스타니가 말했다.

"그 안에는 전 세계가 들어가 있다. 지구만이 아니지."

요요가 주사위에서 눈을 떼고 말했다.

"대단해요, 그런데도 이 주사위는 이렇게 작고 가벼워!"

이번에는 주사위를 받아 든 시몬이 안을 들여다보았다.

"굉장하군!"

시몬은 벌린 입을 다물 줄 몰랐다.

"진짜 모든 게 보여! 심지어 사람들까지! 여기가 오마르 무살라의 집이구나. 그리고 여기는…… 장벽이고, 그 한가운데 당신의 집이 있군요! 놀라워! 집 안도 들여다볼 수 있나요?”

“물론이지.”

“정말이지 두 눈으로 보고도 믿을 수가 없군요.”

시몬이 꿈꾸듯 몽롱한 눈으로 말했다.

“저기가 반달이로군요……. 여기는 장벽을 통과하는 비밀 통로고……. 오마르 무살라가 낙타들을 끌고 가는 게 보여요……. 여기는, 여기는, 아니 이럴 수가 있나……. 지금 바로 우리가 있는 곳이 여기란 말이에요? 우리가 보여, 하하! 내가 나를 보고 있어!”

시몬이 주사위에서 눈을 떼자마자 알리시아가 냉큼 가로챘다. 알리시아도 주사위에서 눈을 뗄 줄 몰랐다.

나직하게 웃는 알레프 부스타니의 음성에는 숨길 수 없이 만족감이 묻어 나왔다.

“이 주사위야말로 정말 멋진 장난감이지.”

시몬은 이맛살을 찌푸렸다.

“그런데 왜 하필 이 장치를 주사위 모양으로 만드셨나요? 우주는 원래 둥근 모양이 아닌가요?”

“우주가 어떤 모양을 하고 있는지 알려진 바는 많지 않지. 공 모양일 수도 있고, 주사위 모양일 수도 있어, 얼마든지. 주사위는 좀 더 손에 잡기 쉬울 뿐이다.”

요요는 두 사람의 대화를 그저 건성으로 듣고 있었다. 대신 노랑 살롱을 자세히 둘러보았다. 요요가 가늠하기에 방의 크기는 길이가 10미터, 폭이 7미터 정도 될 것 같았다. 주사위가 놓여 있던 탁자는 방 한가운데 자리 잡고 있다. 기다란 양쪽 벽에는 각각 문이 하나씩 나 있다. 열려 있는 한쪽 문은 다른 쪽으로 통하게 되어 있다. 햇빛이 가득 찬 듯한 그 쪽에서 빛이 흘러나오고 있다. 한편 반대쪽 문은 굳게 닫혀 있다.

요요는 로테를 바라보았다. 로테는 처음부터 지금까지 제 아빠의 곁을 떠나지 않았다. 방에 들어설 때부터 불안하게 두리번거리던 두 눈은 이제 탁자 건너편 바닥의 한 점을 뚫어져라 바라보고 있다. 요요는 로테의 눈길을 따라가 보았지만, 왜 그렇게 거기를 노려보고 있는지 알 수가 없었다. 로테의 옆모습을 지켜보고 있던 요요는 새삼 로테가 비록 아빠는 다르지만, 한 배에서 태어난 누이라는 사실을 깨달았다. 왠지 모르게 마음이 편안해졌다.

"하나만 더 여쭙지요. 존경하는 알레프 부스타니!"

갑자기 시몬이 정적을 깼다.

"뭐지?"

"우리가 이 조그만 구멍을 통해 세상을 내려다볼 수 있다면, 대체 이 구멍은 어디에 있는 건가요? 세상에서 우리를 올려다보면 이 구멍이 어디에 있느냐는 거죠. 이것도 일종의 일면 투시 거울인가요?"

"아주 정확해. 놀랄 만큼 박식하군."

"이젠 당신이 저한테 아첨을 하시는군요?"

"아니, 진심으로 하는 얘길세. 장벽에 관해선 자네가 나보다 더

박식한걸. 다만 한 가지만 지적하겠네. 자네가 지금 말한 구멍은 정확히 표현하자면 이동 일면 투시 거울이야."

시몬이 고개를 끄덕였다.

"이동이라는 말을 깜빡했군요."

"자, 이제 서로 예의는 충분히 갖춘 것 같군."

갑자기 알레프 부스타니가 말을 끊었다.

"이제는 가야 할 시간이네. 아까도 말했듯 이 장치는 약간 고장이 났어. 사다리에서 굴러떨어질 때 나만 다친 게 아니었던 거지! 이미 눈치챘겠지만 렌즈 하나가 없어졌어. 남은 한쪽만 가지고 장치를 써먹는 데는 한계가 있지. 떨어져 나간 렌즈는 열려 있는 저 문으로 굴러가 버렸다네."

"주워서 다시 끼우지 그러셨어요?"

알리시아가 물었다.

"허리를 굽히기에는 너무 나이를 많이 잡수셨나요?"

알레프 부스타니는 아무 말 않고 한숨만 쉬었다. 마침내 입을 연 그는 이렇게 말했다.

"이제는 가야 할 시간이야. 더 자세한 건 말해 줄 수 없어. 잘들 지내길!"

16 한동안 누구도 말을 꺼내지 않았다. 기묘한 침묵이 흘렀다. 알레프 부스타니가 뭔가 이야기해 주기를 기다렸지만, 주위는 조용했다. 마침내 로테가 말했다.

"완전히 가 버렸나 봐, 어쩌지?"

모두 어떻게 하면 좋을지 묻는 눈빛으로 요요를 바라보았다. 요요는 어깨만 으쓱했다.

"내가 보기에도 가 버린 모양이야."

"이런 개 같은!"

알리시아가 욕설을 퍼부었다.

"저 괴상한 장벽을 만들어 놓고 더는 재미가 없다고 그냥 튀어 버려?"

시몬은 주사위를 들고 고개를 절레절레 저었다.

"놀라운 일이야. 이걸 알게 되었다고 해서 달라진 게 뭐가 있지? 우린 여전히 아무것도 모르잖아."

"쳇!"

알리시아가 열린 문을 똑바로 노려보았다.

"여기서 투덜댄다고 달라질 건 하나도 없어. 내가 가서 렌즈를 주워 올게."

말을 마친 알리시아가 성큼성큼 문을 향해 걸어갔다.

"안 돼! 움직이지 마!"

로테가 소리를 질렀다.

깜짝 놀란 알리시아가 그 자리에 얼어붙었다.

"왜 그래, 무슨 일이야?"

"더 가면 안 돼! 지금 서 있는 곳에서 움직이지 마!"

"대체 왜 그러는데?"

로테가 알리시아에게 달려가 방 한가운데로 그녀를 끌어당겼다.

"여기를 봐."

로테는 방바닥을 가리켰다.

"여기에 이음새가 있어. 이걸 넘어가면 안 돼! 그럼 너는 장벽을 넘어가고 말아."

모두들 로테가 가리킨 곳을 바라보았지만, 대체 로테가 뭘 보고 그러는지 알 수가 없었다. 노란 장판이 또 다른 노란 장판과 맞닿아 있을 뿐이다.

"무슨 말인지 모르겠네."

요요가 말했다.

로테는 한 걸음 안쪽으로 들어오며 무릎을 꿇고 앉아 바닥을 가리켰다.

"여기에 이음새가 있어. 노란 이음새야. 우린 이 선을 넘어가면 안 돼."

"이음새는 무슨 이음새? 내 눈에는 아무것도 안 보이는데."

알리시아가 말했다.

"너 또 무슨 환영을 보고 있는 거 아냐?"

로테의 옆모습을 보던 알리시아가 퍼뜩 놀라며 다시 말했다.

"네가 말하는 이음새가 어딘지 정확히 가리켜 봐!"

"여기야, 여기 이음새가 있잖아! 그것도 노란 이음새가!"

시몬이 한숨을 쉬었다.

"노란 이음새라면!"

시몬은 요요와 알리시아를 보고 계속 말했다.

"학교에 들어가자마자 로테는 교복에 대해 불평했어. 교복 상의에 있는 노란 바느질 자국이 마음에 들지 않는다는 거야. 왜 저 메모 구슬에서도 그런 이야기가 나오잖아. 생각나지?"

"맞아요."

요요가 대답했다.

"아까도 알레프 부스타니와 그 얘기를 했죠. 알레프 부스타니도 그게 끔찍하다고 했잖아요."

"로테와 알레프 부스타니가 비슷한 색감을 가지고 있다는 게 흥미로우면서도 놀랍군."

시몬이 심각한 표정을 지었다.

모두 로테가 가리킨 곳을 자세히 들여다보았다.

"이제 알 것 같다."

시몬이 입을 열었다.

"이걸 설명할 수 있는 방법이 한 가지 있어. 그러니까 로테와 알레프 부스타니는 사색자(四色者)인 게 틀림없어."

잠시 어색한 침묵이 흘렀다. 알리시아조차 무슨 말인지 못 알아듣는 게 분명했다.

"사색, 뭐라고요?"

요요가 물었다.

"보통 사람들은 삼색자야. 세 가지 원색만을 알아볼 수 있다는 말이지. 그러니까 보통 사람은 노란색과 빨강색 그리고 파랑색, 이렇게 세 가지 색들만 알아볼 수 있는 감각을 가지고 있어. 오렌지색 혹은 자주색 같은 다른 색깔들은 세 가지 원색들이 섞여 있기에 알아볼 수 있는 거지. 남자들은 빨강색을 알아보지 못하는 색맹을 앓곤 하지. 그런데 반대로 세 가지 원색에 더해 한 가지 색을 더 세밀하게 구분하는 능력을 가진 사람들이 있어. 지극히 드물고 대부분 여자지. 자세한 이유는 알려져 있지 않지만, 사색자는 노란색을 더욱 세밀하게 구분한다고 해. 그러니까 같은 노란색이라도 그 농도를 정확히 구별해 가며 알아보는 것이지. 지금까지 라일라, 그러니까 로테가 색들을 두고 한 이야기들을 종합해 보면, 로테는 사색자가 틀림없어. 걸레에 뭔가 적혀 있는 걸 봤다고 했지? 우리 눈은 그 노란 글자를 읽을 수 없었지만, 로테는 그걸 읽을 수 있었던 거야. 그런데 갑자기 알레프 부스타니도 교복 상의가 흉측하다는 거야. 그것 참 이상하다 싶었지. 알레프 부스타니는 남자잖아. 사색자는 오로지 여자에게만 나타나는 희귀 능력이거든. 그것도 유전을 통해서 말이야. 물론 사색자가 진짜 존재하는지, 그리고 오로지 여자들만 그런 증상을 보이는지에 대해 과학적으로 증명된 건 없어. 알레프 부스타니가 남자로서 첫 번째 사색자일 가능성은 얼마든지 있지. 그래서 집 안 전체에 장벽의 경계를 나타내는 선을 노란 색으로 그려 놓은 게 분명해. 그렇다면 로테가 알레프 부스타니와 같은 색감을 가지고 있다는 건 우리에게 큰 도움이 될 거야."

로테의 얼굴이 빨개졌다. 자신이 특별한 능력을 가지고 있다는 게 무척 자랑스러운 모양이었다. 요요와 시몬 그리고 알리시아는 다시 로테가 말한 보이지 않는 이음새를 찾아보았다. 시몬의 주장은 상당한 설득력이 있었다. 로테가 걸레는 물론이고 바이올린에서 나왔던 지도에서 알레프 부스타니의 이름을 읽어 냈던 것도 납득할 수 있게 된 것이다.

"특히 내 관심을 사로잡은 것은 말이야."

시몬이 말을 이었다.

"알레프 부스타니가 대체 어떻게 투명 벽을 만들 수 있었느냐는 거야. 아쉽게도 그는 자신이 알고 있는 걸 무덤까지 가져갈 셈인 게지. 나한테 그 기술을 좀 가르쳐 주면 좋을 텐데. 난 오래전부터 눈에 띄지 않는 벽을 만들 필요가 있다는 생각을 했거든. 그런 벽이라면 유지하고 관리하는 비용을 줄일 수 있을 거 아니냐?"

"당신은 오로지 장벽 생각뿐이야? 꼭 장벽에 미친 사람 같군그래. 눈에 보이지 않는 벽이 보이는 벽보다 훨씬 더 위험하다는 건 왜 모르시지?"

알리시아가 쏘아붙였다.

"눈에 보이는 거야 적어도 알아볼 수는 있지만, 투명한 것은 사람들을 더욱 혼란에 빠뜨릴 뿐이야! 지금 우리의 목표는 장벽을 부수는 거란 걸 잊지 마. 보이는 것이든, 투명한 것이든!"

시몬은 가만히 있었다.

"지금 우리한테 필요한 건 렌즈를 가져오는 거예요."

요요가 두 사람 사이에 끼어들었다.

"렌즈가 없다면 주사위 상자는 아무 쓸모가 없으니까요."

"네 말이 맞다."

시몬이 수긍했다.

"자, 이제, 우리 가운데 한 명은 저 선을 넘어가야 해."

알리시아가 운을 뗐다.

"그건 안 돼!"

로테가 손을 휘휘 저었다.

"누구든 저 선을 넘어가는 순간 모든 걸 잊어버릴 거야. 심지어 렌즈를 찾으러 왔다는 사실까지. 뿐만 아니라 이내 곯아떨어지게 될걸."

"로테 말이 옳다."

시몬이 고개를 끄덕였다.

"단 몇 초라도 저 선을 넘어가서는 안 돼. 그건 너무 위험해."

"대체 왜들 그렇게 겁이 많지?"

알리시아가 목청을 돋웠다.

"그럼 네가 가."

로테가 알리시아를 물끄러미 바라보았다.

"난 아가테의 찬장 밑으로 뭔가 굴러 들어가면 긴 주걱 같은 걸 이용해서 꺼내곤 했는데. 나올 때까지 사정없이 쑤셔 대는 거야."

요요가 빙그레 웃으며 말했다.

"굉장히 긴 주걱이어야 하겠네?"

로테가 천진난만하게 대꾸했다.

"커튼이 달린 저 막대기라면 충분하지 않을까?"

알리시아가 물었다.

"그런데 저 커튼은 도대체 왜 달아 놓은 거야?"

로테도 물었다.

"창문은 하나도 없잖아."

"지금은 없지."

시몬이 대답했다.

"하지만 예전에는 있었던 모양이지. 그리고 우리가 오늘 봤다시피 여기저기 자유자재로 이동하는 창문도 있고."

알리시아가 사방을 두리번거리며 툭 내뱉었다.

"지금 이럴 때가 아니잖아! 어서 행동을 해야지!"

성큼성큼 걸어간 알리시아는 커튼을 힘차게 잡아당겼다. 낡아 해진 커튼은 쫙 소리를 내며 찢어졌다.

"그런 식으로는 커튼을 매단 막대기를 절대 끌어 내릴 수 없어."

요요가 시몬과 로테를 보고 빙그레 웃으며 말했다.

"키가 큰 아빠와 딸이 힘을 합치면 저걸 떼어 낼 수 있지 않을까요? 로테야, 아저씨 어깨를 타고 올라가!"

잠시 후 요요는 기다란 막대기를 손에 넣었다. 로테는 눈에 보이지 않는 경계선을 신발과 양말로 표시해 두었다. 선에 손을 바짝 대고 막대기를 휘저은 끝에 요요는 렌즈를 꺼냈다. 이를 확인한 로테는 곧바로 소파로 가서 곯아떨어지고 말았다.

17 남은 세 사람은 렌즈를 상자에 끼우고 양쪽 구멍을 이용해 여

러 차례 상자 안을 들여다보았다.

"그런데 이걸로 어떻게 장벽을 조종한다는 걸까?"

알리시아가 물었다.

"이론적으로는 아주 간단하지."

시몬이 설명했다.

"조종은 우리의 두 눈으로 이뤄지는 거야."

"눈으로?"

알리시아는 믿을 수 없다는 듯 상자를 바라보았다.

요요는 문득 시몬의 검은 상자가 떠올랐다. 그것과 이 주사위 상자가 아주 흡사하다는 데 생각이 미쳤다.

"그래, 눈으로!"

시몬이 대답했다.

"양쪽 눈을 각각 따로 움직일 수 있다면 이 상자를 활용할 수 있어. 그만큼 더 많은 걸 보면서 어디가 잘못되고 있는지 파악할 수 있으니까. 생각나니? 나도 비슷한 걸 만들었지만, 알리시아 네가 수영장에 던져 버리고 말았지. 그거야 지나간 얘기니까 그만하자. 어쨌거나 난 오래전부터 머릿속의 벽이라는 이론을 다듬어 왔어."

"그게 뭐죠?"

"이 이론은 자신이 원하는 장벽을 머릿속에서 그려 본 다음 이런 상자를 이용해 현실에 반영시키는 거야. 그러니까 상자는 내가 원하는 걸 실현해 주는 장치인 셈이지."

"무슨 말인지 잘 모르겠어요."

요요가 고개를 갸웃했다.

"좀 더 알기 쉽게 설명해 볼게."

잠시 생각에 잠겨 있던 시몬이 다시 입을 열었다.

"요요 네가 지금 망원경을 보고 있다고 치자. 네가 보고 있는 세상은 렌즈를 통해 너의 머릿속에 상으로 맺히지. 그러니까 네가 벽을 본다면, 네 머리에는 벽의 상이 생겨나는 거야. 그럼 이 주사위 상자를 가지고 거꾸로 해 볼 수도 있지 않을까? 우리가 머릿속에 떠올린 그림을 실제 세상에 쏘아 현실이 되게 만드는 것이지."

"양쪽 눈이 각각 따로 움직이는 사시는 왜 필요한 거죠?"

요요가 물었다.

"알레프 부스타니의 장벽에 충실하자는 것이지. 장벽을 기준으로 각각 다른 세상을 완전히 분리해서 따로 볼 수 있잖아!"

요요와 알리시아 그리고 시몬은 먼지가 뽀얗게 쌓인 소파에 앉아 몇 시간이고 주사위 상자를 가지고 연습을 했다. 번갈아 가며 상자를 들여다보면서 양쪽 눈을 따로 움직였다. 로테는 손가락 하나 까딱하지 않고 깊은 잠에 빠져 있었다. 요요는 슬슬 머리가 아파 오기 시작했다. 무척 피곤했다. 소파에 몸을 묻은 요요는 눈을 감았다. 몸이 붕 뜨는 게 묘한 기분이 들었다. 두 눈은 격렬한 춤이라도 추는 것처럼 마구 따로 놀았다. 시간 감각도 사라진 지 오래였다. 얼마나 오래 있었는지 도무지 짐작조차 할 수 없었다. 여기를 나가서 다시 도시로 돌아간다면 얼마나 많은 세월이 흘러 있을까? 새삼스레 아가테의 얼굴이 떠올랐다. 그동안 까맣게 잊고 있었던 얼굴이었다. 돌아가는 길이 있기는 있을까? 저 닫혀 있는 문은 어디로 통하는 것일까? 또 열려 있는 문은? 혹시 알레프 부스타니의 집에서 나가는 출구가 없는 것은 아닐까? 그래서 영원히 장벽 속에 갇혀 지내야 하는 건 아닐까?

알리시아와 함께 있어서 기분은 좋았지만, 처해 있는 상황은 암담하기만 했다. 장벽 속에 갇혀 지내고 싶지는 않다. 집으로 돌아가고 싶다. 정겨운 아가테가 있는 집으로! 돌아가서 옛날 그대로 살 수는 없을까? 하지만 불가능한 일이다. 장벽을 허물거나, 적어도 장벽이 힘을 쓰지 못하게 해야만 이곳을 벗어날 수 있다. 그렇다면 돌아갈 수 있을지는 몰라도 모든 게 완전히 딴판으로 변해 있지 않을까? 요요는 갑자기 자신이 정말로 원하는 게 무엇인지 확신할 수 없었다. 예전처럼 사는 것? 장벽을 허무는 것? 당연히 늘 더 나은 삶을 원해 왔다. 멋진 새 청바지에 거울처럼 반짝이는 선글라스, 노란 섬에서도 귀한 최신형 에어모프⋯⋯. 가만있어 봐, 그런 걸 어떻게 해야 가질 수 있지? 그런데 간절히 갖고 싶었던 게 고작 그런 건가? 집과 옷과 멋진 자동차? 그런 게 없어도 지금까지 지내는 데 큰 불편은 없었는데.

하지만 이러저런 생각에 빠지는 건 아무 소용없는 일이다. 지금 해야 할 일은 어떻게든 장벽의 악영향을 막는 것이지 않은가.

"이런 젠장!"

돌연 알리시아가 욕설을 내뱉으며 탕 소리가 나게 상자를 탁자에 내려놓았다.

"이런 식으로는 아무것도 안 돼. 뭔가 다른 방법을 찾아야 하지 않을까? 머릿속에 장벽을 만들어 보라니, 이 무슨 밑도 끝도 없는 소리야? 도대체 무슨 장벽을 어떻게 그려 보라는 거야?"

"그렇게 장벽을 그리려고 애쓸 거 없어. 우린 그저 양쪽 눈을 각각 따로 움직이기만 하면 돼. 장벽을 조종하는 건 그걸로 충분하니까. 장벽을 만들어야 할 때나 머릿속에 장벽을 그리는 거지."

시몬이 말했다.

"어련하시겠어!"

알리시아가 한숨을 쉬었다.

"눈이 빠질 것처럼 아파 죽겠는데, 참 한가한 소리만 하는군. 억지로 눈을 사팔뜨기로 만든다니 이게 대체 무슨 미친 짓이람."

알리시아는 거칠게 퍼부었다. 요요는 물끄러미 알리시아를 지켜보았다. 죽을 위기에 닥쳐도 늘 대담하고 용감하던 알리시아가 저렇게 자신 없어 하는 모습은 처음이었다. 알리시아는 창백한 낯빛으로 멍하니 앞만 바라보고 있다. 요요는 그녀의 손을 잡아 주고 싶은 생각이 간절했다. 하지만 차마 손이 나가지 않았다. 요요는 그저 이렇게 물었다.

"왜 그래, 알리시아, 너답지 않아."

"아무것도 아냐."

알리시아는 피곤한 얼굴로 요요를 보았다.

"어쩌겠어."

요요는 두 손을 턱에 괴고 말했다.

"이제 목표를 바로 눈앞에 두고 있잖아. 힘내!"

"예, 예, 어느 분 말씀이라고요!"

알리시아가 특유의 말투로 빈정댔다.

"그런데 어떤 목표를 말씀하시는지?"

"대체 왜 이렇게 날을 세우고 그래?"

"아, 아냐, 아무것도."

알리시아가 손사래를 쳤다.

"앞으로 어떤 일이 다가올지 몰라서 겁나는 거니?"

요요가 물었다.

"아니."

알리시아는 대수롭지 않게 대답했다.

"언제는 우리가 앞일을 알았나?"

"맞는 말이다."

시몬이 끼어들었다.

"다가올 미래를 알 수는 없지. 더구나 이 경우는 정말 가늠하기 힘들어."

요요는 한동안 생각에 잠겼다.

"만약 우리가 아무것도 하지 않는다면 어떻게 될까요?"

"그럼 장벽이 계속 늘어나겠지. 그건 곧 죽음을 의미해. 장벽을 파괴하지 못할 가능성도 얼마든지 있어. 또 한편으로 장벽이 사라지고 우리 모두가 해방을 맛볼 때, 무엇이 우리를 기다리고 있을까? 이 물음에 자신 있게 답할 수 있는 사람은 아무도 없어."

"정말 궁금하군요. 무슨 일이 일어날까요? 해방은 좋은 게 아닌가요?"

요요가 물었다.

"이렇게 생각해 보면 어떨까? 지금 우리 앞에 독가스가 가득 담긴 통이 놓여 있다고 하자. 도시 전체 혹은 아예 한 나라를 완전히 망가뜨릴 수 있을 정도로 무서운 양의 독가스가 말이야. 상자가 압력을 받게 되면 언젠가 터지고 말 거야. 그럼 거대한 독가스 회오리가 일면서 단 한 명도 살아남을 수 없게 되는 거지."

시몬이 설명했다.

"장벽도 마찬가지가 아닐까? 세월이 흐르면서 장벽을 무너뜨리려는 압력은 커지기만 하지. 장벽이 새끼를 치듯 우후죽순처럼 늘어나는 걸 봐. 바로 압력이 늘어나고 있다는 증거야."

"그럼 알레프 부스타니는 이런 압력에 어떻게 대처했나요?"

요요가 물었다.

"지금까지는 적당히 조절해 왔어. 하지만 그도 나이를 먹어 가면서 점차 그걸 다스릴 힘을 잃고 만 것이지. 만약 계속 다스리는게 가능하다고 해도 앞으로 어떤 일이 일어날지는 아무도 몰라."

"그게 무슨 말씀이시죠?"

"압력이 갈수록 커져서 상자가 폭발하듯 장벽이 무너졌다고 치자. 그럼 어떻게 될까? 지금까지 갈려 있던 것들이 마구 뒤섞이지 않겠니?"

“그렇겠죠, 하지만 그게 나쁜 건가요?”

요요가 물었다.

“나쁜 것만은 아니겠지. 하지만 좋다고만도 얘기할 수 없어. 바로 그래서 문제야. 어떤 일이 벌어질지 아무도 모르거든. 장벽이 무너지면서 이쪽 동굴 도시와 저쪽 문명 도시가 정면으로 충돌할 수도 있어. 일종의 무정부 상태가 벌어지는 거지. 서로 죽이고 죽는! 갱들이 거리를 휩쓸며 폭행과 약탈을 일삼을 수도 있고. 그럼 누구도 안심하고 살 수 없는 세상이 되어 버리는 거지.”

“하지만 얼마든지 좋은 쪽으로 발전할 수도 있잖아요? 꼭 그렇게 나쁜 쪽으로만 간다고 누가 그래요?”

요요가 대꾸했다.

“폭력이 판을 치는 야만적인 세상이 열릴 가능성은 얼마든지 있다는 거야.”

시몬이 가라앉은 목소리로 답했다.

“알레프 부스타니가 장벽을 지을 때만 해도 상황은 아주 심각했어. 빈부의 차이가 갈수록 커지면서 사람들의 갈등은 극에 달했지. 부자들은 서둘러 담장을 높이 쌓았어. 가난한 사람들이 넘보지 못하도록 아예 선을 그어 버린 거야. 곳곳에서 피를 부르는 싸움이 벌어졌지. 바로 그래서 알레프 부스타니는 장벽을 세우려는 천재적인 발상을 한 거야!”

“내가 이럴 줄 알았어, 당신은 정말이지 못 말리는 장벽 주의자야! 마치 예수의 제자라도 된 듯 알레프 부스타니를 떠받드는 꼴이 역겨워."

흥분한 알리시아가 날카롭게 말했다.

"하지만 어쩌겠어? 나도 우리가 뭘 해야 하는지, 어떤 게 의미 있는 선택인지 모르는 판에!"

그대로 소파에 누워 버린 알리시아는 질끈 눈을 감고 가쁜 숨을 몰아쉬었다.

"대체 나더러 어쩌라는 거야? 아무도 내 기억을 돌려주지 않아! 그냥 아무렇게나 버려진 쓰레기가 된 것 같은 내 마음을 알기나 해? 이 빌어먹을 상자는 도대체 뭐야? 뭘 어떻게 하라는 거야? 눈을 홉뜨고 사팔뜨기처럼 굴라고? 뭐야, 이건, 애들 장난도 아니고! 이 따위 미치광이 짓은 알레프 부스타니한테나 하라고 해!"

폭발하듯 쏟아져 나오는 알리시아의 비명은 날카로우면서 공허하게 들렸다.

"그래, 그렇게 해서라도 답답한 속을 풀 수 있다면 얼마든지 소리를 지르렴."

시몬이 침착한 목소리로 말했다.

"알레프 부스타니에게 마지막 희망을 걸고 찾아왔을 텐데, 영문을 알 수 없는 상자와 씨름해야 하다니, 네 심정도 이해 못하는 건 아니다. 하지만 넌 리카르다일 때도 그랬어. 언제나 원하는 것은 당장 할 수 있어야 직성이 풀렸지. 그게 안 되면 말도 못 붙일 정도로 화를 냈고."

"리카르다는 죽었어, 죽었단 말이야. 이제 알리시아도 곧 죽을 거고!"

"왜 그래, 너답지 않게!"

요요가 말했다.

"그래 넌 리카르다가 아니야, 알리시아일 뿐이지, 그걸로 충분하다고! 우린 지금 모두 같은 운명이야. 서로 공격하는 어리석은 짓은 그만두자꾸나."

"난 피곤할 뿐이야."

알리시아가 중얼거렸다.

"그냥 피곤하다고."

일행은 한동안 아무 말도 하지 않았다. 각자 자신의 생각에만 골똘히 빠져 있었다. 번갈아 가며 이따금씩 상자를 쥐고 사팔뜨기처럼 그 안을 들여다볼 뿐이었다.

헛된 노릇이었다. 아무 변화도 일어나지 않았다. 실내 공기는 탁하고 건조했다.

"이래 가지고는 안 되겠다."

마침내 시몬이 입을 열었다.

"조금도 달라질 것 같지 않아. 집 안을 한 번 둘러보는 건 어떨까? 혹시 다른 실마리를 찾을 수 있을지 몰라. 조금 몸을 움직여 보는 것도 괜찮을 거야."

"로테도 데리고 가야죠."

요요가 말했다.

"로테가 없으면 우리는 장벽의 경계를 알 수 없어요."

18 일행은 로테를 깨워 노랑 살롱을 나섰다. 어디선가 희미하게 빛이 흘러드는 복도에 이르렀다. 나무 바닥이 깔린 복도는 걸음을 옮길 때마다 삐걱대는 소리를 냈다. 오랫동안 아무도 지나다니지 않았는지 바닥에는 먼지만 두텁게 쌓여 있다. 복도에는 모두 네 개의 문이 보인다. 먼지를 마신 시몬은 콜록거리며 조심스럽게 첫 번째 문에 다가갔다. 손잡이를 돌려 보았으나, 문은 굳게 잠겨 있다. 천천히 하나씩 문을 확인했지만, 열려 있는 곳은 없었다.

통로의 끝에는 너덜너덜해진 양탄자가 깔린 계단이 위층으로 사람들을 안내한다. 폭이 넓은 계단을 따라 올라가니 황갈색의 칙칙한 바닥재를 깐 널찍한 공간이 나온다. 가구 하나 없는 공간이지만 벽에는 황금색 액자에 유화들이 걸려 있다. 그중의 하나는 짙은 금발 머리 여인이 바이올린을 연주하는 모습이다. 로테와 놀랄 만큼 닮았다. 그림 앞에 선 시몬이 나직한 목소리로 이름을 불렀다.

"마리아!"

로테도 그림 앞에 서서 뚫어져라 바라본다. 그림 속의 여인과 시선을 마주치던 로테는 이내 고개를 돌린다. 요요는 로테가 엄마의 모습을 기억해 내려고 안간힘을 쓰고 있다는 걸 잘 알 수 있었다. 하지만 이런 만남은 얼마나 가슴 아플까.

"나하고 똑같이 생겨서 더 보고 싶지 않아."

로테가 말했다. 그림을 바라보는 요요의 가슴 속에도 역시 감정의 거센 회오리가 일었다.

"저기 문이 하나 있군."

시몬이 문이 있는 쪽으로 다가가려 했다.

"안 돼요!"

로테가 외쳤다.

"그쪽으로 가지 마세요. 바로 앞에 또 노란 선이 보여요."

로테의 손은 바닥의 한 지점을 가리키고 있다. 요요는 그곳을 유심히 살폈지만 알아볼 수가 없다. 대체 그런 경계선은 누가 그려 놓은 것일까? 알레프 부스타니가 직접 그렸을까? 그는 자신의 색감이 특별하다는 것을 알고 있었을까? 요요는 다른 사람이 알아보지 못하는 색을 구분할 수 있다면 어떤 느낌일지 상상해 보았다. 하지만 요요는 상상조차 할 수 없다. 모르는 것은 끝내 모를 뿐이다. 모르는 것을 어떻게 표현할 수 있을까? 하지만 남이 보지 못하는 것을 보는 사람의 속은 또 얼마나 답답할까. 현재 있는 단어들로는 자기만 볼 수 있는 것을 표현할 수 없을 테니, 새로운 말을 만들어내야만 할 것이다. 그렇게 한다 해도 다른 사람들은 알아듣지 못할게 뻔하다. 로테가 저 노란색을 놓고 때로는 황갈색이라고 했다가 황금색이라고도 하고 심지어 레몬 같은 노란색이라고 그때그때 말을 바꿔 가며 안간힘을 쓰는 심정을 이해할 수 있을 것 같다. 또 뭐랬더라? 아주 밝은 노란색? 그건 대체 어떤 색일까?

알레프 부스타니는 자신의 특별한 능력을 잘 알고 있었음이 틀림없다. 그렇지 않고서야 사람들이 잘 알아보지 못하는 밝은 노란색을 써서 저런 경계를 표시할 수는 없지 않은가. 마리아 시몬 역시 이런 능력을 가지고 있었던 게 분명하다. 저 신비의 노란색을 알아보지 못했다면 이 집에서 한 발짝도 마음대로 움직일 수 없었을 테니까. 또 저 바이올린에 숨겨 둔 지도를 그린 방식만 봐도 그랬다. 마리아 시몬도 자신의 색감이 특별하다는 걸 잘 알고 있었으리라. 더 나아가 로테 역시 같은 색감을 가졌다는 걸 알았던 게 틀림없다. '그럼 난 왜 그런 능력이 없는 거지?' 요요는 고개를 갸웃했다. 부모 양쪽이 모두 그런 능력을 가졌다면 아들인 자신도 같은 능력을 가져야 하는 게 아닐까?

요요가 이런 생각에 잠겨 있는 동안 로테는 다른 그림을 보고 있었다. 이 그림은 경계선 너머의 문 옆에 걸려 있는 것이다. 요요의 시선도 이 그림에 가서 멎었다. 아까 그림보다 훨씬 더 오래된 것처럼 보였다. 그림 속 인물의 옷차림이 기괴하기 짝이 없었다. 저런 게 유행인 시절이라면 상당히 오래전으로 거슬러 올라가야 하지 않을까. 그림 속의 여자는 황록색 바지에 노란 셔츠를 입고 있다. 가느다란 멜빵을 멨고, 짧은 셔츠는 배꼽을 훤히 드러내 놓았다. 배꼽에 눈길이 가 닿은 요요는 흠칫 놀랐다. 거기에 한껏 멋을 부린 글씨체로 새겨진 문신이 보였기 때문이다. 문신의 철자는 'A L E F'라고 되어 있다. 요요는 그림의 제목이 뭔지 읽어 보았다. 그 철자는 무리쉬였다. 요요가 간신히 읽어 낸 그 글자는 '사프라'였다.

시몬도 그림을 보고 깜짝 놀랐다.

"이것 좀 봐라! 난 사프라가 알레프 부스타니를 둘러싼 수많은 전설들 가운데 하나라고만 여겼어. 하지만 이 여자는 실존 인물이었구나!"

"사프라……."

로테가 중얼거렸다.

"내 메모 구슬에도 등장하던 이름이네요! 그녀는 이 집에서 알레프 부스타니와 함께 살았던 거죠?"

잠깐 생각에 잠겼던 로테가 다시 말을 이었다.

"그렇담 이 여자도 사색자이겠군요."

"그렇겠지."

시몬이 대답했다.

"그래야만 이 집에서 생활할 수 있었을 테니까. 이제야 모든 사정을 알 것 같다."

잠시 뜸을 들인 시몬이 이렇게 말했다.

"《장벽의 시대》라는 책에서 알레프 부스타니는 자신이 진리를 볼 수 있다고 몇 차례나 강조하고 있어. 자신을 그토록 특별한 사람으로 여겼던 이유가 이거였구나. 보지 못하는 것을 볼 수 있다는 자신감!"

"내가 보기에는 과대망상증 환자일 뿐이야."

알리시아가 차갑게 말했다.

"자기 스스로 천재라고 주장하는 사람들이야말로 정말 끔찍한 위인들이지. 게다가 사색자는 진화가 아니라 퇴보라고. 새들이나 개구리 혹은 물고기가 사색자의 능력을 가지고 있다는 건 알고 있는지 모르겠군."

아무도 대답하지 않았다. 일행은 계속해서 그림을 구경했다. 마침내 로테가 입을 열었다.

"이제 그만 가요. 어쩐지 그림들을 더 보고 있을 수가 없네요. 그림을 보고 있노라니 뭔가 기억이 날 것 같은데도 그게 뭔지 끝내 모르겠어요. 여기 이쪽으로……."

로테는 이렇게 말하며 문 하나를 가리켰다.

"이쪽으로 가면 돼요."

문을 나서기 전 로테는 다시 공책을 꺼내 주위를 둘러본 다음 재빨리 스케치를 했다.

로테가 가리킨 문은 양쪽으로 열 수 있는 커다란 날개 문이었다. 문이 활짝 열려 있었던 탓에 그 뒤의 공간이 환하게 보였다. 공간은 두 개가 맞닿아 있는 구조였다. 앞쪽의 공간에는 커다란 유화들이 죽 걸려 있었다. 그림에 별로 관심이 없다는 듯 알리시아는 첫 번째 공간을 휙 지나쳐 다음 공간으로 갔다. 거기서 왼쪽을 바라보던 알리시아의 입에서 탄성이 터져 나왔다.

"세상에!"

"왜 그래, 뭐야?"

요요는 얼른 알리시아에게 다가갔다. 시몬과 로테는 그림을 보느라 여념이 없었다. 알리시아 곁에 선 요요는 그녀의 눈길을 좇아갔다. 왼쪽에 열려 있는 커다란 날개 문을 통해 널찍한 홀이 보였다. 홀의 무대에는 검은색 그랜드피아노가 당당히 놓여 있었다.

"저것 좀 봐!"

알리시아가 속삭였다.

“음, 정말 대단하구나!”

어느 틈에 왔는지 시몬도 감탄을 감추지 못했다.

“이게 바로 암흑의 연주 홀이야!”

“하지만 조금도 어둡지 않은데요?”

요요가 물었다.

“물론 암흑의 연주 홀에서도 조명을 밝힐 수는 있지. 이를테면 청소를 해야 할 때라면.”

시몬이 말하며 홀 안으로 들어섰다.

“하지만 연주는 완전한 암흑 속에서만 해. 어떤 종류의 것이든 빛은 음향에 나쁜 영향을 주거든.”

“흥, 또 그 엉터리 장벽 학문인가?”

알리시아가 비웃었다.

시몬은 아무 말도 하지 않았다. 일행은 홀 안을 천천히 둘러보았다. 홀에는 의자가 가지런히 놓여 있고, 유화로 그린 음악가들의 초상화가 걸려 있었다. 그림은 왜 걸어 놓았는지 모를 일이었다. 완벽한 어둠 속에서 그림을 볼 수도 없는 노릇인데.

알리시아는 한 장의 그림 앞에 우뚝 섰다. 그리고 나직하게 속삭였다.

“이게 리카르다야…….”

요요는 넋을 잃고 초상화를 올려다보았다. 무대 의상을 차려입은 알리시아, 즉 리카르다는 눈부시게 아름다웠다. 요요가 감탄하는 찰나, 알리시아는 달려들어 그림을 곧장 뜯어냈다. 그러고는 그림을 바닥에 패대기치고 발로 얼굴을 마구 짓밟았다. 요요는 멍하니 있었다. 모두들 알리시아의 발작에 아무 말도 하지 못했다.

"돌아가자."

시몬이 말했다.

"여기는 막혀 있어서 더 이상 나아갈 데가 없어!"

일행은 다시 계단을 올라갔다. 다음 층은 완전히 봉쇄되어 있었다. 계속 이어지는 두 층들도 들어갈 수 없기는 마찬가지였다.

가장 꼭대기 층에 이르러서야 비로소 접근이 가능했다. 그곳은 다락방 같은 곳이었다. 그러니까 지붕 바로 아래에 있는 공간이다. 텅 비어 있는 공간의 바닥에는 황갈색 합성수지 장판이 깔려 있다. 지붕에 있는 기와 틈새로 밝은 빛이 공간에 내리비친다.

"햇빛이다!"

요요가 외치며 손가락으로 위를 가리켰다. 바깥의 해를 보지 못하고 실내에서만 지낸 게 벌써 오래되었다는 사실이 떠올랐다.

"저게 정말 햇빛인지 모르겠다."

시몬이 말했다.

"그럼 뭐란 말이지?"

알리시아가 물었다.

시몬은 아무 대답도 하지 않았다. 로테는 다락방을 스케치한 다음 말했다.

"이제 가죠, 다 본 것 같아요."

일행은 피곤한 몸을 이끌고 노랑 살롱으로 돌아왔다. 모두 소파에 털썩 주저앉아 발을 쭉 뻗었다.

"저 상자는 어떻게 다루는 것인지 알아냈어?"

로테가 검은 상자를 가리키며 물었다. 로테는 그걸 들고 자세히 관찰했다.

"저걸 가지고 얼마나 씨름을 했나 몰라. 하지만 도무지 어떻게 다루는 건지 모르겠더라."

요요가 설명했다.

"그래? 그렇게 복잡해?"

로테가 눈을 동그랗게 떴다.

"그러니까 잠 좀 작작 잘래! 남들 애쓰고 있을 때 식식거리고 잠만 퍼 자 놓고 이제 와서 딴소리야. 재수 없게!"

알리시아가 사납게 쏘아붙였다.

"알리시아, 대체 너 왜 그래? 좀 심하지 않아?"

피곤하거나 짜증이 날 때, 더욱 날카로워지는 게 알리시아의 버릇인 줄 알면서도 요요가 알리시아를 나무랐다.

"로테 좀 못살게 굴지 마!"

요요는 다시 한 번 타이른 다음, 로테를 향해 말했다.

"양쪽 눈을 각각 따로 움직여야 상자를 조종할 수 있대."

"사시가 되어야 한단 말이지?"

로테가 야릇한 표정을 지었다.

"그럼 난 이걸 쉽게 다룰 수 있겠는데."

"네가?"

다시 알리시아는 뭐라고 로테에게 쏘아붙이려다가 요요의 눈치를 보더니 도로 힘없이 소파에 주저앉았다.

"그래! 난 약간 사팔뜨기거든."

"로테 말이 맞다."

시몬이 거들었다.

"로테는 약간 사시야. 난 그게 싫어서 몇 번이나 수술을 하자고 했지. 요즘은 간단한 수술로 교정할 수 있거든. 하지만 한사코 싫다고 하는 통에 두 손 두 발 다 들고 말았지."

요요는 새삼스레 로테의 얼굴을 바라보았다. 지금까지 로테가 사시라는 건 조금도 알아차리지 못했다. 다만 가끔씩 묘하게 쳐다보는 로테의 눈을 보며, 지금 날 보는 건가, 아니면 옆에 있는 다른 걸 보는 건가, 의아하게 생각한 적은 있었다. 그제야 요요는 로테가 메모 구슬에서도 사팔뜨기 이야기를 했던 것을 떠올렸다.

"눈을 약간만 이렇게 뜨면 돼!"

로테가 시범을 보였다.

"하지만 평소에 내가 집중을 하면 사람들은 나한테 사시가 있다는 걸 전혀 알아차리지 못하지."

로테는 상자를 들어 안을 들여다보았다.

몇 분이 지났을까. 로테는 다시 상자를 내려놓으며 투덜거렸다.

"이게 뭐야? 아무런 반응이 없잖아. 고작 문 하나 열고 끝나? 뭘 어쩌라는 거지?"

"뭐라고?"

요요가 깜짝 놀라 물었다.

"뭘 어떻게 했다고? 문을 열었어? 어떤 문?"

"몰라. 갑자기 내가 어떤 복도에 서 있는 거야. 복도의 양쪽에는 문이 네 개 있었어. 다른 건 다 잠겨 있는데 그 문 앞에 서자 '열어주세요!' 하는 소리가 들리더라고. 그래서 그냥 열고 들어갔지, 뭐. 조금도 힘들지 않았어. 그랬더니 상자가 내게 축하한대! 뭘 축하한다는 건지 모르겠던데. 그걸로 끝이야. 나 정도의 사팔뜨기로는 안 되는 모양이지?"

"뭐라고? 네가 문을 열었다고?"

시몬 역시 놀란 입을 다물지 못하고 물었다.

"상자가 시키는 대로 한 거예요."

"로테, 너 어떻게……?"

시몬은 믿을 수 없다는 듯 고개를 세차게 흔들었다.

"그렇게 아무 문이나 여는 게 아니야! 어쩜 그렇게 경솔할 수가 있니?"

"왜 안 된다는 거죠?"

로테가 어리둥절한 표정을 지었다.

시몬은 다시 고개를 절레절레 흔들며 혀를 찼다.

"네가 왜 그렇게 장벽 학문이라면 어려워했는지 이제 확실히 알겠구나. 어떻게 문을 열 생각을 하니? 무슨 일이 일어날 줄 알고 문을 벌컥벌컥 열고 그래? 문이란 창문과 마찬가지로 무척 수상한 거야. 신중하게 처신하지 않으면 큰일 난다고! 문을 열 때면 몇 번이고 생각해서 신중하게 결정해야지. 조금이라도 의심이 가는 경우는 아예 문에 손도 대지 말란 말이야, 알았어!"

"하지만 문을 열고 나가야 할 때도 있잖아요?"

요요가 물었다.

"그거야, 두말하면 잔소리지. 문을 열어야 할 때도 물론 있어. 하지만 언제나 자신이 뭘 하고 있는지 명확하게 판단을 하고 난 다음에 행동을 해야 하는 거야."

얼굴이 빨개진 로테는 고개를 숙이고 아무 말도 하지 않았다. 억울해하는 표정이 역력했다.

"헤이, 로테!"

자리에서 일어나 로테에게 다가온 알리시아가 그녀의 어깨를 잡고 말했다.

"신경 쓰지 마. 네 아빠는 그 잘난 장벽 학자잖아. 하지만 장벽 학문의 호시절은 지나갔어. 네가 문을 연 건 아주 잘한 거야, 조금도 신경 쓸 거 없어."

이렇게 말하고 알리시아는 다시 뻔뻔하게 제자리로 돌아가 벌렁 누웠다.

"그리고 말이야. 한마디만 덧붙이겠는데."

다시 알리시아가 입을 열었다.

"너희, 시몬을 조심해야 할 거야."

"뭐라고? 너희?"

요요는 사사건건 시몬에게 시비를 거는 알리시아를 이해할 수
가 없었다.

"너는 아니고?"

"난 그에게 그다지 중요한 인물이 아니니까."

요요는 고개를 갸웃했다. 알리시아는 대체 무슨 소리를 하고 있
는 걸까?

"난 말이야. 아직도 잘 모르겠어."

알리시아가 계속 했다.

"과연 저 고매한 교수가 우리와 뜻을 함께 하는지 말이야. 우리
의 목적은 장벽을 허무는 것인데, 저 사람은 한사코 장벽을 지키려
하잖아. 오히려 장벽이 무너지면 무정부 상태가 올 거라는 등 헛소
리나 하고 말이야."

알리시아는 팔짱을 낀 채로 시몬을 노려봤다. 로테는 불안한 눈
길로 양쪽의 눈치를 살피다가 상자를 슬그머니 다시 탁자에 내려
놓았다. 그러자 알리시아가 냉큼 상자를 집어 들고 다시 그 안을
들여다보았다.

"뭐야? 뭐가 보인다는 거야? 문이 어디 있어?"

"네가 눈을 사팔뜨기처럼 움직이지 못하니까."

로테는 눈을 따로따로 움직여 보였다.

"하지만 나도 거기까지야, 이 이상은 보이지 않아."

"이제 어떻게 한다?"

요요가 물었다.

"내 생각에는 일단 쉬는 게 좋겠다."

시몬이 무거운 입을 열었다.

"몇 시간이라도 눈을 붙이고 잠을 자 두는 게 어떨까?"

"그거 좋네요, 잡시다."

알리시아가 쌍수를 들고 환영했다.

"기왕이면 영원히 잠들어 버리지, 뭐."

요요는 소파 한 구석에서 고양이처럼 웅크리고 있는 알리시아를 어처구니없다는 표정으로 노려보았다. 대체 알리시아는 왜 저러는 것일까? 하지만 뭘 더 생각하기에는 너무나 지쳐 있었다. 마침내 요요도 잠이 들고 말았다.

19 요요는 화들짝 놀라 깨었다. 뭔가 기분이 이상했다. 자리에서 벌떡 일어난 요요는 주변을 살폈다.

알리시아가 사라졌다.

요요는 로테의 어깨를 흔들어 깨웠다.

"로테! 알리시아가 사라졌어. 상자도 없어."

"뭐라고?"

로테는 졸린 눈을 비벼 대며 맹한 표정을 지었다.

시몬도 동시에 깨어 일어났다.

"무슨 일이냐?"

시몬이 물었다.

"넌 네 바로 옆에서 자는 사람도 못 믿는 거냐?"

"알리시아는 잠을 자지 않았던 것 같아요."

요요가 침착하게 말했다.

"어디를 갔단 말이야?"

로테가 물었다.

"장벽을 벗어나지 않았다고 본다면, 가능성은 오직 하나야. 네가 말한 그 문으로 나간 게 아닐까?"

요요가 난처함을 감추지 못하고 말했다.

"그건 말이 안 돼! 저 노란 이음새를 넘어갈 수는 없으니까. 내가 보기에는 저 위로 빠져나가려는 모양인데!"

로테는 손을 들어 지붕을 가리키는 시늉을 했다.

"그래, 네 말이 맞겠구나!"

요요는 이렇게 말하며 알리시아가 베고 있었던 쿠션을 만져 보았다. 아직 따뜻했다.

"오래전에 사라진 건 아닌 모양이야."

요요의 얼굴이 굳었다.

"도대체 무슨 꿍꿍이일까요?"

요요는 시몬의 얼굴을 똑바로 바라보며 물었다. 답을 아는 사람은 시몬뿐일 것 같았다.

"대체 어디로 가려는 걸까?"

로테가 혼잣말처럼 말했다.

"이 집에서 빠져나가는 길은 없는데!"

"아까 집을 둘러보면서 우리가 보지 못한 어떤 길을 발견한 게 아닐까?"

시몬이 추측했다.

"아니면 그저 지붕으로 빠져나갈 수 있나 시도해 보려는 것일 수도 있고요."

요요가 말했다.

"지붕으로 빠져나갈 수 있다고 믿는다면, 미친 게 틀림없어. 말이 지붕이지, 그게 진짜 지붕인 줄 알아? 거기로 나가 봐야 장벽 안에 있는 것에 지나지 않아. 왜 그렇게 어리석게 구는 거지?"

"가 보죠."

요요가 시몬의 말을 끊었다.

"같이 가서, 알리시아가 더 큰 실수를 저지르기 전에 찾아내요. 더 늦기 전에 빨리요. 내가 자기 말이라면 껌뻑 죽는 줄 아니까, 저한테 맡겨 주세요. 마음을 돌리도록 설득해 볼게요."

말을 마치기도 전에 요요는 다락방을 향해 달리기 시작했다.

시몬과 로테도 서둘러 요요의 뒤를 쫓았다. 가쁜 숨을 몰아쉬며 계단을 올라가고 있는 사이, 위에서 둔탁한 소리와 함께 알리시아의 날카로운 비명이 들려왔다. 알리시아는 알아듣기 힘든 욕을 퍼붓고 있었다.

"알리시아!"

요요는 큰 소리로 알리시아를 부르며 한달음에 다락방으로 뛰어 올라갔다. 계단에는 알리시아의 발자국이 선명하게 찍혀 있었다. 눈으로 발자국을 따라가던 요요는 무슨 일이 벌어지고 있는지 한눈에 확인할 수 있었다. 알리시아는 줄사다리를 타고 지붕 바로 아래까지 기어 올라가 기왓장을 깨려고 안간힘을 쓰고 있었다. 그렇게 해서 구멍을 만들어 지붕에 올라가려 했던 모양이다. 그러나 줄사다리가 흔들리는 통에 균형을 잃은 알리시아는 대들보에 한 손으로만 대롱대롱 매달려 언제 떨어질지 모르는 아찔한 상황에 처해 있었다. 남은 한 손에는 행여 놓칠세라 검은 상자를 꼭 쥐고 있어 더욱 아슬아슬했다. 한쪽 발은 여전히 줄사다리에 걸쳐 있기는 했지만, 줄사다리가 좌우로 흔들리는 탓에 보기만 해도 조마조마했다.

"알리시아, 어디를 가려고 그러니?"

시몬이 물었다.

알리시아는 아무 말도 하지 않았다.

"거기로 나갈 수는 없어!"

시몬이 외쳤다.

"알리시아, 포기하고 내려와!"

로테가 소리를 질렀다.

"거기서 떨어졌다가는 넌 경계를 넘어가 버리고 말아, 저쪽에 떨어진다고!"

"난 떨어지지 않아!"

알리시아가 간신히 말했다. 어떻게든 줄사다리를 멈추게 하려고 안간힘을 쓰고 있었다.

"저쪽으로 떨어지기에는 아직 3미터 정도 여유가 있어."

"아니, 거기 위의 경계는 여기 아래와 달라."

"뭐라고? 네 그 빌어먹을 이음새는 어째 그렇게 제멋대로야? 왜 위와 아래가 달라, 그게 말이 되는 소리야?"

"장벽에서 말이 되는 걸 봤어?"

로테가 반문했다.

"내 말을 안 믿어도 할 수 없어. 한 가지만 확실하게 해 둘게. 지금 경계에서 넌 50센티미터도 떨어져 있지 않아. 아차 하는 순간에 넘어가게 될 거야."

알리시아는 아무 말도 하지 못했다. 요요도 로테의 말이 완전히 믿기지 않았다. 어째서 아래와 위의 경계선이 다른 걸까? 하지만 다른 누구도 알아보지 못하는 노란 선을 로테만 볼 수 있는 탓에 그 말을 의심할 수는 없었다. 게다가 로테는 이런 걸 가지고 장난 칠 성격이 아니다.

"내가 떨어지면 이 상자도 같이 떨어지는 거야!"

알리시아가 소리 질렀다.

"우리가 밑에서 받아 줄게."

시몬이 말했다.

"어서 던지렴, 그 상자는 아주 튼튼한 거니까 걱정하지 않아도 된단다."

"하, 누구 좋으라고?"

알리시아가 숨넘어가는 소리로 간신히 말했다.

요요는 얼른 다가가 사다리를 두 손으로 꼭 잡았다.

"잘 들어!"

요요가 외쳤다.

"내가 줄사다리를 잡아 줄게. 먼저 균형을 잡고, 상자를 우리에게 던져. 그런 다음 두 손을 써서 사다리를 잡고 내려오면 안전할 거야, 알겠니?"

알리시아는 비명을 질렀다. 하지만 여전히 포기하지 않았다.

"넌 그저 상자만 빼앗으려고 수를 쓰는 거 아냐? 내가 내려갈 수 있도록 줄사다리를 잡고 있겠다고? 상자를 차지하고 나면 날 저쪽으로 넘기려고 그러지?"

"알리시아, 도대체 무슨 소리를 하는 거야? 날 못 믿어? 나한테는 상자만큼이나 너도 소중해!"

요요가 외쳤다.

"쳇, 상자만큼이나 내가 소중해? 야, 야, 헛소리하지 마! 넌 지금 오로지 상자 걱정만 하고 있잖아. 그리고 난 이 상자가 시몬의 손아귀에 들어가는 게 너무 싫어. 분명히 얘기해 두지만, 시몬은 검은 정찰대보다 더 위험한 인물이야. 왜냐고? 그가 원하는 건 권력이거든! 알레프 부스타니가 너를 후계자로 지목했을 때, 시몬의 표정을 보지 못했니? 그는 로테를 구하려고 여기 온 게 아니야. 권력을 위해서라면 딸도 얼마든지 포기할 수 있는 냉혈한이라고!"

"쟤 말을 믿지 마!"

시몬이 외쳤다.

"저건 편집증 환자의 미친 소리일 뿐이야!"

요요는 아무 말도 할 수 없었다. 편집증이 무슨 말인지 몰랐기 때문이다. 대신 미쳤다고 하는 말은 귀에 쏙 들어왔다. 알리시아가 미쳤다? 지금껏 경험으로 미루어 말투가 거칠기는 해도 미친 건 아니라고, 요요는 고개를 저었다. 거꾸로 알리시아의 말이 옳다면 어떻게 되는 거지?

마침내 요요가 입을 열었다.

"상자를 나한테 주면 되잖아."

요요는 될 수 있는 한 침착한 목소리로 말했다.

"나는 믿을 수 있지 않니, 알리시아?"

"흥, 너도 똑같아. 네가 원하는 건 이 상자일 뿐이야!"

"알리시아, 내가 지금 원하는 건 네가 안전히 내려오는 거야. 자, 빨리 상자를 던져! 더 늦으면 넌 지탱할 수가 없어."

"흥, 어리석은 요요, 내가 그렇게 타일렀지. 난 사랑에 빠진 얼간이는 질색이야, 네가 나한테 사랑에 빠진 걸 모르는 줄 알아?"

요요는 울컥 화가 치밀었다.

"절대 아니야. 그래, 네 말마따나 내가 원하는 건 상자야. 네까짓 계집애가 저쪽에 떨어지든 말든 난 상관하지 않을 거야."

요요는 말을 하면서도 가슴이 덜컥했다.

하지만 여기서 물러서면 안 된다. 알리시아를 안전하게 끌어 내리기 위해서라도 강하게 나가야 한다.

알리시아는 그런 요요가 무척 우스운 모양이었다.

"하하하, 넌 지금 네가 말을 해 놓고도 깜짝 놀랐지, 하하하. 아이고, 귀여운 요요!"

"알리시아!"

요요가 버럭 고함을 질렀다.

"그만두고 빨리 내려오지 못해!"

"아니, 싫어!"

알리시아도 맞고함을 쳤다.

"지금 여기서 포기하면 난 아무것도 아냐."

"알리시아!"

요요는 어이가 없었다.

"대체 네가 원하는 게 뭐야?"

알리시아는 대답하지 않았다.

"난 정말 널 모르겠다! 지금 그 상자를 가지고 뭐하려고? 알레프 부스타니처럼 되고 싶어서? 너도 권력을 탐하는 거야? 네가 말했지? 알레프 부스타니는 과대망상증 환자라고. 넌 더 심해. 알레프 부스타니에게 넌 바람에 날리는 한 장의 이파리만큼도 안 돼. 또 넌 그 상자를 조작할 줄도 모르잖아."

알리시아는 여전히 침묵했다. 순간 알리시아의 발이 미끄러지며 줄사다리를 놓치고 말았다. 이제 떨어지는 것은 시간 문제였다. 시몬과 로테는 벌써부터 상자를 받아 낼 자세를 잡고 있었다. 하지만 알리시아는 조금도 포기할 기색을 보이지 않았다. 한 팔로 안간힘을 쓰며 대들보를 기어오르려고 했다.

"알리시아!"

요요가 다시 외쳤다.

"제발 그만둬! 네가 원하는 게 뭔지 정말 모르겠다. 장벽을 허물고 싶다던 네 말은 거짓이었지? 넌 그저 이 장벽 안에서 살고 싶은 거야. 여기서 영원히 살면서 세상을 지배하는 여신이 되고 싶은 거야, 그렇지? 배신자!"

"날 배신자라고 부르지 마!"

알리시아가 외쳤다.

"그럼 내려와."

알리시아는 헐떡이며 가쁜 숨을 몰아쉬었다.

"알았어, 내려갈게."

요요는 귀를 믿을 수가 없었다.

"알았어, 내가 줄사다리를 잡아줄 테니까 조심해서 내려와. 하지만 먼저 그 상자를 던져."

"기꺼이."

알리시아는 신음 소리를 냈다. 더 이상 참을 수 없는 게 분명했다. 요요는 줄사다리를 흔들리지 않게 꼭 잡고 알리시아가 잡을 수 있게 밀어 주었다. 그런 다음 위를 올려다보며 말했다.

"이제 내려와. 내가 꼭 잡고 있을 테니 조심해서!"

알리시아는 아무 말도 하지 않고 발로 줄사다리를 잡은 다음 손으로 끌어당겨 조심스럽게 내려오기 시작했다. 하지만 한 손에 잡은 상자는 놓으려 하지 않았다. 반쯤 내려와서 알리시아가 갑자기 멈췄다.

"왜 그래?"

"상자를 받아."

알리시아가 간신히 말했다.

"손에…… 감각이 하나도 없어. 곧 난……."

알리시아는 더 말을 잇지 못했다.

"알았어, 내가 올라갈게."

요요가 줄사다리를 몇 단 올라갔다. 요요는 문득 알리시아를 믿어도 좋을까 하는 의심이 들었다. 하지만 다른 방법이 없었다.

"여기 받아."

알리시아는 요요에게 상자를 건넸다.

요요는 조심스레 상자를 받아 쥐었다.

"고마워, 이제 내려가는 걸 도와줄게. 손에 감각이 없다고? 거기서 기다려, 내가 올라가 너를 잡아 줄게."

"아냐, 아냐."

알리시아가 대답했다. 알리시아의 몸이 흔들렸다.

"요요……."

"응, 왜?"

"한 가지만 말하고 싶어. 넌 내가 만나본 사람들 중에 가장 순수한 사람이야……. 네가 알레프 부스타니의 아들이라는 게 마음에 걸리기는 하지만."

"아, 알리시아!"

요요가 말했다.

"이제 내려가자! 내려가서 얘기하자."

요요는 환호하는 심장을 간신히 달래며 말했다. 하지만 지금은 알리시아의 고백에 기뻐할 때가 아니었다. 알리시아의 몸은 당장에라도 떨어질 것처럼 흔들리고 있었다. 많이 내려오기는 했어도 바닥까지 4미터는 족히 될 것 같았다. 게다가 경계선은 바로 지척이었다.

알리시아는 요요의 눈을 내려다보았다. 눈길과 눈길이 만났다. 그녀의 눈은 젖어 있었다. 요요는 가슴이 찔리는 듯한 아픔을 느꼈다. 알리시아가 눈을 감으며 말했다.

"내가 더 살아야 할 아무 의미가 없어. 알고 있지? 내가 얼마나 많은 사람들을 죽였는지?"

요요는 아무 말도 하지 못했다. 뭐라고 해야 할지 알 수 없었기 때문이다. 돌연 알리시아가 고개를 번쩍 들었다. 그 순간, 그녀의 몸은 저 아래로 떨어져 내렸다.

알리시아는 바닥에 쓰러진 채 일어나지 못했다. 잠깐 고개를 치켜든 알리시아는 여전히 사다리 위에 있는 요요를 바라보았다. 요요는 무어라 형언할 수 없는 느낌에 가슴이 타는 것 같았다. 이내 알리시아는 고개를 떨어뜨리고 정신을 잃었다. 요요는 부들부들 떨리는 손으로 간신히 줄사다리를 내려왔다.

"알리시아를 어떻게 하면 좋아?"

로테가 창백해진 얼굴로 물었다.

"우리가 할 수 있는 건 아무것도 없어."

시몬이 잘라 말했다.

"하지만 저기 저대로 버려둘 수는 없잖아요."

요요가 소리를 질렀다.

"그래서 어쩌자고? 우리가 저길 넘어갈 수는 없어. 내버려 둬, 언젠가는 깨어나겠지. 빠져나갈 수 있는 길이 여기밖에 없다는 걸 알면 이리로 다시 넘어올 거야. 더구나 그동안 겪었던 모든 걸 깨끗이 잊어버리고 말이야. 그럼 우리에게 더 이상 시비를 걸지도 않을 테니 더 잘된 일 아니야?"

"그래도 저렇게 버려둔다는 건 말이 안 돼요. 부상이 심해서 살아남지 못할지도 모르잖아요."

"그건 알리시아가 치러야 할 대가야."

시몬이 냉혹하게 말했다.

"안 돼요, 그럴 수는 없어요."

요요가 외쳤다.

"알리시아를 저대로 버려둘 수는 없어요."

"하긴 넌 알리시아에게 빠졌으니 그럴 만도 하지. 하지만 한 가지만 확실히 해 두자. 지금까지 알리시아가 우리에게 어떻게 굴었지? 시비만 일삼았어. 또 얼마나 많은 사람들을 죽였니? 차라리 모든 걸 잊어버리라고 저대로 두는 게 좋을 수도 있다."

요요는 한숨을 내뱉었다. 시몬의 말이 맞았다. 하지만 그건 그거고, 다친 알리시아를 저대로 내버려 둬야 할까.

"그건 쟤가 원한 거야."

요요의 속마음을 읽은 시몬이 덧붙였다.

"그리고 그건, 알리시아가 살아서 내린 가장 훌륭한 결정이야."

요요는 아무 말도 하지 못했다.

요요는 가슴을 찌르는 자책감을 느꼈다. 알리시아를 그대로 버려두었다는 사실을 견딜 수가 없었다. 남의 말만 믿고 따른 자신을 용서할 수 없었다. 물론 시몬의 말은 논리정연했다. 또 지금 밧줄을 이용해 알리시아를 끌어낸들 무슨 소용이 있느냐는 로테의 지적도 틀린 것은 아니었다. 어차피 모든 걸 잊어버렸을 텐데 아무도 알아보지 못할 게 아닌가. 지금 할 수 있는 건 아무것도 없다! 차라리 장벽을 허물어 버려야 알리시아를 다시 만날 수 있을 거다. 시몬은 이런 말도 했다. 물론 그 알리시아는 전혀 다른 알리시아일 것이라고! 아냐, 다르지 않아! 요요는 생각했다. 알리시아는 알리시아일 뿐이다. 다만 리카르다도, 알리시아도 잊어버린! 아마도 이리스로 다시 만나게 될까? 아님 헬렌? 어쨌거나 요요는 가슴이 아팠다. 자책감은 내내 요요를 괴롭혔다.

그녀는 날 미워할 거야, 하고 요요는 생각했다. 아냐, 안 그럴지도 몰라. 어차피 모든 걸 잊어버렸을 테니까. 하지만 요요 자신은 평생 동안 양심의 가책을 안고 살아가야만 하리라. 왜 알리시아를 떨어지게 버려두었을까?

요요는 자리에서 벌떡 일어섰다. 아니다, 이건 아니다. 혼자서 속을 끓여 봐야 아무 소용도 없는 일이다. 일어난 일은 일어난 거다. 지금 해야 할 일은 저 괴상한 상자의 사용법을 한시라도 빨리 알아내는 것뿐이다.

요요 일행은 다시 계단을 내려왔다. 어둑한 복도를 지나면서 요요는 내내 한 가지 생각만 했다. 앞으로 알리시아를 만나면 어떻게 불러야 할까? 다시 만날 수 있기는 한 걸까……?

"저것 좀 봐!"

요요는 로테의 다급한 목소리에 퍼뜩 놀라 생각을 멈추었다. 로테는 걸음을 멈추고 서서 문 하나를 가리키고 있었다.

"아까는 모든 문이 잠겨 있었는데 저기가 살짝 열려 있네."

시몬도 놀란 모습이었다.

"허, 정말 그렇구나."

요요는 이마를 찡그리며 생각에 잠겼다. 문들은 하나도 빠짐없이 분명히 잠겨 있었는데……? 퍼뜩 요요의 머릿속에서 빛이 반짝했다.

"로테! 네가 아까 상자를 보면서 문을 하나 열었다고 했잖아."

로테는 무슨 말인지 몰라 어리둥절한 표정을 지었다.

"왜 있잖아, 앞서 네가 상자를 들여다보면서 사시처럼 곁눈질을 하며 네 개의 문들 가운데 하나를 열어 놓았다고 했잖아!"

"아, 그거!"

그때서야 로테는 무슨 말인지 감을 잡았다.

"그러니까 네가 열어 놓았다는 문이 저거인가 봐! 어서 저 안을 살펴보자!"

요요는 문을 살짝 밀었다. 문은 경첩이 오래되었는지 삐거덕 소리를 냈다.

"아예 활짝 열어 볼까요?"

요요는 시몬을 보고 물었다.

"그래! 지금까지 놀란 것만으로도 충분한데 뭐. 무슨 일이 벌어지든 까짓 활짝 열어 버려!"

하지만 시몬의 말투에서도 긴장감이 묻어났다.

"알았어요. 자, 엽니다!"

요요는 문을 활짝 열어젖히며 방 안으로 들어섰다.

창문 하나 없는 방 안에는 희미한 조명만이 창백한 빛을 비추었다. 오른쪽과 왼쪽 벽에 각각 침대가 하나씩 놓여 있다. 방에서는 퀴퀴한 냄새가 났다. 도무지 언제 청소를 했는지 알아보기 힘들 정도로 지저분한 방이었다.

침대에 사람이 누워 있는 것을 발견한 요요는 비명이 터져 나오려는 것을 간신히 참았다. 요요의 뒤를 따라 들어오던 로테는 꺅 소리를 질렀다. 다만 시몬만이 침착함을 잃지 않고 왼쪽 침대로 다가갔다.

"이럴 수가!"

시몬의 입에서 나지막한 탄식이 흘러나왔다.

"마리아! 살아 있었어요?"

요요도 침대에 바짝 다가서며 거기 누워 있는 사람을 보았다.

여자의 얼굴은 창백하고 앙상했다. 눈을 가느다랗게 뜬 여인은 말라서 갈라진 입술을 씰룩 벌렸다. 미소를 지으려고 하는데, 잘 안 되는 듯했다.

"마르크, 당신이에요?"

여인은 로테와 요요를 차례로 바라보았다.

"너는 누구니?"

여인은 로테를 보며 물었다.

로테는 쭈뼛거리며 아무 말도 하지 못했다.

"제가 누군지…… 저도 모르겠어요."

마침내 입을 연 로테가 말했다.

"이 아이는 당신 딸 라일라예요!"

시몬의 목소리는 떨고 있었다.

"라일라!"

여인은 딸의 이름을 소리쳐 불렀다. 하지만 반짝했던 기쁨의 빛은 이내 사라지고 얼굴에는 슬픔만 가득했다.

"미안하구나, 라일라. 난 네 얼굴을 기억할 수가 없어. 난 그저 네가 이 하늘 아래 같이 있다는 것만으로 고마워하고 만족해야만 했지."

"저도 마찬가지였어요."

로테는 엄마와 차마 눈을 마주치지 못하며 속삭였다.

마리아 시몬은 손을 뻗어 로테의 손을 잡았다. 손이 가늘게 떨리고 있었다.

"라일라! 네가 라일라란 말이지!"

거듭 확인하는 마리아 시몬의 눈에서는 눈물이 흘러내렸다.

로테의 얼굴에는 천천히 미소가 피어올랐다.

로테가 떨리는 목소리로 말했다.

"제가 라일라예요."

한동안 아무도 입을 열지 않았다. 다시 차례로 얼굴을 훑어보던 마리아 시몬은 요요를 바라보며 물었다.

"너는? 너는 누구니?"

요요는 대답을 할 수가 없었다. 터져 나오려는 눈물을 삼키며 요요는 얼굴을 돌렸다.

"당신의 아들이라더군."

시몬이 대답을 대신했다.

"이름이 요제프라오."

"요제프? 오, 주여……!"

마리아 시몬의 얼굴이 부르르 떨렸다.

"오, 주여! 저를 저버리지 않으셨군요. 14년을 눈물로 기도한 보람이 있었어!"

마리아는 요요의 얼굴을 찬찬히 뜯어보았다. 요요는 도대체 시선을 어디다 두어야 좋을지 몰라 허공만 노려보았다. 모든 게 너무 갑작스러웠다.

시몬은 고개를 푹 숙이고 서 있었다.

"마리아."

시몬의 목소리는 낮게 떨렸다.

"난 당신이 죽은 줄 알았어요."

"차라리 죽었으면 하는 생각을 얼마나 많이 했는지 몰라요."

마리아 시몬이 흐느끼며 말했다.

"보다시피 난 아주 힘든 나날을 보내고 있어요. 요제프를 낳으면서 피를 너무 많이 흘렸거든요. 이후 건강이 급속도로 나빠지고 말았죠. 내 계획을 알아차린 알레프 부스타니는 내가 아이를 낳자마자 나를 장벽 안으로 끌고 왔어요. 다행히 요제프는 알레프 부스타니의 눈을 피해 빼돌릴 수 있었죠. 난 요제프를 숨기고, 알레프 부스타니에게는 아이가 죽었다고 했거든요……. 그런데 그는 대체 어디 있죠?"

"장벽을 떠나겠다고 했어요."

"그가 그렇게 말했다고요!"

마리아 시몬의 목소리가 날카로워졌다.

"이 나쁜…… 천하의 몹쓸 자식! 설마 그 말을 믿은 건 아니죠?"

"그거야…… 말하는 걸 들어 보니 거짓말을 하는 것 같지는 않았어요."

"그를 직접 눈으로 봤어요?"

"아니, 직접 볼 수는 없었는데……."

"말로만 그러는 거예요. 그는 결코 장벽을 떠나지 않아요. 자기 손으로 죽음을 택할 위인이 결단코 아니에요."

"더 이상 외로움을 견딜 수 없다고, 그래서 죽는 쪽을 택하겠다고 했어요."

"더러운 거짓말쟁이! 평생 동안 오로지 영원히 살기만을 꿈꿔온 작자예요. 장벽 안에 숨어 비열한 장난만 치고! 한 가지 분명하게 말할까요. 여기서 사는 건 지옥이나 다름없어요! 사프라에게 물어보세요, 저쪽은 나보다도 훨씬 더 심하니까."

"사프라?"

시몬이 물었다.

마리아는 반대편 침대를 가리켰다. 그쪽 침대 앞에는 노란 구두가 한 켤레 있었다.

"사프라의 상태는 뭐라 설명하기조차 힘들 만큼 나빠요."

마리아 시몬이 말했다.

"하루 종일 꼼짝도 않고 누워만 있죠. 자리에서 일어났다 싶으면 반달로 가서 시트로냐를 마시다가 돌아와 다시 누워요. 살아 있는 송장이나 다름없어요. 사프라의 나이는 올해로 375살이죠. 여기서는 모든 게 암울하기만 해요. 장벽을 조종하는 장치는 고장이 나 버렸죠. 장벽이 늘어나는 것은 이제 누구도 막을 수 없어요."

"우리가 고쳤어요."

요요는 말하며 검은 상자를 마리아에게 보여 줬다.

"하지만 사프라 말로는 한쪽 렌즈가 없어졌다고 하던데."

마리아는 믿을 수 없다는 눈길로 검은 상자를 바라보았다.

"그랬죠."

요요가 대답했다.

"장벽 건너편에 있는 걸 꺼내서 다시 끼웠어요. 이제는 정상으로 작동할 거예요. 그렇지만 우리는 이걸 어떻게 다루어야 하는지 몰라요."

마리아 시몬은 아무 말도 하지 않았다. 요요는 그녀의 눈에서 흘러내리는 눈물을 보았다. 뭐라고 위로라도 하고 싶었으나 요요는 떠오르는 말이 없었다. 이럴 때는 무슨 생각을 하고, 어떤 느낌을 가져야 하는지 요요는 몰랐다.

"그렇다면 사프라의 노력이 마침내 빛을 본 거로군. 그녀는 외부와 접촉하려고 끊임없이 시도했거든. 난 그저 모든 걸 포기하고 있었는데."

"하지만 사프라는 반달에서 누구하고도 이야기를 나누지 않았는데요."

요요가 말했다.

"이야기를 하려고 했지만, 아무도 진지하게 받아들이지 않은 거야. 게다가 알레프 부스타니가 그녀를 끊임없이 감시하고 있었거든. 그녀가 누구에겐가 사정을 알렸더라도 여기를 찾기는 힘들었을걸. 이 집에 숨어들어 왔다고 하더라도 알레프 부스타니에게 당하고 말았을 거고. 요제프, 네가 우리의 간절한 소망을 들어준 거나 다름없어."

"하지만 알레프 부스타니의 말로는 누군가 자신을 도와주기만 간절히 바랐다던데요!"

"그 작자의 진심이 뭔지는 하늘만 알걸. 입만 열었다 하면 후계자가 어떻고 해 가며 떠들었지. 난 그의 말이라면 단 한 마디도 믿지 않았어. 물론 그에게도 뭔가 변화가 일어난 건 확실해. 최근 들어 알레프 부스타니는 사프라를 거의 감시하지 않았거든. 그래서 우리는 무슨 일이 있구나, 짐작만 했지."

잠깐 숨을 고른 마리아는 로테를 바라보았다.

"우리의 유일한 희망은 너였어, 라일라! 네가 나에게서 특별한 색감을 물려받은 것을 확신하고 있었거든. 그러니까 알레프 부스타니의 집에서 노란 선을 건너가지 않고 사건을 해결할 수 있는 사람은 너밖에 없었지. 그런데 정말 이렇게 찾아와 줬구나!"

마리아는 로테를 대견한 눈길로 바라보았다.

"그리고 요제프, 마침내 너를 볼 수 있어 정말 좋구나! 혹시 꿈이 아닐까 싶을 정도야. 그런데 너도 노란색의 농도를 구분할 수 있니?"

마리아 시몬이 물었다.

"전 아닌 것 같은데요."

요요가 대답했다.

"그래? 그것 참 이상하구나."

마리아는 골똘히 생각에 잠겨 앞만 멍하니 바라보았다.

"뭐, 그런 능력쯤 안 가지면 어때. 뭐라 이름 붙이기도 어려운 색깔을 볼 수 있다는 건 전혀 쓸모없는 능력이니까. 일상생활에서 그런 능력은 필요 없지. 훨씬 더 중요한 건 다른 능력이야. 이를테면 따뜻한 가슴이 인생을 살아가는 데는 꼭 필요한 핵심이지. 이렇게 모두들 건강하게 찾아와 줘서 정말 고맙구나. 더구나 그 상자도 가지고 왔으니! 이리 주렴, 내가 장벽을 허물어야겠다."

"당신, 사용법을 알고 있어요?"

시몬이 물었다.

"정확히 말하자면, 예전에는 이걸 사용할 수 있었죠. 바로 그래서 알레프 부스타니가 나를 여기에 가두어 놓은 거예요."

"할 수 있었다고요? 그럼 지금은 모른단 말씀이세요?"

요요가 맥 풀린 목소리로 물었다.

"아마 지금도 할 수 있을 거야. 한 가지만 물어보자. 여기 이 방에는 어떻게 들어왔니?"

"제가 상자의 도움을 받아 이 방의 문을 열 수 있었어요. 하지만 그 이상은 어렵더라고요."

로테가 설명했다.

"그랬구나. 알레프 부스타니는 너희가 올 걸 알고, 이 방을 꼭꼭 잠가 두었거든. 그는 너희가 나를 찾아낼까 봐 무척 두려워했어."

"그럼 알레프 부스타니는 왜 우리에게 이 상자를 넘겨줬을까요? 이걸 가지면 이 방을 찾아낼 수 있다는 걸 알았을 텐데요."

"정확히 무엇 때문인지는 모르지만, 한 가지 분명한 건 그도 최근 들어 장벽을 무서워하기 시작했다는 거야. 스스로 해결할 수 없으니까 너희에게 떠넘기려고 한 것 같아."

마리아 시몬이 가쁜 숨을 몰아쉬며 말했다.

요요는 그런 마리아를 물끄러미 바라보았다. 지금 자신 앞에 누워 있는 마리아가 친엄마라니! 머리는 거의 빠져 버렸고, 터무니없이 길어 버린 손톱은 당장에라도 부서질 것 같았다. 이미 몸은 일부가 썩어 가고 있는 모양이었다. 초췌하기 이를 데 없는 마리아의 몰골을 보며 요요는 자기도 모르게 진저리를 쳤다. 도저히 친엄마라는 느낌이 들지 않았다. 어떻게든 동정심을 가지려고 애써 보았으나 그럴수록 가슴은 차가워지기만 했다. 오히려 구토가 날 것만 같았다. 요요는 그런 자신이 몹시 부끄러웠다. 그토록 간절히 기다려 온 엄마와의 만남인데. 억지로 감정의 불을 살리려 해도 소용이 없었다. 모든 게 무덤덤했다.

"장벽을 조종하기 전에 먼저 당신 건강부터 돌봐야 하지 않겠어요, 마리아? 괜찮다고는 하지만 내가 보기엔 아주 심각해 보여요. 우선 목욕부터 하고 깨끗한 옷으로 갈아입는 게 좋겠어요."

시몬이 말했다.

"장벽을 조종한다고요?"

마리아 시몬이 눈을 크게 뜨고 되물었다.

"그 오랜 세월을 장벽과 씨름하고도 아무것도 배운 게 없군요. 장벽은 조종할 수 있는 게 아니에요! 장벽은 허물어 무너뜨려야만 해요, 산산이 깨부숴야 한다고요!"

마리아가 날카롭게 외쳤다.

"마리아, 당신은 여전히 같은 노래를 부르고 있군요. 왜 항상 불가능한 것만 고집하는 거예요?"

시몬이 말했다.

"난 아무것도 고집하지 않아요!"

마리아 시몬은 침착한 목소리로 나직하게 말했다.

"지금 싸우시는 거예요? 지금 어떻게 다툴 생각을 하세요?"

로테가 눈물이 젖어 번들거리는 눈으로 아빠에게 말했다.

"내 건강은 아무래도 좋다. 내 몸은 벌써 오래전에 망가지고 말았으니까. 지금 가장 중요한 문제는 장벽을 허무는 거야. 우리 가운데 누가 살아남을지는 모르지만, 이 땅에서 계속 살아가야 할 생명들을 위해서 장벽은 하루라도 빨리 사라져야 해. 자, 이제 얘기는 충분히 한 것 같구나. 요제프, 상자를 이리 다오."

"마리아, 그건 너무 위험한 선택이야!"

"그런 말은 신물이 날 정도로 들었어!"

마리아는 단호한 음성으로 말했다.

"이리 오렴, 라일라! 내 손을 잡아 주렴. 그리고 요제프, 너도 이리 와라."

마리아는 잠깐 숨을 골랐다.

"난 원래 네 이름을 요한 제바스티안[+]이라고 짓고 싶었어. 하지만 요제프도 멋진 이름이구나."

[+] 바흐를 염두에 둔 표현. 바흐의 정확한 이름은 요한 제바스티안 바흐(Johann Sebastian Bach)이다.
　─옮긴이

마리아는 요요의 손을 꼭 쥐었다. 방 안에는 침묵만이 흘렀다.

갑자기 건너편 침대에서 여자가 벌떡 일어나더니, 낯선 사람들을 무서운 눈초리로 쏘아보았다. 이내 그녀는 날카로운 비명을 질러 대기 시작했다. 그대로 얼어붙은 요요는 꼼짝도 할 수 없었다. 여자의 얼굴은 차마 눈 뜨고 볼 수 없을 정도로 추악했다. 요요는 얼이 나간 표정으로 마리아를 바라보았다. 마리아는 요요의 손을 꼭 쥐며 말했다.

"이제는 끝낼 시간이로구나."

사프라는 다시 그대로 침대에 엎어졌다. 끝을 낸다? 그것은 무슨 뜻일까? 또 모든 게 완전히 끝장나고 만다면 이제는 어떻게 되는 걸까?

요요는 로테의 얼굴을 바라보았다. 뺨 위로 눈물이 줄줄 흘러내리고 있었다. 요요는 어디를 봐야 할지 몰라 두리번거렸다. 희뿌연 시야 속으로 요요는 마리아 시몬이 상자를 집어 드는 것을 보았다.

"금방 끝날 거야."

이렇게 말하면서도 마리아 시몬은 다시 상자를 내려놓았다. 마리아의 손이 부들부들 떨리고 있었다.

렌즈에 낀 먼지를 닦아 낸 마리아는 요요와 로테 그리고 시몬의 얼굴을 차례로 돌아보았다.

"내가 아주 심한 사팔뜨기라는 게 고마울 때도 많아!"

마리아가 입꼬리를 어색하게 실룩거리며 말했다. 미소를 짓고 싶은 듯했다.

마침내 마리아는 상자를 눈높이로 치켜들었다. 요요는 걷잡을 수 없이 흐르는 눈물 사이로 마리아의 두 눈이 기묘할 정도로 따로따로 돌아가는 것을 지켜보았다.

투명 장벽 만들기

1. 갈라놓을 물체들의 부스타니 온
도를 각각 측정한다. 측정한 값을
가지고 장벽을 세워야 할 정확한 위
치를 계산한다.

2. (그림 안의 설명: 장벽을 세워야
할 위치) 아주 평평하고 얇은 칼을
이용해 두 물체 사이에 공기를 잘라
낸다.

＊주의할 점: 칼을 빨리 움직일수록 투명 장벽은 튼
튼해진다.

3. 장벽은 최장 0.024초 동안 존재
한다. 장벽의 최대 두께는 0.02밀리
미터이다.

세상에는 참으로 많은 벽들이 있습니다. 눈에 보이는 벽만 있는 게 아닙니다. 눈으로 볼 수 없는 벽은 더욱 튼튼해서 좀체 허물기가 쉽지 않습니다. 벽을 중심으로 이쪽과 저쪽이 나뉘고 갈립니다. 벽을 사이에 두고 사람들은 눈을 흘깁니다. 어디 그뿐인가요? 위와 아래를 가르는 벽도 엄연히 존재합니다. 모두 원래는 없는 것입니다. 모든 벽은 사람이 만든 것이라는 뜻이지요. 사람들은 왜 한사코 벽을 쌓는 걸까요?

핵심은 간단합니다. "나는 너와 다르다!" 바꿔 말해서 "나는 너보다 잘났다!"는 말을 하고 싶어 사람들은 벽을 쌓습니다. 그런데 남보다 잘나지 않은 사람은 이 세상에 단 한 명도 없습니다. 그것 참 이상한 일입니다. 잘난 사람이 있으려면 못난 사람도 있어야 하지 않나요? 더욱 이상한 일은 자신이 어떤 사람인지 알고 있는 사람을 찾아보기란 무척 어렵다는 점입니다. 벽으로 가르고 비교하려면 못난 사람도 있어야 할 텐데……. "나는 못난 사람이야!" 하고 자처하는 사람은 가뭄에 콩 보기보다도 어렵습니다. 혹시 내가 못나서 그런 건 아닐까, 가슴이 덜컥 내려앉는군요.

그런데 《무루스》의 저자 마르티나 빌드너는 흥미롭게도 벽의 안쪽을 들여다보라고 권합니다. 벽 속에서 벽을 지탱하고 있는 게 뭔지 살펴보라고 속삭입니다. 보통 사람들은 벽을 두고 이쪽과 저쪽의 다름만 강조할 뿐, 그 벽을 세운 기준이 무엇인지 잘 모릅니다. 작품 안에서 벽을 세운 이는 '알레프 부스타니'라는 이름을 가지고 있습니다. 부스타니의 나이는 놀랍게도 390살이랍니다. '부스타니(Bustani)'라는 아랍어는 '모든 걸 뛰어넘는 권위'를 상징한다는군요. 그러니까 모든 걸 뛰어넘는 절대적 권위가 이 소설 속 장벽의 정체인 셈입니다.

세상에는 참으로 무수한 권위들이 있습니다. 일의 앞뒤를 차분히 따져 풀어 가면 될 것을, 왜 사람들은 한사코 권위에 매달릴까요? 아마도 사태를 잘 모를 때 의지하게 되는 게 권위가 아닐까요? 사람들은 종종 뭐가 뭔지 모르고 이것저것 따지기 귀찮으면 권위 앞에 머리를 조아리니 말입니다.

이런 세상은 묻지도 따지지도 않는 고리타분함으로 넘쳐 납니다. 아니, 묻고 따졌다가는 눈총을 받기 십상이지요. "무조건 믿어라!" 하고 권위는 눈을 부라립니다. 그리고 높다란 성벽을 쌓습니다. 우리 모두를 위한 게 아닌, 저들만의 천국이지요. 천국을 짓겠다는데 말릴 생각은 없습니다. 하지만 그게 진짜 천국일까요?

　이 소설은 1990년 베를린 장벽 붕괴에서 실마리를 얻어 상상을 펼쳐 갑니다. 옮긴이는 당시 현장을 목격할 수 있는 행운을 누렸습니다. 벌써 20년 가까운 세월이 흘렀군요. 분명한 것은 그게 하루아침에 일어난 사건이 아니라는 점입니다. 독일인들은 역사가 남긴 케케묵은 벽을 허물려고 꾸준히 준비하며 노력했습니다. 반대로 우리의 분단은 여전히 진행형입니다. 낡은 틀을 깨고 더불어 사는 세상을 만들어 가는 게 이리도 어려운 일일까요? 빌드너는 경고합니다. 장벽을 허물지 못하는 사회는 결국 벽만 가득한 쑥대밭이 되리라고 말이죠.

　귀찮고 성가시더라도 우리는 우리의 세상에 존재하는 벽의 본질이 무엇인지 늘 따지고 물어야 합니다. 묻는 자세야말로 소통의 기본이기 때문입니다. 앞뒤가 꽉 막히고, 위아래가 갈린 세상은 피가 돌지 않으므로 끝내 무너지게 되어 있습니다. 피가 통하지 않으면 우리는 죽은 거나 한가지입니다.

2009년 6월

김희상

집요한 농담에 대한 단상

• 듀나

SF는 당연히 과학소설(Science fiction)의 약자이다. 하지만 언제부터 SF가 오로지 과학만을 다룬 장르였던가? 과학이 주 소재라고 해도 결국 SF란 다른 장르만큼이나 인간을 다루는 작품이 아니던가? 장르의 성격이 이름 안에 갇히는 걸 싫어하는 독자들은 어떻게 하면 SF라는 약자를 그대로 두고, 보다 융통성 있는 이름을 만들 수 있을지 고민했다. 그러다 나온 단어가 로버트 A. 하인라인이 보편화한 용어인 사변소설(Speculative fiction)이다. 이 정의와 명칭 속에서 SF는 훨씬 포괄적인 의미를 갖는다. 사변소설은 과학을 다루지 않아도 된다. 작품이 다루는 세계가 스스로의 힘으로 서 있고, 그곳에서 주인공들이 그 세계의 규칙을 이용해 문제를 해결하기만 해도 된다. 종종 이 용어는 골수 과학소설 독자들에게 수상적은 서자 취급을 받았지만, 지금처럼 장르 사이의 장벽이 분명치 않은 세계에서는 유용한 도구가 된다. 아, 이런. 본론에 들어가기도 전에 '장벽'이 나왔군.

하여간 사변소설이라는 개념이 없다면 마르티나 빌드너의 《무루스》는 SF의 영역에 받아들여지지 못했을 것이다. 이 소설의 배경은 24세기의 미래이고, 작중 인물 중 절반은 과학 기술이 고도로 발달된 최첨단 미래 도시에 살고 있으나, 실질적인 주인공이라고 할 수 있는 장벽은 마법의 산물에 가깝다. 물론 아서 C. 클라크가 말했듯, 고도로 발달된 과학은 마법과 구별할 수 없다. 그렇기 때문에 우리 세계와 완전히 격리된 마법 세계를 그리는 하이 판타지 장르는 종종 SF로 이해되기도 한다.

하지만 과연 《무루스》의 세계가 클라크의 규칙을 따르고 있을까? 그런 것 같지는 않다. 빌드너의 세계는 그저 부조리하다. 빌드너는 일부러 과학적인 부조리를 군데군데 흘린다. 중간에 삽화까지 넣어 꼼꼼하고 친절하게 설명하는 카페 파이루츠 만드는 방법을 볼까? '저런 게 정말 되나?' 하고 꼼꼼하게 읽던 독자들은 두 손으로 잔을 비벼 분당 169회에서 171회까지 회전시켜야 한다는 설명에 기겁하고 만다. 《무루스》에서 시치미 뚝 떼고 과학의 영역에 존재하는 척하는 모든 것들은 어느 순간부터 그 벽을 넘어 넌센스의 세계로 들어간다. 그건 2차원 벽 쌓기, 일면 투시 거울의 일시적 사라짐이 일어나는 네 단계, 일시적 투명 위장 벽 만들기, 투명 장벽 만들기 등은 물론이고, 부스타니 온도나 부스타니 가치도 마찬가지다. 그것들은 모두 은근슬쩍 농담이다. 처음엔 아니더라도 중간을 넘어서면 농담일 수밖에 없다. 이들은 모두 자기 완결적인 세계 법칙이 아닌, 부정할 수 없는 부조리에 의해 유지된다.

그럼 장벽 자체도 농담인가? 글쎄다. 엄격한 SF 독자들이라면 빌드너가 무심하게 넣은 설정에 꼼꼼하게 질문을 던질 것이다. 장벽이 세계를 둘로 가르고 있다는데, 과연 장벽의 끝은 있는가? 장벽은 위상기하학적으로 닫혀 있는가, 열려 있는가? 바다에도 장벽이 있는가? 분명 아직도 해외여행은 있는 모양인데 22미터 고도제한은 대륙간 비행기에도 적용되는가? 아니, 대륙간 비행기라는 것이 있긴 한가? 장벽은 하나인가? 아니면 각 도시마다, 나라마다 하나씩 있는 건가? 장벽의 신비한 힘은 그 안에 있는 특수한 장치 때문인가, 아니면 장벽 자체가 가지고 있는 구조적 성격 때문인가. 도대체 왜 사람들은 알레프 부스타니의 이 말도 안 되는 계획을 받아들인 걸까?

아까도 말하지 않았는가, 농담이라고. 일단 농담임을 인정하고 빌드너가 만든 세계로 들어가 보자. 우선 독자들은 이 작품이 철저하게 인문학적 상상력의 집합체라는 점을 염두에 두어야 한다. 독일어권이면서 터무니없이 이국적인 분위기를 풍기는 장벽 오른쪽의 세계나, 이 세계의 예수이고 모하메드이며 알베르트 아인슈타인이라 할 수 있는 소설 속의 알레프 부스타니의 정체성은, 이슬람학을 전공하고 동양학자를 꿈꾸었던 작가의 지식에 의존하는 바가 클 것이다. 20세기 중엽에 태어난 독일인 작가에게 '장벽'이 어떤 의미일지는 말할 필요도 없다.

이런 것이 뒤섞인 빌드너의 미래 세계는 논리적으로 완벽하게 짜인 곳이 아니라, 작가 자신의 상상력과 경험이 아무런 거리낌 없이 충돌하고 섞이고 회오리치는 곳이다. 그런 세계가 있다는 걸 인정하자. 그렇다면 이 혼란스러운 세계가 놀랄 만큼 그럴듯한 사변 소설의 공간이라는 것을 받아들일 수밖에 없다. 무엇보다 이 소설에서 가장 중요한 고급 학문으로 받아들여지고 있는 장벽 학문을 보자. 얼핏 보면 담과 격리만으로 의미 있는 무언가를 만들 수 있다는 아이디어 자체가 부조리에 가깝다. 그런데도 빌드너는 시치미를 뚝 떼고 그럴싸하게 장벽과 격리만으로 이루어진 장대한 철학 체계를 만들어내고 발전시킨다. 물론 이것은 '농담이다'. 농담일 뿐만 아니라 사회적 편견, 철학적 도그마와 정치적, 종교적 광신에 대한 매서운 풍자이기도 하다.

사람들은 정말로 장벽과 같은 말도 안 되는 재료를 갖고 그럴싸한 사상 체계를 만들어 내며 그 부조리를 맨 눈으로 똑똑하게 보면서도 그걸 믿지 않는가. 이 풍자 속에서 처음에는 수상쩍게만 보였던 빌드너 세계의 부조리는 의미를 찾는다. 바꿔 말하자면 이 세계는 부조리한 바탕을 노출하고 있기 때문에 오히려 정직하다.

장벽은 추상적 사유와 풍자의 대상이기도 하지만, 꼭 그만큼 멋진 모험의 공간이기도 하다. 십 대 시절의 명민함과 교활함, 어처구니없는 어리석음이 뒤섞인 빌드너의 주인공들은 장벽을 두고 현실 세계의 상투적인 반복을 넘어서고, 스스로 운명을 개척하며, 새로운 삶을 시작할 수 있는 기회를 붙든다. 그러고 보면 장벽 학자들이 그렇게 주장하는 장벽의 가치도 전적으로 무가치하지는 않다. 단, 사람들에게 그 장벽을 넘고 부술 수 있는 힘과 기회만 주어진다면.

물론 이 모험담은 사변소설의 원래 가치에도 충실하다. 사변소설이란 단순히 추상적인 사고의 과정이 아니다. 가상의 문제와 문제를 해결하는 과정에서 발생하는 모험의 즐거움을 체험하는 것은 그런 사고의 논리적 전개만큼이나 필수이다. 그리고 독자들에게는 그것이 무엇보다도 가장 중요한 것이리라.

MURUS

마르티나 빌드너 글 | 김희상 옮김

1판 1쇄 발행일 2009년 7월 7일

발행인 서경석 | 편집인 김민정 | 편집 이윤정 · 현설희

발행처 스타로드 | 출판등록 제313-2009-68호
서울시 마포구 성산동 254-10 202호
전화 02-323-8225, 6 | 전송 02-323-8227

ISBN 978-89-93912-05-0 03850

「이 도서의 국립중앙도서관 출판시도서목록(CIP)은 e-CIP 홈페이지
(http://www.nl.go.kr/ecip)에서 이용하실 수 있습니다.
(CIP제어번호: CIP2009001904)」

POST